최명길 시인 산문집

최명길 시인 산문집

초판발행일 | 2024년 9월 30일

지은이 | 최명길
펴낸곳 | 도서출판 황금알
펴낸이 | 金永馥

주간 | 김영탁
편집실장 | 조경숙
인쇄제작 | 칼라박스
주소 | 03088 서울시 종로구 이화장2길 29-3, 104호(동숭동)
전화 | 02) 2275-9171
팩스 | 02) 2275-9172
이메일 | tibet21@hanmail.net
홈페이지 | http://goldegg21.com
출판등록 | 2003년 03월 26일 (제300-2003-230호)

값은 뒤표지에 있습니다.

ISBN 979-11-6815-085-0-03810

최명길 시인
산문집

황금알

서문

월기망(月幾望)

밤하늘을 보니 거의 보름달이다. 아버지 모습이다.

아버지 최명길 시인(1940년~2014년)이 떠나가신 지 어느새 10년이 흘렀다.

10년 동안 나는 아버지를 잃어버린 아이인 채로 멈춰 있었다. 최명길 시인은 시를 쓰다 말고 어디를 가셨는지 오시지 않는다.

만해 · 님 시인상(2014년 4월 17일) 수상소감에서 최명길 시인은 "나는 아직도 제대로 된 시의 탑 하나를 짓지 못했다. 이제라도 마음을 사리고 앉아 '황금의 꽃' 같은 언어의 잎사귀로 작은 시의 오두막 한 채를 지어야겠다. 그게 하늘이 귀엣말로 속삭이는 마지막 당부가 아닐까 한다."라고 하셨다. 그러나 시인은 한 달도 안 되어 그 마지막 당부를 가슴에 안고 영원히 가셨다. 대자연의 순환 속으로 흘러가셨다. 나는 시의 오두막을 완성하러 아버지가 지금이라도 오실 것만 같아 서재의 불을 끄지 못하고 있다.

그동안 시인을 그리워하는 문인들과 유족이 뜻을 모아 유고 시집을 하나씩 내면서 시인을 살아서 오게 하였다. 모두 5권의 유고 시집과 타계 전후의 시집 각각 7권과 5권에서 발췌한 시선집 1권을 출간하였다.

113편의 이번 산문집은 우리에게 들려주는 최명길 시인의 이야기이다. 시 이야기, 삶 이야기, 산 이야기이다. 시인의 삶, 양어깨에 시와 산이 있었다.

년도 별로 정리하고 보니 최명길 시인의 전 생애가 펼쳐졌다. 산문에도 시가 있었다. 시인은 다름 아닌 시였다. 시를 엄중히 받들며 한 편의 깨달음의 시가 되기 위해 치열하게 산을 걸으며, 온몸의 언어와 육신과 정신을 남김없이 시에 바쳤고, 뼈를 불살랐다.

아버지는 마지막까지 흐트러짐 없이 시를 쓰셨고 그 자세는 맑았다. 하늘로 향하는 사다리를 직접 놓고 오르는 자신의 모습까지도 시의 바구니에 최후의 한 방울로 떨어뜨렸다.

시인은 "돌아보니 이 세상은 모두 설산 같은 감동이었다(시 「감동」)"고 하였다. 하지만 만월(滿月)의 아름다운 모습을 훤히 드러내지는 않고, 거의 보름달에 가까운 모습(月幾望)으로 살아온 시인이, 설산에 맑게 노닐다가(淸遊) 남긴 새 발자국이야말로 더한 감동으로 남는다.

후산 최명길 시인이 세상에 남기고 간 시와 삶 이야기가 최명길 시인을 연구하는 소중한 자료가 되기를 바란다. 새의 발자국을 따라가 보라, 최명길 시인이 거기에 있을 것이다.

출간을 위해 애써주신 황금알출판사의 김영탁 주필님께 깊은 감사의 마음을 전한다.

보름달이 떠오른다.

2024년 8월

딸 최수연

차 례

서문 | 최수연 • 5

1부 산촌 명상 수필

쪽판 외다리 • 12
설악산 토왕성폭포 • 17
붓다가야 나이란자나강 • 22
모래불 해돋이 • 30
전쟁과 암소 • 38
스승과 제자 • 45
지리산 천왕봉 • 51
응고롱고로 크레타와 하마 물탕치는 소리 • 58
시를 들으러 동쪽으로 간다 • 67
치악산 명상길 • 76
팔순 청년 • 84
마등령 앵초 꽃밭에서 하룻밤 • 93
소슬한 암자 한 채 • 101
무소뿔에 기대 홀로 노닐며 • 110
아내와 손잡고 한라산에 오르던 날 • 119
다섯 소녀들과의 아주 특별한 만남 • 128
고비 10년 • 137
새벽 명상 • 145
연꽃바다 연꽃향기와 백제금동대향로 • 154
도토리 우주 • 163

히말라야 모디콜라강변 그린밸리의 감자 맛 • 172
폭포와 저녁샛별 • 182
백두폭포와 쑹화강 은어도루묵 • 189
하늘을 우러러 한 점 부끄러움 없기를 • 199

2부 산악 수필

음력 열사흘 달과 대청봉 • 212
천지 조응 • 216
용이 움켜잡고 호랑이가 후려치듯 • 221
상사암에서 제석대까지 • 226
해치가 불을 토하듯 • 230
땅 뚜껑을 열고 불쑥 솟구쳐 올라 • 235
칠천만 캐럿 금강보석 • 240
쌍봉낙타 한 마리가 북으로 • 245
산정에는 겨울 무지개가 • 250
천년 향나무 존자에 어린 불광 • 255
둥근 한 수레바퀴 붉음을 • 261

3부 시가 있는 산문

이슬 같은 시 • 268
고래 구경 • 270
시 탄생의 비밀–매봉산 산노인 • 274
새벽 샛별은 단독자다 • 279
수선화 • 284
황혼이 자아내는 장엄 앞에서 • 288

갈대피리 • 291
아가위나무가 아가위꽃망울을 터뜨리듯 • 295
우주에 피릿대를 꽂아 불며 • 302
반딧불이의 밀월여행 • 307
시와 산 • 311
우주일성(宇宙一聲) • 315
불청객 익모초 • 318
가죽 주머니와 쇠 주머니 • 322
갈바람 스치운 듯 • 328
사월은 돛단배처럼 • 335
작가는 하나의 공화국 • 338
그리운 속초 • 341
설악산과 한계산 • 344
청초호반 시공원 • 347
빗살연국모란꽃문 • 350
산의 주인은 없다 • 353
속초문단의 태동기 시절 • 356
영랑호와 경포호 • 360
우수 무렵에 생각나는 • 364
백 원이면 하룻밤 • 368
재옥이와 물주전자 • 372
청산이 좋아서 • 375
모니터와 석가 • 379
섬산에서 문득 나를 엿보다 • 382
길고 긴 여름날의 끝자락 • 386
시월도 벌써 시들어 • 390
법수치 • 394
그림자 없는 나무 • 398

선(禪) • 402
아버지의 눈물 • 406
무금선원(無今禪院) • 410
점봉산 흘림골 • 414
명품 설악산 • 418
속초에서의 첫 하룻밤 • 422
속초, 2010년 • 426
열차 타고 한라산으로 • 430
중도(中道) • 434
영금정 파도 • 438
누군가가 기억해 준다는 것은 • 442
한겨울 복판에서 • 447
16년 만에 전한 사진 한 장 • 451
언 아기 손 • 455
백공천장(百孔千瘡) • 460
손에 대한 낭만적 사유 • 465
사랑방 토치카 • 470
산양 • 475
늦은 도시락과 나뭇잎 하나 • 480
축사(만해대상) • 491
참외 생각 • 494
우리 어머니 • 499
공룡능선 • 505
공출과 우차 쇠바퀴와 • 510
처음 비행기를 타고 • 515
기쁨의 싹 • 522
매화꽃 보러 • 526
내 왼쪽 오금팽이의 상처 자국 • 531

모과의 위대한 모성 • 535
신수의 깨달음과 혜능의 깨달음 • 539
소나무 청산 • 543
방생 • 548
설악산은 우리와 함께 가는 길손이다 • 552
돈명헌(頓明軒) • 556
꿈속을 헤맨 것 같아 올해도 • 561
'마음'이라는 물건 • 566
어머니의 밥상 • 571
명창 안숙선과 2월 폭설 • 575
한국산악박물관 • 580

4부 시론

시가 도다 • 586
소슬한 정신의 노래 • 595
사유의 몸짓 • 599
시의 돌팍길은 미묘하고도 멀어 • 603
시는 사유의 향기 • 625

최명길 시인의 연보 • 631
후기 | 김영탁 • 638

1부

산촌 명상 수필

쪽판 외다리

한 길이 있다.

길은 그로부터 출발해 그에게서 끝난다.

그게 유심,

입하를 넘어서자 산빛이 갑자기 달라졌다. 드믄드믄 박혀 있던 연노랑이 연초록으로 바뀌는가 싶었는데 연두 일색이다. 연두가 주조색을 이루었다. 나뭇잎들이 애티를 벗어나 제법 제 모습을 갖추었고 빳빳하던 나뭇가지가 유연해졌다. 물을 먹은 탓이다. 유연한 가지에 바람이 와 살랑댄다. 잎을 엽서처럼 매단 가지가 바람에 실려 파도타기를 한다. 파도타기를 하며 논다. 한 나무에 바람이 실리면 곧장 이웃 나무로 옮아간다.

바람 소리도 달라졌다. 알몸에 부딪혀 그대로 튕겨 나가는 쇳소리가 아니라 젖먹이가 엄마 젖을 빠는듯한 소리를 낸다.

산빛뿐 아니다. 물빛도 바뀌었다. 연두 이파리 그림자가 담겨 지은 물빛에 생기가 돈다. 메말라 까칠했던 물이 후덕해지고 풍만해졌다. 계곡을 치밀고 올라가는 버들치에게도 속도가 붙고 산천어가 수심을 낮추며 물아래서 어른댄다. 물빛이 바뀌자 물소리도 달라졌다. 카랑카랑한 소리가 아니라 청아하다. 계곡에는 겨울 동안 쌓여있던 나뭇잎들이 썩으면서 뱉어내던 특유의 냄새가 가시고 싱그러움이 코끝에서 맴돈다. 이른바 생동 기운으로 충만하다. 이 기운은 어디서 오는 걸까?

보이지 않는 길이 그들의 길이다. 천지자연은 보이지 않는 이 길을 타고 오고 간다. 연두도 초록도 그 길을 타고 온다. 빳빳함도 유연함도 그 길을 타고 오고 가고 천둥 번개도 그 길을 타고 오르내린다. 나는 그것을 산과 물을 보며 느낀다. 우주의 조그만 별 이 지구에서 제법 큰소리를 치고 사는 사람들 세계에서는 먹고 먹히는 싸움박질이 그칠 새 없고 인간이 인간을 발가벗겨 농락하는 어처구니없는 일이 벌어지고 있어도 천지자연이 만들어 놓은 길은 조금도 허물어지거나 막히지 않고 순하게 온다. 가고 온다. 하지만 인간이 만들어 놓은 길은 충격과 비탄을 안겨주기도 하고 가끔은 비애와 추억을 만들어 주기도 한다.

사범 1학년 때였다. 학교와 우리 집은 5㎞ 남짓, 왕복 10㎞의 이 길을 나는 매일 걸어 다녔다. 우리 집은 외곽 농촌이어서 도회 중심을 거쳐 용강동 변두리에 있던 학교까지는 꽤 멀었다. 우선 집을 나서면 도둑고개에 이르게 되고 거기서부터 조금 넓은 도로인 소나무숲 사이 신작로를 구불구불 걸어 나와 앞고개에 다다른다. 이곳에서 남쪽을 잇는 강릉의 남북간선도로와 잠시 만나 일제 강점기에 철길 공사를 하다가 만 철길을 따라 한참을 가고, 다시 퀴퀴한 냄새로 가득한 노암터널을 빠져나와 앤땔길에 들어선다. 노암터널은 6 · 25 때 폭격을 맞아 구멍이 숭숭했고 떨어져 나간 시멘트 쪼가리가 여기저기 뒹굴었다. 앤땔은 다랑이논들이 꽉 차 있었는데 논이 끝나는 곳에 남대천변이 가로놓여 있었다.

남대천변은 해마다 음력 오월이면 단오제로 원근 사람들이 모여들어 인산인해를 이루던 곳, 내 기억 속의 그곳은 하얗다. 단오 구경하러 모여든 사람들 옷이 하얬고 알모래가 하얬다. 여기저기 머리를 쳐들고 있는 자갈들이 하얬고 자갈돌을 좌우로 비켜 세워 낸 오밀조밀한 모랫길이 마치 옥양목 댄님처럼 하얗게 풀어져 있었다. 그 길을 따라가노라면 백두대간 능경봉과 대관령에서 발원하는 남대천 물이 사시사철 끊임없이 흘러내렸다. 그 흐름 위에는 통나무 쪽판 외다리가 놓여 있었다. 길이 30여 미터가 될까 하는.

다릿발은 예닐곱 해쯤 묵은 소나무를 베어 가운 말뚝을 쪽판 이음새마다 네 개씩 기둥처럼 박아 만들었다. 그 다리를 건너서면 천변둑이 있고 둑을 넘어서면 바로 시가지다. 그리고 이 시가지를 한참 또 가면 강릉에서 유일하던 네거리와 연결되고 임영관이라 쓴 제액을 높다랗게 매단 객사문을 오른쪽으로 끼고 다시 급하게 경사를 치고 올라가면 방송국이 나타난다. 그 곁 황토 흙밭에 갓 지어 하얀 분칠을 한 학교가 넓은 운동장을 안고 북녘에서 남녘을 향해 그 무슨 거대한 알처럼 놓여 있었다.

알이라 했지만 그건 정말 알 같았다. 사범학교는 남녀공학이라 겨울이면 남학생은 까만 교복을 여학생은 하얀 카라가 나풀거리는 역시 까만 교복을 착용했는데 들락거리는 모양이 꼭 알문을 열고 들락거리는 제비나비 애벌레들 같기도 했다.

그런데 하루는 이상한 일이 벌어졌다.

내가 오고 가던 그 길 쪽판 외다리에서였다. 나는 학교가 파해 다리를 건너가고 있었는데 반대편에서 한 여학생이 나를 향해 이쪽으로 건너오고 있었다. 외나무다리라 어쩔 수 없이 우리는 다리 한 중간쯤에서 만나게 되었다. 그때만 해도 몹시 부끄럼을 타던 나는 얼굴이 달아오르기 시작했다. 그런데 얼핏 보니 그 여학생은 내 국민학교 때 같은 교실에서 같이 공부하던 얼굴이 곱스라한 그 애였다. 나는 가슴이 뛰었다. 그 애는 내가 마음에 두고 가끔씩 그려보던 바로 그 애였기 때문이었다. 그 애도 나를 알아보았는지 멈칫거렸다. 그 애는 이웃 여고에 다녀 국민학교 졸업 후 처음 만나는 꼴이었는데 하필 쪽판 외나무다리에서였다.

길은 가야 했기에 외나무다리라고 하지만 나는 계속 걸었다. 그 애도 계속 걸어왔다. 둘은 다리 거의 가운데서 만났다. 우리는 다리 이음새를 골라 겨우 비키며 서로의 몸이 닿을 듯 마주했다. 물에 빠지지 않으려면 그럴 수밖에 다른 도리가 없었다. 밀착하기에는 주먹 하나 들어갈 사이였는데도 나는 그녀의 몸기운이 확 풍겨 당황했다. 얼굴을 마주치지 않으려고 안간힘을 쓰기는 했으나, 다리를 막 벗어날 때쯤 문득 내가 돌아섰다. 그 애도 돌아서서 이쪽을 바라보았다. 웃는 듯 놀란 듯, 그러나 그뿐이었다.

시간은 질주하듯 흘렀다. 몇 년 전 59회 동기생 모임이 있었다. 59회란 59년도에 졸업한 강상고 강농고 강여고 강릉사범 등 네 개 학교 졸업생 모임인데 나는 그 모임에서 축시를 하게 되었었고 무엇보다 그 애가 궁금했다.

시를 읽은 다음 나는 반백이 다된, 그러나 내 눈에는 아직 소녀티가 가시지 않은 중년 부인들이 둘러앉은 한 테이블로 찾아가 슬쩍 물었다. 그분 혹시 아시나요. 아, 그 애, 그 애는 다른 길로 떠난 지 오래인걸요.

어떤 사람이 도의 집을 지었다.
생나뭇가지를 구불어뜨려
그래 어디까지 가야 그곳인가

오름길이 숲속으로 숨는다. 오솔길은 겨울에는 환히 밝아 있다가 초여름에 접어들면 숲으로 가리어진다. 잎가지가 뻗치어 빈자리를 채운다. 앞사람이 금방 지나갔는데도 흔적이 없다. 이파리만 잠시 팔랑거리다 만다.

산 너머 산은 연두가 아니라 청산으로 불쑥 솟구쳐 있는데.

『정신과표현』, 2004년 7 · 8월호.

설악산 토왕성폭포

설악산에는 토왕성폭포가 살고 있다. 높이가 자그마치 320m. 앞에 서면 아찔하다. 설악산 화채능선 칠성봉에 걸려있다. 내가 이 폭포와 사귄 지도 꽤 여러 해가 지났다. 산세가 험준해 만나러 가는 길이 만만치 않지만, 나는 이 폭포를 아주 좋아해 올해에만도 열대여섯 차례나 다녀왔다. 갈 때마다 모습이 달라 가슴을 뛰게 한다. 한겨울 토왕성폭포는 얼음기둥이 벽공을 찌른다. 글씨에 미친 어떤 자가 있어 장목붓을 꽉 잡고 일필휘지로 내리갈긴 것 같다.

흔히 이 땅의 3대 폭포로 설악산 대승폭포, 개성 박연폭포, 금강산 구룡폭포를 들어 토왕성폭포는 그 축에 끼이지도 못한다. 왜 그렇게 되었는지는 알 수 없지만 아마도 누군가가 3대 폭포를 정할 때 토왕성폭포를 미처 찾아내지 못한 게 아닌가 한다. 그만치 깊고 은밀한 곳에 몰래 숨어있다. 아니면 다른 폭포 보기 미안스러워 토왕성폭포가 일부러 빠져 주었거나.

하지만 후일 토왕성폭포를 동양 제일의 폭포로 꼽아두었으니 폭포 쪽에서도 서운하지는 않을 것이다. 토왕성폭포야 이렇건 저렇건 상관할 바 없겠으나 그만한 위용을 충분히 갖추고 있으면서 제대로 대접을 못 받은 폭포이고 보면 서운하기도 했을 것이다.

물아 물아, 폭포야. 너는 하루 종일 내리뛰기만 하느냐! 뼈산 바위 벼랑을 가파르게 가파르게 소리치며. 황홀한 몸 폭포로. 가파를수록 더욱 청아한 목청, 고요히 번지는 아우성으로.

나는 토왕성폭포를 유달리 자주 찾는다. 그것은 순전히 폭포가 내뿜는 알 수 없는 기운과 쏟아지는 물과 산세가 어울려 자아내는 중중무진의 아득한 미감 때문이다. 폭포가 가까워지면 송글거리던 땀방울이 스러지고 어떤 신성한 기운이 몸뚱어리를 휘감아 치기 시작한다. 바위벽에 부딪혀 흩어지고 고꾸라지면서 우산처럼 펴지는 물방울들이 사방에 가득하고 안개로 자욱한 벼랑에 나 또한 하나의 물방울이 되거나 안개가 되거나 하여 내가 폭포인지 폭포가 나인지 도무지 분간이 안 가 얼떨떨해지기도 한다.

그때쯤 벼락 치듯 폭포 소리가 확 밀어닥친다. 나는 마음을 고정하고 숨을 고른다. 폭포가 내 숨을 타고 들어섰다 나섰다 한다. 가끔씩 쇠딱따구리 소리도 날카롭게 폭포 소리를 뚫고 들어오는데, 폭포 소리 속의 그 여린 소리가 또렷하고 깨끗하게 들려오는 것은 이상하다. 나는 폭포 소리는 잠시 밀쳐두고 깨끗한 그 여린 소리를 따라 잠시 한 마리 쇠딱따구리로 변한다. 죽은 나무토막을 쪼으며 생존을 위해서는 미처 생명이 끊어지지 않는 나무토막도 내리찍어 본다. 산천을 훨훨 날아올랐다가 조그만 둥지 속에 들어앉아 알을 품어도 보다가 눈을 부릅뜬 어미 쇠딱따구리에 쫓기어 얼른 내 자리로 돌아온다.

폭포가 내뿜는 물안개는 구름이 되어 벼랑 중허리에 걸리고 그건 가끔 오색빛깔을 내며 한참씩 발광하다가 사라진다. 나는 더욱 안으로 들어가고 폭포가 내 곁에 있는지 없는지 어떤 경계에 걸려들어 저쪽으로 넘어섰다 이쪽으로 넘어섰다 한다. 희열이 온몸을 휩싸 돌고 겁이 나 펄쩍 정신을 가다듬어 현실 밖으로 뛰쳐나오면 거기 천야한 절벽이 나를 떠받들고 있다. 나는 아슬한 그 위에서 몸 둘 바를 몰라 쩔쩔매고.

한번은 폭포가 어떻게 하나 보려고 폭포를 마주한 동녘 봉우리를 골라 종일 폭포만 바라본 적이 있다. 그때까지 나는 그냥 큰 폭포 하나가 걸려있구나, 하는 정도로만 토왕성폭포를 대했었다. 그런데 그게 아니었다. 걸려있는 게가 아니라 폭포의 조화로 주위의 여러 바위봉우리들이 일그러졌다 볼록해졌다 혹은 당당하게 하늘을 향해 모가지를 빼내 흔들다 하는 것이었다.

실은 정오까지만 해도 폭포는 그냥 무심히 거기 있어 나와는 무관한 듯했다. 정오를 넘어서자 상황은 달라졌다. 한가롭게 이쪽을 보았다 저쪽을 보았다 하던 해가 서녘 봉우리로 기울기 시작하고 때맞추어 그때까지 정말 바위처럼 떡 버티고 있던 바위봉우리들이 용을 써대며 꿈틀거리는 것이었다.

놀라운 것은 그저 두서너 봉우리만 삐쭉이 솟구쳐 올라 있던 바위봉우리 틈에서 수많은 다른 바위봉우리들이 나타나는 것이었다. 늘 어슴푸레한 물방울 그늘 장막 속에 가려 감추어져 있던 봉우리들이 떨어지면서 내뱉는 해의 그 그윽하고도 예리한 빛살을 받아 머리부터 조금씩 드러났던 것이었다. 그건 마치 높은 산봉우리에 올라 새벽을 맞는 시각, 비늘을 털며 여명을 안고 솟아오르는 수많은 산봉우리 같았다.

불침번을 섰던 날 새벽 잡목 우거진 산자락에서 조금씩 조금씩 치밀고 오르던 병사들의 투구가 저렇던가.

한데 그건 집선봉과 노적봉이 굽어져 움푹 들어간 사이로 해가 깊이 빠지는 순간 절정을 이루었다. 저항령에서 내어 쏘는 빛살이 안락암 무학송 솔이파리를 거쳐 이미 낮아진 허공 한 자락을 물고 이쪽 능선 가까이 와서는 냅다 예의 그 바위봉우리군들을 들이치는 것이었다. 바위들은 그 빛살을 되받아치면서 청자색으로 변했다 황금색으로 변했다가 반달 테를 두른 반달곰빛깔로 변했다가 마침

내 깡말라 형해로만 웅크려 앉아 말할 수 없는 측은함을 불러일으켰다. 알몸뚱어리를 몽땅 드러내 보여주고 또 어쩌려고 그러는지.

바위와 바위 사이는 몇천 년일까, 억센 세월의 갈고리가 훑고 또 훑어 이미 깊어질 대로 깊어졌다. 저 도저한 깊이, 그 깊이를 따라 파동치는 폭포 소리. 그러고 보니 산은 수많은 바위울림판과 바위 봉우리종젖을 매달고 거대한 종이 되어 미묘하고도 독특한 소리를 연신 펴내고 있었던 것이다. 그리고 그건 바로 폭포가 토해놓는 생명의 소리였던 것이다.

어떤 이가 물방울회초리를 치켜들자
천지만물이 벌떡 일어나 빠들껑거리고
무지개 아가씨가 싱글벙글
나 가랑잎 노 저으며 폭포 타고 노네.

아니다, 아니다. 저건 바위가 아니라 연잎이야. 연잎이 끌어안아 보듬은 폭포야. 내가 중얼거리는데, 어스름이 동해에서 막 건져 올린 문어발처럼 기어나와 계곡을 채우고 있었다. 나는 랜턴을 켜려 몸을 굽히고.

『정신과표현』, 2004년 9 · 10월호.

붓다가야 나이란자나강

여행은 즐겁다. 집을 떠나 세상과 어울린다는 것, 익명의 사람 숲에서 나 또한 익명으로의 어느 누구가 되어 함께 흘러간다는 것은 그 자체가 기쁨이요 축복이다. 누가 이름을 불러주지 않아도 나는 나다. 이름을 꼭 붙여야만 내가 나인 것은 아니다. 나는 내 당체로서의 나다. 불교 초기 경전의 하나인 금강반야바라밀다심경에서는 '나'라는 집착을 떨쳐버리고 그 아상을 때려 부술 때 진정한 '나'인 무아의 경지에 도달한다지만 그 경계를 어디 쉽게 만날 수 있다던가.

하지만 여행을 하다 보면 가끔 그 무아의 경계가 찾아올 때가 있다. 집을 떠나면 떠나는 순간 자질구레한 일상을 놓아버린다. 그저 두어 벌 옷가지와 타월, 손수건 한 장 양말 서너 켤레 공책 한 권, 필기구 두서넛이면 족하다. 외국 여행일 경우 여권과 용돈 조금을 더해야겠지. 그것들이 재산의 전부. 그리고 참으로 홀가분하게 떠나는 것이다. 그리하여 새로운 세계를 만끽하면 되는 것이다.

몇 년 전 내가 인도를 처음 찾았을 때도 마찬가지였다. 나는 참으로 홀가분했다. 홀가분히 이쪽 세상과 결별하고 저쪽 세상을 향해 날았다. 집으로부터 직장으로부터 벗어나 걸림 없이 새로운 '나'와 맞닥뜨린다는 것은 절로 기쁨이 솟는 일이었다. 인도는 내가 오래전부터 꿈꾸어왔기에 더욱 그러했다. 석가와 우파니샤드의 나라 인도, 내 시의 뼈대도 실은 그쪽이었다.

나는 인도에 첫발을 들여놓을 때 거대한 땅덩이 인도가 아니라 우파니샤드 속으로 들어가는 듯했고 석가의 길을 걷는 것 같았다. 석가의 성도지 붓다가야에서는 만나는 사람마다 그 모습이 어떻든 납자로 보였다.

붓다가야 나이란자나강(尼連禪河니련선하)은 모랫벌이었다. 마치 우리나라 보명재 같은 자잘한 모랫벌이 끝도 없이 이어졌다. 강폭이 1㎞라니 우기에 접어들면 물이 강을 채우겠지만 지금은 모래벌판이다. 나는 이 강을 걸어서 건너간다. 모래가 밟히면서 뽀드락거리는 소리가 발바닥을 타고 올라와 전신에 퍼진다. 그 젊은이도 이 강을 건넜겠지. 그는 6년 동안 단식을 통한 극단적인 고행 끝에 생사의 갈림길에 서서 생각했다. 고행만이 진리에 도달할 수 있는 유일한 방법은 아니다. 그러고는 육신의 학대를 포기하고 뼈만 앙상한 몰골로 마을로 내려왔다. 마침 마을 처녀 수자타가 우유죽(乳糜유미) 한 그릇을 받쳐 올렸다. 젊은이는 우유죽을 받아먹고 기운을 차렸다. 그 후 바로 이 나이란자나강으로 들어가 목욕을 하고 몸을 청정히 한 다음 핍팔라나무(보리수) 그늘에서 깊은 명상에 들었다. 그가 바로 석가. 갑자기 어떤 선적 자장이 내 몸에 들어와 물결친다. 그와 나의 거리는 2천 5백여 년. 그 시공을 뛰어넘어 나는 그를 느끼고 있다. 싯달타 그 젊은이의 숨결을. 그 숨결이 내 발길을 이리로 돌리게 했고 그 영적 발자취가 나를 우유죽의 그 수자타 마을로 불러들이고 있다. 입구에 다다르자 낯선 인기척에 놀랐는지 가시가 총총한 가시 대나무숲이 일렁이며 바스락거린다.

잠시 걸음을 가다듬고 사방을 살펴본다. 인도 전역이 그렇듯 이곳도 나지막한 구릉과 펑퍼짐한 들녘이다. 처음 대각을 이룰 장소를 찾아 올라갔다가 그럴만한 장소가 아니라는 천음을 듣고 내려왔다는 전정각산이 등을 꼬불어뜨리고 누워있고 그 앞쪽으로 코끼리를 닮았다 해서 붙여진 상두산이 어슬렁거린다. 내가 방금 돌아나온 길에는 대보리사대탑이 우뚝하다. 그 바로 옆에는 깨달음의 상징수가 돼 버린 거대한 핍팔라나무가 바람에 흔들거린다. 고요하다. 빈 강에 잇닿은 평원의 정적이 나를 말할 수 없이 깊은 곳으로 이끌어간다.

사실 석가 훨씬 전부터 인도에는 수행의 사회적인 분위기가 고조돼 있었다. 그것은 서력기원전 1300년경에 이미 〈베다〉가 형성된 것만을 보아도 알 수 있다. 인도인들은 유신론적인 세계관을 가지고 있어 수많은 신들을 섬기고 있었던 것이다. 삼대 신인 범천 시바

비슈누를 비롯해 제석천 쉬리이 야차 등 2백을 넘어 헤아릴 정도로 많았고 석가시대에는 그 관계가 더욱 복잡미묘해졌다. 그때나 이때나 인도는 신의 나라였다.

수행은 두 조류로 흘러와 석가 시대에까지 이르렀다. 그 두 조류가 바로 선정(禪定dhyana)과 고행(苦行tapas)이었다. 고행과 선정을 통해 신을 만나고자 했던 것이다. 날뛰는 짐승 같은 마음을 억눌러 조용히 자기 자신을 향해 들어가 깊은 내면에서 접신을 갈구했던 것이 선정이고 육체를 가열시켜 삿기[邪氣]를 태워 없애며 신에게 가까이 가 기쁨을 누리고자 했던 것이 고행이다. 선정과 고행의 중심에 항상 신이 자리하고 있었던 셈이다. 고행 따파스는 본래 열을 의미하는 말인데, 곧 열에 의해 물건이 생기므로 열을 가해 삿된 몸을 태워 없애고 깨끗한 몸으로 다시 태어나자는 것이다. 자이나교 개조인 니간타 나타풋타는 철저한 고행주의자였다. 그런데 선정과 고행을 통해 참구해야 할 궁극적 목표는 하나의 과제였다. 그 방법론은 석가 탄생 이전 1, 2세기경에 성립된 〈우파니샤드〉에 잘 나타나 있다.

우리가 잘 알고 있는 브라흐만과 아트만이 바로 우파니샤드의 중심사상이다. 곧 우주적인 에너지인 브라흐만(梵我범아)과 각 개인의 내면에 깃든 아트만(實我실아)의 관계를 깊이 통찰하고자 하는 것이 우파니샤드의 핵심인 것이었다. 브라흐만은 아트만의 근거이고 아트만은 본래 숨 쉰다는 뜻을 가진 말인데 브라흐만의 발현으로 보고 범아일여를 이루어 수행을 완성하고자 한 것이다. 수행의 큰 목적을 범아일여로 하는 데 쏠리게 한 것은 이 때문이다.

하지만 석가는 고행에 종지부를 찍음으로써 깨달음을 얻었다. 그리고 그가 본 것은 청정한 마음이었다. 마음이 만상에게로 가는 것이 아니라 마음 바다에 삼라만상이 있는 그대로 내려와 담기는 이른바 해인삼매의 경지였던 것이다. 그의 깨달음은 초저녁부터 삼경을 지나 동틀 무렵에 가서 완성된다. 그는 해 질 무렵 풀을 깎는 길상이라는 사람이 쥐여준 여덟 줌의 풀 끝을 잡고 흔들어 손 열네 폭만 한 자리를 만들고 핍팔라나무를 등지고 동쪽을 향해 앉는다. 그리고 뼈가 으스러지는 한이 있어도 자리를 떠나지 않으리라는 굳은 결심을 하고 결가부좌를 한다. 마치 금강사자 같이. 마군들이 무시로 덤벼들었으나 오른손으로 대지를 짚으니, 대지가 백천만의 규환을 일으켜 마군을 제압한다. 젊은이는 더욱 깊은 내면으로 들어간다. 이어 모든 욕망을 떠난 초선(初禪)에서 고도 낙도 아닌 제사선(第四禪)까지를 확인하고 초경에 과거의 생을 들여다본 제일명지(第一明智) 숙명통을, 중경에 모든 중생이 죽고 태어나는 것을 보고 업을 본 제이명지 천안통을, 삼경에 제삼명지 누진통을 얻게 된다. 제삼명지는 사성제를 알고 생존을 벗어나 모든 더러움을 멸하는 지혜에 통하는 경계인 것이다. 마침내 젊은이는 그가 불철주야 갈구한 대지혜를 완성한 것이다. 무명은 사라지고 보는 대로 세상이 보이고 해야 할 일이 이미 다 되고 말았다. 꽃비는 천상에 가득하고, 그 순간 바로 동이 텄다. 그게 인도 달력 바이샤카 달(둘째 달) 대보름날 새벽의 일, 젊은이 입에서 저절로 기쁨의 노래가 넘쳐 나왔다.

> 나고 죽음은 헤아릴 수 없고, 가고 옴이 또한 끝이 없다. 집에 머물러 구하는 자는 수많은 아이를 낳을 뿐, 이 집몸이 보이었나니. 너는 다시 이 몸을 짓지 말라. 너의 모든 서까래는 부수어졌고 기둥도 들보도 부러졌다. 이제 내 마음은 자유로우니 그 가운데 이미 모든 것을 다 멸했다.
>
> — 법구경 노모품

석가 시절 이곳은 브라흐만 수행자들이 모여 살아 수행의 분위기가 고조돼 있었다고 한다. 그러하기에 먼 북쪽 히말라야 산기슭 강가강(갠지스강) 상류인 로히나강 부근의 룸비니 동산에서 태어나 소년 시절과 청년기를 보낸 샤아카족의 한 젊은이는 마다가국 여기저기를 떠돌아다니다가 오로지 수행을 목적으로 이곳에 온 것이 아닐까 한다. 바로 그 명상적인 분위기가 고오타마의 발길을 이쪽으로 이끌었고 머물게 했을 것이다. 물론 고오타마는 매우 감성이 예민한 젊은이였다. 그것은 사문출유나 밭을 갈아엎을 때 나온 벌레들과 새의 이야기에서도 알 수 있다. 그 감수성이 아들 라훌라(장애물)와 아리따운 야쇼다라 부인과 결별하고 출가를 결심하기에 이른 것이다.

여러 설이 있지만 팔리어 열반경에 의하면 석가는 29세에 출가해 35세에 크게 깨쳐 각자가 된 것으로 돼 있다. 그 후 석가는 이곳을 중심으로 녹야원 왕사성 사위성 등의 지역을 맴돌며 12년간 유루의 법을, 22년간 무루의 법을 설했다. 삼라만상을 인연과 공의 도리로 본 이 두 사상은 잡아함경과 반야바라밀다심경에 잘 나타나 있다. 그러고 보면 석가는 유냐 무냐를 34년간 읊조렸던 것이다. 그리고는 쿠시나가르 두 구루 사라나무 사이에서 80세를 일기로 조용히 열반에 들었다.

흔히 말하는 면벽참선 명상 고행 위파사나 요가 수련 등 선적 명상 방법은 모두 인도에 그 뿌리를 두고 있고 나는 지금 그 뿌리 한 가닥을 움켜잡고 조용히 몸을 갖다 대고 있다. 이쪽저쪽 걸림 없이 어슬렁거리던 큰 소, 그 소 그림자를 따라 모든 것을 놓아버리고 홀로 흔들리면서.

이제는 가고 없는 소여 그러나
언제 어디서나 있는 소, 소 울음이여
나 잠깐 그 소뿔에 기대앉아 들었나니
천지가 묵연히 빛날 뿐이다.

발걸음을 마을 쪽으로 옮겼다. 논둑길을 한참 가는데 마을 꼬마들이 쪼르르 달려 나와 옷깃에 매달리며 박시시! 박시시! 하고 외쳐

댄다. 나는 깜짝 놀라 꼬마들의 얼굴을 가만히 들여다본다. 꼬마들도 멈칫하면서 나를 올려다본다. 입성은 초췌하나 눈동자는 맑다. 그윽하고 맑아 더할 수 없이 깊다. 이들 몸속에도 명상의 피가 흐르고 있구나. 나는 지금 한 성자와 얼굴을 마주해 바라보고 있는 건 아닐지.

『정신과표현』, 2004년 11 · 12월호.

모래불 해돋이

들창을 타고 넘나들던 가랑잎 소리가 멎었다. 나뭇가지를 휘감아 쥔 으름덩굴이 생기를 잃고 누워있다. 새벽 한파가 몸에 겨웠나 보다. 실은 이 으름덩굴 잎들이 사철나무 말고는 추위를 고작 잘 견뎌내는 편인데, 몇 차례 한파를 맞고는 멍이 들어 어쩔 줄 몰라 한다. 서녘 하늘은 더욱 짙은 파랑으로 떠올라 누가 활시위라도 댕기는 듯 팽팽하고 그 아래 설악은 새하얀 몸을 펴 마치 백색 금시조처럼 퍼득거리며 도드라져 있다. 바람이 불었고 서릿발이 쳤고 설화가 피었고 강물은 까칠해졌다. 골목길에 들어서면 입귀가 발름하게 열려있어 가끔 새들이 보금자리인 줄 착각하고 들어가 숯덩이가 되기도 하는 양철 굴뚝에서 붕붕거리며 내쏘는 난방 연료 가스가 코를 찌른다.

해가 바뀌는 것이다. 새해가 온다. 지난해는 희미한 흔적을 남기고 사라진다. 울분과 안타까움과 화와 애달픔과 때로 미소 지으며 다가서던 그 정겨운 얼굴들…. 그러나 그 모든 것들은 영원한 시간

의 아가리가 삼켜버리고 지금은 그저 고요할 뿐이다. 고요,

하지만 이 고요함은 고요함이 아닌지 모른다. 과거가 과거 아닌지 모른다. 시간이란 본래 인간의 관념 속에서만 존재하는 것이 아닌가. 시간이 어디 있는가. 시간은 무엇으로 만들었으며 어디에서 사는가. 저 발가벗은 나뭇가지에 걸려있는가. 아니면 엄동 양지쪽에서 벌써부터 털솜이불을 뒤채며 바스락거리기 시작한 버들개지에 담겨 있는가. 시간은 허공 중에 아무렇게 뒹굴고 있기도 하고 없기도 하다. 시간은 한 개체 안에서만 존재한다. 따라서 개체의 소멸과 동시에 그가 품고 아옹다옹하던 시간이란 괴물도 소멸하고야 만다. 더 거대한 우주적 영원성이야 미동도 않겠으나.

그런데도 사람들은 기다린다. 기다리며 모여든다. 새해가 오기를. 새해가 밝아오기를. 새해가 수평선에서 불쑥 솟아오르며 천지에 가득 광명을 뿌려주기를 고대하며 삼삼오오 모여드는 것이다. 아니 그들이 사는 곳에도 분명 그 해가 솟을 테지만 모이는 것이다. 모여서는 밤을 지새우며 기다리는 것이다. 좀 더 가까이 그 새해를 안아보기 위해서 그 새해를 먼저 가져가기 위해서. 먼저일 것도 가까울 것도 없는데도 말이다. 그보다는 새해가 있을 턱이 없을 것인데도 말이다.

양력 섣달그믐이면 동해 해변에는 곳곳이 사람들로 가득하다. 사

람들로 메워진다 함이 옳겠다. 한 해의 끝날을 바닷가에서 보내고 새로운 해의 시작을 바닷가에서 맞으려 밤을 지새우려는 것이다. 전에 볼 수 없었던 일이다. 삶이 그만치 팍팍해졌다는 걸까? 대여섯 해 전부터 그런 현상이 나타나고 있다. 새해를 맞기 위함이다. 새해를 보며 서원을 하고 누군가가 지금보다는 좀 더 나은 곳으로 인도해 주기를 바라는 마음에서다. 새천년이라 야단하던 2천 년부터 부쩍 더 그렇다. 영험 많은 기도처이기라도 하다는 듯.

내가 사는 속초에는 속초 해수욕장이 있는데 모래불이 깨끗하고 곱다. 2002년 정월 초하루 새벽이었다. 속초시의 부탁으로 그곳에서 새해 축시 낭독을 하러 아내와 동반해 아들 내외를 데리고 갔다가 나는 깜짝 놀랐다. 발 디딜 틈이 없었다. 해수욕장을 중심으로 인근 모래불 10만여 평에 사람들이 꽉 차 있었던 것이고 새벽이 가까워지자 인파는 더욱더 세차졌다. 전국 각지에서 사람들은 이쪽으로 발걸음을 재촉해 몰려들고 있었다. 그 한가운데 무대가 차려지고 무대를 가운데 두고 인파의 시선이 집중되었다.

물론 일부는 무대와는 상관없이 어둠을 밀치고 찰싹거리는 바닷물 소리를 들으며 이제나저제나 해 떠오르기만을 기다리는가 하면 일부는 모래 위에서 밤을 새웠는지 아무렇게나 털썩 주저앉았으면서도 마냥 행복한 눈짓을 보내기도 했다. 연인인 듯한 젊은이들은 서로 껴안고, 깊은 숨소리에 의지한 채 도무지 깨어날 줄 모르기도.

촛불을 손으로 가만히 감싸 안은 이도 보였다.

주악이 울리고 초청 가인들의 노랫가락이 퍼지고 사물장단이 울리고 난 후 축시 차례가 왔다. 나는 깜장 두루마기 차림으로 단에 올랐다. 노랑 한지에 적은 시를 천천히 낭독했다. 낭독하다가 낭송하다가 했다. 떠들썩하던 주변이 일순간 철옹벽처럼 깜깜해지더니 조명이 나를 향하고 나는 목청을 고조시켰다. 통일을 염원하는 시였기에 기원을 담아 애조를 띤 대목도 있었다. 시가 끝났을 때 갈채와 휘파람 소리가 들려왔다. 나는 시낭송 최초로 휘파람 소리를 들었다. 이름은 알 수 없지만 사랑스러운 청중들이 사심 없이 치는 손뼉이요 부는 휘파람이었을 것이라 생각하니 기분이 좋아졌다. 때를 맞추어 폭죽이 하늘을 수놓았다. 백여 발의 폭죽이 아직 어둠이 덜 풀린 하늘을 물들였다. 소리는 천지를 진동했다. 그리고 그 소리를 따라 동이 트고 붉은 빛줄기, 그러니까 그 생명의 타는 불줄기 하나가 천공을 뚫고 있었다. 아닌 게 아니라 폭죽 소리에 놀라 해가 수평선 아래서 선어처럼 지느러미를 파득대며 갑자기 툭 튀어 오른 듯도 했다. 나는 조용히 군중 속으로 걸어 들어가 나 또한 군중의 한 부분이 되었다. 내 발자국 소리만 날 뿐 새벽 해안은 침묵으로 잠겨 들고 폭죽의 여운도 잠시 후 가늘어졌다.

나는 모래톱까지 나아갔다. 발이 얼어들어 왔으나 오히려 상쾌했다. 사람들은 벌써 손을 앞으로 모았다. 너나 할 것 없이 거의 그런 자세다. 바야흐로 동녘이 더 환해지기 시작한 것이었다. 여명, 바로 그게 오기 시작한 것이었다. 하지만 구름머리가 조금 더 불그레해졌을 뿐 더는 진척이 없다. 모래불에는 적막감이 감돌았다. 나올 듯 나올듯하면서도 좀처럼 나오지 않는 해를 향해 사람들은 몸 방향을 고정해 놓고 마치 석상인 양 미동도 않는다. 가장 순수한 어떤 정신의 극점에 도달해 있는 듯도 했다. 이따금 파도 소리는 해안 모래알 틈으로 빠져드느라 쌀남박 쌀 이는 소리를 내고 그때마다 흰 물빛에 닿은 엷은 밝음이 더할 수 없이 순결해 보였다. 순결 지경으로 나를 이끌어갔다.

모래불은 육지의 끝이고 바다의 시작이다. 해가 바다에서 육지를 향해 떠오른다는 느낌이 드는 것은 그 때문이다. 사방이 더 밝아지자 수평선 위로 먹구름이 낮게 깔린 게 드러났다. 사실 자정까지 겨울비가 흩뿌려 일출의 장관은 글렀다고 생각했었다. 그러나 조롱이라도 하듯 별들이 박혔고 파도 날에 씻겨 그런지 더 깨끗한 바다별이 초롱하기까지 했다. 잠깐 사이 밝음이 한곳으로 모이는가 싶었는데 하늘에 선홍색 금이 갔다. 드디어 해오름이 시작된 것이다. 구름 한 곳이 터지고 밝은 보랏빛이 가득 차오른다. 터벌어진 금은 북쪽에서 남서쪽으로 조금씩 길어졌다. 해는 바로 그리로 솟아오를 것이었다. 하지만 다시 선홍의 흔적을 지웠고 수 분 후 또다시 그런 형상이 나타났다. 서너 차례 반복하다가 마치 잘 익은 모과 색깔 같은 노란 빛보라가 일었다. 이때 먹구름은 황금 송이로 뭉글거렸고 거대한 알껍질이 깨뜨려진 듯 빛물이 흘러나와 형형색색 복사꽃 벙글듯 벙글어서 해 쪽을 향했다. 백설로 장엄한 설악산도 어지간히 환해져 여명을 향해 경배하듯 둘러섰다. 기다렸다는 듯 파도머리가 거칠게 일어서고 갈매기가 놀랐는지 일제히 비상했다. 이어 송곳 구멍 같은 구멍이 뚫리면서 빛 몇 줄기가 새어 나와 분수처럼 하늘로 치솟았다. 거대한 힘이 응축돼 있다가 한꺼번에 용출한다 할까? 어떤 강력한 장력이 극한에 이르러 꺾여 튕기는 것 같기도 했다. 연이어 빛의 분수는 부챗살로 펴져 꿈틀거리며 한바탕 요동쳤는가 싶었는데, 그로 인해 알껍질이 여기저기서 탁탁 떨어져 나갔다. 그리고는 짜릿한 애인의 혓바닥 같은 것이 이쪽 세상 안으로 불쑥 들어왔다. 잉걸불 덩어리 같은 것이.

보라 허공을 물들이는 저 광명을
천지가 한 송아리 꽃이다.
저 꽃 속의 꽃, 그 꽃이 바로 그대다.
만상을 구슬처럼 꿰어차고 노를 젓는
꽃배다. 꽃배의 주인이다.

사람들은 모은 손을 떼지 못한다. 햇살이 손에 와 머물러 손이 밝아 있다. 숙연하다. 도를 얻어 환희에 찬 듯도 하다. 함성을 치는 이도 있지만 대개는 고요하다. 침묵한다. 군중 속의 나도 고요하다. 행선 하다가 앞에 벌레가 있어 잠시 서 있듯 고요히 둥글어지기 시작한 해벌레를 향해 가만히 있다. 해오름을 따라 내 마음에도 색색 색이파리가 피었다 졌다. 폭풍이 몰아치기도 했다. 수평선 물 아지랑이를 매달고 해가 둥글어질 때까지 단 한순간도 가만히 있지 못한 게 내 마음이었다. 요놈을 어찌할까? 올해도 헛것, 허깨비와 뛰놀기만 할 것인가. 마음 망아지를 붙잡아 매기가 이렇듯 힘드는가. 나는 해를 바라보다가 폭풍이 몰아치는 마음을 들여다보다가 한다. 새날의 기운이 흘러드는 걸까? 눈을 감는다. 온기가 온몸을 휩싸고 돈다. 햇살이 얼굴을 스치며 지나간다. 새해 첫 햇살이 일체 무차별로 금싸라기처럼 흩뿌려지는 것이었다. 문득 신선봉 쪽으로 몸을 돌렸다. 그런데 이건 또 뭔가. 보름을 막 넘어서서 아직 뱃구리가 채 꺼지지 않은 달이 허공에 매달려 히히히 하고 웃고 있었으니….

그러나 무엇이 새날의 그것인가. 오고 간 것은 무엇이고 올 것은 또 무엇인가. 아무것도 없다. 없는 게 있다. 풍요한들 소척한들 어떨 것인가. 그저 하루하루가 오고 갔을 뿐이다.

그렇지 않다. 날마다 새날이고 날마다 새해다. 날마다 새롭고 날마다 신비에 가득 차 있다. 우주는 늘 신선하다. 신선한 기운으로 가득 차 있다. 하루의 아침은 아침대로 한낮은 한낮대로 저녁 놀꽃 질 때면 저녁 놀꽃 지는 대로 한밤은 한밤대로. 시시각각 그 힘은 '나'라는 한 존재에 대해 말할 수 없이 고즈넉이 작용한다. 내가 나로 있는 한 그것은 계속된다. 나만의 독불장군으로 서 있는 게 아니다. 우주가 나를 존재케 한다. 우주가 나를 떠받들어 나는 지금 여기 있는 것이다.

『정신과표현』, 2005년 1 · 2월호.

전쟁과 암소

또 전쟁이 터졌다. 하루는 무서운 일이 벌어졌다. 우리 집이 공습을 받은 것이었다. 새까만 무스탕 편대가 날아와 우리 집을 향해 총알을 퍼부어 댔다. 무섭고도 끔찍한 일이었다. 집은 초가였지만 마을에서 제법 큰집이었다. 안방과 사랑 그리고 뒷방과 도장 뒷사랑 등 방이 다섯 칸에 부엌과 소가 사는 외양간과 방앗간이 별채로 달렸으니 작은 게 아니었다. 그래서인지 작은댁 식구들과 건넛마을 먼 일가들은 식솔을 모두 데려와 우리 집에서 피란을 하는 중이었고 때마침 마을 어른들도 놀러 와있었다.

그런데 폭격을 맞은 것이다. 방안에는 어른과 아이들이 어림잡아 30여 명쯤 모여 있었다. 조부께서는 책 읽기를 좋아해 홍루몽 옥루몽 장한몽 등 육전소설을 즐겨 읽으셨고 마을 어른들은 그 책 읽는 소리가 재미나 우리 집으로 모여들었다. 그날도 조부께서는 낭랑한 목청으로 홍루몽을 낭독하셨고 빙 둘러앉거나 목침을 괴고 누운 어른들은 다음 대목이 궁금한지 쯧쯧 저런 하며 연신 맞장구를 쳐대었다.

마침 나는 동생들과 종이로 비행기를 접어 안방과 사랑방을 넘나들며 어른들 틈을 비집고 다녔는데, 바로 그 순간 콩 볶듯 하는 총소리가 들려왔고 이어 천지가 뒤바뀌는 듯 뽀얗게 먼지가 치솟아 올랐다. 그리고는 어둠이 닥치고 처절한 단말마가 들렸다. 참으로 순식간의 일이었다. 뛰어 밖으로 피해 나갔으나 뒤안 울타리 밖에서는 불길이 치솟았다. 집이 타는가. 그건 아니었다. 밤나무에 쌓아 놓은 소먹이 건초더미가 싯벌건 불더미로 바뀌고 있었다.

안으로 다시 들어와 어른들을 따라 얼른 방공굴로 자리를 옮겼는데 여기저기서 비명 소리가 들렸다. 바로 내 밑 아우 둘이 피를 흘렸고 할머니 또한 피를 쏟으며 신음했다. 아기를 업은 채. 큰 작은댁 재당숙모님은 핏덩이젖먹이를 동댕이치고 왔다고 발을 동동 구르다가 총성 속을 뚫고 들어가 핏덩이를 품에 안고 굴속으로 다시 들어왔다. 젖먹이는 괜찮았다. 이 젖먹이가 육이오 동이인 내 팔촌 상길 아우로 벌써 오십 중반에 들어서고 있다.

어머니가 관솔불을 피워 치켜두셨다. 매캐한 내음이 굴속에 퍼졌다. 더듬어 우선 아프다는 데를 어머니는 무명 치마폭을 찢어 동여맸다. 그리고 기다렸다. 저녁때가 되어서야 우리는 굴 밖으로 나왔다. 집안을 살펴보았다. 구들장 여기저기가 뜯겨나갔다. 벽 이곳저곳에 물동이 아구리만 한 구멍이 뚫렸고 구멍에는 벽을 지탱하게 했던 나무가 고드름처럼 매달려 삐죽삐죽 삐쳐 나와 있었다. 천장은 휑뎅그렁했다. 부엌 대들보에도 총탄 자국이 생겼다. 끄름에 그슬려 새까맣던 몸통이 하얀 생채기가 생겨 선명하게 드러났다. 총탄 자국이었다. 집은 쓰러지지 않았다. 간신히 버티고 있었다.

내 아우 하나는 일곱 군데나 파편을 맞았고 다른 아우는 왼쪽 팔목에 파편을 맞고 할머니는 왼쪽 엉덩이를 총알이 뚫고 들어갔다. 그래서 후일 내가 다니던 성덕 국민학교에 야전군 의무부대가 들어왔을 때 할아버지는 가마틀을 빌려 이웃 어른 한 분과 할머니를 태우고 가 엄지 손마디만 한 구리탄환을 꺼내야 했다. 뒤늦은 치료였다. 하지만 다른 사람들은 모두 괜찮았다. 그 30여 명이나 되는 사람들이 안방 사랑방에 꽉 차 있었는데 모두 괜찮았던 것이다. 이상한 일이었다. 전쟁이란 본래 사람을 죽이는 잔인한 속성이 있지 않은가. 그런데도 살아남았다는 게 믿기지 않았다. 비 오듯 쏟아지는 총알이 사람을 피해 가다니. 더욱이 우리 집은 초가가 아니었던가.

나중에 안 일이지만 아침 녘에 일개 소대 병력이 전열을 가다듬던 중 우리 집 사철나무 울타리 속으로 들어가 숨었었다고 했다. 그 몇 분 후 공습이 시작되었다는 것이다. 나는 얼떨떨했다. 그러나 집이 살았고 사람이 살았다. 산 자는 살았다. 분명 비행기가 내리쏜 것은 집을 향해서였고 총구는 그 집 안에 있을 생명을 겨냥했을 것이다. 생명을 향해! 사람을 향해!

생명은 찰나
들숨과 날숨 사이에 있다.
살랑살랑 봄바람 매화 가지를 흔드니
망울 벙글고 움이 튼다.
하늘소리인가
내 주름진 귀가 즐겁다.

생명은 선택적으로 오고 간다. 어쩌지 못할 때가 있기는 하나 태어남과 죽음도 선택적이다. 죽기로 한자가 살 때가 있고, 살자고 한 자가 죽을 때가 있다. 다만 더 살아야 할 사람이, 더 살지 못한다는 것은 그 또한 어찌 된 일인가. 하늘의 뜻인가. 사람의 뜻인가. 사람 안에 신이 산다. 생명은 몸이다. 모든 몸은 생명을 담는 위대한 그릇이다.

1 · 4후퇴(1951년 1월 4일, 유엔군 서울 철수. 〈내가 살던 강릉은 1월 6일, 국군 후퇴. 2월 7일, 시가지 탈환.〉), 그러고 보니 그게 벌써 쉰 해를 훨씬 넘어섰다. 큰 눈이 왔고 눈과 함께 짐 보따리를 싸 아버지는 종손이었던 가형을 데리고 피란을 떠났다. 암소 한 마리를 데리고 떠났다. 암소는 지르마(안장)에 쌀과 냄비 숟가락 등속을 싣고 갔다. 눈동자가 유난히 까맣던 그 소, 내가 올라타고 통소를 불어도 잘도 걸어가

던 그 착한 암소를.

내 나이 열한 살. 남아있는 자들은 말하자면 죽어도 좋을 게였다. 그건 슬픔이었다. 전쟁터에 아무렇게 내던져져 죽어도 좋을 것들, 하기야 대식구이다 보니 한꺼번에 집을 떠난다는 것은 또 다른 죽음을 예고하고도 남음이 있었을 것이다. 연로하신 조부모님과 어머니, 그리고 동생들 넷, 그 난리 통에 이 많은 식구들을 데리고 어디로 간단 말인가. 어디가 무엇을 어쩌겠다는 말인가.

그러나 전쟁터에 내던져진 우리들은 용케도 죽지 않고 살았다. 살아남았다. 전투장으로 변해버린 텃밭과 동산에는 어디 가든 노리끼리한 총탄과 소총이 짐승 뼈다귀처럼 나뒹굴었다. 참으로 많았다. 주워다가 가지고 놀다 조부님에게 들켜 혼나기도 했다. 그때마다 우리들은 얼른 보득솔 숲에 그것들을 감추어버렸다. 하지만 양지 녘에 모이면 개머리판이 유달리 큰 그 총을 꺼내 마을 또래들과 다시 장난을 쳤다.

총놀이는 곧 우리들의 좋은 취미 거리였다. 그리고 어른들의 전쟁 자체가 우리들의 좋은 구경거리였다. 우리들은 나무 위에 올라가거나 울타리에 걸터앉아 전투 장면을 구경했다. 거무튀튀한 앞날개에서 반짝반짝 이는 섬광은 얼마나 신기했던가. 하지만 잠시 후 산천을 진동하는 거대한 폭음소리는 빼내었던 목을 옴츠러들게 했다. 하얀 보자기를 쓰고 가다 눈 위에 벌렁 드러눕는 병사들을 보고는 웃옷을 까뒤집어 함께 눈에 벌렁 드러누워 장난을 걸었으니 어른들의 전쟁은 말하자면 우리 철부지들의 재밋거리였다.

폭격이 심해지자 우리들의 전쟁놀이도 더욱 심도를 더해갔다. 이를테면 탄피를 무청 타래처럼 고리에 꿰어 어깨에 걸고 총탄에서 화약을 빼 불장난을 하며 우리도 점차 병정이 돼가고 있었다. 병정들처럼 행동하기 시작했다. 실탄의 오목한 곳을 톡톡 두들기면 탄피와 탄알이 분리되면서 싸한 화약내가 돌고 곧장 파리한 밀알 같은 화약이 손바닥에 소복했는데 우리는 그것으로 폭약놀이를 했다. 그걸 모아 깡통에 쓸어 넣고 불씨를 집어 던지면 한꺼번에 불길이 솟구치고 때로는 깡통까지 찢어지며 튀어 올랐는데, 그건 우리들의 호기심을 한껏 증폭시키는 것이었다. 그 무료한 날들을 우리는 그렇게 채워 넣었던 것이다.

전쟁, 어쩌다 너무 일찍 생사를 넘나들었던 그 전쟁.

사망 380만여 명, 행방불명 43만여 명, 전쟁미망인 30만여 명, 전쟁고아 10만여 명, 피난민 320만여 명('전사' 제5호:국방부전사편찬연구회. 2003.)

가옥 소실 62만 여호, 이산, 초토, 아픔, 굶주림과 포화와 포연…. 3년 1개월에 걸쳐 아름다운 이 산하대지를 찢어 짓이겨놓고 전쟁은 그렇게 끝났다.

하지만 전쟁은 끝난 게 아니다. 지금, 이 순간에도 이 지구상 누군가는 어느 누구를 향해 방아쇠를 당기고 있다. 온전한 평화의 총구는 없는가. 방아쇠를 당기는 순간 총알이 아니라 향기로운 꽃떨기가 피어나게 할 수는.

평화야말로 우주가 머금은 최고의 명상적 에너지다.

볍씨를 담글 때쯤 가친과 가형이 돌아왔다. 암소는 오지 않았다. 등에 타고 통소를 불며 함께 놀던 내 친구, 그 암소의 향방을 나는 끝내 물어볼 수 없었다. 가친은 할아버지 앞에서 목을 놓았다. 나는 그때 아버지도 운다는 사실을 알았다. 어린애처럼.

『정신과표현』, 2005년 3 · 4월호.

스승과 제자

나들이하듯 세상을 살아간다.

더 무얼 하고 무엇을 바라랴

현대는 직선의 시대다. 곡선은 숨어버렸다. 소로 밭갈이하던 때를 곡선이라면 자본주의가 팽배한 공장 주도주의 시대는 직선이다. 직선으로 다가온다. 도로가 직선으로 뻗어가려 안간힘을 쓰고 건물은 직선으로 하늘에 걸려있다. 곡선은 사라진다. 직선은 미지를 향해 고개를 쳐들고 있지만 곡선은 무궁을 향해 고개를 든다. 직선으로 내달리다 보면 막다른 벼랑에서 돌이킬 수 없어 쩔쩔맬 때가 있다. 곡선은 막다른 벼랑을 비켜 간다. 갈 수 있다. 곡선은 험준한 산악도 빙글빙글 돌아 마침내 정상에 이르게 한다. 직선은 쉬이 지치게 만든다. 직선의 풍광이 날카롭다면 곡선의 풍광은 부드럽다.

선(禪)은 곡선이고 교(敎)는 직선이다. 피카소가 직선의 화가라면 오원 장승업은 곡선의 화가다. 만해를 곡선의 시인이라면 지용은 직선에 가까운 시인이다. 범종 소리는 곡선이고 경적 소리는 직선이다.

나는 해금을 좋아한다. 갈대 소리도 좋아하지만 소나무 잎이 내지르는 소리도 좋아한다. 쭉쭉 곧은 활엽 나뭇가지도 생기에 가득한 봄 한철에는 끝이 꼬불아진 경우가 많다. 곡선으로 있는 것이다. 성장을 하기 위한 몸 숙임이 일단 꼬불아짐으로 나타나는 것이다. 그러나 이게 철사처럼 강성을 지니고 직선으로 바뀌면 이미 생장이 멎은 상태다. 한낮 쨍그렁 거리는 햇살은 직선이고 둥근달이 비춰내는 달빛은 곡선이다. 붓끝을 휘돌리는 광필은 곡선이고 컴퓨터 자판을 두들기는 것은 직선이다.

한 스승이 있었다. 한 제자가 스승 밑에서 열심히 마음공부를 하고 있었다. 얼마나 많은 세월이 흘렀을까? 하지만 제자에게는 깨달음이 오지 않았다. 마음공부를 그렇게 했건만. 제자는 스승 곁을 떠났다. 스승은 떠나는 제자를 보고 나무라지 않았다. 몇 년 후 제자가 돌아왔다. 제자는 세상에 내려가 세상을 보고 배우며 익혀 마침내 어떤 큰 세계에 도달해 있었다. 스승은 예전 하던 대로 조금도 변하지 않은 채 경전만을 붙들고 앉아 씨름했다. 경전만이 깨달음으로 가는 유일한 길이라는 듯이. 돌아온 제자를 보고 반가운 나머지 스승이 말했다. 내 등을 좀 밀어다오. 제자가 스스럼없이 스승의 등을 밀었다. 그러면서 혼자 중얼거렸다. 법당은 좋은데 부처가 성스럽지 못하구나. 스승은 짐짓 못 들은 체했다.

며칠이 지나갔다.

벌 한 마리가 방에 들어와 나가려다가 들창을 들이박으며 붕붕거렸다. 스승과 제자는 물끄러미 그 모습을 바라보았다. 앞문이 크게 열려있는데 벌은 한사코 들창문 창호지를 뚫고 나가려고 발버둥쳤기 때문이었다. 답답했다. 제자가 말했다. 벌아 세상은 넓다, 하필 그 들창문 창호지냐! 스승은 제자를 보았다. 섬광 같은 게 번쩍 스쳐 갔다. 이 사람이 보통이 아니구나, 속으로 생각하며 얼른 돌아앉아 제자를 향해 절을 올렸다. 제자가 사양했지만 스승은 제자를 스승으로 삼았다. 그리고는 제자를 법상에 모셨다. 스승과 제자가 뒤바뀌는 순간이었다. 법상에 오른 제자스승이 입을 열었다. 마음은 본래부터 뚜렷하다. 허망한 인연을 잘라버리면 곧바로 깨달은 이다. 스승제자도 입을 열었다. 듣기에 본래 깨달은 이는 오직 한 분이라 했는데 이제 보니, 마음을 바로 볼 수 있는 이는 모두 깨달은 자이구나.

이 이야기는 백장문중의 고령선사와 그의 스승과의 일화의 한 토막이다.

나는 나이 서른을 막 넘어섰을 때 그러니까 70년대 초 오대산 월정사에서 한 일주일 머문 적이 있었다. 그해 겨울은 혹독해 세상을 꽁꽁 얼어붙게 했다. 산사도 꽁꽁 얼어붙었다. 당시에는 급수시설이 좋지 않아 앞 개울물을 퍼서 식수와 허드렛물을 써야 했다. 그런데 개울물까지 얼어붙었으니 하는 수 없이 눈을 퍼다 녹여 물을 만들어 음식을 지어 공양을 올리곤 했다. 그런 몇 날이 계속되었고 와중에서도 나는 하산할 마음이 생기지 않아 밍그적거리며 상원사를 하루에 한 번씩 다녀오는 것으로 재미를 붙이고 있었다.

상원사가 어떤 절인가. 방한암 선사가 법상 좌탈입망한 곳 아니던가. 나는 그분이 기거하던 청량선원을 기웃거려 보는 것만으로도 즐거움이 솟았다. 그리고 그분이 아침저녁 들었을 상원사 종소리를 내가 듣는 것 하나만으로도 큰 기쁨에 젖곤 했다.

그런데 하루는 월정사 주지로 계셨던 승찬 스님으로부터 전갈이 왔다. 잠깐 큰방으로 나오라는 것이었다. 스님은 객인 나에게 마가목차를 권하며 두런두런 말씀을 이어갔다. 그게 바로 내가 지금도 생생하게 기억하는 스승과 제자에 대한 저 이야기였다.

그래 큰문이 있다. 있지만 잘 모른다. 보아도 보지 못하고 들어도 듣지 못한다. 저 벌처럼 들창문 창호지에만 머리를 들이박으며, 문아 열려라 문아 열려라 하고 들볶고 있다.

'스승보다 제자가 훌륭해도 질투하지 않는다. 제자가 스승을 뛰어넘을 수 있게 가르친다.'

육방예경(六方禮敬)에 나오는 말이다. 이즈음 스승이 없다는 말을 곧잘 듣는다. 그러나 그 말은 틀렸다. 스승이 있다. 왜 없는가. 도처에 스승이 있고 귀를 기울이면 스승의 외침이 천지에 가득 차오른다. 진정한 제자는 스승의 손가락이나 쳐다보아서는 안 된다. 스승을 뛰어넘어야 한다. 스승을 뛰어넘지 못하면 그 제자는 진정한 제자가 아니다. 제자가 제자 아니라면 그 스승 또한 스승이 아니다.

큰문은 곡선의 눈으로 보아야 볼 수 있다. 직선의 눈은 비켜 간다.

나는 지금까지 무작정 달려왔다. 삶에 얽매이고 직장에 얽매이기를 39년 4개월, 그것은 한마디로 직선의 생이었다. 나는 직선을 살았다. 굴곡이 없었다. 투쟁의 현대사를 나는 교직에 몸을 담아 직선으로 관통했다. 직선 속의 또 하나 선으로. 그것이 내 삶의 전부였고 그 길이 내 양심이 가는 길이었다. 내 의지의 불꽃은 아이들과 함께 뒹굴며 가르치고 배우는 것으로 타올랐다. 달리 눈을 돌릴 여유가 없었다. 교실 둥지에서 해마다 몰라보게 변해가는 내 소중한 얼굴들을 나는 배반할 수가 없었다.

하기야 내가 모르는 사이에 나로 하여 상처를 입은 아이들도 적지 않을 것이다. 창수라는 조그만 산골 학교에서는 84명의 아이들을 담임한 적도 있었으니 말이다. 한 교실 84명은 무리였다. 책상을 놓으면 나다니는 통로조차 없었다. 초롱거리는 아이들과 하나하나 눈을 맞추려 애썼지만 그게 어디 제대로 되었을 것인가. 군복을 막 벗은 24살 청년 교사이기는 했으나.

영, 기, 현, 례, 규, 자, 채, 모, 갑, 용, 순, 교, 철, 희…. 부르면 별 떨기처럼 영롱히 다가들듯 한 얼굴들.

애증의 자그만 일들이 나를 스치고 지나간다. 회한의 슬슬(瑟瑟)

함이 끈적거리는 여운으로 파문 진다. 하지만 갔다. 내 젊음과 청춘은 풀잎처럼 사운대다 어디론가 사라졌다. 몸에서는 물기가 빠져나갔다. 이따금 뼈 부딪치는 소리가 들려오기도 한다. 한 자루 뼈 소리! 그러나 어쩌랴. 그저 고맙고 고마울 뿐인 것을. 세상이 고맙고 나를 지켜준 땅과 하늘이 고맙다. 이웃이 고맙고 나를 일깨운 시가 고맙다. 산이 고맙고 산에 가득한 나무들과 바위들이 고맙다. 내 무릎을 꿇린 겨울산 눈보라 강풍이 고맙다. 내 가슴을 탁 틔워주는 동해 파도 물결이 고맙고 날마다 무거운 이 육신을 떠받치고 단 한 번도 배신하지 않는 내 발이 고맙다. 장끼 날갯짓 소리와 갈참나무 잎새를 바람이 밟고 가는 소리를 따라갈 줄 아는 내 귀도 고맙다. 고맙다. 삼라만상이 그저 고마울 뿐이다.

세상의 모든 제자들이여
친구들이여 스승을 뛰어넘어라
마음 등명불 치켜들고
뛰어넘고 또 뛰어넘어라

내 생은 직선이었다. 직선을 안고 헤맸다. 직선으로 벼랑 끝에 서면 갈 곳이 없다. 천하가 눈 아래라도 볼 수 없다. 건너뛸 수 없다. 아직 산을 보면 가슴이 두근거리고 자꾸 오르고 싶고 또 올라가기도 하지만.

『정신과표현』, 2005년 5 · 6월호.

지리산 천왕봉

지리산은 멀다. 내가 사는 설악에서 지리산까지는 차로 8시간이나 걸린다. 하지만 지리산은 묘한 매력이 있다. 묘한 힘에 이끌려 세 차례나 천왕봉을 올랐다. 내 피붙이 같았던 청동버너불통 하나를 거기 묻었고 지리산에 대한 시만 해도 20편을 넘게 썼다. 나는 설악 능선에서 가끔 지리산을 보기도 하고 지리산에서 설악산 대청봉을 느끼기도 한다. 설악과 지리산은 소백산을 중심 들머리로 해표풍을 가르며 하늘로 치솟는 고구려 주작의 두 날개 같다.

남녘 산봉우리들이 살랑거리는 남해 파랑을 받아 청람빛으로 물들며 내 가슴에 안긴다. 나는 백두대간 첫 발걸음을 바로 지리산 천왕봉에 남겼었다. 봉긋봉긋 솟아오른 수많은 산봉우리를 조망하며 산천무사안녕 고유제를 올리기도 했다. 그렇다고 해도 나는 백두대간 종주를 하고 난 다음 다시는 이 산에 오르지 않겠다고 다짐했었다. 그것은 원체 애를 먹인 산이었기 때문이었다. 20㎏이 넘는 짐을 짊어지고 노루목마다 가득한 계단을 오르내린다는 것은 지옥길이나 진배없었다. 제기랄 무슨 놈의 계단이 이렇게 많은가, 하는 원망이 절로 나오는 산이었다. 그러나 지난해 6월 13일 나는 또다시 지리산을 찾았다. 찾으려고 해서 그런 게 아니라 어찌하다 보니 또 그렇게 된 것이었다. 지리산이 나를 잡아끌어서였을까?

초여름 새벽 산길에 속도가 붙었다. 오름길이 가팔랐지만 새벽이 주는 신성함이 걸음을 빠르게 했다. 중산리에서 법계사로 오르는 길은 거의 숲속길이라 숲과 나뭇가지 사이로 언뜻언뜻 내리치는 별빛은 산행을 한껏 들뜨게 했다. 서너 숨 쉬고 나면 곧장 정상에 이르겠지만 8부 능선 다음부터는 느릿느릿이다. 느릿느릿이 좋다. 느릿느릿 걸으면 주변이 그윽해진다. 호흡을 느끼며 걸을 좋은 기회이기도 하다. 호흡을 느끼며 정상을 아껴 두려는 것이다. 그래야 산에 밀착할 수 있다. 산이 보이고 나와 산이 하나로 다시 태어나는 것이다. 나는 정상이 가까워지면 느릿느릿해지고 싶어진다. 이번 산행도 마찬가지였다.

그러나 뜻밖에 길손 두 분을 만났다. 산을 좋아하는 중년 부부였다. 울산 조학순씨 부부. 남명 조식(南冥 曺植) 선생 후손이라고 자신을 소개했다. 경상 우도의 남명 선생(1501~1572)은 경상 좌도의 이황 선생과 영남 유학의 두 봉우리다. 남명 선생은 두류산(지리산)을 아주 좋아하였던 듯 유두류록(遊頭流錄)을 썼고 '산도 붉고 물도 붉고 사람조차 붉다'는 피아골(稷田溪谷직전계곡) 삼홍소(三紅沼)를 읊은 시도 남겼다. 특히 선생의 시 제덕산계정주는 두류산을 우러르는 마음이 잘 나타나 있어 그 시절의 웅혼한 두류산 천봉을 올라보는 듯해 가슴이 울렁댄다.

천석이나 들어가는 종을 좀 보아라
크게 치지 않으면 소리 없다
어쩌면 두류산같이
하늘이 울어도 산은 울지 않으리
請看千石鐘 非大扣無聲 청간천석종 비대구무성
爭似頭流山 天鳴猶不鳴 쟁사두류산 천명유불명

— 題德山溪亭柱(『南冥先生集』卷之一, 1604.)
제덕산계정주(『남명선생집』 권지1)

선생은 늘 방울을 달고 다니면서 이 방울에 성성자(猩猩子)란 이름을 붙여놓고, 방울이 울릴 때마다 방울 소리를 들으며, 몸과 정신을 흔들어 깨어나게 했다고 한다. 이런 후손이라 생각하니 허리춤에서 방울소리가 울려 나오는 듯 금방 맑은 기운이 돈다. 산에 대해 몇 마디 건네고 우리는 곧장 함께 걷기로 했다. 아니, 누가 뭐라지 않았는데도 발걸음을 같이했다.

느릿느릿. 자주 산을 타시나요. 지리산에는 몇 차례 오셨드랬나요. 법계사에 적멸보궁이 새로 생겼군요. 오늘은 하늘에서 향기가 나는 것 같아요. 3대 공력을 들여야 천왕봉 일출을 볼 수 있다죠. 일출을 맞기 위해 해마다 12월 그믐이면 몰아치는 눈바람을 껴안고 이곳에서 비박하는 젊은이가 꽤 많아요.

단 몇 마디가 오갔을 뿐인데도 말 이전의 그 뭐랄까, 깊고 깊은 마음 언저리까지를 들여다볼 수 있게 한다. 산객들에게는 많은 말이 필요 없다. 말을 하지 않고도 인생 역정이 느껴지기 때문이다. 그러는 사이 정상에 이르고 우리는 정상이 주는 맛에 취했다. 정상에서는 더욱 말이 필요 없다. 그저 음미하면 된다. 바람이 살랑거린다. 멀고 가까운 산들이 꽃봉오리 피듯 봉긋봉긋 피어오른다. 화엄대해. 곳곳이 산상무정처(山上無諍處)다. 해는 천상을 향해 고개를 치켜들고 고고한 첫걸음을 시작했다. 처음 지리산에 올랐을 때 지리산이야말로 화엄을 느낄 좋은 분위기를 연출한다고 생각했는데 오늘은 더욱 그렇다. 산봉우리들이 청명 자재하다. 눈이 사방 몇백 리로 열려있는 것 같다. 물 몇 모금과 가지고 간 백설기 한 덩이로 아침을 대신하고 바위 하나를 골라 가만히 앉는다.

서으로는 제석봉 촛대봉 영신봉 토끼봉 멀리 노고단이 봉싯거리고 이 봉우리들을 서로 이으면 바로 백두대간 하늘금이다. 그 너머로 광주 무등산이 가물하다. 그 오른쪽으로 여인의 두 볼기짝 같은 반야봉. 그 왼쪽 영신봉에서 출발한 낙남정맥이 기세 좋게 뻗어나가다가 갑자기 불쑥 솟구쳐 오른 삼신산, 그 산은 불일폭포를 품고 있다. 계곡 물줄기를 타고 나오면 쌍계사. 거기 화개 어딘가에 남난희 씨가 살고 있다던가. 1984년 76일간 여성으로서 최초로 백두대간을 종주한 그녀, 다시 묵계치 산굽이 길이 옥색 댓님처럼 걸려

있고 청학동이 보일듯하다. 고개를 왼쪽으로 틀면 햇빛을 받아 뭉실거리는 연기 기둥들이 곧추섰다 쓰러졌다 한다. 바로 광양제철이다. 그리고 멀리 오동도가 돛배처럼 가만히 떠 있고 하동 섬진강 하구가 바다와 만나 한바탕 소용돌이친다. 사실 하동은 천왕봉 동녘 몇 걸음 아래 중봉에 기점을 댄 써리봉을 거쳐 장쾌하게 뻗어나간 황금능선 끝자락이 품에 안은 형국인데, 삼천포가 지척이어서 하동과 삼천포는 사이좋은 자매같이 짝을 한다. 그리고 조금 더 멀리 백천사가 깃든 와룡산, 같은 쪽에 조계산. 다시 정남으로 맑은 날이면 지리산을 조망할 수 있다는 지리망산과 사량도, 향일암의 돌산도까지가 한눈에 들어온다. 그 왼쪽 그러니까 천왕봉에서 북서쪽으로 칠선계곡과 추성리 마을 백무동계곡 백무동마을, 진양호와 진주는 바로 발아래다. 영신봉과 반야봉이 만들어 놓은 뱀사골은 또 어떻던가. 유달리 골짜기가 많고 깊은 지리산.

골이 깊어 산이 높다. 그보다는 산이 높아 골이 깊다.

다시 오른쪽 서북 녘으로 암소 등줄기처럼 휘어 돌아간 작은 고리봉 만복대와 큰 고리봉, 수정봉과 그 너머로 춘향이 마을 남원까지가 눈앞에 거침없이 펼쳐진다. 그러고 보니 산청 함양 남원 구례 하동이 지리산에 뿌리를 틀고 가지를 뻗어 잎을 피우고 있다.

지리산은 이 모든 것을 품에 안아 들이고 있다. 그 모든 것은 지리산을 향해 있다. 지리산은 말없이 그들을 거느리며 대화엄을 이루고 있는 것이다. 파르티잔(partisan)의 흔적은 시방 이곳에 없다. 그 피의 흔적은 지워졌다. 산하에 소용돌이쳤던 총성은 암묵 세계로 돌아간 지 오래고 젊은 영혼들은 청풍이 되어 나부낀다. 그런데 노각나무 잎새는 왜 저렇듯 푸르고 지리터리풀은 또 왜 저렇듯 하느적거리는가. 인골을 파먹어 그런가. 새들은 우짖고 녹음은 짙다. 별이 지고 해가 뜬다. 한 치 앞을 못 내다보는 게 인간이라 했던가. 무엇 때문에 우리는 피를 흘렸고 아직 총부리를 내려놓지 못하고 있는가. 역사의 거대한 수레바퀴는 돌아가는데 사람은 사람이 걸어놓은 덫에 걸려 자꾸 넘어진다.

나는 2천2년 초여름 이산에서 보았던 수수꽃다리 꽃타래를 다시 보고 반가운 나머지 끄들어 붙들고 연신 코를 들이박는다. 수수꽃다리는 향기 풍선을 툭 터뜨려 놓은 듯 꽃향기가 짙다.

꽃, 꽃들마다 촉루를 하나씩 움켜쥐고 있다.
새파란 눈알이 허공만리에 가득하고
그 뒤로 6월 바람은 은종지 치는 소리를 낸다.
나는 겹겹 산경을 뒤척이다 말다
붉은 바위 방석에 비스듬히 앉아 논다.

얼마를 머물렀을까? 부부는 먼저 하산하고 함께 산을 찾기로 했던 일행들이 올라왔다. 산인 김영기 이영관 형이 눈에 들어왔다. 하늘은 청모시처럼 깨끗하고 볕살은 거침없이 퍼붓는다. 그런데 꼭두

새벽에 홀로 빠져나온 나를 위해 내가 가끔 산악여전사라고 놀리는 방순미가 도시락 하나를 배낭에 넣어왔다. 뜻밖이다. 그미의 등에 업혀 온 도시락을 보니 괜히 눈물겹다. 높이 1,915m를 가파르게 업혀 온 이 밥 한 덩이,

밥맛이여 새콤한 청매실 맛 같은 지리산 천왕봉 맛이여.

나는 젊은 산객들 사람 향에 취한 채 장터목에서 법천폭포와 칼바위를 향해 다시 느릿느릿 방향을 튼다.

『정신과표현』, 2005년 7 · 8월호.

응고롱고로 크레타와 하마 물탕치는 소리

백향목으로 물을 치면 온산이 찢어지고
백향목으로 광야를 치면 온바다가 운다.

산길을 걷다 보면 가끔 머리끝이 주뼛하고 등골이 오싹할 때가 있다. 주변에 뭔가가 있기 때문이다. 나는 볼 수 없지만 뭔가가 내 동작을 살피고 있어 그렇다. 나를 살피고 있는 것이 산짐승일 수 있고 산령일 수도 있다. 내 눈은 그것을 볼 수 없으나 내 몸은 그것을 먼저 감지해 낸다. 내 몸이 먼저 느끼는 그것은 뭘까? 나는 그것을 원초적 야성이라고 본다. 죽어 있던 야성이 생명의 위협을 느낄 때 순식간에 몸 전체로 퍼져 아찔한 신호를 보내는 것이 이 오싹거림이 아닐까 한다. 때문에 머리끝이 주뼛하면 행동을 조심한다. 응고롱고로 야생동물들을 만났을 때 나는 내 야성이 깨어나는 묘한 충격 속에 휩싸였었다.

응고롱고로 크레타(Ngorongoro Crater)는 아프리카 탄자니아 북동

지역에 자리 잡은 분화구다. 폭 20㎞, 깊이 700m의 마치 대바구니 속처럼 오긋해 노아의 방주 혹은 에덴동산으로 불리기도 한다. 유네스코 지정 세계자연유산이기도 한 이곳은 아늑하고 평화로워 충분히 그렇게 불릴만하다. '노아의 방주',

나는 2003년 11월 27일 킬리만자로 등정을 마치고 나서 이틀을 이곳에서 보냈다. 11월 29, 30일 양일간이었다. 대개 큰 산을 타고 나면 힘이 빠져나가 어느 정도의 안식은 필수적이다. 하지만 이 멀고도 광대한 땅을 언제 다시 밟을까 싶어 내친김에 아프리카 야생동물과 직접 대면해 보는 것도 좋을듯해서 그렇게 했다.

분화구는 넓었고 아름다웠다. 분화구를 이루며 돌아간 능선이 해발 2천4백m 안팎, 흡사 거대한 십장생 병풍을 두른듯했다. 쇳물이 굳어서 생긴 불그레한 화성암의 기괴한 몸짓이 그렇게 보였다. 태양은 바늘을 꽂듯 작렬해 볕살 속으로 들어서기가 겁났다. 능선을 내려서면 그 700m 아래가 야생동물들의 땅이다. 야생동물들은 일년에 몇 차례씩 이 화구 밖으로 나가 먹이 사냥을 하지만 싱싱한 풀이 있거나 풀이 시들어 뜯기 좋은 건초로 바뀌면 이곳은 곧 그들의 세상이다.

나는 그 야생동물들을 맞았고 야생동물들은 나와 눈을 마주쳤다. 쇠창살 우리에 가두킨 안쓰런 동물들이 아니라 자유를 만끽하는 동물들과 마주했다.

코끼리 사자 치타 들소 톰슨가젤 얼룩말 코뿔소 꼬리원숭이 그리고 수많은 누 떼와 하마들….

실로 그들은 기세등등했다. 등등한 기세로 대지를 누비고 다녔다. 적당한 자리와 적당한 거리에서 한 평화를 이루어내며 인간들을 비웃듯 그들은 그들의 세계를 살아가고 있었다. 야생동물들은 배고프지 않으면 절대 약자를 건드리지 않는다. 달콤한 풀을 뿌리째 뽑아가는 일도 나무둥치를 잘라 없애는 일도 드물다. 그들은 그들의 길이 있다.

배부르면 그늘을 찾아 쉬고 배고프면 먹고, 자고 싶으면 잔다.

나는 차일막이 있는 반무개차에 몸을 싣고 반신을 차 덮개 밖으로 내놓았다. 자갈이 드믄드믄한 적갈색 흙길을 한 시간쯤 내려가자 바로 분화구 바닥이었다. 이른바 아프리카 야생동물 사파리가 시작된 것이다.

원숭이가 먼저 우리를 맞았다. 꽥꽥대며 몇 마디 소리칠 뿐 즈이들끼리 뜀박질을 한다. 길들여졌는가. 내가 묻자 그건 아니란다. 그저 저희들은 저희들끼리 놀 뿐이란다. 타조는 예의 그 빠른 발걸음으로 몸매를 비스듬히 해서 냅다 달린다. 나는 벌판에서 그 이상스런 몸매에 눈을 고정했다가 너무 작아져서 놓치곤 하였다. 그들은 어디로 그렇게 황급히 내달렸던가.

차는 서쪽으로 움직여 물가에 멈춰 섰다. 물이 찰랑였다. 분화구 속의 호수다. 천지인 셈이다. 동물들은 이 물 때문에 이곳으로 몰려든다. 탄자니아는 물이 귀하다. 탄자니아뿐 아니라 이웃 케냐도 물이 흔치 않다. 물 한 모금은 바로 생명수다. 하지만 이 분화구에는 끝이 잘 보이지 않는 마가디(Magadi) 호수가 있어 수많은 야생동물들의 생명수가 되고 있다. 노아의 방주 속의 생명수인 것이다. 호숫가 진펄에는 갖가지 모양새의 새가 찍어놓고 간 발자국들이 있다. 내방객들을 보고 주인들이 자리를 비킨 것이다. 호수 수평선에는 무수한 졸가리들이 아물댄다. 마른 갈대가 흔들리는 것 같다. 물안개가 아롱거리는 것도 같고 맨드라미 대가 까닥거리는 것도 같다. 그 유명한 홍학들의 군집인 것이다. 홍학들은 죽창 같은 부리를 하늘로 들어 올렸다가 물을 향해 재빠르게 꽂기도 했다. 그들의 군집 때문에 물이 노을을 받아 든 것처럼 붉었다. 장관이었다.

왼쪽으로 차를 트니 백골 무소 대가리가 뒹굴고 있다. 처연하다. 그 앞에는 하이에나 가족들이 굴을 파고 아무렇지도 않은 듯 새끼를 데리고 살고 있다. 나를 물끄러미 한번 바라보다가 녀석들은 곧장 그들의 일상으로 돌아간다. 작은 물웅덩이를 돌아 너른 들로 나가자 수많은 누 떼들이 풀을 뜯었다. 운 좋게 누들을 만난 것이다. 나는 누들과 눈을 맞추어보려 애썼지만, 그들은 그저 풀을 뜯느라 머리를 대지를 향해 깊이 숙이고 있을 뿐이었다. 살찐 얼룩말들도 풀을 뜯고 어린 새끼를 끼고도는 톰슨가젤들은 조금 떨어져서 유난히 커 보이는 귀를 쫑긋대며 역시 풀을 뜯고 있었다.

쉬륵 피륵…. 풀 뜯는 소리는 초원을 울리고 한때 불을 토하던 분화구를 울렸다. 소리가 여기저기서 산발적으로 일어났으나 워낙 여러 곳이라 잔파도가 쓸고 지나가는 듯했다. 그것은 다름 아닌 대지의 음악이었다.

'타랍의 여신' 노랫가락 같은.

내 여남은 살 때 우리 집 뒷동산에서도 그런 소리가 났었다. 고삐를 목에 감아 나뭇가지에 걸리지 않게 해 놓고 소를 풀어놓으면 소가 여기저기 다니면서 풀을 뜯어 먹었는데 그 소리가 바로 그랬다. 나는 여남은 살에서 만 열아홉 살까지 소풀을 베러 논두렁에서 어기적거렸고 소에게 좋은 풀을 먹이려 봄부터 가을까지 마을 동산을 찾아다녔었다. 소는 농가의 중요 기동력이었고 재산이었으므로 늘 식구처럼 소중히 대했다. 그러므로 소먹이는 일은 큰 일거리였다. 나는 학교가 파해 집으로 돌아오면 소말뚝에서 고삐부터 먼저 풀어내 산으로 향했다. 지금은 농가에서 풀을 먹이는 소가 드물지만.

쉬륵 피륵 쉬륵….

나는 소리에 넋을 놓았다. 배가 훌쭉 꺼져 들어가고 앞다리 가슴 쪽이 깊이 아래로 늘어져 뿔과 항문 쪽을 연결해 본다면 꼭 직삼각형 꼴이 돼 더욱 기골차 보이는 들소들이 간간이 뿔을 하늘을 향해 치받기도 한다.

에스파냐 알타미라 동굴 벽화에도 바로 저 모습이 나타났었다. 2만여 년 전 그때에.

그들도 풀을 뜯고 그 사이로 거구 코끼리가 어슬렁거린다. 무엇을 보고 돌진하려는 건지 코뿔소도 눈에 들어왔다. 모든 힘을 그 외뿔에 집중하고 있다는 코뿔소. 힘의 저 섬뜩한 섬광 같은 게 나를 스치고 지나간다. 고개만을 달랑 들고 있는 사자 무리도 원경으로 잡힌다. 치타는 나무 그늘에서 태평이지만 나는 긴장한다. 머리털이 곧추선다. 기진했던 육체에 힘이 차고 내 감성이 살아 푸들댄다.

19세기 이후 탐욕에 빠진 인간들은 동물 사냥에 열을 올렸고 많은 동물들이 생명을 잃었다. 사람으로 인해 희귀 동물이 되거나 아예 멸종된 동물이 하나둘 아니다. 설악산만 해도 반달곰이 사라졌다. 호랑이가 없다. 산양은 멸종을 향해 치달린다. 우리 국토에서는 여우도 사라진 지 오래다. 그런데도 이 지구상에 이런 곳이 아직 남아있다니 그저 놀라울 뿐이었다.

더욱 놀라운 일은 하마들을 볼 수 있었다는 것이었다. 그것도 대군집을. 그들은 물놀이 중이었다.

하마는 생김새가 징그럽고 그 큰 입으로 하여 내게 매우 깊은 인상을 준 동물이었다. 나는 20대가 막 끝나려 할 때 새벽 동이 트고 해가 뜨는 순간을 하마가 불을 토한다고 생각했었다. 하지만 그때에는 하마라는 괴물을 사진 속에서만 본 것이었다.

그런데 나는 지금 야생 하마를 지척지간에서 만났다. 듣기에 하마는 몸길이 4m. 무게 3톤 여. 털이 거의 없고 피부가 두터우나 볕이 강하면 등피가 갈라지며 피처럼 붉은 땀방울이 솟는다고 하지 않았던가. 탄자니아 운전기사가 덧붙였다.

밤에는 물 밖으로 나와 초원을 몇 ㎞씩 오가며 풀을 뜯고 하루에 먹는 풀의 양이 200㎏쯤은 되지요. 모계사회를 이루고 있어요. 새끼는 암하마가 돌보며 송곳니는 그들의 유일한 무기로 길이가 60㎝나 되고요. 네 개의 발가락과 그 사이에 물갈퀴 비슷한 피막이 있지요. 재미있는 건 물속에서 잠잘 때 친구 하마 등에 머리를 올려놓는다는 거지요. 40살쯤 삽니다. 고대 로마에서는 가죽으로 방패와 투구를 만들어 쓰기도 했다지요.

나는 하마들을 주의 깊게 살펴보았다. 호수의 물면과 거의 같은 면에 멧돼지 눈 같은 두 눈과 두 귀를 올려놓고 코를 발름거리며 몸은 물속에 담그고 있었다. 수면 사방에 그런 게 떠 있어 개구리가 연못에 떠 있는 것 같았다. 그들은 물탕도 쳤다. 꼬리로. 몸집에 비해 가늘고도 짧은 꼬리를 수면에 빗긴 각으로 들어 올렸다 내리쳤다 하면 물탕치는 소리가 되는 것이었다.

소리가 크게 들렸다. 파래 치는 소리 같았다. 소리는 여기저기서 들려왔다. 무슨 신호 같기도 했다. 박자에 맞기도 엇박자이기도 했다. 나는 소리에 밀착했다. 풀 뜯는 소리가 머물렀던 마음자리를 금세 물탕치는 소리가 밀고 들어왔다. 소리가 나를 안고 흘렀다.

나는 소리에 빠져 짐승들이 만들어 놓은 아기자기한 길을 따라 알 수 없는 숲으로 들어갔다. 소리는 서로 어울렸다가 흩어지기도 흩어졌다가 다시 모이기도 멀리 사라지기도 해 묘한 대차를 이루며 호수 속을 어떤 신비한 메아리로 가득 차게 했다. 나는 기쁨에 넘쳤다. 그리고는 가슴을 펴고 하늘을 보았다. 구름이 분화구 한 곳에서 용오름 하는 게 들어왔다. 홍학 호수에선가.

> 그 힘은 허리에 있고 그 세력은 배의 힘줄에 있고 그 꼬리 치는 것은 백향목이 흔들리는 것 같고, 그 넓적다리 힘줄은 서로 연락되었으며, 뼈는 놋관 같고 그 가릿대는 철장 같으니, 그것은 하나님의 창조물 중에 으뜸이라 (…)그것이 정신 차리고 있을 때 누가 능히 잡을 수 있겠으며 갈고리로 그 코를 꿸 수 있겠느냐.
>
> — 욥기 40장:16절~19절, 24절(구약성서)

밤이 왔다. 나는 로지(lodge)를 찾아들었지만, 귓가에서는 예의 그 풀 뜯는 소리와 백향목 물탕치는 소리가 계속 보였다. 내 몸은 그 소리로 백향목 향기가 들리는 것 같았다. 나는 잠들지 못하고 분화구 능선을 어슬렁거렸다. 전등불이 꺼졌다(저녁 10시부터 아침 6시까지 완전 소등:전기 사정 때문). 엄청난 어둠이 분화구 안을 짓눌렀다. 간혹 그 엄청난 어둠 속에서 짐승들의 단말마가 들려왔다. 삶은 죽음이었구나.

분화구 상공에는 이상한 광채를 내며 별들이 떠 있었다. 별 네 개를 이으면 사다리꼴이 돼 버리는 오리온성좌도 떴다. 오리온성좌가 분화구 난간에 걸터앉았다. 아프리카 대륙은 한 마리 하마였던가.

누가 감히 대지(大地)의 코를 비틀어 꿸 수 있으며

누가 감히 발목을 무쇠족쇄에 채워 농락하리.

『정신과표현』, 2005년 11 · 12월호.

시를 들으러 동쪽으로 간다

나는 가끔 간송미술관을 찾는다. 간송미술관은 성북동 북악산 계곡을 타고 흐르는 성북천 가에 자리 잡고 있어 속초 내 거주지에서 가고 오자면 3일은 걸린다. 하루는 가고 하루는 보고 또 하루는 오고. 그래도 나는 간송미술관을 찾아가는 날이 여간 즐거운 게 아니다. 목욕 재개하고 어린아이처럼 들떠 버스에 몸을 싣는다. 간송미술관 가는 날에는 다른 볼일을 모두 작파한다. 오로지 간송미술관만 찾는다. 혹 다른 서울 볼일이 있다손 치더라도 미술관을 찾아보고 집으로 돌아온 다음 따로 날을 받아 서울 나들이를 한다. 서울 나들이를 한다고 했지만 그런 나들이는 2,3년에 한 번 있을까 말까다. 나는 서울을 등지고 사는 셈이다. 서울보다 나는 산이 더 좋다. 나는 산사람이다.

그렇다면 간송미술관에는 왜 가는가. 미술품을 보고 듣기 위해서다. 때 묻고 좀먹고 세월이 실안개처럼 싸한 그 시간들을 듣기 위해서다. 붓 자국에 살아 숨 쉬는 예술가의 치열한 영혼의 잔결을 훔치기 위해서다. 암벽을 목숨 걸고 타고 오를 때처럼 휘몰아치는 그 숨소리를 듣기 위해서다. 거기 가면 그게 들린다. 그 소리가 들린다. 때로는 산하대지가 용틀임 치며 휘몰리는 소리가 다름 아닌 묵선 스민 종잇장에서 들려온다.

2005년 5월 26일에도 간송미술관을 다녀왔다. 단원 김홍도(檀園 金弘道, 1745~1806) 선생을 만나 뵙고 싶어서였다. 단원 선생은 1990년 가을 국립중앙박물관에서 한 번 뵌 적 있어 이번이 두 번째다. 단원 선생의 경우 기회만 있으면 자꾸 뵙고 싶은 게 나다. 단원 선생을 뵌다고는 하지만 몰한 지 2백 년을 넘어서는 선생을 지금 뵌다는 것은 웃음이 나는 일이다. 따라서 내가 뵙는 것은 선생의 실체가 아니라 그 필력이다. 선생의 영혼이 웅크려 있는 그 날카로운 붓끝이다. 붓끝에서 꿈틀거리는 예술혼이다. 선생의 필력은 섬세하다. 섬세하고 우렁차다. 범속을 넘어서 무등등계에 이르렀다. 우주를 쥐어틀어 손아귀에 집어놓고 노는 듯하다. 표암 강세황 선생도 그의 필력을 들어 '신필(神筆)'이라 하였다 하니 내 안목이 그리 틀리지는 않은 모양이다.

지하철 4호선 한성대 입구 6번 출구로 나오면 미술관은 그 북동 끝자락에 있다. 차도를 비켜서 인도를 따라 스적스적 간다. 서울 사람들은 빠른 걸음으로 서둘러 가느라 나를 툭툭 치기도 하나 나는 서두를 필요가 없다. 오늘은 2백여 년 전으로 거슬러 오르는 시간 여행이기에 그 시절 이 땅의 한량처럼 걸어야 한다. 언제부터 나를 굽어보고 있었는지 북악 능선 위에서 삼각산이 뿔처럼 돋아나 또렷하다. 그 뿔을 정면에서 가슴에 안고 한참을 더 걸어간다. 마침내 성북초등학교, 간송미술관은 바로 그 좌측 숲속에 있다. 나는 간송미술관에서 오원 장승업 선생을 뵈었고 추사 선생과 현재 심사정 선생도 뵈었다. 그분들의 옥색 두루마기 자락이 펄럭하고 나를 스친다.

간송미술관은 간송 전형필 선생이 암울했던 일제 침략기에 온 재산을 다 바쳐 우리의 옛 유물과 그림들을 사 모아 보관해 둔 곳이다. 미술관 입구 오름길 오른 켠 나무 그늘 아래 선생의 흉상이 하나 있다. 조촐하다. 나는 잠시 예를 올린다. 선생이 또 왔느냐는 듯 눈짓을 한다. 선생이 재산과 목숨을 걸고 지킨 이 값진 보물들은 해마다 두어 차례 세상으로 나온다. 물려받은 선생의 아들 서양화가 전영우 선생과 후학 최완수 선생 등이 분류 재해석한 후에 세상 구경을 시키는 것이다. 나는 그때마다 최고의 예술적 삶을 살았던 선인들의 향기를 맡는다는 유쾌함으로 이곳을 찾는다. 나는 그분들을 뵈려고 흥에 겨워 설악 준령을 넘어 서쪽으로 가는 것이었다. 예술혼결에 이끌리어 서쪽으로.

간송미술관에 들어서면 우선 마음이 놓인다. 불편한 시선이 없는 것은 물론 특별히 어떻게 해 놓지 않았는데도 안방 같은 느낌이 든다. 안방 같은 곳에서 대가들을 만난다. 그래서인지 마치 대가들을 안방에 모셔놓고 작품을 대하는 듯하다. 사람들이 많아 복작거리나 상관할 필요가 없다. 그저 명품을 감상하면 된다. 보다가 지치면 도로를 건너 북악산 능선에 휘돌려있는 서울성곽 북문격인 숙정문(肅靖門)까지 올라가 보는 것도 좋을 일이다.

산세가 부드럽고 길도 부드러워 도심 속의 산과 잠시 어울리기는 안성맞춤이다. 사실 이 길은 북악산 구진봉으로 오르는 길목이나 살펴보면 예사 산이 아님을 금방 알 수 있다. 북악산은 백운, 국망, 인수의 삼봉을 잇는 삼각산의 남녘 만경대에 삐쭉 돌출해 있다. 올라 뻗침이 기운차 백학이 막 날아오를 듯하다.

양주의 도봉산 삼각산 북악산으로 이어지는 서울 서북 동녘 산은 서울의 진산이다. 서울은 그 진산에 안겨 6백여 년 사직의 영욕을 지켜왔고 또 지켜갈 것이다. 그런데 이 진산을 가만히 들여다보면 바로 백두대간 한북정맥임을 알 수 있다. 한북정맥의 맥뿌리는 추가령이다. 추가령은 한반도의 허리께에 있다. 북녘땅 원산 남서쪽 아래 오목한 곳이 바로 거기다. 그러니까 한북정맥은 그 허리에서 용마처럼 벌떡 일어나 임진강 상류의 수많은 샛강들을 거느리며 백암산 암쌍령 적근산을 낳고 대성산을 부용꽃처럼 피워올린 후 일단 숨을 고른다.

나는 철원 평야가 빤하고 오성산과 마주한 이 산에서 군 초병 생활을 하며 한겨울을 보낸 적이 있다. 스물두 살 때였다. 포화에 맞아 민둥산으로 변해버렸지만 산이 이쁘고 기운찼었다. 흔히 철의 삼각지대라 일컫는 김화 평강 철원은 바로 이 산줄기 북녘이고, 그 남동녘은 북한강이 싹트는 화천과 양구다. 한북정맥은 이어 백운산

죽엽산으로 내리 달리고 등뼈 한 자루를 곧장 곧추세워 일으키니 도봉산과 삼각산이다. 그 산군들이 서울의 북녘을 옹위하고 남쪽으로는 한강이 흘러 이른바 산하금대(山河襟帶)를 만든다. 산줄기를 서쪽으로 더 끌고 나가면 장명산에서 산세를 멈추는데 그곳은 한강과 임진강이 만나 소용돌이를 치는 곳이다. 그러므로 삼각산, 곧 북한산을 진산의 상산으로 했을 때 오른쪽은 장명산 줄기, 왼쪽은 북악산 줄기다. 북악산(일명 백악산)에서 보면 그 왼쪽 자락에 바로 시인 김광섭 선생의 시 '성북동 비둘기'로 잘 알려진 성북동이 자리를 잡고 삼청터널을 들어서면 성안이 삼청동, 그 기슭으로 비기(秘記)에 딱 부합한 궁이 있다.

그러니까 성북동은 백두대간 한북정맥이 소용돌이를 일으키며 굽이쳤다가 고요히 가라앉는 곳이다. 바로 여기에 간송미술관이 백학의 알처럼 올라앉아 있다. 간송미술관뿐 아니라 한용운 선생의 북향집 심우장, 길상화 보살이 법정 스님에게 헌양한 길상선원이 지척지간에서 얼굴을 맞대고 있다. 상허 이태준 집이 여기 있고, 삼청각 등 잣나무골 도화골을 끼고는 궐 같은 집들이 즐비하다. 나는 서울성곽 편운정에서 서남향을 굽어보기도 했는데 혜화동이라, 혜화동 또한 그 산세가 물결처럼 미치고 있음을 보았다. 그 물결 위 연꽃 망울 하나가 바로 '혜화당'아닐까?

나는 백악산 기슭에서 나서 열대여섯 살까지 지냈다는 40대 초반 젊은이 둘을 만난 적이 있다. 인물들이 준수했고 생면부지의 나를 위해 대여섯 시간을 투자하고도 즐거워했었다. 그들은 이곳의 내력을 소상하게 꿰고 있었다. 열 살 때 개발 등살에 못 이겨 살던 집에서 쫓겨나 며칠씩 밥을 굶으며 포크레인 아구리를 막고 발버둥 쳤던 아픔을 그들은 가지고 있었다. 자본은 판잣집의 그들을 쫓아냈고 새로운 이들이 둥우리를 틀고 앉았다. 세상은 그렇게 기울고 있었다. 격동하는 변화는 한 개인의 과거를 송두리째 삼켰고 그것은 상처가 되어 아련한 기억 속에서 나부꼈다. 하지만 지금 성북동은 한창 철이다.

다시 미술관으로 들어섰다. 사람들이 뜸하다. 나는 그림 하나하나에 마음을 집중했다. 때로는 그림 삼매에 들어 화중인(畫中人)들과 어울려 산을 보거나 물을 보거나 했다. 흔히 단원 하면 아랫도리를 훤히 드러내고 빨랫방망이를 두들기는 아낙들을 바위에 몸을 숨기고 부채로 얼굴을 가리며 살짝 훔쳐보는 '빨래터'나, 가슴팍을 헤쳐놓고 물두레박에 물을 길어 먹는 남정네를 아낙이 눈매를 에돌리는 '우물가' '평양감사향연도' 같은 풍속화를 떠올린다. 그러나 산수인물화 '옥순봉(玉荀峯)'도 빼어나고 매화 가지에서 까치가 장난치는 '매작도(梅鵲圖)'에도 마음을 빼앗긴다. 그런데 내가 아주 좋아하는 것은 도풍이 어른거리는 그의 도석도(道釋圖)다. 그의 도석도 중 '선동취적도(仙童吹笛圖)'를 한참 바라보고 있노라면 어느 사이에 퉁소 소리가 들려오고 그걸 듣고 있는 뿔사슴 사이로 내가 선동이 되어 들어가 있음을 발견한다. 동물과 사람이 사람과 동물로 나눈 별개가 아니고 함께 생명을 갖고 태어난 삼라만상 중 일원임을 단원의 화필에서 다시 느끼는 것이다. '신선취생도(神仙吹笙圖)' 또한 몸매가 좋은 신선의 생황 잡은 손과 눈초리에 닿은 기운의 소리 도인이 다름 아닌 단원 선생 그 자신임을 확연히 깨닫게 한다.

하지만 내가 몇 번씩 고쳐본 것은 2층 한구석에서 만났던 '기우부신(騎牛負薪, 견본담채, 35.7×25.5㎝):소 타고 나뭇짐 지다.'와 '문시철동행(聞詩徹東行: 시를 들으러 동쪽으로 뚫고 나가다.)'라는 제사(題詞)가 있어 '문시동행'이라 이름 붙인 지본담채화(30.5×23.2㎝)였다. 두 점 모두 소품이다. 어쩌면 심혈을 다해 대작을 마치고 남은 영혼 한구석을 일필휘지로 옮겨놓은 것인지도 모르겠다. 그렇다 해도 방금 붓을 들어 올린 듯 붓 자국이 선명하다. 이들 그림 앞에서 나는 두어 시간을 눈을 뗄 수 없었다.

나뭇짐을 한 짐 가득 지고 소를 타고 능선으로 내려오다 문득 멈춰 서 있다. 시선 아래쪽에 시내가 흐르고 나무 말뚝을 양옆으로 둘러친 사이로 나무다리가 놓여 있다. 그 모습을 아슬한 저쪽에서 물끄러미 바라본다. 방금 물소리가 들려오고 안간힘을 쓰며 꽁무니를 쭉 뽑아내고 발걸음을 더 앞으로 내어놓지 못하는 소의 힘이 내게 전해진다. 비오리 네 마리가 거슬러 오른다. 나무꾼은 그 오리들이 날아갈까 봐 멈춰 섰던가. 구도가 절창이다.

다른 한 작품 '시를 들으러 동쪽으로 뚫고 나가다.'는 또 다른 측면에서 나를 이끌어들였다. 우선 제사 글씨가 마음을 끌어당겼다.

문시철동행, 왜 시를 들으러 동쪽으로 갔는가. 그것도 뚫고 나갔는가. 시가 동쪽에 있었던가. 동해 파도 소리를 들으러 간다는 건가. 그게 시인가. 글씨가 버들치가 절벽을 올라 치듯 파득댄다. 그 아래 겨울이 아직 끝나지 않은 초봄인 듯 휘항을 목덜미에 두르고 갓 쓴 젊은 선비가 말을 타고 초동이 말을 끌고 가다 길을 묻는다. 고깔을 쓴 선승이 왼쪽 손으로 지팡이를 잠시 올리고 오른손으로 길을 가리킨다. 시는 바로 그의 손날이 가리키는 쪽에서 들려오는 듯하다. 선승은 길을 알거나 시를 알거나 둘 중 하나다. 송(訟)이었을까? 길 옆으로 야생초가 막 돋기 시작하고 그리 높지 않은 동산에는 나무들이 아직 겨울 품에서 떠나지 못했다고 옹기종기 모여 해바라기를 한다. 간송문화(한국민족미술연구소, 2005)에서는 이 그림에 대해 최완수 선생이 다음과 같이 해설하고 있다.

갓 쓰고 도포 입은 선비와 고깔 쓰고 장삼 입은 승려의 복색이 대조적인데 그사이 말을 모는 떠꺼머리총각이 끼어있어 단출하면서도 변화무쌍한 조화를 보여주는 화면 구성이다. 유교와 불교가 공존하는 당시 사회를 이 한 폭의 그림으로 헤아려 볼 수 있겠다. 용주사 창건 불사에 참여한 이래 불교에 심취해 있던 단원의 내면세계도 이 그림을 통해 대강 짐작할 수 있을 듯하다.

단원 선생은 갔다. 그러나 선생은 살아있다. 이 나라 산천을 응시하던 그의 오묘한 눈빛은 붓끝에서 타오르고 있다. 중인의 편치 않은 신분을 예술혼으로 승화시켰을 선생의 마음 또한 종잇장 위에 물방울처럼 떠 있다. 나는 선생의 그 필력을 훔치고 싶다. 그런데,

지금 나는 어디를 향해 서 있는가
서산에 어스름 지고 동녘은 캄캄하다.
시는 지금 어디쯤 오고 계신가

『정신과표현』, 2006년 1 · 2월호.

치악산 명상길

치악산은 내륙의 산이다. 산을 중심으로 동쪽에는 횡성이 서쪽에는 원주가 자리 잡고 있다. 또한 꿩과 구렁이의 전설이 깃든 상원사를 품 안에 품고 있어 으스스한 영적 신비감을 안겨주는 산이기도 하다. 나는 이산을 세 번 마주쳤었다. 한 번은 직원동료들과 다른 한 번은 아내와 마지막 한 번은 산을 좋아하는 내 산친구들하고 서였다. 하지만 동료들과는 향로봉으로 오르는 보문사 뒷길 중간 능선쯤에서 돌아섰고 아내와는 주렴처럼 떨어지는 세렴폭포 소리를 들으며 폭포 곁에 앉아 있다가 칠흑 같은 밤어둠에 걸려들어 물줄기를 따라 더듬거리며 하산했었다.

그런데 산친구들하고는 달랐다. 구룡계곡으로 접어들어 가급적 가파른 사다리병창길을 거쳐 비로봉에 오르기로 한 것이다. 2004년 1월 9일이었다. 소한을 지난 지 얼마 안 돼 산에 들어서지도 않았는데 냉기부터 파고들었다. 냉기는 사람을 긴장하게 한다. 겨울 등산 장비를 갖추고 방한모를 썼지만 얼마 지나지 않아 손끝이 아려 들어왔다. 일행은 셋, 하지만 한 분은 내 산벗 이영관 형의 부인 되는 이로써 자주 산을 대하지 않은 형편이었다. 그렇다 해도 그 남편을 보면 그 부인을 알 수 있다 하지 않았는가. 그즈음 남설악 쪽 산을 열심히 탄다는 소문을 들었기에 큰 걱정은 하지 않았다.

구룡사에 들러 잠시 400년이나 묵은 거북 부처를 보고 곧장 발길을 재촉했다. 발걸음이 빨라졌다. 세렴폭포를 왼쪽에 두고 오른쪽에 길이 둘로 나누어지는데 하나는 밋밋한 골짜기 길이고 하나는 가파른 예의 그 사다리병창길이다. 우리는 사다리병창길을 택해 오르기 시작했다. 병창길은 암릉이 괴괴하게 떠받치고 있다. 가끔 사다리를 가파르게 놓은 듯 가파른 철계단이 위쪽으로 곧추서 있거나 밧줄을 늘여놓아 예삿 길이 아님을 말해주고 있었다. 나는 되도록 천천히 발걸음을 옮기려 애를 쓴다. 천천히는 일행을 안심시키는 산행 방법이다. 쏜살같이 오를 때가 있지만 그건 진정한 산객의 자세가 아니라 힘자랑하는 꼴이다. 산은 힘으로 오르는 게 아니다. 산이 허락하고 끌어당겨 주어야 오를 수 있다. 산은 냉혹하다. 겨울 산은 더욱 그렇다. 산의 영혼과 오르는 이의 영혼이 마주쳐 찌르르하고 울릴 때가 아니면 명산이라 할지라도 발걸음을 돌려야 한다. 산은 정신을 말쑥하게 가다듬어 주고 몸을 가뜬하게 만들어 주지만, 만만히 보았다가는 자칫 목숨까지 거두고 만다.

고도가 높을수록 싸늘한 기운이 더해오나 몸은 화로를 안은 듯

화끈거린다. 나무들은 깊은 잠 속에 빠져있다. 그러나 꼿꼿하게 서 있다. 눈에 뒤섞여 뒹구는 낙엽이 깨끗하다. 나무와 나무 사이로 드러난 산비탈도 깨끗하다. 잣나무는 활엽관목이 한창인 여름에는 숨은 듯 안 보이다가 나무들이 모두 옷을 벗은 겨울에야 청청한 잎을 들고나와 산의 주인인 양 홀로 당당하다. 겨울산은 시계가 넓어 산행하기가 좋다. 가까이 있으나 멀리 있으나 주변 능선이 한눈에 들어온다. 한 암봉에 걸터앉아 잠시 호흡을 가다듬는다. 바로 아래 학곡저수지가 파란 셀로판지처럼 떠 있다. 그 주변으로 다랑이논들이 다닥다닥 붙어 있고 그리 넓지 않은 논벌이 어디론가 이어져 흘러가고 있다. 새봄을 기다리다 지쳐 어디 급하게 자리를 뜨기라도 하듯.

갑자기 길이 세차지고 산이 일어선다. 정상이 가까웠나 보다. 걸음을 더욱 느리게 한다. 주변이 트이고 넓어진다. 산그늘이 두텁게 가라앉는다. 암부다. 흔히 큰 산은 정상이 가까워지면 암부가 나타나고 곧장 정상길에 들어서는 것이다. 산이 마지막 용을 한바탕 쓰고 꾸불텅거리기라도 하듯. 비로봉은 그렇듯 상봉이 말대가리처럼 불쑥 솟아 올라와 있었다. 불쑥 솟아오른 암봉이다. 검으레한 암봉이 하늘에 틀어박혀 있다. 돌탑이 산객을 먼저 맞았다.

치악산 정상 비로봉에는 돌탑이 서 있었던 것이다. 그것도 셋씩이나. 돌탑은 단단해 웬만한 폭풍우에도 까딱하지 않을 것 같다. 그곳에 사는 한진섭 선생에 의하면 탑은 원주 봉산동에 거주했던 용진수란 어른이 개인적인 믿음으로 1964년에 발원해 3년 만에 완성하였으나, 67년에 무너졌고 다시 쌓았으나 72년에 또 무너졌었고 또다시 쌓아 올렸으나 94년에 또 무너져 95년에 복원했지만 99년 낙뢰로 다시 허물어진 것을 2004년 원주시에서 시민공청회까지 열고 단국대 박물관장 정영호 선생의 자문을 거쳐 이번에는 시민들이 힘을 합쳐 다시 쌓았다 하는데 천만다행으로 산세에 그리 벗어나지 않아 자연 속의 또 하나 인공적인 자연이라 할만했다. 일급수 산개울에서나 볼 수 있는 날도래가 모래 알갱이로 깨끗하게 쌓아 올린 모래집 같다 할까.

칠성탑, 산신탑, 용왕탑 등 이름도 붙여놓아 정겹게 했다.

사방을 살펴본다. 멀리 보랏빛 안개구름이 빙 둘러서 있고 그 위로 하늘과 경계를 이룬 자리가 고요롭다. 보랏빛을 비집고 산봉우리들이 들락거린다. 볼쑥볼쑥 아련한 산꼭지들….

치악산은 백두대간 오대산 줄기라 할 수 있다. 오대산 줄기가 맥맥히 이어져 내려오다가 중원에 불쑥 솟아오른 게 치악산이다. 오대산 중 동대산은 북으로 두로봉과 응복산에 이어져 설악으로 달아나고 남으로는 진고개를 거쳐 황병산 노인봉과 매봉 대관령으로 이어지며 백두대간 주능선을 만들고 있는데, 오대천이 발원하는 비로봉(오대산 상봉도 치악산 상봉과 같은 이름)은 오대산의 주봉임과 아울러 바로 치악의 맥뿌리라 할 수 있다. 그러니까 비로봉이 불끈거리며 호령봉 계방산을 죽순처럼 밀어 올려놓고 한쪽으로는 정선 가리왕산을 뽑아내고 한쪽은 횡성을 넘어 달려 이슬처럼 영롱한 산망울을 머금게 했으니 곧 치악이다. 남한강의 상류는 바로 오대천이 끝도 없이 굽이굽이 에돌아 동강 평창강을 살찌우며 돌아나간.

30분쯤 기다렸을까, 두 분 일행이 올라왔다. 배낭을 벗어 탑 앞 바위 반석에 내려놓고 그 옆에 앉는다. 정상으로 쏟아지는 겨울 햇살이 정갈하다. 방한 재킷에 내려앉는 햇살이 부드럽다. 부드러운 무게가 느껴진다. 무얼 좀 꺼내어 먹으려 하나 겨울 산바람이 가만히 두지 않는다. 그냥 햇살만 쬔다. 정상의 햇살은 바위에 부딪혔다가 튕기어 급히 사라진다. 횡성 촌락이 산자락을 물고 고층 건물로 이루어진 원주 시가지가 일목요연하다. 하늘은 청무 이랑처럼 산뜻하고.

겨울 치악은 아름답다. 비로봉(1,288m)을 상봉으로 해 남쪽으로 뻗어나간 능선이 곧은치에서 고개를 한껏 낮추었다가 깜짝 쇼를 벌이듯 홀연히 벌떡거리며 향로봉(1,043m)과 남대봉(1,181m)을 촛불처럼 피워놓고 마치 꿈길이듯 펼쳐진다. 이 능선이 말하자면 치악산 주능선 구룡계곡에서 성남문까지 20.4㎞ 종주길이다. 조금 늦게 출발한 탓으로 오늘 하루 이 능선을 완주할 수 있을는지는 알 수 없으나 정상을 내려선 노루목 양지 녘에서 우선 배낭을 풀었다. 하지만 밥덩이는 이미 얼음덩어리가 돼버려 먹는 둥 만 둥 하고 산길을 서둘렀다. 그냥 하산하기에는 능선길이 너무 아름다웠다. 욕심이 생겼다. 겨울산이라 하나 상봉 바람을 제외하면 바람이 거의 없는 무풍지이기도 했다. 그저 산기운이 팽팽히 감돌 뿐이었다. 걸으면 그대로 명상이 되는 말하자면 그런 길이다.

가파른 산비알 양쪽으로 들어차 있는 참나무 관목들은 비었지만 비어서 더욱 가까이 손을 잡아주는 듯하다. 나뭇가지의 깡마른 손아귀가 내 깡마른 손아귀에 들어오고 내 깡마른 손이 나뭇가지에 걸려 생채기가 나기도 한다. 마침 능선을 따라 쌓인 눈이 그대로 있어 가끔씩 미끄러지나 발끝에 차이는 흰빛이 말할 수 없이 발걸음을 경쾌하게 한다. 그건 이 산능선에 아무것도 없는 게 아니라 누군가가 있음을 알리는 말 없는 신호다.

산에는 누군가가 있다. 산에는 산짐승이 있고, 산 벌레들이 있고 나무들이 있다. 그들을 기르고 지키는 산의 주인이 있다. 산기가 있다. 사람을 소용돌이치게 하는 알 수 없는 힘이 있다. 달빛을 받아들이는 힘이 있고 햇빛을 노랗게 굽는 강한 힘이 있고 삶의 무정처를 느낄 수 있는 오묘한 경계가 있다. 암괴가 있다.

곧은치에서 일행에게 슬며시 물어본다. 곧은치는 치악산 주능선 가운데 가장 낮은 고갯마루다. 횡성과 원주를 넘나들자면 이 고개를 통해야 한다. 더 갈 수 있으실는지요. 서쪽으로 내려서면 관음사를 거쳐 곧장 행구동길로 하산하는데 힘에 부치지 않은지. 부인

이 답을 한다. 더 가지요. 기왕 여기까지 왔는데 더 가보아야지요. 이쯤 되면 다시 물어볼 필요가 없다. 산 맛이 꽤나 흡족하다는 말이다. 발딱 곧추선 능선을 꾸역꾸역 그러나 힘차게 올라 친다.

향로봉이다. 원주 시가지가 다시 떠오른다. 후삼국 양길과 궁예의 일화가 깃든 영원산성(鴒願山城)이 오른쪽 아래 어디 있다 하나 능선을 곧장 가기로 한다. 해는 이미 뉘엿거리기 시작한다. 향로봉에서부터 능선 비탈은 더욱 가팔라진다. 양옆으로는 나무들마저 겨우 서 있을 정도의 가파른 비탈이다. 그래서인지 능선은 마치 고목에서 느닷없이 뻗어 나온 새 가지처럼 낭랑하다. 쌓인 눈의 분량도 만만치가 않다. 눈은 키 낮은 산죽밭을 가득 채웠고 눈송이를 담은 산죽잎이 유난스럽다. 가만히 돌아서 본다. 계속 앞만 보고 왔기에 뒷길이 궁금해서였다. 내가 온 능선길이 대나무를 휘어놓은 것처럼 허공에 걸려있다. 능선 끝에는 치악산 상봉이 하늘에 우뚝하다. 그 모습이 꼭 송골매가 먹이를 채어 하늘로 치솟는 것 같다. 그보다는 까까승이 나비 날개 같은 고깔모자를 쓰고 승무를 추며 이제 막 돌아서는 것 같기도 하다. 오른쪽 손을 번쩍 들었다가 볼록한 가슴 안쪽으로 휘감아 풀어놓으면서 팔소매는 가없는 허공을 휘돈다. 그리고는 재빨리 무릎 아래로 떨어진다. 그렇듯 능선 한 자락은 오른쪽에서 왼쪽 계곡을 향해 급하게 내리달리는 것이었다.

느닷없이 암봉이 솟구친다. 암봉은 불꽃이 타오르듯 허공에서 너울거린다. 서너 개는 된듯하다. 기암 연봉이다. 남대산이 가까웠기 때문이었다. 암봉 하나씩을 차례로 넘어선다. 보온병에서 물을 따라 한 모금 마시고 다시 비로봉을 바라본다.

능선길은 명주실 한오라기
그걸로 내 마음 한 봉우리를
산봉우리에 붙들어 매어 놓고 튕겨본다.
탱 탱 탱 겨울산 메아리여

노을은 이미 남대산을 붉게 칠해놓았다. 우리는 서둘러 하산길에 들어섰다. 남대봉에 안긴 상원사에 이르렀을 때 별안간 범종 소리가 울리고 어둠살은 이미 대웅전 처마에까지 차올랐다.

한 산나그네가 말했다. 이산에는 별만 모여 사나 보아요. 별? 그래, 올해는 별을 좀 자주 보았으면 좋겠다. 내 오른쪽 무릎 안쪽에 갑자기 통증이 왔다. 아이젠을 너무 꽉 조였던 게 탈이 붙은 모양이었다.

『정신과표현』, 2006년 3 · 4월호.

팔순 청년

삶은 때로 어깃장을 놓고는 한다. 천하를 잘 타고나야 하나, 그렇지 못한 경우가 더욱 그렇다. 그렇다 해도 어차피 이 허허벌판에 내던져진 바에야 사는 데까지 살아 보아야 한다. 아무리 한순간에 온 목숨이라 하더라도 그리 호락호락한 게 아니다. 수많은 연결고리가 생명을 얽어매고 붙들어 주기 때문이다. 때로는 악착같이 매달려야 하지만, 때로는 흐르는 대로 내버려 둬도 갈 것은 간다. 키는 자라고 몸무게는 무거워지며 보폭은 넓어진다. 지혜가 트이고 묘수도 생긴다. 이렇게 천하를 그저 흘러 다닌 어른 한 분이 있다. 바로 내게는 집안 재당숙 되는 어른이시다.

2006년 1월 14일은 그분의 팔순 잔치가 있던 날이었다. 태어나 팔순을 건강하게 산다는 것은 그리 흔치 않은데, 그렇게 흘러 다니면서도 80을 살았고 아직 청년 같으니, 놀라운 일이 아닐 수 없었다. 하기야 오방색 화가로 널리 알려진 전혁림 선생은 1915년 7월 2일 통영에서 태어나, 2005년 '구십-아직은 젊다. 전혁림 신작전'을 치러 끝날 줄 모르는 예술혼을 불태우고 있기는 하다.

마침 잔칫날 재당숙 어른의 약력 소개 부탁을 받아 이것저것 지난 일들을 돌아보게 되었다. 그런데, 놀라운 사실은 조카인 내가 모르던 일이 한두 가지가 아니라는 사실이었다. 물론 사람에게는 같이 한 지붕 밑에서 밥 먹고 입성 입고하여도 개인사는 비밀스럽기는 하나, 시대의 거친 파도를 넘어서는 절대 절명한 순간이야 한식구라면 공유하지 않던가. 그런데도 명절이면 어김없이 뵈었던 당내집안 어른의 내력을 그렇게도 몰랐으니 한편 송구스럽고 다른 한편으로 괴이했다.

우리 재당숙 최찬국 어른께서는 1926년 1월 16일 강릉에서 집안의 둘째 아들로 태어나셨다. 소작농토를 조금 붙였고, 일제 강점기라 소출이 나면 7할을 공출로 나머지 반은 지주에게 바치고, 나머지로 근근이 식구들이 연명했다. 성덕 간이학교를 2학년 졸업하고 열다섯 살까지 아버지 농사일을 도왔다.

그런데 열여섯 살부터 생애 첫 회오리가 몰아치기 시작했다. 일제군국 망령이 저지른 태평양전쟁이 한창이던 1942년 강제 징용령이 떨어졌기 때문이었다. 어른의 나이 16세 되던 때였다. 이 철부지는 열여섯 어린 나이에 대한해협을 건너 북해도 공지군(소라지)으로 끌려갔다. 그곳에는 석탄 광산이 있었다. 가자마자 지하 300m 갱구에서 탄 캐는 노역자로 강제노동에 시달리기 시작했다. 감독관의 날카로운 눈초리는 어리다고 가만히 두지 않았다. 일주일씩 번갈아

갱내와 갱 밖의 탄작업을 했는데, 쓰러져 죽는 이들이 한둘이 아니었다. 입성은 입은 대로였고 대두박(콩깻묵)에 다꾸왕(단무지) 한쪽이 끼니의 전부였다. 이를 악물고 버텼다. 그저 하루하루를 버텼다. 먼지와 땀과 열기에 뒤엉킨 채 초막에서 새우등 잠자리를 하다 보니 의식마저 몽롱해졌다. 그러기를 얼마 후 광석을 나르는 전차 운전병으로 차출됐다. 운전은 광석을 캐내는 일보다 훨씬 수월했다. 강제노역이기는 마찬가지였으나.

세월이 흘러 3년이 지났고 1945년 광복이 왔다. 그렇지만 빠져나올 수가 없었다. 북해도에서 열차로 하관까지, 다시 대한해협을 건너 그리던 고국으로 돌아왔을 때는 그해 12월이 되어서였다. 빠져나오는 데만 3개월이 넘게 걸렸다.

기쁨도 잠시, 3대에 걸친 대식구에 살아가기가 벅찼고 세상은 뒤숭숭했다. 서울로 올라갔다. 서울 이태원에서는 큰집 육촌 매형이 병원 문을 막 열었기 때문이었다. 급히 영어를 배우고(약이 구호품이라 영문자로 되어 있었기 때문.) 임시 약사 노릇을 했다. 좌우익 구호가 거리를 휩쓸었고, 소문이 흉흉했다. 2년 남짓 지난 후 짐을 급히 싸 고향으로 돌아왔다. 탄광 노역 후유증인지 황달기가 왔다. 6 · 25가 터졌다. 미처 피난 갈 사이도 없이 공산 치하가 됐다. 산속으로 숨어다니다가 마을 세포당원에게 들켜 갖은 고초를 당했고, 면사무소로 호출되어 그 길로 의용군으로 끌려갔다. 어른의 나이 24살 먹던 해 한여름이었다.

북녘 붉은 군대들은 기세가 등등했다. 하지만 공습이 심해 이동은 야간에만 이루어졌다. 대열을 따라 북으로 갔다. 공포심이 몰려와 며칠이 갔는지도 모를 지경이었다. 이대로 가다가는 총알 밥을 벗어날 길 없었다. 기회를 보았다. 강원도 이천 종자리 마을에서였다. 사생결단하고 대열에서 벗어났다. 징용에 끌려갔던 경험이 있는 터에 용기가 났다. 함께 끌려갔던 최선신과 함께였다. 젊은이는 나이 열여덟이었다. 산을 넘고 강을 넘어서기를 열 하루째 온몸이 만신창이가 돼 있었다. 홍천 북방면에서였다. 살아있다는 게 이상했다. 공습은 계속됐고 총성은 한결 날카로워졌다. 배가 고파 야음을 틈타 마을 한 집을 찾아들었다. 찢겨 너덜대는 복장을 한 젊은이 둘을 본 주인은 깜짝 놀라 마을 청년단원을 불러왔다. 그곳은 벌써 수복돼 있었고, 청년단을 구성해 마을을 지키는 중이었다. 옳다 싶어 안심하고 있었는데 다짜고짜로 두들겨 팼다. 개처럼 사정없이 두들겨 팼다. 의용군으로 끌려갔다 탈출한 것이라 해도 믿어주지 않았다. 억울했다. 국군에게 넘겨졌고 포로 신세가 됐다. 국군들은 더욱 심하게 다루었다. 홍천전매청, 춘천형무소, 인천소년형무소, 부산동래를 거치는 길은 죽지 못해 살았다. 밥그릇과 숟가락조차 없었다. 양재기로 퍼주는 밥을 옷섶에 받아 맨손으로 먹기를 2개월여, 도착한 곳은 거제도였다. 거제도 포로수용소에 갇힌 포로 신세가 된 것이었다.

수용소 철조망 속은 암흑 바로 그것이었다. 자유가 그리웠다. 피가 끓어올랐다. 밤이면 음모가 극심했다. 남북이 갈려 하루가 멀다고 투석전이 벌어졌다. 쥐도 새도 모르는 사이에 처치되기도 했다. 반란을 일으키기도 했다. 전쟁 아닌 전쟁이었다. 숨을 부지하는 것만으로도 천만다행이었다. 하지만 먹을 것은 곧잘 주었다. 미식기와 떠먹을 스푼도 배급받았다. 유엔군들이 포로를 대우하느라 고는 했다. 더욱 다행스러운 것은 이 노숙한 포로에게 수용소 주방장 차례가 온 것이었다. 주방장은 밥은 제대로 먹을 수 있었다. 세월은 빠르게 지나갔고 이승만 대통령의 무조건 포로 석방 명령이 떨어졌다. 철조망 속에 갇힌 지 거의 3년이 차갔다. 유엔군 장교는 길을 둘 만들어 놓고 선택하라 했다. 남으로 가는 길과 북으로 가는 길이 그것이었다. 어른은 남을 택했다. 수용소에서 만난 고향마을 친구 김영모도 남을 택했다. 고광국은 북을 택했고, 불알친구였던 그와의 만남은 그것으로 끝이었다. 어른은 3차로 석방됐다. 자유의 몸으로 하늘을 쳐다보니 푸름이 너무 넓고 가득했다.

1953년 6월 18일(목, 우후 청): 18일 미명, 반공포로들이 계획적인 집단탈출을 기도, 논산, 마산, 부산수용소에서는 일부가 성공했다. 유엔군 발표-약 2만 5천 명의 반공 북한포로가 부산, 마산, 논산, 상무대의 각 수용소에서 탈주, 8일 하오 2시 반 현재 971명을 재수용하고 9명이 사망, 16명 부상. 이대통령, 유엔군 포로수용소에 수용 중인 반공 북한포로의 석방을 명령. 원용덕(元容德) 헌병사령관 전국에 수용 중인 애국

> 포로를 18일 오전 9시를 기해 전원 석방했다고 발표. (…)덜레스 국무, 한국정부의 반공포로 석방은 유엔군의 권한을 침범한 것이다, 라고 성명.
>
> —『한국전쟁실록』 권六, 456쪽, 을유문화사. 1973.

지금은 역사의 상흔으로 남은 한순간이 참으로 급박하게 돌아갔음을 알 수 있다. 이 와중에 한 개인이 있었고 젊음이 있었고 냉엄한 현실이 있었다. 그는 이념의 칼날 앞에 떨고 있던 나약한 한 인간이었다. 잘린 나무토막이 흙탕물에 휩쓸려 들어가면서도 절규 한 번 해보지 못하고 꼼짝없이 당하고만 너무나 참혹하고 안됐다 싶은 한 나약한 인간, 그러나 풍파는 계속 일었다. 피란을 가지 않았다는 죄목을 들어 이웃 장정들이 CIC(국방부조사본부)에 끌려가 혹독한 고문을 당하기도 향방이 묘연해지기도 했다. 밀고 밀리는 틈서리에 끼어 죽창에 찔려 죽은 주검들도 심심찮게 발견됐다. 참혹한 1년이 다시 흘렀다. 이듬해 가을 10월 13일 젊은이 나이 29살 때 틈을 내 19살 보광리 처녀를 맞아 혼인을 했다. 그대로 있다가 보면 씨도 못 건질 판이었다. 혼인은 모든 것을 잊게 했다. 한동안은 달콤하고 부드러웠다. 전쟁이 끝난 산천에 새롭게 풀이 돋아났고, 타다 남은 나뭇등걸에서도 잎이 돋아나 한여름을 지낸 후 단풍까지 들었다. 강물은 흘렀고 어김없이 눈이 왔다.

이듬해 1955년 2월이었다. 난데없이 국군 징집명령이 떨어졌다.

새색시를 맞아들인 지 단 4개월 만이었다.

제주도 훈련소에서 9연대 소속이 돼 훈련을 받았다. 앞길을 생각하다가 그놈의 가난이 몸서리쳐졌다. 분대장이 하고 싶어 하사관 시험을 보았고 합격했다. 8사단에 배속됐다. 그런데 부대 분대장 아니라 운전병으로 차출됐다. 부대장 차를 몰았으며 특무대 1호 차량을 몰기도 했다. 가족을 전방으로 불러 함께 생활했다. 그 사이 아기를 낳기도 했다. 화천, 양구, 인제 등에서 군생활 6년간 세월은 그렇게 또 흘러갔다. 육군 중사를 끝으로 제대를 했다. 다시 막막해졌다. 자동차 수리를 하는 대동공업사를 차렸는데, 5 · 16이 터졌다. 잘살아 보자는 노랫소리가 넘쳐 울렸지만 장사가 안돼 문을 닫았다. 이때부터 갈팡질팡하기 시작했다. 한 가족의 가장으로서 눈이 반들거리는 처자식들 생각을 하면 자다가도 벌떡 일어나곤 했다. 이동정미소, 기름집, 국수공장, 택시영업소, 만물가게 등 궁리해 할만한 사업을 모두 해 보았으나, 17년 동안 정력과 밑천 모두 쏟아붓고 나니 빈털터리였다. 석유파동도 겹쳤다.

그동안 나이도 지천명을 넘어섰다. 생이 캄캄해졌다. 전쟁이 따로 없었다. 삶이 그대로 전쟁이었고 아수라였다. 살았다고 다 삶인가. 삶의 덫이 이 중늙은이를 잡아챘고 세상이 무서워졌다. 하지만 살아야 했다. 더 이상 무엇 앞에 더 무릎을 꿇을 것인가. 전쟁 같지 않은 이 삶의 바다를 이쯤에서 그만두어 버린다면 그동안 생사를 넘나들었던 그 순간들은 다 무엇인가. 궁즉통이라더니 번쩍 스쳐 가는 게 있었다. 다시 시작하지 않고는 안되는 절체절명의 순간이 온 것이었다. 두붓집을 시작한 것은 그때부터였다. 배달 운전기사로 두붓집에 들어간 것이 계기가 됐다.

1977년 6월 강릉 성산면 금산리 촌가를 얻어 우선 가족을 정착시키고 성산에서 두부집을 열었다. 세태가 바뀌어 건강에 대한 생각이 높아지면서, 밭고기 콩제품이 날개 달린 듯 팔려나갔다. 밑천이 불어나 거주지를 포남동으로 옮겼고 바닷물 두부 초당두부 공장을 차렸다. 초당두부의 브랜드 가치가 높아졌다. 상표 명성도 따라 올랐다. 콩을 하루 30가마씩이나 소모하는 중노동이었지만 포로수용소와 광산 노역을 생각하면 힘이 치솟았다.

운전대도 놓지 않았다. 운전역사야 군 지프차 운전병부터 쳐도 50년을 넘어섰으니 이 땅에 그만한 이 또 몇이나 되겠는가. 80 청년은 지금도 주름만 조금 깊어진 이맛살을 달고 가속기에 힘을 준다.

삶의 진창 굴헝(구렁)은 그분에게 싱싱한 푸성귀 밭이요, 콩꼬투리 탁탁 튀는 콩밭이다.

내가 어른에 대한 소개를 마치자 150여 혈족들의 반응은 엇갈렸다. 어른이 징용으로 끌려갔던 나이쯤 된 10대 중반의 손녀들은 재미있다는 듯 눈을 반짝였고, 나이 50을 넘은 친조카 양길이는 어른의 집으로 찾아와 무릎을 꿇고 흐느끼더라고 했다. 생각건대 어른의 인생역정은 열강의 손끝에서 놀아난 흠집 많은 이 땅의 역사가 아닐까 한다. 이 땅의 근현대사에는 아직 삭히지 못한 울분이 남아 있다.

하지만 만신창이가 되었어도 횃불처럼 타오르는 게 이 민족이었고, 상처로 짓이겨졌어도 마늘싹처럼 파릇파릇 살아 움텄던 게 민초들이었다.

때로는 저 강물 흐르는 대로 몸을 맡기고
때로는 이 바다에서 돛을 높이 올렸다.
가고 오는 게 어찌 사람 힘으로만 되던가

덧붙일 일은 일제 징용으로 끌려간 것은 바로 어른의 형, 내게는 큰 재당숙 대신이었다는 것이다. 형 아우가 바뀌 간 것이었다. 형이 징용 명령을 받고 사지로 끌려갈 것을 대신해 그 아우가 3년을 생사의 갈림길에서 발버둥 쳐야 했다. 천하는 한 사나이를 그렇게 데리고 놀았다.

『정신과표현』, 2006년 5 · 6월호.

마등령 앵초 꽃밭에서 하룻밤

오세암은 백담사에서 두어 시간 거리에 있다. 오 세 동자 득도설화로 잘 알려져 봄부터 가을까지 많은 사람들이 찾는다. 나무 숲길로 접어들기 시작하면 백의극락보전 앞마당까지 녹음 그늘이다. 나는 2005년 5월 29일 이 녹음길을 걸었다. 헤아려 보니 오세암에는 30여 년 전 처음 몇 차례 들른 적 있었으나 그동안 대청봉 쪽으로만 마음이 갔었지 이 길은 늘 마음 밖이었다. 까닭이야 있었겠지만 어쩌다 보니 그렇게 되고 말았다. 생각해 보면 비교적 순탄한 이 길이 성에 차지 않았을는지도 모르겠다. 나는 그동안 험로만 찾아다닌 것 같다. 그건 산에서 거의 탈진해야 뿌듯한 감이 드는 일종의 산벽증 같은 게 아니었던가 싶기도 하다.

어쨌거나 오늘은 오세암 길이다. 한 시간쯤 걸어 영시암 조금 지나서부터 가야동 물길에서 벗어나고 왼쪽으로 틀면 그리 순하지 않은 가파른 길이 나타난다. 그러나 곧장 가지 않는다. 가끔씩 오른쪽으로 밭게 난 능선을 찾아본다. 바위 전망대가 좋기 때문이다. 바위

방석에 가부좌로 앉아 이윽히 고개를 들면 장쾌하게 뻗어나간 용아장성이 이마를 친다. 용아장성은 봉정암 적멸보궁을 기점으로 서쪽으로 굽이치며 마치 용의 이빨 같은 바위 이빨들을 날카롭게 세우고 있어 쉽게 접근할 수 없다.

발길을 다시 가던 길로 돌린다. 아름드리나무들과 마주친다. 출중한 미모를 갖춘 선남선녀들이 도열한 것 같다. 가지 또한 한껏 뻗어 이리 휘돌리고 저리 돌아 층층이 무진으로 얽혀있고 여기저기 수많은 나뭇잎들이 햇빛을 가려 흡사 터널처럼 만들어 놓았다. 나는 이런 길을 나무 터널길이라고 부른다. 오늘, 이 나무 숲길은 아름드리 관목들이 뒤덮어 하늘을 가리고 터널을 만들어 관목 터널길이라 해 본다.

관목 터널길을 걸으면 해뜨기 직전 산길을 걷는 것처럼 신선하다. 신선한 기운이 육신을 감싸 안고 영혼을 일깨운다. 산이 내뿜는 산 기운은 사람을 말할 수 없이 고즈넉하게 한다. 나는 나무와 나무 사이로 언뜻언뜻 나타나는 이웃 산기슭과도 잠시 교감하면서 한껏 느릿느릿 걷는다. 땀을 들이느라 쉬엄쉬엄하며.

갑자기 산이 허리통을 바짝 치켜들고 있다. 가파른 고개가 나타난 것이다. 얼핏 나무잎새에 기와지붕이 떠 있는 게 들어왔다. 오세암이다. 오세암은 꽤 넓은 산중 분지에 자리 잡고 있다. 앞산에 기괴한 모양의 병풍석이 울뚝불뚝하고 뒷산은 공룡능선 한 가지가 파도치듯 몇 차례 굽이쳐 와 새로운 암릉을 세워놓아 매우 기운차다.

오세암은 그 암릉 한쪽을 지그시 누르고 있어 흡사 암릉 한 모서리 같다. 첩첩 산속의 절이라 절이 산 같다. 이리저리 조여들던 산세가 갑자기 공간을 만들며 허공을 열어젖힌다고 할까? 아무튼 산속 산에 한 절은 그렇게 있었고 산은 절을 보석처럼 끌어안고 있다. 더하거나 모자람이 없다. 산이 있고 절이 있다. 절.

나는 샘물 한 모금을 마시고 법당에 들려 108배를 했다. 모처럼 절을 한 것이다. 절은 많이 할수록 좋으나 내가 하는 절은 108배가 기본이다. 절을 하는 순간 아무 생각이 없다. 나는 그분을 향해 절을 한다. 그분은 내 안에 계시다. 내 바깥이 아니라 내 안에 살고 있다. 나는 그분을 경배하는 것이다. 그분을 향해 오체투지 하면서 절 동작 그 자체에 나를 맡긴다. 그게 내가 하는 절 방식이다. 나는 때때로 내 방안에서 108배를 올리기도 한다. 나는 나를 향해 절을 한다. 살아 있는 내가 너무 감격스러워서다. 풀어놓으면 티끌에 불과한 것들이 뭉치고 얽혀 층층이 한 구조물을 받들어 올려놓았는데 그게 바로 나다. 그 티끌들이 너무 고맙다.

반란이라도 일으키면 어쩔 것인가. 하지만 그들은 반란하지 않는다. 그들 나름대로 제각각 흩어져 일을 하면서도 마음이 하자는 대로 일사불란이다. 나는 그들로 인해 여기 있고 그들로 인해 고민하고 투덜거리며 행복에 겹다. 내 손톱 밑에 가시가 들어 아파하면 그들도 아파하고 파도를 바라보다가 문득 유아시절의 조그만 내가 거기 있었음을 발견하기도 한다. 진진찰찰의 그들,

땀이 나 얼핏 올려다보니 이런 생각을 한 나를 그 백의관세음이 물끄러미 내려다보고 있다.

이럭저럭 오후도 한참 지났다. 나는 발길을 돌려 오던 길로 도로 내려설까 하다가 내친김에 마등령이 보고 싶어 마등령을 향해 올라가기 시작했다. 오세암 앞마당을 지나 뒷마당에서 몇 걸음 옮겨놓으면 봉정암으로 향하는 팻말이 보이고 왼쪽을 타면 마등령이다.

마등령은 속초에서 인제로 넘나드는 옛 산고갯길이다. 설악산 등반로가 생겨나기 시작한 70년대 초반에는 사람들이 가장 많이 찾던 곳이었다. 한창 단풍 철에는 단풍 아니라 앞사람 궁둥이만 보다 왔다 할 정도로 사람이 많았다. 그러나 요즈음 이 길은 오고 가는 사람이 뜸하다. 산행 초심자나 찾을 정도로 찾는 이가 드물다. 그래서인지 길이 흘밋하다. 흘밋해졌다. 이런 길로 때로는 한껏 탱탱해진 꽃망울을 단 함박꽃나무가 몸을 낮추어 가지를 길게 뻗고 기어나와 꽃뱀처럼 늘어져 있다. 나는 전혀 엉뚱한 협곡으로 빠져들었다가 정신을 가다듬어 다시 오던 길로 들어서기도 하고 전망이 좋은 바위 능선 위에 앉아 막 기울기 시작한 저녁 해를 바라보기도 했다. 귀때기청봉을 정점으로 한 서북주능으로 내려앉는 해의 모습은 다름 아닌 한 채의 법륜이다. 나는 그걸 지켜보며 생애의 마지막 순간을 떠올리기도 한다. 어떻게 아름답게 그 순간을 맞을까?

돌아보면 내 2, 30대는 갈팡질팡했다. 산에서도 마찬가지였다.

오색에서 대청봉, 그 만만치 않은 길을 두 시간대에 올려치기도 했다. 그 정도의 시간이면 산에서 줄달음을 친다고 할 정도의 빠르기다. 간혹 산 줄달음을 치는 젊은이들을 요즈음도 가끔 보게 되는데 그 순간 저간의 나를 보는 것 같아 즐거움이 솟는다. 그 나이에는 그저 빨리만 가면 되었다. 그러니까 설악산을 휘어 넘고서도 마음속에는 그저 한줄기 산능선만 마음에 비뚜름히 떠 있던 것이었다. 그것이 산을 마치고 난 다음 날 내 내면 풍경이었다.

산을 찾았지만 산을 보지 못한 것이었다. 산을 찾았지만 산에 혹사당한 꼴이었다. 산을 찾았지만 산은 산, 나는 나대로였던 것이다. 산을 찾았지만 산이 하는 말을 듣지 못한 것이었다. 산을 찾았지만, 그저 힘자랑에 그쳐 버린 꼴이었다.

이런 까닭에 한 사흘쯤 지나가면 힘다리와 장단지가 땡겨 조그만 계단을 올라 디딜 때도 통증 때문에 몸을 뒤틀어야 했고 누가 장난스레 무릎을 툭 치기라도 할라치면 오금에 아픔이 서려 온몸이 저리저리했던 것이었다. 그게 젊은 날 내가 산을 대하는 방식이었다. 하지만 지금 나는 많이 달라져 있다. 힘이 떨어진 탓도 탓이지만 산에 들면 좀체 발을 빨리 옮겨놓을 수 없다.

산천초목은 나를 끌어당기고 바위들이 나를 불러 세운다. 산새가 재졸거리며 나를 불러세운다. 구름이 조롱하는 듯한 눈짓으로 나를 놀린다. 물소리가 이윽한 계곡으로 나를 이끌어들인다. 청설모가 휙 지나가며 나를 꾀운다. 나는 그저 아무 곳에서 누워 깊은 잠이라도 들면 좋겠다 싶다. 이 땅의 산하대지가 왜 이토록 눈물겹게 아름다운지….

삶이란 뭘까? 내 생애의 절박한 고비들을 진정한 삶에 뿌리를 두고 고뇌했던가? 그런 순간들이 몇 번이나 있었던가?

순간순간 연꽃 망울이 아니라 순간순간 절망과 고통의 바다를 헤맨 것은 아니었던가? 비탄과 회한이 앞을 막아선다. 도저한 생각들이 새털구름처럼 생겨났다 스러진다.

바람에 나뭇잎이 살랑인다. 내게 무슨 말을 전하고 싶은 듯하다. 산 마음이 담긴. 뜻밖에 안개 능선길 안개 속으로 동그란 무지개가 서고, 그 안에 내 전신이 들어가 비치는 자연현상에 감격했다가 꿇어 엎드려 내가 무슨 큰 잘못을 저지르지나 않았나 하고, 망연자실하기도 하지 않았던가.

거의 8부 능선쯤 올라왔을 때 뜻밖에 노랑제비꽃이 하늘거린다. 철을 지났지만 꽃잎이 싱싱하다. 그 옆에는 시든 철쭉이 놓여 있고 자작나무의 일종인 거제수나무가 회색 껍질을 돌돌 말아 급강하하는 산속 추위를 막으려는 듯 여기저기 몸통에 매달고 있다. 내가 만일 지금, 이 순간 이 능선 어디쯤에서 처박힌다면 불과 몇 시간 안에 산파리들이 좋아라 바글거릴 것이고, 달포쯤이면 뭇 산벌레들의 먹이가 되겠지. 한 십 년 더 가면 어떨까? 낙엽에 묻히고 몸은 사방으로 흩어지고 나를 먹은 나무들은 새롭게 잎을 피우고 열매를 맺을 것이다. 천지자연은 그렇게 생명을 지우고 다시 생명을 피운다. 그게 무위(無爲)의 도 아니던가.

생각하는 순간 내 발밑에서 핑크빛 앵초꽃이 요염하게 허리를 흔들며 방긋거린다. 내가 대암산에서 처음 만났던 그 앵초꽃, 등마루가 가까워질수록 빛깔은 더 짙어지고 꽃무리들이 한둘이 아니다. 등마루에는 앵초꽃 천지다. 앵초꽃이 사방에 널려 있다. 그 옆에는 둥굴레가 망울을 초롱처럼 달고 그 옆에는 꼭 검은 천을 감아두른 조등(弔燈) 같은 걸 들고나온 검종덩굴도 간들거린다. 징그러운 그러나 매우 깨끗한 꽃주둥이를 아래 대지를 향해 깊이 열어뒀다.

등말랑(등마루)이로 올라서니 서남서쪽으로 거대한 바위기둥이 앞발을 달랑 들고 있다. 머리가 원숭이 같기도 하고 갈기를 휘날리며 하늘로 치솟는 용마 같기도 하다. 등마루를 넘어서 북동쪽 마등령 가까이에 이르자 이건 앵초꽃 벌창이다. 여기저기 앵초꽃이 자리를 잡고 앉아 제 세상을 만난 듯하다. 앵초꽃 바다, 나는 꽃에 취해 걸음을 옮겨놓을 생각은 잠시 잊은 채 그저 앵초꽃만 바라본다. 조금 더 북동쪽으로 돌아가면 공룡능선 끝자락으로 마등령임에도 더 갈 생각을 하지 않고 앵초 하나하나를 눈여겨본다. 더 가고 싶지 않다. 이쯤에서 산행을 접어도 좋겠다는 생각이 든다. 앵초꽃들과 하룻밤을 지새우는 것도.

내가 앵초꽃에게 해줄 아무것도 없지만 산이 내 발걸음을 잡아

끈다. 비박이라도 해야 할까 보다. 산이 품을 열어 줄지 모르겠다. 나는 산에 안기듯 쓰러져 본다. 밥 달라 야단치는 배꾸리에게는 아내가 싸줘 먹다 남은 김밥 몇 덩이를 내려보내며 이거면 될까, 하고 달랜다. 그 사이 하나둘 설악산 별이 돋는다. 별들은 나를 향해 쏟아졌고,어둠이 깊어지자 내 얼굴을 뜯어먹기라도 할 듯 더욱 날카롭게 빛을 뿜어댄다. 동해 쪽에서는 해풍이 밀려오기 시작한다.

어둑살에 잠겨 든 천화대와 마주 앉아본다. 계곡에는 무한 어둠이 꽉 차 있다. 너무 일찍 나타난 유성 하나가 쏜살같이 화채봉 쪽으로 금을 긋다가 허공을 물고 사라진다.

산들거리던 산바람이 소매 끝으로 기어와 옷깃을 흔든다. 그건 금방 소름이 돋을 만큼 차가워져 내 목덜미를 휘감는다. 냉기가 느껴진다. 이 냉기가 곧 산맛이다. 나는 배낭에서 재킷을 꺼내 겹쳐 입고 침랑 지퍼를 따내렸다. 마등령의 으스스한 이 밤. 이 절해고도 같은 나.

있는 사람도 없고 없는 사람도 없다.
가지 않아도 가고 오지 않아도 온다.

『정신과표현』, 2006년 7 · 8월호.

소슬한 암자 한 채

강릉은 내가 나서 만 스무 살까지 살았던 곳이다. 강릉의 물과 바람과 볕살과 산 기운은 나를 길렀고, 내 골격을 여물게 했다. 나는 가끔 강릉을 찾는다. 내가 난 집, 지금은 비어 퇴락해 있지만 강릉길을 걸으면 향그럽다. 부모님의 향기가 들려오고 형제들과 지인들의 말소리가 어른거린다. 남대천 다리를 건너서서 작은 산 고개 하나를 넘어 독바우(바위)길로 접어들면 곧장 우리 마을 입암이다. 동구 안에 갓 쓴 형상을 한 바위가 하나 서 있어 마치 선비의 형상을 닮았다 하여 옛 어른들이 '笠岩(입암)'이라 붙여 놓았으나, 마을에는 선비 아니라 농사꾼들만 살았다. 양지마을 어른 한 분은 한전에 적을 두고, '쇠준골'에서는 노 한학자 한 분이 서당을 열어놓기는 했으나 그분들을 제외하곤 모두 농사를 업으로 했다. 그것도 대대로 농사를 지었다. 윗대 어른들 대대로 땅을 파며 땅을 곧 하늘로 알고 살았다. 우리 집도 마찬가지였다. 대대로 농사를 지었다.

하지만 이즈음은 변했다. 마을 한가운데 아파트가 들어선 것이다. 한두 동이 아니라 아파트 밀림이 생겼다. 빈 곳이면 어김없이 손을 대고야 마는 난개발병이 이곳조차 가만히 놔두지 않은 것이었다. '고래'라고 부르는 그곳은 주변 열두 개의 동산과 열두 골짜기에서 내려온 물이 모여 논을 만들었고, 갈대펄이 형성돼 철새들의 낙원이었다. 지금 논과 갈대펄은 흔적이 없다. 철새들의 낙원을 빼앗아 철새들 아니라 사람들이 콘크리트 둥지를 틀고 들어앉은 것이다.

이 갯벌 '고래'는 나에게 아주 특별한 곳이었다. 우리 집 논이 거기 있었기 때문이다. 물이 불어 자주 벼농사를 망치기는 했으나 별게 다 나왔다. 갯게 가물치 새우 말씹조개 참방개 물자라 물귀신 옹고지 물닭 뜸부기 등이 그것들이었다. 논일을 나가면 천연스러운 그들을 조우할 수 있었고, 갯게라도 몇 마리 올리는 날이면 쾌재를 쳤다. 그것도 그렇지만 일철에는 골골에서 들려오는 물소리와 농부들이 부르는 농요 소리가 삐지 않던 곳이기도 하다.

농사꾼들은 일터에 나가면 으레히 소리를 했다. 농사꾼이면서 동시에 소리꾼이었다. 이 골짝 저 골짝에서 숨은 듯 내다보는 농가가 150여 호는 됐고, 상일꾼이라 하면 빠짐없이 농요를 불렀다.

농사를 지으며 힘들 때마다 소리를 하고 소리를 하다 보면 저절로 농사가 되었던 것이다. 우리 아버지도 농사 소리꾼이었다. 이른 봄 시골 다랭이논에 물을 가두기 시작하는 가래질이 시작되면 때를 맞추어 소리 또한 시작되었다. 얼음장이 동동 떠다니며 막 풀리기 시작한 뼈 시린 논물 속으로 맨발을 집어넣으면서 한 해 벼농사의 첫발을 소리로 푸는 것이었다.

소리 종류는 꽤 많았다. 이를테면 철 따라 부르는 레퍼토리가 달랐다. 가친은 특히 벼농사에 관계되는 '오독떼기'를 잘 불렀다. 와, 아, 으으 하고 넘어가는 꺾임소리는 기가 막혔다. '와아 와아 아 아 아 아 아 아 아 아 아 아으 아으'하는 목청이 근 30여 초나 계속되고, '와아'나, '아'나, '아으' 사이 사이마다 절묘한 꺾임소리가 나타나 듣는 사람에게 괴이한 감정의 소용돌이를 일으키게 했다.

그러고 보면 그동안 숱한 소리들이 나를 밟고 지나갔다. 나 또한 숱한 소리들에게 알게 모르게 휩쓸렸다. 고전음악실에도 기웃거렸고 거리에 흘러넘치는 가요, 가곡에도 마음을 빼앗겼었다. 소리에 취하기도, 소리에 마음을 상하는 경우도 있었다. 반정 가요들에도 솔깃했던 시절이 있었다. 서양 소리를 흉내 내는 우리 악기가 너무 우스꽝스러워 괜히 화가 난 적도 있었지만, 세월을 따라 소리들은 마치 파도처럼 나를 밀고 다녔다. 그런 가운데도 유독 곡조 하나는 늘 내 가슴 한 중심에 남아 있었다. 바로 오독떼기 그 꺾임소리였다.

마치 잡초 더미 속에 놓인 암자 한 채 같이.

그게 한 계기였는지 나는 국악을 좋아한다. 내 몸은 좀 밀밀한 그 우리의 소리에 많이 기울어져 있다. 그래서 내 몸도 약간 밀밀한 게 아닌가도 생각해 본다. 그건 농사일을 따라다니면서 들었던 가친의 그 노동요 영향이 아닐까 한다. 사범학교 2학년 때였던가. 국어 교과서에 '유산가'가 실려 있었는데, 국어를 담당했던 윤명 선생님이 열강을 하다 말고 다짜고짜로 나를 가리키며 그걸 창으로 한번 불러보라 해 불러본 적이 있다. 창이라 했지만 그게 어디 제대로 된 창이었겠는가. 창 시늉을 했겠지. 하지만 그 정도로 나는 우리의 음악에 기울어져 있었고, 우리의 음악 소리가 울리면 절로 흥이 났다. 멋도 모르고 흥부터 먼저 났다. 흥(興),

일은 고달픔이 아니라 소리의 흥에서 시작해 소리의 흥으로 끝을 맺었다. 실로 끝도 없는 소리였다. 재벌김*을 매러 갔던 날이었다. 오른쪽 무릎을 논바닥에 대어 꿇어앉고 김을 서려 바닥 구멍에 움켜 묻으면서 얼마쯤 나가자, 볏잎이 목과 겨드랑이 살결을 사정없이 찔러대 곤혹을 치러야 했다. 벼는 출수기가 가까워 막잎이 나오기 시작했고, 이에 따라 잎끝은 바늘 끝처럼 성을 내고 있었던 것이었다. 그 성난 볏잎이 적삼 올을 뚫고 사정없이 올라왔다. 나는 그 쓰린 고통을 참느라 진땀을 흘렸지만, 가친은 그런 판국에도 태연히 소리를 하는 것이었다. 햇살은 쏟아지고 벼포기 아래로는 시큼한 막걸리 냄새가 차올랐는데도.

두엄을 내면서도 소리, 밭을 갈면서도 소리, 써레질하면서도 소리, 모를 심으면서도 소리, 김을 매면서도 소리, 액비를 내면서도 소리, 바소가리에 쟁기를 담으면서도 소리, 보리를 베면서도 소리,

* 재벌김: 두벌김. 논이나 밭의 김을 두 번째로 매는 일.

짐을 져 나르면서도 소리, 타작을 하면서도 소리, 도리깨질을 하면서도 소리…. 아니, 그 뭐라 '목도소리'도 있다. 나는 소년기를 막 넘어섰을 때 방아 찧는 이동식 발동기를 멘 적이 있다. 무거워 네 사람이 목도를 해야 했다. 우리 집은 골짜기 맨 안쪽에 있었고 마갈집이었다. 마갈집이라 했지만 그래도 백석의 '나와 나타샤와 흰당나귀'에 나오는 '마가리(오막살이)'보다는 조금 낳아 틀은 버젓했다. 어쨌거나 이 발동기를 메어오자면 동산 하나를 넘어서야 했으므로 한바탕 곤혹을 치렀다. 그런데 목도꾼들의 발을 맞추는 데는 이 목도소리가 그만이었다.

어이쪄이이쪄어이저쳐아하아하하

어이쪄이이쪄어이저쳐아하아하하, 놓고

농요 오독떼기는 모를 낼 때나 김을 맬 때, 벼를 벨 때나 볏단을 나를 때 특히 많이 불렀다. 이 소리는 도무지 끝날 줄을 몰랐다. 창작해 부르기 때문이었다. 물론 일정한 내용이 있고 가락과 장단이 있기는 하다. 일정한 내용이 끝났다 싶으면 틀에 현장성 있는 내용을 채워 부르면 되었다. 그러다 보니 아침에 시작한 소리가 저녁 일을 마칠 때까지 계속되는 것이었다. 한 사람이 부르면 다른 사람이 소리를 받고 한패가 부르면 다른 패가 이어받기도 한다. 이 논배미에서 선수를 치면 저 논배미에서 받아, 소리는 소리로 이어져 이 골짝 저 골짝이 오독떼기 소리로 가득 찼다. 소리의 장관이었다. 언젠가는 소리가 가득 찬 들녘에 웬 낯선 그림자가 다가와 서기도 했었다. 주변 강릉 비행장에 주둔하던 미군들이었다. 그들도 이 이상한 광경을 지켜보고 있었던 것이었다. 아닌 게 아니라 늦일로 황혼이라도 물들라치면 논배미에 선 학 같은 농부들의 흰 무명 옷자락과 아슴아슴한 노을타래들이 소리와 뒤엉켜 신비감마저 들게 했다. 이러다 보니 농사꾼들은 모두 누가 시키지 않아도 저절로 소리꾼이 되었던 것이다. 지금은 어른들이 저승 가실 때 이 소리도 모두 가져가 버려 강릉 학산마을에만 조금 남아 단옷날 잠깐 시연할 뿐이지만, 그런 틈에 자란 나로서는 우리의 소리에 자연히 젖어 들었다. 그뿐만 아니라 그동안 내가 좋아하는 우리의 소리가 조금씩 늘어나기도 했다. 때로는 우리의 소리를 따라 공연장에 들어서 보기도 했다.

그 하나가 국립극장 '하늘마당'에서 이루어진 명창 안숙선의 흥보가 완창 공연이었다. 2003년 8월 9일이었다. 소리는 늦은 9시부터 12시까지 장장 4시간이나 계속됐다. 조그만 이 땅의 한 여인이 소리를 통해 접신의 경지에까지 이르렀음을 나는 그날 보았다. 소리가 한없이 오묘해 천지를 삼키며 영혼에 사무쳤다. 어떨 때는 사자가 포효하듯. 어떨 때는 코끼리가 잉잉거리듯. 어떨 때는 해치가 외뿔로 달려들 듯.

기실 명창 안숙선과는 한 작은 인연이 있었다. 1995년이었다. 내가 안 명창을 주제로 시 한 편을 써 모 일간지에 발표를 했었다. 그런데 그걸 안 명창 부군이 보았고, 안숙선 명창도 그걸 보고 하루는 시인 정지용 선생을 기리는 지용회 회장으로 있던 김수남 선생을 통해 나를 초대해 주었고, 그해 8월 25일 나는 하룻저녁 내내 안명창의 가야금병창 선물을 받았었다. 나도 발표했던 시 「가인 안숙선」을 안 명창을 위해 낭송했다. 안 명창의 제자가 경영하는 인사동 한 한옥 음식집에서였다. 그 일은 나를 두고두고 행복하게 했다. 다름 아닌 오로지 나를 위한 가야금병창이었기 때문이었다. 고요하고도 둥근 목소리와 가야금의 오묘한 튕김이 어우러져 끝없이 나를 몰고 갔다. 나는 그날 우리의 악기 가야금 소리의 진수를 맛보았다. 가느다란 현을 오르내리는 가느다란 손가락과 거기 머물 듯 감은 눈빛과 엷은 불빛이 붙들었다 놓았다, 하는 소리!

그 오묘한 순간 내게는 어떤 영적 빛이 스쳐 지나갔다. 그리고 무엇보다 안 명창이 매우 무구청정하다는 사실을 깨달았었다.

하기야 내가 맛들린 소리가 이뿐만은 아니다.

임방울의 쑥대머리는 골계미로 사람을 홀리고, 박동진의 적벽가는 삶을 숙연하게 한다. 김월하의 가곡은 모시 치맛자락처럼 고아하다. 박봉술의 화초장도 좋고, 박상옥의 바위타령은 이 땅의 산천을 바위 징검다리를 딛듯 돌아 나오게 한다. 줄타기 명인 이봉운(李鳳雲)의 손자 이희완의 청춘가는 청춘의 한에 머물지 않고 차라리 현묘하다. 숨어 살며 노래 하나로 생을 얻었기 때문이다. 김성진의 청성자진한잎은 누웠다가도 벌떡 일어나 앉게 하고 이생강의 대금산조는 잡동사니를 훌쩍 벗어 메친 알몸이게 한다. 김성아의 해금산조는 피가 맺힌 매듭이다. 황병기의 '침향'은 파적(破寂)의 영롱함을, 김영동의 '파문'은 마음에 달빛 무늬가 들게 한다.

나는 때때로 침향이나 파적을 들으며 명상의 길로 들어선다. 소리에 명상적 기운이 감돌기 때문이다.

황병기 선생의 '침향'은 가야금을 위한 곡이다. 가야금이나 거문고는 북과 마찬가지로 본래 선적(禪的) 떨림이 요동치는 악기다. 소리를 만드는 것이 아니라 소리를 지니고 있다가 밖으로 내보낸다. 소리를 몸에 품고 있는 것이다. 하기야 모든 악기는 소리를 몸에 품고 있다. 삼라만상 하나하나에도 각각 독특한 소리가 있다.

하지만 가야금이나 거문고나 북소리는 내면의 깊은 곳을 건드리며 나온다. 줄을 건드리거나 치면 소리가 튀어나오면서 마음 짐승을 집어 태우고 떠난다. 이때 음은 다만 큰 낭떠러지 하나고, 그사이에는 알 수 없는 침묵이 있다. 강물이 있고 파도자락이 펄럭대기도 한다. 소리에 함께 놀아나는 농현(弄絃)은 울화로 병들고 뒤틀린 마음이란 놈을 제자리에 올라앉게 한다. 그리고 낭떠러지에서는 난데없이 파랑새 한 마리가 포르르 날아오른다. 연꽃바다 한가운데 떠 있는 새. 구름이 일고 구름이 일어난 자리는 텅 비어있다.

'파문'은 김영동 선생의 대금을 위한 곡이다. 대금 소리가 허공을 넘나들고, 바람 소리가 일어나 폐부에 찌르르 울린다. 이슬로 몇 번 이고 적셨다 말린 갈대 속을 넣어서일까? 소리가 아니라 갈대가 흐느낀다. 높낮이가 두 옥타브는 넘어서는 것 같다. 파격이다. 오음 위에 또 오음 손가락 옮겨가는 모습이 들린다. 징이 가볍게 멀리서운다. 무차별로 들려온다. 흥겨움이 인다. 가락은 무한 저음으로 떨어졌다가 기웃대며 허공을 때린다. 끝으로 갈수록 오묘하다. 끝이 한번 굽이치는가 하면 꺾였던 음이 다시 몇 번씩 더 꺾이고 돈다. 물이 폭포가 돼 떨어지기 직전 소용돌이를 일으키는 것 같다. 꽹과리가 소리를 내뱉는다. 징이 울었다 그치고 다시 울고 가락은 가물한 곳에서 고요히 죽는다. 굽이치듯 헤엄치듯 광활한 마음 바다로.

가야금이나 거문고는 소리가 깊다. 대금과 해금도 마찬가지다. 가령 오케스트라로 연주되는 드보르작이나 브람스를 고층빌딩에 비긴다면 쉔베르크의 그것은 이 빌딩을 파괴하는 흥분을 맛보게 하고, '파문'이나 '침향'은 설악 앙상한 나뭇가지에 하얗게 핀 설화라 해야 할 것 같다. 그러기도 한 것이 밤새 해금 소리를 듣다가 새벽에 문득 깨어보면 설악에 설화가 가득 피어있기도 했었다. 겨울 오독떼기가 그 산에 와 있었던가.

강릉이라 경포대는 관동팔경 제일일세
머리 좋고 실한 처녀 줄뽕낭게 걸터앉네
모시적삼 젖혀 들고 연적 같은 젖을 주오

『정신과표현』, 2006년 9 · 10월호.

무소뿔에 기대 홀로 노닐며

무소뿔처럼 홀로 가라.

가끔은 뿔에 기대면서

명상이 이르는 곳은 무소뿔 같은 침묵이다. '있다, 없다'를 벗어난 잣나무 한 가지다. 나도 없고 너도 없고, 모두 없어진 고요의 세계다.

티벳 고승들은 가끔 소리를 매개로 해 신과 한 몸을 이루는 탄트라라는 경지에 든다. 이른바 접신의 황홀감에 드는 것이다. 접신의 경지도 명상을 통해 이루어진다. 하지만 명상이 접신의 경지로 끝나서는 안 된다. 더 나아가야 한다. 석가가 삼명지(三明智)를 이루어 깨달음을 완성했듯 우주 본체와 합일을 이루는 곳에 '나'라는 존재를 무소뿔 같이 앉혀 놓아야 한다.

이 경우 네팔의 '히말라야 명상곡'이나 인도의 민속음악 '라자스탄'과 '인도 명상음악'은 명상의 더욱 깊은 세계를 맛보게 한다. 이 곡들은 느닷없는 소리 한 낱을 강물에 집어 던져 놓고 소리 무늬가 일어나기를 기다린다. 그리고 이 무늬를 기점으로 해 가락을 따라

들어가다 보면 어느 사이 '나'라는 존재가 사라지게 된다. 사라지면서 나뭇가지 위에는 허공만 하나 달덩이처럼 덩그러니 걸린다. 여기서 허공이란 다름 아닌 우주 본체다.

그러니까 명상을 통해 우주 본체를 만나는 것이다. 명상은 우주 본체로 향해 들어가는 문이다. 그런데 그 우주 본체라는 것이 어디 다른 곳에 있는 게 아니다. 바로 자기 자신 안에 있다. 우주 본체는 자신이다.

인도 음악을 내가 직접 처음 접한 것은 1995년 2월의 일이었다. 마침 현대문학의 주간으로 있던 최동호 교수가 알선해 시인 황동규, 이성선, 신중신, 김정웅, 고경희, 김희선, 소설가 송하춘, 박덕규, 평론가 하응백 등 몇 분과 함께 나도 따라 인도 문학기행을 갔을 때였다. 생각과는 달리 이틀이나 걸려 비행기에 시달렸기에 문학기행은 즐거움이 아니라 피로가 몰려들어 곤혹스럽기 짝이 없었다.

하지만 뭄바이에 도착한 나는 가슴이 뛰기 시작했다. 아침놀이 하늘에 가득하고 이어 해가 떠올랐기 때문이었다. 석가의 땅 인도, 그리고 내가 늘 머리맡에 두고 있는 라다크리슈나의 '우파니샤드'의 인도가 바로 거기 있었던 것이었다. 순간 나는 거대한 땅덩어리 인도가 아니라 석가에게 이끌리어 우파니샤드 안으로 걸어 들어가는 것 같았다.

일행이 시바 신이 상주한다는 엘로라 동굴사원을 거쳐 불교미술의 보고로 알려진 아잔타 동굴사원을 순례하고 숙박지인 아쇼크(Ashok) 호텔에 들어 막 저녁밥을 마칠 때였다. 2월 12일 저녁, 어디서 가야금 소리 같은 게 살랑대며 묻어 들어왔다. 정말 살랑대며 귀를 간지럽혔다. 나는 깜짝 놀라 소리를 따라 가만가만 발걸음을 옮겨갔다. 소리가 조금씩 크게 들렸고, 이어 대리석 홀이 나왔다. 그곳에서는 한 노인이 홀 바닥에 앉아 내가 생전 처음 보는 길쭉한 악기를 타는 것이었다. 말로만 듣던 시타르(sitar)를 연주하는 것이었다. 옆에서는 노인 연배쯤 돼 보이는 또 다른 노인이 인도의 북 타불라를 치고 있고,

어떤 곡을 연주했는지는 아직도 내가 잘 모르겠으나, 나는 먼저 자리 잡은 순례객들을 비켜 한쪽 구석에 쪼그리고 앉아 넋을 잃고 그 곡조 속으로 빠져들었다. 그도 그럴 것이 처음 들어보는 악기 소리였기 때문이었다. 하지만 어디서 많이 들어본 것 같았고, 소리 색깔과 리듬이 낯설지 않았기 때문이기도 했다. 그건 마치 가야금 산조를 듣는 것 같았다. 물론 농현(弄絃)이 더 현란하다는 차이는 있었다(인도 음악의 농현은 1음을 낸 뒤 7음까지 내려간다고 한다). 하지만 나는 곧장 그 미묘한 울림을 따라 들어갔다. 그런데 잠깐 사이 내가 본 것은 인도가 아니라, 설악산 진전사 터가 있는 깊고 깊은 둔전계곡 바위에 걸터앉아 무연히 그 녹음 계곡을 바라보는 것이었다. 동해에서 일어나 치고 올라오는 바람결이 나뭇잎에서 살랑대고, 나뭇잎이 서로 흔들며 내는 소리는 마치 조그만 영락 알갱이들을 아기

손바닥에 놓고 구을리는 것 같았다. 그리고 그 소리는 파도치듯 골짜기를 울리고 산비알을 울리며 만산에 메아리치는 것이었다. 이어 산그림자가 지고 꾹꾹새가 꾹꾹대기 시작했다.

얼마나 지났을까? 문득 깨어보니 주변 사람들은 다 가버리고 노인 두 분도 이미 떠나고, 텅 빈 홀만 덩그러니 남아 있었던 것이었다. 내가 혹 꿈을 꾼 건 아닐까, 하는 생각이 들었으나 걸어 나온 좁은 복도를 다시 걸어 들어가니 분명 그건 아니었다. 이후 인도의 그 광막한 벌판을 기차로 버스로 릭샤로 쏘다니면서 온갖 소리들이 마치 폭포처럼 밀고 들어와도 그 바람이 살랑대듯 하는 시타르 소리는 줄곧 내 마음을 떠나지 않는 것이었다.

델리에서였다. 문득 음반을 구해야겠다는 생각이 들었다. 이상스러운 것은 그전에는 그런 생각을 전혀 하지 못하고 있었고, 델리의 거리를 어정거리다가 문득 그런 생각이 떠올랐다는 것이었다. 나는 이성선 형과 이 골목 저 골목을 기웃거리며 길을 건너고 레일을 건너 또 묻기도 하면서 마침내 음반가게를 찾아냈다. 그러고는 일행과 너무 떨어진 게 아닐까, 하면서 서둘러 우선 시타르 CD음반 한 장을 고르고, 명상음악이 생각나 물었더니 네 파트로 나누어진 인도 명상음악 테이프(tape)를 내놓기에 그것도 골라 인도민속음악 '라자스탄'과 함께 금을 치렀다. 이성선 형은 세계적인 시타르 연주가인 라비 샹카의 음반 몇 개를 골라 포장을 했다. 우리는 곧장 일행을 찾아 나섰다. 일행들은 우리가 헤어졌던 거리 얼마 안 간 서점에서 책을 고르고 있었다.

여행은 중반을 넘어서 조금 피곤했으나, 음반을 구했다는 뿌듯함에 기쁨이 솟았다. 음반을 틀어보고 싶은 성급한 마음이 잠시 일었지만, 참고 김포공항에 도착했을 때는 아직 차가운 바람결이 목덜미를 감아 들었다. 인도의 겨울과 우리나라의 겨울은 여름과 겨울과 같은 차이였던 것이었다.

그 후 나는 거의 매일 저녁 일정한 시간을 따로 내어놓고 이 명상음악들을 틀었다. 그런데 어느 한순간 소리가 사라졌다. 놀라 찬찬히 생각해 보니 너무 틀어 테이프가 망가졌던 것이었다. 한 3년쯤 지났을 것이었다. 특히 내가 좋아하던 인도 명상음악은 음이 완전히 사라지고 말았다. 처음에는 몇 군데씩 건너뛰는 듯하다가 걸레를 꾹꾹 짜는 소리로 변하더니, 피피하는 기계음만 남고 소리가 온데간데없이 사라지고 만 것이었다. 허전했으나 할 수 없었다. 몇 군데 음반을 수소문해 보았으나 젊은이들의 유행 음반들만 가게에 꽉 차 있었고, 끝내 내가 구하는 음반이나 테이프를 찾을 수 없었다.

인도 명상음악은 '산의 노래(Music of The Mountains)' '강의 노래(Music of The Rivers)' '바다의 노래(Music of The Seas)' '사막의 노래(Music of Deserts)' 등 네 부분으로 나뉘어 있다. 명상을 해 보면 사막의 노래가 명상의 길로 들어서기에 알맞았다. 내게는 그랬다. 사막의 음악은 자키르 후세인(Zakir Hussain)의 작곡인데, 후세인은 작곡 동기를 다음과 같이 밝히고 있다.

사막은 나를 감동시킨다. 그곳에는 완전한 침묵이 흐른다. 그러나 그 가운데는 수많은 소리들이 살고 있다. 이를테면 바람이 쓸고 지나가는 소리, 새들의 울부짖음, 모래 얼굴을 밟으며 스쳐 지나가는 동물들의 소곤거림 등이 그것들이다. 나는 사막이 주는 아주 다양한 지면의 색깔들에 큰 감화를 받았다. 따뜻한 사막의 돌들과 온냉(溫冷)의 천양지차, 거칠거칠한 윤곽으로 휘말려 들어가는 두려운 심연, 사막의 사람들에게 나는 내 마음을 아주 빼앗겨 버리기도 했다. 원시성과 유기적인 삶의 접근 방식까지도.

그러고는 그러한 때 묻지 않은 사막의 전통적 생활 방식은 인도나 중동과 북아프리카에 고루 많이 남아 있고, 그들이 생활 속에서 자연 발생적으로 생긴 리듬과 그 구조와 멜로디는 그에게 큰 충격을 주었으며, 곡을 짜 가는데 한 중요한 요소가 되었다고 했다. 또한 흰 눈으로 뒤덮여 비밀스러운 라다크(Ladakh)의 사막과 티베탄과 중앙아시아와도 꽃향기일 듯 맥락이 서로 통해 있다 했다.

그러고 보면 후세인이 작곡한 이 '사막의 노래' 는 단순한 음악이 아님을 알 수 있다. 원초적인 자연의 소리가 악곡의 바탕을 이루고, 그것은 곧 듣는 사람에게 즉각적으로 매우 이채로운 세계에 가서 닿게 한다.

그래 그런지 테이프를 틀어 들으면 사막의 온갖 지저귐 소리와 소곤거림을 느낄 수 있었다. 그것은 또한 심연을 뚫고 침묵 속으로 깊이 곤두박여 들어갈 수 있는 것이었다.

그런데 자키르 후세인의 그 노래들을 다시 만났다. 테이프에서 음이 사라진 지, 실로 8년째인 2005년 3월 15일이었다. 히말라야 등반을 마치고 난 다음 네팔의 수도 카트만두에서였다. 그곳 타멜 거리 음반점에서 예의 그 음반을 발견했던 것이다. 나는 너무 반가운 나머지 만져보고 또 만져보고 하다가 명상 음반 넉 장을 구입했다. CD 넉 장, 테이프는 없었다. 그쪽도 빠르게 테이프가 CD로 바뀌는 추세였던 것이었다. 인도와 네팔은 국경조차도 막대기 하나를 걸쳐놓을 정도라 인도 물건은 바로 네팔로 들어왔다. 틀어보니 하나도 다름없는 바로 그 소리 그것이었다.

명상음악 '사막의 노래'는 모두 여섯 곡이 담겨있다. 시타르와 타블라를 기본 악기로 해 류트족의 목이 긴 악기인 탄부르와 손풍금 비슷한 하모니움(harmonium)인 듯한 악기 소리가 주조를 이루고 바람 소리 천둥소리 새소리도 들어있고, 꺽꺽한 기도 소리도 간간이 들려와 적막을 깬다.

인도 음악에는 독특한 짜임이 있다. '알라파'와 '가트'가 그것이다. 명상음악도 이 골격을 벗어나지는 않는다. 알라파는 일종의 전주곡이라 할만하고 가트는 음악의 몸체다. 알라파는 한 악기만으로 자유롭고도 느리고 길게 연주하는 걸 말하고, 가트는 주제가 확

장되는 시점 이후를 일컫는다. 이때 치기 시작하는 북소리를 '딸라'라 한다. 딸라(tala)는 인도 음악의 기본 리듬이다. 북 연주자는 이 기본 리듬을 잘 익혀야 한다. 북은 다양하다. 하지만 그 가운데 타블라가 차지하는 비중이 크다. 북 타블라는 서로 쌍을 이룬다. 다야(Daya)와 바야(Baya)가 그것이다. 다야와 바야의 북채는 손과 열 개의 손가락이다. 손가락의 강도가 북에 세밀하게 작용하여 기묘한 북소리를 일궈낸다.

내가 좋아하는 명상음악은 바로 이 타블라의 명고수 자키르 후세인이 작곡하였다. 자키르 후세인은 1951년 3월 9일 인도 뭄바이에서 출생하였는데, 타블라의 거장 우스타드 알라 라카(Ustad alla rakha)의 아들이다. 그의 빠른 손놀림은 신기에 가깝고 세계적인 시타르 연주가 라비 샹카와 함께 공연하기도 했다는 사실을 나는 뒤늦게 알고 놀랐다. 그는 어린애였을 때부터 타블라에 아주 친근해 있었던 것이다. 나는 그것도 모르고 그냥 심심하면 그의 '사막의 노래'에 마음을 기대고 있었던 것이었다.

기탄잘리를 쓴 인도의 시성 타고르(Rabindranath Tagore)도 실은 명상을 일상화했었다. 그 명상적 분위기는 그의 시 키탄잘리 103편 전편에 잘 담겨있다. W.B.예이츠는 타고르의 이러한 시편들을 받아 들고 너무 감격한 꼴을 낯선 사람들에게 들키지 않으려고, 종종 덮어놓았다가 펼쳐보기를 여러 날 하였다고 고백하고 있다. 타고르는 또한 춤을 좋아해 타고르춤을 만들기도 했고, 그의 고향 벵갈의

하층민들이 즐겼던 바울의 노래(Baul Song)를 특히 아끼고 좋아했다고 한다.

그런데 인도 명상음악 속 가수들의 목청은 내가 어렸을 때 가친의 일터에서 자주 들었던 들녘의 저 오독떼기의 꺾임소리와 비슷했으니, 인도 음악과 우리 농부들이 불렀던 농요들은 놀랍게도 그 맥이 하나로 움직이고 있었던 것이다.

내가 인도 명상음악 속으로 잠겨 들어갈 때면 한량없이 깊어지던 것이 바로 이런 연유에서였던가. 내 깨침의 걸음걸이가 늦되고도 늦되나, 말없이 무소뿔처럼 혼자서 가라.

『정신과표현』, 2006년 11 · 12월호.

아내와 손잡고 한라산에 오르던 날

2001년 5월 4일은 아주 특별한 날이었다. 아내와 한라산에 올랐기 때문이었다. 한라산은 내 꿈속의 산이었다. 언제쯤 오를 수 있을까, 하고 늘 꿈속에서 그려 보았었다. 내가 워낙 산을 좋아하기는 했으나, 한라산의 경우 도무지 차례가 오지를 않았다. 왜냐하면 한라산에는 평소 꼭 아내와 함께 오르고 싶었기 때문이었다. 사실 아내와는 그동안 변변한 여행 한번 하지 못했었다. 내가 교직에 있었고, 아내는 살림살이로 이렇다 할 엄두를 내지 못한 것이었다. 기실 아내는 20대 적만 해도 산을 좋아했었다. 아내가 스물일곱 살 되던 해에는 오색에서 대청봉을 넘어 권금성으로 돌아온 적이 있었다. 조금도 피곤해하는 기색이 없었다. 산 타는 솜씨가 예사롭지 않았었다. 설악산 대청봉에서 권금성 가는 길은 험난하기 이를 데 없다. 그러므로 웬만한 등산 이력을 가지고도 헉헉대기 일쑤다. 그런 만큼 아내도 한라산 등반을 좋다고 하며 따라나섰다.

우리는 버스를 타고 영실이라는 곳으로 갔다. 매표소를 지나자

경사가 조금 급한 도로가 나타났다. 거기서부터 걸어야 했다. 영실 휴게소까지는 50분쯤 걸렸으나, 아스팔트 길이어서 타박거렸다. 하지만 한라산 기슭이라 큰 산 냄새가 산 초입에서부터 풍기기 시작했다. 10시 반이 되어서야 아스팔트 길이 끝나고 영실 휴게소가 나왔다. 날씨는 쾌청했고 제주도 특유의 온화하고 부드러운 공기가 코끝에 스며 들어왔다. 아내의 발걸음도 아주 가벼웠다. 병마에 시달린 적이 있었지만, 뒤뚱거리지 않았다. 오십 줄 나이가 믿기지 않을 정도로 허리가 꼿꼿하고 발걸음이 경쾌했다. 앳돼 보이는 젊은이들이 화사한 웃음결을 날리며 우리들을 앞질렀다. 우리는 졸졸거리는 계류를 따라 널브러진 바위에 눈을 팔기도, 막 피어오르는 관목들을 어루만지기도 하면서 천천히 걸었다. 바쁠 일이 없었다. 오늘 하루 한라산과 지내면 되었고, 또 뚜렷한 정처가 없었기 때문이었다. 그리고 무엇보다 하늘 기운이 호호탕탕했다.

한 시간쯤 지났을까, 갑자기 산이 일어서기 시작했다. 큰 산 특유의 바위들이 성큼거리며 내달렸다. 돌 많은 제주도의 바위산 길인 것이었다. 바위들은 울퉁불퉁했다. 그리고 붉으직직했다. 화성암이기 때문이었다. 땅속에서 솟구쳐 올라온 바위들인 것이다. 저들이 바로 영주 십경 중 제 일경인 영주 기암 오백나한 바위들이었다. 한라산은 약 2만 5천 년 전 신생기 4기에 화산 분화 활동을 시작하였다 하니, 불과 2만 5천 살쯤밖에 안된 햇둥이 바위들이라서인지 기세가 등등했다. 설악산 바위들과는 생김새나 질이 달랐다. 설악산 바위들은 대부분 화강암으로 세월이 깎아 먹어 표면에 잔 굴곡이 사라지고 조용한 데 반하여 제주도 바위들은 매우 거칠었다. 아직 할 말이 많아 주장하며 항거하는 듯한 몸짓이었다. 그런 바위들을 어루만져 보기도 하고, 걸터앉기도 하면서 한 들먹을 올라서자, 일순간 시계가 탁 터지며 주변 나무들이 발아래서 소용돌이를 일으켰다. 구상나무들이었다. 갑자기 밀려든 해풍이 을씨년스럽다는 듯 고개를 흔들어 댔다. 그러고 보니 동녘으로 바다도 나타났다. 한라산과는 첫 대면이라 어디가 어딘지 잘 분간이 안 갔으나, 내 마음을 알아채기라도 한 듯 옆으로 스쳐 가는 산객들이 가파도 쪽 바다이지요, 한다. 가파도 바다.

방금 꽃망울을 터뜨린 듯한 진달래도 바위에 몸을 기대어 있다. 끝내 얼굴을 드러내지 않겠다는 듯 바위 숲에 숨어 은자 같은 모습을 한 것도 있다. 조금 거리를 둔 오른쪽 능선에는 긴 겨울에서 깨어났는지 기지개를 한껏 켜는 놈들도 보인다. 하기야 진달래는 바위 억서리에 붙어 있어야 제격이다. 숲속의 진달래는 왠지 모를 슬픔을 자아낸다. 가지 여기저기 듬성듬성한 꽃송이가 그렇고 제대로 몸을 부풀리지 못하고 멀쑥 키만 뻗대어 오른 자태가 그렇다. 그러나 바위를 끼고 자란 진달래는 다르다. 야무지다. 키는 작으나 맵게 느껴진다. 가지가 촘촘하고 딱 벌어졌다. 그 가지마다 적지 않은 꽃송이들이 한꺼번에 꽃잎을 밀어내느라 주변 공간까지 환하다. 꽃 빛깔도 강렬해 거무틱틱한 바위들을 더욱 돋보이게도 한다. 더러 망울만 매달고 탱탱한 힘을 뿜어내는 것도 있다. 진달래가 왜 이 산에 이렇듯 많은가는 묻지 않기로 한다. 그냥 보고 빛깔에 취하면 된다. 색에 취하면,

진달래 숲이 끝날 때쯤부터는 솔숲과 구상나무 숲이 한동안 이어지고 숲을 빠져나가자, 광활한 산상 벌판이 나타났다. 이른바 윗새오름이다. 해발 1,700m. 오름은 끝이 없다. 그리고 먼 한곳에 허공을 향해 몸부림 치는 듯한 봉우리가 고개를 치켜들고 있다. 산객들에게 묻지 않아도 백록담이 바로 그인 줄 알겠다. 불타 사라지기 전 낙산사 범종을 엎어놓은 것 같은 그 백록담을.

제주도에는 오름이 많다. 한라산 기슭으로 368개의 기생화산 오름이 있다고 하나,어찌 보면 한라산 전체가 오름이고 제주도 자체도 거대한 한 오름이다. 여러 개가 모인 하나다. 하나에서 여러 개가 갖가지 모양새로 피어났다. 사실 한라산은 골짜기가 그리 많지 않다. 육지 산은 골짜기가 다양하게 얽히면서 묘한 협곡을 형성하고 능선을 밀어 올려놓는 형국이다. 그렇지만 한라산은 저 지하 불구덩이가 소용돌이를 치다가 어느 절정에 이르러 힘이 폭발하면서 불쑥 솟아오른 산이다. 그러다 보니 미처 골짜기가 만들어질 사이가 없을 것이었다.

주변은 고요하고 가끔씩 말라 껑충해진 풀대궁들이 흔들린다. 길은 고개를 번쩍 치켜든 바로 그리로 꾸불거리며 나 있다. 길 끝이 흔들리면서 허공에 묻힌다. 오름 둥근 하늘금들이 허공을 감고 돌

아 바다인지 산인지 분간이 안 가기도 한다. 다만 침묵이 흐를 뿐이고, 우리는 걸었다.

돌아보면 제주도는 아픈 역사의 적거지로 각인돼 있다. 4·3 사태와 삼별초 때문이 아닌가 한다. 1948년 4월 3일에 일어났던 4·3 항전은 거의 1년간 무려 33개 촌락이 화염으로 일그러져 성산포와 한라산을 피로 물들였고, 1271년 5월 김통정이 이끌고 들어온 삼별초 정병들은 북제주군 항파두리성에 성을 쌓아 진지를 구축하면서 2년 10개월간 결사 항전을 벌이다가 1273년 붉은 오름으로 자리를 옮긴 김통정의 자결로 끝이 났다.

이 두 항전은 몽고와 미국이라는 외세가 개입됐다는 데 공통점이 있다. 그 틈바구니에서 수많은 양민들이 죽어 나갔다. 왜 그랬을까? 나라가 유약했기 때문이다. 오늘날도 마찬가지다. 유약한 나라는 주변 강대국들이 노리고 있다. 집어먹기 위해서다. 무슨 핑계를 대든 힘센 나라는 힘이 약한 나라를 집적거리고 짓밟아 못살게 군다.

나라만이 아니다. 개인도 마찬가지다. 힘의 균형이 깨어지고 보면 당할 수밖에 없다. 많고 적음과 약하고 강하고의 차이는 굴종과 아부를 낳고 지배와 강권을 낳는다. 이념·문명·민족·종교의 차이는 자칫 갈등하고 충돌하며 투쟁을 가지고 올 수 있다. 피는 피를, 보복은 보복을 불러일으킨다. 하지만 그 한 중심에 숭엄한 한 개인이 있다. 집단 속의 한 개인인 것이다. 개인이 속한 세상은 다양하다. 다양한 삶의 양식으로 제각각 빛을 발할 때 개인은 진정한 자신의 당체를 만날 수 있다. 당체는 무루(無漏)요 자유다. 우리 한 생은 그리 흔하게 돌아오는 게 아니다. 생명을 담보로 잡고는 어떤 일이든 일어나서는 안 되는 이유가 여기에 있고, 이해 · 용서 · 평화란 말이 귀히 여겨지는 것은 실로 이 때문이다. 이런 의미에서 본다면 제주도는 지사적 풍모를 갖추고 있다 할 것이다. 육지에 대한 그리움이 왜 없을까마는 처절한 역사의 회오리 앞에서도 난파 속의 암괴처럼 당당히 버텨냈던 것이다. 그리고 살아났다.

삼별초로 인해 그 후 100여 년간 제주도는 몽고의 직할령에 들어갔었다. 재미난 일은 그로 인해 몽고 말들이 제주도로 유입 방목돼 제주도 하면 말이 연상되니만치 되었으니, 세상일이란 참으로 알다가도 모를 일이다.

한라산은 한반도에서도 우뚝하다. 토해내던 불기둥은 멎었지만 제주민의 함성을 이 산은 다 알아들었다는 듯 봄이 오면 어김없이 풀빛이 파릇거린다.

오늘날 제주도는 화려하다. 갖가지 요람들을 갖추어 놓고 사람들을 손짓해 부른다. 그 모습들을 보는 나는 즐겁다. 아픔의 기억은 순치됐다. 그리고 무엇보다 아내와 이 산을 함께 하며 그녀에 대한 나, 나에 대한 그녀의 내면 깊은 곳을 들여다본 것 같아 기뻤다. 남남이 만나 같이 살며 왜 토닥임인들 없었겠는가. 이제 모는 깎였고, 서로의 성깔도 부서져 나갔다. 이기고 지는 것이 아니라 한 생명과 한 생명이 만나 인간으로서 서로 교감하려 애썼고 어느 정도 평온함이 따라오기도 했다.

내가 말없이 걷기만 하자 아내가 다리 아프다고 하며 손을 내밀었다. 나도 손을 내밀었다. 우리는 손을 잡고 걸었다. 땀이 송글거렸으나 굳이 손수건을 꺼낼 필요가 없었다. 바람기가 땀방울들을 물고 곧장 사라지곤 했기 때문이었다. 봄바람 장난인 것이었다. 더러 노루가 오름 벌판을 밟고 쏜살같이 달려갔다. 순간 꿈을 꾼 듯했다. 하지만 그건 내가 평창 기화 산계곡에서 본 바로 그 짐승, 노루임이 분명했다. 송아지같이 생겼으나 꼬리가 달랑 들려 올라간 게 송아지와는 달랐다. 흰빛 사슴 아니라 황톳빛 노루가 뛰노는 백록담,

정지용 시집 『백록담』도 얼른 생각났다. 한지 시집. 내 젊은 날 친구 유연선 형이 그 시집을 주었었다. 그는 소설을 지망했었다. 그래서 나는 그에게 샤갈 그림인가가 표지화로 담긴 이제하의 소설집 『초식』을 선물했었다. 옛시집에 현대소설, 책값으로 치면 그가 훨씬 손해였겠으나 친구는 한번 싱긋 웃고 말았었다. 후일 그는 「금자라」라는 아름다운 수필을 써 등단해 수필가로 활동 중이기도 하다.

샘물에 다다랐다. 노루샘, 이런 곳에 샘이 있다니 놀랍다. 표주박도 있다. 목이 마르던 참에 물을 받았다. 아내에게 건네자 아내는 나를 보고 먼저 먹으라 한다. 나는 아내 보고 먼저 먹으라 한다. 그

동안 고생도 많이 했으니 한라산 샘물은 당신이 먼저 먹어야 한다고. 우리는 찰랑대는 샘물 표주박을 가운데 두고 처음 만난 처녀 총각처럼 서로 먹기를 종용했다. 끝내 아내가 내 청을 받아들이고, 우리는 이슬알처럼 맑은 샘물로 빈 배를 채웠다. 영혼이 정결해지는 느낌이 들었다. 샘에게 잠시 손을 모으고 다시 걸었다.

한라산에는 희귀식물이 많다고 했다. 기후가 온화하나 고도가 높아질수록 한대성에 가깝다 보니 식생이 다양하고 종도 매우 풍부한 것이다. 그중에 시로미와 암매는 멸종 희귀종으로 분류돼 보호를 받고 있다. 이 두 식물은 한라산 백록담 부근에서만 살고 특히 암매는 다른 말로 '바위매화'라 하는데, 바위틈에 뿌리를 집어넣고 있어 특이하다. 어쨌거나 이들은 절대 하산하지 않는다. 하산하면 곧장 목숨을 버리고 만다. 그래서 그들은 냉랭한 눈바람 속에서만 꽃을 피운다. 생명을 부둥켜안고 그들은 그렇게 천년을 이어오고 있다.

희귀하기야 어찌 암매와 시로미뿐이랴
수많은 얼굴 가운데 딱 한 사람 골라
함께 산을 타느니, 이건 또한 무엇이랴

우리들은 백록담에는 오르지 못했다. 오르는 길을 봉해놓고 있었다. 아쉬웠지만 할 수 없었다. 아내와 나는 윗새오름 대피소에서 요기를 했다. 음식을 준비해 오지 않아 라면 한 그릇으로 허기를 달랬다. 라면은 별로 내키지 않았으나 배가 고팠던 것이다. 하지만 먹어보니 산 위라 별미였다. 아내와 둘이 종을 엎어놓은 듯한 백록담을 앞에 놓고 컵라면 한 그릇.

우리는 어리목 하산길을 택해 쉬엄쉬엄 내려왔다. 아내의 발걸음이 처졌지만, 새뜻이 피어나는 녹음 그늘이 초로의 얼굴을 소녀티가 나게 했다.

3시 반에 어리목에 닿고 보니 희한하게도 우리는 어떤 안내도 받지 않고 산행을 마쳤던 것이었다. 순한 한라산. 그 산이 이끄는 대로 그냥 따라다녔다고나 할까?

삶의 노곤함에서 문득 깨어나.

『정신과표현』, 2007년 1 · 2월호.

다섯 소녀들과의 아주 특별한 만남

그날은 아주 싱그러웠다. 속초여고 소녀들과의 만남이 이루어졌기 때문이었다. 이제 막 열일곱 여덟 살을 넘어선 순결하기 이를 데 없는 소녀들과의 첫 만남이라 나는 아침부터 들떠있었다. 약속은 오후 2시로 정해 놓았으나 만남의 장소로 일러놓은 설악중학교 교문 앞을 몇 번이고 나가 보았다. 혹시 장소를 찾지 못해 서성거리지나 않을까 해서였다. 2006년 3월 26일,

다섯 소녀들은 여고 기자들이었다. 여고 기자들은 나를 취재하기 위해서 오는 것이었다. 올해 여고에서는 계절별로 한차례 씩 신문을 발행하게 되었고, 계절에 맞춰 이곳 영북에 거주하는 예술가들을 한 사람씩 초대해 그들의 삶을 조명하는 '란'을 특별기획으로 설정하고 그 첫 번째로 나를 꼽았다는 것이었다. 그러니까 봄에는 문학, 여름에는 미술, 가을에는 음악, 겨울에는 사진 등의 순서로 자리를 마련해 찾아뵐 거라 했다. 처음 그 다섯 기자 중 김소연 기자한테서 전화가 와 이러한 취지를 설명하고 초대에 응해주기를 바랐

을 때 그 취지는 참으로 아름답고 좋으나 나는 잘 안 되겠다 했다. 좀 더 젊고 패기 있는 시인이 우리 주변에 있으니 그러한 분 가운데 한 분을 취재하라고 일렀던 것이었다. 김소연 기자는 난처해했지만 선뜻 내키지 않아 수화기를 놓았다. 이튿날이었다. 아직 어린 학생의 첫 부탁일 텐데 실망감을 주어 미안하다는 생각이 얼핏 스치고 지나갔다. 사회에 대한 첫걸음을 그렇게 야비하게 딱 잘라 망가뜨린다면 안되지, 싶기도 했다. 저녁때 나는 그 학생의 집에 전화를 걸었다. 학생 기자 소연이는 아직 하교를 하지 않았고 고모가 전화를 받았다. 초대에 응하겠으니 하교하면 전하라고 일렀다. 소연이는 시를 잘 써 초등학교 4학년 때부터 알고 지냈고, 특별히 내가 '아가시인'이라 부르며 매년 두세 차례씩 편지를 주고받고 했기에 연락처를 알고 있었다.

두 시가 가까워지자 소녀들이 모여들었다. 김소연 기자가 먼저 왔고 두 여기자가 시간에 맞추어 와서 일행은 셋이었다. 나머지 두 소녀들은 가면서 만나면 된다고 했다. 우리는 청대산을 등반하기로 했다. 나는 우선 소녀들을 데리고 우리 집을 안내했다. 마침 살구꽃이 피는 중이었고 수선화는 이미 피었고 산작약이 망울을 달고 나왔기에 소녀들이 좋아할 거라 생각해서였다. 소녀들은 살구꽃 아래서 간드러졌다. 소녀들 나이 또래인 열일곱 해밖에 자라지 않은 조그만 나무였으나 가지마다 꽃들을 하나 가득 달고 나왔고 때마침 벌들이 윙윙거려 볼 만했던 것이었다. 간밤의 강풍에 아직 피지 않은 망울들이 드문드문 떨어져 애처롭기는 했지만.

이어 나는 소녀 기자들을 옥상으로 데려갔다. 옥상은 설악산을 잘 조망할 수 있기 때문이었다. 평소 설악산을 늘 대했겠지만 저희들이 특별하게 찾은 시인이라는 사람의 집에서 설악산을 함께 바라보는 것도 뜻깊지 않을까 해서였다.

화채봉, 달마봉, 울산암, 황철봉, 마등봉, 세존봉, 범봉, 중청봉, 대청봉 그리고 이쪽으로 금강산 신선봉 또 저쪽으로는 백두대간 공룡능선 그리고 이 건물 사이 저것은 동양 최대의 토왕성폭포…. 내가 봉우리를 가리키며 하나하나 짚어 나가자, 아이들은 처음 설악산을 대하기라도 한 듯 신기해했다. 그도 그럴 것이 등잔 밑이 어둡다고 정작 명산을 코 앞에 두고도 매일 학교생활에 파묻혀 지내다 보면 산봉우리 이름쯤은 몰라도 되는 것이었고, 아는 것이 오히려 이상할 것이었다.

토왕성폭포는 아직 얼음기둥을 그대로 달고 있어 마치 봉황이 하늘을 향해 비상하는 듯 푸른 흰빛이 산정으로부터 계곡 안쪽까지 환히 비치고 있었다. 아이들은 카메라에 앵글을 맞추었다.

서재 구경을 좀 시킬까 하다가 미처 보지 못한 책들이, 이리저리 넙죽넙죽 엎드려 있고, 평소 잘 정돈하지 않은 성미여서 다음으로 미루고 곧장 발걸음을 청대산 쪽으로 향했다.

우리는 시가지를 가로질렀다. 나는 목을 축일 음료수와 사탕 봉지를 넣은 배낭을 짊어지고 소녀들과 함께 걸었다. 모자를 쓰고 장갑도 꼈다. 산을 탈 때면 착용하던 보안용 고글을 준비했지만 쓰지 는 않았다. 소녀 기자들이 혹 부담스러워할 것 같아서였다. 산 아래 속초 실업고 앞에서 우리는 나머지 두 소녀와 조우했다. 소녀들은 각각 자기소개를 했다. 여성부 기자 서규리 · 사진부 기자 양재영 · 사진부 수습기자 김슬기 · 문화환경 수습기자 한예지 · 문화환경 기자 김소연 등 일행은 모두 다섯이었다. 그러고 보니 다섯 소녀 기자단이 구성된 셈이었다. 우리는 산에 오르기 시작했다. 진달래가 만개했다. 오색딱따구리도 나무를 쪼느라 한창이었다. 소나무들이 물이 올라 파래지기 시작했고, 참나무들이 눈을 틔우고 오리나무는 치렁치렁한 꽃술을 잘게 흔들었다. 소녀 기자들은 발랄했고 꽃샘추위 철이라 조금 쌀쌀한데도 산 입구에 들어서자, 봄이 터지는 이 정경들을 맞으면서 한껏 부풀어 있는 듯했다. 산 한 들먹에 올라섰을 때 사방이 열렸고 죽은 소나무들이 들어찬 능선을 굽어보았다. 산불에 타다 남은 나무들이 말라 꼿꼿해 있던 것이었다. 불난 산의 나무들과 불이 건너뛰어 살아남은 나무들의 경계가 묘한 대조를 이루며 함께 있었다.

청대산에 산불이 난 것은 2004년 3월 10일 낮, 한 시였다. 고압선이 끊어져 생긴 불은 강한 편서풍을 타고 걷잡을 수 없었다. 소방헬기가 열여섯 대나 떴으나 바람에는 당해낼 재간이 없었다. 불은 다음 날 11시경에 잡혔지만 대포와 외옹치를 모두 태우고 동해에 닿아서야 멈추었다. 소나무에 붙은 불은 화약고나 다름없었다.

송진이 화약 구실을 했다. 순식간에 불기둥이 하늘을 찔렀고 주변 가옥들이 88채나 소실됐다. 가축 68두, 미처 피하지 못한 농가의 소도 타버렸다. 불에 탄 면적이 200㏊가 넘었다. 참으로 순식간에 잿더미가 된 것이었다. 울창했던 청대산 나무들은 이때 거의 타버렸다.

이곳 영북지역의 불은 났다 하면 대형(피해 면적 30㏊ 이상)이다. 2005년 4월 5일 낙산사를 불태운 양양 오봉산 산불(1,141㏊ 소실)이 그랬고, 1996년 낮 12시 22분에 일어났던 고성 운봉산 산불은 진화하는 데만 3일이 걸렸고 산림면적 3,762㏊ 건물 227동이 한 줌 재로 변했다. 그리고 가까운 강릉 사천 덕실리에서 일어났던(1998년 3월 29일 오후 1시 15분 발화) 산불은 불과 7시간 만에 불길이 사천 일대 그 아름답던 소나무 숲을 모두 태웠다. 이때 김동명 시비까지 불을 맞는 수난을 겪었다. 그 중 양양불은 보물 제479호인 동종까지 녹여버렸다. 조선 예종 1년(1469년)에 만든 낙산사 범종은 이 지역의 몇 안 되는 문화재로 내가 각별히 친해 보곤 하던 것이었다. 종의 입 구연으로 돌려진 구름과 물결 무늬, 종두에 서로 어긋해 머리를 놓은 뿔 달린 용뉴, 종신 위쪽 연화좌 보살나상은 아름답고 그 선이 힘차 애정을 쏟곤 했었다. 그런데 녹아버렸으니 안타까운 일이었다.

하지만 지금 산불이 난 자리를 유심히 보면 풀들이 자라 키를 넘고 산불이 나기를 기다리기라도 한 듯, 산새들은 죽은 나무 둥치를 탁탁 쪼아대며 꼬리깃을 봄바람에 실어 한껏 교태를 부리고 있다. 죽은 나무에는 벌레들이 달려들어 해체를 시작했고, 산새들은 그 벌레를 먹기 위해 모여드는 것이었다. 삼라만상은 그런 오묘함으로 있다. 오묘함으로 오고 간다.

정상에 올라섰을 때는 소녀 기자들의 콧등에 땀방울이 송글거렸다. 미리 청대산에 오를 거라 했지만 매일 교실에만 틀어박혀 있었으니 조금은 힘들기도 했을 것이다. 하지만 팔방으로 트인 속초 시가지와 일망무제로 탁 열린 동해와 물살을 가르며 들어오는 어선들을 보고서는 아 시원하다, 아 시원하다, 하고 연신 탄성이 터졌다.

1969년 이 지역 문청들이 '설악문우회'를 결성해 서울 아닌 지방 중심 문학의 심지에 불꽃을 댕겼던 때만 해도 도시는 한가했었다. 윤홍렬 선생을 비롯해 이성선 강호삼 함영봉 박명자 이상국 고형렬 김춘만 등 그때 한창 젊었던 얼굴들과 동인지 『갈뫼』 첫 호를 탄생시켰던 '문화인쇄소'와 키 낮은 선창가가 기억의 저편을 스치고 지나갔다. 집들이라야 2층이 고작이었고 거의 판잣집 수준이었다. 휴전선 접경 수복지구라는 한계에 부딪혀 도회지가 뻗어나가지 못하는 것이었다. 시가지는 겨우 중앙시장을 중심으로만 열렸고 도로는 남북을 잇는 중앙도로 하나였으나 그동안 남북 도로만도 네 개로 불어났고, 15층 건물이 70동을 넘어서서 대형화되고 있다. 괴물처럼 속초가 너무 비대해지는 것이다. 너무 성급하게 몸통을 불리다

보니 언제 어디서나 바라보면 웅장한 설악과 어깨를 나란히 했었지만 이제 시가지 어디서든 설악을 제대로 볼 수 없다. 건물들이 설악을 막은 것이다. 설악의 조망이 망가졌다.

저 불쑥 솟구친 시멘트 덩이들이 구름이라면
꽃구름 꽃구름 집이라면 꽃구름 향기 나겠다.
그 안에 사는 사람들은 날마다 꽃구름 밥 먹고
구름 타고 설악 연봉 따라 철조망도 넘겠지

나는 준비해 온 음료수를 배낭에서 꺼내어 소녀 기자들에게 건넸다. 박하사탕 봉지도 나누어주었다. 그러고는 2005년 11월호『현대시학』한 권씩도 구해 나누어 주었다. 히말라야 안나푸르나를 등반하고 쓴 시「히말라야 뿔무소」를 비롯한 히말라야 시 12편과 시화(詩話)와 화보를 곁들인 내 근작들이 실려 있었기 때문이었다. 문득 소연이가 내게 한 편지 생각이 났다. '히말라야는 왜 갔는가. 죽으러 갔는가. 텅 빈 허공을 딛고 무엇을 생각했는가' 나는 아직 그 물음에 대한 답을 주지 못한 형편이었다.

그런데 오늘은 학교 기자로서 다시 물었다. 글은 언제부터 썼는지, 삶이 어려울 때 시는 어떤 도움을 주는지, 학생들에게 특별히 들려줄 말이 있는지 등이었다. 나는 물음에 대한 답은 좀 멀리하고 글은 재미있어 쓰는 거고 쓰지 않으면 심심해 못 배겨 쓰는 거고 예술은 목적의식을 동반하면, 예술이 아니라는 어쩌면 우답을 했다. 그러고는 오늘 우리가 이 산에 올랐으니 그 오름 자체가 곧 한 폭의 그림이요, 글이 아니겠느냐 하는 말을 했다. 그저 산이나 보면 되었지 하는 생각도 들었으나 소녀들에게 거기까지 마음을 미치게는 할 수 없는 노릇이었다. 그만치 열일곱 혹은 열여덟 소녀들은 아직 너무 청순하고 어렸다. 사진 기자 둘은 연신 셔터를 눌렀고 음료수를 따며 소녀들은 함께 산상에 있다는 기쁨에 취한 듯도 하였다. 나는 되도록 소녀 기자들의 저들 나름대로 생각에 깊이 빠져 있기를 바랐고 그걸 깨뜨리지 않으려고 애를 썼다.

속초여고는 신선봉 줄기에 자리를 잡고 있다. 거기서 학문에 눈을 틔우고 있으니, 너희들이 바로 신선이 아니겠느냐고 넌지시 말을 건넬 즈음에는, 봉우리에 오른 지가 한 시간 이상이나 흘러갔음 직했다. 여기자들은 눈을 동그랗게 뜨고 빤히 내려다보이는 즈이 학교를 유심히 들여다보았다. 나는 내친김에 한마디 덧붙였다. 우리가 지금 서 있는 이곳 청대산은 바로 속초의 안산이고, 이 안산 때문에 속초에서 살고 있는 사람들은 모두 그 정신이 드맑고 감성이 예리한 것 아니겠는가 하는 것이었다. 조금은 과장 되었지만 매일 밥상을 받쳐 든 것처럼, 받쳐 든 청대산은 그 자체만으로도 기쁨이 솟는 산임이 틀림없다. 더욱이 요즈음에는 속초 팔경을 정해 두고 그 팔경 가운데 제 일경을 이 청대산을 꼽고 있지 않은가.

또한 청대산을 타고 그 능선을 따라가다 보면 왼쪽은 천불동계곡 자진바위골과 토왕골에서 내려오는 설악천이, 오른쪽은 속초 시가지가 노학동까지 이어져 있다. 그리고 더 올라치다 보면 주봉산과 달마봉으로 이어지고, 그 줄기는 계조암에서 잠깐 고개를 숙였다가 천하제일의 괴암 울산암이 마치 호랑이처럼 버티고 있다. 속초의 문지기나 된다는 것처럼. 그리고 능선은 곧장 달려올라 황철봉에 닿는다. 황철봉 너덜 지역은 안개가 심해 백두대간을 종주하는 산꾼들이 길을 잃는 고난도 지역으로 정평이 난 곳이기도 하다. 황철봉을 넘어서면 바로 미시령을 넘는 서울 길로 백담사 백담계곡 문턱 용대리가 지척에 있다.

하산길은 동녘 능선을 택해 비교적 빠른 걸음으로 내려왔다. 하지만 해가 떨어지고 있어서 산속 찬 기운이 옆구리를 싸늘하게 타고 올라왔다. 동해를 더 가까이 바라보며 산밑에 이르렀을 때 누군가가 뒤따라오면서 아킬레스건이 끊어진 것 같아, 하고 엄살을 떨었다. 하기야 오랜만에 걸으니, 다리가 조금은 뻐근했겠지. 나는 아리따운 소녀 기자들과 헤어져 그들이 가는 쪽을 무연히 바라보면서 바랐다.

저들이 때에 절어 들지 말고 청순함 그대로 우아하기를!

『정신과표현』, 2007년 3 · 4월호.

고비 10년

생명은 명상의 첫걸음이다. 생명은 숨결이고 명상은 이 숨결을 탄다. 거룻배가 물을 타듯 명상은 숨결을 타고 다닌다. 숨을 쉰다는 것은 명상을 한다는 것과 다름없다. 그러니까 삶 자체가 명상이고 명상이 곧 삶이다. 삶이 저잣거리에서 이루어지든 깊은 산 바위굴에서 이루어지든 명상은 명상인 것이다. 다른 점이라면 저자의 삶이 외형을 중시하는 데 반하여 바위굴의 삶은 내면을 향해 길을 트기 수월하다는 점일 것이다. 명상은 마음 산을 더듬어 들어가는 당체의 모습이다. 따라서 삶이 삶 자체로 머물러서는 올바른 명상이 안 된다. 명상은 삶을 이루는 나 자체를 알아채는 순간 이루어진다. 나를 굽어보고 반조해 보면서 삶을 살아간다면 그것은 바로 명상으로 향하는 길이다. 다시 말해 명상적인 삶이란 나를 깨쳐가는 삶이다. 삶 속에서 자신 곧 나를 느끼는 삶이 명상적인 삶이다. 내가 어디로 가는 줄도 모르고 흙탕물에 휩쓸려 들어가는 오리무중의 삶이 아니라 나를 물끄러미 바라보며 나를 깨달아 가는 삶이 곧 명상적인 삶이다. 그러므로 명상은 나를 향해 흘러간다고도 할 수 있다.

내면을 향해 들어가는 물굽이나 바람 소리가 명상의 가랑잎이다.

이런 생각으로 명상 수필을 연재해 온 지도 햇수로 삼 년을 지난다. 이 서 푼어치도 안되는 졸작들을 받아 지니어 준 이는 혜화당 당주다. 무슨 인연이 이렇게 만들었는지는 아직 잘 모르겠다. 하지만 이 명상적인 글쓰기를 통해 무엇보다 나는 내 자신과 주변을 돌아보았다. 부끄러운 일도 많았고 안타까운 일도 많았다. 부족한 일도 허깨비 같은 짓도, 그로 인해 그 찬란했던 젊음을 망친 때도 있었구나 하는 생각이 들기도 했었다. 송구스러운 생각 또한 없지 않았다. 그 가운데 하나가 귀중한 종이를 남루하게 했다는 점이다. 종이는 두말할 것도 없이 나무에서 나온다. 책이라는 인간들의 호사물로 다시 태어나기 위해 몸 바친 나무는 얼마며 나무를 의지해 살아가던 생명들은 또 얼마였겠는가. 정말 불가설불가설(不可說不可說)한 누를 끼치고야 말았다. 생각해 보면 이심전심이 그만이야 하다가도 끓어오르는 말들을 언어로 잡아채어 쓰지 않고는 못 배기게 돼 버렸으니, 이 심사는 또 무엇인지 모를 일이다.

어쨌거나 짧지 않은 이삼 년 동안 '산촌명상수필'이라는 독특한 이름을 달고 내가 읊어 낸 것들이 적지 않은 분량으로 쌓였다. 그리고 그것은 『정신과표현』에 들어가 활자를 받아 어김없이 전혀 새로운 몸으로 탄생했다. 때로는 내 사적인 추억이, 때로는 귀중한 얼굴들의 이름을 허락 없이 실명 그대로 적기도 했다. 이 또한 누가 되지 않았을까 걱정이다.

그런데 그 『정신과표현』이 벌써 10년째를 맞는다고 한다. 흔한 말로 10년이면 강산이 바뀐다 하지 않았는가. 그 바뀌는 강산을 끌어안고 이 희한한 제호의 책이 10년을 자라왔다. 그동안 필봉을 다듬어 찌든 감성을 일깨운 필진이 적지 않을 것이다. 새롭게 『정신과표현』을 통해 문단에 문을 열고 들어간 이들도 30여 명이나 된다고 한다. 놀랍다. 30여 명이나 넘는 이분들은 모두 이 『정신과표현』을 모체로 해 새롭게 눈을 떴다. 그런 의미에서 그분들에게 『정신과표현』은 그분들의 어머니나 다름없다. 글쓰기라는 세계로 데려다준 돛단배다. 뿌리요 지주대다. 물론 돛단배요 뿌리요 지주대인 이 모체를 빌려 더욱 큰 세계로 나아가야 함은 각자의 몫이다. 글쓰기는 또 다른 하나의 삶의 길이기 때문이다.

책꽂이에 꽂힌 창간호를 보니 1997년 7,8월호라 돼 있다. 그러니까 1997년도 상반기에 이 『정신과표현』이 태동하느라 요동을 쳤다고 볼 수 있겠고, 마침내 녹음이 산하를 가득 채운 7월에 그 모습을 드러낸 것이었다. 10년을 내려오면서도 판형은 조금 달라졌지만 정성은 한결같은 것 같다. 그것은 곧 이 문예지가 즉흥적으로 만들어진 날림이 아니라는 사실을 일러준다. 그뿐만 아니라 목차를 보면 매호 마다 심혈을 기울였음을 엿보게 한다.

좀 다른 이야기가 될는지 모르겠으나 『정신과표현』으로부터 원고

청탁을 받아본 이들은 알 것이다. 정결한 먹물 방울을 온몸을 다해 찍어 놓은 듯한 청탁의 말씀들을. 그것도 지금은 거의 안 쓰고 사라진 원고지에 한 자 한 자 수를 놓듯 놓여있는 것이니….

나는 이 『정신과표현』 9,10월호 그러니까 통권 제2호에 '고향을 지키는 시인'이라는 꼭지로 첫 집필의 연을 맺게 되었다. 그리고 '생 · 예 · 미 · 인을 찾아서'로 직접 편집진과도 대면을 하였다. 인연을 맺은 후 8년 만에 첫 만남이 이루어진 것이다. 2005년 7월 8일 장맛비가 연일 찔끔거리던 날이었다. '생 · 예 · 미 · 인을 찾아서'는 매우 특이한 기획의 하나인데 내가 그 대상자로 정해졌다는 건 의외였다. 보여줄 것이라고는 아무것도 없었기에 그러했다. 내 우거지인 속초를 찾아준 이들은 송명진 주간을 비롯해 문학평론가 황정산, 시인 윤향기, 김창기, 조영순 등 다섯 분이었다. 이분들은 모두 백두대간 그 가파른 미시령을 넘어 내게로 오셨다. 나로서는 모두 초면이었다. 하지만 구면인 듯 반가웠다. 송명진 주간이 취지와 방향을 일러주었다. 취재는 당시 편집장이던 조영순 시인이 맡아 했다. 지내놓고 보니 시골에 거처를 둔, 내게 그런 기회가 주어졌다는 것은 분에 넘치는 일이었다. '고향을 지키는 시인'이나, 르포의 대상자가 어디 나뿐이었겠는가.

초창기의 『정신과표현』 몇 권을 이리저리 들춰보다가 통권 2호에 눈길이 머물렀다. 권두 시가 실려 있었기 때문이다. 『정신과표현』

탄생을 축하하며'라는 부제가 붙은 시 한 편이었다.

> 『정신과표현』, 이 역사의 시작,
> 앞으로 10년, 20년, 50년, 100년,…무궁하리니
> 그 앞날에 항상 성취의 기쁨, 그 영광 있으라….
>
> — 조병화, 「내일을 여는 영혼」 끝부분(1997. 7)

문예지의 탄생을 역사의 시작으로 보고 있다는 게 이채롭다. 그만치 문예지의 탄생은 지난하다는 의미일 것이다. 우리 문단의 중심에 서서 유, 무명 문학지들의 출몰 모습들을 익히 보아온 노시인의 경험에서 우러나온 문예지 경영의 어려움을 단적으로 말한 것이기도 하겠다. '앞으로 10년, 20년….' 여러 숫자 가운데 10년을 맨 앞에 두고 있다. 10년이 고비임을 말하는 것이다. 10년을 넘기면 50년, 100년도 잠깐, 말하자면 그런 게 아닐까 한다.

그동안 『정신과표현』에 부딪쳐 온 난맥상들이 왜 없었겠는가. 고혈을 짜는 아픔이 있기도 했을 것이다. 잠 못 이루는 밤이 어디 하루 이틀이었겠는가. 더욱이 인터넷이라는 판도라 상자를 튕겨 열면 전혀 딴 세상이 전개되는 작금이고 보면 종이책은 위협을 받을 수밖에 없다. 가상현실이 오히려 현실보다 더 재미난 세상이 전개되고 있고 그게 현실이다. 하지만 그 고비들을 잘 넘기고 마침내 오늘에 이르렀다. 그것은 『정신과표현』의 순수 무구한 힘이다. 그 힘을 떠받치고 있는 분이 다름 아닌 주간 송명진 선생이다.

묘법연화경(법화경)을 읽다 보면 상불경보살(常不輕菩薩)이라는 분을 만나게 된다. 상불경보살품에 나온다. 상불경보살은 매우 특이한 인물이다. 세상 사람들을 만날 때마다 항상 당신을 가벼이 여기지 않습니다. 당신은 깨침을 얻을 것입니다. 하고 다닌다. 그래서 세상 사람들은 그를 미쳤거나 혹은 뭔가 잘못됐거나 하는 생각을 했다. 그리고 그가 나타나면 피하거나 해코지를 하려 들었다. 그렇지만 그는 그를 피하는 이들에게 끝까지 따라가서 당신을 가벼이 여기지 않습니다. 당신은 깨침을 얻을 것입니다. 라고 말하고 돌이나 몽둥이를 들고 욕지거리를 하며 덤벼들면 멀리 도망가면서 큰 소리로 당신을 가벼이 여기지 않습니다. 당신은 깨침을 얻을 것입니다. 하고 외치는 것이었다. 끊임없이 그렇게 하였다. 하루도 쉬지 않고 그 일을 계속하였다. 그러자 사람들은 상불경보살의 진심을 알게 되었고, 마침내 그 얼토당토않은 말을 하고 다니는 그에게 '常不輕菩薩(상불경보살)'이라는 별호를 달아주기에 이르렀다. 상불경보살이란 모든 사람을 가벼이 하지 않는다는 말이다. 인간에 대한 가없는 신뢰와 존숭을 실현하는 말이기도 한 것이었다. 그는 어떤 경우라도 사람을 존경한다는 심오한 믿음의 정신으로 살아갔던 것이다. 그리하여 보통 사람들이 그를 보았을 때, 철이 없거나 어린애와 같은 행동이라 여기게 됐고, 그 행동에 따르는 진심을 알고 난 후 마침내 많은 사람들이 감동하였던 것이었다. 사람들은 그로 인해 이른바 육근이 청정해졌고 그 후로 한 차원 높은 삶을 살아가게 되었던 것이다.

> 是佛滅後 法欲盡時 有一菩薩 名常不輕 時諸四衆 計著於法
> 不輕菩薩 往到其所 而語之言 我不輕汝 汝等行道 皆當作佛
> 諸人聞已 輕毁罵詈 不輕菩薩 能忍受之
> 시불멸후 법욕진시 유일보살 명상불경 시제사중 계착어법
> 불경보살 왕도기소 이어지언 아불경여 여등행도 개당작불
> 제인문이 경훼매리 불경보살 능인수지
>
> — 묘법연화경 상불경보살품 제20「게송」부분

지금, 이 순간은 쉽게 오지 않는다. 어떤 일에 집중했다면 그 하나만으로 산 하나를 이룬 것이다. 십 년 동안 공들여『정신과표현』이라는 탑 하나를 쌓아 올렸다고나 할까? 쌓은 탑은 쉬이 무너지지 않는다. 연륜이 무늬 졌기 때문이다. 이런 일은 누가 시킨다고 될 일도 아니고 하고 싶다고 마음대로 되는 것도 아닐 것이다. 이거야말로 세상이 받쳐주어야 되는 일이다.

늘 성찬을 기대할 수는 없지만 독자의 한 사람이기도 한, 나 개인으로서는 매회 성찬이 가득했으면 좀 좋을까 하는 생각이 들기는 한다. 매회 언어의 정수로 차려진 푸짐한 창작물의 성찬, 그리하여 바라보기만 하여도 군침이 돌고 영혼을 울리고 생명을 신선하게 하는 한 그릇 청수였으면 하는 것이다.

성찬을 어떻게 마련할까, 하는 것은 문예지를 다듬어 가는 이들의 뜻과 안목일 수밖에 없다. 듣기에『정신과표현』에서는 '리몽'이

라는 아름다운 살롱을 마련했다 한다. 도심 속의 향그로운 예술적 공간이 아닐 수 없다. 젊은 문인들이 주축이 돼 모임도 몇 차례 가졌다고 하니, 어쩌면 시대를 앞지르는 창조적 문예 운동이 일어날 듯도 싶다. 파블로 피카소(Pablo Picasso)가 주축이 됐던 20세기 아방가르드 같은 것 말이다. 물론 서양적인 향방으로서가 아니다. 가령 추사의 파격이나 이규보의 선적(禪的) 서정을 바탕으로 한 기운생동의 문예운동 같은 것도 한 방향일 것이다.

바란다면 학철부어(涸轍鮒魚)의 지경에서도 거듭거듭 한 초롱씩 물을 길어 부었으면 한다.

하기야 50년 100년도 잠깐 사이인 것을.

바야흐로 초여름으로 들어섰다. 산천은 날로 새로워지고 들녘에는 새들의 알 까는 소리 요란하다. 구름빛이 달라졌고 바다 빛깔이 달라졌다. 풀들은 자라 올라 허공에 볼을 부비며 하늘댄다. 천둥이 치고 폭우도 몇 차례 쳤다. 산하대지가 신록에 겨워 춤을 춘다.

삶은 흐른다.

흐를 뿐이고 흘러서 갈 뿐이다.

『정신과표현』, 2007년 5 · 6월호.

새벽 명상

나는 새벽 명상을 좋아한다. 내가 조금씩 만들고 보태고 한 나만의 몸풀기 춤동작을 15분쯤 하고 기운을 아래로 내리면서 좌정을 한다. 그리고 내면세계를 향하여 깊고도 험준한 골짜기로 들어선다. 무엇을 만나건 그건 상관 밖이다. 그저 흐르고 흐른다.

시작한 지는 25여 년 전 40대 초반이었을 때였다. 내 명상 시집 『바람 속의 작은 집』이 '나남'에서 나온 게 마흔일곱 되던 해 1987년이었으나, 이 시집을 쓴 것은 40을 막 넘어섰을 때였다. 그때 나는 백두대간 응복산 아래 '법수치'라는 아주 깊은 산골 마을 벽지학교에서 5개 학년 12명의 아이들을 가르치며 함께 뒹굴었었다. 주민은 16세대 67명이었다. 이 골짝 저 골짝에서 손바닥만 한 밭뙈기와 봉천답을 조금씩 붙이고 살았고, 전기도 전화도 없어 바깥 세계와는 완전 결별이었다. 1981년 3월 1일부터 그 고적한 4년을 나는 명상을 하면서 지냈다. 의도적으로 명상을 한 게 아니라 아이들과 산천을 오가며 어울리다 보면 저절로 명상이 되었던 것이다. 그 생활들을 써본 것이 명상 시 109편으로 태어났었다.

평소 명상에 관심이 있기는 했다. 그러나 늘 분주하다 보니 실천에 옮기지는 못했었다. 그런데 밤에는 별, 낮에는 산과 물소리뿐인 세상과 맞닥뜨리다 보니 할 게 따로 없었다. 그러다가 1991년 여름 불연 이기영 선생을 만나고서부터 명상에 심도를 가했다. 불연 이기영 선생은 신라 원효학의 대가였다. 원효의 회통사상을 오늘에 되살려 삶에 향기를 불어넣고자 하다가 돌연 74세로 세상을 뜨셨다. 그분은 명상과 참선의 수행방법을 자주 말씀하셨고, 말년에는 교학(敎學)과 선(禪) 중에서 선의 자리를 앞세우는 듯도 했다. 선은 곧 명상이다.

명상 방법은 매우 다양하다. 그 가운데 힌두 명상법과 요기 명상법, 불교적 명상법 등은 내가 실제로 접해 본 명상 방법들이다. 이들 명상법은 서로 다른듯하나, 몇 가지 공통점이 있다. 내면세계를 향해 걸어 들어가듯 들어간다든지, 한순간에 번쩍하고 이루어지는 무엇이 있는 게 아니라 계단을 밟아 올라가듯 점진적이라는 점, 아주 초보적인 낮은 단계가 있는가 하면 궁극적인 최고의 경지가 있다는 것 등이 그것이다. 그렇다면 초보적인 낮은 단계란 어디쯤의 무엇이며 최고의 경지란 또 어디쯤의 무엇인가? 또 명상의 골격은 도대체 무엇인가?

여기서 그 셋 중 불교적 명상법을 생각해 보기로 한다. 불교적 명상법을 나는 선가명상(禪家冥想)이라고 고쳐 부른다. 마음을 집중해 선을 향해 들어가기 때문이다. 명상, 그 오리무중의 길을 더듬어 들어가는 데는 아무래도 먼저 간 이들이 짚고 간 지팡이 같은 게 있어야 한다. 지팡이는 다름 아닌 명상의 길잡이다. 똥막대기 같은 것도 짚고 갈 필요가 있다. 때로는 생사여탈을 그놈의 똥막대기가 거머쥐고 있기 때문이다.

선가명상법은 9단계로 나눈다. 안식, 이식, 비식, 설식, 신식, 의식, 의(마나스식manas), 알라야식, 아말라식 등의 단계가 그것이다. 이것은 아슈바고오샤(馬明)의 『대승기신론』을 근거로 원효가 쓴 『대승기신론소 별기』에 잘 나타나 있다. 이기영 선생의 『원효사상』에 의하면 대승기신론을 쓴 마명은 동인도 마갈타국에서 태어나 브라마니즘을 깊이 연구한 대학자로 불교학자들과 논쟁을 벌이던 중에 문득 불교로 개종한 후, 그 혜지가 불타올라 조사 스승으로까지 받들어졌다 한다. 태어난 연대는 확실하지 않지만 중도사상을 일군 나가르주나(龍樹용수, 150~250년 추정)와 같은 시대 사람이었거나, 그보다 조금 앞 세대 사람으로 돼 있다. 그러니까 인간의 식(識) 즉, '앎'을 9가지로 나누어 본 선가명상법은 적어도 2천여 년의 역사를 가지고 있다 하겠다.

그런데 여기 등장하는 식은 마음을 가리킨다. 아상가(無著무착)와 바수반두(世親세친) 형제는 식을 인간의 근원적인 본체라 천명하였고, 이로부터 불교 유식사상이 일어났던 것이다. 식은 순간순간 일어나는 마음이 그 본체다. 안식 이식 비식 설식 신식 의식 등의 식은 곧 눈(眼) 귀(耳) 코(卑) 혀(舌) 몸(身) 뜻(意)과 생각(意)이 일으키는 마음 작용인 것이다. 그것은 흔히 우리가 말하는 오관과 의지가 만들어 놓는 세계다. 그런데 이 눈 귀 코 혀 몸 뜻 생각의 세계는 매우 불안하다. 불안하지만 존재한다. 불안하면서도 존재하는 무엇이기에 허깨비와 같은 것으로 묘사한다. 그러므로 눈 귀 코 혀 몸을 떠나야 하고 어쩌면 비틀어야 한다. 비틀어 맑고 깨끗하게 닦아 새롭게 하지 않으면 안 된다. 눈 귀 코 혀 몸이 일으키는 작용은 허깨비이기 때문이다. 범인들의 일상생활에서 눈 귀 코 혀 몸 뜻 생각은 곧 생활의 중심이고 그것은 밖을 향하는 마음의 창임과 동시에 어쩌면 존재의 근원이다. 눈 귀 코 혀 몸 뜻 생각을 떼어버리고 없다면 그것은 목석과 같은 존재다. 아니, 나무와 돌들에게도 그게 작용하는 것인지도 모를 일이다. 나는 40일간 백두대간을 종주 하면서 몸이 매우 명민해졌을 때 나무나 풀들이 나를 바라보는 눈길을 느꼈고, 깊은 밤의 침묵 속에서 바위의 숨결을 듣기도 했으니 말이다.

어쨌든 눈 귀 코 혀 몸 뜻 생각은 잘못 쓰면 세상을 육도중생의 끝자리인 지옥으로 바뀌게 한다. 그러므로 뿔난 괴수들이다. 보라, 눈은 눈대로다. 별걸 다 보려 덤벼든다. 귀도 귀대로다. 별걸 다 들으려 한다. 코는 코대로다. 별걸 다 맡으려 한다. 혀는 혀대로다. 별걸 다 맛보려 한다. 몸은 몸대로다. 별걸 다 느끼려 한다. 뜻은 뜻대로다. 별걸 다 하려 한다. 생각은 생각대로다. 별걸 다 상상하려 든다. 하지만 잘 쓰면 그 쓰임새가 무궁무진이다. 무위의 순간은 그때에야 온다. 눈 귀 코 혀 몸 뜻 생각을 잘 다스리는 길이 명상의 길이다. 물론 눈과 귀와 코와 혀와 몸과 뜻과 생각을 각각 분리해 그 하나씩 잘 돌보아도 좋지만, 그 모두를 한꺼번에 잘 돌봄으로써, 이 뿔난 괴수들을 길들여 집안에 붙들어 놓고 이리저리 마음대로 끌고 다닐 필요가 있는 것이다. 그렇다 하더라도 문제는 있다. 이걸 끌고 다니는 주인이 문제라면 소용없다. 길들인 괴수들은 더 편파적이다. 만약 미치광이 주인이 하라는 대로 하다가는 괴수들이 덩달아 미쳐 날뛸 것이 뻔하기 때문이다. 어쩌면 도의 나무를 움켜쥐고 생사의 갈림길에 서 있는 저 운수납자에게 달려들어 집단반란을 일으킬지도 모를 일이다.

그런데 이 미치광이 주인이 다름 아닌 여덟 번째 단계인 '알라야 alaya식(阿賴耶識아뢰야식)'이다. 미치광이 짓의 뿌리가 되는 것이 제8식인 것이다. 마음의 뿌리이므로 미쳤다고 하지만 눈 귀 코 혀 몸 뜻 생각을 몰고 다닐 수 있다. 그들을 조종할 수 있는 것이다. 그러므로 마음 주인이다. 생멸의 아픔도 이 주인 손에 달려 있다. 동트는 새벽에 핀 들꽃도 이 주인은 감지할 수 있다. 설빙으로 뒤덮인 히말라야 무한 정적을 알아들을 수 있고, 그 위로 황금색을 물들이며 떠오르는 태양의 저 미묘한 움직임을 볼 수도 있다. 맑고 맑아 더할 수 없이 맑아 있기도, 흐리고 흐려 더할 수 없이 흐린 진흙 범벅일 수도 있다. 이렇게도 저렇게도 할 수 있다. 일상에서 알게 모르게 받고 느끼는 모든 것은 이곳에 들어가 저장된다. 이른바 곳간,

곧 광[藏]이다. 우리가 흔히 말하는 전생(前生) 또한 거기 담겨있고 업(業) 또한 거기 있다. 프로이트나 칼. 융이 말하는 무의식이 그와 유사하다.

그렇다 하더라도 그것은 마음이다. 인간의 마음을 대승기신론에서는 '마음[心]'이라 했다. 그것은 깨침을 얻은 마음이기도 하지만 깨침을 얻지 못한 마음일 수도 있다. 우리 인간의 마음 자체는 본래 투명한 그림자와 같이 맑고 깨끗하지만, 드러날 때는 안개가 끼어있다. 그게 밝음 없는 무명(無明)인 것이다. 무명은 태어날 때부터 있는 것과 나서 생활하면서 얻어지는 것이 있다.

소녀의 마음은 소녀의 마음이고 소년의 마음은 소년의 마음이다. 말하자면 청명자재한 마음과 생멸만변하는 마음이 곧 알라야식인 것이다. 그 둘은 각(覺)과 불각(不覺)이기도 하다. 그러므로 알라야식에는 이 두 요소가 어울려 있는 모습이다. 그 모습은 모든 번뇌망상의 근원이다. 이것을 단칼로 베어버린다면, 무의식을 솟구치게 한다면 그 후에는 어떻게 되겠는가.

여여자재가 나온다. 그 여여자재가 곧 마지막 단계인 아말라(amala)식이다. 아말라식은 알라야식을 끊어버릴 때 나타난다. 사람이 바뀌는 것이다. 평범이 비범으로 바뀐다. 온갖 번뇌 잡탕이 사라지거나 이들과 함께 노닐며 미혹에서 벗어난다. 알라야식을 변화무쌍하다고 하면 아말라식은 영원 오묘하다. 알라야식은 다양하고 사나우나 아말라식은 유일하고 깨끗하다. 이른바 구경유일정식(究竟唯一淨識)이다. 실상이요 본체다. 그러나 알라야식에는 여래장이 있다. 여래장은 여래의 씨앗이라, 맑음의 종자가 있는 것이다. 아말라로 들어서는 데는 참회가 최고의 명약이다. 어쩌면 아말라는 참회 뒤에 오는 밝고 밝음이다. 여여요 여실상이다. 아니고 아닌 밝음의 세계다.

부처의 세계요 지극히 서늘하나 따뜻한 세계다. 내면 조응의 세계요 안팎이 명철한 세계다. 풀잎 같은 세계요 풀잎 소리 같은 세계요 달빛이 댓잎에 앉아있는 무궁의 세계다. 거리낌이 없는 세계요, 봉정암 뒷산에 불뚝 선 또 하나의 바위 봉우리 같은 세계요, 천지가 합일하는 순간 그 어쩌지 못하는 세계다. 남을 보면 청정심을 내리붓고 싶어 안달하는 무애자재의 걸음걸이는 바로 그 세계를 증득한 후에 온다. 선남선녀가 교합을 하지 않고도 눈썹 흔들림 하나로 황홀을 느끼는 이를테면 무상열락의 세계 또한 그 세계다. 그 쾌감의 세계다.

요행은 금물이다. 날뛰는 그 괴수들을 마음대로 휘둘러 앉혀 놓고 조용조용 타이르다 보면 마침내 거기 이를 수 있다. 모든 것을 선반 아래로 내려놓는 바로 그 순간에.

그렇기 때문에 아말라는 모든 헛것의 참된 알갱이다. 큰 진리는 바로 그곳에 있다. 대승기신론은 가르친다. 믿고 걸어 들어가다 보면 무궁무진한 지혜의 길이 바로 그곳에서 선뜻 나설 것이라고.

명상은 나를 바로 보는 일종의 방법론이다. 나를 바로 보아야 우주 본체를 바로 볼 수 있다. 그러나 나를 바로보기가 수월치 않다. 수월치 않기에 명상이나 참선과 같은 방법론이 대두된다.

따라서 명상을 통해 우주와 내 본체가 둘이 아닌 하나구나 하는 느낌을 받는다면 그게 바로 깨달음이다. 뭔가 슬쩍 스쳐 지나가는 것, 풀잎이 스치는 것과 같은 소리, 그 작은 울림 같은 것, 주(呪)!

그것,

시작(詩作) 행위도 명상의 길이 될 수 있다. 삶의 순간에 일어났던 마음의 반응을 언어로 조탁하는 게 시다. 그 조탁하는 행위가 바로 명상인 것이다. 다만 무아의 경지에서 시와 노닐 수만 있다면 그건 찬란한 명상이다. 그러나, 내 시는 알라야에서 아말라로 가는 노래일 뿐이다. 나는 오래전부터 그렇게 생각해 왔다. 아말라는 백두산 자락에 활짝 핀 투구꽃 같은 것이다. 약수산 금강초롱이라 할까? 내가 그 꽃이 될 수는 없다. 그 꽃대 아래 묻혀 잎을 피우는 데 조금 도움이 된다면 그걸로 족하다. 꽃대를 타고 꽃집에 놀러 가는 한 마리 작은 풀벌레. 최고 깨달음의 경지 아말라,

슬슬(瑟瑟)한 아말라
반꽃잎이라도 열어 보여준다면
내 시가 탁 터지겠는데….
콩꼬투리 터지듯

설악산에 들다 보면 가끔 사향노루를 만나기도 한다. 명상의 길에 향기가 난다면 그 노루가 지나간 자리에서 한동안 맴돌던 사향 내음 같은 것이 아닐까 한다.

그런데 아직 덜된 내 명상의 아침은 또 왜 이리 무거운지 모르겠다.

그저 세상의 밭 한가운데 앉아 고갱이마저 시들어 가는 너를 무연히 바라보고 있을 뿐이다.

『정신과표현』, 2007년 7 · 8월호.

연꽃바다 연꽃향기와 백제금동대향로

내 외손 형지는 부여에서 났다. 정확히는 엄마 뱃속에서는 백제 고도 부여였고, 태어나기는 한밭 대전에서였다. 그러나 태어나자마자 곧장 부여로 돌아가 부여의 햇빛과 바람을 쐬며 자라고 있다. 그래 그런지 부여 하면 향긋한 젖내 같은 게 스민다.

나는 부여에 여덟 번이나 걸음 했다. 두 번은 20대 청년 교사로 애틋한 전설이 서린 낙화암과 부소산을 둘러본 것이었고, 나머지 여섯 번은 딸애 때문이었다. 딸애는 남편을 따라 그곳으로 갔다. 둘은 금강 가의 한 조그만 아파트에서 살림을 차려놓고 있다. 나는 처음에는 딸애가 보고 싶을 때 아내와 속초에서 동서울을 거쳐 일곱 시간이나 걸리는 부여를 찾았고, 나중에는 왠지 부여에 정이 들어 부여를 찾고는 했다.

하기야 부여와 군계를 맞대고 있는 논산에는 보병 훈련병으로 8주간이나 머문 적이 있기는 하다. 혁명 구호가 서슬 퍼렇던 60년대 초 당시 젊은이들이 으레 그랬듯 머리를 빡빡 깎고 연무대 정문으로 들어섰던 것이다. 1961년 10월 15일부터 산야가 울긋불긋 타오르던 8주간이었다. 4주는 전반기 훈련으로 엠원M1 소총과 함께였고, 4주는 후반기 교육으로 엘엠지LMG 총신을 둘러메고였다. 새파란 훈련병이었던 김봉기 형과 같은 마을 친구 고경명 형이 떠오른다. 그런데 아직도 그곳에서는 군가 소리가 들린다. 반도 이 화려강산은 둘로 토막 난 채 도무지 변할 줄 모르고 있다.

부여의 새벽은 신선하다. 공기가 신선하고 곡식의 잎새가 신선하고 새벽 새소리가 신선하다. 거리에서 마주치는 학생들의 청순한 얼굴이 더할 데 없이 신선하다. 들을 일구는 농부들의 목소리가 신선하고 금강물이 신선하고 흙이 신선하다. 부여 출신 시인 신동엽이 읊조린 "한라에서 백두까지/ 향그러운 흙가슴"은 어쩌면 이 신선한 부여의 흙가슴일지 모르겠다. 나는 새벽이면 백제호 호반을 거닐기도 하고 수북정(水北亭)에 올라 거침없이 흘러가는 금강을 앞에 두고 좌선에 들기도 했다.

금강은 하구 군산에 닿아 황해가 된다. 내가 백두대간을 종주하며 봉화산과 백운산을 거쳐 산죽으로 가득 찬 영취산(해발 1,076m)에 이르렀을 때 능선에 '금남호남정맥'이 시작되는 곳이라는 조그만 팻말이 서 있었지만, 이 금강은 바로 백두대간 영취산에 물뿌리가 서려 있던 것이었다. 나는 백두대간 종주 중에 쓴 시 『백두대간 산춤』 미발표 초고에서 영취산을 노래하며 시에 덧붙이는 말을 다음과 같이 달아놓기도 했다.

금남호남정맥은 영취산에서 불끈 기운을 돋워 성수산 마이산을 밀어 올려놓고 기세 좋게 진안 주화산까지 내달린다. 주화산에서 다시 호남정맥과 금남정맥으로 갈리어 금남정맥은 대둔산 공주 계룡산이 그 맥을 옹위하고 금강 물줄기를 키워가며 논산벌을 만들어놓고 부여 부소산을 밀어 올려놓는다. 호남정맥은 내장산을 품에 품고 남으로 휘달려 광주 무등산과 영암 월출산을 꽃망울처럼 부풀려 놓는다. 산세는 더 거칠게 순천만을 휘돌며 조계산 와룡산 백운산을 지어놓고 문득 그 세력을 거두니 그 자락에 아름다운 쪽빛 바다 기암절경 남해 다도해가 있다. 그사이 크고 작은 산은 다시 수많은 지맥으로 흩어져 오른쪽으로 기름진 호남평야를 낳아 기르고 왼쪽으로 섬진강을 키우며 하동까지 내리 달린다.

그러니까 금강은 영취산과 주화산에서 발원해 장장 407.5㎞를 휘돌며 들과 논밭을 일구며 충청 호남 사람들의 생명줄이 돼온 셈이다.

강은 물이다. 물은 생명이다. 생명을 잉태하고 생명을 기르며 다시 거두어들인다. 물은 대지를 풍성히 하고 만상을 부수며 무화시키기도 한다. 물은 자양이고 물은 영혼이다.

비 · 이슬 · 강 · 바다 · 구름 · 산안개 · 눈 · 서리 · 얼음 · 상고대 · 설화 · 해무 · 무지개 · 눈물 · 피 · 젖 · 정액 · 이내 · 땀방울 등은 물이 화려하게 변신한 모습이다. 물은 사람이 싫어하는 습한 곳을 찾아다니며 더러운 곳을 깨끗하게 하고 마침내 막다른 지경에 이르러 돌연 전혀 새로운 몸으로 다시 태어난다. 『도덕경』 상편에서 노자가 말한 '상선약수(上善若水)'는 바로 이런 물의 속성을 성찰해 얻은 혜지일 것이다.

지금 나는 백제교를 건너가며 금강을 굽어본다. 더 할 수 없이 평화롭다. 강폭은 알맞게 넓고 부여 시가지를 가슴에 안고 한 마리 청룡처럼 꾸불텅거린다. 궁남지를 향해가는 길이다. 그곳에는 5만 평의 연꽃밭이 펼쳐져 있다 한다. 나는 바로 그 연밭과 연꽃을 보러 가는 것이다. 딸애가 운전을 배운 후 처음으로 타보는 승용차 안에서 아내와 함께였다.

2006년 7월 27일은 47일이나 계속된 긴 장마가 걷히며 모처럼 살랑바람이 꼬리를 흔들어댔다.

부여는 급하게 현대로 나가려 하지 않는다. 시가지가 발버둥 치지 않는다. 낮은 집들은 낮은 집대로 조금 키를 높인 건물은 또 그대로일 뿐 산과 들을 가로막지 않는다. 부여는 미래의 고도이며 현대다. 그러고도 거침없다. 대지는 그윽하고 향그럽다. 골짜기를 돌아들면 아기자기한 마을이 있고 산기슭에는 농촌 전형적인 논과 밭이 봉황새처럼 앉아있다. 더할 수 없는 정겨움이 감돈다.

나는 내 외손 형지가 태어나던 해인 2004년 초여름 아침 행선(行禪) 삼아 아이들 집을 떠나 무작정 걸어 본 적이 있다. 마음이 하자는 대로였다. 큰길에서 소로로 골짜기로 언덕으로 흙담 옆으로 밭 사이로 논둑길로 다시 한길로…. 참깻잎 들깻잎 냄새, 비릿한 콩잎 냄새를 지나 한 무덤에 이르렀을 때였다. 양푼 같은 태양이 막 떠오르면서 마을이 나타났다. 바로 규암면 소재지였던 것이다. 규암면은 부여에서 크기가 네 번째 가는 면이라는 것을 그때 알았다. 잘 지은 노인정이 있었고, 아이들의 울음소리가 들려왔고, 이른 아침임에도 마을 어른들이 마을 안 길을 쓸고 있었다. 나는 몇 어른들과 눈인사를 건네고 곧장 언덕길로 접어들었다. 그리 높지 않은 산인 듯한 구릉이었다. 구릉 정상에는 오래된 농가 몇 채가 서로 얼굴을 맞대고 있었다. 그리고 살구나무 대여섯 그루가 노란 토종 살구 가지를 부러뜨릴 만치 많이 매달고 있었다. 구릉은 불그레한 황토가 알배를 드러냈다. 황토와 토종 살구, 순간 나는 지난 한 장면이 아프게 어렸다.

내 어린 시절 정지문 밖에는 아름드리 살구나무가 있었다. 살구꽃이 필 때면 마치 뭉게구름이 떠 있는 것 같았고, 살구 철이면 한 가마니가 넘게 살구를 땄었다. 나는 살구나무에 기어 올라가 살구가 달린 가지를 흔들었다. 장대로 가지 끝에 매달린 살구를 톡톡 쳐 떨어뜨리기도 했다. 살구는 살이 연해서 떨어지면 깨지거나 곧장 흠이 생긴다. 어쩌다 장대에 얻어맞은 살구는 노란 살구 살이 으깨어져 살구씨가 드러나기도 했다. 그래서 홑이불이나 멍석을 깔아놓고 흔들었다. 푸릇한 기운이 가시지 않은 살구는 어머니가 따로 골라 곳간 빈 단지 위에 놓고 제빛이 나올 때까지 기다리시곤 했었다.

부여는 큰 산이 가로막지도 않고 산이 없는 광활한 평야가 있는 것 또한 아니다. 곳곳이 산이고 골짜기고 물이다. 평지인 듯 산이고 산인 듯 물이다. 그러다 보니 물이 흔하다. 산과 물이 잘 어울린 부여.

군도를 놓고 보면 읍의 한 중심에 정림사지가 자리 잡았고, 정림사지를 중심으로 15개 면이 방사형으로 뻗어나갔다. 그 모습이 꼭 연잎 같다. 그러니까 연잎 위에 산봉우리들이 올라앉아 있는듯하다. 그보다는 연잎이 산봉우리들을 받들어 올린 형국이다. 마치 연꽃이 백제금동대향로 몸체를 받들어 올린 것과 같다.

생각하는 사이 연밭에 이르렀다. 연밭은 넓었다. 연의 밭이 아니라 연꽃잎 바다다. 연꽃 파도도 너울거렸다. 연밭 지평선에 원두막이 있고 오솔길도 있다. 걸어 다니는 데만도 서너 시간은 걸린다. 백련, 홍련. 백련은 홍련보다 조금 먼저 피고 수련도 있고, 가시연도 이파리가 뒤집혀 이상한 몰골을 하고 있다. 나는 연신 좋다 좋다 이 연꽃밭 하면서 내 키보다 더 큰 연꽃 사이를 돌아다닌다. 연꽃 향내가 콧속 내 몸뚱어리에 넘친다.

사실 연꽃은 백제금동대향로에 매우 아기자기하게 펼쳐져 있다.

백제금동대향로 몸체는 바로 이 연꽃잎에 감싸 안겨있다. 나는 이 향로를 두 차례 아주 깊이 바라본 적이 있다. 그리고 이 백제대향로야말로 백제 정신이 깃든 백제인의 이상향이라는 생각을 했다. 그뿐만 아니라 우리 조상이 이룬 더 할 수 없는 예술정신의 한 절정이라는 생각도 들었다. 그리고 그 정신은 아직도 우리들 가슴에 메아리치고 있음을 느꼈다. 그래서 부여에 가면 자꾸 보고 싶은 것이 이 '백제금동대향로'다.

백제금동대향로(국보287호, 1993년 부여 능산리 절터에서 발굴하였고, 국립부여박물관이 보관)는 높이 61.8㎝ 무게 11.65㎏의 대향로다. 향로의 모습은 용 한 마리가 머리를 치켜들어 입으로 문 밑받침과 연잎으로 둘러싸인 향로 몸통, 그리고 박산(博山) 형태의 산준령 등 세 부분으로 이루어져 있다. 즉 대부(臺部) · 노신부(爐身部) · 개부(蓋部) 등으로 나누어져 있고, 뚜껑의 꼭지에는 날개를 활짝 편 한 마리의 봉황이 막 날아오를 듯하다. 특히 뚜껑에는 74개의 봉우리와 주악상, 17명의 인물상, 호랑이와 코끼리를 비롯한 42마리의 각종 동물들이 나무와 바위 사이에서 뛰놀고 산 중턱으로 난 산길과 시냇물과 폭포 등이 어우러져 있어 찬탄을 금할 수 없게 한다. 그 가운데 주악상과 악기에 대해서는 다음과 같은 설명이 붙어있다.

백제금동대향로 뚜껑에는 5명의 악사가 연주하는 주악상이 있다. 악기는 정면에서 시계방향으로 완함(阮咸), 종적(縱笛 pipe),

배소(排簫 panpipes), 거문고(玄琴), 북(鼓 percussion)이 배치되어 있다. 완함은 중국 죽림칠현의 한 사람인 완함이라는 악공이 비파를 개량하여 만든 현악기로 고구려의 덕흥리 벽화분에서 확인되며, 중앙아시아 일대 석굴사원에서도 나타난다. 종적은 피리의 일종인데, 백제의 비암사 계유명전씨아미타삼존불비상의 적(笛)이 가로로 부는 횡적(橫笛)인 것과 달리 백제금동대향로에는 세로로 부는 종적(從笛)이 표현되었다. 배소는 길이가 다른 대나무를 옆으로 엮은 피리로 중국 춘추시대에 사용되었다. 고구려 고분 벽화에서도 확인되는데, 그중 오회분 5호묘의 것이 백제금동대향로 배소와 비슷하다. 거문고는 고구려 왕산악이 만든 대표적인 현악기로 고구려 고분 벽화에 자주 등장하는데, 고구려의 거문고가 주로 4현으로 묘사된 것과 달리 3현으로 묘사되었다. 북은 무릎에 올려놓은 모습으로 묘사되었다. 이런 북은 중국이나 고구려에서 그 유례를 찾기 어렵고, 인도네시아 보로부두르 대탑의 부근에서 확인되므로 남방계통의 악기로 추정된다.

그런데 연꽃이 받들어 올린 74개의 산봉우리는 바로 부여를 에워싸고 있는 산봉우리들이 아닐까 한다. 나는 대천 가는 길 도화동 계곡과 지겟골을 돌아보면서 그 주변의 아미산과 주산, 아이들이 한때 머물렀던 옥산의 제일 높은 봉우리 옥녀봉을 바라보며 문득 그런 생각이 떠올랐고, 부여 시가지 남녘 부소산에 올라 그런 느낌을 더욱 강하게 받았다.

부여를 둘러싸고 있는 산들은 그리 높지 않다. 부여에서 가장 높은 산은 북녘의 문봉산으로 높이가 640m에 불과하다. 이어 성태산(631m), 감봉산(465m), 만수산(432m), 아미산(581m), 월하산(425m) 대천 쪽의 월명산(544m) 등이 그렇고, 남녘으로 내려오면 거의 모두 해발 200m 안팎의 구릉인 듯 산인 듯한 산들이다. 그러나 산들이 많다. 100m 이상의 산과 봉우리들이 30좌가 훨씬 넘게 솟아 있다. 그런데 그 산과 봉우리들이 모두 이름을 가지고 있어 신기하다. 하기야 해발이 그리 높지 않은 저지대라서 100m만 높아도 우뚝하게는 보인다. 그래서 일찍이 이곳 사람들은 산과 봉우리에 이름을 붙인 모양이다. 그러므로 부여에 들어서면 여기저기 올망졸망한 산봉우리들에 둘러싸인 듯하다. 산은 하늘에 가득 차오르지 않고 알맞게 앉아있다. 부여의 산은 둥글고 부여의 물은 팔팔하다.

산과 물이 어울려 생명이 태어나고
산과 물이 어울린 곳에 시가 산다.
산과 물은 생명을 잉태하는 둥지다.

『정신과표현』, 2007년 9 · 10월호.

도토리 우주

도토리가 싹을 틔웠다. 궁둥이를 하늘로 향하고 있다. 도토리 궁둥이는 납작하고 동글라 한 테를 둘러 마치 원형 과녁판 같다. 건드리면 은종 소리가 들릴 듯한 초가을 하늘빛이 과녁을 향해 화살처럼 쏟아진다. 머리 부분, 그러니까 까슬한 잔털이 대여섯 남짓 붙어 있는 부분은 땅에 들이대고 있다. 그 머리 부분이 도토리 배꼽에 해당한다. 도토리 싹은 바로 이 배꼽을 열고 튀어나온다. 털배꼽은 세 갈래 혹은 십자로 균열을 일으킨다. 그러고는 거기서 콩 싹 같은 게 쏙 빠져나온다. 싹은 힘껏 뻗치어 땅으로 내려간다. 지심을 향해 거침없다.

어떤 놈은 겹겹이 쌓인 낙엽을 뚫고 낙엽 밑 보들보들한 흙을 찾아내 깊이 몸을 숨긴다. 낙엽층을 밀어내는 게 아니라 송곳처럼 내리꽂는다. 그 힘이 도토리 궁둥이를 하늘로 밀어 올리게 한다. 비가 내려 작은 물길의 흔적이 있는 곳에는 도토리들이 한 줄로 서서 하늘을 향한 모습을 볼 수 있다. 마치 물장구치는 개구쟁이들이 물가에서 한꺼번에 물구나무서는 모습을 연상시킨다. 그건 다름 아닌 도토리들이 도토리 싹을 박느라 안간힘을 쏟는 중인 것이다.

도토리는 도토리 싹을 보호하는 집이자 아기 도토리가 먹고 살 것이다. 이것이 둘로 짝 쪼개지면서 떡잎이 된다. 물론 겨울 동안은 싹만 땅속 깊이 내리박고 도토리는 온전히 그대로 있다. 건드려보면 이미 땅에 밀착돼 움직임을 멈추었음을 알 수 있다. 더러는 배꼽의 균열이 껍질로 이어져 도토리 살이 삐죽이 나오고 빨갛게 변한 모습을 보이기도 한다. 살이 햇빛을 받아 햇빛 닿은 자리가 붉어진 것이다. 붉은 립스틱을 짙게 바른 소녀의 입술처럼 타오른다고 할까.

도토리 싹은 도토리 뿌리다. 떡잎이 될 도토리 속에는 연한 속잎이 감추어져 있고 그 한가운데 앞으로 거목으로 자랄 도토리의 생장점이 깃들어 있다. 조그맣고 반들거리는 도토리 속에 바로 아름드리 참나무 거목의 에너지가 뭉쳐 있는 것이다. 아름드리 거목의 종자가 이 작고 보잘것없는 참나무 열매 속에 있다.

이 땅의 백두대간에는 도토리나무가 많다. 낮은 고개나 령에서부터 소나무 수목한계인 해발 800m 안팎까지 도토리나무군락이 형성돼 있다. 대체로 양지쪽에는 소나무가, 비탈 그늘에는 이 도토리나무가 자리 잡아 울창한 산림을 형성한다. 우리나라 나무 중 대표적인 상록수를 소나무로 든다면 활엽수의 대표 격으로는 도토리나무를 들 만도 하다.

김태정의 『한국의 자원식물』에 의하면 이 도토리나무는 중국, 일본, 인도 및 우리나라 북부지방의 함경남도와 평안도 이남지방 해발 800m 이하 지역에서 자생한다고 되어있다. 그러고 보면 인도와 동북아 여러 나라들은 이 참나무 한 울타리 속에 자리 잡고 있다고 볼 수 있다. 참나무 군락이 대대로 깊은 산악 산림의 주인 노릇을 해오면서 자손을 번창시켜 온 것이다. 적어도 도토리나무 수목의 녹색띠는 복잡한 이념이나 폐쇄적인 국경을 초월해 있다.

도토리나무는 상수리나무로 참나뭇과의 활엽교목이다. 갈참나무 · 떡갈나무 · 떡신갈나무 · 신갈나무 · 졸참나무 · 굴참나무 · 떡갈졸참나무 · 떡갈참나무 · 너도밤나무 등은 모두 참나뭇과에 속하는 나무들로서 도토리와 엇비슷한 열매를 맺는다. 졸참나무 열매는 가늘고 길쭉하다. 이들 나무열매를 통틀어 '굴밤'이라고 한다. 5월에 꽃이 피고 자웅일가화(雌雄一家花)로 웅화수는 새 가지에 술처럼 길게 늘어지고 자화수는 윗부분의 엽액에서 곧게 나와 한 개 내지 세 개씩의 암꽃이 달리고 총포로 싸여있다. 암술대는 세 개다. 봄볕이 한창 무르녹을 때 산에 들다보면 야들거리는 연두 이파리와 함께 연록 꽃술이 장관을 이루는데 이는 곧 참나무들의 잎과 꽃이 자아내는 산색인 것이다.

참나무는 쓰임새가 다양하다. 열매는 말할 것도 없지만 굴참나무껍질은 탄력이 강해 코르크나 굴피지붕의 중요한 원료와 자재가 된다. 1980년대 초만 해도 내가 사는 강원도 깊은 산마을 비탈에는 이 나무껍질로 지붕을 해 덮은 집이 적지 않았다. 한때 내가 주거했던 산마을 법수치에는 이 굴피집이 대여섯 채나 그대로 있었다. 살림집으로도, 비어있기도 했다. 굴참나무껍질을 지붕으로 한번 이어 놓으면 오륙 년은 견딜 정도로 질기고 단단하다. 산 능선에 올라보면 아랫도리가 발가벗겨진 참나무를 볼 수 있었는데, 그건 바로 굴피 껍질을 벗겨낸 흔적이었던 것이다. 그렇게 해도 속껍질이 다시 살아나와 겉껍질이 돼 나무에는 해가 안 간다고 했다.

참나무로 참숯을 구워내는 것은 두루 다 아는 사실이겠지만, 하드보드재 원료 또한 참나무 원목을 쓴다. 향기 일품인 산표고버섯, 대에 금테를 두른 듯한 개금버섯, 마르면 돌덩이보다 더 단단한 떡다리버섯 등은 모두 이 참나무를 모성으로 해 태어난다. 능이버섯은 참나무밭에서만 자란다.

열매는 산짐승들의 중요한 양식이다. 다람쥐, 오소리, 너구리, 멧돼지, 곰은 이 열매를 먹고 혹독한 겨울을 이겨낸다. 특히 멧돼지는 이른 봄 산자락 이곳저곳을 밭을 갈아엎듯 뒤집어엎어 놓는다. 바로 이 열매를 찾거나 먹을 알뿌리를 찾아 헤집은 자국인 것이다. 또한 도토리 열매에는 주름살을 방지하거나 강장 · 종독에 신묘한 약효가 있고, 2004년 윤명환 박사 팀은 도토리에서 중금속에 대해 강력한 흡착력으로 작용하는 '아코로이드(acorloid)'라는 신물질을 추출했다 하니, 도토리야말로 생기 약동하는 신비의 열매라 할만하다.

하지만 이걸 사람들이 주워 심심풀이로 묵을 쳐 배를 채운다면,

산의 주인인 야생동물들의 양식을 빼앗는 꼴이 돼버리고 말아, 이들이 농작물을 마구잡이로 해코지한다 해도 할 말이 없지 않나 싶다. 맛있는 주식을 빼앗겼으니 뭔가 대용식이라도 찾아 굶주림을 면해야 할 것 아니겠는가.

산벌레들은 유달리 도토리를 좋아한다. 특히 도토리거위벌레는 어린 열매에 씨앗을 심듯 알을 슬어놓고 도토리가 달린 가지 순을 잘라 떨어뜨린다. 도토리에서 부화한 유충은 도토리살을 갉아 먹으며 유충기를 보내고 마침내 속을 다 파먹고 땅속으로 들어간다. 번데기로 겨울을 보내려는 것이다. 벌레 먹은 도토리는 껍질만 남는다. 안에는 유충이 버린 새까만 배설물이 가득 채워져 있어 건드리면 먼지만 폴싹거린다.

7, 8월에 어린 도토리가 맺혀 굵어지기 시작하면 성충이 된 거위벌레가 나무숲을 누비고 때맞추어 산새들도 알을 부화해 이를 부리로 낚아채 새끼를 기르기도 한다. 생명의 고리는 실로 오묘하게 중중무진겁으로 연결돼 경이롭기 짝이 없다. 참나무는 도토리를 기르고 도토리는 벌레를 기르고 벌레는 새 새끼를 기르고, 이렇게 해 산속 푸름은 생명의 둥지가 된다. 그렇지만 도토리들은 산속 여기저기를 아무렇지 않게 나뒹군다. 생명의 중심은 늘 이렇듯 무심한지 모르겠다.

우리 국토에는 산이 많다. 국토 대부분이 산으로 이루어져 있다.

건설교통부가 펴낸 '2004년 국토의 계획 및 이용에 관한 연구 보고서'에 따르면 현재 우리나라 산림면적은 6만 4천63㎢라 한다. 그런데 우리가 유의해 살펴볼 것은 해마다 2천만 평 이상씩의 산림면적이 줄어든다는 사실이다. 지금부터 24년 전인 1983년에는 6만 5천4백68㎢이던 산림면적이 그동안 1천4백5㎢ 줄어들어 한해 70.1㎢(약 2천1백20만평)가 사라진 것이다. 흔히 우리 국토의 70%가 산이라고 한다. 60년대에는 7할이라 했고, 2007년 지금도 70%라고 알고 있고, 얼마 전 한 일간지의 유명 칼럼니스트의 칼럼에도 그렇게 쓴 걸 보았다. 하지만 잘못 알고 쓰는 것이다. 이 70%라는 말은 옳지 않다. 산림청 '통계연보' 2005년 말 자료에는 64.2%, 2006년 말에는 64.1%로 나타나 있다. 우리 국토의 산림면적은 결국 60%가 조금 넘는 정도이다. 난개발로 인해 6%의 산림면적이 사라졌다. 이는 통계로만 보아넘길 일이 아니다. 흔히 산을 허파로 상징한다. 우리가 밤낮 마시는 때 절은 공기는 산림의 그 녹음 기운이 정화한다는 것은 누구나 다 안다. 6%의 산림면적이 파여 나갔다는 것은 녹음 허파 6%가 뜯겨나갔다는 것, 산의 처지에서 보면 치유할 수 없는 깊은 상처가 생겼다고 볼 수 있다.

우리나라에서 산이 사라진다는 건
지구에서 산이 하나 없어지는 것
지구에서 산이 사라진다는 건
우주에서 산이 하나 없어지는 것.

물론 굴밤나무들도 성할 리가 없다. 굴밤나무가 사라지면 그 떨떠름하고 고소한 굴밤을 주식으로 해 살아가던 동물들은 살아갈 방법이 없다. 나는 지금까지 산을 만든다는 말을 들어본 적이 없다. 산을 없애려는 데만 혈안이 돼온 것이다. 산을 그대로 내버려 두는 게 아니라 쥐어뜯고 파먹어 마침내 거덜 내야 직성이 풀리는 것이다. 산불이 휩쓸고 간 자리에는 나무를 심어야 마땅하겠지만 약삭빠른 상혼은 골프장을 차려 산을 좀먹는다. 인간의 탐욕은 도대체 어디까지 가야 끝장이 날지 모를 일이다.

이 나라 국토는 이렇듯 개발론자들의 등쌀에 못 이겨 거덜 난 지가 오래다. 산을 부수고 들과 둠벙은 파헤쳐지고 바다는 까뭉개지고 강둑은 시멘트 범벅칠을 해 피라미조차 살아갈 수 없다. 모래무지, 꾹저우, 버들치 등 일급수 민물고기들은 이제 그 향방이 묘연하다. 산에는 기화요초가 사라지고 우짖던 새들과 반달곰이나 호랑이 심지어 그 흔해 빠졌던 까막딱따구리조차 잘 보이질 않는다. 추풍령 금산은 반쪽만 남아있고 삼척 매봉산은 발가벗겨 황토 살점을 드러낸 채 괴성을 질러대고 이름이 아름다운 고루포기산은 송전탑의 철심이 내리박혀 살벌하다. 그러나 산은 조용하다. 다만 가끔씩 엄청난 힘을 작동시킬 뿐이다.

지구에 새가 살 수 없다면 인간도 살 수 없다. 그런데도 인간만이 살아남겠다고 아옹다옹하며 제 영역을 넓혀가느라 아우성이다. 인간에 의해 저질러지는 가공할 자연 파괴는 자연에 의한 느닷없는 순치로 되돌려 받고야 만다. 최근의 태풍 '루사'나 세 시간 정도밖에 안 쏟아진 물이 흘림골 지형을 완전히 바꾸어 놓은 '양양 오색 국지성호우'를 좀 다른 측면에서 바라본다면 인위적으로 뒤엉켜 각을 세우고 볼썽사납게 갖다 붙인 비자연적인 것을 자연스러운 원상태로 되돌려놓고자 한 어떤 강력한 힘이 작용한 게 아닌가 싶다. 실제로 내 막내아우는 일급 조경사인데, 하는 말이 사람의 손을 탄 곳은 하나도 남아나지 않고 모두 자연으로 돌아갔다 했다.

그래도 양양은 아름다운 곳이다. 속초와 강릉 사이라 자칫 눈에 안 띄지만 소롯한 소읍이다. 산과 계곡은 그런대로 아직 고스란히 살아있다. 시가지를 조금만 벗어나도 맑은 물이 넘쳐난다. 물이 맑다는 것은 인간의 손때가 덜 탔다는 얘기다. 계곡은 깊고 산은 높다. 그래서 특산품도 청정지역에서 나는 송이와 연어다. 양양에서 생산되는 송이는 향기가 짙고 맛이 좋아 송이 철이면 많은 외지인들이 찾는다. 양양 송이에 맛을 들인 일본인들은 해마다 몇백 명씩 줄지어 찾아와 양양 송이를 거두어 간다. 남대천으로는 북태평양을 휘돌아 온 연어가 회귀한다. 나는 이 양양이 좋아 17년간이나 드나들며 인연을 지었고, 양양 쪽 산은 지금도 가끔 찾는다.

그래서인지 양양에는 산속 생명의 나무인 이 도토리나무가 많다. 나는 천연 혼이 서린 이 땅의 청정지역 한 곳을 들라면 서슴없이 양양을 든다. 양양은 청정연화보루다.

자연은 노자의 이른바 무위의 세계다. 무위는 유위와 상반된다. 유위는 인간에 의해 조작되는 세계이고 무위는 자연이 이루는 천연의 세계다. 자연을 자연대로 놓아둔다면 무위에 이르게 되는 것이다. 무위는 인간에게 평화를 주고 생기 차게 한다.

가을 산에 오른다. 단풍이 울긋불긋하다. 높은 산 나무들은 벌써 가지를 비웠다. 마가목 열매는 단풍보다 더 매섭게 붉어 멀리서도 촛불인 양 환하다. 톡, 어디서 열매가 떨어진다. 도토리가 발밑으로 굴러 내린다.

도토리가 있는 산은 생명의 기운이 약동하는 산이다.

이 도토리 한 알, 상수리나무 열매 도토리. 나는 가만히 이놈과 눈을 맞추다가 들어 올려 어루만져 본다. 딴딴한 각질이 갑자기 발광체처럼 빛을 발한다. 생명의 그윽한 오로라일까? 톡, 다시 도토리가 떨어지는 소리. 깊은 산 고요 속으로 떨어지는 도토리 소리는 천둥소리 같다. 자연의 음악. 그 소리가 다름 아닌 우주가 연주하는 악기 소리가 아닐까 한다.

『정신과표현』, 2007년 11 · 12월호.

히말라야 모디콜라강변 그린밸리의 감자 맛

그린밸리는 히말라야 협곡 모디콜라강 강변 마을이다. 마을 입구에는 'GREEN VALLEY(푸른 계곡)'라는 보일 듯 말 듯한 간판이 붙어있다. 이름이 향기로워 간판 옆에 있는 쪽마루집 마루에 걸터앉았다. 촘롱에서 한달음으로 내려오느라 나는 몹시 지쳐있었고, 지난 4일간을 굶다시피 했기에 뭔가 먹을 만한 게 있지 않을까 해서였다.

지난 4일간이라 했지만 아닌 게 아니라 그 4일간은 환희와 고통이 뒤범벅돼 다소 혼란스럽기도 했다. 고통은 입맛이 떨어져서였고, 환희는 눈앞에서 바로 히말라야 준령이 펼쳐졌기 때문이었다. 만년설을 이고 있는 히말라야가 내 발걸음 안에 들어와 있다는 것은 그 자체가 경이였다. 포카라에 머물렀던 날까지 합치면 모두 9일간을 나는 히말라야 품에서 히말라야에 안겨 조촐한 경이감에 차 있었다. 평생 그리던 히말라야를 바로 손에 잡고 이마를 마주하며 그 만년설을 만지작거리며 한 옴큼씩 집어 입에 넣어도 보았으니 그것만으로도 환희였다.

입맛이 떨어진 건 높은 산이 원인이었다. 높은 산에 오르면 나는 음식을 잘 먹지 못하는 병 같지 않은 병이 생긴다. 높은 산이 내 몸을 가만히 두지 않는 것이다. 사람에 따라 달리 나타난다지만 나에게는 소화기가 말을 듣지 않는 모양이었다. 어떤 이는 머리가, 어떤 이는 다리가 또 어떤 이들은 가슴의 통증을 호소한다. 나에게 온 산병(山病)은 소화기 쪽이었으므로 통 입맛이 없어 먹을 수가 없었다. 먹을 수 없다는 것은 몸을 꿇어 앉혀 나락으로 밀어 넣는 것이다. 먹을 수 없으므로 힘을 쓸 수가 없다. 힘을 쓸 수 없으면 무방비 상태가 된다. 몸이 풀어지고 사지가 헐렁거린다. 걷잡을 수 없다. 진척이 안 된다. 그게 산꾼에게는 크나큰 고통이다. 먹을 수 없다는 것, 산을 빤히 보고 갈 수 없다는 것, 허기 차지만 당기지 않는다는 것,

내 산병은 촘롱에서부터 시작됐다. 촘롱은 해발 3천2백1십 미터의 고산지역 마을이다. 촘롱에 도착한 저녁부터 안나푸르나산 품에 안겼다가 나온 그 4일 내내 나는 배가 쓰린지 고픈지 모를, 입맛이 하나도 없는 그런 고초를 겪었다. 촘롱은 마차푸차레산을 조망할 적지여서 안나푸르나산으로 들어갈 때나 나올 때나 숙박지로 적격인 곳이다. 아침저녁으로 명산 마차푸차레를 조망한다는 것은 큰 기쁨이었다.

선지식 법정 스님은 이 산을 바라보며 이틀간 명상에 들었다고 여행기에 썼었다. 인도여행 중에 오로지 마차푸차레가 보고 싶어 별렀다가 포카라로 날아와서였다. 그만치 마차푸차레산은 신비롭고도 독특한 분위기를 자아내는 산이다. 생각해보라. 그런 산을 아침저녁 지척지간에서 마주하며 그 가슴팍에 안긴다는 것을.

마차푸차레 베이스캠프와 안나푸르나 베이스캠프는 나를 더욱 못살게 굴었다. 해발이 높아갈수록 밤이면 엄습하는 냉기가 속이 비어 옴츠러든 몸을 가차 없이 몰아쳐대 애를 먹게 했다. 6백 그램짜리 제법 좋은 침낭과 고소내의를 준비해 갔지만 엄습하는 히말라야 만년 설벽에서 내뿜는 찬 공기를 막아내는 데는 역부족이었다. 묵었던 방이 시멘트벽이고 냉방이어서 더욱 그랬다. 히말라야 밤은 왜 또 그렇게 깜깜하고 깊은지 모를 일이었다. 철벽같았다. 밤이 오면 어서 낮이 밝았으면 하는 게 소망이 될 만큼 밤은 잔인했다. 하기야 낮이면 어김없이 히말라야의 태양이 떠올랐다. 3월 이른 봄이었지만 히말라야의 햇살은 눈부셨고 따스했고 감미로웠다. 그런 하늘 아래 설산이 꿈꾸듯 걸려있으니 달리 무슨 말이 필요했겠는가.

내가 처음 만났던 히말라야는 쉽게 이해가 가지 않았다. 산을 보자면, 눈높이 수평에서 고개를 45도쯤으로 들면 곧장 봉우리가 눈에 알맞게 차 기분 좋으리만치 되는 게 예사 산이다. 하지만 히말라야는 아니었다. 히말라야는 45도가 아니라 거의 8,90도를 젖혀야 봉우리와 능선이 눈에 들어왔다. 구름 같았다. 흰 눈이 얹혀 있었으므로 하늘로 높이 솟구친 무슨 흰 뼈다귀 같기도 했다. 그러니까 산이 산으로서의 실감을 주지 않았다. 산이 아니라 천신의 집인 것이었다. 천신이 머물지 않고는 저렇듯 높이 올라갈 까닭이 없을 것이었다. 이렇게 보아도 저렇게 보아도 설산은 신의 거처였다. 저것도 히말라야 이것도 히말라야였다. 이것도 안나푸르나산 저것도 안나푸르나산이었다. 안나푸르나와 안나푸르나였다.

내 히말라야 안나푸르나산 여정은 페티에서 나야풀까지였다. 란두릉에서 히말라야의 첫 밤을 보냈고, 촘롱에서 둘째 밤, 히말라야의 히말라야에서 다시 일박 후 곧바로 안나푸르나 베이스캠프로 올라갔다. 눈이 펄펄 내리는 베이스캠프 길은 가멸찬 흥분의 길이었다. 눈 속이었으므로 오리무중이었다. 발자국도 없는 그 무시무시한 길은 지금 생각해도 오싹하다. 하지만 이상스러운 것은 눈 속의 안나푸르나산 품속은 그렇게 포근할 수가 없었다. 안겨 죽을 수도 있을 것 같았다. 안나푸르나산 제1봉(8,091미터)의 품에 안겨있다고 생각하면 충분히 그럴 수 있겠다 싶었다. 흰 눈 속이었기 때문에 더욱 그러했다. 산을 오래도록 탄 이들에게 물어보면 죽을 때 산에 안겨 죽는 게 소원이란 사람도 있다. 안나푸르나산이 그랬다. 마치 어머니 품속 같이 느껴졌다. 눈 때문에 볼 수 없어도 사람을 환희에 떨게 했다. 마치 뭔가가 잡아끄는 듯도 했다. 그러기에 그때까지 사흘을 다만 물 몇 모금을 먹었을 뿐이었는데도 허벅지까지 빠지는 눈길을 헤쳐갈 수 있었던 게 아닌가 한다.

물론 내가 이른 곳은 안나푸르나 서봉 베이스캠프(4,130미터)였으나, 온 히말라야가 다 느껴졌다. 더욱이 이튿날 새벽은 구름 하나 없이 탁 트인 허공 속의 안나푸르나산이어서 다름 아닌 천궁 하나가 눈 위에 사뿐 내려앉은 게 아닌가 하는 착각이 들 정도였다. 절로 탄성이 나왔고 나는 눈 제단을 만들어 놓고 몇십 차례나 오체투지를 해 안나푸르나산에게 경배했다. 산을 향한 내 일념이 저절로 그렇게 하게 한 것이었다. 그 순간 히말라야 앞에 선 내가 감동스러워 눈시울이 뜨거워지기도 했었다.

돌아섰을 때 괜히 뒤처지는척한 것도 실은 이런 감동을 좀 더 지니고 싶어서였다. 그 백색의 품은 실로 경탄할만했다. 공복이면서도 그랬던 걸 보면 정말이지 죽으려고 환장한 일인지도 모를 일이었다. 나는 향도 한 갑 가지고 갔었다. 화엄경을 읽다 보면 히말라야에는 '아노라'라는 영험한 향이 난다고 돼 있다. 그러나 그건 대방광불화엄경 속의 향으로 나같이 속진의 때가 찌든 자에게는 눈에 띄지도 감득할 수도 없을 것이었다. 그래서 향을 가지고 갔었는데 향에 불을 댕기려니 불이 나오지 않았다. 라이터 심으로 불이 댕겨지지 않은 것이었다. 가까스로 불을 댕겨 향에 붙였지만 이번에는 향이 타지 않았다. 불붙은 자리가 까매졌을 뿐이었다. 그까짓 걸 뭘 하러 여기까지 가지고 왔는가, 하고 핀잔을 치는 소리가 들리는 듯했다.

그린밸리는 내려올 때 들렀던 마을이다. 내려올 때는 간두룽을 거쳐야 했는데, 란두룽 다리를 건너자 그 초입에 그린밸리가 있었다. 초입이라 했지만 간두룽만 해도 해발 1천9백4십 미터나 됐다. 안나푸르나산 등반 기점 네팔 제2의 도시 포카라가 해발 8백 미터이니 그보다 1천 미터가 더 높고 지리산 천왕봉(1,915미터)보다 더 높은 곳이었다. 말하자면 히말라야 고산족들이 사는 고산마을이었다.

안나푸르나 협곡에 사는 히말라야 고산족들은 구룽족들이 주류를 이룬다.

란두룽(Landruk), 간두룽(Ghandruk), 촘롱(Chomrong) 등의 고산마을은 'Grung Village'라 해 특별 보호를 받고 있다. 내 첫 히말라야 안내를 맡아 요리 솜씨까지 뽐냈던 산벗[山友] 마익수 형에 의하면, 모디콜라강 주변 마을에서는 간두룽이 중심지라 했다. 2백여 호의 가구가 산자락 여기저기 흩어져 살고 학교와 우체국도 있다 했다. 나도 언덕길에서 초등학교 상급생쯤 돼 보이는 학생들과 몇 차례 마주쳤을 때 학교가 근방 어딘가에 있다는 걸 직감 했었다. 꾸불텅대는 돌길을 오르내렸지만 어린이들 발걸음은 가벼웠다. 구룽족 어린이들도 배움을 만끽하는듯해 즐거웠다. 동구에 들어서면 성소인듯한 제단이 있는데 그리로 어린이들은 예쁜 야생화를 들고나와 건네주기도 했다. 답례로 비스킷이나 알사탕을 주면 천진스럽게 웃었다.

구릉족들은 우리 민족과 여러모로 유사했다. 란두룽 마야산장 주인 말로는 자기들은 몽골족이라 했고 그의 스물 안팎의 딸 이름을 'Grung Elizabeth'라 지었을 만큼 구릉족에 대한 자부심 또한 컸다. 그는 인도 군인이었고 봉급으로 산장을 구입해 산다 했다. 몽고반점을 확인해 보지는 않았지만 얼굴, 두상, 가슴과 어깨선, 치아, 머릿결, 집의 구조 등에 이르기까지 우리 민족과 유사한 점이 한두 가지가 아니었다. 아낙네가 마당에 틀을 펼쳐놓고 무명천을 짠다거나, 남정네들이 대나무로 바구니를 만드는 일, 심지어 소 부리는 모습이나 소 거름을 밑거름으로 만들어, 밭에 듬성듬성 부려놓는 것까지, 마치 우리 농촌의 60년대를 거슬러 올라가 보는 것 같았다.

그러고 보니 디딜방아도 있었다. 간두룽을 지나 킴체(Kimche) 조금 못 미쳤을 때였다. 길옆에서 귀에 익은 소리가 나 안쪽을 살펴보았다. 디딜방아였다. 디딜방아를 찧고 있었다. 노파가 방아확에 마른 옥수수알을 넣었고, 노익장 한 분과 젊은 여인이 방아다리를 밟고 힘을 주고는 했다. 이 역시 우리 시골의 저 발방아 찧는 모습과 같았다. 그 정경이 반가웠고 놀라워 어리둥절할 지경이었다. 내 마음속에 깃들어 있던 유년기의 정황들이 육십몇 년을 휘돌아 여기 이렇듯 고스란히 남아 재현되고 있다는 사실에 나는 육십몇 년의 세월 저 안쪽을 물고기처럼 헤엄쳐 들어갔다.

나마스떼! 나는 두 손을 모으고 네팔 인사말을 건넸다. 인상 좋은 그 노익장이 나마스떼! 하고 받았다. 미소를 띠며 받았다. 나는 한국에서 왔다고 소개했다. '꼬레' 그들은 찧던 방아를 멈추고 고개를 끄덕였다. 그러면서 좋아했다. 꼬레인에게 적어도 적대감은 없는 듯했다. 더 말을 하고 싶었지만, 말이 통하지 않으니 몸으로 몇 마디 한없는 기쁜 표정을 지었다.

네팔인들도 쌀을 주식으로 한다. 우리는 밥을 만들어 숟가락으로 먹으나, 그들은 밥에 향신료를 친 '달밧'이라는 음식을 손가락으로 꾹꾹 눌러 움켜 먹는다. 보리를 심었고, 3월이었으나 보리는 누렇게 익어가고 있었다. 감자도 심었다. 그러나 무엇보다 꾸밈없는 표정과 눈동자에 어린 티 없는 맑음이 우리 예전 마을 선남선녀들 같이 순박 청순하기 이를 데 없었다. 그 순박성을 만나러 나는 여기 왔던가.

농토도 있다. 가파른 협곡이므로 농토는 협곡 비탈을 올라가며 계단식으로 논과 밭을 만들어 다랭이논밭들이 층층이어서 쳐다보면 끝이 안 보일 정도다. 논밭 사이에 길이 있고 길 끝에 작은 집이 있다. 집과 집 사이 고산 밭두렁 길로는 끈이 있는 바구니를 이마에 걸친 동녀들이 나다닌다. 굴뚝에는 회색 연기가 피어오르고 목방울을 짤랑대며 나귀가 캥캥거린다. 가끔 마오똥 세력의 마오들이 쿠쿠리 칼을 차고 출몰하나, 그들은 적이 아니라 친구라 불렀다.

어쨌거나 우리 일행들은 히말라야에 안겼었고 지난밤을 촘롱에서 묵고 아침부터 걸어 2차선 도로가 나 있는 나야풀을 향해 가는 것이었다. 올라가던 길과 내려오는 길은 니우브리지에서 갈렸다. 올라올 때 히말라야 첫 밤을 보냈던 란두룽은 바로 다리 건너였다. 만년설 녹은 물소리가 두 마을을 갈라놓았다. 우리는 그 물소리를 들으며 언덕배기를 올라섰다 내려섰다 하는 것이었다. 나야풀에서 건너다보면 왼쪽으로는 잘 알려진 푼힐전망대(3,210미터)로 가는 길이 보였으나 나는 물 한잔을 앞에 놓고 더듬어 내려온 길을 음미했다. 히말라야 길은 성스럽다.

살아 있다는 것은 뭔가
길을 향해 떠난다는 것이다.
진정한 삶이란 무엇인가
걸으며 행복에 취하는 것이다.

앞서 고통과 환희가 뒤섞여 혼란스러웠다 했지만 그린밸리의 감자 맛은 참으로 일품이었다. 감자 몇 톨로 고산을 오르던 모든 고통이 일시에 사라졌다. 감자는 잘았다. 밤톨 같았다. 엄지손가락만 했다. 껍질도 깔 게 없었다. 피감자였다. 깨끗했다. 방금 쪄냈으므로 따끈따끈했다. 한입에 감자 한 알을 넣었고 맛을 음미했다. 어린 시절 생각이 났다. 보명재 밭에서 캐낸 감자 맛이 그랬었다. 보명재는 가는 모래인데 이런 모래밭에서 자란 감자알은 잘지만 맛은 밤맛처럼 고셨다. 그린밸리의 감자 맛, 감자 두 접시를 금방 비웠다.

그러고 보니 속이 텅텅 비어있었다. 꼬박 4일간을 물만 먹었던 것이다. 물은 마시면 되었으니까 그저 마신 것이었다. 물을 마시면서 산으로 올랐고 물을 마시면서 산에서 내려왔다. 히말라야 물을 먹고 자란 감자톨로 배를 채우니 히말라야 설벽이 벌떡 일어서서 나를 들이쳤다. 돌아보니 꿈속인 듯, 천상으로 들어가 천도화 가지를 잠깐 붙들었다가 천도복숭아 한 알을 얻어먹고 나온 느낌이 들었다. 나는 자꾸 배낭 무게를 손으로 달아보았다.

네 진면목은 설산 감자 맛이었던가.

『정신과표현』, 2008년 1 · 2월호.

폭포와 저녁샛별

산을 찾다 보면 자주 폭포와 맞닥뜨린다. 폭포 구경 갔다가 산을 만나기도 한다. 폭포는 대부분 산에 그 거처를 두고 있기 때문이다. 폭포는 산에 있고, 산은 폭포가 있음으로써 더욱 살아있게 한다. 폭포는 그러그러한 산이라도 명산으로 둔갑시킨다.

설악산에는 폭포가 많다. 그중 내가 자주 대하는 폭포는 토왕성폭포다. 토왕성폭포는 외설악 화채능선 칠선봉에 동향으로 좌정해 있다. 반대편 노적봉에서 보면 연잎 한 장에 흘린 비백(飛白) 같다. 주변 산세가 우악스럽고 거칠어 접근이 용이하지 않다. 그래, 그런지 폭포 또한 우악하고 거칠기가 보통이 아니다. 높이만도 340미터나 된다. 잘 알려진 비룡폭포는 바로 이 폭포 입구다. 계곡이 길고 깊어 가는 데만 3시간은 좋이 걸린다. 사람들은 이 골을 토왕골이라 한다.

토왕골은 토왕성폭포에서 떨어진 물이 깎고 파낸 골짜기다. 낙차가 커 물소리가 장엄하다. 계곡을 쩌렁대며 울릴 때는 주변 산벽이 종의 아구리로 변해 맥놀이를 치며 퍼진다. 정도의 차이가 있으나 사철 쉬지 않고 맥놀이를 일으킨다. 이런 폭포이므로 산객들 또한 가끔 이 폭포를 찾는다.

나도 매력을 느껴 몸이 허하거나 나른해지면 이 폭포를 찾아간다. 판소리 동편제의 비조 송만갑 선생은 지리산 산동 수락폭포에서 득음했다 하고, 소리꾼 음유시인 임방울(본명 林承根임승근) 선생은 삼신산 불일폭포가 득공 처였다지만 나는 뭐 시를 통하겠다거나 그런 마음은 없고 그저 폭포를 만나기 위해서 발걸음을 한다. 만나 폭포에 깃들다 보면 밤을 새우기도 해 폭포와 희롱하는 재미가 여간 아니다. 어느 때는 한 달에 열 번 넘게 드나든 적이 있다.

그런데 가끔 심심해져 이 폭포에다 새나 별 혹은 달이거나 해를 걸어놔 본다. 폭포에 새, 별, 달, 해를 배치해 놓고 보는 것이다. 물론 새, 별, 달, 해는 수시로 거기 이미 그렇게 머물러 있었고, 있으며, 앞으로도 있을 것이었다. 그것이 자연의 곳간이 간직한 묘법이다. 다만 때가 있을 뿐이고 때를 맞추어 찾아가면 우주가 펼치는 이 장엄한 정경들을 얼마든지 보며 받아 지닐 수 있을 것이었다.

폭포에 해나 달이나 별과 새들이 걸린 모습을 이미 보기도 했었다. 하지만 눈여겨보지는 않았고, 그저 그 정경에 잠깐씩 취해있었던 게 고작이었다. 한번은 천둥치는 소리가 나 내면에 뭔가 오는가 싶어 살폈지만, 얼어붙었던 폭포의 빙괴가 절벽으로 떨어지는 소리였다.

폭포는 물이 일으키는 일종의 반란이다. 춤이요 혁명이다. 깨침이라 해도 좋을 것이다. 물의 변용은 어떤 물상보다 화려하지만 폭포에 이르게 되면 순종과 겸양이 있을 뿐이다. 지금까지와는 전혀 다른 몸이 되어 나타나기도 한다.

샘이나 이슬 혹은 물방울에서 출발한 물은 계곡을 따라 비교적 고요히 내려온다. 윗물이 민다. 아랫물은 자연스럽게 밀린다. 여기서부터 힘이 생긴다. 물은 상승이나 하강 작용이 자유롭다. 하지만 계곡에서는 그저 아래를 향할 뿐이다. 윗물이 하는 대로 물머리를 들고 아래로 아래로만 밀려간다. 아랫물이 끄는 대로 윗물이 끌리어 내려오기도 한다. 그러다가 낭떠러지를 만나면 그 순간 폭발한다.

낭떠러지에서의 갑작스러운 물의 변용은 어느 물상들의 변용보다 화려하다. 낙차가 일으키는 절실함과 곤두박이는 아찔함이나 파열은 생기 차다. 폭포는 바로 이 파열이 보여주는 장렬함이다. 물은 산벽에 부딪쳐 부서지기도 하지만 저희들끼리 부딪쳐 부서지기도 한다. 바닷물의 앞쪽과 뒤쪽이 서로 부딪쳐 물보라를 일으키는 것과 같은 이치다.

영롱한 물 알갱이들은 물이 파열하면서 생기는 순간적인 반짝임이다. 망원경으로 그 물 알갱이들을 댕겨보면 잘게 부스러진 사금파리 같다. 사금파리처럼 판판하다. 모를 가지고 태어난 전혀 새로운 것이다. 그러니까 방울이 아니다. 판판한 물판이다. 폭포가 희게 보이는 것은 이런 사금파리 같은 물판이 수많이 떠 있기 때문이다. 물판은 폭포 허공을 하늘거리며 떠 있기도 한다. 물론 중심부의 물은 거침없이 내려 달린다. 하지만 변두리로 튀어나온 물은 모든 질서에서 벗어나 마치 하강을 즐기기라도 하듯 나비처럼 팔락대며 떠 있다.

그렇지만 중심부의 물이라고 하강이 끝날 때까지 중심부로 남아 있는 것은 아니다. 짧은 순간에도 뒤바뀌기 일쑤다. 안쪽 물이 바깥으로 나와 물판이 되었다가 순식간에 안쪽으로 다시 날아 들어간다. 그 모습이 바로 폭포의 거대한 흰 물기둥인 것이다. 하늘로 솟구친 흰 탑이라 할까? 그러니까 그 물쪼가리들은 물빛이 아니다. 물빛의 온화한 부드러움은 온데간데없고 날카롭고 모가 나 있고 예리하고 강렬하다. 순정파가 아니라 냉혈한이다.

폭포를 향하는 발걸음은 계곡 바위에서 시작해 바위에서 끝난다. 바위를 타고 물을 건너고 비탈을 돌고 나무 밑으로 기어오른다. 계곡을 이루는 바위는 거기 걸맞은 폭포를 하나씩 매달고 있다. 큰 바위는 그만한 폭포, 작은 바위는 작은 폭포를 품는다. 토왕골은 다름 아닌 작은 폭포들이 모여 사는 폭포마을이다. 그러다 보니 계곡은 이 폭포들이 떠들어대는 소리로 활기차다. 더러 담(潭)이 생겨 물이 고이기도 한다. 폭포가 가까워지자 일찍 들기 시작한 단풍들이 붉은 울음을 토하며 계곡물에 빠져 자지러진다. 더욱더 가까워지자 토왕성폭포 소리가 들리고 폭포 물기둥이 고인 물에 거꾸로 서 있기도 하다. 자기 몸에 자기 몸이 빠진 꼴이다.

오늘은 느긋하다. 폭포에서 저녁을 맞고 폭포에서 별이 뜨는 모습을 보려 한 때문이다. 다만 밧줄을 타고 암벽을 기어올라야 하는데 너무 어두워지면 위험하므로 적어도 어둡기 전에는 폭포에 닿아야 했다. 천지기운도 호탕하다. 구름이 끼지 않아 쟁쟁하다.

마침 저녁 햇살이 넘어와 불그레 젖는다. 폭포는 동향이라 벌써 그늘에 잠겨있다. 그늘에 묻혀서인가. 폭포가 아우성이다. 이어 해가 능선으로 기울고 능선 위 허공은 붉은 기운만으로 충만하다. 나는 바위 반석에 좌정하고 폭포를 향해 앉았다. 그리고는 폭포의 면모를 자세히 살폈다. 허공은 더욱 붉어지고 이어 어스름 한 주머니를 풀어놓은 듯 폭포 상단이 어두워졌다. 폭포가 시작하는 능선과 능선의 교차점은 하늘이 시작하는 곳이기도 하다. 장대한 하늘이 장대한 폭포를 이 교차점을 꼭지로 좌우로 감싸 안고 있는 형국이다.

하늘과 폭포의 상단부가 만나 이루는 선들이 깨끗하다. 움직이면서 움직이지 않는 선이다. 선의 깨끗한 모습이 눈을 밟고 들어온다.

어스름은 어둠으로 바뀌었다. 폭포도 어둠에 포개져 그저 소리만 들려올 뿐이다. 그러나 이때 폭포의 상단 부분은 새로운 세계를 연출한다. 어둠 속에서 별이 피는 것이다. 하나둘 피어나던 별은 금세 하늘을 채운다. 수많은 별들이 폭포를 향해 몰려오기라도 한 것 같다. 멍석 두어 닢 펼쳐놓은 넓이의 폭포 위 허공은 별들로 만원이다. 그리고 그사이에 유난히 반짝거리는 초저녁 샛별이 있다. 수많은 반짝임을 뒤로 하고 혼자 나와 있는 것이다. 차디찬 적요가 느껴진다. 샛별은 이동 속도가 빠르다. 능선에 있는 바위 사이에 넣어놓고 보면 곧장 사라지곤 한다. 바위 선에 걸렸다가 시야 밖으로 사라지는 것이다. 나는 바로 이 샛별을 보러 온 것이다. 샛별이 폭포를 만나는 순간을 보려고 설악 깊은 토왕골을 찾아 적막 속에서 기다리는 것이었다.

나는 자리를 옮겨 폭포의 상단 부위에 샛별을 일치시켰다. 상단부 양쪽 가다리 사이에 샛별을 넣어놓고 보는 것이었다. 순간 어둡던 폭포가 갑자기 빛을 발하고 그것은 폭포수의 수많은 알갱이들에 닿아 요동쳤다.

방금 그은 성냥 불꽃을 물방울들이 먹었다가 뱉어내는 것 같기도 했고, 마치 수많은 버들치들이 저마다 하나씩의 빛초롱을 물고 하늘로 치솟아 오르는 것 같기도 하다. 실로 삽시에 일어난 일이었다.

하지만 그건 다만 순간이었을 뿐이었다. 폭포가 시작하는 칠선봉 오목능선에서 샛별이 그만 사라졌기 때문이었다. 그것도 실로 순간적이었다. 순간적이었지만 분명 존재의 집을 지었던 것이었다. 그러나 폭포를 감싸고 있는 허공에서는 별들의 반짝임이 계속됐고, 그것은 이 가련한 한 무지렁이에게 눈이 가지 못한 세계 밖의 또 다른 세계가 어쩌면 이렇듯 찬란한가 하는 깨우침을 주기에 충분한 것이었다.

시란 뭘까? 현실일까? 현실을 관통하고 초월한 어떤 세계가 가지고 오는 꽃향기와 같은 것은 아닐까? 시인은 그걸 느끼는 자, 귀신같이 오묘하게 언어를 부려 노래하는 자일까? 천지 혹은 우주에 내가 귀를 들여놓고 있는 까닭은 바로 이 외로운 물음이 아직 풀리지 않아서이기도 하다.

> 생사는 해가 뜨고 지는 것과 같나니
> 왔는가 생각될 때 가버리노라.
>
> – 밀라레빠, 「십만송」 중에서

『정신과표현』, 2008년 3 · 4월호.

백두폭포와 쑹화강 은어도루묵

백두산 천지 달문 쪽으로 오르다 보면 천지를 희롱하며 하늘에서 쏟아지는 흰 물줄기를 만날 수 있다. 이른바 장백폭포다. 나는 아주 썩 잘생긴 이 폭포를 백두폭포라 고쳐 부른다. 이유는 간단하다. 중국은 백두산을 장백산이라 하지만 우리는 장백산을 백두산이라 하기 때문이다. 따라서 장백폭포는 백두폭포다. 나는 이 폭포 앞에 머물며 '長白瀑布(장백폭포)'라 휘갈겨 쓴 표지석을 처음 만났을 때 마음이 몹시 언짢았고, 무언가 큰 걸 하나 잃었다는 느낌이 들면서 덜컥 가슴이 내려앉았다.

마음이 언짢았던 것은 백두산 북문 앞에서부터였다. 백두폭포 길로 오르기 이틀 전이었다. 다만 백두산이 보고 싶어 그 머나먼 러시아 자루비노항을 거쳐, 온종일 털털거리는 버스에 시달리면서 자정에야 백두산 북문에 도착했었지만, 백두산 아니라 곤혹스러움을 먼저 맞았기 때문이었다. 백두산 문은 굳게 닫혀 있었다. 마치 장성 같은 게 앞을 탁 가로막았다. 어둠 속이라 메스껍기까지 했었다. 산으로 가는 길에 성벽이라니 기가 막혔다. 문지기가 있었고, 문지기는 중국 공안원이 담당한다 했다. 안내를 맡은 연길 조선족 엄승호 씨는 미남 청년이었으나 휴대폰으로 연락을 취하느라 얼굴을 일그러뜨리고는 했다.

30분쯤 지나서야 누군가가 나타났다. 공안원인가 했더니 둥그런 모자에 계급장이 달린 중국 병사가 버스에 올랐다. 병사는 거수경례를 했다. 병사는 한 사람 한 사람 신분을 조사했다. 여권으로 얼굴을 맞춰보고 보따리를 조사했다. 몸에 지닌 것도 내놓으라 했다.

가까스로 내 차례가 왔다. 그냥 넘어가려는가 했으나 배낭을 열라 해 열었다. 안에 있던 속옷가지를 뒤적거렸다. 더욱 철저하게 조사했다. 낭패였던 것은 병사가 내 노트까지 펼쳐본다는 것이었다. 나는 깜짝 놀랐다. 노트는 A4용지를 반 접어 철근으로 꿰어 맨 내 산행 노트였던 것이다. 52쪽 분량으로 산을 타다 보면 번개처럼 떠오르는 시귀(詩句)들을 붙잡아 두는 내 비밀 보고이기도 한데, 이렇듯 펼쳐 보인다는 게 영 마뜩잖았다. 더욱 마뜩잖은 것은 이 중국 병사가 눈을 가늘게 뜨듯하고 한 장 한 장 넘겨본다는 것이었다. 안전벨트를 매고 무릎 위에 배낭을 얹고 손에는 여권을 들고 일을 당했으니 나는 꼼짝할 수가 없었다. 공포감마저 들었다. 뒤에 안 일이지만, 그 며칠 전 백두산 일원에 누군가가 불온 선전물을 뿌렸던 것이고, 한국 사람이라는 것이었다. 이런 일로 백두산 서파 종주를 포기할 수밖에 없었다. 서파가 한국인에게 출입금지구역이 돼버렸던 것이다. 그래서 소천지를 지나 녹명봉능선을 택하려고 북문 쪽으로 방향을 틀었고, 북문길에서 느닷없이 낭패를 본 것이었다.

백두산은 천지마저 반 동강이로 쪼개져 동은 북한, 서는 중국 것이 돼버렸지만 우리 민족에게는 동북아에 산재해 있던 어떤 민족보다도 큰 관심과 애정을 보였다. 그건 조선 선비 유득공(1748〈영조 25년〉~1807〈순조 7년〉)이 쓴 『연대재유록(燕臺再遊錄)』에 나오는 연경 지식인 중어(仲魚)와의 다음과 같은 대화 속에서도 알 수 있다.

"산해경(山海經)의 불함산(不咸山)은 지금의 장백산(長白山)인데 귀국의 북쪽 경계에 있는지요?"

"그렇소, 이 산 이름은 백산(白山) 또는 개마산(蓋馬山), 또는 백두산(白頭山)이라고도 하는데, 중화(華)와 우리나라(東) 말로써 비교하여 해석하면 '개마'가 '백두'인 것이오."

『연대재유록』은 영재(泠齋) 유득공이 조정의 심부름으로 연경(燕京)에서 '주자전서(朱子全書)' 선본(善本)을 구입해 오라는 명을 받고 쓴 일종의 기행록이다. 주자전서를 구해오지 못한 안타까움과 연경의 식자들을 만나 시를 주고받으며 부채나 담뱃대 같은 선물을 나누는 이야기를 적었다. 하지만 나라를 달리하면서도 스스럼없이 넘나드는 교분을 엿볼 수 있고, 특히 백두산에 대한 위와 같은 언술은 조선 선비의 국토에 대한 각별한 애정을 느낄 수 있다. 어쩌면 당시 동북아 식자들 사이에는 백두산을 '장백산' 혹은 '백두산'이라 하고 그게 서로 자기 나라 땅임을 은연중에 선점하려 한 것은 아니던가 하는 생각이 들기도 한다. 아니면 백두산은 조선 땅임을 인정하고 대화를 시작했거나.

하기야 그 앞 세대의 조선 선조 때의 문신 성호 이익(星湖 李瀷, 1579~1624)은 『성호사설(星湖僿說)』 천지문(天地門) 편에서 광대한 중국 땅을 말하면서 〈백두산 서북으로 흐르는 물이 혼동강(混同江)이고, 그것이 흑룡강으로 들어간다. 흑룡강은 멀리 국경 밖에서 흘러내려오기 때문에 그 근원이 어디인지 알 수 없으나 그 물은 동해로 흘러 들어간다.〉고 하였다. 임진왜란 후의 극심한 사회적 혼란기에도 아무르강(黑龍江흑룡강)의 원류까지 언급한 것을 보면 북녘, 혹은 그 잃어버린 땅은 선인들의 가슴을 늘 떠나지 않았음을 알 수 있다.

우리 조선족이 가장 많이 사는 지린성에 대해 쓰려고 한 것이 조금 빗나간 듯하지만, 지린성을 말하자면 백두폭포를 말하지 않을 수 없다. 백두폭포의 물줄기가 바로 지린성을 관통하는 쑹화강(松花江송화강) 상류이고 쑹화강은 백두산 천지가 그 발원지이기 때문이다. 쑹화강을 당시에는 혼돈강이라 불렀던 모양이다. 쑹화강 혹은 혼돈강은 한마디로 지린성 조선족 백성들의 생명수였다. 따라서 쑹화강 강변의 조선족들은 곧 백두산 천지의 물을 먹고 살았던 것이다.

조선족뿐만 아니다. 중국 동북삼성의 지린성과 헤이룽성 랴오닝성 중 지린성과 헤이룽을 휘돌아 들며 거기 몸 붙이고 사는 인총들의 젖줄이 돼온 게 쑹화강이다. 쑹화강을 만주어로는 숭가리강이라고 한다. 길이가 1,960km라 하니 장장 5천 리의 물길이다. 맨몸으로 물에 들어서면 살이 검게 변한다는 아무르강의 가장 큰 지류다. 쑹화강 물길은 북서쪽으로 흘러 지린성 북서단의 삼차하에서 눈강(嫩江)과 합류해 북동쪽으로 물길이 바뀌고 하얼빈(哈爾濱합이빈)을 거쳐 소싱안링(小興安嶺소흥안령) 동녘자락 이란(宜蘭의란)에서 무단강(牧丹江목단강)을 다시 합친다. 이어 몸을 불린 물길은 가목사(佳木斯)를 지나 헤이룽성 북동 끝머리에서 아무르강이 돼 러시아와 국경을 가르며 유명한 하바롭스크를 거쳐 동해 사할린 타타르해협으로 빠져나간다. 이 쑹화강 유역이 바로 고조선과 부여 고구려 발해로 이어지는 우리의 옛땅인 것이다. 지린성과 헤이룽성 랴오닝성은 이른바 동북삼성인 간도이다.

그런데 지린성(吉林城길림성)에 속한 옌지시는 조금 별나다. 강도 별나다. 옌지를 감싸고 흐르는 강은 부르하통하(河)이다. 버들이 많아 그렇게 부른다고 했다. 부르하통하는 쑹화강과 달리 물굽이를 동북으로 돌려 가곡 '일송정'에 나오는 해란강과 합류해 북강을 이루고 투먼시를 거쳐 두만강과 합수한다. 그러니까 부르하통하는 두만강의 상류이고 그 상류에 자리 잡은 도시가 바로 옌지시인 것이다. 삼면이 산이고 두만강 쪽으로만 열린 분지라서 강물이 두만강으로 내려온다. 동쪽에서 백두산으로 들어가는 관문 격인 도시

중 하나다. 농사를 지을만하고 중국 하면 떠오르는 황사가 없다. 옌지시의 정확한 행정구역은 중화인민공화국 지린성 연변자치주 옌지시이다. 연변조선자치주에는 조선족이 약 220만 명쯤 산다. 이 가운데 40만이 옌지시 시민이다. 한 · 중 수교 이후 조선족 가운데 20만은 한국에 다녀갔다. 한국이 옌지에 알려지게 된 것은 죽(竹)의 장막 시절이었다. 1986년 춘천에 중국항공 소속 중국 여객기가 비상착륙했다. 공습경보 사이렌이 울렸고 한차례 난리를 쳤다. 탑승객 가운데는 조선족도 몇 있었다. 조선족은 귀환해 한국의 엄청난 변화에 대한 놀라움을 친지들에게 이야기했다. 이야기는 소문에 소문을 달아 결국 조선족들이 거의 다 알게 됐다. 옌지 조선족들에게는 '한국'은 꿈이었다. 세상이 발칵 뒤집히는 일이었다. 1986년 이전에 알고 있던 '한국'은 넝마주이가 가득한 걸뱅이 나라였다. 그러나 아니었다. 한국은 부가 넘실거리는 상상 밖의 나라였던 것이다.

순박하기 이를 데 없는 조선족 젊은이 엄승호는 이런 말을 건네면서 내게 시 한 편을 달라고 졸랐다. 사귀는 여인은 문학도이고 특히 한국 시인의 시를 좋아한다 했다. 한국의 시인을 만났고 특히 자필로 쓴 시를 받았다면 얼마나 감동하겠느냐는 것이었다. 뜻밖이었다. 시집이라도 있었으면 서명해 그 미지의 여인에게 전해주라고 하면, 좀 좋을까 하는 생각이 났으나 지닌 시집이 없었다. 옌지의 청년 엄승호는 옌지에 주소를 두고 훈춘시 정화가 창전위 '훈춘 국제여행사'에 근무한다고 일러주었다.

백두산 순례길 마지막 밤은 옌지시 백산 호텔에서 보냈다. 2006년 8월 18일, 옌지에서는 가장 큰 현대식 호텔이었다. 바로 앞에 '연변자치주공산당당위원회'가 있었고, '중국농업은행' '동남약방' '숯불구이 옥림각'과 같은 간판이 눈에 띄고 '태진아노래방'이라는 것도 있었다. 그런데 모두 뚜렷한 한글 간판이었다. 한글로 쓰고 그 아래 한자를 병기한 것도 있었다. 이상해 물어보니 자치주민들이 합의해 의무적으로 엄격히 한글 간판을 단다는 것이었다. 그리고 자치주 조선족들은 한글을 즐겨 사용한다 했다. 또 춤과 노래 글을 모두 우리의 것을 그대로 쓰고, 자치주 한글 신문 '연변일보'도 발간하면서 조선말 TV방송국도 개설했다 한다. '연변가무단'은 내가 사는 속초에 와서 공연한 적도 있어 그저 조선족 공연단이구나 했는데 듣고 보니 단순한 가무단이 아님을 알 수 있었다.

선조들이 조선민족의 자긍심과 정체성을 잊지 않으려는 굳은 의지로 그렇게 해 내려오고 있는 것이었다.

중국 조선족 역사는 구한말 19세기 중엽으로 거슬러 올라간다. 뒤숭숭한 조국 조선을 등지고 만주나 시베리아로 떠돌던 유랑행렬은 해가 바뀔수록 늘어나 1910년을 넘어서면서 10만 9천 명, 1945년 216만으로 늘어난다. 초기 이주민들은 좀 잘살아보려고 압록강 두만강을 건넜고, 삼일운동 이후에는 일제 항거를 위해 국경을 넘어섰다. 강제 이주한 농민들도 있다.

조선족들은 악착같이 살았다. 황무지를 개간하고 논밭을 일구고 움막을 틀고 씨앗을 넣었다. 혹독한 한파 지역에 벼재배를 최초로 한 것은 조선족이었다. 중국인들은 그때까지 양쯔강 이남에서만 벼를 재배했고 그런 줄 알았다. 사상운동도 열심히 했다. 민족주의 성향이 강한 조선인들은 일제 앞잡이로 몰려 2천여 명이나 참혹한 죽임(민생단사건)을 당하기도 했다. 광복 후에는 백만 명 넘게 그리운 조국의 품에 안겼으나, 거두지 못한 곡식이 안쓰러워 밍그적거리다가, 1949년 10월 1일 모택동에 의한 중국의 공산화로 잔류 조선인들은 조선인이 아니라 중국인이 돼버리고 말았다.

연변조선자치주는 1952년 9월 3일 '자치구'로 첫발을 뗐다. 하지만 간도 조선족들이 독립을 위해 꿈틀거리자 이를 막고 중화사상을 불어넣으려고 '자치주'로 한 단계 격하시켜 버렸다. 간도도 경계를 늘려잡는다는 뜻의 '延邊(연변)'으로 개칭해 땅 자체를 중국 것으로 못 박아버렸다. 한반도가 두 동강으로 갈려 가족끼리 총부리를 겨누며 피를 뿌리는 사이 중국은 엉금엉금 기어 내려와 간도를 집어먹고 백두산을 반으로 잘라 삼켰다. 2005년 7월에는 조선족자치주에 맡겼던 백두산 관할권마저 빼앗아 갔고, 지난 3월 17일에는 옌지 · 룽징 · 투문 등 3개 시를 통합해 '중국공산당옌룽투(延龍圖연룡도)당위원회'를 창립했다. 조선족을 꼼짝할 수 없게 만들자는 속셈이 아닐 수 없다.

하지만 연변자치주에 속하는 '옌지시(延吉市연길시)' '룽징시(龍井市

용정시)' '허룽시(和龍市화룡시)' '투먼시(圖們市도문시)' 등은 총인구의 약 60%가 조선족이라 할 만치 번창했다. 자치주는 발해 이후 처음으로 조선 땅이라 해도 좋을성싶게 돼버렸다. 물론 국적이야 중국이지만 문화가 민족의 정신이요 혼이라 했을 때 혼이 살아있다면 민족 또한 죽지 않고 살아 있을 것이고 살아날 것이다.

옌지 거리는 활기찼다. 젊은이들이 어깨를 펴고 당당하게 걸었다. 이즈음 활기에 넘치는 중국 바람이 세차게 몰아치는 듯했다. 부르하통하 강둑 너머로는 방 두어 칸짜리 낮은 기와집들이 다닥다닥 붙어있었지만, 현대식 건물이 들어서고 신호등은 반듯했다. 방직공장 연초공장이 발달했고 맥주 '빙천' 또한 인기였다. 건널목 신호등이 파란불로 전환되면 한길 신호등이 빨간불로 전환되면서 초 단위를 거꾸로 알리는 알림판도 함께 작동했다. 빨간불로 정지한 차량들이 출발에 앞서 카운트다운을 받는 것 같았다. 꿈지럭거리는 게 아니라 초를 다투어가려는 듯했다. 전자시대의 위력이 중국 천지에 요동치는구나, 하는 생각이 들었다.

짐을 풀고 음식점에 들렀다. '북한약용 및 자수품판매소'에 들려오느라 백두산에서 오후 3시에 떠났지만 저녁 8시가 지났다. 음식점은 토속음식 전문집이었다. 나는 토속음식을 좀 금하는 처지여서 다른 걸로 청했다. 식단표를 보니 '은어구이 정식'이 있었다. 잘됐다 싶어 은어구이 정식을 시켰다. 은어구이는 기다려도 안 나왔다. 일행들은 토속음식에 팔려 숨소리조차 안 들렸다.

한 시간이나 지난 듯한 후에 '은어구이 정식'이 나왔다. 그런데 그건 은어가 아니었다. 쌍화강 은어도 해란강 은어도 아니었다. 은어가 아니라 비쩍 마른 도루묵 두 마리였다. 도루묵 두 마리를 쟁반에 담아 내온 것이었다. 도루묵은 12월 동해에서 난다. 차려온 종업원에게 이게 은어냐니까 그렇다고 했다. 꼭 은어냐니까 꼭 그렇다고 다시 그랬다. 마침 은어 철이라 잔뜩 그 수박 내음 솔솔 풍기는 은어를 기대했던 나는 그만 어안이 벙벙해졌다. 할 수 없었다. 아무 말 않고 맨밥을 우물거렸다. 일행들과 달리 함께 은어구이를 청했던 김인숙 씨는 은어가 아니라 구운 도루묵을 먹으면서 맛난다고 웃었다. 쌍화강 은어도루묵을!

천지에 담겨 피는 구름목화송이
몇 송이 따다 옷 한 벌 지으면 어떨까
그 옷 입고 삼천리를 걸어본다면

『정신과표현』, 2008년 5 · 6월호.

하늘을 우러러 한 점 부끄러움 없기를

시인 윤동주는 명부에 영원히 묻혀버릴 뻔한 시인이다. 시인 윤동주는 그의 영혼으로 빚은 시로 인해 그 명부에서 화려하게 부활했다. 이점이 무엇보다 시인 윤동주를 더욱 시인이게 한다. 또한 이런 점에서 시의 생명력에 대해 다시 한번 생각해보게 된다. 윤동주의 몸은 갔지만 그는 시의 현신으로 우리 곁에 살아나 속삭인다. 가장 패악한 시대에 나서 가장 엄혹히 살다가 이국땅 남의 손끝에서 명을 달리한 윤동주 시인. 시인 윤동주를 불운한 시인이라 할 수 있으나 시로서 환생했다고 보면 가장 행복한 시인이이라 할 수 있다.

이런 시인의 발자취를 더듬어보기 위해 2008년 8월 19일 나는 조양강 다리를 건너 용정으로 들어섰다.

옌벤룽징(龍井용정)은 중국 조선족의 정신적 무대였다. 룽징에는 유서 깊은 용정중학교가 있다. 용정중학교는 1946년 9월 16일 용정의 대성중학교, 은진학교, 광명학교, 명신학교, 동흥학교, 광명녀학교 등 6개 학교를 통합하여 '길림성립룡정중학교'로 첫 문을 열었다. 이 가운데 대성중학교는 중국 조선족의 민족정신의 기틀을 세운 학교다. 룡정중학교 교정 남쪽에 그 건물 일부가 남아있고, 지금은 중국용정조선족의 '력사전시관'으로 쓰고 있다. 전시관 바로 앞에 서시를 새겨 세운 '윤동주 시비'가 있다. 윤동주는 바로 룡정중학교 통합 전인 은진학교에 다녔다. 룽징시는 옌지시에서 두 시간 거리로 옌지시의 남서쪽에 자리해 있다. 28만 시민에 70퍼센트가 조선족이다.

전시실 담당 여성의 강한 함경도 억양의 설명이 끝나자 나는 이층 서녘 끝으로 자리를 옮겼다. 그곳은 시인 윤동주의 시집과 자료들이 진열된 별실이었다. 두어 평 될까 하는 공간에 직원 한 분이 있었고, 윤동주 자료들을 팔기도 했다. 『하늘과 바람과 별과 詩시』 『고향으로부터 윤동주를 찾아서』 등이 눈에 띄었다. 앞엣것은 시집이고 뒤엣것은 윤동주의 전기였다. 출판은 조악했고 종이는 갱지, 하지만 만지작거리니 시인 윤동주를 마주 대하듯 했다. 나는 시집 3권과 전기 한 권을 샀다. 시집은 한 권에 2천 원, 전기는 4천 원이었다. 전기를 펼쳤다. '박민 평윤 저'라고 표기했고, 박민(본명 박용일)은 1955년 12월 20일 출생한 중국 작가협회 연변분회 회원임을 밝혀 놓았다. 내용을 훑어가던 중 '윤동주의 탄생과 그의 가계'라는 데에 눈길이 머물렀다. 나는 읽어보기 시작했고 윤동주의 가계와 윤동주의 집안이 중국 용정으로 옮겨오게 된 내력을 살펴보았다. 용정은 시인이 자란 고향, 시인의 용정 시절을 떠올리는 순간 나는 소년 윤동주에 대한 연민의 정이 복받쳤다.

윤동주의 고향은 중국 길림성 룡정시 지신향 명동촌이다. 명동촌은 조선 회령으로부터 두만강을 건너 삼한진을 지나 오랑캐령을 넘어 룽징으로 가는 길목이다. '회령에서 북으로 40리, 지신진 소재지에서 7리이고 북쪽에 있는 룡정에서 남으로 30리'이다. 청나라 정부에서 연변에 대한 봉금(封禁)령이 해제되는 1881년을 전후해 조선의 주민들이 명동과 그 부근으로 들어가 크고 작은 마을을 형성했다. 1899년 2월 18일에는 142명이 두만강을 건너 자동촌을 거쳐 집단 이주해 중국 한족의 토지를 구매하고 정착했다. 전주 김씨 김약연 가문 31명, 김해 김씨 김하규 가문 63명, 문병규를 비롯한 문씨 가문 40명, 남종구의 남씨 가문 7명과 앞서 들어가 지주들과 토지 구매와 이사 등에 대한 의견을 나누던 김항덕을 포함한 적지 않은 솔가였다.

윤동주네 윤씨 가문은 이들이 들어가 자리 잡은 이듬해인 1900년에 명동에 땅을 구입하고 들어왔다. 윤동주의 증조부 윤재옥씨 내외와 아들 4형제의 부부가족과 친척 두 집을 합하여 모두 18명이었다. 살림은 괜찮은 편이었다.

윤씨 가문은 1886년 조선 종성에서 자동에 들어왔다가 명동으로 옮겼다. 1900년 '의화단' 사건으로 피난하던 명동 조선족과 접촉한 후의 일이었다. 윤씨네의 명동 이주는 윤동주 탄생의 한 계기가 되었다. 윤씨네가 명동으로 이주한 지 10년 되던 해에 윤씨 가문의 윤영석이 명동 처녀 김용(1891~1947)과 결혼하여 윤동주를 낳았기 때문이다. 김용은 김약연의 이복동생이었다. 김약연의 생모는 김약연만 낳았고 계모로 심 씨가 들어왔는데, 그 배에서 김학년의 이복여동생이자 윤동주의 어머니인 김용을 낳았던 것이다. 이복 오빠를 따라 이주할 당시 김용의 나이는 8살이었다. 김용은 조신했다. 윤동주의 조부 윤하연은 장로였다. 윤동주의 부친 윤영석은 1910년 김용과 결혼했지만, 딸 하나를 낳았다가 잃은 후 8년 만에 태기가 있어, 낳고 보니 준수한 남아였다. 1917년 12월 30일 이 남아가 윤씨댁의 장손이자 후일 시인 윤동주로 성장하게 된다. 처음 아기 이름을 '해환'이라 했다.

윤동주는 1931년 명동소학교를 졸업했고 동기 중에 고종사촌 송몽규가 있었다. 이들은 소학교 시절에 송몽규가 『어린이』, 윤동주는 『아이생활』 등의 어린이잡지를 서울에서 주문해 보았다. 1932년 이 사이좋은 고종사촌들은 나란히 용정의 은진중학교에 입학했고, 입학을 계기로 윤동주 가족은 용정으로 이사했다. 윤동주의 부친은 이때 36세. 인쇄소 포목집 등을 차렸으나 실패하고 20평 남짓한 용정집에서 윤동주, 윤일주, 윤광주 등 3형제와 조부모, 부모와 유학 온 송몽규 등 8식구가 옹색하게 살았다.

윤동주는 은진중학교에 다니면서 최초의 시 「삶과 죽음」 「초 한

대」「래일은 없다」등 세 작품을 썼다. 모두 1934년 12월 24일이라 명기돼 있다. 그런데 1935년 1월 1일은 특별한 날이었다. 그의 고종사촌 송몽규가 동아일보 신춘문예에 당선되었기 때문이었다. 이 일은 윤동주에게 큰 충격을 주었고 문학의 길로 가야겠다는 결심을 굳히게 했다.

은진중학교 3년을 수료하고 이해 가을 윤동주는 평양숭실중학교로 가고 싶어 편입시험을 치뤘으나 실패하고, 한 학년 아래인 3학년에 편입하고 괴로워했다. 이때 나이 18세,「공상」을 써 학우지『숭실활천』에 발표했다.『숭실활천』을 편집하기도 했다. 숭실중학교에서 단 두 학기를 다니고 자퇴, 다시 용정으로 돌아와 광명학원중학부 4학년에 편입했다.

1936년 4월 6일 연전 문학부에 들어가려 했지만 아버지는 의과를 원했다. 문학 하면 한껏 기자가 되고 기자는 굶어 죽는다는 게, 당시 떠도는 말이었고 아버지의 반대 이유였다. 의과냐, 문학이냐를 두고 부자간에 반년 동안이나 갈등을 했다. 윤동주는 "나는 죽어도 의과는 못 간다."고 했다. 그리고는 문과로 가겠다고 우겨 조부의 허락을 받아 문학 쪽으로 진로를 택하게 됐다. 소작을 하던 조부는 문과를 하기는 하되 고등고시에 붙으라고 명심하라고 일렀다. 연희전문 문과에 입학한 그는 떠나기에 앞서 '고등고시'하자면 법과에 가야지 하면서 그의 여동생 윤혜원에게 귓속말을 했다.

윤동주의 부친 윤영석은 젊었을 때 베이징 도쿄 등에서 영어, 문학을 배워 한때 명동소학교에서 교원으로 있기도 해 이를테면 개명한 어른이었다. 연전에 입학한 윤동주는 기숙사 생활을 2년 했고 4학년 때는 정병욱과 루상동 북아현동 등을 옮겨 다니며 하숙 생활을 했다. 1939년 북아현동에서 하숙할 때 시인 정지용을 찾아가 가르침을 받았다.

후일 윤동주가 옥사한 후 1948년 1월 시집 『하늘과 바람과 별과 시』 초간본이 나왔을 때 서문을 정지용이 썼다. 후배인 정병욱이 윤동주의 시 필사본을 고이 간직했다가 시집을 내게 된 것이었다. 필사본을 손수 제본한 게 3권(시 「서시」 등 17편)이었고, 1부는 스승 이양하 교수, 1부는 정병욱에게 주었다. 정병욱에 의하면 시집은 시 「별 헤는 밤」을 완성한 다음 졸업 기념으로 출판(77권 한정판)하려 했지만 「십자가」 「슬픈 족속」 「또 다른 고향」 등을 본 이양하 교수가 일본 관헌의 검열에 통과할 수 없을 걸 염려해 만류했다고 한다. 하지만 윤동주는 용정집으로 와 아버지와 의논했고 여의치 않자, 3백 원만 있으면 시집을 출판할 수 있을 텐데, 하고 안타까워했다고 그의 여동생 윤혜원이 증언했다. 정병욱은 윤동주보다 다섯 살 아래이고 윤동주의 2년 후배였다.

연전 시절은 윤동주에게 평생 가장 행복한 생활이었다. 고종사촌 송몽규와는 늘 함께 다녀 쌍둥이라 했다. 연전 시절 기독교적인 시 「이적」을 썼다. 이적은 신약 마태복음 14장 '예수와 베드로가 물 위를 걷던 이적'을 형상화했는데 이때부터 기독교적인 사유가 시에 들어왔다.

서시는 1941년 11월 20일에 완성했다. 윤동주는 그해 12월 27일 연전을 졸업했다. 윤동주는 1942년 도교의 입교대학으로 유학했다. 떠날 때 책상과 책, 시 원고를 연전 친구 강처중에게 맡겼고, 유품도 그가 관리했었다. 후일 경향신문 기자가 된 강처중은 윤동주 시를 세상에 알렸다.

윤동주는 일본에서 1942년 봄부터 1945년 2월 옥사할 때까지 3년을 살았다. 이때 쓴 시는 편지 형태로 강처중에게 보내졌고, 알려진 것은 「흰 그림자」 외 5편이었다. 강처중은 후일 윤동주의 아우 윤일주에게 이 시를 넘겨주었다. 입교대학 첫 학기 후 여름방학을 마치고 처음 귀향했는데 보름 정도 용정집에 머물렀다. 그게 윤동주의 마지막 고향 발걸음이었다. 하지만 누가 알았겠는가. 그들 고종사촌들 뒤를 일본 특고형사들이 비밀리에 샅샅이 조사하고 있었다는 것을. 윤동주는 1943년 7월 14일 경도 특고형사에게 체포되어 하압 경찰유치장에 넣어졌다. 송몽규는 나흘 앞선 7월 10일에 먼저 검거됐다. 윤동주는 '경도에 있는 조선인 학생 민족주의 그룹 사건'이란 죄목으로 체포된 것이었다. 송몽규, 윤동주, 고희옥 등 3인이었다.

윤동주의 삼촌 윤영춘이 시모가오 경찰서로 면회를 가보았더니 동주는 자작시를 일어로 번역하고 있었다. 뭉치가 상당히 컸다. 이 시를 고오로기라라는 형사가 취조하여 일건 서류를 만들어 후꾸오까 형무소로 보냈다. 1944년 4월 1일과 4월 17일 각각 형이 확정된 송몽규와 윤동주는 후쿠오카 형무소로 넘어갔고, 독방에 갇혀 투망뜨기, 봉투 붙이기, 목장갑 코꿰기 등을 했다. 송몽규에 의하면 맞기 싫은 주사도 맞았다. 얼굴은 형체를 잘 알아볼 수 없을 정도로 초췌했다. 윤동주는 1945년 2월 16일까지, 송몽규는 1945년 3월 7일 죽을 때까지 그랬다.

윤혜원에 의하면 부친과 당숙이 '2월 16일 동주 사망, 시체 가지러오라'는 전보를 받고 유해와 유품을 갖고 온 것을 보고 어머니가 놀랐다. 겨울 내복 왼쪽 소매와 왼쪽 가슴 쪽이 유난히 닳아 헝겊의 올이 풀어지고 잔구멍이 났다며, 무슨 일을 시켰기에 이렇듯 이 속옷이 해어졌단 말인가 하며 탄식했다고 회상한다. 윤동주는 1945년 2월 16일 오전 3시 36분에 숨을 거두었다. 나이 만 27세 2개월 남짓, '아' 외마디소리를 질렀다 했다. 체포 후 19개월 2일 만이었다. 그의 유해는 화장해 일부를 대한해협에 뿌리고 일부는 유골함에 담아왔다. 무덤은 룽징의 동산 중앙교회 묘지에 있다. 비문은 한자로 되어있다.

'그러나 어찌 뜻하였으랴, 배움의 바다에 파도 일어 몸의 자유를 잃으면서 배움에 힘쓰던 생활 변하여 조롱에 갇힌 새의 처지가 되었고 거기서 병까지 더하여 1945년 2월 16일 운명하니 그때 나이 스물아홉, 그 재질 가히 당세에 쓰일만하여 시로써 장차 사회에 울려 퍼질듯했는데 춘풍무정하여 꽃이 피고도 열매를 맺지 못하나니 아아,' 1945년 6월 14일 해사 김석관 짓고 쓰다.

윤동주에게도 마음으로 그리던 유학생 숙녀 박춘혜가 있었지만, 여름방학을 마치고 돌아가 보니 어느 법과 전공생과 약혼해 있었다.

시인 윤동주가 고향 용정에 알려진 것은 1980년대 중반이었다. 1985년 4월 12일 와세다대학 언어연구소 교수 오오무라마오스(大村益夫대촌익부)가 연변에 찾아왔다. 제주도 출신 부인 아끼꼬(秋子추자)를 동반하고서였다. 윤동주의 시집『하늘과 바람과 별과 시』를 읽고 감동을 억누를 수 없어, 마침 일본에 체재하던 윤동주의 아우 윤일주 씨를 어렵게 청해 만났고, 용정의 묘소 약도를 받았다. 윤동주의 고향을 찾아가 보고 싶어서였다. 연길에서 사람을 풀어 찾았으나 헛수고였다.

오오무라마오스 교수는 연변대학 민족연구소소장 권철부 교수 전시관의 한생철 선생 등과 용정에서 다시 찾기로 하고, 꼬불꼬불한 길을 이리저리 올라 마침내 묘지를 찾아냈다. '詩人 尹東柱之墓(시인 윤동주지묘)' 윤동주의 묘가 분명했다. 1985년 5월 14일이었다.

새싹은 아직 돋지 않았고 마른 잎이 뒤덮고 있었다. 5월 19일 묘소에 다시 가 제사했다. 그 후 윤동주의 학적부와 생가 등이 발견됐고 윤동주는 용정에서 다시 태어났다. 윤동주의 육체가 아니라 윤동주의 영혼이 물방울처럼 맺힌 그의 시의 현신으로서였다. 윤동주의 부활은 정병욱, 강처중, 윤일주와 시가 담긴 대학노트 3권을 목숨처럼 지니고 사지를 넘어왔었다는 여동생 윤혜영, 정지용 등 생전에 그와 연을 맺었던 분들의 정성에 의해서였다. 그뿐만 아니라 시인 윤동주의 시를 아끼고 좋아하는 이 땅의 이름 모를 그 지순한 분들이 그를 살려낸 것이었다. 그런데 일본인에 의해 윤동주 묘소가 세상에 알려졌다니, 이건 또 뭔지 모를 일이다.

간도 땅에서 내가 시인 윤동주를 특별히 찾은 것은 전적으로 '하늘을 우러러 한 점 부끄러움 없기를' 하는 시구절에 이끌려서였다. 30대 중반에 처음 서시를 접하고 이 구절을 대하는 동안 한편 당황하고 다른 한편으로는 반가웠었다. 그 오래전 내 10대가 끝날 무렵 맹자를 처음 읽고 맹자의 저 「군자삼락」을 마음 깊이 새겼었기 때문이었다. 시인 윤동주가 다른 시와 마찬가지로 20대에 이 시를 썼을 텐데 어떻게 그렇게 빼어난 시구를 뽑아낼 수 있었을까 하는 것이 그때의 내 의구심이었다. 그런데 그게 풀렸다.

죽는 날까지 하늘을 우러러
한 점 부끄럼이 없기를

— 윤동주, 「서시」 처음

仰不愧於天 俯不怍於人 앙불괴어천 부부작어인
우러러 하늘에 부끄러움 없고
굽어 사람에게 부끄러움 없고

—『孟子』'盡心章句上 · 君子有三樂…'
(『맹자』'진심장구상 · 군자유삼락…')

윤동주의 연희전문 2, 3학년 한문 성적이 각각 90점으로 나타난 성적표를 보았을 때, 뭔가가 휙 지나갔다. 윤동주가 젊었을 때 한서를 익혔음 직한 집안 분위기가 떠올랐기 때문이었다. 더구나 〈김약연은 유학자로 맹자, 김하규는 주역에 정통하였고, 학문이 높았던 남도천은 김약연의 스승이었다. 김약연은 규암제 서당을 장재촌에서 열었고, 김하규는 소암제를 대사촌에서, 남도천은 한함서재를 중영촌에서 각각 열고 주경야독했다. 이들이 중심이 돼 '새조선인마을'을 이루었다.〉라는 대목을 발견한 것이었다. 여기 김약연 선생은 바로 윤동주의 외삼촌이었다. 윤동주가 맹자에 통했을 것임을 이로 미루어 알 수 있었고, 나에게는 작은 기쁨이 일었다.

서시는 이 첫 구절로 해 더 깊은 맛이 나고, 무엇보다 지저분한 생의 어둡고 칙칙한 길을 숭엄하고 깨끗하게 닦아가야 할, 산메아리 같은 것으로 울려 심금을 친다.

현재 윤동주에 관한 연구는 박사학위 논문을 포함해 300편이 넘는다. 이건청의 『윤동주 평전』 송우혜의 『윤동주 평전』은 윤동주 문학 이해의 길잡이가 될만하다. 지난 2007년 4월 7일에는 이 땅 최초의 우주인 이소연이 우주공간으로 올라가면서 윤동주의 시 「별 헤는 밤」을 품고 가기도 했다. 하지만 연변에서는 아직도 시인 윤동주를 모르는 이들이 많다. 윤동주 문학상이 연변문단에서 만들어지고, 윤동주 문학박물관이 그 생가터에 서고 윤동주 시가 무엇보다 연변 조선족들에게 많이 읽혔으면 한다.

윤동주의 별은 바로 윤동주의 고향 하늘, 그 맑은 별이고 윤동주의 바람은 윤동주의 고향 그 맑은 바람이며, '패' '경' '옥' 하는 이국 소녀들은 그가 살던 북간도 용정의 이웃 소녀들이기 때문이다.

『수상록』, 2009년 9월 19일 미발표작.

2부

산악 수필

'산악 수필'의 글들은 이 땅에 태어나 사는 한 사람으로 산에 대한 애정과 경외심으로 쓴 수필 형태의 글이다. 진경산수 수필일 수도 있을 것 같다.

실은, '시' '산' '사람'은 내가 추구하는 시 정신의 정점이랄까, 하는 것으로 늘 마음에 두고 있다. 발길 닿는 대로 산과 물을 찾아 떠도는 '떠돌이 산나그네'의 심경을 밝혀본다고 할까.

2009. 6. 21 일요일에

음력 열사흘 달과 대청봉

— 일만 이천 폭포 설악산

잠을 설치다 마음을 가다듬었다. 중청에서 새벽 세 시 반이었다. 나는 조심조심 배낭을 꾸려 밖으로 나왔다. 산하대지는 고요했다. 두 손에 잡힌 산지팡이 소리가 정적을 깼다. 홀가분했고 발걸음이 가벼웠다. 노란 탱자 같은 별들이 더러 손에 잡힐 듯했다. 초저녁 빗낱 흩뿌리던 세상과는 사뭇 딴판이었다. 나는 대청봉 일출을 보러 가는 길이었다.

일행은 김영기, 최종대, 방순미 그리고 나 등 넷이었다. 우리들은 백두대간을 종주하는 중이었다. 지리산에서 이 땅의 백두대간 등마루 1백4십여 산과 봉우리를 타고 와 간밤을 설악에 안겨 보냈었다. 출발한 지 3십 9일째, 종착지인 금강산 마산봉까지는 단 하루가 남았다. 그 멀고 먼 두타행로의 끝을 단 하루 앞뒀고, 나는 새벽 능선을 오르는 것이었다.

오름길은 삿갓처럼 가팔라 얼마 가지 않아 헐떡댔다. 일 년에 삼십여만 명이나 올라 오늘날 대청봉은 성지처럼 돼 버렸지만, 올라보면 설악은 그새 또 새 얼굴이다. 날마다 거의 극한상황으로 내몰아 그랬는지 몸은 말할 수 없이 명민했고, 영혼에 귀가 달린 듯 온갖 물상들의 움직임이 들려왔다. 한 시간쯤 오르자 산정이었다.

아무도 없었다. 산상의 암괴만이 돌올하게 섰을 뿐 장쾌한 대자연이 품 안 가득 들어왔다. 칠월 장마 끝이라 계곡에는 구름이 몰려들어 출렁거렸다. 동해 수평선이 허공으로 불쑥 떠올랐고 그 위에 검붉은 동산 하나가 막 피어났다. 아무도 없는 고요의 정수리, 나와 설악은 잠시 그러했다.

시간이 흘러 수평선에 틈이 생기는가 싶었으나, 다만 빛살 한줄기만이 허공을 때릴 뿐 도무지 더 이상의 기미가 없었다. 일행들이 하나둘 올라왔다. 그리고는 모두 동해 쪽을 향해 자리를 잡았다. 엄숙하고도 장엄한 그 순간에 말은 필요하지 않았다. 우리는 이미 산인이 돼버렸고 그저 공손했던 것이다.

설악산은 해발 1천7백8미터, 대청봉이 상봉이다. 북서쪽에는 귀때기청봉과 대승령을 잇는 서북주능이 밧줄처럼 늘어져 있고, 동으로는 화채봉과 칠성봉의 화채능선이 다락처럼 걸려있다. 남으로는 산꼬리를 한계령에 내려놓았다가 불끈 솟구쳐 점봉산에 닿고, 공룡능선과 황철봉을 지나면 금강산 신선봉과 만나 백두대간 북녘 길이 된다. 그 사이 용아장성을 좌로, 천화대를 우로 흡사 거대한 봉황이 막 날듯하다. 봉정암 적멸보궁은 용아장성 그러니까, 봉황의 왼쪽 날갯죽지에 좌정한 채 무량겁이 찰나임을 알게 한다.

그렇다고 설악산이 봉우리나 능선만 있는 건 아니다. 골짜기가 있고 폭포가 있다. 십이선녀탕계곡, 가야, 백담, 천불동계곡 등과 반달곰이 총격을 받아 숨을 거둔 문바위골은 대표적인 골짜기이다. 폭포로는 낙차 3백4십 미터의 토왕성폭포를 비롯해 대승, 독주, 쌍룡폭포 등이 있어 밤낮없이 물을 쏟아낸다. 설악은 가히 폭포산이라 할 만치 폭포가 많다. 설악을 7천8봉, 3천계곡, 1만2천폭포라 이르는 이들이 더러 있으나, 과장이 아닌 것 같은 느낌은 이 때문이다. 폭포수는 몇 차례 솟구라치고 펑퍼져 대해를 향해 내달린다.

분수령이기도 한 백두대간을 가운데 두고 동쪽으로 들어선 물은 설악천과 물치천, 남대천을 만들며 동해로 내려선다. 서쪽으로 방향이 잡힌 물은 소양강, 북한강 수계를 따라 양평 양수리에서 남한강과 합류해 팔당호가 된다. 설악에서 발원한 물은 결국 동서로 갈리어 동쪽 물은 설악권 사람들의 생명수고 서쪽의 물은 팔당호에 이르러 서울의 젖줄이 되는 셈이다.

신증동국여지승람 양양도호부 편에 보면 '설악산은 8월에 눈이 내리기 시작하여 여름에 녹는 까닭으로 설악산이라 이름 지었다.' 라고 했다. 생각해 보면 이런 눈산 설악산을 나는 백번 넘게 올라다녔었다. 하지만 지금도 엉뚱한 골짜기에서 전혀 엉뚱한 정경과 맞닥뜨릴 때가 있어 놀란다. 그래서 내게 설악은 만학천봉으로 뒤덮인 저쪽 산경 한 권인 것이다.

동해가 더욱 붉어졌다. 불타오른다고 할 만치 강렬한 빛을 쏘아댔다. 이윽고 해가 솟았다. 형용할 수 없는 색조를 터뜨리며 조금씩 그러나 빠르게 솟아 나왔다. 그 생명의 거대한 몸짓 앞에서 나는 그만 오, 우주의 어머니시여! 라고, 신음하며 무릎을 꿇고야 말았다. 하지만 우주의 어머니이신 그분은 그것으로 그 순간을 끝내려 하지 않았다. 문득 반대 방향으로 돌아섰을 때 또 하나의 장관이 펼쳐져 있었다. 바로 음력 열사흘 달이 자아내는 장엄미였다. 보름달이었으면 정작 지고 말았을 테지만 열사흘 달이라, 해 뜰 무렵에야 더욱 밝은 빛을 뿌려대던 것이었다. 달은 겹겹 산봉우리들이 받들어 올린 구름평원에 올라앉아 마구 몸부림을 쳤다. 마치 뽀얀 잿가루 속에서 방금 꺼내 놓은 맑디맑은 불씨 한 덩어리 같았다.

설악산이 꽃가지 하나를 들어 잠깐 보여주었다 할까? 가끔 어깃장을 놓고는 하던 내 마음 도둑은 그 새벽 이후로 곧잘 조촐해지기도 했다.

「국토의 숨결을 찾아서」, 계간『님』, 2007년 여름호.

천지 조응

— 민족의 영산 백두산

랜턴을 켜 목에 걸었다. 진한 먹물 같은 백두산 숲속 길이었다. 용문봉 안부에 이르러 숲을 벗어났고 동이 터 랜턴을 껐다. 햇살 몇 낱이 검은 껍질을 벌리고 연분홍 조갯살을 내밀듯 얼굴을 밀어냈다. 하지만 이내 두꺼운 구름 떼들이 일어나 동녘을 덮어버렸다. 백두산 일출은 그렇게 끝났다.

젊은 시절 산행을 시작하면서 백두산은 꼭 우리의 땅을 밟고 오르리라고 다짐했었다. 하지만 그놈의 철책은 입을 다문 채 감질나게 빠끔거릴 뿐 확 열어젖힐 줄 모르고 있다. 나는 백두대간 종주가 끝나던 날 금강산 마산봉에서 '금강산 마산봉과 우주의 뿔'이라는 시를 쓰고 이렇게 덧붙였었다.

마산봉에 이르러 힘이 거덜났다. 더 갈 수 없다. 백두대간 허리가 잘렸다. 남북의 허리도 잘렸다. 이 땅의 백두대간은 남북을 오르내리며 용틀임 치고 있지만 사람은 사람의 발걸음을 허용하지 않는다. 경이로운 이 국토에 흉물스러운 저 철벽은 무엇인가. 장난감

인가. 묶인 저 산들을 어서 풀어주어라. 산을 산이게 하라. 금강산 마대산 황초령 두리산 백두산…. 북녘 백두대간 산봉우리들이 나를 향해 손짓한다.

하지만 마냥 기다릴 수만은 없었다. 세월은 나를 붙들어 주지 않았고, 나는 많이 쇠했다. 더 지체할 일이 아니었다. 하는 수 없이 낯선 러시아와 중국땅 백두산 북파 산문을 거쳐 백두산 서남쪽 능선인 서파를 올라야 했다.

서파 한가운데 좌정한 백운봉(2,691m)은 중국 측 최고봉이다. 남녘 장군봉(2,750m)과 마주 보고 있다. 그 사이에 천지(2,189m)가 두 산봉우리의 뿌리를 끌어안고 있다. 지금 나는 백운봉에 앉아 그 천지와 조응한다. 반가부좌를 틀었고 조선족 안내인은 내려갔지만 두 시간째 미동을 하지 않고 있다. 미동을 할 수 없다. 천지를 굽어보는 나와 나를 담은 천지, 몸에서는 서릿한 기운이 몰아친다. 백두산이 어떤 산인가.

백두산은 백두대간의 용두다. 이 땅의 모든 산들은 백두산의 웅기를 받는다. 그래서 백두대간을 1대간, 1정간, 13정맥으로 갈라놓고 으뜸 산을 백두산으로 짚었다. 북한 양강도 북쪽과 중국 지린성 안투현(安圖縣안도현) 얼다오바이호진(二道白河鎮이도백하진)과 국경을 맞댄 백두산은 북동에서 남서로 창바이산맥(장백산맥)과 북서와 남동방향의 마천령산맥의 교차점에 놓여있다. 백두대간 등뼈가 마천령을 거쳐 남쪽으로 굽이쳐 내려간 것이 이른바 백두대간이고 두리산을 정점으로 해 북동쪽으로 거침없이 달려가 두만강 하구 '서수라' 앞 동해에 발을 담근 것이 장백정간이다. 누구든 작은 앞동산에라도 올라 가슴을 대어보라. 백두산과 천지의 숨결 소리가 들릴 것이다.

백두산은 천지를 중심으로 외륜산 격인 2천5백 미터 이상 봉우리 열여섯 좌가 둘러서 있다. 그것은 마치 썩 잘생긴 청련 한 송이가 열여섯 장의 이파리를 반쯤 펼쳐 든 듯하다. 다만 연꽃은 정적인데 반하여 청련 백두망울은 천변만화하며 기골차다. 높은 산이 대개 그렇듯 백두산은 순간순간 움직임의 장력이 치열하다. 물과 산이 머금었다 뱉어내는 기세는 실로 연화장장엄계 바로 그것이었다. 흔히 도참에서 말하는 봉소형(鳳巢形)이나 금체형(金體形)인가 하면 그렇지도 않고, 266형국에도 벗어나 오묘 비밀스럽기 그지없다. 어쩌면 한반도의 신운이 여기 서렸다가 그 힘을 주체할 길 없어 몸부림을 치는 것 같다.

동북아에 출몰했던 크고 작은 부족과 국가들이 두루 백두산을 근거지로 삼았고 우러렀는데, 충분히 그럴만했다. 고조선 · 부여 · 고구려 · 발해 등 우리 민족은 말할 것도 없거니와 숙신 · 읍루 · 말갈 · 여진 · 만주족 또한 그들대로의 민족 성산으로 백두산을 숭상했었다. 하지만 유독 우리 민족은 남다르게 이 백두산을 선망했다.

조선왕조실록 정조실록 46권, 21년(1797년) 윤6월 1일 자에 보면 '선조(先朝)' 44년(1768년)에는 백두산을 나라의 진산(鎭山)으로 하고 봄 · 가을에 향을 내려주고 악독(嶽瀆)에 넣어 제를 올렸다는 기록이 있다. 또한 고종실록 43권(1903년 3월 19일) 별단에는 우리나라에도 오악을 봉했으며, 이른바 중악 · 삼각산, 동악 · 금강산, 남악 · 지리산, 서악 · 묘향산, 북악 · 백두산 등이 바로 그 오악이라 했다. 이로 미루어 보아 백두산은 2백 년이 넘게 제사를 받아 드셨던 큰 어른 산으로 이 땅의 산하를 지켜왔던 것이다.

이런저런 상념을 따라가던 순간 알몸을 드러냈던 천지가 묻히고 뭉게구름이 한바탕 소란을 떤다. 거대한 괴물이 달문을 열고 넘어와 첨벙첨벙 물탕을 튕기는가 싶더니, 천지를 온통 구름바다로 만들어 버린다. 그리고 구름들은 다시 멀리 떨어진 이쪽 백운봉 언저리를 채우고 곧장 오른 켠 백두대협곡으로 빨려들 듯 넘어 달린다. 더는 안 보여준다며 그만 떠나라는 듯이.

구름 틈을 조심스럽게 열고 내려왔을 때는 안내인이 조바심을 내며 일행들과 기다리고 있었다. 오던 길로 도로 가려는가 물었으나 녹명봉에서 좌측 행이란다. 하지만 그 좌측 행은 안내인조차 전혀 엉뚱한 데서 허둥댈 만치 길도 없는 길이었다. 바로 준빙하지대인 툰드라 지역을 가로질러 내려오는 것이었다. 수목한계선을 벗어났으므로 나무가 있을 턱 없고 몇천 년을 그렇게 살아왔고 또 살아갈 이끼들이 밀생하며 촘촘히 엉겨 붙어 발밑을 타고 오르는 감촉이 명주실 타래보다 부드러웠다. 실로 발걸음을 떼어놓기가 송구스러웠다. 3시간쯤 그렇게 내려왔을 때 나는 눈을 의심했다. 말로만 듣던 야생화들이 낙원을 이루고 있었다. 8월 중순이나 산상은 이미 산용담이나 구름국화와 날개하늘나리가 돌 부스러기 사이에 더러 몸을 오그리고 있었고, 산기슭은 야생화 낙원이었다. 설악에는 가을에야 나타나는 투구꽃이 기슭을 채웠다. 큰오이풀 열매가 지천이었다. 유명한 들쭉은 마치 감탕 열매 같은 까만 결실들을 좀참꽃 이파리처럼 작은 잎새 뒤에 숨기고 곧 다가올 고원 혹한기를 준비하느라 분주했다. 만투산 가까이 내려왔을 때는 백두산 처녀들 몇이 앞치마를 말아 올려 주머니를 만들고 한가롭게 들쭉 열매를 따 모으는 중이었다.

백두산 8월은 오슬거렸다. 2006년 8월 15일부터 20일까지 그 짜릿했던 백두산 백운봉길을 생각해 보면, 온종일 인기척이 없었던 절벽 같은 길이기도 했다.

백두산의 주인은 누구인가. 천지에 금을 그어놓았다고는 하나 맑고 깨끗한 잔물결만 남실댔다. 산주는 없다. 산의 주인은 산일뿐이다. 나는 바랬다. 이 산이 어떤 유혹에도 넘어가지 않고 온전히 천연 그대로이기를.

「국토의 숨결을 찾아서」, 계간『님』, 2007년 가을 제3호.

용이 움켜잡고 호랑이가 후려치듯

— 백두대간의 허리 점봉산

겨울은 사람을 움츠러들게 한다. 사람뿐 아니다. 나무나 산야초들은 최소한의 몸짓으로 죽은 듯 살아 있고, 산에 거처를 둔 오소리나 파충류들은 깊은 동면에 든다. 눈밭 나뭇가지 사이에서 어정거리는 멧새들은 사람을 만나도 겁낼 줄 모르고 포르릉하며 손끝에 내려앉는다. 무얼 좀 얻어먹을까 해서다. 먹을 것 앞에서는 생명을 던지는 것이다.

점봉산(1,424m)은 육산이다. 육산은 겨울에야 제대로 산맛을 낸다. 숲이 울창해 가려졌던 시계가 겨울이면 마치 횃불을 치켜든 듯 환해진다. 경관이 넓어지는 것이다. 그렇다고 점봉산이 육산으로만 이루어진 것은 아니다. 주변에는 바위빌딩 망대암산이 있고, 북동쪽으로는 여심폭포를 낀 등선대가 있다. 등선대는 바위나라 바위동산이다. 한계령에서 동남쪽으로 바라보면 한 떼의 바위군들이 천공에서 진을 치는데 여기가 바로 등선대다. 그뿐만 아니다. 주전골에 우뚝 버텨선 바위들은 기세가 당당해 겁날 지경이다. 그러므로 점봉산은 날카로운 암봉과 육산이 뒤섞인 빼어난 육산의 형국이다. 이 바위 기운과 계곡의 음기가 서려 솟아 나온 게 오색약수다. 오색약수길 왼쪽의 큰고래골과 작은고래골을 비롯해 점봉산 정상을 향하는 수많은 능선과 계곡과 계곡마다 걸려있는 폭포는 이 땅의 산천이 실로 무진겁을 오르내리며 이루어진 신비의 소생임을 알게 한다.

다산 정약용 선생의 '산수심원기(汕水尋源記)'는 한강 수원지가 궁금해 찾아 나섰다가 쓴 글로 다음과 같은 명문을 남겼다.

또 그 남쪽 봉우리 절벽은 높이가 1천 길이나 깎아지르고 솟구쳐 그 기괴한 형상을 형언할 길 없는지라, 나는 새도 능히 오를 수 없으며 행인들은 곧 암괴가 떨어져 짓눌릴까봐 두려워한다. 그 밑에는 찌를 듯한 암석이 못을 만들었는데 반석은 앉을 만하다. 또 동향 몇 리는 동구가 몹시 협착하고 비좁아 실오리 같은 길이 벼랑을 끼고 돌아가고, 바윗덩어리 구멍이 입을 딱 벌린 듯 함하(啥呀)하고 산봉우리들이 뾰족뾰족 삐쳐 나와 마치 용이 움켜잡고 호랑이가 후려치듯 누누이 층대를 이룬 것이 헤아릴 수 없다. 그 수맥은 모두 곡담(曲潭)과 한계(寒溪)가 근원이다.

이는 한계산기(寒溪山記, 한계산: 지금의 내설악, 1860년대에 제작한 대동여지도에는 설악산을 동서로 갈라놓고 동은 설악산, 서쪽은 한계산이라 표시해 놓았다. 점봉산은 이름이 없고 오대산이 표기돼 있다.)를 인용했다 하고, 신증동국여지승람 인제현 편에도 같은 내용이 있다. 여기 '그 남쪽 봉우리'는 바로 점봉산의 산줄기가 서쪽으로 굽이쳐 내린 모습이다. 그리고 '마치 용이 움켜잡고 호랑이가 후려치듯' 이라 한 곳은 한계령길로 점봉산과 설악산의 경계다. 이 한계령길은 영서와 영동을 잇는 중요 역마길로 지금도 큰물 날 때면 도로가 파여 나가 흔적 없이 사라지곤 한다.

점봉산은 내가 설악산 다음으로 많이 찾는 산이다. 암봉에게도 제법 맛을 들이게 된 게 이 점봉산 때문이었다. 남동 단목령은 진동리로 이어지지만, 북암령과 백판늪 그리고 서녘 작은점봉산(1293.5m) 아래 곰배령은 5, 6월이면 진기한 야생화들이 천상의 화원을 일구고 갖가지 곤충들을 불러들인다. 꽃철이면 한반도를 종단한다는 제주왕나비의 화려한 비상도 이곳에서 볼 수 있다. 겨울 점봉산은 이들을 모두 눈 속으로 거둔다. 올라보면 주변 산능선과 겹겹 눈산 능선들이 마치 운판을 칠 때처럼 파문을 일으켜 미묘하기 이를 데 없다. 2002년 1월 18일은 영동에 많은 눈이 내렸고 다음 날은 활짝 개었었다. 산이 부르는 것이었다. 일행은 셋,

나는 겨울산행 준비를 하고 한계령 8부 능선 필례로 가는 길 중턱에 섰다. 점봉산 능선을 타기 위해서였다. 눈은 깨끗했고 천의무답, 기척이 없다. 첫걸음을 내어 디뎠다. 부드러운 산눈 감촉이 발목을 감아 들었다. 산지팡이가 깊이 빠져들었다. 나무에는 눈송이

가 얹힌 채로였다. 나무를 흔들면 그대로 눈 벼락이다. 눈은 무릎 아래지만 얼마 가지 않아 숨을 헐떡댔다. 오르막이고 무엇보다 눈이 앞을 가로막았기 때문이었다. 힘 좋은 산객 김영기 형은 그 눈산을 잘도 헤쳐 갔다. 내가 앞장서기도 했지만 나는 줄곧 앞 발자국을 따라가는 꼴이 돼버렸다. 앞 발자국을 따라가면 숫눈길도 드는 힘이 반감한다. 고도를 높이자 바람이 일었다. 앙상한 나뭇가지를 들이치는 겨울바람 소리는 쇳소리를 냈다. 낭만이 끼어들 여지가 없다. 바람을 따라 눈보라가 일어났다. 나무에 붙어있던 눈이 흩날려 쏟아졌다. 가까스로 능선에 올라섰을 때는 바람이 더했다. 북서풍이었다. 매몰찼다. 아직 안착하지 못한 눈이 휘몰려 들며 사람을 덮쳤다. 산자락의 눈까지 쓸어 능선에다 퍼부었다. 눈이 허리까지 차오르는 곳도 있었다. 설맹 방지용 색안경을 걸쳤지만 앞을 분간할 수 없었다. 발을 떼어놓았으나 중심이 잡히지 않았다. 나는 엎드렸다. 그보다는 무릎을 꿇었다. 처참하게 바람 앞에 굴복당하면서 순간적으로 어둠의 세계가 닥치는 걸 느꼈다. 설상가상으로 일행들이 뿔뿔이 흩어졌다. 위급한 때일수록 한곳으로 모여야 하지만 바람 때문에 그걸 잊었다. 다행히 한 분은 찾았지만, 한 분 산객은 행방이 묘연했다. 목 놓아 불렀으나 목소리를 바람이 다 앗아갔다. 그는 여성이었다. 하지만 이상스러운 건 두렵지 않다는 것이었다. 아래를 흘끔 보니 반대편 산기슭에서 뭔가 움직이고 있었다. 점봉산 눈산행은 거기서 끝났다.

산꾼들은 겨울이 오면 들뜬다. 겨울산은 산을 좋아하는 이들을 방안에 가만히 잡아 두지 않는다. 북녘 한랭기류가 남행열차를 탄 듯 빠르게 내려오면 얇은 산복들은 장롱으로 들어가고, 두툼한 겨울산복을 꺼내 보는 것이다. 바람막이 겉옷과 고소내의, 덧장갑, 기능성양말, 발목덮개나 신발에 신는 사슬꺽쇠를 꺼내 놓고, 헤드랜턴도 챙겨둔다. 그러고는 산봉우리에 백설이 놓이기 시작하고, 그게 서너 번 계속되다가 어느 날 문득 천지가 하얗게 되면 이것들을 주섬주섬 챙겨 배낭 하나 달랑 메고 산을 찾아 나선다. 겨울산은 충격적이다. 거칠고도 부드럽다. 자재하나 냉엄하게 한다. 백색의 강렬한 파문은 겨울산에서만 느낄 수 있는 별미다.

나는 겨울산도 자주 찾는다. 깨끗한 적요 때문이다. 가을 붉은 아우성이 멎으면 산은 을씨년스러우리만치 고적하다. 골짜기에는 활엽잔해들이 쌓이고, 여울은 까칠해진다. 다감하던 물소리가 청아한 목청으로 바뀐다. 계곡은 얼어붙고 바위에는 산물이 덮쳐 울퉁불퉁 빙괴가 달라붙는다. 드문드문 발자국들이 난 걸 보면 네 발 달린 산주들의 모습이 떠오르고 큰 발자국 옆의 작은 발자국들 임자의 앙증스러운 눈망울이 어른댄다. 급하게 뜀박질한 산양의 흔적도 있다. 세상은 인위적인 조합으로 늘 복작거리지만, 자연의 느슨한 상징들은 뜻밖의 놀라움을 안겨 두근거리게 한다.

겨울산은 큰바람과 함께했을 때 더욱 깊은 맛을 낸다.

「국토의 숨결을 찾아서」, 계간『님』, 2008년 제4호 신년호.

상사암에서 제석대까지

— 한려 남해 금산

진주에서 '남해' 행선지 표찰이 눈에 띄기 전까지는 남해 금산은 염두에 두지 않았다. '남해'가 눈에 닿는 순간 금산이 떠올랐고, 무작정 버스에 올랐다. 성철 대덕의 생가터인 산청 단성에 '劫外寺(겁외사)'라는 절을 준공하던 날이었다. 대덕이 열반한 지 칠 년을 넘어선 다음이었다. 새로 탄생한 도량에서 나는 손을 모으고 때마침 흩뿌리는 남도의 함박눈을 법화의 꽃잎인 양 받아 들었었다.

대덕의 일생은 누더기 가사 한 벌, 실밥 드문한 깜장 고무신 한 켤레, 기운 양말, 닳아 너덜거리는 불경, 법어집, 김수환 추기경으로부터 받은 엽서 한 잎으로 압축돼 있었다. 2001년 3월 30일,

남해대교를 거쳐 복곡에서 금산으로 오르기 시작했다. 함박눈은 진눈깨비로 바뀌어 있었다. 어스름이 내리기 시작했다. 차편이 있다고 했으나 끊겼고 처음 가는 산길이라 뒤숭숭했지만, 산에 가서 어떻게 밤을 보낼까 하는 특별한 예정은 없었다. 다만 산 동편 기슭에 관음도량 '보리암'이 깃들었으니, 끼니는 굶지 않겠지 하는

정도의 기대는 있었다. 아스팔트길이었으나 질퍽거렸고 제법 가팔랐다. 애초부터 산행을 계획하지 않아 차림새는 변변치 않았다. 하지만 남해에는 한려 금산이 있고 보리암이 있고, 나는 그 산과 절이 보고 싶었던 것이었다.

한려 금산은 크지 않으나 수려하다. 지리산 맥뿌리 하나가 하동 포구로 나와 알토란 줄기처럼 바다 밑으로 내리고 뻗어 돌연 솟구쳐 잎을 피우니 금산(701m)이다. 금산은 산이자 섬이다. 남해 금강이라 할 만큼 풍광이 빼어나 어디를 가던 그대로 행룡길지다. 문장대가 있는 상금산 정상에서 바라보면 여수 돌산도에서 남해 수평선과 창선 · 삼천포로 이어지는 사방팔방이 한눈에 들어온다. 이 산에 붙들려 나는 꼬박 나흘간을 머물렀다. 동트는 산능선과 솟는 해나, 지는 해는 가경이었다. 연필로 줄을 긋듯 한 해안선과 돛배처럼 뜬 오밀조밀한 섬들과 섬으로 기웃거리는 남해 물결은 사색적이다. 소복소복 모여 앉은 집들과 통통선을 밀고 가는 장년들의 얼굴 속에서 생의 담백함을 느낄 수 있고 사각대는 댓잎을 거쳐 이마 위로 거침없이 떨어지는 남도의 유성들은 우주의 내밀한 음성을 들려주는 듯도 하다. 나는 산 이곳저곳, 다소 당돌해 보이는 바위들도 찾아보고 바위 반석에 앉아 내 고적한 내면을 들여다보기도 했다. 그러나 무엇보다 남도의 봄을 잊을 수가 없다. 대효 스님 새벽 염불 소리에 담겨오는 그 착하디착한 봄, 춘분이 막 지나갔다고 소곤대던 그 낮은 봄소식을.

이 땅의 봄은 남도에서 시작한다. 남해 잠방거리는 파도를 타고 온다. 남해 물빛 속에 물결 속에는 봄이 와 머문 지 오래고, 1월에 벌써 한 뼘 정도 자라오른 마늘은 3월이면, 대궁이가 어른 엄지손가락보다 커진다. 그 마늘잎에는 봄이 무르익어 노긋댄다. 그 노긋대는 마늘 빛이 뻘로 내려가 남해 물빛이 되고 남해 물빛은 남해 마늘잎을 닮아 청람이다. 봄은 섬진강변 매화꽃에 먼저 와서 시들었는가 하면 남해 동백 붉은 꽃잎이 물고 있고, 바위틈 현호색 줄기를 타고 올라와 참꽃망울을 건드려 놓고 달래나 씬냉이싹을 깨워 놓는다. 구름과 미풍 속에 몸을 낮추고 흙으로 돌아가는 묵은 갈잎 가장자리에, 끽끽대는 괭이갈매기 울음소리에 봄은 이미 함빡 묻어 있다. 남해 감태무침을 한입 가득 넣고 오물거리다 보면, 봄은 입안으로 들어와 사뭇 느긋해져 있기도 하다.

겨울은 북해에서 오지만 봄은 남풍을 따라 밀려온다. 봄이 늦게 올 때는 봄을 마중하러 남도에 가볼 일이다. 한랭전선을 밀고 당기다가 어느 날 방하착放下着이라도 하듯 탁 놓아버리면 천지에 봄빛은 만개하는 것, 남해 금산에서는 그런 봄을 맞을 수 있을 것이다.

금산 3월 하순은 얼레지가 한창인데, 설악에는 4월 하순 넘어야 꽃대궁이를 슬금슬금 올려 미는 얼레지를 볼 수 있다. 한려 금산과 설악은 한 달이나 봄소식이 차이 지고, 백두산은 7월 하순에야 두메양귀비가 꽃을 들고나오니 한반도의 봄은 실로 다섯 달이나 계속된다.

양지쪽 진달래가 꽃망울을 터뜨리기 시작했다. 며칠 후면 금산은 진달래동산이 될 것이다. 바람결은 차다. 찬 기운 속에 봄기운이 스며 꼬물거린다. 일찍 온 남해 봄을 나는 내 조그만 여행 가방에 담아 서울로 향했다. 서울에서는 내 외손이 엄마 젖을 물기 시작했다는 소식이 왔었고, 그 생명 덩어리에는 아직 이름이 주어지지 않았었다. '無名天地之始(무명천지지시)'라.

남해 금산 동녘 기슭에는 슬픈 암괴 상사암이 있다. 굽어보면 상주 포구가 가리비같이 펼쳐지고, 한려수도의 섬들이 소 발자국처럼 놓여있다. 여기서 북동쪽으로 무연히 쳐다보면 제석천이 잠시 머물렀다는 제석대가 덩그렇게 자리하고 있다. 상사암과 제석대 사이는 바위 비탈이다. 걸으면 한참이면 끝나지만 하기에 따라서는 한 시간, 일 년, 아니 일생을 다해도 닿지 못할 만하다. 상사에 들었다가 깨지 못하면 그렇게도 될성싶은 것이다.

붉은 큰 한 울음이 벽산에 걸리니
다비불꽃은 사천하를 뒤덮는 듯하네.

「국토의 숨결을 찾아서」, 계간『님』, 2008년 봄 제5호.

해치가 불을 토하듯

— 한반도의 기둥 지리산

두류산은 지리산의 별명이다. 하지만 조선시대에는 두류산의 별호가 지리산이었다. 산머리가 마치 천계를 흐르는 것 같다 해 '두류산'이라 일렀겠으나 지리산이야말로 이 땅의 산 중 상왕쯤은 될성싶다. 덩치가 원체 커 앉은 자리가 전북 · 경남 · 전남 등 영호남 삼도에 걸쳐있다. 그러므로 삼도 사람들은 어떤 방법으로든지 이 지리산과 연을 맺고 살아간다. 지리산이 밤낮없이 뱉어내는 물 또한 풍성해 서녘으로는 섬진강을, 동녘으로는 진주 남강을 데리고 있다. 어찌 보면 진주 남강과 섬진강을 양 날개에 끼고 막 승천하려는 봉새 한 마리가 지리산이 아닐까 한다.

그런데 섬진강은 구례와 하동을 거쳐 곧장 남해로 빠져나가지만 진주 남강은 특이하다. 남덕유산에 물뿌리를 대고 육십령을 에돌아 산청과 진주에 이르는 남강은 태백 황지에서 발원하는 천삼백리 낙동강과 합류, 창녕 · 의령 · 함안을 금닢처럼 띄워놓고 대한해협에 이른다. 곡창 김해평야가 하구를 이룬다. 지리산 영신봉에 서면 맥뿌리 하나가 뻗어간다. 이른바 낙남정맥이다. 이 낙남정맥이 남강을 따라 반도 남도의 기암괴석을 일으켜 세우니 곧 한려해상의 별유천지인 것이다.

천왕봉(1,915m)은 지리산의 상봉이다. 삼도봉에서 갈라지는 반야봉(1,732m)은 시적이다. 지리산은 이 두 산봉을 중심으로 천오백 미터 이상 봉우리가 열둘을 넘는다. 골짜기는 길고 깊다. 특히 백무동계곡에는 폭포가 일곱이나 내걸려 장관을 연출한다. 조선왕조실록 정조실록에는 천왕봉 근처에 선원(仙苑)이 있다, 하여 찾아 나선 기록이 보인다. 천신의 딸 '노고' 설화도 전하고, 이런 지리산이라 드나드는 이들이 많았다. 연산군 7년에 태어난 선비 조식은 말년 성현의 천만 가지 말을 축약할라치면, '敬義(경의)' 두 글자라며 이걸 벽에 써 붙이고 산록에 정사를 지어 '山天齋(산천재)'라 편액한 후, 이욕을 떠난 청고의 삶을 살았다. 성리학에 밝아 영남학파의 종조가 된 김종직은 성종 때, 나이 사십에 아직 두류산 구경 한번 못한 걸 한하다가, 이듬해 갑오년(1474년) 중추절을 맞아 망혜에 지팡이를 짚고 꼬박 5일 동안 산 구경한 기록을 『유두류록(遊頭流錄)』으로 남기고 있다. 김종직 일행은 함양에서 중봉을 거쳐 한가윗날 천왕봉에 올랐다가 증봉과 저여원(세석평원)을 지나 영신사에서 밤을 보낸 후 다시 재마루를 넘어 실택리(함양 실덕마을)로 내려왔다. 마침 음풍이 몰아쳐 '기모(氣母)를 타고 혼돈의 시원을 노닐 듯'했다고 썼다.

지리산은 동서로 앉은 형국이다. 동이 천왕봉, 서가 노고단이다. 지리산 산맛을 고루 맛보자면 동에서 서로 가든지 서에서 동으로 방향을 잡던가 해야 한다. 그렇지만 이때의 지리산은 성삼재에서 천왕봉까지를 한정해 두고 하는 말이다. 백두대간 종주를 하다 보면 성삼재를 지나 만복대에 이르고 고리봉으로 이어져 주촌마을에 닿는다. 모두 지리산 줄기이고 이 줄기가 바로 북녘에서 요동치고 내려오는 대간 줄기이다. 산줄기는 더 뻗어가 백운산과 덕유산을 넘어 북녘으로 끝없이 올려 친다. 이렇게 보면 주촌 이남의 산들은 모두 지리산계라 할 수 있다.

명산이 명찰을 낳는다고 했던가. 지리산에는 이름난 절이 많다. 신라 선문 아홉 가운데 첫 문을 연 실상사는 바로 정면에 지리산 천왕봉을 마주하고 있다. 화엄사는 화엄법화의 첫 빗장을 열었고, 쌍계사에는 '전서국도순관승무랑시어사내공봉사자금어대신' 신라 최치원이 방서한 '쌍계사고진감선사비(雙溪寺故眞鑑禪師碑)'가 있다. 칠불사와 천은사 등도 천년고찰로 절은 산에 깃들어 청산을 더욱 그윽하게 한다.

나는 지리산에도 곧잘 나다닌 것 같다. 국사암 객방 찢긴 창호로 들어오던 청매향과 금정암 각심 노스님이 손수 덖어 다려주시던 야생차향은 아직 하나도 뭉개지지 않고 내 심중에 그대로 있다. 동국제일 선원 칠불사 설선당에서 나흘간 불연 이기영 선생 곁에 붙어 앉아 원효의 『법화종요』를 숙독하고 난 다음 법당에 올라가 내 평생 최초로 3천 배를 올리던 일은 생생하기만 하다.

시인 이성선과 촛대봉에 올라가 천왕봉을 배경으로 한 일출을 맞던 일은 생각하면 슬슬(瑟瑟)하다. 1990년 8월 10일 새벽 산봉은 꼭 해치가 불을 토하듯 했다. 우리는 세석평원에 삼각텐트를 치고 촛불 촛농 지는 모습을 지켜보며 밤을 지새웠었다.

2002년 6월 17일 밤 한 시 법계능선에서 랜턴을 켜고 오르기 시작했다. 40kg의 배낭을 짊어지고서였다. 산벗들 넷, 발걸음은 더뎠고 숨이 차올랐다. 법계사 앞 안부에 이르러 동이 텄다. 수많은 봉우리들이 고개를 빼내 흔들었다. 선동들이 저마다 하나씩의 고깔을 쓰고 구름밭에서 희희낙락하는 것도 같고, 투구를 엎어놓은 것 같기도 한 게 헤아릴 수 없었다. 돌아서니 능선이 가팔라지고 봉우리가 일어섰다. 울퉁불퉁한 바위가 나오고 수수꽃다리 향내가 번지는가 싶었으나, 천왕봉이었다. 6월이었지만 봉우리는 쌀쌀거렸다. 우리는 산봉에 엎드려 고유제를 올린 후 백두대간 첫발을 내디뎠다. 이후 사십 일 동안, 이 땅의 척추 백두대간 봉우리를 차례로 음미하며, 산과 우주가 어울려 빚어내는 신이(神異)한 순간들과 몸에서 벌어지는 미묘한 현상들을 감당하기에, 나는 너무나 어설픈 존재였다. 그것은 산행이 아니라 몸뚱어리를 비틀어 고통을 안고 가는 처절한 두타행이었다. 실로 털낱 하나에도 무게가 느껴졌다. 하지만 지금 다시 본다.

산은 늘 거기 있고 나는 늘 여기 있다.

「국토의 숨결을 찾아서」, 계간『님』, 2008년 여름 제6호.

땅 뚜껑을 열고 불쑥 솟구쳐 올라

— 남도 금강 영암 월출산

남도의 산들은 독불장군이 많다. 영암 월출산 또한 독불장군이다. 뼈만 상크렇다. 석가가 6년 고행 끝에 얻은 건 형해(形骸) 상크런 몰골뿐이었다지만, 월출산이 바로 그렇다. 하지만 올라서 보면 미묘한 운치가 절로 묻어난다. 월출산은 현묘하다. 도무지 산뿌리가 박힐 자리가 아닌 평평한 땅에 뿌리를 내리박고 땅 뚜껑을 열고 불쑥 솟구쳐 올라 핀 것이 월출산이다. 사방을 살펴보아도 맥을 짚을 수 없다. 굳이 억지를 좀 들이댄다면 영취산에 맥뿌리를 두고 마이산과 광주 무등산을 품고 마치 호랑이처럼 포효하며 휘달리는 호남정맥과 닿아있다 할까. 기이하고 기골차 괜히 사람을 난감지경에 이르게 하고 겸손에 떨어져 손을 모았다 거두어들였다 할 수밖에 없는, 말하자면 그런 해괴한 인사와 같은 산이 월출산이다.

이런 이 산에 대해 선인들은 찬탄을 아끼지 않았다. 시적 영감을 주었기 때문이었다. 다산 정약용은 『다산문집』의 「등월출산절정(登月出山絕頂)」이란 시에서 '솟구친 뿔 하나가 창공에 꽂혀있어/ 남방을 잠재우는 기세 웅장하네(岧嶢一角揷晴空초요일각삽청공/ 平鎭南邦石勢雄평진남방석세웅)'라고 읊조린다. 『고봉문집』을 남긴 기대승은 구정봉에 올라 쓴 시에서 '머리를 들어 멀리 굽어보니/ 탁 트여 걸림 없구나/ 망망해 땅에 붙은 산이요/ 아득해 하늘에 미친 물이로다(矯首試俯瞰교수시부감/ 開豁無依倚개활무의의/ 茫茫附地山망망부지산/ 渺渺接天水묘묘접천수)'라고 찬미한다. 김종직은 『점필재집 시집 제21권』에 담긴 「팔월초일일조발영암과월출산(八月初一日早發靈巖過月出山)」이란 시에서 '뜬 인생 반이 넘도록 오랫동안 이름은 들었지만/ 정상에 못 오르고 풍속 묻기에 바쁘구나(浮生强半聞名久부생강반문명구/ 絕頂難攀問俗忙절정난반문속망)'라 하여 월출산을 지나치면서도 꼭대기에 한번 못 오른 것을 안타까워하고 있다. 또 이익의 『성호사설』 '시문문(詩文門)' 편에는 돌에 새긴 서체를 고찰한 다음 쓴 「東方石刻(동방석각)」이란 글이 있는데, 영암 월출산에는 도선(道詵)의 창사비가 있고 왕우군(王右軍)의 글씨를 집자한 것이라 밝히고 있어 눈길을 끈다.

선조 때 시부의 귀재라 일컬어졌던 조찬한은 '월출산천왕봉기우문(月出山天王峯祈雨文, 『玄洲集』 卷14. 門人愼天翊 攷현주집 권14. 문인신천익고)'에서 월출산 상봉은 '천황봉'이 아니라 '천왕봉'이었음을 말해주고 천왕봉에 올라 기우제를 지냈음을 알려준다. 한편 조선왕조실록 명종실록(1547) 윤9월 5일에는 전라도 관찰사 구수담이 월출산 1백4십여 곳이 무너져 산골(山骨)이 모두 드러났다고 보고한다. 덧붙이기를 우리나라 모든 산의 기맥이 모인 곳이라 무슨 큰일이 날까 두

렵다고 했다.

돌아보거니와 이즈음 우리들은 산을 뚫고 파헤치고 정복하는 무슨 불구대천의 원수지간같이 다룬다. 허리를 잘라 토막 내거나 추풍령 금산처럼 반쪼가리로 만들어 버리기도 한다. 추풍령 금산은 사람이 산을 아주 잡아먹은 꼴이다. 선인들의 산에 대한 태도는 그렇지 않았다. 산은 신령스러운 무엇이었다. 함부로 대하지 않았다. 외경스러워했거나 경배의 대상이었다. 월출산에서도 이런 선인들의 산관을 엿볼 수 있다. 산은 산대로 사람은 사람대로 조촐히 흘러가면 그만일 일이다. 2004년 11월 27일,

속초에서 떠나 새벽 한 시 삼십 분에야 천황사 입구라 적힌 한 낯선 모텔에서 짐을 풀었다. 오로지 월출산을 만나보고 싶어서였다. 눈을 붙인 둥 만 둥 하고 입구에 들어서서 바우제를 지내는 큰 바위 앞에 서니 여덟 시. 영남아리랑 노래비와 고산 윤선도 노래비가 바로 옆에 있었다. 신라 원효가 창건했다는 천황사를 찾았으나, 비닐 천막법당 한 동이 놓여있고 제법 너른 절터가 남아 산나그네를 맞아줄 뿐이었다. 월출산은 불꽃산이다. 무수한 암괴가 튕겨 나와 산을 꽃피웠다. 산세를 옹위한 바위를 보노라니 아닌 게 아니라 절로 탄성이 터졌다. 1백2십 미터 높이의 구름다리를 지나면 사자봉, 좌측으로 틀어 오르락내리락하며 한 시간 남짓 가자, 산의 속살인 남측 안부에 이르고 통천문을 지나 곧장 천황봉에 닿았다. 영암읍이

한눈에 들어오고 서녘 멀리 목포시가지가 어렴풋했다. 판판한 들은 알고 보니 나주평야, 나주평야를 기른 영산강은 담양 치재산 가마골까지 거슬러 오른다. 산 좌우로 호수 둘이 눈동자처럼 떠있다. 장성포구와 해남 다도해의 그 수많은 섬들은 짐작해 보면 월출산 한 가지가 남쪽으로 뻗어가 떨군 산과일인 것이었다. 정상표지석 아래에는 산제를 지낸 유구가 발견되었다는 내용을 새긴 돌이 있고, '큰제사' '중간제사' '작은제사' 중 유구 발견은 이 월출산밖에 없다고 적혀 있어 이채로웠다.

월출산은 그 위용이 출중해 지리산, 내장산, 변산, 천관산과 더불어 호남지방 다섯 명산으로 꼽힌다. 천황봉(809m)이 상봉이다. 구정봉, 사자봉, 장군봉, 향로봉, 국사봉이 상봉 천황봉을 향해 있다. 산봉우리에 달이 뜨면 산능선을 따라 바퀴 달린 짐승이 걸어가는 듯하다. 월나악, 월생산 등 다른 이름이 있으나 모두 달과 관련된다. 산정에서 내려서면 사람 하나 오고 가기 알맞은 소로 오른쪽에 남근석이 불뚝 일어서 있다. 바람재를 가운데 두고 맞은편에는 베틀굴이 있다. 베틀굴은 음혈로 사철 음기가 서려 있다. 동녘을 바라보면 남근석과 서로 마주 보는 형국이라 절로 웃음을 머금게 한다. 위에는 구멍 아홉 개가 뚫린 구정봉, 북쪽능선을 타고 이십 분쯤 내려가면 고려마애석불(국보144호)과 대좌한다. 마애석불은 어깨가 기하학적으로 떡 벌어져 있어 월출산만큼이나 강한 인상을 주었다.

왼쪽 미왕재 억새밭 억새들은 힘을 잃기 시작했고, 홍계골 끝자락에 이르렀을 때였다. 일찍 핀 동백꽃이 감잎사귀 같은 동백나무 잎새 뒤에 숨어 있었다. 사스레피나무와 삼나무가 유달리 푸른 잎을 매달고 그 옆에서 몸을 올곧게 세웠다. 도선국사비를 간직한 도갑사 계곡은 온통 홍파에 젖어 출렁거렸다. 집에 도착하니 새벽 3시.

「국토의 숨결의 찾아서」, 계간『님』, 2009년 봄 제7호.

칠천만 캐럿 금강보석

— 국토 동녘 끝 독도

파도가 바람을 품은 청라처럼 펄럭였다. 씨플라워호는 속력을 냈고 바다는 거품을 내뱉었다. 나는 2층 우등실 B22좌에 앉아있었다. 둥근 빈 수평선은 고정된 듯 적요했다. 우리 국토의 동녘 끝 독도로 향하는 길인 것이다. 독도가 우리 국토라는 사실은 분명하다. 하지만 일본 시마네현(島根縣도근현) 여기저기에는 '돌아오라 다케시마 섬과 바다(竹島かえれ島と海)'라는 입간판을 내걸어 일본은 독도 점유의 야욕을 버리지 못하고 있다.

생각하는 동안 바위산 한 폭이 파도 속에서 솟구쳤다. 2008년 6월 11일 오후 4시 30분, 울릉도 도동항에서 오후 2시 30분에 출항했으니 2시간 만이었다. 동도 접안부두에 첫 발걸음을 내려놓는 순간 나는 소년처럼 설렜다. 그리고 송구스러웠다. 울릉도에서 독도와의 거리는 87.4km. 섬에서 섬 사이는 다만 파도가 출렁거릴 뿐 아무도 없었다. 그 출렁거림 한가운데 바위산이 솟아난 것이다. 밝은 구름결이 높이 떠 있었고 배는 나를 바위 반석에 데려다 놓았다.

나는 손을 모았다. 별것 아닌 것 같았지만 별것이었다. 이를테면 궁이 맞는 남녀 사이의 첫 만남 같은 것이었다. 독도는 그렇게 내 품에 들어왔다. 독도와 첫인사를 나눈 후 다시 배에 올랐다. 독도를 돌아보려는 것이었다.

일주시간은 30여 분. 독도의 면모가 조금씩 드러났다. 독도는 바위섬 둘로 이루어져 있다. 동쪽은 동도 서쪽은 서도. 주변에는 크고 작은 돌섬 여든일곱 개가 구슬처럼 흩뿌려져 있다. 탕건봉, 삼형제굴바위, 부채바위, 황소바위 등 재미난 이름들도 있다. 두 바위섬 사이 거리는 157m 안팎, 둘은 남매인 듯 부부인 듯하다. 나이는 약 460만 살로 천연기념물 336호다. 사방이 60도 경사면, 연중 맑은 날은 57일에 불과하고 해양성기후라 연평균 기온이 영상이다. 등대와 저수탱크와 우체통을 갖추었고 헬기장과 대포도 있다. 넓이는 187,554㎡. 서식 식물이 59종 보고 되고, 독도해국과 왕호장근, 깨까치수염과 슴새가 살고 철새 노랑발도요도 왔다 간다. 독도가 제모습을 다양하게 연출할 때마다 나는 독도에 빠졌고 독도를 만끽했다.

하지만 독도는 어렵사리 동도(98.6m)에 오르는 순간 점입가경으로 나타났다. 정상까지는 불과 이십 분 남짓한 오름길이었으나 계단을 밟고 오르려니 마치 천상으로 진입해 우주로 들어가는 듯했다. 계단은 철판, 난간은 스테인리스봉이었다. 좀처럼 있을 것 같지 않은 흙 공터가 있었고, 흙 공터에서 10m쯤 좁은 길을 휘적휘적 올라가자, 서녘으로 굴곡이 아름다운 바위 덩치가 떠올랐다. 대단한 기세였다. 독도 서도(168.5m)인 것이다. 섬과 섬 사이 공간과 그 사이로 뿜어대는 바다 빛깔과 무한 고요에 나는 그저 아찔할 뿐이었다. 독도 동도의 정상….

서도에는 80m 깊이의 굴이 있다. 샘골도 있다. 독도바다사자의 뼈가 발굴되기도 한다. 가제섬에는 독도바다사자가 살고 있는데, 강치, 바닷가제(可支漁가지어에서 유래한 듯) 등 다른 이름이 있고 수컷 큰놈은 7백kg이 넘는다. 일본 어부들은 리앙쿠르 대왕이라고 부르기도 했다.

울릉도 독도박물관에는 독도에 대한 비교적 다양한 자료와 사료를 모아놓았다. 그 가운데 독도바다사자의 다음과 같은 고증은 충격을 준다. 일본 어부 나카이 요자부로(中井養三郎중정양삼랑)는 1903년부터 독도바다사자를 포획하기 시작해 1904년에는 2천7백6십마리를 잡았다. 바다사자 가죽은 부드러워 가방을 만들면 명품이 됐다. 욕심이 난 나카이는 독점을 하고 싶었다. 1904년 대한제국에 독도이용청원(貸下願대하원)을 내려고 일본 농수산부를 찾았다. 그런데 당시 외무성 정무국장 야마자 엔지로(山座円次郎산좌엔차랑) 등은 독도이용청원이 아니라, 시국을 핑계로 '무주지선점론'을 내세워 독도를 자국령이 되게 꾀를 냈다. 1905년 1월 28일 일본 외무성은 각의 결정에 의한 영토편입을 자행해 버렸고, 같은 해 2월 22일 자로 '시마네현 고시 40호'에 량고도(독도)를 '다케시마(竹島죽도)'라 개명하여 오키도사(隱岐島司은기도사)의 관할하에 둔다, 라고 해 일본영토로 편입하는 술수를 썼다. 나카이는 이후 8년간 독도바다사자 잡이에 열을 올려 1만 4천4십 마리를 잡았다. '먼저 젖먹이 어린 사자를 붙들어 어미를 포획하고, 새끼를 보고 놀란 어미사자 고함 소리를 듣고 달려온 수컷을 겨누어 사격을 가한다' 이 야만적인 행위가 나카이 일행들이 독도바다사자를 잡는 방법이었다. 그리고 이 야만적인 사냥을 근거로 시마네현에서는 독도를 저들의 고유영토라고 우기는 것이다. 이로 인해 독도에서는 독도바다강치의 씨가 말랐다.

독도는 그 자체가 생기발랄한 보물이다. 놀라운 사실은 괭이갈매기가 수를 헤아릴 수 없을 만큼 많다는 것이다. 독도는 실로 갈매기들의 낙토였다. 갈매기들은 떠 있기도, 앉아있기도, 소리치며 선회하기도, 방금 둥지에서 깨어난 털보숭이 새끼를 데리고 놀기도 해 갈매기들로 독도는 만원이었다. 찍찍 함부로 갈겨놓은 갈매기들의 배설물이 바위나 시설물에 붙어있었으나 지저분하다기보다 정감이 흘렀다. 흥미로운 일은 갈매기들이 사람을 전혀 겁내지 않는다는 것이었다. 겁내기보다 환도날 같은 날갯죽지가 이마에 닿을 듯 스치거나 맴돌거나 군무를 추거나 했다. 독도에도 사람들이 산다. 한 세대에 주민은 둘, 독도를 지키는 젊은 경비대원들이 그들이다. 이들은 갈매기들과 완벽하게 어울려 있다. 갈매기들과 무슨 교감을 하는 것 같기도 하다. 갈매기의 삶이 인간의 삶이요 인간의 삶이 곧 갈매기의 삶이라 할까. 하기야 둘러보아야 바다뿐인 이 절해고도에 사람이나 갈매기나 터를 잡을 데라곤, 이 바위섬밖에 없으니 그럴 수밖에 다른 도리가 없을 것이었다. 자연과 혼연일체가 된 하나로서의 삶이란 바로 이런 걸 일컫겠구나 하는 생각이 들었다.

뉘엿뉘엿 해걸음 뱃길 귀로에서 문득 돌아보았다. 바다가 한 뭉텅이 바윗덩어리를 밀어 올리고 있었다. 그건 바위가 아니라 동해 용왕이 두 손으로 받쳐 올린 칠천만 캐럿 금강보석이었다.

「국토의 숨결을 찾아서」, 계간『님』, 2009년 제8호 혁신호.

* 참고: 대한제국은 고종황제 칙령(1900년 10월 27일)으로 울릉도를 울도라 개칭하고 제2조에는 '울릉전도와 竹島죽도, 石島석도를 관할 할 사'라고 명시하고 이를 관보 1716호로 선포했다. '대조선국전도'에는 울릉도 동쪽에 독도를 '于山우산'으로 표시하고 울릉도 왼쪽에 수로 팔백 리라 적어놓았다. 1592년(1872년에 재모사再模寫) 구키 요시타카(九鬼嘉隆구귀가륭)가 도요토미 히데요시의 명령으로 제작한 '조선국지리도'에는 팔도총도를 분별해 놓고 울릉도와 우산도를 그려 넣었다.
이렇듯 누가 보아도 분명한 독도를 이러쿵저러쿵하는 것은 섬나라 근성의 영토확장 야망이 어떠한가를 잘 드러내는 본보기가 될 만하다.

쌍봉낙타 한 마리가 북으로

— 보물 중의 보물 경주 남산

경주 남산은 쌍봉낙타 형국이다. 경주에 닿아 남녘을 이윽히 바라보면 쌍봉낙타 한 마리가 먼 남방에서 북방을 향해 뚜벅뚜벅 걸어들어오는 듯한 산 하나와 마주친다. 이 산이 경주 남산이다. 경주 남산은 고위산(494m)과 금오산(468m)이 낙타의 두 봉우리처럼 불뚝 솟구쳐 있다. 남북 8km, 동서 12km의 그리 크지 않은 체형이나 계곡이 34곳이나 되고 동쪽의 낭산 · 명활산, 서쪽의 선도산 · 벽도산 · 옥녀봉, 북쪽의 금강산 · 금학산이 에워싸고 토함산 줄기가 동해를 가로막아 천연요새라 할만하다. 그래서인지 쌍봉낙타산 경주 남산은 진기한 보물로 가득 차 있다. 보물을 가득 싣고 북으로 북으로 낙타는 간다.

보물을 들어보면 석불 80좌, 석탑 61기, 석등 22기, 절터 112곳 등으로 이들 보물들은 모두 경주 남산 산가슴에 안겨있다. 이 일대는 1985년 사적 제311호(경주남산일원)로 지정됐다. 신라인들은 경주 남산을 불국토 화엄연화계로 만들고자 했던 듯하다. 일연선사의

『삼국유사』 '記異(기이) 제1'에는 신라 제49대 헌강왕이 포석정에 행차했을 때 남산의 신과 어울려 춤을 추었다 해서 붙여진 '御舞山神(어무산신)'이란 말이 전해 온다고 적고 있고, '義解(의해) 제5'에는 유가종(유식)의 시조인 대덕 대현(大賢)이 남산 용장사에 머물렀고, 절에 모신 돌미륵불 장육상(丈六像)의 주위를 돌면 장육상도 대현을 따라 얼굴을 돌렸다는 기록이 있다. 이 대현 대덕은 궁궐 마른 우물에 갑자기 일곱 자나 되는 물이 차오르도록 했다는 이적을 보여, 남산은 신의 거처로서 신령스러움과 도가 높은 스님의 상주 터였음을 알게 한다.

나는 경주 남산이 보고 싶어 3번 걸음 했다. 한 번은 남남산 칠불사까지 갔었고, 한 번은 아내를 부추겨 삼능계곡 냉골에서 금오산을 올라 동남산 국사골로, 다른 한번은 신흥사 불교산악회회원 스물세 분과 함께 금오산을 거쳐 서남산 용장골로 내려온 길이었다. 경주 남산을 다 보자면 일주일은 순례하듯 돌아야 한다지만, 나는 겨우 세 차례를 다녀왔을 뿐으로 소략하기 짝이 없다. 2008년 4월 20일 일행들은 삼능계곡(냉골)으로 들어섰다.

먼저 빽빽한 소나무들이 우리를 맞았다. 40~50년생은 될까. 입구 전체, 산 전체가 소나무로 꽉 들어차 있었다. 소나무밭 속에 갖가지 형태의 불상이 놓여있고, 불탑이 솟아있다. 산이 마치 소나무 정원 속의 거대한 절 같다. 계곡수도 흐른다. 물과 소나무가 어울려 계곡을 이룬다. 우리는 재졸대는 물소리를 따라 여기저기 삐쳐 나온 소나무 뿌리를 비켜서며 조금씩 가팔라지는 산길을 오르기 시작했다. 왁자지껄했지만 이내 조용해진다. 숨이 차 말을 줄이는 것이다. 300m쯤 올랐을 때 석불 한 좌가 나타났다. 하지만 두상이 없다. 목도 손도 떨어져 나갔다. 일부러 파괴한 듯 떨어져 나간 자국이 거칠어 긴장감이 돌았다. 말없이 이웃 나무 그림자가 내려와 자국을 짚어보고는 한다. 8세기경 조성한 걸로 추정된다 했지만, 그 세월을 지나는 동안에도 왼쪽 어깨에서 오른쪽 옆구리로 돌아나간 가사끈은, 오히려 선명한 그대로여서 깨침을 이루고 방금 걸어 나와 결가부좌한 듯 당당했다.

이곳 냉골에는 석불이 촘촘하게 놓여있다. '배리 삼존석불입상(보물 제63호)' '선각육존불' '선각여래좌상' '석조여래좌상' '선각마애불' '선각보살상' '마애석가여래좌상' 등 상사바위까지 열네 좌가 있고, 좌측의 선방골까지 합치면 석불만 18좌가 넘는다. 큰 냉골 갈림길에 있던 순백색 화강암 석조여래좌상(보물 제666호)은 경주박물관으로 옮겨져 빈터만 천막으로 둘러쳐져 있었다. 각 불상 앞에는 제단이 마련돼 참배객을 맞기도 한다.

햇살에 찬기운이 서려 산행하기에는 그만이었으나 상선암이 등지고 선 바위절벽에 올라섰을 때는 제법 땀방울이 솟았다. 아슴한 건너편 기린천 물빛은 파랗다. 그 건너가 내남면이다. 우리 사위는 그곳에서 태어나 이 남산을 뒷동산처럼 올라 다녔다 했다. 그 얘기를 듣고 사위의 어린 시절을 떠올려 보며 미소 짓던 아내 얼굴이 잠시 어린다. 밋밋한 능선을 20여 분쯤 더 오르자 금오산 정상, 남녘 봉긋한 봉우리는 다름 아닌 고위산이다. 사이에 계곡을 두었지만 길은 사방으로 나 있다.

금오산은 제법 굵은 능선 네 개로 이루어졌다. 배실기암 방향으로 내리뻗어 포석정에 닿는 북서능선과 보리사 쪽으로 내리 달리는 북능, 동남쪽의 봉화대능, 용장골로 향하는 남쪽능선이 그것이다. 신선암 절벽을 깎아 조성한 사면불과 삼존불로 유명한 칠불암 마애석불(국보 제312호)은 봉화골 상단부 봉화대능에 자리 잡고 있다. 남산 전체로 보면 금오산은 북쪽, 고위산은 남쪽이고 그 안쪽 남동쪽으로 휘어진 능선이 봉화대능이다. 이 능선은 고위능선과 어깨를 나란히 해가다가 고위산 봉우리를 꽃망울이듯 피워 올린다. 그 사이로 능선 하나가 허공에 떠 남산에서 가장 깊고 큰 탑상골과 용장골로 이어진다. 매월당 김시습이 금오신화를 집필했다는 용장사가 바로 이 능선에 있다.

지금 용장사는 절터만 남아 용장사곡3층석탑(보물 제186호)이 지키고 있다. 서편 바위벽에는 가부좌를 튼 마애여래좌상(보물 제913호)이 신라 천 년의 미소를 머금고 바위연꽃밭에서 남녘을 망연히 바라본다. 이 여래좌상은 체선이 살아 움직이는 것 같다. 광륜이 아름답다. 삼층석탑 좌측에는 3개의 법륜을 좌대로 한 석조여래좌상(보물 제187호)이 청청한 하늘벽을 광배 삼아 천상에 둥실 떠오른다. 비록 체대만이지만 그 위용은 독존이다. 탑상골 또한 매우 아름답고 주변이 화강암지대라 물이 맑다. 일행들은 용장골이 시작하는 물가 바위 방석에 앉아 늦은 도시락을 푼다. 새소리의 교태가 산을 그윽하게 한다. 용장골로 빠져나오자 인가가 소복하고 철쭉이 한창이었다. 매월당 김시습은 이 자글거리는 봄 한때를 『금오신화』 '만복사저포기'에서 작중 여인 '유씨'의 입을 빌려 다음과 같이 귀띔한다.

> 우습구나 복사오얏꽃은 언듯 치는 봄바람에
> 우수수 남의 집에 함부로 휘날려 드는구나
> 却笑春風挑李花 飄飄萬點落人家(각소춘풍도리화 표표만점락인가)

「국토의 숨결을 찾아서」, 계간『님』, 2010년 제9호.

산정에는 겨울 무지개가

— 비기의 명산 계룡산

은방울꽃 같은 별이 아파트 북창 유리창에 어렸다. 비가 오다 개인 것이다. 계속 빗낱을 뿌리면 어쩌나 했으나 밤새 구름이 걷히고 하늘이 말끔해진 것이었다. 나는 서둘러 배낭을 꾸렸다. 딸은 꼭두새벽에 일어나 이것저것 먹을 것을 챙겼다. 동행하기로 한 사위도 일찍 서둘렀다. 부여에서 공주까지는 승용차로 한 시간쯤, 해가 바뀐 터라 바깥 날씨가 제법 차가웠다. 공주에는 계룡산이 있다.

계룡산은 우리 민족 정서의 바탕에 매우 독특하게 놓여있다. 명산이어서 그런 것만은 아니다. 계룡산에는 초탈한 도력 높은 이들이 세속과는 거리를 둔 채 천하를 엿보며 숨어 사는 곳으로 여겨왔기 때문이다. 계룡산은 단순한 명산이 아니라 비기(秘記)의 명산인 것이다.

『신증동국여지승람』 제17권 충청도 '공주목' 편에 계룡산은 '장백산 한 갈래가 바다를 끼고 남쪽으로 달려 계림에 이르러 원적산이 되고, 서쪽으로 꺾여서 웅진을 만나 움츠려 큰 산악을 이루었으니 계룡산(鷄龍山)이라 한다.'고 하였다. 특히 가섭암의 서거정 기문(記文)을 인용한 같은 '공주목'편에 '산마루에서 샘물이 솟는데 항상 금(金)이 뛰는 것 같은 빛을 볼 수 있다. 아래 용담의 검푸른 빛은 사람을 놀라게 한다. 산 뒤에는 육왕탑(育王塔)이 있고 그 남쪽에는 아름다운 기운이 가득 차 있어, 제왕(帝王)의 도읍터가 될 만하며'라는 기록이 보여, 당시에도 계룡산이 단순한 산이 아님을 말해주고 있다. 그 '도읍터'는 오늘날까지 논란의 대상이 되고 있다.

실제로 조선왕조실록 태조실록(태조2년 1393년 홍무26년 12월 11일)에는 대장군 심효생(沈孝生)을 보내어 계룡산의 새 도읍지 역사를 그만두게 하였다는 기록이 보인다. 경기 좌우도 도 관찰사 하윤(河崙)이 상언하기를, 계룡산은 남쪽에 치우쳐 동면과 서면 북면과 서로 멀리 떨어졌고, 풍수에 비추어 보아도 물이 장생을 파하여 쇠패가 곧 닥쳐 도읍으로 온당치 못하다 했다. 이에 정도전 등과 상의해 보라 하고 도읍지 역사를 그만둔 것이었고, 이후 한양 천도를 계획해 한반도의 중심 서울을 탄생시켰던 것이다.

아닌 게 아니라 계림지에 막 도착했을 때 산마루에는 오색 무지개가 막 퍼들어지고 있었다. 해가 뜨면서 빛보라를 일으킨 것이다. 초겨울에는 좀처럼 볼 수 없는 현상이었다. 나는 그 빛보라 그늘에 잠시 멈추어 오늘 산행이 잘 되겠구나 하는 생각을 했다. 그러고는 갑사 쪽으로 방향을 틀었다. 계룡산은 갑사에서 출발해 원효대와 연천봉을 거쳐 관음봉까지의 자연능선길이 아름답고 관음봉에서 삼불봉까지의 암릉은 천하제일경이라 할 만치 빼어난 풍치다. 산은 동서로 앉아있다(2008년 1월 12일).

예쁜 산도랑을 따라 한참을 올라가자 산문이 나왔고, 이어 유명한 철당간지주가 주변의 앙상한 나뭇가지에 얽혀 나타났다. 갑사인 것이었다. 경내는 아직 일러 인적이 없었다. 나는 잘 가꾸어 놓은 배롱나무와 갑사동종 부도와 법당을 돌아보고 곧바로 연천봉 쪽으로 발길을 더듬어 나갔다. 가파른 능선길이었다. 떨어져 누운 잎사귀들이 밤비에 젖었지만 색깔이 선명했다. 7부 능선에는 눈이 있었다. 눈은 오를수록 많아졌다. 능선은 얼어붙어 미끄러웠다. 우리는 아이젠을 꺼내어 찼다. 연천봉에 올라서 보니 산은 광활한 눈밭이 돼 있었다. 설산 계룡인 것이었다. 오르던 능선을 내려와 오른쪽 산기슭을 돌아 관음봉 쪽으로 방향을 잡고 보니 흰빛이 더욱 강했다. 눈은 발목 위까지 올라왔고 나무마다 눈더미가 가득 실렸다. 30분쯤 걸어 관음봉과 은선폭포로 갈라지는 삼거리에서 관음봉 쪽으로 올라갔다. 정자 하나가 허공에 둥실 떠올랐다. 사람들이 모여들기 시작했다. 관음봉은 일망무제로 탁 트였다. 서쪽으로 문필봉과 연화봉, 동남쪽으로는 쌀개봉과 천황봉, 동북쪽으로는 삼불봉이 백학의 날개처럼 펼쳐져 있었다. 백설이 뒤덮여 더욱 그랬다.

백운봉 정자각 조금 아래 바위 반석에 앉아 점심을 먹었다. 밥에는 아직 온기가 가시지 않았다. 꼼지락거리며 새벽 도시락을 싸던 딸애 얼굴이 스쳤다. 그 애도 이젠 두 아이의 엄마가 됐다. 옆자리에 앉은 낯선 일행들이 과메기쌈을 건네주어 맛있게 받아먹었다. 나는 알사탕 한 줌씩을 건넸다. 일행들은 대전에서 왔다 했다. 멀리 우리가 갈 삼불봉이 아스라한 건너편에 솟아 올라있다. 생김새가 세 부처를 닮았다 해 삼불봉이라 붙여진 이 봉우리를 이어가는 능선은 바로 계룡산 주능인 서북능(약1.3km)으로 봄이면 철쭉이 장관을 이룬다 하나, 지금은 흰 눈이 덮여 흡사 드레스를 차려입은 신부가 천공을 밟고 걸어오는 듯했다. 거의 70도는 기울어졌을 법한 철계단을 내려섰다. 서북능을 타기 위해서였다. 눈이 얼어 빙판이 돼버린 철계단을 아이젠에 의지해 겨우겨우 내려갔다. 남녘이 천야한 절벽으로 이루어진 서북능은 낮은 소나무들과 기기묘묘한 괴석들이 어울려 천상의 정원인 듯했다. 중간쯤 이르렀을 때였다. 별안간 산 안이 환해졌다.

쳐다보았다. 나뭇가지가 수정처럼 매달렸다. 비가 내리다 진눈깨비가 내리다 새벽에 갑자기 급강하한 기온 탓에 눈발과 빗물이 관목 나목 가지에서 그대로 얼어붙어 보기에 따라서는 백수정이 주렁주렁 매달린 것 같았다. 백수정 속에는 나뭇가지들이 말갛게 비쳐 있었고, 잎눈들이 또 그 안에 들어앉아 또 말갛게 비쳐 있어 백수정 화석인 듯 유리 속에 상감한 듯 오묘했다. 그리고 그건 가끔씩 구름 속에서 튀어나온 갑작스런 볕살에 닿아, 닿을 때마다 발광체로 변해 백광을 내어 쏘고 있었다. 몇 분씩 간헐적으로 그렇게 했다. 참으로 겨울 계룡의 묘용이었다. 아침에 마주했던 무지개와 함께 겨울 계룡산은 장관을 연출했고, 그걸 대면하는 나는 그저 놀랍고 대견해 복받치는 환희심을 주체할 길이 없었다. 바위 여기저기에도 설빙이 꽃잎사귀처럼 피어났다.

겨울 산을 적잖이 타보았지만 산이 부리는 이런 묘용은 실로 처음이라, 탄성도 못 지르고 그저 우두커니 서 있을 뿐이었다. 우주 운행의 어느 일치점과 마주치면 상상도 못 할 미적 충격을 줄 수 있다는 걸 나는 그때 처음 알았다.

산속에서의 8시간 남짓, 그 산의 몸짓은 수천 보화보다 더 향그러웠다. 산정은 냉랭했으나 조용했고 능선은 거칠었으나 발걸음은 즐거웠다. 신라 선덕왕 23년(723년) 회의화상(懷義和尙)이 건립했다는 남매탑을 거쳐 동학사 마당에 들어섰다. 계룡산 연봉들은 그새 어스름에 물들고 있었다. 오늘에는 저 산들이 내 마음에 들어와 있었구나, 라는 생각이 번쩍 들었다. 훈훈했던 몸뚱어리는 다시 차가워졌다. 일주문을 벗어나는 사위를 얼핏 보니 오른발을 절었다. 첫 산행에 무리가 따랐던 모양이었다. 생전 처음 아이젠을 끼기는 했으나…. 하기야 겨울 산이라 그렇게도 될성싶었다. 가게 앞에 이르러 앉으라 하고 다리를 문질러 주었다.

가게 주인이 빙그레 웃었다.

「국토의 숨결을 찾아서」, 계간 『님』, 2010년 제10호.

천년 향나무 존자에 어린 불광

— 울릉도 성인봉

나리분지의 생김새는 특별났다. 물 나갈 곳이 없었다. 사방이 산이었다. 산 안의 오곳한 평지 6만 5천 평, 그게 나리분지다. 마늘밭 마늘은 새끼손가락 크기만큼 자랐고 옥수수는 올라온 지 열흘쯤 지난 것 같았다. 여덟 시(2008. 6. 12)에 성인봉을 오르기 시작했다. 녹음이 물결치고 있었다. 산 전체가 그랬다. 녹음 사이로 난 길은 순했다. 순한 그 길을 따라 조금 올라가자 '성인봉 4,300m 나리 250m'라는 길 안내 표지판이 내달았다. 이어 '울릉군 북면 나리 산 26-1번지 조수 보호구역 500ha'라는 팻말이 놓여있었다. 그래 그런지 새소리가 요란했다. 동백숲에 울릉도 특산종 흑비둘기가 산다는데 잘하면 그 흑비둘기를 만날 것 같았다.

섬백리향 군락지와 갈대투막집을 지나자 녹음이 깊어졌다. 성인봉 신령수 쉼터에서 잠시 목을 축였다. 바위 구멍에서 나오는 물줄기라 시원했다. 오를수록 숲은 더욱 무성하고, 나무 밑에는 이름 모를 풀이 꽉 차 있었다. 이어 가파른 나무계단이 나왔다. 비탈에는 명이나물이 꽃줄기를 길게 올려 밀고 막 꽃을 피웠다. 잎사귀는 가랑잎을 닮았고 부추꽃 같은 꽃은 작은 우산을 펼친 듯했다. 섬말나리도 꽃망울을 달았고 너도밤나무 묵은 잎사귀들이 계단 아래에 소복소복 모여 앉았다가 인기척에 놀라 바스락대기도 했다. 나리전망대에는 처음 보는 줄사철이 빙글빙글 굵은 나무통을 감아올라 가고 있었다. 굽어보니 좌측에 미륵봉이 눈높이로 솟고 나리분지를 둘러싼 알봉과 송곳산이 무릎 밑에 와 엎드린 위로 추산 앞바다가 새파랗게 떠올랐다. 성인봉 원시림은 천연기념물 제189호로 지정해 보호한다.

울릉도는 울릉읍과 북면, 서면으로 행정구역이 나뉜다. 성인봉을 중심으로 사방이 깎아지른 절벽이라 천연요새다. 하지만 육지에서 모래를 운반해 와 주위 56.5km 중 천부와 저동 일부 4.4km를 제외하곤 일주로가 생겼고 굴이 열 개나 뚫렸다. 한때 벼농사를 지었던 논은 취나물과 더덕과 부지깽이나물을 재배하는 밭으로 바뀌었다. '5多(다)'라 하여 미인 · 바람 · 향나무 · 물 · 돌 등 다섯을 꼽았으나, 울릉도 처녀 미인들은 거의 뭍으로 나가버리고 할머니들이 텃밭을 돌본다. 내륙에는 봉래폭포가 있어 물 많은 울릉도를 생각나게 한다. 봉래폭포는 나리분지의 물이 땅속으로 스며 능선 남동쪽 너머 절벽을 뚫고 나와 생긴 샘물 폭포로 남부 울릉도민의 식수원이다. 봉래폭포로 가는 길목에 자리 잡은 풍혈굴은 서늘한 바람을 쉼 없이 내뿜어 한여름에도 등골이 서늘하다. 울릉도에서 세 번째로 큰 관음도와 북쪽 코끼리바위나 송곳바위, 서쪽 사자바위 거북바위가 볼만하지만 울릉도 해안은 곳곳이 절경이다. 태하 학포 만물상은 기묘한 바위군으로 이루어졌고, 섬바디풀과 열매를 새들이 좋아한다는 말오줌때가 비탈에 많다. 퉁구미 향나무 자생지는 짙은 향나무 향과 바다 내음이 어울려 향기롭다. 울릉도는 1883년 7월 16가구 54명이 처음으로 입도해 태하마을을 이루면서 개척됐다.

『세종지리지』 강원도 삼척도호부 울진현 편에 보면 '우산(于山)과 무릉(武陵) 2섬이 현의 정동 해중에 있다' 하였고 두 섬은 날씨가 맑은 날 바라볼 수 있다고 적었다. 신라 지증왕 12년(511년)에 이사부가 하슬라주(강릉) 군주가 되어 이르기를, "우산국 사람들은 어리석고 사나워서 위엄으로는 복종시키기 어려우니, 가히 계교로써 하리라." 하고는, 나무로 사나운 짐승을 많이 만들어 여러 전선에 나누어 싣고 그 나라에 가서 속여 말하기를, "너희들이 항복하지 아니하면 이 짐승을 놓아서 잡아먹게 하리라. 하니, 나라 사람들이 두려워하며 와서 항복하였다."는 흥미로운 대목이 나온다. 이로 미루어 보면 울릉도는 하나의 독립국이었음을 알 수 있다. 또 조선 태조 때에는 유리하는 백성들이 그 섬으로 도망하여 들어가는 자가 심히 많다 함을 듣고, 삼척인 김인우를 명하여 안무사로 삼아 사람들을 쇄출하여 그 땅을 비우게 한 바, 인우가 말하기를 "땅이 비옥하고 대나무의 크기가 기둥 같으며, 쥐는 크기가 고양이 같고, 복숭

아씨가 되처럼 큰데, 모두 물건이 이와 같다."라고 하였다. 미지의 섬 울릉도에 대한 관심은 상상력을 촉발하는 신비로운 섬이었던 것이다. 이익의 『성호사설』 제3권 천지문(天地門) 편에는 위의 내용을 간략히 소개하고 숙종 19년 계유(1693년) 여름 풍랑으로 울릉도에 표류한 안용복(安龍福)이 왜인들과 논란하다가 끌려갔다 돌아온 이야기를 자세히 다루고 있다. 안용복은 한갓 노군(櫓軍)이었지만 장군격이었다고 격상해 놓고 있다.

이틀 일정으로 빠듯했지만, 산은 어디 가든 누추한 이 몸뚱어리를 들여놓는 도량이라 오르지 않고는 못 배기는 무언가가 돼 버렸다. 오르다 보니 계단은 끝나고 멸종위기 2급으로 분류된 큰연영초가 자라는 능선길이 나타났다. 밋밋한 능선에는 싱아가 어린아이 키만큼 자라올라 줄기를 조금 떼어내 맛을 보니 새큼했다. 오른쪽 계곡을 굽어보았다. 6월 중순 녹음밭 속에서도 묵은눈이 흰빛을 뿜어내고 있었다. 기이했다. 200m쯤 오르자 샘이 다시 나타났다. '성인수'라는 이름이 붙어있었다. 물을 마시고 페트병에 물을 채웠다. 나뭇가지 사이로 언뜻 능선 높은 하늘이 드러났다. 정상이 가까워져 온 것이다. 기울기가 더욱 가팔라지고 이어 한 떼의 돌무더기가 드러났다. 더 오를 곳이 없었다. 성인봉(聖人峰 986m)이었다. 동쪽으로는 말잔등봉(967m)이 몇 걸음 안에 들어와 있었다.

성인봉은 세 개의 산줄기로 이루어졌다. 하나는 미륵봉과 초봉을 거쳐 향목령으로 내려 울릉도 서방 향목 앞바다에서 가라앉는다. 하나는 말잔등봉으로 나가 나리봉을 솟구치게 하고 동북향 천부 앞바다로 급히 내리 달린다. 나머지 하나는 정남방으로 뻗어 두리봉과 간령재를 만들고 가두봉에 이르러 이쁜 반도를 지어놓는다. 이 세 산줄기가 하나의 봉우리를 떠받치니 곧 성인봉이고 이 산이 곧 울릉도다.

햇살이 작열했다. 도무지 구름 한 점 없었다. 하지만 녹음산이라 저동 앞바다만 드러났고 오로지 창창한 하늘과 나만의 독대였다. 문득 어제 오후 절벽 끝 천년 향나무에 걸려있던 해무리가 떠올랐다. 해무리가 불광처럼 천년향나무존자를 감싸 안고 있었다.

사실 이 성인봉에는 이십여 년 전 처음 올랐었고 그때에는 도동항 쪽에서 산행을 시작했다가 그 길로 도로 내려갔었다. 8월이라 쓰르라미가 하도 울어 꼭 거친 파도 소리 같았었다. 지금은 그저 고요하고 그때에는 없던 정상 표지석이 서 있고 흑비둘기 소리 아니라 간간이 딱따구리 나무 찍는 소리가 목탁 소리처럼 녹음산 적막을 깨뜨렸다.

내려오는 길은 도동항 쪽이라 굽이도는 산책길이다. 나무 밑에 고사리와 고비들이 자라올라 지표를 덮고 있었다. 소나무숲을 돌아 옛집들을 살펴보았다. 내림길 오른쪽 집 한 채는 기둥이 내려앉은 채 양철지붕만 지난 기억을 되살려 주었고, 한 곳은 빈 집터에 잡초만 가득했다. 잠시 상념에 잡혔다가 천천히 발걸음을 옮겨 전망 좋은 농가에 들렀다. 주인을 찾아 인사를 나누었다. 심래형(60)씨. 이 집에 산 지 28년째라 해 옛적을 되짚어 물었으나 기억을 못했다. 심래형씨는 더덕 어린싹을 틔우고 있었다. 도동항을 한참 내려다보았다. 산길이 끝나는 곳에서 픽 돌아섰다. 그리고 삼배를 올렸다. 동행했던 아내가 미소를 지었다. 오후 한 시.

울울창창 녹음방초 성인봉 6월은 다만 그러했다.

「국토의 숨결을 찾아서」, 계간『님』, 2011년 제11호 상반기호.

둥근 한 수레바퀴 붉음을

— 천년 '팔만대장경'을 품은 산 가야산

새벽산은 신선하다. 산에 들어서자 냉기를 내뿜었다. 마른 계곡이 끝없이 이어졌고 여울은 말라붙었다. 나뭇가지는 앙상하다. 당단풍나무와 갈참나무는 쪼그라든 잎사귀를 아직 떨어내지 못하고 있다. 돌아보니 동녘이 불탄다. 동이 트고 있는 것이다. 그 기운이 산에 닿아 뻗치고 있다. 돌밭이 달각댄다. 백운동에서 간단한 요기를 하고 한참을 올라왔다. 밤새 차에 실려 왔지만 몸은 가뜬하다. 발걸음은 가볍고 마음은 이내 평온에 든다. 나는 지금 가야산 백운동 계곡으로 들어섰다. 계곡이 제법 깊고 길다. 수그러드는 법 없이 계속 밋밋하게 올라만 간다. 만물상이 시작하는 서성재까지가 그렇다. 서정재부터는 산성인 듯한 잔돌무지가 펼쳐졌다. 거기서부터 능선길로 접어든다. 2009년 11월 22일의 산행은 그렇게 시작되었다.

가야산은 덕유산과 삼도봉 사이의 대덕산에서 그 산뿌리가 뻗쳐 나왔다고 할 수 있다. 칠불봉에 올라서 보면 거침없이 동북으로 몸을 틀고 휘달려 올라가는 능선과 마주치는데, 이 능선이 가야산 주능선으로 백두대간 대덕산을 향하는 주맥이다. 능선 들머리에는 복슬복슬한 봉우리 다섯 개가 연이어 있고 그 끝에 봉우리 11개가 마치 항아리를 엎어놓은 듯 가로로 나란하다. 이른바 만물상인 것이다. 왼쪽 심원골과 오른쪽 용기골이 만물상을 허공으로 번쩍 들어 올려놓은 듯해 더욱 우뚝하게 보인다. 주능 말고도 서쪽 암능과, 남쪽 능선이 있기는 하나 급히 떨어져 계곡을 이루고 만다.

계곡을 끼고는 집들이 듬성듬성하다. 가야산은 만물상 주맥에서 곧바로 고개를 치켜들고 아름다운 바위 봉우리 둘을 벽공에다 밀어 올려놓는다. 이 두 봉우리가 가야산 상봉인 칠불봉(1,433m)과 우두봉(상왕봉, 1,430m)이다. 둘 다 거친 바위봉우리로 100여 미터쯤의 직선거리를 두고 있으나, 우두봉은 합천땅에, 칠불봉은 성주땅에 있다. 칠불봉에서 우두봉을 바라보면 불뚝한 암괴가 자못 의젓하고, 우두봉에서 칠불봉을 건너다보면 생긴 바위 얼굴이 비의를 감춘 첨탑 같다. 나는 합천땅 우두봉에 올랐다가 성주땅 칠불봉에 올랐다가를 되풀이하며 잠시 산 맛에 취해 본다. 눈발이 쳤는지 바위 그늘에는 보솔한 눈이 모여 있다.

칠불봉 표지석 '가야산 전설'에 의하면 '가야산은 가야 건국 설화를 간직한 영남의 영산으로 정견모주(正見母主)라는 산신이 머무는 신령스러운 산으로 그 골이 깊고 수려하여 삼재(旱災한재, 水災수재,

兵災병재)가 들지 않는 해동영지로 일컬어 온 영산이다.'라고 적고 있다. 가야산에 대한 이 말은 가야산 팔만대장경에 대한 다음 글과도 연결된다. '대장경 판본은 경상도 해인사에 있습니다. 이 해인사가 여러 차례 화재를 만났으나 장경각엔 끝내 불이 미치지 않았다 합니다. 또 듣건대, 청소하지 않아도 먼지가 감히 침범하지 못한다 합니다.(…) 자못 신기하고 이상스러운 일입니다.(홍대용, 『甚軒書심헌서』 內集내집 권2, 계방일기, 1775. 8.26)' 또 덧붙이기를 '그들(승려)의 존봉하고 애호하는 정성은 유가(儒家)로서는 도저히 미칠 수 없으니, 유자(儒者)로서 부끄러운 일입니다.'라고 했다.

이런 팔만대장경판이지만 조선왕조실록에는 일언반구의 언급도 없다. 억불이 얼마나 가혹했는가를 이로 미루어 알 수 있다. 인류가 보존할 가치가 있어 유네스코의 세계 기록 유산으로까지 등재된 이 팔만대장경은 국가적인 차원이 아닌 순전히 치도(緇徒)라고 멸시를 받던 승려들의 신심에 의해 보존되어 왔다.

팔만대장경판(국보 제32호, 8만 1,258장)을 간직한 법보종찰 해인사는 가야산이 품고 있다. 고려는 1236년부터 1251년에 걸쳐 호국일념으로 고려대장경을 완성했다. 처음 대장경은 강화도에 봉안했으나, 서울의 지천사에서 보관했다가 1398년에 가야산 해인사로 옮겨 왔다. 자통홍제존자 사명당 석장비와 고암의 비탑과 성철 대덕의 사리탑도 이 종찰 도량에 자리 잡았다. 신라 최치원은 당나라에서 귀국 후 뜻을 펴려 하였지만 난세를 만나 상심 끝에 진성여왕 10년(896년)에 가족과 함께 가야산으로 들어가 나오지 않았다고 한다. (기대승, 『고봉속집』 제2권). 고운 최치원은 "미쳐 날뛰는 듯 겹겹 바위들이 괴이한 소리를 내질러/ 사람 말소리 지척인데도 알아듣지 못하겠어라/ 시비하는 소리 귀에 이를까 두려워/ 일부러 물을 흐르게 해 산을 감싸게 하였네(狂奔疊石吼重巒광분첩석후중만 人語難分咫尺間인어나분지척간 常恐是非聲到耳상공시비성도이 故教流水盡籠山고교류수진롱산)『孤雲集(고운집)』 권1, 「題伽倻山讀書堂(제가야산독서당)」"라는 시를 남기기도 했다.

파계사 성전암에서 철조망을 치고 용맹정진하던 성철대덕은 이 가야산에 상주하면서 숱한 깨침의 소리로 비틀린 인간들의 심성을 두들겨 바로 잡으려 했다.

하산길은 동쪽으로 꺾어 든다. 먼 아래로 해인사 지붕이 어렴풋하다. 출발지가 동녘이었으나 주맥을 사이에 두고 다시 동쪽으로 꺾어 드는 것이다. 조금 가파른가 했었으나, 이내 둥근 능선이 나붓이 이어지고 제법 높이 자란 산죽밭이 나타났다. 계곡의 물소리가 들려오고 호랑버들, 감태나무, 다릅나무, 검팽나무, 비목, 짝짜래 등 반도 남녘 나무들이 이름표를 달고 산객을 맞아준다. 이름이 재미있는 짝짜래나무는 우리나라 특산종으로 6월에 연보라꽃을 피우고 9월에 열매를 맺으며 꽃향기가 좋다고 적혀 있다.

대적광전을 거쳐 장경각 계단을 밟고 올라서자 11월 눈 부신 햇살이 폭포처럼 쏟아졌다. 나는 나도 몰래 마당에 엎드려 삼배를 올렸다. 먼지 하나 안 생겨 이상스럽다는 장경각 바닥에는 바람날에 깎여나간 쫄대틈을 비집고 들어오는 햇살이 햇병아리처럼 기어다녔다. 장경판은 천년 세월에도 맑은 빛이 감돌았다. 우리 민족은 이 팔만대장경 하나만으로도 당당히 세계에 우뚝하다. 시도 결국 이 팔만대장경만은 해야 하지 않을까 하는 생각이 문득 든다. 하지만 그 미묘한 법성의 진동 소리는 내 마음속에서 묵음으로만 울릴 뿐 도무지 언어로 튀어나오지는 않고 있다.

돌아서 성철대종사 사리탑 앞에 서자 괜히 가슴이 두근거렸다. '가운데 구는 완전한 깨달음과 참된 진리를 상징하고, 살짝 등을 맞대고 있는 반구는 활짝 핀 연꽃을 표현하며, 크기가 다른 정사각형의 3단 기단은 계 · 정 · 혜 삼학과 수행과정을 의미한다(퇴옹당 성철대종사 사리탑)'. 생각해 보니 나는 일주문으로 들어온 것이 아니라 가야산 산봉우리를 타고 넘어 산문에 들어선 것이었다.

장경각 용마루를 떠받치고 있는 아름드리 배흘림기둥들을 쓰다듬으며, 이 기둥들이 모두 가야산에서 자란 것이겠구나 하는 생각이 들자, 암괴로 뒤덮인 가야산 상왕봉이 불현듯 다시 떠올랐다. 죽었으나 죽어 다른 쓸모로 다시 태어난 이 나무들과 함께.

산 채로 무간지옥에 떨어져서
그 한이 만 갈래나 되는지라
둥근 한 수레바퀴 붉음을 내뿜으며
푸른 산에 걸렸도다.

— 퇴옹 성철, 「열반송」 부분

「국토의 숨결을 찾아서」, 계간 『님』, 2012년 상반기호.

3부

시가 있는 산문

이슬 같은 시

이슬과 같은 시를 쓰고 싶다. 시의 이슬, 우리 글의 아름다움이 오묘한 몸짓으로 넘쳐 있고 때 묻지 않은 생각이 고요히 숨 쉬고 있는 이슬과 같은 그런 시, 그런 시를 쓰고 싶은 것이 내 바람이다. 그것은 불가능한 것일까? 그러나 결코 불가능한 것은 아닐 것이다. 그 가능성을 비치는 몇몇 시들을 우리는 간직하고 있기 때문이다.

이슬과 같은 시를 쓰기 위해서는 우선 그 속에 담긴 사상이 투명해야 될 것이다. 사상의 명징성은 언어의 정결미를 낳는다. 음과 양, 높은 곳과 낮은 곳이 고루 갖추어져 일그러짐이 없고 투박하면서도 은은하여 가다가 머물 수도 있는, 말하자면 잘생긴 산과 같은 것. 그러나 이러한 묘법이 깃든 산은 쉬이 찾아낼 수 없는 것 같다. 그것은 어찌 된 일일까?

사상의 명징성은 곧 깨달음의 길을 요구하기 때문이다. 인생에 대한, 세계에 대한 차원을 달리하는 깨달음 없이는 이 명징성이 오지 않는다. 시가 이슬이게 하는 둘째 요건은 순정성이다. 시의 순정주의. 내심의 진솔함에서나 절실함에서 우리는 순정성을 느낄 수 있고 이는 원초에 이르는 길과 통해 있다. 순정은 무구하다. 청순한 사랑은 쇠붙이도 녹일 수 있다. 이 이상스러운 힘은 하늘과 땅, 세계와 나를 일치시키고 온몸을 비로소 타오르게 한다. 한 편의 시에서 이 모든 것을 기대하거나 캐낸다는 것은 지나친 욕심일까? 하지만 동이 트고 해가 떠올라 이슬에서 영롱한 빛이 감도는 순간은 상상만의 세계가 아닐 것이다.

명징성과 순정성을 잘 어울리게 빚어 넣고 보면, 이슬 같은 시가 참으로 제 모습을 드러내리라 믿어 보는 것이다. 그 길이 멀고 먼 길이지만 내 가난와 고통과 고뇌와 하염없이 흐르는 눈물은 오로지 이것을 향해 있다. 이 모든 체액을 짜고 짜내어 최후의 한 방울, 시의 이슬이 황홀히 피어나기를 기다리면서.

『마당』, 1985년 3월호.

고래 구경

내가 아주 어렸을 때였다. 할아버지는 늘 고래에 대한 말씀을 하셨다. 고래는 동해 깊은 물 속에 살다가 세상 구경을 하고 싶으면 가끔씩 머리를 쳐들고 하늘로 뛰어오른다고 했다. 그 모습이 꼭 미르가 등천하는 것 같다는 것이다. 그리고 물을 뿜어 올리곤 하는데 그 물기둥이 능수버들처럼 떠오른다는 것이었다.

하루는 할아버지가 내 손목을 잡아끄셨다.

"언늠아, 오늘 고래 구경을 가자."

예닐곱 살쯤 되었을까? 나는 할아버지를 따라 뒷동산으로 올라갔다. 뒷동산은 마을에서 고작 높은 산이었다. 망루 같은 산이었다. 그래서 음력 정월 대보름이면 어김없이 이곳을 찾아 망월을 보곤 했다. 벌채를 끝낸 지도 얼마 안 된 터라 보득솔(어린 소나무)만 소복소복 할 뿐이어서 멀리 바라보는 데는 아주 적격이었다. 할아버지는 솔숲을 비켜서시며 잡풀들을 갈라 양옆으로 뉘어놓고 저만치 올라섰다가 돌아와 내 손목을 잡아끄셨다. 그리고 자그만 언덕을 거쳐 파릇한 풀옷을 입고 있는 무덤을 지나 정상에 이르는 능선을 찾아 발걸음을 재촉해 가셨다. 나도 땀을 흘리면서 할아버지 뒤를 따랐다. 얼마쯤 올랐을까?

고지바가지(바가지)를 엎어놓은 것 같은 게 들어왔다. 마을 초가들이었다. 소를 내어 맨 작은 비탈도 보였다. 시계가 넓어지기 시작한 것이다. 숨이 차셨던지 할아버지는 잠시 걸음을 멈추고 사방을 바라보셨다. 나도 사방을 바라보았다. 산신이 거처하는 대관령이 능선 위로 다가서고 청춘 남녀들이 곧잘 소문을 일으키는 월대산이 들어왔고 넓은 앞들이 눈앞으로 성큼 다가섰다. 정오가 가까웠던지 햇살은 무시로 내 까까머리를 두들겨 댔다.

할아버지는 다시 내 손목을 잡으셨다. 조금만 가면 된다, 저기다, 저기야. 마침내 할아버지와 나는 정상에 다다랐다. 강릉 비행장이 누워있고 그 앞에는 불홧재, 다시 그 옆으로는 신사임당의 시 「사친(思親)」에 나오는 한송정이 소나무 숲속에서 꼼지락거렸다. 그리고 그 솔밭 위로 예의 고래가 산다는 동해 안목바다가 불쑥 댕겨져 올라왔다. 푸르고도 산뜻했다. 쪽빛 명주실을 옆으로 길게 늘어뜨려 놓은 것 같은 수평선이 하늘과 엷은 경계를 짓고 파도가 치는지 목화송이 같은 게 일었다 없어졌다 했다. 할아버지는 사초풀이 길게 자라 방석처럼 만들어진 한 곳을 골라 나를 앉히시고는 손가락으로 가리키셨다. 저기다. 가만히 기다려 보아라. 나는 고래를 볼 욕심에 솔숲 끝의 바다를 향한 내 눈을 떼지 못하고 할아버지가 손가락으로 가리키시는 쪽을 유심히 바라보았다. 바라보고 또 바라보았다. 할아버지도 바라보셨다. 바라보고 또 바라보셨다. 이제나저제나 고래가 나타나기만을 기다리는 것이었다. 고래가 나타나 재주를 부리는 그 아찔한 순간을 보고 싶은 것이었다.

하지만 기다려도 미르 같은 고래가 나타나지 않았다. 산정의 바람은 살랑댔지만 끝내 나타나 주지 않았다. 능수버들처럼 치솟는 물줄기도 볼 수 없었다. 그저 바다는 조용했고 목화송이 물거품을 자꾸 모래불에 내다 버릴 뿐이었다. 어스름이 끼기 시작해서야 할아버지는 나를 데리고 돌아서셨다.

"언늠아, 고래가 오늘은 멀리 놀러 간 모양이다."

할아버지 말씀은 짤막했다. 그 후로도 몇 차례 고래 구경을 따라나섰지만, 중학교에 들어갈 때까지 끝내 그 고래는 나타나 주지 않았다.

시도 그런 게 아닐까? 한량없이 기다려 보는 것, 기다리는 맛에 시를 쓰는 게 아닐까? 소품을 제조하는 사람이 명품을 기다리듯 시의 명품을 기다리며 인생을 다스리는 것. 이 길이 시인의 길이 아닐까?

세상은 번거롭다. 그러나 번거로운 바로 그 자리가 시가 태어날 자리다. 번거롭고 불안한 바로 그 한 가운데서 연꽃송이 같이 미미 묘묘하고도 또렷한 시의 꽃송아리가 활짝 피어난다면 그게 명품 아니고 무엇이랴. 중중무진겁의 이 칼날 같은 시간은 그래서 단 한 방울도 소중하기만 하다.

애당초 고래는 없었는지 모른다. 할아버지가 유년 시절 보셨다고는 하나, 그때 이미 고래가 동해에서 자취를 감추었는지 모른다. 할아버지는 손주인 내게 그런 식으로 인생법을 가르쳐 주시려는 것은 아니었을까? 한량없이 기다리는 맛으로.

『심상』

시 탄생의 비밀-매봉산 산노인

한 편의 시가 제 모습을 드러내기까지는 가끔 신비로운 아픔 혹은 질곡의 과정을 거치기도 한다. 그것은 충격적인 사건일 수도 있다. 이 글은 시「매봉산 그 사람」의 탄생과정을 적은 것으로써『現代詩學(현대시학)』지의 체험적 시론(1990년 4월호)으로 밝혔던 것인데, 시의 비밀을 푸는 작은 열쇠가 되지 않을까 해서 잠시 여기 옮겨 본다.

내가 처음 그 산노인을 알게 된 것은 법수치(法水峙)라는 조그만 산마을에서였다. 그의 첫인상은 마른 체구에 작은 눈매, 유난히 깊은 눈빛이 그 전부였다.

내가 그곳에서 보냈던 4년간은 말하자면 그 산노인과의 만남과 헤어짐이라 짧게 요약할 수 있다. 산속에서의 거리나 그가 하는 일과 내가 하는 일이 서로 다른 탓도 있었겠지만, 우리는 그리 자주 만나는 편은 아니었다. 그저 한 달에 두세 번 만났을 뿐이었다. 한 달에 두세 번 만났으나, 만나기만 하면 참으로 많은 이야기를 했다.

주로 내가 듣는 쪽이었는데, 우리는 곧잘 이야기로 밤을 새우곤 했다.

그는 총각이었다. 겹겹이 둘러싸인 산마을과 노인 총각, 물으면 웃으면서 산과 결혼해 자기는 총각이 아니라고 했다. 홀로 그렇게 살아오는 동안 산은 그분의 생활 터전이었고 친구였으며 연인이었고 어머니였다.

그는 산이 살아 있다고 굳게 믿었다. 그리하여 산도 희로애락의 일상적 감정의 여울을 가진다고 했으며, 인간보다 그 진폭이 넓을 뿐이어서 느끼는 사람만 그걸 느낄 수 있다는 것이었다. 그뿐만 아니라 산도 중얼거릴 줄 알고 한숨을 쉬며 때로는 애절히 운다고 했다. 깊은 밤이면 그 신음에 가까운 울음소리가 은은히 땅을 울리며 들려온다는 것이었다.

그분은 몸이 아프거나 괴로울 때는 산속에 머문다고 했다. 어느 산기슭 나무 아래에서 그 나무가 쏟아놓은 분신들을 깔고 하룻밤을 쉬고 나면 이상스럽게 가뜬하다는 것이었다. 산에 대한 그의 믿음은 한결같았으며, 산이 그분의 몸을 어루만지고 산기운이 살 속이나 뼛속까지 스며들어 그의 몸을 부드럽게 해, 어찌 보면 가련한 이 노인에게 더할 수 없는 기쁨을 주는 것 같았다

하지만 그는 가련하지 않았다. 그의 삶 속에 산이 들어와 있는 한 그는 행복해 보였다. 피부는 언제나 맑았으며 눈빛은 처음 만났을

때와 다름없이 늘 온화했다. 오히려 발걸음은 더욱 가벼워진 것 같았고, 말소리는 둥글어져서 듣기에 말할 수 없는 편안함을 주었다. 어쩌면 산이 그의 감성을 깨어나게 한 것 같기도 했다. 그에게 있어 산은 차라리 그의 신(神)이었다. 그가 산에 대해 가진 감정은 깨침을 갈망하는 선사(禪師)의 그런 것이기도 했다. 그러나 그에게 있어서는 어떤 갈망의 징표가 나타나 있지 않았다. 다만 산을 살아 있는 존재로 파악하며 산에게 몸을 의지하고, 산이 그에게 베푼 것에 대해 무한한 고마움을 느낄 뿐이었다.

사실 그는 여러 가지를 얻어냈다. 산나물 · 약초 · 산열매 · 버섯류 · 산벌레 · 나무뿌리 등은 그의 생명을 이어가는 유일한 수단이었다. 산은 그에게 이것들을 주었고 그는 이것들을 받아들였다. 하지만 그가 어떤 욕심에 부풀어 이것들을 쌓아 놓지는 않았다. 그저 끼니를 이어갈 정도의 분량만 얻으면 그것으로 족했다. 어떤 측면에서 바라보면 참으로 한심한 존재였다. 그러나 그것은 오랫동안 산 생활을 하면서 그가 스스로 터득한 생활 방법이었고, 그것이 그의 삶을 지배하는 것 같았다.

하루는 그의 집을 방문했는데(그의 집은 '광불'이라는 곳으로 오대산과 설악산의 중간쯤에 있다.), 그곳에서도 그런 인상을 지워버릴 수 없었다. 방 한 칸에 부엌은 그대로 바깥쪽이었다. 지붕은 굴피지붕이었고, 투박하게 쌓아 올린 황토 통흙벽이 낮은 지붕을 가까스로 떠받들고 있었다. 살림살이라고는 냄비와 사발 몇, 오지항아리 두 개와 조그만 가방과 산열매를 따 담았을 법한 주루먹 한 개가 고작이었다. 그가 삶을 지탱하기 위한 최소한의 용구가 있을 뿐이었다. 초가을에 접어들었지만 겨울 땔감도 준비하지를 않았다. 하기야 주위가 모두 나무이니 그럴 필요가 없기는 하겠지만, 장작이라도 준비해 두어야 할 것이 아니었겠는가.

그러나 방 안에 앉아 바깥을 바라보니 그게 아니었다. 산이 거기와 있었다. 겹겹이 산이었다. 산속에 산, 산 밖에도 또 산이었다. 산의 천지였다. 멀고 가까운 산들이 이 방문을 향해 머리를 조아렸다. 골짜기를 따라 올망졸망 떠도는 멧부리뿐 아니라, 크고 작은 봉우리들이 이 방안을 향해 온몸을 나붓거렸다. 그것은 마치 수많은 파도가 끊임없이 밀려오는 것 같았다. 큰 파도가 어린 파도를 데리고, 어린 파도는 큰 파도를 따라 그렇게 이곳을 향해 올라오는 것 같았다.

그들은 얼굴 또한 달랐다. 하늘과 서로 얼려 자아내는 산빛이 달랐다. 그들은 생긴 대로 크기대로 꾸미지 않는 정갈한 모습으로 미묘하고도 독특한 미감을 창출해 내고 있었다. 아직은 높은 봉우리들만 엷은 붉은 빛깔을 머금고 있어, 가을산 특유의 정적과 울긋불긋함은 없었으나 푸른 하늘색과 차츰 엷어지는 초록과, 노랑으로 이어지기 직전의 그 빛깔들은 나무색과 묘한 대조를 이루어 온 산이 은밀한 꿈틀거림 속에 잠겨있었다. 그리고 이것들이 마치 풀솜처럼 일어서서 수많은 아름다운 선들로 물결을 쳐나갔다. 그것은 아름다운 선의 연속이었다. 하늘을 바탕으로 하여 유연하게 그려진 선의 빛남, 때로는 지하 어느 곳을 향해 퍼들거리며 내려가다가 갑자기 사라지기도 하고, 맑은 공간 속에서 춤추듯 유연한 몸매를 그리다가 광활한 허공으로 달아나기도 했다. 그러나 그 모든 것들이 이 방안과 연결된 것이었다.

그뿐만 아니었다. 곳곳에서 쏟아지는 계곡의 물소리가 산벽에 부딪혀 방을 울렸다. 방안을 채웠다. 방이 물소리 속에 있는 것인지 물소리가 방 속에 있는 것인지 도무지 모를 지경이었다. 그는 바로 그런 곳에서 살았다.

나는 그 후에도 산이 보고 싶으면 혹은 물소리가 듣고 싶으면 가끔 그곳을 찾았고, 그분이 이 초옥에 몸을 두고 있거나 말거나 그 방안을 드나들었다. 그분과 이렇게 4년, 나는 그곳의 임기가 끝나 바닷가 조산으로 자리를 옮겨 앉았다. 그리고 가끔 풍문으로 그분에 대한 소식을 듣곤 했다. 다시 4년이 흘렀다. 겨울이었다. 한밤에 문득 그분의 모습이 보이고 시 한 편이 떠올랐다. 「매봉산 그 사람」이란 시였다.

겨울이 가고 봄이 되었다. 그분은 바로 그 겨울에 세상을 떴다는 것이었다. 그 순간 나는 삶이란 진정 무엇일까, 죽음이란 또 무엇일까를 곰곰이 생각했다.

산의 비명 소리가 들렸다. 그리고 마음속 깊은 곳에서 꽃 한 송이가 피었다가 찬란한 광채를 내며 타오르는 것이었다.

「체험적 시론」, 『현대시학』, 1990년 4월호.

새벽 샛별은 단독자다

새벽별은 새벽에 만날 수 있어 좋다. 지는 놀 사이로 드문드문 얼굴을 내미는 초저녁 별도 좋지만 이제 곧 사라질 자신을 알아채기라도 한 듯 조금은 슬픔을 머금은 새벽 별빛은 황홀하기까지 하다.

새벽별은 빛을 안으로 거두어들인다. 가물가물 헤량할 길 없는 먼 거리에서 홀로 그렇게 떨기만 한다. 초저녁부터 밖으로 발산하던 빛은, 한밤중에 이르러 그 절정에 도달하고, 새벽에는 반짝임마저 감추고 은은하게 자신을 불태울 뿐이다. 그러나 그 순간도 잠시 어느샌가 별무리들은 흔적도 없이 사라진다. 형형색색 수많은 빛의 올을 수틀에 박아 놓은 하늘의 궁전은, 뜻밖에 맞닥뜨린 절벽에서 탁 트인 바다를 만날 때처럼, 시원스러움과 공허감을 한꺼번에 불러일으키며 그저 광활한 공간으로 열려버리는 것이다. 그것은 또 다른 세계다. 이 다른 세계를 위해 그들은 스스로 자신의 자리를 비켜선다.

그들은 머뭇거리지 않는다. 자리에 연연해하지도 않는다. 온밤

내 자신을 불살라 빛을 내던 그 찬연함에 만족이라도 한 듯 떠날 때는 일시에 흔적 없이 간다. 물론 초저녁에 잠시 모습을 보였다가 곧장 자리를 뜨는 별이 있는가 하면 자정쯤에야 이파리 뒤에 숨은 산꽃처럼 가까스로 모습을 보였다가 이내 자취를 감추는 별이 있기는 하다. 하지만 떠날 때 그들은 한결같이 흔적을 남기지 않는다. 이 세상에 작은 발자욱조차 남기지 않고 사라지는 것이 있다면 유독 별들이 아닐까 한다. 무엇인가 꼭 남겨야 직성이 풀리는 삶이 보배인것처럼 여겨오는 것이 사람들이지만, 남기지 않는 깨끗함을 나는 새벽별에서 본다.

그 삶은 찬연함의 극에 이르러 있다. 극에 이른 삶이기에 수십만 광년 먼 거리에서도 찰름찰름 반짝이는 빛가루를 이 지상에 뿌리는 것이 아닐까?

그런데, 이러한 순간을 조소라도 하듯 떠오르는 별이 있다. 남들이 일생을 마쳐 갈 무렵 홀로 우뚝 단독자인 양 거만스레 안겨드는 별, 신비로운 빛물결을 일으켜 동녘을 마구 두들겨 대는 그, 그는 이른바 샛별인 것이다. 그는 하늘의 무법자다. 하늘의 독재자다. 그는 틈입자(闖入者)요 이단자다. 광야를 포효하는 짐승처럼 새벽의 정적을 깨뜨리고 홀로 어슬렁거리는 그를 보고 있노라면 섬찍하고 강렬하다. 그래서인지 그가 나타나는 순간 기왕에 자리하던 별은 자기 집을 버리고 슬금슬금 모습을 감춘다. 그의 위용에 눌리어 일찍 떠나가 버리는 것이다. 그런데도 하늘은 그를 탓하거나 노여워하지 않는다. 떠나가는 별들은 그들대로 원망하지 않는다. 버티려 안간힘을 쓰지 않고 스스로 몸짓을 새로운 빛 속으로 던져 넣으며 또 다른 날을 기다린다.

봄이 가면 여름이 오듯 자연스럽게 다른 질서가 전개되는 것이다. 그가 가는 길을 축복해 주는 듯 길은 끝없는 우주공간에 열려 있고 그는 그 길을 따라 곧바로 간다. 그래, 그는 간다!

그의 걸음걸이는 빠르다. 종종걸음을 치거나 붙박이로 있는 별들이 안타깝기라도 한 듯 잽싼 걸음으로 하늘을 가로지른다. 동녘을 바라보고 있으면 어느 사이에, 중천에서 기웃거리고 중천인가 하면 이미 서산머리에는 잔광을 파들거린다. 그의 광채가 강렬하고 위풍이 당당한 것만큼 그의 일생은 짧다. 초저녁부터 새벽까지가 아니라, 새벽에 잠시 하늘을 뒤흔들어 놓고는 그대로 사라지는 것이다. 그가 그렇게 강렬한 인상으로 오는 것은 실로 이 때문인지 모를 일이다.

하지만 그의 이러한 몸짓과 걸음걸이는 새벽하늘을 생명감으로 넘치게 한다. 그러하여 새로운 리듬이 파동치고 둔화된 움직임은 비로소 활기에 차 살아 꿈틀대는 하늘로 바뀌는 것이다. 새벽하늘은 결코 죽은 하늘이 아니다. 그러기에 성자들은 이 별 앞에서 크게 깨닫는다고 하지 않던가. 깨달음을 주는 별. 새벽하늘에 명멸하는 숱한 성좌. 나는 저들을 바라보며 말할 수 없는 평온감에 젖는다.

내 유년 시절이 저 별 뜬 하늘에 있다. 내 오늘이 저기 있으며 내

미래 또한 저기 저 별 너머에 있다. 저들이 내가 지나온 길을 속속들이 지켜보고 있듯이 내 갈 길 또한 저 별이 지켜보고 있다.

다랑이 논둑길이 보인다. 뽀골거리는 논바닥을 들여다보는 내가 보이고, 까닭 없이 산천을 헤매며 휘청거리는 내가 그곳에 그려지기도 한다. 물에 비쳐 하롱거리는 풀 그림자와 유별나게 해쓱했던 나, 그리고 그 소녀의 티 없는 웃음소리도 거기서 들려온다. 복작대는 출근 버스 속에서 둥둥 떠 납작해진 납 같은 내가 느닷없이 거기 나타나고, 조직의 수렁 속으로 온몸을 빠뜨려 넣고 먹고 먹히는 아수라의 회오리에 휘말리며 허우적거리는 나를 문득 그곳에서 발견하고 놀라기도 한다.

이 삶이 그지없이 거추장스러워 괴로워하던 나, 밤길을 방황하던 나, 겉과 속이 일치하지 않아 애를 먹은 나, 갈등으로 밤을 지새우며 아파하던 나, 시기와 질투로 일그러진 나, 호사스런 편의주의에 집착하려고 덤벼들기만 하는 나, 부정을 보고도 거센 항의 한 번 해보지 못한 나, 마음에 드는 여인을 본 날 밤 공연히 가슴 설레며 아랫도리가 시큰거리던 나, 한 편의 시를 발표하려 서울 하늘을 바라보며 실망하던 나, 밤을 새우고도 시가 안 돼 끙끙거리던 나, 전쟁 중에 나무를 해 왔다가 어머니 꾸지람을 받고 도로 산에 갖다 뿌렸던 고집스럽고 옹졸했던 나, 선善의 성정으로 육신을 다스릴 수 없는, 나약해 빠진 이 나,(…)

실로 수천의 이 나를 새벽 성좌들은 보여준다. 흥망성쇠와 길흉화복을 넘나드는 인간사가 부질없음을 깨우쳐 주는 것 또한 새벽별이며, 더할 것도 덜 할 것도 없이 주어진 길을 가도록 귀띔해 주며 내 발걸음에 향기와 밝음을 주는 것 또한 저 새벽별인 것이다. 새벽마다 눈이 아프도록 바라보는 별들, 이미 내 벗이 된 지 오래인 저들.

며칠씩 날씨가 흐렸을 때의 안타까움은 차치하고라도 가끔씩 들려보는 도회지에서 빌딩숲이나 티끌구름에 가려 별을 볼 수 없었을 때의 괴로움은 또 어떠했던가. 별이 없는 세상을 한번 상상해 보라! 그 주검 같은 세상을.

별들이 돋아 있기에 밤은 아름답다.

별들이 돋아 있기에 그래도 이 생은 살만하다. 별이 비치는 이 강물, 별이 비치는 저 산정.

유난히 광채를 발하던 그가 가고 어둠살이 풀리기 시작한 하늘에는 깊은 고요만 찰랑댄다.

동해에 불끈 해가 솟구치기 직전의 이 정적은 나에게 또 무슨 의미로 다가서는 걸까? 별 뜬 책장은 덮이고 해 뜨는 수묵밭이 새벽파도에 일렁거린다.

『밀물』, 1990년 6월호.

수선화

종로에서 수선화 한 뿌리를 샀다. 지난해 정월 하순인가 싶다. 쪼글쪼글한 알뿌리였는데 겉모습 같아서는 소생할 것 같지 않아 주인에게 넌지시 물었다. 이래도 싹이 나오는가요? 그럼은요. 노점 노파의 단호한 말투가 믿음직스럽기도 해 나는 그걸 사서 안주머니 깊숙이 넣었다.

알뿌리는 설악산을 넘어 내가 살고 있는 곳으로 왔다. 주머니에서 그걸 꺼내었다. 너무 갑갑한 곳에 오래 가둔 듯해 하루는 양지녘에 놓아 햇살을 쬐었다. 하루는 바다가 잘 뵈는 창문 곁에 놓아 파도 소리가 흘러들게 하였다. 그리고 또 하루는 난분에 놓아 미리 흙내음을 맡게 해 생흙 속에서 당할지도 모를 충격을 피해 주었다.

사흘 낮 밤을 이렇게 지켜 앉았다가 나흘째 되는 날 나는 이 알뿌리를 꽃밭에 묻고 나뭇가지를 가장자리에 꽂아 표를 해 두었다. 그리고 기다렸다.

마당귀에서는 잔설 녹는 소리가 들려왔고 얼었던 땅은 풀렸다.

산작약이 그 특유의 불그레한 싹을 내밀었다. 이 가냘픈 싹이 소맷귀를 파고드는 동해 샛바람도 아랑곳하지 않고, 고개를 잔뜩 치켜든 모습은 오히려 오슬거리는 추위를 만끽하는 것 같았다. 이어 진달래 철쭉 모란 양살구 홍매자 홍자단 그리고 한봄이 다 가도록 깨어날 줄 모르던 모과까지 잎눈을 틔웠다.

꽃이 피었다 지고 초여름이 되었다.

어느 날 문득 그것이 생각났다. 그 알뿌리 생각인 것이다. 나는 부리나케 그걸 심었던 자리로 갔다. 그러나 그곳에는 아무것도 없었다. 마땅히 있어야 할 그 어떤 모습도 내 눈에 들어오지 않았다. 존재는 무無 그것이었다. 다만 참호박 넝쿨만 무성할 뿐이었다. 나는 꽂았던 나뭇가지를 젖히고 조심스럽게 흙을 팠다.

이것이 어찌 되었단 말인가?

이 땅속에서 영영 사라진 것인가? 썩어 흙으로 돌아가고 만 것인가? 하기야 정월에서 한여름까지의 세월이 흘러갔으니 충분히 그럴만했다. 그러나 손끝이 흙을 타고 내려갔을 때 무엇인가 감촉이 왔다. 바로 그 알뿌리였다. 조금씩 흙을 털어 내자 이내 그 모습이 드러났다. 묻을 때 모습 그대로였다. 오히려 더 쭈그러든 것이 가련할 지경이었다. 뿌리 쪽을 살펴보아도 감감하였다. 아무 소리도 들려오지 않았다. 그것은 이미 죽은 놈이었다. 생사의 경계를 버린 것이었다. 시체일 뿐이었다. 흙으로 돌아가서 그 본체가 사라지고 말 것이었다. 그리하여 예민한 촉수를 내민 잡초 뿌리가 다투어 내려와서 남은 진기를 빨아들이면 그것으로 그만일 것이었다. 나는 한동안 그 쓰라린 최후를 가늠해 보며 팽개치듯 그걸 도로 그 자리에 던져 넣었다. 흙이 채워질수록 그것에 대한 내 애정과 기억의 꼬리는 흐릿한 여운을 남기며 사라졌다.

어느새 가을이 찾아와 단풍 든 잎들은 서걱거리며 떨어져 내렸고 나무는 앙상한 알몸을 드러내기 시작했다. 그런데 이게 어찌 된 영문인가? 나는 소스라치게 놀랐다. 말라버린 호박넝쿨 사이로 파릿파릿한 풀대가 세차게 솟구쳐 올라와 있는 것이 아닌가? 그것은 전혀 상상 밖의 것이었다. 나는 잠시 기억을 더듬어 올라가기 시작했다. 좀체 생각이 나지 않았다. 그도 그럴 것이 지난해의 일 따위는 내 마음 밖으로 사라진 지 오래되었기 때문이었다. 하지만 내 기억의 얼음장을 깨뜨리며 뭔가 한 줄기 광채가 찬란히 일어서는 것이었다. 초록빛 광채! 그렇다, 그것은 참으로 황홀한 초록빛 광채였다. 그의 발랄하고도 유연한 몸매가 거기 있었다. 그 수선이란 놈이 말이다. 생명의 끈질김과 신비함이, 수선과 나 사이 잃었던 과거가 바로 거기서 여름 강물처럼 부풀어 올랐다. 느닷없이 노파의 얼굴도 떠올랐다.

나는 한동안 죽음은 깊은 휴면이 아닐까 하는 생각이 들었다.

첫 추위가 매섭게 몰아치던 날 새벽, 나는 자리에서 일어나자마자 안타까운 심정으로 그곳으로 가보았다. 그가 밤사이 안녕했을까, 하는 염려 때문이었다. 그런데 놀랍게도 선형(線形)을 이룬 잎줄기는 더욱 꼿꼿한 자세로 그 자리에 그대로 서 있는 것이었다. 그것은 잃어버린 시간을 자신만이 안으로 끌어안고 냉엄하게 타오르는 한 자루 맑디맑은 생명의 불꽃으로 와 있었다.

홀로 차가운 하늘과 마주하며.

『밀물』, 1991년 2월호.

황혼이 자아내는 장엄 앞에서

산마루에 노을꽃이 만발하였다. 청둥오리들이 놀랐는지 물푸레나뭇잎 소리를 내며 날아간다. 돌을 비켜 흘러가는 개울물은 은밀하고, 몰라보게 까슬해진 풀잎들이 웅덩이에 담겼다가 빈손을 내젓는다.

광활하게 열렸던 하늘은 서서히 문을 닫으려는 듯 동녘 밖이 어슴푸레한 빛으로 젖어 든다. 한동안 침묵이 흐르고 허공은 학춤 수를 놓은 치맛자락을 펼쳐 든다. 여기저기 흩어졌던 구름깃을 쓸어 모으며 몇 올 엷은 광채가 천공天空에 놓였다가 사라진다.

바로 그 순간 하나둘 별빛이 초롱거려 전혀 다른 차원의 세계로 나아간다.

나는 일몰의 이런 순간을 지켜보기 좋아한다. 그것은 우주의 대축제다. 우주의 대열반제다. 나는 구경꾼으로 여기 동참해서는 괜히 서성거린다.

이 깊고 깊은 산중에서 홀로 살며 내가 벗 삼아온 것들은 많지만,

황혼이 자아내는 장엄은 나로 하여금 생존의 기쁨을 만끽하게 하는 것이었다.

나는 거기 몰입한다. 나를 벗어버리고 알몸뚱이로 그 순간과 일치한다. 애욕과 속기가 씻겨 나간다.

일었던 격랑을 낙조의 색조로 태워버리고 신선한 감성으로 깨어나 알 수 없는 뿌리에 동화된다.

하늘, 산, 나무, 별, 구름, 바람 소리, 새, 벌레들, 풀, 그리고 조화(造化)…. 그들이 어찌 나와 무관한 것이랴.

그들로 하여 내가 존재한다. 그들은 위대한 내 모성이다. 그들로 하여 내가 왔으며 그들의 행로는 곧 내 안식처인 것이다.

알고 보면 그들은 축복의 법신(法身)들이다. 이 세계를 찬양하기 위하여 잠시 촛불을 받들고 광명으로 두루 비치는 축복의 비로자나불이다.

그들의 모습은 다양하다. 혹은 소리로 혹은 색으로 혹은 가지가지 형체로. 독립해 있는가 하면 하나로 통합되어 있고 하나인가 하면 저만치 따로 떨어져 홀로 눈부신 광채를 발하는 것이다.

나는 이들과 함께 있다. 작은 생명의 등불인 채 우주의 동반자로서 나뭇잎 소리에 기대어 시간의 부서지는 소리를 들으며.

마음의 불꽃

1.

해와 달을 데리고

우주와 한 몸을 이루었네.

마음 불꽃 지피다

영원 속으로 묻혀버리면

저 곰취밭 개똥벌레 소리가

슬슬(瑟瑟)히

내 가슴결 찢고 가네.

2.

天地與我竝生 천지여아병생(천지는 나와 나란히 행하고)

萬物與我爲一* 만물여아위일(만물은 나와 더불어 하나가 되네)

「시가 있는 에세이」, 월간『에세이』, 1993년 11월호.

* 莊子장자 齋物論 內篇 第二(제물론 내편 제2)

갈대피리

갈대 소리는 신비롭다. 음악이다. 보름달 밤일 때 더욱 그러하다. 듣고 있으면 몸속의 삿기가 모두 빠져나간다. 소리에 식물들도 춤을 추고야 만다는 저 인도 싯타르 악기 가락처럼.

갈대 소리는 잎이 마른 뒤 영과를 매달고 줄기만으로 버틸 때 그 절정을 이룬다. 바싹 말라 군것들이 모두 빠져나가고 호생으로 붙어있던 잎들도 말라 뜯겨나갔거나 사라지면 줄기는 하늘을 향해 고고하게 일어선다.

느닷없이 바람결이 매차다. 갈대는 쓰러지지 않으려 발버둥친다. 온몸으로 버티는 이 소리, 그게 바로 갈대 소리다.

그러나 갈대가 어렸을 적에는 부드러운 소리도 냈었다. 야들거리며 수면 위로 얼굴을 드러낼 때 봄바람과 장난스레 잎을 내렸다 올렸다, 하는 소리는, 꼭 영아들이 엄마 젖꼭지를 찾으며 코를 부비는 소리 같다. 그 부드럽기가.

한여름 폭풍 속을 누웠다 일어섰다, 하는 소리는 천군만마가 한꺼번에 진군하는 소리 같기도 하다. 농부들이 하루 일을 끝낸 후 옷 터는 소리 같기도 하다.

이런 소리들을 모두 내어보고 드디어 앙상한 몸뚱이만으로 울리는 소리. 그때 갈대들은 온몸이 악기다. 갈대 속이 비어 더욱 그렇다. 빈 갈대들이 서로 몸을 비비적거리며 갈대밭 전체가 거대한 소리꾼이 되는 것,

쓰쓰쓰씩 쓰쓰쓰씩 쓰씨쓰씨 씨씨씨 쏘쏘쏘 소서소서

갈대의 음조는 실로 다양하다. 휘모리인가 하면 자진모리 자진모리인가 하면 청성자진한잎도 있다. 애달프기 그지없게스리.

햇살이 엷어지기 시작하면 어느 사이 잎색이 바래고 줄기에 녹색이 줄어들고 이어 자주색으로 변했다가 곧장 자갈색으로 다시 태어난다. 이때가 말하자면 갈대들이 갈대 소리를 내는 절정이라 할 수 있다.

바람의 움직임에 따라 소리의 색깔도 달라진다. 이미 이파리는 말라 부드러움을 찾을 길 없다. 그리고 새풀의 특성인 잎새 가장자리가 더욱 예리해진다. 그러다가 어느 날 갑자기 이파리는 뻗쳤던 일체의 힘을 소진하고 줄기에서 벗어난다. 그리고 뼈 줄기 홀로 남는 것이다.

달빛 닿은 자리가 금방 소리가 되어 튕겨 나올 듯한 것이.

갈대는 물억새나 억새아재비 드렁새나 달뿌리와는 차이가 난다. 수염이 너풀거리는 것은 유사한 점이 없지 않으나, 몸매가 다르다. 대나무처럼 마디가 있는 게 갈대다. 그뿐만 아니라 갈대도 대나무 속처럼 엷은 속막이 있어 이걸로 대금 취구의 떨림막으로 쓰기도 해 천성이 소리꾼이라 해도 틀린 말이 아닐 성싶다. 또 마디에는 수염뿌리가 내리거나 털이 나기도 한다. 9월에 꽃이, 10월에 열매가 익어 영과가 되어 그 무게에 따라 조금 휜 놈, 숙인 놈, 빳빳이 선 놈 등 여러 형태로 허공을 휘젓는다.

토악질이 날 때 어린 갈대를 달여 먹으면 나아지기도 하니 갈대는 이른바 쓸모도 꽤나 있다. 정수초로서의 기능도 있고, 갈대로 짠 갈대발은 또 얼마나 시원스러운가? 거기 홍학 무늬라도 두엇 놓여 있다면 여름 한 철은 그로 인해 선계에 든 듯하리라.

나는 갈대를 좋아한다. 삶이 고달프거나 괜히 답답할 때 곧잘 갈대밭을 찾는다. 무수한 갈대들이 장난스러운 소리로 다가올 때, 나는 절로 콧노래가 나온다. 갈대 음악에 맞추어.

듣기에 따라 기분에 따라 달리 들리는 갈대 음악.

귀를 모으지 않아도 가슴을 씻어주는 이 음악, 버릴 것을 모두 버리고 나서 어떤 정수만 남아 흔들릴 때마다 들려오는 범상을 넘어선 소리.

여름 잎 무성할 때는 곤충들의 쉼터가, 새들의 보금자리이기도 했겠지. 갈대는 염기가 있는 바닷가나 갯벌을 좋아한다. 줄기가 굵고 더 강해지기 때문이다. 누가 이 갈대 음악을 들으며 인생을 엿보리오. 자연이 연주하는 현묘한 악기 소리를.

바라건대 내 시가 갈대 음악과 같아지기를. 육령이 메마를수록 더욱 청아한 소리를 뽑아 올리는 한 자루 시의 갈대피리로.

『심상』

아가위나무가 아가위꽃망울을 터뜨리듯

1. 설악과 동해

나는 지금 설악을 보며 동해 물소리를 듣는다. 밤사이 내 눈이 열리고 내 귀가 트였음일까? 오늘 설악은 전혀 다른 모습이고 동해 또한 전혀 다른 소리다. 전혀 다른 모습으로 저만치 비켜서 우뚝 솟아올라 있다.

그러고 보니 내가 설악과 동해를 가까이해 온 지도 30년이 넘었다. 그동안 그 둘은 짝을 이루어 나의 좋은 친구였고 반려였다. 내 외로운 인생길을 더불어 이끌어 주는 길동무였으며 스승이었다. 나는 적잖은 이 30여 년을 이들이 이끄는 대로 따라다녔다 해도 지나친 말이 아니다.

설악이 부르면 설악을 따라, 동해가 눈짓해 찾으면 동해를 향해 걸어 들어갔다. 동해와 설악은 내 출발지임과 동시 의지처였으며 종착지이기도 했다. 설악과 동해가 오롯이 만들어 놓은 오묘한 해

안 그 사잇길은 허름한 납자(衲者)의 길로는 아주 안성맞춤이었다.

내 행보는 느렸지만 은자로 한 마리 짐승처럼 쭈그리고 앉아 저들이 자아내는, 그 산과 물이 부리는 조화의 극치를 훔쳐보며 삶의 고비들을 넘겼다. 말하자면 저들은 내 생애의 보폭을 넓혀주는 길 안내자들인 셈이었다.

겉보기에 따라서는 그저 장대한 하나의 돌출부와 거대한 땅그릇에 담긴 물에 불과하지만 조금만 주의를 기울여 살펴보면 실로 엄청난 향훈과 사건들로 가득함을 알 수 있다. 삼라만상의 일상은 바로 사건과 사건의 연속인 인간사다.

나는 설악과 동해의 이 일상들을 읽으며 인간사를 읽는다. 동해의 경우 심지어 우리 여성들이 그러하듯 한 달에 한 번씩 치르는 그것까지를 고스란히 치러낸다. 이때 설악은 거친 낚시꾼으로 몰래 깨어나 빙그레 미소하며 거대한 낚싯대를 던져 둥글고도 멋들어진 한 마리 대어를 낚아챈다. 망월을!

이를 지켜보는 짐승으로서의 나는 그저 마음 한켠이 조매로울 뿐 달리 어찌해 볼 도리가 없다. 큰바람이 일고 미시령으로 한가히 구름떼들이 몰려들어 놀고 초록은 산정을 향해 잰걸음질을 친다. 톡톡이가 톡톡거리며 튀어 오르는 동안 흰물떼새는 혀끝을 날름거리며 이걸 받아먹고 어느 사이 대청봉은 이마가 붉어져서 아랫도리까지 홍조를 띠고 가는 시간을 더욱 재촉한다. 새들이 남녘길을 찾아 하늘바다를 노 저어 가면 한기가 소매 끝을 붙들며 놓아주지 않고 말미잘은 심해로 깊이 잠복해 들어가 바다를 푸르딩딩 멍들게 한다.

무엇이 이들을 움직이게 하는가. 실상인가, 허상인가. 아니면 중심의 그 무엇인가. 그것까지를 나는 아직 알지 못하지만 내 시의 성감대는 그리로 향해 있고 나는 시를 통해 그것들을 말하려는 것이다. 대화엄연화장세계가 바로 여기 이곳이 분명하구나, 하고.

2. 깨어있는 시정신과 고향

깨어있는 시정신은 어디서 오는 걸까? 고향과 그것은 어떤 관계가 있는가? 내게 있어 진정한 고향이 있기나 한가?

내 고향은 강릉이다. 강릉의 산천이 나를 길렀다. 물론 부모님이 나를 낳으셨지만, 그리하여 내 조부가 가리켜 준 내 태(胎) 태운 자리를 지금도 알 수 있지만 강릉의 들과 풀잎과 나지막한 산마루가 나를 길렀다. 그보다는 보득솔(어린 소나무)에 이는 소슬바람과 대관령 서낭 가에 맴도는 신기(神氣)와 신방 같은 오대산 산노을(당시 상원사에는 근세 최고의 선승 방한암 선사가 살고 있었고, 화엄학의 대가 젊은 탄허 종사도 정진중이었다.)과 남대천 큰 다리를 휘어 돌던 매찬 눈보라와 단오의 저 인산인해가 나를 길러냈다.

그들과 더불어 나는 만 스무 살까지를 강릉에서 넘겼다. 그러니까 꼭 20년을 단 하루도 강릉을 벗어나지 않았다. 아니 벗어날 수가 없었다. 강릉 밖으로 무슨 큰 세상이 버티고 있는지 실감이 나지 않았거니와 관심도 없었다. 나는 오로지 강릉의 품속에서 강릉이 내뿜는 풀향기 같은 것을 마시며 자랐다.

사실 우리 집은 그리 넉넉한 편은 아니었다. 하지만 그 시절 가난이야 누군들 안 겪었겠는가. 어머니는 하루 종일 집안일로 바쁘셨고 손톱은 늘 그 바쁜 일들이 뜯어먹어 비뚜름히 마치 달팽이 뚜껑처럼 손가락 끝에 얹혀 있었다. 나는 참혹한 그 어머니 손길로 청년기를 보냈다. 아버지는 내 키에 알맞은 지게를 만들어 주셨는데 나는 학교가 파하면 낫을 새파랗게 갈아 논둑에서 풀을 깎거나 낟알들을 거두어 그 지게에 얹어 짊어져 나르곤 했다. 나는 대대로 땅을 일구며 살았던 농부의 자손이었고 충직한 농부이셨던 아버지의 아들이었다. 나는 그 이하도 그 이상도 아니었다.

아버지께서는 말씀하셨다.

'곡식들이 주인 발소리를 알아듣는다.'

좀처럼 알아들을 수 없었던 이 말에 담긴 뜻을 성인이 다 된 후에도 알 수 없었고, 그것이 다름 아닌 무위에 들어선 농심이었음을 깨달은 것은, 훨씬 뒷날 내가 어렵사리 노장(老莊)을 탐한 후였으니, 그 알량한 지식 알갱이들은 내게 있어 또 뭔지 모를 일이다.

내 안에는 고향이 살아 있다. 강릉이 살아 숨 쉬고 있다. 맹목적인 고향이 아니라 깨어있는 정신으로 살아 있는 것이다. 강릉의 하늘과 멍석 위에 핀 수많은 별송이들과 송화와 엄지를 깨물던 갯게

들과 버드나무에서 잠들었다가 풍덩하고 뛰어내리던 가물치와 논둑 풀숲을 가득 수놓던 반딧불, 안목 바다 끓어오르던 파도 소리와 상엿소리와 꺼져 들어가던 모닥불씨와 귓대동이 오줌물에 내리꽂혀 안쓰러웠던 참꽃, 호박잎에 듣던 소나기 소리, 유지매미 소리, 그 폭격 소리와 불바다의 시가지와….

나는 이 모든 것들이 내 시의 질료로 들어와 주기를 바란다. 그것들은 살아 꿈틀거리는 내 시적 에너지들이다. 시의 고향이요 정신이요 시의 살결이다. 이 거친 삶의 들판에서 그것들은 내 외로운 항로를 지켜주는 표지들이다.

3. 아가위나무가 아가위꽃망울을 터뜨리듯

아가위나무가 아가위꽃망울을 터뜨리듯
가라, 시를 향해 저 새벽산의 향기를 향해

산과 물의 경계 그 산자락에는 아가위나무가 무수히 많은 꽃망울을 달고 있었다. 나무가 밤사이 꽃을 빚었다. 나무가 나무의 시를 빚었다. 산과 물이 이 나무를 자라게 했고 나무는 산기운과 물기운을 빨아들여 이 꽃망울을 빚어냈다.

아니 꽃망울은 본래 나무 안에 있었다. 나무의 씨앗, 이 우주 안에 이미 와 있었다. 나무는 꽃망울의 집이었다. 꽃망울은 그 집에서 어미 나무에게로 탯줄을 드리우고 있었다. 아가위나무는 그 꽃망울들을 밀어냈다. 밀어내는 역할밖에 안 했다. 몸뚱어리 깊이 숨겨진 그것을 찾아서 세상 밖으로 밀어내기란 그리 쉬운 일은 아닐 것이었다. 하지만 그는 밀어냈고 꽃망울은 밀려 나왔다. 이 천지간에 화사한 몸짓으로 마치 나비가 날개를 푸드덕거리듯 꽃이파리를 푸드덕거리며,

꽃은 나무, 그 깊고 깊은 어둠 속에서 잠을 깼다. 나무는 큰 힘으로 꽃의 잠을 깨웠다. 온 힘을 다하는 처절한 절규 소리가 골짜기를 채웠다. 적막이 찢어졌다. 꽃은 미로를 타고 흔들렸다. 미동이 느껴졌다. 나뭇가지가 흔들리고 나무의 영혼에 잔물결이 일었다. 꽃망울은, 아가위나무의 그것은 마침내 갈 수 없는 곳까지 가서 터질 듯한 풍만감으로 가득했다. 결정적인 순간이 다가오고 있는 것이었다.

무수한 나뭇가지들은 나무의 몸통에서 불거져 나온 또 다른 길이었다. 이 길을 꽃망울은 지나왔다. 꽃망울은 씨앗으로부터 그 고향으로부터 아가위나뭇가지를 거쳐 한 송이 아가위꽃망울로 온 것이다. 와서 존재의 황홀로 있는 것이다.

지금 꽃망울들은 아름답다. 아름다움의 절정을 이루고 있다. 무수한 꽃망울이 거느리고 있는 저 무수한 꽃받침은 조화의 극점에 도달해 있다. 공간은 그들로 하여 만개했다. 그들은 공간을 일순 팽팽하게 긴장시킨다. 긴장의 이 순간 또한 아름답다. 탄력이 주는 마력이다. 시의 긴장미!

그러나 아직 꽃은 피지 않았다. 아가위나무꽃망울이 거기 있을 뿐이다.

새벽 펜촉 끝이 떨린다. 백지에 미끄러지는 이 감촉 이 축복의 아비규환을 누가 들여다보랴. 펜은 나뭇가지다. 나는 지금 꽃망울이 아니라 나뭇가지에 어른거리는 낱말들이 기어다니는 소리가 들려오기를 기다리고 있다. 알벼락 질풍노도로 시의 꽃망울이 깨뜨려지기를!

「찾아가는 문학 〈고향을 지키는 시인〉」, 『정신과표현』, 1997년 9 · 10월호.

우주에 피릿대를 꽂아 불며

내가 시와 벗해 온 지도 삼십 년이 훨씬 넘었다. 스물여섯 되던 해 강릉에서 첫 개인 시화전을 연 후 등단이라는 걸 거치고 다시 스물 몇 해가 훌쩍 지나가 버렸으니 생각해 보면 그 세월이 속절없다. 뚜렷하게 일구어 놓은 시의 밭, 그 밭에 불붙듯 화사하게 피어오른 시의 꽃대가 묘연하니 더욱 그렇다.

하지만 그동안 시를 놓아 본 적은 없다. 그렇다고 바짝 다가가 온몸을 불살라 시에 바치지도 못했다. 이게 시다, 라고 무릎을 탁 치며 외치지는 더욱 못했다. 그저 떠오르면 썼을 뿐이다. 그러니까 시의 샘 가에 걸터앉아 시의 샘물이 퐁퐁거리며 솟아오르기를 기다렸을 뿐이었다고나 할까? 맑고 그윽해 마시면 입안이 쇄락(灑落)할 뿐 아니라, 오장육부를 시원하게 씻어내고 새파란 칼바람을 일으키며 영혼을 환희의 바다로 몰아넣을 수 있는 한 모금 그윽한 시의 샘물을.

그런데 그런 샘물이 쉬이 나타나는 것은 아니었다. 때로는 시의 샘터를 찾느라 이 산 저 산 헤매며 기진맥진해 한적도, 눈앞에 샘물이 철철 넘쳐흐르는데도 볼 수 없는 딱한 지경에 서 있은 적도 한두 번이 아니었기에 말이다.

내면 깊은 곳을 때리며 올라오는 한 방울 물소리. 그게 심장의 고동을 타고 실핏줄을 거쳐 손끝으로 전해져 언어로 싹을 틔울 때의 쾌감은 형용할 길 없으나 시의 명품은 늘 오리무중이었다. 그 아름답고도 환한 시의 현묘한 경지!

그러고 보면 내 시의 길은 그 명품을 구워내는 도공의 긴 침묵과 기다림의 연속이었다 함이 옳겠다. 태고는 '무(無)'자 활구를 거머쥐고 서른여덟에 활연대오했다 하고 경허는 방석이 썩어 엉덩이에 달라붙고 '콧구멍 없는 소'라는 말을 듣는 순간 백척간두가 나가떨어졌다 하는데, 나의 명품 굽기는 부지하세월이었던가. 하기야 시에 몸을 깃들인 처음 몇 년간은 몇 밤을 지새운 적도, 눈이 붉어진 적도 없지 않아 있었다. 그러나 몇 밤을 지새우고 눈이 붉어진다고 시의 명품들이 술술 쏟아져 나오던가.

다가가면 갈수록 그놈은 오히려 안개를 뿌리며 숨어버리지 않던가.

딱히 이런 연유만은 아니었지만 나는 시에 매달리지 않기로 했다. 시를 팽개쳐서 못 본 척하는 게 차라리 나았다. 그게 나를 편하고 자유롭게 했다. 그런데 그 못 본 척함이 그 내버려 둠이 나를 오히려 못 배겨나게 했다. 그뿐만 아니라 나를 옹색하게 했다.

하지만 돌이켜 생각해 보면 그 옹색함이 나를 객관화시켜 가고 있었다. 내가 나를 볼 수 있는 눈이 생기기 시작했던 것이다. 내가 나를 보며 내 안으로 깊이 들어갈 수 있는 눈이 뜨인 것이었다. 그 순간 나는 참다운 시의 자성이 바로 내 안에 있음을 보았다. 다름 아닌 바로 그곳 내 호흡소리와 맥박 속에 시의 융숭 깊은 새벽이 있었던 것이었다. 그리하여 모호함은 조금씩 사라지고 명료함이 나타났다. 산에 걸린 그늘을 지우며 점점 아래로 내려오는 밝음 같은 것이 나를 휩싸고 돌았다. 그리고 그것은 수많은 언어의 알갱이가 되어 흘러나왔다. 나는 그 보석들을 주워 담으며 기쁨에 겨워하기도 하고 홀로 감격에 취하기도 했다.

그렇다고 그게 모두 명품은 아니었다. 쭉정이 같은 것도 허깨비 모습을 한 것도 있었다. 언어의 쭉정이나 언어의 허깨비. 도달한 정신의 깊이를 언어로는 끝내 모두 퍼담을 수 없다는 말인가. 나는 절망했다. 다시 몸을 가다듬고 단좌해 몇 밤을 앉았다가 문득 어떤 느낌을 받았다. 그리고 선언했다. 내게는 시의 명품이 존재하지 않는다고.

그곳에는 다만 시가 있을 뿐이었다. 내 생명의 편린과 같은 시, 내 생명의 피가 묻은, 피가 도는 시가 나를 향해 눈을 똑바로 뜨고 있었다. 그리고 내 족적이 은밀히 바로 거기 그곳에 고스란히 찍혀 있었던 것이다. 시의 살과 가슴속에.

그러자 보이는 것은 모든 게 시였다. 시의 몸짓을 하고 내게로 왔다. 이 세상에는 시 아닌 것이 하나도 없었다. 읊조리면 시였다. 내 느린 보폭과 내 자그만 생각의 구름송이들과 가난한 내 식솔들의 옷깃을 낚아채는 비바람 소리와 들끓는 육근의 아우성이 시였다. 산과 물이, 산과 물이 어울려 자아내는 폭포 소리가, 물에 어린 달이, 물을 품은 산이, 동해가, 산천초목이 시였다. 천둥 번개, 산하대지의 오묘한 움직임이, 꼭두서니 풀잎에 도는 아지랑이가 시였고 내 마음의 질풍노도가 시였다. 일체 만물이 일체 만물을 바라보는 내가 다름 아닌 바로 시였던 것이다.

그보다는 시의 재료(matter)요 시의 흐느낌이었다.

숱한 생의 고비를 어루만지고 돌아가는 세파가, 그리고 그것을 묵연히 지켜보는 자로서의 나, 그 나는 시의 핵이요 내 당체(當体)였다. 그리고 나는 결국 그들과 둘이 아니라 등가관계로서의 하나였던 것, 하나의 꽃그늘 아래 서로는 서로의 빛이었고 잎새였던 것이었다. 누구도 어쩌지 못할 존귀한 존재로서 새벽 섬광이었다.

일체 만물이 나와 조금도 다름없는 하나로서의 본래면목 곧 여래(如來)였고 시의 씨앗이었던 것이었다. 새벽 강가 푸나무 끝에 아슬아슬 매달려 떨고 있으나 수많은 빛실로 얽혀있는. 그래서 강기슭을 환하게 비추는 그 아롱거리는 이슬의 빛그물로서.

내가 본 물상들은 내 마음에 어려있다. 한동안 그렇게 있다가 아래로 내려간다. 이어 긴 침묵이 흐른 다음 한 오라기 향기로 남았다가 샘물로 변해 퐁퐁거리며 올라온다. 샘물 방울이 나를 뚫고 넘쳐 흘러나올 때 그걸 언어로 붙잡아 둔다. 나를 넘나드는 이 물거품 같은 것, 그러나 그 모든 것들은 유위가 아니라 무위로서 아주 자연스레 와야 한다. 아가의 첫 걸음짓처럼 아장아장 걸어와야 하는 것이다.

오는 길 자리를 넓히고 문고리를 따고 다시 샘가에 다가앉곤 하는 것이 요즈음 내 삶의 방식이다.

나는 완벽에 도달한 자가 아니다. 불완전 자다. 불완전 자로서 완벽을 향해 가는 자이다. 가는 자로 남고 싶다. 아니 가는 자로 남아 시의 노을밭 저 설산을 만끽하며 살리라.

이생은 생각보다 아름답다. 아름다운 이생을 더욱 아름다이 느끼려고 나는 시에 몸을 담고 있다. 우주에 피릿대를 꽂아 피리를 불고 있다.

시의 도야 터지지 않은들 어떠랴.

『시사랑』, 2001년 11월호.

반딧불이의 밀월여행

상운(祥雲)에서의 3년은 좀 특이했다. 그때나 이제나 탈 것이 없는 터에 동료에 의지해 나는 출퇴근을 했다. 이정상 형과 노연숙 후학이 내가 의지했던 분들. 그 두 분들은 아침 시간 어김없이 교동가로에 나타났다. 어쩌다 내 쪽에서 시간을 놓쳐 당혹해했었을 때도 그 두 분들은 끝까지 기다려 주었다. 깜박이불을 켜놓고. 고맙고도 미안스러운 일이었다. 그 두 분 아니었던들 내 출퇴근길은 얼마나 삭막했었겠는가.

더욱이 그 두 분들은 성정이 곧고 맑아 마치 청댓닢을 바라보는 것과 같았으니.

상운은 깨끗했다. 마을이 고요했고 들은 드넓었다. 뒷동산은 사람이 들지 않아 태고의 숨결마저 느껴졌다. 그렇다고 높고 험준한 거악은 아니었다. 그저 낮은 봉우리들이 작은 어깨들을 드러내고 서로 부딪칠 듯 맥맥히 이어 뻗어 여기저기 크고 작은 계곡을 만들어 냈다. 나는 이 계곡들이 재미나 시간이 있을 때마다 곧잘 능선을 타곤 했다. 기세등등 솟구쳐 오르는 빽빽한 소나무숲이 내뿜는 싸한 송진 내음을 쏘이며 걷다 보면 내 몸에서도 싸한 송진향이 배는 듯했다.

불과 몇 해 전 만해도 소갈비*를 빡빡 긁어 땔감으로 썼을 이 야산에는 심산유곡 못지않은 낙엽과 부토가 쌓여 발목을 덮었다. 발바닥을 폭신폭신 올려 미는 감촉이 좋아 이리저리 이끌려 다니다 보면 불현듯 동해와 딱 맞닥뜨리게 되는데, 그게 바로 동호 앞바다, 그 바다는 또 왜 거기 있어, 그렇게 진저리 치게 푸르렀는지.

상운은 말맛 그대로 상서로웠다. 밤이면 수많은 별들이 하늘궁전을 만들었고 놀랍게도 반딧불이가 무리 지어 초록 불티처럼 날아다녔다.

말이 났으니 말이지 반딧불이는 이미 멸종 단계에 접어들지 않았던가. 그래서 그들의 마지막 서식지로 알려진 무주군 설천면은 천연기념물로 지정돼 국가가 보호하고 있는 형편이다. 그런데 그 반딧불이가 기적처럼 상운벌에 고스란히 살아있었다.

내가 어렸을 때는 우리 농촌 들녘에 지천으로 널려 있었지만, 환경은 나날이 메말라 반디마저 몸 붙일 수 없게끔 열악해져 버렸다.

한여름 밤 막 필 듯한 호박꽃을 따다 가장자리를 열어 작은 반짝임들을 붙들어 넣고 호박꽃등(燈)을 만들어 짐짓 책상머리에 놓으

* 소갈비: 강원도 방언. 말라 땅에 떨어져 수북이 쌓인 솔잎.

면, 옛 어른들 말대로 언듯언듯 글자가 명멸하던 아련함.

나는 신기해 때때로 가족에게 볼일이 있다는 핑계를 대고는 퇴근을 미루고 밤늦게까지 이 반딧불이를 구경하곤 했다. 반디는 논 가장자리 밭둑에 가장 많았다. 밭둑 풀숲은 곧 반딧불이의 초막이었다. 그들은 거기 반디마을을 이루고 살았다. 어둠이 깊어져 갈수록 반짝임은 더욱 예리하고 섬세해 반디마을은 한바탕 축제라도 벌리는 것 같았다.

반디들의 이 반짝임은 실은 동료를 부르는 신호다. 아니, 짝을 불러들이는 교태다. 유혹의 손길이다. 반디는 반짝임이 마음에 든다 싶으면 금빛 포물선을 그으며 쏜살같이 그쪽으로 날아간다. 그리고 내려앉는다. 하나의 반짝임이 둘인가 하는 순간, 둘은 돌연 다시 허공으로 치솟아 오른다. 꽁무니에 꽃처럼 예쁜 깜박이불들을 매달고서 말이다.

실로 화려한 밀월여행이었다. 그들은 서로 부딪쳤다 떨어졌다, 하며 한참을 그러다가 곧장 낙하했다. 졸졸거리는 실개울 풀숲 쪽으로. 이미 정분이 난 둘은 실개울가 풀잎사귀에 가까스로 내려앉아 반짝임을 느리게 하면서 깊은 고요로 빠져들었다. 풀잎에 신방을 차린 것이다.

느린 반짝임은 원주를 그리듯 가는 물살에 닿아 얇은 빛파동을 일으키며 흐른다. 그리고 침묵.

반딧불이 애벌레는 물고둥을 먹고산다. 그런데 상운 어디에 물고둥이 있을 것인가. 궁금해 살펴보았더니 바로 산기슭 여기저기 논가에 샘물이 터져 나왔고 그 샘물은 실개천에 이어졌다. 물고둥은 바로 거기 엎드려 살고 있었다.

하지만 어쩌랴. 상운 뒷동산은 이제 사라졌다. 몽땅 벗겨지고 파헤쳐졌다. 기세등등하던 소나무들은 모두 잘렸거나 뭉개어져 없어졌다. 야산 몇을 몽땅 들어내고 국제공항이란 걸 갖다 앉혔다. 광란하는 저 불, 불빛들.

거대한 비행기의 점멸등과 반딧불이의 반짝임. 하나는 죽은 불이고 하나는 생명의 불. 하지만 죽은 불로 인해 생명의 불은 사라지고 말 것이었다. 불 없는 어둠이야말로 반딧불이의 삶의 터전이요 밀월 공간이었으므로.

올겨울 내 방은 조금 차가워져야 하겠다. 불기를 조금이라도 낮추면 어느 쪽에서든 반딧불이가 조금씩 늘어나지 않을까? 점멸등 아니라 반딧불이 열애의 불꽃이.

칼럼 「사색이 있는 공간」, 『설악신문』, 2001년.

시와 산

지난해 나는 우연찮게도 백두대간을 종주했다. 산에서 먹고 산에서 자고 산을 향해 걷기를 40일간 마침내 종주길 맨 끝 산인 금강산 마산봉에 이르렀을 때 쏟아지는 눈물을 삼키며 중얼거렸다. 죽어도 좋다.

그 40일간 나는 오로지 산만 생각했고 시만 생각했다. 다른 생각은 떠오르지 않았다. 나는 호흡의 끝을 보았고, 생명의 끝자락이 숨결에 닿아 미세하게 요동치고 있음을 보았다. 내 생애 거짓말을 할 수 없는 게 있다면 내가 태어났다는 사실과 지리산 천왕봉에서 금강산 마산봉까지 이른바 이 땅의 등줄기인 백두대간을 단 하루도 쉬지 않고 걸었다는 사실이다. 그리고 봉우리 하나마다에서 시 한 편씩을 얻었다는 것.

그렇게 해 탄생한 것이 시집 두 권 분량이다. 아직 세상에 얼굴을 드러내지는 않았지만 내게 있어 그것은 실로 일대사였다. 그 사건을 치르고 난 지 일 년이 지났다. 산이 꼴도 보기 싫다. 이제 다시는 산에 가지 않으리라. 그렇게 다짐한 지 몇 개월 지나지 않아 돌연 나는 또 남설악 어느 능선에 기대어 응복산과 마늘봉 사이 그 무한 침묵을 응시하고 있었으니 산은 도무지 내게 무엇이며 나는 무엇인가. 산에서 무엇을 얻고자 하는가.

그러면서 또다시 검은 대륙의 산 킬리만자로를 향하는 짐을 꾸리고 있다. 킬리만자로는 적도의 산, 작열하는 밑둥치와는 달리 산머리에 시퍼런 얼음덩어리가 푸른빛을 내뿜고 있다. 그 청광이 나를 잡아끈다. 순우한 양의 해가 저물기 전 나는 그 빛에 묻혀 있을 것이다.

이 나이에 미친 짓이라고 아내가 말린다. 하지만 누가 하고자 해서 그렇게 하는가. 그렇게 되니 그렇게 하고 그렇게 하니 그렇게 되어 갈 뿐이다.

이미 킬리만자로는 내 곁에 와서 응석 부리며 우리 세 살배기 손녀들처럼 생글생글 웃고 있는 것을!

나는 알피니스트가(등산가) 아니다. 그렇다고 젊은이도 아니다. 젊음은 나를 떠난 지 오래고 얼굴은 쭈그러들었다. 기운은 나날이 쇠해 가고 서녘에 서는 날이면 그림자가 깊다. 하지만 묘하게도 산을 보면 가슴이 두근거리고 봉우리를 보면 여인을 첫 대면 할 때처럼 얼굴이 붉어진다.

산에 대해 별다른 욕심은 없다. 산이 있기에 걷고 걷다 보면 능선에 오르고 능선을 따르다 보면 봉우리에 선 자신을 발견한다.

그렇다고 봉우리에 금은보화가 가득 차 있는 것도 아니다. 봉우리에는 늘 아무것도 없다. 텅텅 비었고 무한 장천이 물끄러미 내려다볼 뿐이다. 이어지는 노루목과 볼록거리는 이웃 산들과 오리새끼들처럼 모가지를 빼내어 흔드는 봉우리들이 내뱉는 산 울음을 가끔씩 들을 수 있기는 하다.

이상한 것은 산에 집중하다 보면 시귀(詩句)가 떠오른다. 시귀가 벼락 치듯 나를 때리고 지나간다. 그러면 나는 재빨리 펜을 빼어 들고 시귀를 붙잡아 놓는다. 산이 주는 선물을 고마워하며 그 자리에 엎드려 절을 올리기도 한다. 아무리 힘들어도 그 일을 한다.

실은 힘들어하는 바로 그 순간이야말로 내가 나임을 깨닫는 바로 그 순간이다. 천길 벼랑바위 짜가리*에 손끝을 끼워 넣고 등줄기를 오싹거리며 철저히 혼자가 돼 보라! 생명의 덩어리가 불끈거리며 온몸을 뒤흔들지 않던가.

내일을 나는 모른다. 꿈틀거리고 숨을 쉬고 있다는 것만이 내 지금의 온전한 존재이며 내 진실이다. 생명 깃든 이 몸뚱어리는 또 얼마나 장쾌하던가. 어찌 나뿐이겠는가. 뒹구는 돌과 바위가, 뭉텅 잘려나간 산정의 고목이 나와 함께 있고 삼라만상이 나와 함께 화엄대해를 이루며 미지의 무한계를 향해 나아갈 뿐이다.

돌아오는 잔나비 해엔 나는 또 어느 산악을 헤매고 있을는지. 시

* 짜가리: 쪼개진 물건의 한 부분, 쪽

와 산과 선이 한 맛?

「신년메세지」, 『정신과표현』, 2004년 1 · 2월호.

우주일성(宇宙一聲)

시의 그릇에 무엇을 담아야 할까?

'시의 그릇에 무엇을 담아야 할까?' 이 짧은 문장은 오랫동안 나를 괴롭혀 온 내 시의 한 과제였다. 나는 이 과제를 풀기 위해 숱한 산천을 떠돌아다녔다. 나무그루터기에 걸터앉아 명상에 들기도 하고 허공에 몸을 던지기도 하였다. 하루 종일 풀잎 옆에 손을 모으고 꿇어 엎드리기도, 때로는 경전 산맥을 어슬렁거리기도 하였다. 하지만 나를 찾아 귀띔해 주는 이는 아무도 없었다. 그러던 중 어느 날 새벽녘 문득 깨달았다.

만물은 소리다. 만물은 소리다, 하는 것.

소리가 만물을 하나로 꿰고 있다는 깨달음, 이 세상이 소리로 가득하다는 사실, 그러고 보면 온갖 물체는 소리를 갖고 있다. 품고 있다. 눈에 보이는 것이든 안 보이는 것이든 생명을 지닌 것이든 그렇지 않은 것이든 이쁜 것이나 울퉁불퉁하여 괴이하게 생긴 것이나 제각각 오묘한 소리가 있다. 그 소리들은 다양하고 독특하다. 개성이 있다. 마음 기울여 들어보면 갖가지 음색들이 화려하게 고막을 울린다. 하지만 내가 주로 선택하는 것은 자연 사물의 소리였다. 자연 사물이 내는 소리는 모든 게 음악이다.

심장의 박동 소리, 파도 소리, 벌레 소리, 짐승 울음소리, 천둥소리, 풀잎 흔들림, 달빛이 가랑잎에 가는 소리, 까마귀 소리, 산그림자가 내리는 소리, 대마초잎이 흔들리는 소리, 폭포 소리, 싸락눈이 산울타리를 때리는 소리, 폭우로 갑자기 불어난 물이 개울 밑 바위를 흔들어 깨워 굴러가게 하는 바위소리, 싸르락거리는 모래톱 모래들의 소리, 올무에 걸려 헛발짓을 하며 아우성치는 멧돼지 울음소리, 오월 새봄의 뻐꾸기 소리, 엄마 뱃속에서 나온 아가의 첫울음 소리, 젖 달라 칭얼거리는 소리, 송아지가 민머리로 어미소 뱃구리를 쿡쿡 박아보는 소리, 이슬이 갑자기 떨어지는 소리와 그 미풍, 저녁놀 지는 소리, 땅의 심장에서 울리는 듯한 북소리, 석류꽃 떨어지는 '툭' 소리, 배고프면 배고프다고 꼬르락거리는 배꼽 우는 소리, 노랑 깃털 할미새의 지저귐, 노고지리 소리, 깊은 산속 놀갱이 소리, 바람 부는 날 전봇대가 윙윙 우는 소리, 언 강이 갈라지며 내지르는 소리, 산양이 가파른 너덜을 급히 치달릴 때 떨어지는 바위 쪼가리들의 여운 ….

실로 엄청난 소리가 우리 주위에 산재해 있다. 삼라만상은 모두 소리를 지니고 있고, 소리를 내재한다. 결국 소리는 물(物) 자체임을 알 수 있다. 이렇게 해서,

'소리는 곧 만물이다.'

라는 명제가 성립할 수 있겠다 싶었다. 소리의 고리로 이루어진 이 세상. 소리의 바다, 우주일성(宇宙一聲)!

나는 그 소리를, 다시 말해 삼라만상을 내 시에 담는다. 흔히 뉴턴의 만유인력 이래 자연은 거칠고 신성성이 사라졌다고들 하나, 그렇지 않다. 삼라만상은 실로 빈틈없이 섬세하고 오묘하다. 하지만 설사 다소 거친 물상, 거친 소리라도 상관하지 않는다. 그보다는 거친 것은 시를 신선하게 한다. 섬광(閃光)이 일면 되는 것, 아무도 몰래 나는 이 자연과의 비밀스러운 교응을 계속할 것이다.

『심상』, 2004년 3월호.

불청객 익모초

우리 집에는 아주 조그만 정원이 있다. 꽃밭보다 조금 크다 할까? 그보다는 정원이라기에는 좀 뭐한, 하지만 나는 여기에 나무 몇 그루를 심어 놓았다. 모과나무, 감나무, 개살구나무, 헛개나무, 골담초와 모란 등이 그들이다. 나무와 나무 사이 빈 곳에는 산작약, 꽃무릇, 수선, 하늘매발톱, 오미자도 각각 몇 뿌리씩 두었다.

이들에게는 모두 사연이 있다. 원체 여러 곳을 떠돌아다니며 직장생활을 한 터에 함께 생활하던 이웃들이 헤어질 때 손에 쥐여준 것들이기 때문이다. 감나무 두 그루는 아내가 주문해서 심었지만, 모두 2, 30cm쯤 될까 하는 어린 것들이었으나 그동안 자라 꽃이 피고 열매도 맺는다. 이즈음 나는 아주 자유로운 몸이 되어 자주 이것들을 바라본다. 하나하나 눈을 주다 보면 이들이 원래 살던 마을과 정경이 오롯이 펼쳐지고 쥐여주던 손길이 어른거리며 떠오른다. 몇십 년 전 저쪽 시간과 공간이 불쑥 달려 나와 안기면서 그 정한과 회한에 그윽이 젖어 드는 것이다. 나는 한동안 눈을 감고 이 풍경들

속으로 들락거린다.

그런데 올해 난데없이 불청객 하나가 찾아들었다. 익모초란 놈이 바로 그다. 씨를 뿌린 적도 없고 모종을 구해 옮긴 일도 없었지만, 장마가 지나자 불쑥 나타난 것이다. 돌난간에 뿌리를 집어넣고 아주 단단히 자리를 잡은 걸 보면 그 자리를 그의 새 살림집쯤으로 생각하고 좀 살아보기로 작정한 듯하다. 물론 불청객이 익모초뿐만은 아니다. 닭의장풀이나 감탕나무, 쑥, 비름, 고양이풀, 도깨비바늘, 방동사니아재비 등은 제각각 제멋대로 자리를 틀고 앉은 지가 꽤 여러 해가 되었기는 하다. 하지만 이 불청객은 유달리 강렬한 녹색을 띠고 있어 가히 독보적이다. 독보적인 세계를 구축하려 든다.

불청객 익모초라.

가친은 여름철이면 꼭 익모초 물을 드셨다. 평생 땅을 일구며 농사를 지으신 상농군이셨기에 주량이 많으셨고, 이 때문에 늘 배가 더부룩하다시며, 익모초로 이 더부룩한 배를 다스렸다. 어머니가 이파리를 따 돌확에 찧어 베보자기에 담아 즙을 짜 놓으면 이걸 새벽마다 드셨다. 매해 한 보름씩 가친의 익모초물 드시기는 계속되었고 앞뜰의 익모초가 모자라면 더러 외지에 가 따오기도 했다. 때로는 나도 익모초잎 따는 일을 도왔다. 내가 간혹 배가 아프다고 하면 가친은 나에게도 그 익모초 물을 먹게 하셨다.

그런데 이상하게도 그 익모초 물을 먹고 나면 속이 맑아지는 듯한 느낌이 들면서 배 아픔이 멎었다.

익모초 물은 몹시 쓰다. 백자 대접에 담으면 녹색 물이 너무 진해 검푸른 빛이 돌고 뭔가 신성한 에너지가 뿜어져 나오는 듯도 하다. 이걸 거의 한 대접이나 들이마시는 것이다. 공복에.

익모초는 '충위자' '암눈비앗' 이라고도 한다. 물론 기르지 않고 우리나라 들녘과 인가 근처 밭둑에 저절로 나서 저절로 시든다. 누가 뭐라지 않아도 자라고 시드는 것이다. 이른바 야생초다. 그런데 이 익모초가 우리 집에 온 것이다. 쓰고 검푸른 그 모습으로.

혹 가친이 보낸 게 아닐까, 하는 생각이 들어 설악줄기를 건너 남녘 백두대간 능경봉 쪽을 바라보기도 한다. 가친의 산소가 그 산줄기에 있기 때문이다. 평생 흙에 묻혀 사시던 그분, 손가락 마디는 메마른 대나무 매디(매듭)처럼 불거져 나왔고 손톱은 풀뿌리에 닳아 터지고 찌그러들어 해묵은 달팽이껍질 같았었다. 내가 섬이 들어 그만 좀 쉬시라 해도 배운 게 이거니 놓을 수 없다고 농사일을 놓지 않으셨다.

그 일을 저승 가실 때까지 계속하셨다.

맨발로 흙밭에 들어서실 때엔 얼마나 당당하였던가. 소를 앞세우고 밭을 갈면 금방 이랑이 생기고 자로 잰 듯 반듯하게 휘돌아 들던 흙밭 고랑, 그건 또 얼마나 예술적이던가. 상농군은 소를 잘 다루는 게 제일이란다, 하시면서 아무리 억센 화소라도 고삐 잡고 몇 번 어르면 곧장 양처럼 순해지던 것이었다. 소 길들이기에는 가히 도가 트인 것 같았다. 하지만 그분은 가셨다. 급박하게 돌아가는 현대를 그분은 착한 흙 가슴에 안겨 한 생애를 관통했다.

가끔 옛집에 들러보면 주인을 잃은 터전이 스산하다. 미처 다듬지 못해 잡초가 뒤덮었고 잡초와 어울려 그 익모초란 놈이 고개를 빳빳이 쳐들고 아직도 살아있다. 탁류로 썩어 범벅이 된 이 인간세상을 굽어보면서 말이다.

어치들이 나뭇가지를 차고 오르며 찍찍거린다. 그 아래 예의 그 불청객 익모초가 초가을 하늬바람결과 장난을 치고 있다. 생명의 느닷없음. 내가 쉬이 잡초로 뽑아 던지지 않을 걸 이놈은 미리 알아차렸던가.

어지간히 통해 익은 시도 그런 게 아닐까? 불청객으로 문득 와서 묵연히 파문 짓는 시, 가슴을 뚫고 우주에까지 건너가 그쪽 땅을 말없이 흔들어 깨울 수 있는 것, 그런 시가 있다면 그건 빼어난 시일 것이다. 하지만 나는 아직 쌉싸래한 시의 싹 하나를 제대로 키워낼 방편을 얻은 바 없으니 이건 또 무슨 해괴한 울부짖음인가?

『심상』, 2004년 9월호.

가죽 주머니와 쇠 주머니

이규보의 백운소설에는 김부식과 정지상 사이에 얽힌 다음과 같은 대목이 나와 있다. 정지상이,

임궁에서 송불소리 그치니 　　琳宮梵語罷(임궁범어파)
하늘이 유리처럼 맑구나. 　　天色淨琉璃(천색정류리)

이 시구를 몹시 좋아한 끝에 탐을 낸 김부식이 정지상에게 자기 것으로 삼게 해달라고 했다. 이를테면 시를 날도둑질하려 한 것이었다. 하지만 지상은 단호히 거절했다. 후일 김부식은 지상을 참했고, 지상은 음귀가 되었다. 하루는 김부식이 나들잇길을 나섰다. 때는 봄날이어서 파릇파릇한 잎버들과 발긋발긋한 복사꽃을 보자 봄 시 한 구절이 떠올랐다.

버들색은 일천 가지에 푸르고 　　柳色千絲綠(유색천사록)
복사꽃은 일만 송이에 붉네. 　　挑花萬點紅(도화만점홍)

때마침 허공에서 홀연히 정귀(鄭鬼)가 나타나 부식의 뺨을 후려갈기며 천사만점(千絲萬點)이라, 헤아려 봤니? 일천 가닥인지 일만 점인지 헤아렸어? 하고는 고쳐 읊기를,

버들색 가지가지마다 푸르고　　柳色絲絲綠(유색사사록)
복사꽃 송이송이마다 붉어라.　　桃花點點紅(도화점점홍)

이에 부식이 얼굴을 일그러뜨리며 언짢아했다. 얼마 후 부식이 한 절에 머물다가 볼일 보러 측간에 올라앉았다. 옛 절 측간이라는 게 그게 보통인가. 몸 문을 열고 나온 그건 한참 지난 다음에야 지층 알 수 없는 깊이에 부딪혀 마치 큰 벌레가 내지르는 음성처럼 징그러우면서도 가탈스럽게 밤공기를 깨뜨리기 일쑤다. 초가을이라 이야기는 더욱 미묘한 부분을 건드린다. 갑자기 뭔가 아래쪽을 간질이며 어떤 강한 힘이 작용해 그만 자지러지고 만다. 정귀가 슬그머니 뒤로 가 부식의 음낭을 움켜잡았던 것이다. 그러면서 힐문했다. 여기 이르러 둘의 대화는 점입가경이다.

술도 먹지 않았는데 왜 낯은 붉은가　　不飮酒何面紅(불음주하면홍)
저 산벼랑 단풍이 비쳐 붉다네.　　隔岸丹楓照面紅(격안단풍조면홍)

정귀가 손아귀를 더욱 거세게 잡아 조이며,

이 낭신은 가죽 주머니인 거냐　何物皮囊子(하물피낭자)
(그렇다면)
네 아비 것은 쇠 주머니였더냐　汝父囊鐵乎(여부낭철호)

가죽 주머니냐는 정귀의 거친 물음을 맞받아 부식이 네 아비의 것은 무쇠였더냐 라고 힐난하며 얼굴빛도 달리하지 않았다. 하는 수 없이 정귀가 더더욱 힘차게 음낭을 죄어 마침내 부식이 죽었다. 측간에 앉은 채로.

시중 김부식과 학사 정지상은 문장에 있어 당대 최고였다. 최고였기 때문이었을까? 둘은 샘이 심해 가까이 지내지 못했다. 하지만 이규보는 시로 치자면 정지상이 한 수 위임을 은근히 비쳐 내보이고 있다. 경탄을 자아내게 한다. 귀신을 동원해 시의 대궁이를 쥐락펴락하니 말이다. 이규보 자신이 이미 귀신의 경지에 이르렀다는 듯이. 물론 정지상은 묘청의 난에 관련돼 김부식이 참살하였다지만, 이규보는 세속에 전한다는 단서를 붙여 이를 시로 풀어 남겨놓은 것이다.

이규보는 12세기와 13세기를 산 사람, 정지상(?~1135)과 김부식(1075~1151)은 바로 그 앞 세대다. 앞 세대 선비들의 글을 비아냥댐 없이 다만 시 몇 구절로 대비해 절묘하다. 하기야 이규보야말로 당대 최고의 문필가이자 시인이었다. 나는 우리 역사상 문호 한 사람을 들라면 서슴없이 이규보를 들고 싶다. 그만치 그는 내게 매력적이다. 그가 저녁 한때 흥이 나면 수백 수의 시를 즉석에서 짓기를 붓을 멈추지 않았다 하고, 말을 타고 창화(唱和)한 시가 중화에 흘러들어 사대부들이 화족(畵簇)을 만들어 즐겼다니 그것만으로도 시적 순발력과 시의 격조가 대단했음을 알 수 있다. 또한 못난 시형 아홉을 꼽고 그 가운데 특히 장광설이 심할 경우 이를 촌부회담체(村夫會談體)라 비꼬아 경계심을 불러일으키기도 했다. 나는 가끔 『동국이상국집』 별책의 이 『백운소설』을 들추어 보며 미소를 짓다가, 9백여 년 세월 저 편으로 들어가기도 나오기도 해, 머리끝을 쭈뼛거리다가 자세를 바로 세우고는 한다. 김부식과 정귀는 사실 그의 분신일 것이었다. 그의 마음 수평선에 김부식과 정귀 둘을 동시에 올려놓고 이쪽저쪽을 넘겨다보며 빙긋거리지 않는가? 그리하여 한쪽은 사람으로 다른 한쪽은 시귀(詩鬼)로 둔갑시켜 시의 행간에 귀신을 들락거리게 한 것이다.

이규보의 백운소설은 시적 사유를 전개한 일종의 시 비평론이다. 때로는 속설이라는 단서를 붙인 시화(詩話)를 삽입해 가공과 현실 사이를 오고 가며, 그의 시사상과 경지를 실감 나게 펼친다. 후경에 귀를 기울이게 하면서.

지난 언젠가 나는 임제록 · 벽암록에 빠졌다가 문득 쇠북 치는 소리를 들은 적 있고, 문심조룡의 문체론(文體論)을 접할 때는 내 시에 광채가 났으면 했었다. 그리고 『추강집』의 다음과 같은 말은 저 원효의 체(體) · 상(相) · 용(用)과 함께 가슴에 새겨 두고 다니다가 심심할 때 꺼내어 몇 차례씩 되새김질하곤 한다. 가만히 한번 읊조려보라. 사람과 마음과 말이 일목요연하게 드러났을 뿐 아니라 무엇보다 시와 천지를 보는 견해가 탁월하지 아니한가. 단순명쾌함에 정신이 번쩍 들고, 교외별전 불립문자의 경계가 아니더라도 불현듯 명치끝이 환히 밝아옴을 느낄 수 있다. 그러나 아리스토텔레스의 시학은 30대에 최초로 몇 줄 접하고 그 생경한 언어에 진저리 친 후 단 한 줄도 더 나가지 못하고 있다. 나는 그렇듯 글무지랭이 반편(半偏)이다.

천지의 정기를 받은 자가 사람이고, 사람의 몸을 주재하는 것은 마음이다. 사람의 마음이 밖으로 발로된 것이 말이며, 말의 가장 순수하고 맑은 것이 시다. 마음이 바른 자는 시가 바르고 마음이 사특하면 시도 사특하다.

> 得天地之正氣者人　一人身之主宰者心　一人心之宣泄於外者言　一人言之最精且清者詩　心正者　詩正 心邪詩邪
> (득천지지정기자인 일인신지주재자심 일인심지선지어외자언 일인언지최정차청자시 심정자 시정 심사시사)

시는 누구나 쓸 수 있다. 좋은 시를 쓰는 시인 또한 많다. 하지만 삼라만상의 당체에 접한 시는 누구에게나 쉽게 오는 것 같지 않다.

격이 높고 표일하여 청고(淸高)에 든 시는 몸에 귀기(鬼氣)가 어려 귀신을 데리고 놀 수 있는 지경에 닿아야 가능한가 보다. 백지 한 장의 두께보다 더 얇을 그 차이를 감지한다는 것은 시의 귀신이 붙은 눈이 아니고는 알아차릴 방법이 없지 않을까 한다.

시란 결국 무엇이겠는가? 섬광이다. 정신의 깊이를 향해 날아가는 백학의 날갯짓에 언뜻 치는 섬광일 법도 하다. 그런 시적 섬광을 본 새벽이라면 저녁에 죽는다 해도 더 이상 생에 별 연민이 없지 않을까?

어쩌면 내게도 허드레한 광객이라도 나타나 파천황 할 만한 시 한 편쯤 일러줄 듯하련만.

「권두칼럼」, 『시와시학』, 2007년 가을호.

갈바람 스치운 듯

불연 이기영 선사. 내가 이 세상으로 와 잠시나마 그분을 뵌 것은 크나큰 행운이었다. 그분 곁에서 몇 년을 맴돌며 나는 참으로 많은 것을 경험했고, 그것들은 내 가슴 속에서 하나의 거대한 생명체로 꿈틀거린다.

그분은 한 마디로 법화로 활활 타오르는 산이었다. 산 이름을 굳이 붙인다면 원효산이라 할까? 그분은 세계적인 명저 『大智度論』(대지도론 100권: 용수가 저술하고 구마라즈바가 번역한 것으로 '마하반야바라밀경'을 자세히 풀이함.)을 불어로 번역한 스승 라모뜨 교수를 만난 후 불교 연구의 길에 들어서기 시작했다. 라모뜨 교수는 유학 온 그분에게

"먼 이곳까지 무엇 하러 왔느냐, 돌아가 너희 나라 원효를 공부하라"고 조언했으며 그분은 이 한마디로 귀국 후 필생을 다하여 원효 연구에 몸을 바쳤다. 원효가 그분의 화두였으며 그 화두를 풀기 위해 오로지 원효를 붙들고 용맹정진해 나갔다. 그리하여 원효를 통해 시끄러운 이 세상에 정법의 맑은 종을 울리려 애썼다.

생각하기에 따라서 그분은 오로지 원효산을 이루기 위하여 이 땅에 오신 분 같았다. 아닌 게 아니라 그분은 돌올한 원효산을 이룩하고 그 산 정상에 아름다운 불당 하나를 지어 천년 시공을 뛰어넘으며 신라 원효와 나란히 좌불하고 있다. 생각해 보라. 이 땅에 불교 정법의 등불을 밝히고 단독자로서 우뚝 선 이가 이 두 분 말고 또 누가 있던가?

그분은 문수의 지혜와 보현의 행을 한 몸에 지니고 언제 어디서나 신비로운 법향을 내뿜었다. 무명에 휩싸인 중생들에게 불청지우로 찾아가 반야선으로 옮겨 싣고, 저 반야해를 향해 거침없이 노 저어가던 빛의 화신 비로자나불이었다. 게송을 자유자재로 읊조린 선사요 철인이었다.

나는 어쩌다가 가련한 잠자리처럼 그분이 쳐놓은 빛의 그물에 걸려들어 법의 저 지엄한 골짜기를 이리저리 헤매다녔다고나 할까? 어쩌면 그분의 발치에서 이 화엄의 산하대지를 서툴게 발걸음질 치며 으름 열매 속살처럼 달콤하고도 오묘한 선과(禪果) 몇 알을 맛보았다고나 할까? 그렇다. 실로 그것뿐이었다. 한데 가당찮게도 그분으로부터 해운거사(海雲居士)라는 법명을 얻고 이런 글까지 쓰고 있으니 참으로 기이한 일이다.

사실 나에게는 후산(厚山)이라는 호가 있다. 후산은 나를 문단으로 인도해 주신 스승 이원섭 선생께서 내려주신 것인데 뜻밖에도

'해운거사'라는 이름 하나를 덧붙인 것이다. 후산과 해운거사,

(스승 한 분은 내게 '厚山(후산)'이라는 중후한 산을, 또 한 분은 '海雲(해운)'이라는 바다 구름, 아니, 바다를 주신 것이었다. 그렇다면 그분들이 이 작은 몸뚱어리에서 산과 바다를 동시에 보았다는 말인가? 산과 바다는 결국 나의 본모습인가? 그러고 보니 나는 줄곧 산과 바다의 오묘한 어울림을 내 시가 지향해 도달할 극점으로 여겨오기는 했다. 산과 바다, 이를 어쩐단 말인가? 비밀한 내 내면을 두 분 선사들의 매서운 눈초리에 들켜버리고 말았으니, 나는 꼼짝없이 그만 얼굴이 붉어질 수밖에 없구나.)

내가 불연거사를 처음 대한 것은 『원효사상』이라는 책을 통해서였다. 원효사상은 원효가 아주 좋아한 『大乘起信論(대승기신론)』에 소(疏)를 붙여 깨달음의 과정을 매우 독창적이고도 탁월한 논리로 전개해 나간 일종의 논술서인데, 이것을 불연거사가 현대적으로 분석풀이하고 명쾌한 견해를 곁들인 불교사상서다.

나는 이 요술단지 같은 불서를 만나 몇 차례 그 깊이 속으로 들락거리다가 결국 인간의 심성 바탕은 심생멸(心生滅)과 심진여(心眞如)가 오묘하게 상존함을 깨달았다. 때마침 그 시절 나는 대학원 석사과정 논문을 써야 할 형편에 놓여 있었고, 마음의 이 두 요인을 따와 '모든 예술은 심생멸상에서 심진여상을 향해가는 과정이다'라는 명제를 이끌어내 그 졸고를 마쳤던 것이다.

그 후 그분, 원효사상의 저자로서 그분은 내 가슴 속에서 떠나지 않았고, 1991년 여름인가 경주에서 의상의 화엄일승법계도를 중심으로 한 화엄세계를 강론하는 자리에서 얼핏 뵈기에 이르렀다. 그러나 그때의 만남은 그저 그분의 육성 앞에서 법열하는 정도로 첫 만남의 기쁨을 만족해야만 했다.

정작 직접적인 만남은 그로부터 2년 후 그러니까 1993년 2월 3일에 이루어졌다. 그분은 '한국불교연구원'을 개설해 원장으로 계셨고, 나는 강남에 있던 그 연구원으로 직접 찾아가 합장 일 배를 올림으로써 독대하기에 이르렀던 것이었다. 그분은 대뜸 공부 한창할 나이군 하면서 크게 기뻐하시었다.

이후 나는 그분을 따라 저 은산철벽의 깜깜한 바위 벼랑으로 이끌려 올라갔다. 그분은 실로 막힘이 없었다. 이 벼랑에서 저 벼랑으로 거의 자유자재였다. 산악이 가로막히면 큰 소리로 쳐부수었다. 법성이 의상대 해돋이 장면처럼 둥그레한 무이상 바로 그것이었다. 나는 그분을 따라 『금강삼매경』『대방광불화엄경』『묘법연화경』『유마경』『보살영락본업경』『유식』『대승기신론』『임제록』『전등록』『방거사어록』『한산』『우파니샤드』와 어렵기로 소문난 『섭대승론』 등 거친 풍파가 휩쓸고 도는 항로를 내키는 대로 통과해 나갔다. 때로는 이거 왜 이리 더디나 하고 뇌까리며 걸신들린 아이처럼 무답의 경전밭을 파먹어 들어갔다.

그분은 내 평퍼짐한 의식을 질타했다. 감성을 예리하게 고치려 애썼고, 그 안에서 지혜의 번득이는 모습을 보려 은근한 눈짓을 보내곤 하셨다. 이런 그분은 내게 있어 이른바 무위진인으로 다가왔다.

그분은 인색한 석학이 아니었다. 양심적인 종교 철학자였고, 티끌이 걷힌 상태의 유리알과 같은 본각의 그 안쪽을 훤히 들여다보는 달인이셨다. 지식을 지식으로만 습득한 것이 아니라 이것을 용해시켜 뼈와 살에 은은한 광채로 다시 피어나게 한, 원융실상의 도인이라 해도 조금도 모자람이 없는 분이셨다.

하지만 어쩌랴! 그분은 가셨다. 1996년 11월 9일 그분의 부름을 받고 국제 학술회에 나는 내 여식과 함께 참가했었는데, 그 자리에서 그분은 운명하신 것이었다. 학술회의를 주관하고 많은 후학들을 불러놓고는 이른바 학술 열반을 한 것이었다. 나는 그분이 인사말을 하는 순간 그분의 눈빛만이 내 몸에 닿는 느낌을 받았다. 그런데 그분은 그 인사말을 끝으로 훌쩍 몸을 바꾼 것이다. 선사들의 행로는 모두 그러한가?

나는 그분이 방금 머물렀던 단상에서 도무지 눈을 뗄 수가 없었다. 그분은 방금 그 자리에 있었지 않았는가? 이렇듯 많이 찾아와 고맙다고 하지 않았는가? 아주 고맙고 고맙다고. 그러나 그분은 이미 그 자리에 안 계셨다. 고맙다는 임종계라도 남기려 한 듯 참으로 홀연히 가셨다.

학술회지를 낀 채 허리를 조금 굽히고 강당 왼쪽 문을 조용히 열고 나가시던, 그 마지막 모습이 이 순간에도 도무지 지워지질 않는다. 하지만 그분은 가셨고 돌아오는 11월 8일 그 일주 추모제를 갖는다는 후학들의 통보를 받고 있다.

그분은 무구 청정법신으로 이 세상에 나투셨다가 당대 최고의 선지식 역할을 다하셨다. 그분의 수많은 저술들은 내가 아직 넘어서야 할 산들이 얼마나 많은가를 가리켜주는 또 하나의 경전밭이다. 나는 결코 헛되이 이 시간을 보내지는 않으리라. 그분이 마지막으로 토해낸 법문들을 이번에는 내 시의 뼈와 살로 기록하며 은은한 빛으로 오기를 기다리는 것이다.

결코 경전밭을 헤매지는 않으리라. 다만 그분이 가리키는 저 산정을 향해 걸어갈 뿐!

돌이켜보면 황악산 직지사, 지리산 칠불사, 경주 남산과 불국사 무설전 그리고 강릉의 관음사와 한국불교연구원의 법당 등 그분과 함께했던 짧은 시간의 거리들이 그저 단풍 한 장의 빛으로 반짝일 뿐이다. 갈바람 스치운 듯.

불연 이기영 선사, 그분은 나의 스승이기 전에 많은 대중의 스승이셨다.

문득 마음을 가다듬고 보니 그분은 금강삼매에 잠시 들어 저 일심의 샘(一心之源일심지원)을 한 사발 마시며 삼공의 바다(三空之海삼공지해)를 걸림 없이 자재해 노닐고 있구나!

뭣부리를 방금 벗어나 사방을 살피니
경전을 몰고 다니던 흰 소가 보이질 않네.
빗물 고인 발자욱에는 이미 서산 그림자
이봐, 해운 뭘 그러나!

「줄탁의 인연」, 『설악불교』, 2007년 11 · 12월호.

사월은 돛단배처럼

사월이 간다. 살구꽃 따라왔던 사월이 지는 목련꽃 가지를 붙들었다가 놓고는 산철쭉 그늘로 저문다. 사월은 이 땅에 꽃을 한배 가득 실어놓고 가는 돛단배 같다. 이 땅의 사월은 잔인한 달이 아니라 숭엄한 달이다. 하늘과 땅은 누가 뭐라지도 않았는데도 신비로운 꽃잔치를 벌여 열락에 들게 한다. 꽃이야 사월이 아닌 달에도 피어나지만, 사월에는 우리나라 산천이 꽃천지가 되는 달이다.

꽃천지 사월이면 새들도 달라진다. 거칠거칠한 깃에 윤기가 돌고 저희끼리 희희낙락이다. 목청도 달라진다. 교태가 섞여 있다. 사무적인 듯한 새소리가 정교하고 은근하다. 참새들이 부지런해졌다. 모과 가지를 옮겨 앉는 몸동작이 애교가 넘치고 이 가지에서 저 가지를 폴짝폴짝 날아도 본다. 그러다가는 제짝과 어울림의 극치를 맞는다.

하지만 사월의 끝자락인 설악에는 아직도 잔설이 흰빛을 뿜어내고 있다. 새벽녘 대청봉을 올려다보면 동해에서 치솟는 햇발이 백설에 닿아 황금빛으로 변한다. 나는 잠깐씩 서리는 이 빛깔이 좋아 새벽 대청봉과 종종 마주한다. 새벽 대청봉은 흡사 황금 촛대 같다. 그 설악에도 엄혹한 한파가 풀리고 머잖아 산꽃대궁이들이 올려 밀 것이다.

지난겨울은 혹독했었다. 한파가 길었고 깊었다. 고공 행진하는 기름 대신 연탄보일러가 늘어났다. 기대에 가득 찼던 민초들은 새 정권이 기대에 못 미친다는 눈치다. 갑자기 밀어닥친 미국발 글로벌 모기지 위기란 묘한 말이 목에 걸려 있기도 하다. 삼성특검이 끝나 답답하던 마음은 풀렸지만 나라가 상처를 입은 듯해 안타깝다. 아프리카 케냐 나이로비 공항 정면 벽에 붙어있던 삼성 광고를 보았을 때 나는 묘하게도 나라와 고향이 떠올랐었다. '나노'에 새 역사를 세운 삼성이다. 얼른 흙탕물을 씻어버리고 맑고 깨끗한 삼성으로 다시 태어났으면 한다.

사월, 해마다 휘어지게 꽃을 달고 나오던 이웃집 버찌나무가 없어졌다. 나이 많다고 잘라버린 것이다. 꽃을 많이 달고 나와 부러질 듯하던 그 꽃무더기를 올해에는 볼 수 없다. 버찌나무가 서 있던 자리에는 허공만 덩그렇게 놓여 있다. 그 허공이 우리 집 담장을 넘겨다본다. 이웃집 나무가 베어졌는데, 내가 왜 허전한가. 나비효과라도 있는 걸까? 저쪽 어떤 세계에서 버찌꽃 피는 소리 들려오고 발갛고 노리끼리한 버찌가 꽃자리를 봉긋하게 밀고 앉은 모습이 보인다.

이래저래 사월이 간다. 꽃을 부려 놓고 한참 만에 간다. 올해도 벌써 한 분기가 지나갔다. 세월 참 빠르다. 이십 대만 해도 왜 이리

안갈까 하던 세월이었다. 눈부신 세월이었다. 하늘은 맑았고 희망은 깃발처럼 펄럭였었다. 그런 하늘은 내게 이제 돌아오지 않을 하늘이다. 어차피 갈 것은 가고 올 것은 온다. 새 생명은 계속 나고 늙은 생명은 계속 스러진다.

그렇다 해도 사월에는 텃밭을 갈고 열무김치 씨앗을 심어 볼 일이다. 향긋한 오월이 오면 열무김치 국물에 국수를 말아 먹으며 한끼 별식으로 자족할 것이다.

칼럼 「삶」, 『설악신문』, 2008년 4월.

작가는 하나의 공화국

지난 5월 5일에는 우리 문단의 큰 별 한 좌가 졌다. 삶의 종착역은 결국 적멸에 이르지만, 노쇠함에도 집필을 멈추지 않았기에 그것만으로도 기쁨을 주었던 문필가였다. 작가 박경리.

흔히 작가는 하나의 정부 하나의 공화국이라고 한다. 작가가 이루어놓은 공화국은 작품으로 탄생한다. 『춘향전』을 실감 나게 읽었을 때 책을 덮는 순간 젖어 드는 울화나 쾌감은 '춘향전'이라는 공화국의 일원으로서 느끼는 쾌감이나 울화다. 『데미안』에서 새가 알을 깨고 나오는 깃 파닥임 소리를 듣는다면, 그 순간 헤르만 헤세가 지어놓은 공화국의 일원이 되면서 자아의 개안을 맛본다. 마찬가지로 『아베의 가족』을 펼쳐 들면 작가 전상국을 떠올리며 '아베의 가족' 속의 한 식구가 돼 참혹한 6월의 포화 속에 웅크린 자신을 발견하게 되는 것이다.

시인의 경우는 어떨까? 마찬가지다. 윤동주는 시인 윤동주일 뿐 아니라 윤동주 공화국이고, 시인 서정주는 서정주 정부다. 만해 한용운은 한용운 정부고, 시 「알 수 없어요」는 시인 한용운이 펼쳐놓은 슬슬(瑟瑟)한 영토다.

하지만 아무렇게나 얽어놓는다고 다 정부나 공화국이 되는 것은 아니다. 물론 조그만 정부가 될 수도 있고, 토대가 엉성하고 가화 쪼가리가 펄럭대는 공화국일 수도 있다. 그런 공화국은 삽삽한 경지와 신성성을 맛볼 수 있는 고귀한 공화국이 아니다. 진정한 공화국은 오체투지 했을 때 탄생한다. 한 편의 시나 소설에는 한 편의 시나 소설을 쓴 시인이나 소설가의 정결한 피와 영혼이 이슬방울처럼 깃든다. 정결한 피와 영혼을 쏟아붓지 않는다면 좋은 작품이 나올 수 없다. 때로는 목숨을 걸고 덤벼들어야 한다.

작가 박경리의 경우 등단 후 마흔 이전까지는 그냥 소설가였다. 발표 작품에 비해 문단의 조명을 크게 받지 못했다. 다만 『김약국의 딸들』이나 『전장과 시장』에서 약간의 대가적 풍모를 엿볼 수는 있었다. 그러니까 박경리라는 작가의 정부는 어설프고 밋밋했다 할 수도 있다. 그런데 마흔두 살 되던 해부터는 달라졌다. 1969년부터 『현대문학』지에 『토지』가 연재됐던 것이다. 횟수를 거듭할수록 문단의 주목이 커졌다. 「그네」를 쓴 시조 시인 김상옥 선생은 누워서 읽다가 벌떡 일어나 정좌해 읽을 만하다고 월평에 술회하기도 했었다. 작가 박경리는 『토지』로 다시 태어났다. 작가 박경리가 토지를 탄생시켰지만 『토지』는 작가 박경리를 다시 태어나게 한 것이었다. 20대 후반 마침 『현대문학』지를 구독하면서 시에 욕심을 내고 있던 터라, 1972년 9월까지 나 역시 박경리의 『토지』를 탐독했었다.

『토지』는 그것으로 끝이 아니었다. 작가 박경리는 20여 년간 『토지』에 삶을 다 바쳤다. 『토지』를 들고 건곤일척으로 나아갔다. 강대국 사이에 끼어 비척대던 한민족을 '서희'라는 인물을 설정해 마치 불사조이듯 강인한 생명력을 불어넣으며 파란만장한 인생 역정을 그려나갔다. 집필 도중 유방을 도려내는 아픔 속에서도 일본으로 간도로 배경을 옮겨가며 『토지』는 더욱 확장됐다. 궁형을 당한 사마천을 생각하며 썼다고도 했다. 마침내 『토지』는 대하소설로 이 세상에 나왔다. 작가 박경리 공화국이 탄생했고 『토지』를 대한 이들은 공화국의 일원이 돼 『토지』를 음미하며 '서희'가 됐다가 '길상'이 됐다가 해 보는 것이다.

2000년 4월 22일 원주에서 나는 작가 박경리 선생을 뵈었다. 두 번째였다. 작가가 아니라 한 거목 앞에 선 수줍은 소년으로서.

칼럼 「삶」, 『설악신문』, 2008년 5월.

그리운 속초

속초는 내게 무엇인가? 내가 속초에서 살아온 지도 삼십팔 년째에 접어든다. 그동안 속초가 변했고 나도 변했다. 속초는 거구가 돼 있고 나는 소략해 있다. 밤이면 백열등 불빛만 빠끔거리던 거리는 화사한 불빛으로 하여 불야성이다. 초저녁 미시령에서 굽어보면 밤하늘 별무리들이 천상열차를 타고 모두 속초로 내려와 한바탕 잔치를 벌이는 듯하다.

거리뿐 아니다. 주거지가 고층으로 솟아올랐다. 높아야 2, 3층이 고작이던 속초에 15층 이상 아파트 건물만도 150동 넘게 들어섰다. 속초는 아파트의 밀림이 돼 있다. 속초시민 가운데 5만 9백 6명이 집단주거지에서 삶의 둥지를 틀고 있다니 시민 6할은 아파트 시민이다.

고층 건물이 늘어날수록 덩그렇게만 보였던 설악은 주저앉아 그만 볼품없게 돼 버리고 말았다. 이제 속초 어디에서든 하늘과 산능선이 만나 자아내는 미묘한 운치를 맛볼 수 없다. 중심가를 한참 벗어나야 온전한 설악을 만날 수 있고, 얽히고설킨 각종 케이블선까지 비켜나려면 청대산쯤에나 올라야 한다. 산은 자연의 한 정점이다. 인조물이 산을 가로 막아선다는 것은 자연과의 결별을 의미한다. 인조 축조물 사이 틈으로 겨우 내다보는 산은 불안하다. 언제 또 옆구리를 파 먹힐지 모를 일이기 때문이다.

다리 하나였던 청초천에는 교량이 여섯이다. 시가지를 남북으로 관통하는 도로가 네 개로 불어났다. 행인은 줄고 차량은 넘쳐난다. 천만년 속초를 지켜오던 영랑호와 청초호도 변했다. 예닐곱 살짜리 장난꾸러기 아이 키만 한 잉어를 건져 올리던 영랑호에 순환도로가 놓였고, 청초호는 찌그러들었다. 찌그러든 청초호에는 철새 종이 급감했다. 겨울이면 목화송이처럼 물결 위에 떠 놀던 고니가 아주 발길을 돌리고 말았다.

박물관과 러시아로 통하는 뱃길과 콩꽃마을이 생긴 것은 다행스러운 일이지만, 8만 4천 7백여 시민이 대학 하나 올바로 키우지 못한 것은 부끄러운 일이다.

속초의 뒷골목 깊숙한 곳에는 아직도 장정 몸 하나 겨우 빠져나갈까 말까 하는 골목길이 있다. 딱개비처럼 달라붙어 부부가 소곤거리는 말소리까지 이웃 벽을 따라 울릴 듯하다. 이런 골목에 들어서면 향수가 어리다가도 앞으로 가는 속초가 뒷걸음치는 것 같아 언짢다. 하기야 이 땅의 방방곡곡 어디 가든 삶은 팍팍하다. 어떻게 살던 자그만 기쁨 하나쯤 남몰래 간직해 지녔다면 그리 불행한 삶은 아닐 것이다.

속초에서는 고급스러운 공연이나 전시회를 만나기 힘들다. 자생적인 공연단이 좀 많이 생기고 전시회도 자주 열렸으면 좋을 듯하다. 예술에 대한 통찰력은 개인의 정체성과 관계된다. 산업경제로만 눈을 모으는 사이 사람들의 내면은 깨진 사금파리처럼 거칠고 날카로워질 수 있다. 이 날카로움을 예술은 순화시킨다. 속초에서 고급문화가 꽃필 때 속초는 살기 좋은 명품 속초로 거듭날 것이다.

내 젊음이 고스란히 담긴 속초, 나와 함께 변한 속초, 시인 류시화 말마따나 나는 속초에 살면서도 항상 속초가 그립다.

칼럼 「삶」, 『설악신문』, 2008년 6월.

설악산과 한계산

사람이든 자연 사물이든 늘 가까이 대하다 보면 정이라는 게 든다. 잘 생기고 못생긴 걸 떠나 괜히 궁금하고 좋아진다. 설악산이 내게 있어 그랬다. 처음 설악산을 만나게 된 것은 첫 휴가 때였다. 스물두 살, 화천 간동면 오음리에서 진부령을 넘어 속초에 들어섰을 때 무슨 괴물이 하나 떡 버티고 있었고, 막 일몰을 일으키고 있었다. 그건 뭔가 뜨거운 것을 커다란 괴물 덩치가 집어삼키는 형국이었다. 설악산은 처음 그렇게 왔었다. 그 일 후 4년 그리고 그다음부터 줄곧 나는 설악산 주변을 맴돌았고, 대청봉에만도 백 번 넘게 올라 다녔다. 괴물은 명산으로 바뀌었고, 괴로워하다가 찬탄하다가 그만 정이 들어버렸다. 설악산은 말하자면 괴물로서가 아니라 길벗으로, 명상터로, 때로는 시적 영감을 주는 살아있는 물상으로 다시 왔다.

1860년대의 〈대동여지도〉에는 '한계산'이 설악산 서편에 표기돼 있다. '한계산'은 지금 없는 산이다. 다만 한계령을 넘어 오른쪽 산

기슭 양지 녘에는 '한계사'지가 있다. '한계사'라 한 걸 보면 그 부근을 '한계산(寒溪山)'이라 일렀던 것 같다. 앞의 대동여지도에는 동쪽을 '설악산' 서쪽을 '한계산'이라 했다. 그러니까 그 무렵에는 지금의 내설악을 '한계산', 외설악을 '설악산'이라 한 것이다. 『신증동국여지승람』 제46권 인제현 산천 편을 보면 산 위에 성이 있고, 냇물이 흐르다가 폭포를 이루어 수백 척의 높이라 했다. 산성은 지금도 있고, 그 아래 계곡으로 들어가면 '대승폭포'에 이른다. '수백 척의 높이'의 폭포는 다름 아닌 이 '대승폭포'다. 또 미시령을 '미시파령(彌時坡嶺)' 소똥령을 '소동라령(所冬羅嶺)'이라고 해 '파'와 '라'의 탈락현상이 있었음을 알 수 있고, '소동'은 '소똥'으로 변해 의미 전환과 아울러 '동;똥'으로의 경음현상이 나타났음을 엿볼 수 있다. '소똥'이 '소동'보다 앞서고, '所冬(소동)'은 표기를 위해 한자를 차용해다 쓴 점잖은 표현일 수도 있다. 인제 북천은 '미륵천'이라고 불렀다. 이는 미륵불과 무슨 관련이 있지 않을까 하는 궁금증을 일으키게 한다. 조선 후기 성리학의 대가 이재(1680~1746) 선생은 벼슬을 버리고 한때 인제에 은둔하기도 했다. 선생의 『도암집』 권2에 「설악산 청봉에 올라(上雪嶽山靑峰상설악산청봉)」라고 제한 시가 전해 그때 이미 청봉에 올랐고, 오늘날 대청봉은 청봉 앞에 '大(대)'자를 덧붙여 큰 걸 좋아하는 우리 민족의 마음결 한켠을 들여다보게 한다. 설악산이 우리 문헌에 최초로 등장한 시기는 알 수 없다. 다만 『세종지리지』 포천현 편에 '雪嶽山在縣東(설악산재현동)'이라 적어놓은 걸 보아서, 그보다 훨씬 전부터 설악산이 이름을 가지고 있었다는 건 분명하다. 남효온의 『요금강산기』에는 금강산을 완상하며 설악산을 다음과 같이 언급하고 있다.

"(금강산) 한 가지가 남으로 이백여 리를 뻗었고, 산 모양이 높고 뾰족하여 대략 금강의 본상과 같은 것은 설악산이요, 동쪽의 한 가지는 천보산(天寶山)으로 장차 눈이나 비가 오려면 산이 저절로 운다. 그러므로 이름을 읍산(泣山)이라 한다. 읍산이 또 양양 고을 후면을 돌아서 바닷가에 닿아 오봉이 특별히 섰으니 낙산이다."

당시 속초는 물론 고성군 토성면까지가 모두 양양 고을이었다. 하지만 '읍산'이라 한 '천보산'은 어느 산일까? 글의 분위기로 보아서 '울산암'이 틀림없을 듯싶다. 그렇다면 '울산암'은 울산에서 왔다는 전설이기보다 '읍산'의 '운다'를 풀어 '우는 산; 울산'으로 바뀐 건 아닐까 한다.

마당가에는 능소꽃이 붉다. 깨끼복숭아가 갓난아기 주먹만 하고 모과알은 어른 주먹만 해졌다. 이런 칠월에는 선인들의 필문들을 꿰차고 청산에 들어볼 일이다. 옛 지명을 더듬어 살피는 동안 청산은 더욱 멋스럽고 향기로워질 것이다. 타임머신이라도 타고 가는 듯.

칼럼 「삶」, 『설악신문』, 2008년 7월.

청초호반 시공원

가끔 청초호반을 걸어본다. 청초호가 묻힐 때만 해도 호수를 호수답게 그냥 그대로 두었으면 했었지만 묻혔고, 이모저모로 곧잘 쓰이기도 한다. 그런데 69,193m²의 이 신천지가 왠지 빈 듯한 느낌이 든다. 유심히 볼만한 게 없어서다.

청초호반이 시민을 위한 공간이라면 뭔가 볼만한 게 있어야 하지 않을까? 이 호반을 시의 숲으로 가꾸면 어떨까? 자연석에 시를 새겨 넣어 시의 숲을 일구어 본다면 볼만하지 않을까? 우리나라와 세계 시인을 대상으로 하면 될 듯하다. 명시를 새긴 자연석을 공원 이곳저곳에 아기자기하게 배치해 놓는다면 단순한 유원지로서의 청초호반이 일약 '청초호반 세계시공원'으로 뛰어오를 것이다.

속초에는 시인이 많다. 지금 속초에 주소를 두고 속초에서 작품활동을 하고 있는 시인만도 상당수에 이른다. 조오현 박화 이상국 김춘만 박종헌 권정남 김창균 김명기 지영희 채재순 김종헌 박대성 최명선 등 열 분이 넘다. 황금찬 박명자 고형렬 이충희 김영준 장승진 최숙자 시인 등 속초에 연고가 있었거나, 둔 시인까지를 합하면 스무 분에 달하고, 젊은 예비 시인들을 더한다면 서른 분을 넘을 추세다. 인구 9만 못 미치는 작은 도시에 이렇듯 시인이 많다는 것은 특이하고도 놀랍다.

1970년 12월 12일 '문학의 밤' 초대로 속초에 왔던 그 시절 최고의 비평가 조연현 선생은 '한국에도 노벨상을 탈 수 있는 작품이 있는가?'라는 논제를 펼쳤었다. 첫 마디에 '속초는 저 변방의 아주 작은 소읍인 줄 알았는데, 문학의 싹을 틔우고 있어 큰 도시처럼 보인다'라며 즐거워했다. 그러면서 젊은이들이야말로 우리 문학의 내일이고 그 희망이다, 라고 결론을 맺었다.

때마침 일본 소설가 가와바타 야스나리가 『설국』으로 노벨상을 탄 다음 해라 노벨상에 대한 관심이 고조됐었고 열강을 했으나, 그 후 38년이 지나는 지금까지 노벨상 수상 소식은 들려오지 않고 있다. 연말이면 종종 노벨문학상 대상자로 떠오르는 시인이 있기는 하지만.

시는 정신적 산물이다. 시를 '마음의 노래'라고 단적으로 말했을 때 그 '마음'의 실체는 정신이다. 정신은 영혼의 집이다. 영혼은 인간의 내면을 소용돌이치게 하는 생명의 본질이다. 이렇게 본다면 시는 '영혼의 노래'인 것이다. 그러니까 시는 소용돌이치는 생명을 노래로 읊조린 언어적 행위라고 할 수 있다.

좋은 한 편의 시가 갈등하는 인간의 내면을 고요에 들게 하고, 도사린 무명을 흔들어 깨운다면 시가 주는 바로 이 생명의 힘 때문이다. 물론 시성에 이른 시인이라 할지라도 생명의 그 오묘한 소리를 붙들어 단 한 편의 시에 담아낼 수는 없을 것이다. 그러기에는 시의 그릇이 너무 보잘것없고, 손에 잡힌 펜대는 너무나 유약하다.

하지만 진정한 시인은 단 한 편의 시를 위해 밤을 지새운다.

굼벵이처럼 어둠 속에 틀어박혀 생명의 울림에 귀 기울인다.

문학은 문학 하는 이의 개성과 특질에서 나온다. 속초에 기거하는 시인은 속초의 물과 공기와 별빛으로 시를 빚는다. 그게 속초 시인의 독특한 개성과 특질로 변용돼 나타난다. 시인을 에워싼 인적 물적 상징은 시의 내부에 들어가 시의 뼈와 살이 되고 눈동자가 되고 마침내 시를 강물처럼 흘러가게 한다.

설악산과 동해 그리고 두 개의 호수를 지닌 속초, 속초는 생동감이 넘친다. 이 생동하는 자연공간은 속초 시인의 자양이다. 속초 시인은 이 자양을 영혼으로 빨아올려 한 편의 시를 싹 틔운다.

칼럼 「삶」, 『설악신문』, 2008년 9월.

빗살연국모란꽃문

빗살연국모란꽃문은 미묘하다. 신흥사 극락보전 좌우측 쪽문은 미묘하고도 화려한 이 빗살연국모란꽃문으로 장엄돼 있다. 극락보전 왼칸 왼쪽 꽃문은 소슬민꽃문*으로 담담한데 비해 어칸 꽃문은 모란으로 무늬를 새긴 소슬모란꽃문이고 좌우측 쪽문은 섬세하고도 우아한 빗살연국모란꽃문**이다.

나는 가끔 신흥사에 가 도량 뜨락을 서성거리고는 한다. 다름 아닌 이 좌, 우측 쪽문을 바라보고 또 곰곰이 마음에 새겨두기 위해서다. 어느 때는 문살에 앉거나 날아다니는 나비를 따라 장자의 이른바 '꿈속의 나비'가 돼 나비와 함께 훨훨 날아다녀 보기도 한다. 뜨락에서 오른쪽으로 바라보면 불뚝 일어선 화채 칠선봉 능선에 운애가 끼어 아스름한데, 나비를 따라 그 능선을 넘나들어 보는 것

* 소슬민꽃문: 소슬은 '솟은' 즉 '돋우러진'이란 뜻으로, 소슬살은 날살 씨살 빗살이 짜여진 형태에 여러 종류가 있다. 소슬민꽃문은 민살에 꽃무늬를 새긴 것.

** 빗살연국모란꽃문: 연꽃, 모란꽃, 국화꽃 등의 모양 조각을 빗살의 교차점마다 붙인 것.

이다. 능선을 넘어서면 동양 최대의 340미터의 장쾌한 토왕성폭포가 연잎 속의 강물처럼 밤낮없이 설악의 물을 동해로 쏟아붓고 있다. 왼쪽 빗살연국모란꽃문에는 연잎이 세 잎 있다. 아래쪽에 두 잎 위쪽에 한 잎, 문살 속의 이 세 장의 연잎은 사방의 국화와 모란을 꽉 붙든 모양새다. 아래 왼쪽 연잎은 막 피기 시작한 황련 한 송이를, 오른쪽 연잎에는 홍련 한 송이에 나비 한 마리를, 그리고 위쪽 연잎에는 청련 한 송이가 거북이 한 마리를 데리고 논다.

모란꽃은 모두 다섯 송이다. 위쪽 연잎을 가운데 두고 사방무늬의 모서리에 이 모란꽃을 배치하고, 하나는 하단의 두 개 연잎을 삼각형의 꼭짓점으로 해 역삼각형이 되게 아래 꼭지에 놓여 있다. 연잎과 모란 사이에는 국화로 현재 살아 있는 것만 열세 송이다. 두 송이는 풍파에 쓸려 이파리만 두 잎, 혹은 세 잎이 남아있다.

그러고 보면 빗살연국모란꽃문에는 연꽃 세 송이, 모란꽃 다섯 송이, 국화 열다섯 송이의 꽃 숲에 나비 한 마리와 거북이 한 마리가 깃든 형국이다. 오른쪽 측문 꽃문에는 청련 황련 홍련이 세모 형으로 배치돼 있고 가운데는 천상에서 막 날아오는 새 한 마리가 청모란과 희롱하고 있다. 그리고 청련에는 고래 한 마리를 놓아두고 상단 왼쪽에는 청모시나비가 황모란에 앉아 있다. 모란꽃은 온전한 것만 모두 스물한 송이나, 국화인지 분간이 안 가기도 한다. 다행이 문살이 모두 살아 있어 그 엄청난 세월의 소용돌이를 이 꽃문들이 잘 지키고 있구나 하는 느낌이 들어 절로 숙연해진다.

그런데 이 극락전은 왜 이렇듯 꽃문으로 장엄했을까?

극락전에는 아미타불이 상주한다. 관세음보살과 대세지보살을 이 아미타여래의 옆자리에 함께 모셨다. 아미타여래는 서방 정토에서 이승을 살고 난 중생의 생명을 거두어 준다. 그러므로 그 세계는 꽃으로 장엄한 화장연화세계다. 용화계이기도 하다. 선인들은 바로 이 용화계를 문으로 상징해 문을 여는 순간 용화계로 들어가게 했다고도 볼 수 있다. 이쪽 세계와 저쪽 세계의 경계를 꽃문으로 장엄한 것이다. 더욱이 32간이나 되는 보제루는 아래가 열려 있어 계단을 밟고 오르는 순간 우리들의 발걸음을 천상의 어디인가로 인도하게 한다.

어딘가의 그 천상은 바로 우리들의 마음속에 있다.

신흥사는 신라 진덕여왕 6년(652년)에 자장율사가 창건하여 처음에는 향성사라 했다. 이후 불탔고, 조선 인조 22년(1644년)에 지금의 장소로 옮겨 앉았다 한다. 세월이 만만치 않다.

어스름 드는 저녁나절 설악은 범종 소리에 맥놀이치고 이에 놀란 듯 빗살연국모란꽃문은 더욱 그윽해진다.

칼럼 「삶」, 『설악신문』, 2008년 10월.

산의 주인은 없다

산이 홍엽으로 출렁거린다. 산의 주인은 누구인가? 산의 주인은 없다. 산에 들어 산에 노니는 이가 산의 주인이다. 산이 있어 임자가 있다고 하더라도 산을 바로 느끼지 못하면 그 산의 주인은 없다.

영북지역에는 명산 설악산이 있다. 명산 설악산의 주인은 다름 아닌 영북지역 사람들이다. 그렇다 하더라도 입동이 지났는데도 설악산 한 번 못 갔다면 설악산의 주인으로서 제 몫을 바로 했다고 할 수 없다.

산을 찾는 이들은 산에 올라 산내음에 취해 알몸 깊은 산맛을 온몸으로 느낄 때 그대야말로 진정한 내 주인이요, 라는 산의 소근거림을 들을 수 있다.

설악산은 어디 들거나 그 자리가 곧 명승지다.

하지만 그중 빼어난 한 곳을 들라 하면, 한계령에서 끝청 중청 대청과 희운각 공룡능선 마등령 금강굴 비선대에 이르는, 이른바 설악종주길이라 할 수 있다. 하루가 빠듯하지만 빠듯한 이 길을 한번 돌고 나오면 설악산이 전혀 다른 모습으로 다가온다. 한 번 걸어보라. 하룻길이 무리라면 이삼일 걸려서라도 걸어보라! 설악의 품이 어떻게 다가오는지 그건 그때 가서 알게 될 것이다. 이 길은 설악의 심장 고동 소리를 들으며 걷는 길이다. 따라서 설악의 진면목을 맛볼 수 있다. 또한 이 길은 거대한 불꽃바위산 설악 등줄기를 타고 가는 길이자 백두대간 마루길이기도 하다. 한계령 대청봉능선은 서북주능으로 내설악과 남설악의 장쾌한 협곡을 굽어볼 수 있다. 희운각에서 시작하는 공룡능선은 마치 공룡 한 마리가 천상을 향해 솟구치는 것 같다. 이 능선을 걷다 보면 한쪽으로는 검푸른 동해가 놓이고, 한쪽으로는 용아장성의 바위들이 입을 딱 벌리고 달려들어 아찔하다. 설악이 왜 설악인가는 이 길을 걸어보면 절로 깨쳐 알게 된다. 휘돌아가는 가야동계곡의 느슨한 모습과 범봉 나한봉 그리고 그사이의 천화대 바위군을 보는 순간, 마음이 떨리며 가팔라지고 곧장 법열을 일으키게 한다.

올해도 얼마 남지 않았다. 찬바람이 불고 대청봉에는 촛불을 켜든 듯 벌써 첫눈이 내렸다. 눈바람 치면 초심자는 산을 두려워한다. 눈바람 치기 전에 얼른 설악에 한 번 다녀올 일이다. 설악산 종주길이 무리라면 천불동계곡에라도 들어가 보라. 그 계곡에서 무슨 일이 벌어지고 있는가, 하는 것은 묻지 않아도 된다. 천당폭포와 양폭에서 쏟아지는 물과 그 물이 어떻게 맑은 물보라를 일으키며, 아래로 아래로 흘러가는가를 잠시 함께해 보면 될 것이다. 어쩌면 단풍 고운 색결이 물아래 드리워져 반조의 더할 바 없는 착한 정경을 만날 수도 있다. 아니라면 비선대쯤이라도 발길을 옮겨보아도 좋을 것이다. 그리하여 주인을 기다리는 설악산의 주인이 돼 볼 일이다.

설악산은 바로 지척에 있다. 하지만 지척지간인 설악산을 영북지역에 살면서도 오른 이들이 그리 많은 편이 아니다. 세파에 시달리고 지쳐 지저분해져 있다면 산에 몸을 담갔다 나온 바로 그 순간 맑고 깨끗한 새로운 이가 그대를 맞아 줄 것이다. 그 맑고 깨끗한 그 사람은 설악산 같은 명산을 휘 한 바퀴 돌고 나왔을 때 내면의 창가에 절로 나타난다.

산은 항상 거기 있나니!

칼럼 「삶」, 『설악신문』, 2008년 11월.

속초문단의 태동기 시절

속초에도 문단이란 게 있을까? '문단'이 문학 하는 사람들의 독특한 사회라 했을 때 문단은 꼭 중앙에만 형성돼 있는 건 아니다. 지역에도 문단이 있을 수 있고, 속초에도 이미 문단이 형성돼 있다. 물론 소규모이고 중앙문단과 이리저리 연결돼 있어 지역문단과 중앙문단은 불가분의 관계를 맺기는 한다. 하지만 지역문단이 모여 중앙문단을 이루고 중앙문단의 핵은 곧 지역문단이다.

속초문단의 태동은 1969년으로 거슬러 올라간다. 그해 10월 3일 개천절에 '설악문우회'가 탄생했기 때문이다. '설악문우회'는 속초나 고성 양양 쪽에서 제각각 홀로 시나 소설에 매달려 그걸까 아닐까 하며 문학을 꿈꾸던 문학청년들의 결집체였다. '설악문우회'는 개인 각각의 글을 등불로 삼아 같은 길로 이끄는 동행자의 도량이요 길잡이 구실을 했다.

이는 곧 글쓰기 전문가라는 조금은 이질적인 한 작은 사회가 속초와 고성 조금 넓게는 영동북부지역에 등장했음을 의미하기도 한 것이었다. 이 말은 이 조금 이질적인 사회의 중심에 글이 놓여 있고 글을 통해 서로의 마음을 트고 있었다는 뜻이기도 하다.

당시 설악문우회 '회칙'은 10개 항목을 두었는데, 그 제8조에 '회원은 원칙적으로 매월 각각 해당 분야별로 운문 2편씩과 산문은 2개월에 1편씩 제출해야 한다'로 못 박아 놓아 모임의 성격을 분명히 밝히고 있다.

'설악문우회' 창립 모임은 지금은 퇴락한 옛 속초교육청 회의실에서 이루어졌다. 윤홍렬 선생과 길철홍 선생을 비롯해 강호삼 이성선 박명자 함영봉 박진서 김종영 김영규 김현문 최춘지 송병승 정영자 장태근 그리고 필자 등 15명이 회동했다. 윤홍렬 김철홍 선생은 40대 중반, 이성선 강호삼 박명자 함영봉 김영규 송병승과 필자는 20대 끝자락, 박진서 장태근 김현문 정영자 최춘지는 20대 중반, 김종영은 스물두 살이었다.

모두 패기만만한 이른바 장래가 구만리 같은 한창나이였다. 한창나이에 우리는 문학을 향한 동행자로서의 첫 발걸음을 떼어놓기 시작했고, 이듬해 4월 25일 마침내 '갈뫼'라는 동인지를 창간하기에 이른다.

'갈뫼' 창간은 하나의 사건이었다. 강원도에는 이렇다 할 문학동인이 없었고, 있다 해도 동인지를 발간 한다는 것은 엄두조차 낼 수 없는 형편이었다. 다만 '금강'이 고성 금강동인회에서 몇 차례 나오기는 했다. 당대는 그만치 어두웠고 난세였던 것이다. 그러므로 '갈뫼' 창간은 강릉이나 춘천 등 대처에서 문학을 꿈꾸던 이들의 이목을 집중시켰고, 곧 중앙문단에 알려져 수복지역 변두리인 속초가 문학이 싹트는 여명의 속초로 부상하는 계기가 돼 갔다. '갈뫼' 창간에는 회원들이 창작열이 지극해 가능했지만 '갈뫼 제1권 제1호'의 탄생은 전적으로 강호삼의 열정에 힘입은 바 컸다.

우리는 그와 함께 문화인쇄소의 철꺽거리는 윤전기 소리와 납활자가 내뿜는 매캐한 기름 냄새 속에서 쪽수를 늘려가는 책장을 지켜보았고, 생전 처음 책이라는 걸 만드는 문선공들과 의견을 나누다가, 때마침 동보극장에서 신원하가 연출한 연극을 보러 가 찬탄하면서 출연자들과 자장면을 먹기도 했다.

그런 그 '갈뫼'가 지난 13일 38호를 내고 출간 축하모임을 가졌다. 출발 당시의 글벗들이 모두 등단하지 못한 아쉬움은 있으나, 지금 속초문단은 넓어졌고 그 중심에 '갈뫼'가 있음을 부정할 수가 없다. 그리고 또 그 '갈뫼'의 중심에는 미수를 앞두고도 홀로 청청한 작가 윤홍렬 선생이 있다.

필자는 국외자로서 임수철 가곡 작곡가와 참으로 오랜만에 축하모임에 참석했다가, 뜻밖에 최근 귀향한 극작가 이반 교수와 신원하 선생을 다시 만나 동석해 아낌없는 축하의 박수를 보냈다. 젊은 시인들의 발랄한 육성 시낭송 울림에서 '갈뫼' 창간호를 출간한 바로 그날 밤 '가야다방'에서 벌렸던 속초 최초의 출판기념 시낭송 울림도 겹쳐 들으면서.

칼럼 「삶」, 『설악신문』, 2008년 12월.

영랑호와 경포호

영랑호와 경포호는 서로 먼 듯 가깝다. 영랑호는 신라 화랑 영랑 술랑으로 깃들이게 하고 경포호는 최부자집 며느리와 홍장고사에 얽혀들게 한다. 두 호수는 어려서부터 영동사람들 가슴 속에 알게 모르게 들어와 푸른 그늘처럼 나부낀다. 지금 경포호와 영랑호는 강릉과 속초라는 두 도시를 상징할 만큼 돼 버렸다. 그런데 왜 하필 영랑호와 경포호인가.

경포호와 영랑호는 내게 있어 등가 관계다. 마찬가지로 영랑호를 품에 품은 속초와 경포호를 숨구멍처럼 열어둔 강릉 또한 등가 관계다. 나는 강릉에서 태어나 만 스물까지 그곳에서 자랐다. 강릉의 흙과 물과 볕살과 바람은 지금도 내 육신과 영혼에 메아리친다. 나는 강릉 대관령의 매찬 바람을 회초리로 맞으며 남대천을 건너다녔고, 오대산 상원사 한암선사의 도력을 쏘이며 어린 시절을 보냈다. 생각해보면 강릉은 풀향기처럼 내게 젖어있다.

그러나 햇병아리 교사로 강릉을 떠나면서 강릉은 먼발치 연인처럼 동고(銅鼓)만해져 버렸다. 아직 내 피붙이들은 강릉에서 살아가고 있지만 내 몸은 속초에 있다. 속초는 근 39년여간을 나를 먹여 살렸다. 설악산을 깎아 치는 쇠바람 소리는 내 시적 에너지가 되어 살아있고 바위벼랑을 뛰어넘는 동해 파도 소리는 내 시의 내재율로 다시 태어난다.

속초에서 강릉까지는 약 67Km이다. 버스를 타면 한 시간 남짓, 마치 이웃 마을 같다. 풋잠결 한잠이면 강릉이고 속초다. 하지만 60년대와 70년대 중반까지는 그렇지 않았다. 오전 아홉 시에 강릉 남문동 버스정류장 시외버스에 몸을 옮겨 싣고 보면 하루 종일 차 냄새에 시달려야 했다. 나는 곧잘 멀미를 해 버스 타기는 실로 고역이었다. 털털거리는 버스는 사천과 연곡 주문진을 거치고 또 어느 길로 돌아 인구에 도착하면 한나절이 됐다.

그리고는 다시 털털댔다. 자갈로 채워진 도로는 탈것을 가만히 두지 않았고, 반대편에서 차량이 오기라도 할라치면 흙먼지가 차창을 덮었다. 가끔씩 타이어가 펑크 나 운전기사가 그걸 갈아 끼울 때면 이건 도무지 부지하세월이었다. 차 밑을 들여다보며 기다리는 차장 아가씨도 느긋하기는 마찬가지였다. 승객들은 응당 그러려니 하고 밖으로 나가 기지개를 켜거나 길가에 쪼그리고 앉아 한담을 하거나 했다.

하조대와 양양읍내를 거쳐 속초우체국 건너편에 있던 '중앙정류소'에 도착하면 오후 세 시를 넘어서기도 했다. 그게 당시 속초와 강릉의 거리였다. 그런 그 거리가 실로 엄청난 변화를 겪었다. 하루 길이 한 시간으로 좁혀진 것이다. 지금 속초와 강릉은 거기가 거기다. 지역 한계를 벗어난 것이다. 속초의 물류는 순식간에 강릉으로 나가고 강릉의 소문은 순식간에 속초로 날아온다.

저간의 정리를 미리 알았을까? 우리의 전통 성악가곡 남창가곡 중 '계면조 언편'에

'한송정 자진솔 비여/ 조고마치 배 무어타고/ 술이라 안주 거문고 가야고 해금 비파 저[笛] 피리(…)강릉 여기(女妓) 삼척주탕년 다 모아 싣고 달 밝은 밤에 경포대로 가서/ 대취코/ 고예승류허여 총석정 금란굴과 영랑호 선유담으로 임거래(任去來: 마음대로 왔다갔다 하다)를 하리라.' 했으니 말이다.

그 시절이야 상상이요 희구였겠으나 이제 강릉 경포와 속초 영랑호는 한걸음 안에 있다. 한걸음 안에서 주변으로 더욱 넓혀 출렁거리고 있다.

다만 연암 박지원 선생의 「열하일기」 일신수필(馹迅隨筆) 7월 20일조에 '거센 파도 해안을 치니 벼락이 일어나네(洪濤打岸霹靂興홍도타안벽력흥)〈총석정 해돋이〉'라며 스스로 득의한 곳이라 일렀던 통천 금

강 총석정에는 첫돌박이 발걸음인 듯하더니, 그만 그마저 끊어져 버렸다.

마침 기축년이라 소 타고 통소 불며 이 파고의 준령을 넘나들자 해 보면 어떠리. 내친김에 백두산까지.

칼럼 「삶」, 『설악신문』, 2009년 1월.

우수 무렵에 생각나는

입춘이 어젠가 싶었는데 벌써 우수가 지났다. 세월은 오묘하다. 시간을 싣고 가는 세월의 똑딱배는 내게 있어 이제 쾌속정으로 변했다. 절후(절기)는 자연의 순환고리를 달이 아니라 태양을 중심으로 해 월력을 보완한 일상생활의 한 기준시점이었다. 지금은 달력 날짜 표시란에 흔적만 남아있지만 내가 어렸을 때만 해도 어른들은 날짜보다도 절후를 중시했었다. 절후에 따라 세상 돌아가는 이치를 반조해 밝혀보곤 했었다.

천지가 숨을 쉬는데, 보름을 들이마시고 보름을 내뱉는다. 한 달은 그렇게 해 천지가 한 번 들숨날숨을 쉬는 순간이었다. '15(반달)'란 숫자는 그래서 이채롭다.

때마침 2월이다. 겨울 동안 멀뚱했던 눈초리에 생기가 돌고 조금 일찍 부산을 떠는 나뭇가지는 종달새 발가락처럼 붉고 맑은 빛에 휩싸여있다. 내 시벗 한 분은 길섶에 꼬마별꽃이 망울을 터뜨렸다고 카페 오두막으로 알려왔다. 그러고 보니 뜰에는 설매향이 살풋하고* 이웃집 담 안에는 동백꽃 망울이 벙글었다. 양양 수산 '소리가 있는 집' 오른쪽 대문 거리의 늙은 명자나무도 꽃껍질을 벌렸다. 꽃밭의 산작약 싹이 뾰족거리는 걸 보면 올해도 목화송이 꽃 몇 낱은 피울 것 같다. 지난해 새그러운 살구를 한 말 넘게 매달아 아내를 놀라게 했던 개살구나무도 꽃받침털을 막 털어내는 중이다. 1989년 봄 대포동 사무소에서 분양해 얻어왔던 그 살구나무는 당시 2년생 어린 묘목이었다.

하지만 2월이 오면 청소년의 광장인 교정은 숙연해진다. 고별과 만남이 교차하기 때문이다. 먼저 온 사람들은 떠나가고 새로운 사람이 들어온다. 그건 마치 일시에 나고 드는 거대한 강물 같기도 하고 태평양이 일어서며 한바탕 파도라도 치는 것 같다.

어수선한 교실은 새로운 동심을 맞느라 가슴을 활짝 열어놓고 비뚤거렸던 책상들은 반듯하게 새로 놓이고 집기나 빗자루도 새것으로 바뀐다. 더러 개구쟁이가 있어 떠나면서 툭 건드려 쓰러뜨려 놓은 의자는 뒤집힌 채로 있다가도 누군가의 예쁜 고사리손은 이걸 반듯하게 세워놓기도 한다. 신발장 주인은 바뀌고 손때 묻고 너덜대던 '세종대왕' '이순신장군' 전기집이나, '안델센동화전집' '이솝우

* 살풋하다: 강원방언, 포근하다.

화' '사랑의 학교'와 같은 동화책들은 교실 한쪽 구석에서 얼굴을 드러내고 새로운 주인을 기다린다. 그러다가 3월 새 학기가 되면 갑자기 교실은 눈부실 듯 환해진다.

서로 다른 그러나 어김없이 한국인인 까만 눈동자들 때문이다.

생각해 보면 활기로 넘치는 삶의 바닥이 저잣거리라면 약동하는 삶이 넘치는 곳은 학교 교정이다. 교정은 청순한 피가 들끓는 현장이다. 신기한 일은 어느 누구도 그 자리에 그냥 그대로 남아있기를 고집하거나 뻗대지 않는다는 사실이다. 권력의 아귀를 쥐락펴락하다가 떠날 때가 되었는데도 도무지 떠나지 않고 우물쩍거리는 좀팽이 어른들과는 사뭇 딴판인 세상이 바로 이 청소년 아이들 세상인 것이다.

농부들에게 우수는 매우 특별한 날이었다. 이날은 거름 한 짐을 져 논귀나 밭귀에 갖다 부려 놓고 풍년을 기원했었다. 내 가친도 그랬었다. 평생 땅을 일궜던 상농군이었기에 해마다 우수가 오면, 때로는 구렁이 울음소리가 들리기도 하던 퇴비 더미에서 퇴비 한 바소가리*를 짊어지고 논배미로 나가셨다. 신비롭기는 그날 이후로 그 땅 울음소리 같기도 했던 구렁이 울음소리가 멈추어버렸다는 사실이다.

* 바소가리: 경북방언, 짐을 싣기 위해 지게에 얹는 소쿠리 모양의 물건.

새봄의 숨결이 튼다는 우수, 그러나 논둑에는 퍼다 부은 퇴비 더미가 없다. 논배미에서는 저벅거리던 아버지 발자국 소리가 들리지 않고, 산은 문을 걸어 잠가버렸다. 묵은 검불을 태우는 매캐한 내음을 맡아본 지는 얼마나 지나갔는지 모르겠다.

경칩 무렵이면 어김없이 벌레들이 붙었던 잎을 떼어놓겠지만.

칼럼 「삶」, 『설악신문』, 2009년 2월.

백 원이면 하룻밤

백 원을 내고 하룻밤을 잘 수 있을까? 이 꿈 같은 일은 그러나 꿈이 아니라 현실이었다. 1960년대 중반이었다. 어지럽고 불안했던 세상이 조금씩 안정되고, 새마을운동의 싹이 트기 시작했던 그 시절에는 단 백 원이면 하룻밤을 '하숙'에서 보낼 수 있었다. 이 땅의 하숙집 하루치의 방값이 백 원이었던 것이다.

나는 지난해 12월 우연히 옛 책들을 꺼내보다가 얇은 동인지 한 권을 펼쳐 들고 놀란 적이 있다. 그건 1966년 11월 5일 고성에서 나온 금강문학동인회 문학동인지 '금강' 제1권 제2호였다. 동인지라 하지만 표지를 포함해 불과 54쪽의 갱지로 된 활판인쇄 판으로 끝장 안쪽에 '정오표'가 덧붙어 있을 정도로 엉성한 것이었다. 정오표는 활판인쇄가 아니라 기름종이에 철필로 일일이 긁어 잉크를 묻힌 롤러를 굴려 박은 프린트물이어서 편집을 맡은 이의 고충과 정감을 아울러 엿보게도 하는 것이었다.

그런데 그 안에는 내가 스물여섯 살에 썼던 시 두 편이 수줍은 듯 숨어 있었다. 그 둘 중「오후 여섯 시 반의 정류소 부근」이란 시에는 다음과 같은 구절이 있어 당황했고, 그때를 가만히 짚어 떠올려 보니 미소가 절로 번졌다.

> 기름에 찌들은 하우스보이에 이끌리듯
> 백 원짜리 싸구려 하숙으로
> 무슨무슨 소리들을 웃으며 지껄이며
> 핑핑 어지러우며 딸깍이며
> ——이젠 그만들 돌아가자

시제에 '정류소'라는 특정 공간이 등장한다. 따라서 시의 주조는 정류소 부근의 분위기를 내포하고 있다는 것을 알 수 있다. '정류소'는 다름 아닌 지금의 우체국 맞은편에 있던 버스정류소를 말한다. 그 시절에는 버스터미널을 '정류소(停留所)'라 했었고 '주유소'는 '정유소(精油所)'라 불렀었다. 정류소 부근 앞은 고성과 삼척을 양 기점으로 하는 210km 길이의 유일했던 청풍해안가로 7번 국도가 가로질렀고 뒷거리에는 낮은 백열구가 빠꼼거리는 하숙집이 즐비했었다. 나는 토요일 강릉집으로 가 일요일이면 직장이 있던 고성군 천진으로 찾아 들어야 했기에 자주 '하숙' 신세를 졌다. '하숙'보다 조금 윗질은 '여인숙'이었고 그보다 조금 위는 '여관'이었으나, 속초에 '여관'은 겨우 몇 집에 지나지 않았었다. 아무리 싸구려 하숙이라도 하룻밤에 단돈 100원이라니 꿈결 같다. 요즈음 모텔 하루 숙박료가 3만 원 정도인 걸로 보아서 그동안 잠값이 자그마치 3백 배가 오른 셈이다.

하숙방에 보따리를 내려놓고 출출하면 저녁밥을 대신해 국수를 먹곤 했다. 국숫집은 지금은 빈터만 남아있는 제일극장 동편의 청초호반을 끼고 자리 잡고 있었다. 벽을 의지해 붙인 판잣집 국숫집에는 젊은 여인이 잔치국수를 말아 팔았다. 한 그릇에 20원이었다. 멸치로 달인 따끈한 육수에 고춧가루 한 술과 날계란 한 알을 넣어 주었으며, 그릇이 컸고 고소한 게 시원한 맛이 일품이었다.

'하숙집'에 들어 하룻밤 신세를 지다 보면 베갯머리에서 파도 소리가 들끓어 올랐다. 창호에 붙어있던 아기 손바닥만 한 유리로 밖을 내다보면 세상은 깜깜 지옥이었다. 하지만 동이 서서히 터오고 아침 해가 창문을 밀치고 들어올 무렵에는 마치 호랑이가 아가리를 벌인 듯 붉었다.

인용한 시 「오후 여섯 시 반의 정류소 부근」은 일종의 소품 소묘시다. 버스에서 내렸으나, 막차는 떠나버리고 더 갈 수 없는 처지를 주변 정경에 빗대어 풍경을 그리듯 읊었다고나 할까. 그렇다고 해도 차에서 내리면 하우스보이들이 우루루 달려들어 소매를 잡아끌고, 그중 하나를 따라가던 스물여섯 청춘의 누추한 적빈의 초상이 노리끼리하게 머물러 있다. 좀 어설프고 앳된 것이나, 1966년 어느 날 한 시점의 속초버스정류소 부근의 분위기를 느낄 만은 하기에 시 전편을 옮겨 적어 본다.

'중앙정유소 앞/ 오후 6시 반의 정류소 부근은/ 기름 빠진 버스들의/ 너털거리는 웃음소리// 해사한 얼굴들을 하고 앉아서/ 사람들은 넘어가는 마지막 햇살을/ 흐리흐리한 생활 속에 꾸기어 넣고/ 길게 기지개를 켠다.// 네온이 깜박이고/ 수평선에 아아라히/ 고깃배의 노오란 불빛이/ 하나씩 둘씩 밝아오기 시작하면// 도회는 눈이 멀어오는데/ 사내들은 백을 들고/ 여인들은 낡은 히루굽을 딸깍이며/ --이젠 그만들 돌아가자// 기름에 찌들은 하우스보이에 이끌리듯/ 백 원짜리 싸구려 하숙으로/ 무슨 무슨 소리들을 웃으며 지껄이며/ 핑핑 어지러우며 딸깍이며/ --이젠 그만들 돌아가자// 중앙정유소 앞/ 오후 6시 반의 정류소 부근은/ 여차장의 차창유리창 닦는 소리/ 물 흩는 소리'

칼럼 「삶」, 『설악신문』, 2009년 3월.

재옥이와 물주전자

교실 앞자리에는 동글라한 얼굴에 눈빛이 예리했던 한 아이가 있었다. 키가 그리 크지 않아 늘 책상줄 맨 앞자리에 앉았었다. 개교한 지 일 년 막 지난 신설 학교여서 시설은 부실했다. 교직원들은 트럭을 대절해 설악천변의 나무를 캐와 운동장에 심기도 했었다. 학생들은 주변 학교에서 데려왔다.

변두리 신설 학교라 무엇보다 먹는 물이 문제였다. 뒤 운동장에 펌프가 있었으나 모래가 섞여 올라왔고, 때로는 찝찔한 바닷내까지 혀뿌리에 맴돌았다. 상수도는 없었다. 7, 80년대만 해도 도회지 물 부족 현상은 가히 전국적이었다. 시설이 엉망이었다.

속초도 예외가 아니었다. 비교적 고지대에 살고 있던 우리집은 툭 하면 절수였다. 양동이를 들고 펌프가 있는 집을 찾아 겨우 하나를 얻어 와야 땟꺼리를 준비할 수 있었다.

그랬었기에 교실에서의 간이급수대는 필수적이었다. 간이급수대라 해보아야 책상 하나에 옥양목 보자기를 씌우고 물컵 여나무*

* 여나무: '여남은'의 방언. 열이 조금 넘는 수.

개 정도를 엎어놓을 수 있는 알루미늄 쟁반과 물주전자 하나를 놓는 게 고작이었지만, 이 급수대야말로 신성한 생명수 보급소였다. 뛰놀던 아이들은 교실에 들어서자마자 이 급수대부터 먼저 찾곤 했었다.

얼굴이 동글라하고 눈빛이 예리했던 그 아이는 재옥이었다. 재옥이는 물심부름을 자주 했다. 물심부름을 시키지 않을 때도 곧잘 급우들을 위해 기꺼이 물을 떠 날랐다. 물주전자는 3.6ℓ들이었다. 고학년으로 올라갈수록 물주전자가 커지게 마련이고, 최고 학년에 이르면 이 정도 크기에 이른다.

대개 학급에는 물 당번이 따로 정해져 있지만 유독 재옥이가 물을 많이 떠 날랐던 것은 누구보다도 맑은 물이 찰랑거리는 마을 샘물을 잘 알고 있어서였다. 나는 재옥이가 물주전자를 들고 동구 안 학교길로 비틀대며 걸어 들어오는 걸 본 적이 있었는데, 꼭 물주전자가 걸어 들어오는 것 같기도 했었다. 땀방울은 이마에 송글거렸고 힘들었겠으나 한 번도 싫어하는 내색을 보이지 않았다.

샘물은 지금은 아파트촌으로 변한 서녘 산모롱이에 있었다. 학교에서 4백여 미터나 좋이 떨어진 거리였다. 재옥이가 떠온 물은 겨울에는 따스했고 여름에는 이가 시릴 정도로 차가웠다. 대개 좋은 샘물은 그런 특성을 지니고 있는 것이어서 그 마을 샘물이 바로 그랬다.

물주전자는 일 년 내내 재옥이와 급수대를 떠나지 않았다. 학년말이 되자 조금 우그러든 데가 생기기는 했으나 그런대로 쓸 만한 그대로였다. 어느 해에는 물주전자가 곰보처럼 오목거려 흉측한 몰골로 나뒹군 적이 있기는 했다. 하지만 그해 재옥이와 함께 지냈던 그 물주전자는 일 년 내내 새것처럼 보였다. 다만 손잡이가 꺾이는 지도리 구멍이 닳아 조금 커졌고, 물주전자 표면에 자주 물방울이 조롱조롱 맺혀 있기는 했다. 주전자 안의 샘물이 신선하고 차가웠기 때문에 일어난 현상이었다. 이런 샘물을 물주전자 옆자리에 놓인 유리 항아리에도 가끔 부었다. 맑은 그 유리 항아리에는 쌍까풀 까만 눈동자를 한 금붕어가 지느러미를 흔들고 있었기 때문이었다. 말하자면 재옥이가 떠온 샘물은 사람도 먹고 금붕어도 먹었던 것이었다.

그런데 그 재옥이를 지난해 5월에 만났다. 꼭 38년 만에 50대로 접어드는 아담한 여성으로서였다. 그들이 주선한 자리에서였다. 나는 처음 재옥이를 알아보지 못했다. 바로 옆자리에 앉았었지만 앳되고 말갛던 얼굴에 38년이란 세월이 들어있었으니, 첫눈에 알아볼 도리가 없었던 것이다. 하지만 동석했던 명희가 재가 재옥이잖아요, 하는 순간 금빛 광채 한 줄기가 이마를 스치고 지나가는 걸 느꼈다.

여인은 물주전자를 들고 이마에 땀방울이 송글거리며 비틀거리던 앳된 소녀였다. 세월이 고인 얼굴 그 안쪽에는 아직도 38년 전 그 동글라한 윤곽에 강렬한 눈빛의 소녀상이 기적처럼 남아있었다.

칼럼 「삶」, 『설악신문』, 2009년 4월.

청산이 좋아서

속초에는 산을 좋아하는 사람들이 많다. 속초뿐 아니다. 설악산을 끼고 있는 양양이나 고성에도 산을 좋아하는 사람이 많고, 산이 좋아 도회지의 삶을 떨쳐버리고 설악산으로 아주 주거를 옮겨온 이들도 더러 있다. 영북지역 산악인구는 지금 6백여 명쯤 된다. 그렇지만 해마다 늘어가는 추세다. 처음에는 4, 50대 장년층이 주류를 이루었으나, 해를 거듭할수록 2, 30대 젊은 층으로 확산일로에 있고, 노경에 든 이들도 있다. 또 처음에는 주로 남성 위주였지만 지금은 남녀 고른 비율이고 어떤 산악동아리는 여성들이 남성들을 넘어선 경우도 있다.

영북에 이렇듯 산악인구가 많은 것은 명산 설악산 때문이다. 산을 좋아하는 이들은 소위 '산악회'라는 걸 만들어 산을 찾아 순수무구한 산악 우정을 나눈다.

산으로 맺어진 이들은 '설악산악연맹'이라는 제법 규모가 큰 상위 조직을 두고 있다. 물론 비영리 단체이고 구속력은 없다. 비교적 자유로운 모임이기는 하나 '청산이 좋아서'란 화두 하나로 결집해 있어, 모임 자체가 매우 독특하고도 명쾌하다. 그러므로 산행이 이루어지는 날은 거의 일사불란하게 움직인다. 하기야 산에 들면 드는 순간 생명을 앗길 위험성이 도사리고 있으므로 일사불란은 산행의 첫째 덕목이다. 초보자를 값지게 배려하는 것도 산악회의 미덕 중 하나다.

'설악산악연맹'은 13개 산악회로 구성돼 있다. '대청산악회' '백산 알파인클럽' '설뫼 알파인클럽' '동우OB산악회' '초원산악회' '한국산악회설악산구조대' '대청OB산악회' '신흥사불교산악회' '관동산악회' '속초신협산악회' '비전16산악회' '한국스카우트908설악지역대' 등으로 각 산악회에는 회장 한 명을 두고 연맹을 대표하는 회장 한 명이 있다.

돌이켜보면 '설악산악연맹'의 뿌리는 산악운동에 있어 거의 불모지나 다름없었던 1964년으로 거슬러 오른다. 그해 의술인 이기섭 박사가 중심이 돼 '설악산악회'를 창립하고, 2년 후인 1966년 가을 제1회 설악제를 연 것이 발단되었다고 할 수 있다. 나는 1971년 가을(개천절인 것 같다.) 소공원 주차장 아래쪽 광장에서 열렸던 산악인을 위한 '설악제' 행사에 축시를 낭송하러 갔다가 당황한 적이 있다. 전국의 산악인들이 구름같이 몰려들었기 때문이었다. 설악제는 한국산악회 이숭녕 박사의 축사로 문을 열었다. 전기 시설이 없는 터에 자가발전기로 전원을 공급해 마이크를 설치했고 이 설치는 속초 교육청 조병률 선생이 맡아 했다. 조 선생은 제의 장을 축제의 장으로 만들려고 갖은 애를 다 썼었다. '설악산악회'는 이후 김원진 이석기 김용직 등 설악산 애호가들이 회장직을 맡아 80년대 초까지 이어오다가 어느 해부턴가 갑자기 멈추어버리고 말았다.

그런데 1990년 동우대학OB산악회가 주관한 '제1회 산악인의 밤' 행사 후 산악연맹의 필요성이 대두되었고, 같은 해 5월 23일 연맹 결성을 공감하고 이어 6월 6일 백두대간 점봉산 단목령 산행 때 결성 합의를 거쳐 이틀 후 '설악산악연맹'의 고고한 탄생을 알렸다. 1990년 6월 8일의 일이었다. 이기섭 최이권 김철섭 마운락 박영규 남기정 등이 중심이 됐고, 젊은 산객 유현재가 궂은일을 도맡아 했다.

그게 벌써 20년이 흘러 회장만도 최이권 이무 박영규 김회율 등으로 내려와, 지금은 이상식을 5대 회장으로 맞아들여 심성 밝히기 산악운동을 펼치고 있다. 양양에서는 이보다 앞선 1989년 9월 28일 곽영도 이근우 윤덕환 김영기 등의 발의로 '관동산악회'를 창설하고 김영기를 초대 회장으로 추대한 후 김흥수 김광영 김광식 장용구가 회장직을 차례로 맡아 주로 남설악 산사랑 운동에 열정을 쏟고 있다. 특히 초대회장을 지냈던 김영기는 산악회 단기를 손수 도안할 만큼 산을 깨우쳐 양양지역 산악운동의 초석을 다졌다. 관동산악회 또한 '설악산악연맹'의 중요 단위산악회다.

해마다 2월이면 금강산 제일봉 신선봉 신선대에서 시산고유제를 올리는데, 각 단위산악회의 깃발을 자일에 매달아 바위에 걸면 마치 히말라야 산봉에 걸린 룽다처럼 펄럭댄다.

놀라운 일은 '설악산악연맹'에서는 매월 산행 월간지 『산마루』를 발간한다는 사실이다. 산행 월간지 발간은 전국에서 거의 유일할 만큼 흔치 않은 일로 산을 좋아하는 이들이 일군 보배요 열매라 할 만하다. 『산마루』지는 4×6배판 20쪽 안팎의 분량이고, 전면 고급 아트지로 이루어져 있다. 내용을 살펴보면 산 사진과 산행 순간의 애환이 담긴 산행기를 위주로 하나, 안 표지에는 「산시」 한 편이 실려 있어 편집진의 안목을 느낄 수 있다. 그리고 무엇보다 찬탄해 마지않을 일은 『산마루』 발간에 드는 만만찮은 비용을 단 몇 분의 드러나지 않는 귀한 이들이 마련한다는 사실이다. 『산마루』지는 이제 설악산악연맹의 역사가 될 것이고, 살아있는 설악산 산울림으로 울릴 것이다.

5월이면 닫아걸었던 설악산이 열린다. 산가슴은 재빠르게 연두로 물들고 산바람은 살랑대기 시작한다.

칼럼 「삶」, 『설악신문』, 2009년 5월.

모니터와 석가

새 모니터를 들여놓았다. 쓰던 모니터가 브라운관형이라 투박하고 어두워서였다. 새 모니터는 LCD형이다. 두께가 브라운관형보다 30배는 얇은 것 같다. 새 모니터는 22인치 크기의 장방형이다. 해상도가 1920×1050으로 브라운관형보다 3.4배나 높다. 화면이 선명해 안경을 쓰지 않아도 된다.

내가 컴퓨터에 관심을 두게 된 것은 80년대 끝 무렵이었고, 인터넷을 처음 접하기는 1998년 여름이었다. 인터넷 공간은 뜻밖의 전혀 새로운 세상이었다. 세상이 손끝 하나에 놀아난다고 할까. 손가락을 까딱하는 순간 천지가 요동치는 것 같았다. 그건 가상적인 공간이었지만 현실적인 공간이었다.

하지만 정작 자그만 내방 안에 컴퓨터가 온 것은 2000년 3월이었다. 펜티엄에 평면 모니터로 당시로는 첨단제품이었다. 그러니까 그 모니터에 정을 붙인 지 10년이나 됐다. 모니터만 두고 보았을 때 지난 10년 동안 엄청난 발전을 거듭한 것이다. 해상도가 3.4배나 높아졌고 두께가 30배 얇아졌다는 것은 놀라운 사실이다. 어떤 쪽은 이전투구로 뒤엉켜 좌냐 우냐며 서로 으르렁거릴 때 어떤 쪽은 이렇듯 환해졌다니 놀라움을 넘어 신비롭기까지 하다.

새 모니터는 며칠 전에 왔다. 오후 내내 천둥과 벼락이 치고 소나기가 퍼붓던 날이었다. 설치 기사가 돌아가고 난 다음 나는 환한 이 모니터로 처음 무얼 할까 하다가 BBC에서 방영한 '붓다의 일생(The Life Of The Buddha)'을 띄웠다. 화면이 깨끗했다.

'붓다의 일생'은 신과 인간에 초점이 모아져 있었다. 신을 모신 종교와 인간이 신의 경지에까지 도달한 종교의 차이를 풀어나갔다. 특히 아소카왕이 세운 석주의 명문을 판독하고 석가가 설화상의 인물이 아닌 생존했던 인간이었다는 사실에 경탄을 보냈다. 석가도 어머니 몸으로 태어났고 고뇌했으며 마침내 죽음에 이른 한 인간이었다. 다만 고뇌를 명상으로 풀려 했고, 인간 정신의 깊은 내면으로 들어가 생사가 여일한 경계에까지 나갔다. 이는 곧 사람도 경지에 이르면 무소불위의 존재가 된다는 사실을 깨우쳐 준 것이었다. '사람이 부처다.' 바로 이 때문에 오늘날 서구 지성들이 붓다의 가르침에 열광하고 따르는 이들이 4억 명이나 된다며 한 시간 남짓한 화면은 끝났다.

인터넷망은 화엄계의 인드라망과 흡사하다. '대방광불화엄경'의 도솔천계는 갖가지 빛의 그물로 연결된 장엄한 인드라망 세계다.

이 세상도 알고 보면 중중무진의 그물로 구성된 '일즉다 다즉일(一卽多 多卽一)'의 세계다. 가상공간인 인터넷망은 전선 속으로 흐르는 장엄한 빛의 그물이다. 이 그물에 꽃망울처럼 맺힌 영상은 손끝의 움직임에 따라 변화무쌍하게 움직인다. 삼라만상이 손끝에 깃들고 손끝에서 피어난다. 이 미묘한 공간에 나는 조촐한 오두막 한 채(블로그)를 마련하기도 했다. 2007년 4월 6일이니, 두 돌을 넘어섰다. 식구가 많은 편은 아니나 시벗들과 안부를 나누며 2500년 전 저세상이 이 세상임을 절감한다.

브라운관 모니터로 나는 원고를 입력했었다. 만년필로 초고를 끝내면 자판기를 두드리고 저장했다. 시의 경우는 그렇게 해 왔다. 40일간 백두대간 종주를 하며 봉우리마다 생명을 던져 얻은 시 「산시 백두대간」 143편도 그렇게 해 저장돼 있다. 물론 모니터에 저장한 것은 아니지만 모니터를 통해 무의식의 심층계인 하드 디스크에 내 영혼의 산물인 그것들이 내려가 잠긴 것이었다.

투박했으나 정들었던 모니터를 떠나보내며 나는 서운했다. 십년지기를 버리는 것 같았다. 그렇지만 옮기기도 쉽지 않은 무게라 그냥 보냈다. 아직 쓸 만한데 곧장 파쇄될 거라 했다.

생하면 멸하고 멸하면 생하느니.

칼럼 「삶」, 『설악신문』, 2009년 6월.

섬산에서 문득 나를 엿보다

동해안 사람들은 동해 태평양상에 있는 울릉도나 독도에 대한 묘한 향수를 가지고 있다. 남해 다도해나 섬이 올망졸망한 서해 쪽 사람들과 다르다. 그런 점에서 울릉도와 독도는 각별하다. 울릉도나 독도는 육지에서 멀리 떨어져 있어 쉽게 드나들 수 없다. 그래서인지 그쪽으로 풍어를 꿈꾸며 출항했던 경험들은 소박한 이야기로 남아 전해진다. 어떤 이는 한몫 잡았다 하기도, 어떤 이는 쥐었던 한몫을 몽땅 날리기도 했다는 일종의 무용담이다. 하기야 울릉도 근해 오징어는 살이 더 포동거리고 단맛이 더 우러났던 것 같기도 하다.

나는 산을 좋아해 성인봉(984m) 때문에 울릉도에 세 번 다녀왔다. 지난주에도 울릉도에 갔었다. 본래는 독도 서도를 탐방하려고 떠났지만 풍파로 접안할 수 없었다. 성인봉에는 폭우로 오르지 못했다. 그렇지만 쾌속정 씨플라워호를 타고 망망대해를 가르는 맛은 별미였다.

처음 내가 울릉도에 갔었던 1987년 여름만 해도 포항에서 울릉도까지는 멀고도 지루했었다. 저녁 9시에 승선하면 이튿날 동틀 무렵에야 도동항에 도착할 수 있었다. 도중에 너울이라도 심하면 여객선은 일엽편주나 진배없었다. 갑판으로 파도가 올라와 마치 물귀신처럼 너울거렸다. 그때 나는 밤바다 수평선에 걸린 하현달이 보고 싶어 갑판문을 열었다가 그 물너울에 걸려들어 하마터면 수장될 뻔했었다. 속초에서 포항 가는 거리 또한 만만치 않았다. 꼬박 하룻길인 것이었다. 그런데도 울릉도는 늘 가슴에서 떠나지 않았었고 울릉도에 첫발을 들여놓고는 성인봉에도 올랐었다.

지금은 동해 묵호항에서 쉽게 배를 탈 수 있고, 속초에서 묵호항까지야 한 시간 반이면 된다. 도동항까지는 불과 3시간이다. 3시간이면 사방이 암벽으로 둘러싸여 천연요새와 다름없는 울릉도에 가 조금은 이색적인 섬 바람을 쐴 수 있다. 잠자리가 다소 불편하지만 한두 밤쯤이야 몸 오그려 뜨리고 새우잠을 잔들 어떻겠는가. 날씨 쾌청하다면 도동항에서 행남해벽 해안산책길을 돌아 살구남까지 가보기도 하고, 저동으로 더 가 봉래폭포 물보라를 바라보면 한 기운 얻을 수도 있다. 다리가 조금 뭐하다면 몇이 승합차를 합승해 섬 좌측으로 한 바퀴 돌아 나리분지까지 가보면 울릉도 사람들이 무얼 하며 사는가도 엿볼 수 있다.

지난해 울릉도에 갔을 때는 마침 쾌청이라 이 나리분지에서 곧바로 성인봉을 휘돌아 올 수 있었다. 출발지에서 한 30분 지나면 가파른 능선길이지만 군데군데 시원한 샘물이 터져 나오고 명이나물이나 섬말나리, 멸종위기 2급으로 분류된 큰연영초도 만날 수 있다. 또 섬백리향 군락지를 만나 100리까지 간다는 그 진기한 꽃향기도 맡을 수 있다. 입구부터 하산까지 네댓 시간의 산길은 녹음 터널길이었다. 그 길을 쉬엄쉬엄 걷다 보면 산기운과 바다기운이 소용돌이쳐 몸은 부드러워지고 마음은 정결에 이른다.

성인봉은 세 개의 산줄기로 이루어졌다. 하나는 미륵봉과 초봉을 거쳐 향목령으로 내려 울릉도 서방 향목 앞바다로 가라앉고, 또 하나는 말잔등봉으로 나가 나리봉을 솟구치게 하고 동북향 천부 앞바다로 급히 내리 달린다. 그리고 나머지 하나는 정남방으로 뻗어 두리봉과 간령재를 만들고 가두봉에 닿아 이쁜 반도를 지어놓는다. 이 세 산줄기가 하나의 봉우리를 떠받치니 곧 성인봉이고 이 산이 곧 울릉도다. 원시림이 꽉 들어차 있어 천연기념물 189호로 지정돼 있다. 울릉읍과 북면, 서면으로 나뉜다.

논과 밭은 한때 작물 재배를 위주로 했지만, 지금은 취나물과 부지깽이나물, 더덕 경작지로 바뀌었다. 주민 대부분은 관광객을 상대하는 관광 수입으로 생계를 유지한다. 내가 처음 발걸음했던 그때만 해도 버스 한 대가 전부였었다. 그런데 지금은 자동차 때문에 걷기 힘들 지경이다. 울릉도 해안선 길이는 총 56.5km이지만, 이 중 북동 절벽 4.4km를 제외하곤 탄탄한 해안대로로 이어져 그 길을 쉴 틈 없이 차가 달린다. 천연 그대로가 아니어서 아쉽기는 하지만 섬사람이라고 그저 물일이나 하고 땅만 파랄 수 있겠는가.

불과 이틀뿐인 섬 탐방이었으나 외딴곳에서 문득 지난 나를 만난 미로 같은 일정이기도 했다.

칼럼 「삶」, 『설악신문』, 2009년 7월.

길고 긴 여름날의 끝자락

길고 긴 이 여름날의 끝자락을 무엇으로 보낼까? 산을 볼까? 물을 볼까? 사람들은 물을 따라 계곡으로 바다로 물결치듯 몰려왔다 몰려가는데 이 여름날 나는 아무것도 할 일이 없다. 심심하다. 더러 누가 산 보러 가자면 산 보러 따라나설 뿐이다.

지난달 31일에는 의성 허준이 지은 동의보감(25권 25책 · 국보 제319호) 초간본이 의학서적으로는 세계 최초로 유네스코 세계기록유산으로 등재되었다 한다. 독창성과 진정성, 세계사적 중요성을 인정받았다는 것이다.

물론 선조들이 일군 보람들이 세계기록유산으로 등재된 것은 동의보감만은 아니다. 훈민정음, 조선왕조실록, 직지심체요절(直指心體要節), 승정원일기, 해인사 고려대장경판을 비롯한 여러 경판들, 조선왕조 의궤 등 6건이 세계기록유산으로 등재됐고, 이번 동의보감 등재로 우리나라는 모두 7건이나 세계기록유산이라는 보물을 갖게 되었다. 이런 기록물이나 역사적인 가치를 지닌 걸작들이 세계적인 각광을 받을 때마다 옷깃을 여미며 찬탄하다가도 문득 나 자신을 돌보게 된다.

나는 스무 살 되던 해 『지리비서(地理秘書)』 한 권을 빌려 본 적이 있다. 이웃 노인으로부터였다. 이웃 노인이라 했지만 그분은 강릉 유생 박용규옹이었다. 박옹은 마침 우리집 건너 남향집에 살아 가끔씩 서향집인 우리 집에 들러 마당 가 감나무 그늘 아래서, 조부와 긴 담뱃대 담배꼬가리*에 풍년초를 나누어 담으며 환담을 나누곤 했었다. 그런데 나중 알고 보니 강릉 오봉서원 문장 어른이기도 했었다. 어느 날 나는 박옹댁에 놀러 가 벽장 속에 꽉 찬 고서 더미를 보고 빌려주기를 간청했었다. 뜻밖에도 박옹은 잡히는 대로 책 한 권을 내주었다. '비서(秘書)'란 낱말에 혹해 펼쳐놓고 보니 우선 그 반듯한 필치에 놀라움을 금할 수 없었다. 본문은 말할 것 없고 설명을 덧붙인 깨알 같은 글씨까지 이른바 '잠두마제(蠶頭馬蹄)'의 우아하고도 힘찬 서체가 첫 장부터 끝장까지 단 한 자 일 획의 흐트러짐이 없었다. 그 길로 나는 내 젊은 집중력만 믿고 한지 한 권을 사와 책장 크기만치 도련(刀鍊)해 놓고 그대로 필사에 들어갔었다. 하지만 번번이 틀려 파지만 방구석에 쌓일 뿐, 한 달에 단, 석 장을 못 넘겼다. 석장마저 비뚤거린 글씨가 마치 벌레가 기어가듯 했다. 『지리비서(地理秘書)』 역시 필사본이었었다. 조선 선비들은 책 한 권에 그

* 담배꼬가리: 강원도 방언, 담배통.

만치 정성을 기울였고, 그것은 곧 그들의 생명이었다.

나는 『훈민정음』 원본을 접한 적 있는데, 인쇄한 서물이긴 해도 그 반듯한 서체를 보는 순간 전율이 일었었다. 허준이 찬술한 『동의보감』은 아직 대면하지 못했다. 하지만 내용은 물론 한 획도 소홀함이 없으리라는 당시로는 최고의 정신적인 보물일 것임을 의심하지 않는다.

시를 쓰는 한 사람으로 나도 이따금 시집이라는 서물(庶物)을 세상에 내놓을 때가 있다. 적잖이 마음을 기울인다. 시 한 편 한 편이 나오고 이걸 지상에 발표하기 전까지는 퇴고의 연속이다. 발표한 다음에도 허점이 보이면 고쳐 쓴다. 그러고도 얼마 지나다 문득 들여다보면 또 티가 보인다.

단박에 쓴 경우가 있기는 하다. 시를 모아 묶는다고 다 시집인 것은 아니다. 한 편 한 편의 시가 잘 생겨야 하고 이른바 하이데거의 말마따나 시의 본질은 '작품에 진리를 들여앉히는 일'이라 보았을 때 진리(생명)가 약동해야 한다. 그렇지 않고 보면 이리 돌리고 저리 돌리고 하다가 종래는 꼴도 보기 싫어 다시는 펼쳐보지도 않는다. 내 명상 시집 『바람속의 작은 집』이나, 3년 전의 시집 『콧구멍 없는 소』의 경우는 그래도 애착이 가기는 한다. 그 나머지도 몇 있으나 왜 지지리도 이렇듯 못났을까 하고 후회하고 한탄한다. 그렇지만 이미 나를 떠나버려 어쩔 도리가 없다.

이즈음에도 가끔 시가 올라와 다듬어 쓰기는 한다. 그러나 이게 혹 쓰레기를 생산하는 건 아닐까 하고 눈을 가늘게 뜨고 내려다본다. 내 시가 한낱 쓰레기에 불과하다면 세계기록유산이 될 만한 시집은 언제 나올는지…. 이 장장하일(長長夏日)의 끄트머리를 쉬엄쉬엄하면서 홀연히 그런 생각이 찾아드는 것은 또 무슨 까닭인지 모를 일이다.

칼럼 「삶」, 『설악신문』, 2009년 8월.

시월도 벌써 시들어

시월이 왔다. 느닷없이 시월이 찾아왔다가는 서둘러 떠나려 한다. 길섶에는 억새가 너울댄다. 시월은 억새와 함께 왔었다. 황금 들녘과 함께 시월이 왔었다. 황톳빛결이 고운 조선호박은 이웃집 울타리에 매달려 한가함을 즐기고 있다. 향로봉 바위국화는 지난달 피었으나, 학사평 쑥부쟁이는 이 시월에야 망울을 틔웠다. 올해 제법 탐스럽던 온정마을 연꽃은 졌고, 우리 집 꽃밭의 꽃무릇도 피었다 지고 대궁이 끝에 앵두알 만한 열매를 매달았다. 천불동계곡 물은 까치렇다. 바다 빛깔은 연두에서 청람으로 바뀌었다. 바다 빛깔은 계절에 따라 다르다. 봄에는 연둣빛을 머금고 여름에는 옥색을, 가을은 청람으로 바뀌었다가 겨울에는 감청으로 둔갑한다.

설악은 시월 홍파로 넘실댄다. 대청봉 철쭉은 가지가 앙상하다. 단풍 붉은 기운은 산 정상에서 한껏 기세를 올리다가 능선을 타고 협곡으로 내리 달린다. 녹음은 협곡에서 느려터지게 산봉우리를 향해 오르지만, 단풍 붉은빛은 달음박질이라도 치듯 잰걸음으로 내려온다. 걸음걸이를 비교해 보면 거의 세 배나 빠르다. 진달래꽃이 피는 시기를 보면 안다. 3월이면 해안 풍치로는 영북 제일인 양양 하조대 바위틈에는 진달래가 만발하나, 대청봉 진달래는 5월 말쯤 돼야 조그만 꽃잎들을 내어놓는다. 하지만 설악의 단풍은 한 달이면 완성되고 끝난다.

뜨거웠던 한여름은 지나갔다. 돌이켜보면 올해에는 불볕더위가 애를 먹이지는 않은 것 같다. 열대야현상도 그리 심하지 않았었다. 엘니뇨도 때로는 주춤거리는 모양이다. 선풍기를 별로 틀지 않았다. 내 고적한 서재는 고요했고 차라리 공허했다. 열정적이지 못했다. 새롭게 시집을 내려고 시 87편을 한 자리에 모아놓고 '완결'이라고 적어놓기는 했으나 언제 또 어느 시가 어떻게 바뀌어버릴지 나도 모를 일이다.

독서에도 게으름을 떨었다. 신간 시집을 낸 지인들이 시집을 보내온 게 서른 권이 넘는데도 아직 모두를 읽지는 못했으니 말이다. 다만 지난달 젊은 시인 한 분이 메일로 붙여온 새 시집 원고에 '눈물과 선(禪) 사이'라는 발문을 써 전하기는 했었다. 발문의 경우 새 시집에 대한 최초의 독자로서 시인의 처녀지와 같은 정신세계를, 시를 통해 들여다보는 호사를 누릴 수 있어, 꼼꼼히 집중해 읽을 수밖에 없다. 그렇다 해도 때로는 엉뚱한 시각에서 시를 봄으로써, 뜻하지 않게 누를 끼칠 염려로 해 쓰는 것을 삼간다.

헤아려 보니 시 열 편 정도를 썼고, 구작을 합해 열세 편을 지상에 발표했거나 원고를 보낸 상태로 있다. '만해학술원'에서 발행하는 계간 『님』지의 '국토의 숨결을 찾아서'의 연재는 우리 국토의 맥을 짚어보는 자리라 계속 집필하기로 했다. 시를 쓰는 한 사람으로 이런 소출들은 평년작에도 못 미친다. 태작이다. 나는 지난여름을 헛돌고 말았다.

어쨌거나 이제 곧 산하대지는 알록달록한 겁파로 물결칠 것이다. 그걸 알아차리기나 한 듯 감나무 잎새 사이에는 노란 감들이 얼굴을 드러내기 시작했고 빠른 이들은 감을 깎아 처마에 매달았다. 좀처럼 익을 것 같지 않던 모과에 노란빛이 감돈다. 하늘을 화려하게 수놓던 제비나비 날개는 떨어져 밭고랑에서 뒹군다. 3월이 봄내음을 가득 싣고 강남에서 돛단배에 실려 온다면 시월은 단풍 붉은 울음을 싣고 북서풍에 밀려 느닷없이 찾아든다. 시월은 파미르고원에서 일어나 백두산 천지에 몸을 담갔다가 묘향산과 칠보산을 거쳐 오기도 한다.

시월은 붉다. 붉은 시월은 오대산과 소백산을 거치고 지리산으로 빠르게 내리 달릴 것이다. 내장산으로도 시월이 물들 것이다. 내장산은 봉우리가 모두 아홉인데, 8월 초 내 젊은 사위와 함께 그 중 연지봉과 신선봉, 까치봉을 연달아 올랐을 때 그 많은 단풍나무를 보고 놀랐었다. 단풍나무는 내장산 입구에서 내장사 경내까지 1km

를 채우고 마치 제비집 테두리를 갖다 앉혀놓은 것 같은 아홉 봉우리에도 들어차 있었다. 시월은 그 내장산 단풍나무들을 붉게 칠해 놓고 멍해 할 것이다.

삭암괴불들이 손에 손에 단풍 잎사귀들을 들고 나오는 게 설악이라면 내장산은 단풍을 온몸으로 떠받드는 형국이라 할까.

아무튼 시월은 그렇게 왔다가 대관령에 첫얼음을 얼려놓고는 또 느닷없이 찾아든 동장군 품에 안겨 안거에 들리라. 양구 대암산 용늪의 삿갓사초들은 이미 겨울잠을 자느라 묵묵부답이었다. 해안(亥安) 고갯마루 돌산령 어둠 속에서 문득 하늘을 쳐다보니 별빛이 삵 눈빛처럼 발광했었다. 산속 밤은 이미 겨울이었다. 변화무쌍하기로는 일 년 열두 달 중 이 시월이 단연 으뜸일 것 같다.

칼럼 「삶」, 『설악신문』, 2009년 10월.

법수치

강릉 갔다 올 때였다. 하광정 삼거리에서 '어성전' 길 안내 표지판을 보는 순간 갑자기 법수치가 떠올랐다. 까맣게 잊었던 '법수치'가 눈앞에 아른거리고 80년대로 거슬러 올라갔다. 나는 아내에게 법수치에 가볼까 했더니 아내도 '법수치'라는 말에 솔깃했는지 그러자고 했다. 조그만 방개차 하나를 구입해 생전 처음 운전을 하는 아내라 법수치까지는 무리인 것 같았으나, 우리에게 일종의 모험심 같은 게 일어났던 것이었다. 그런 데는 아내와 내게 사생결단의 저 잊지 못할 한 장면이 따로 있어서이기도 했다.

그날 저녁 7시에는 속초 '다락'에서 '물소리시낭송회'가 열리는 날이었다. '물소리시낭송회'가 발족한 지 얼마 안 되었을 때였다. 아내는 마침 내 근무처였던 법수치에 와 있었다. 3학년과 4학년짜리 꼬마 둘은 속초에 남겨 둔 채였다. 금요일에 와 일요일 내려가면 되겠다 싶었는데, 때아닌 가을비가 추적거렸다. 비는 그칠 줄 몰랐다. 억수같이 퍼붓기 시작했다. 앞 냇물이 불어났다.

비는 사흘을 줄곧 내리고 일주일 내내 내렸다. 물은 이 작은 마을을 채우고 범람해 계곡에 넘쳤다. 8일 동안 쉼 없이 장대비를 퍼붓고 비는 그쳤다. 세상은 물바다가 됐다. 학교는 휴교령이 떨어졌다. 아내와 나는 새벽길을 나섰다. 물바다로 들어선 것이었다. 개울가 오솔길은 흔적 없이 사라졌다. 우리는 가파른 산비알을 타기 시작했다. 면옥치에서 내려오는 천변 합수머리까지 와서 다리를 살폈다. 다행히 다리에 아름드리나무가 가로로 걸쳐 있었다. 우리는 그걸 붙들고 물이 넘치는 다리를 건너섰다.

하류도 물바다이기는 마찬가지여서 며칠 전부터 버스가 끊긴 상태였다. 우리는 어성전에서 처음 나오기 시작한 두유를 사 먹고 다시 걷기 시작했다. 명지리 계곡은 허허벌판이 돼 있었다. 상광정에 이르렀을 때, 구멍가게에 물건을 대어주던 반트럭을 만나 사정해 가까스로 하조대 버스 정류소에 닿았을 때는 오후 5시가 넘었다. 시간이 어지간히 됐으므로 아내는 아이들 보러 집으로 갔고, 나는 흙 투겁이 된 채로 시낭송장에 들어섰다. 독자들이 빈자리 없이 가득 차 있었다. 나는 오로지 단 한 편의 시를 읊조리기 위해 이렇듯 험로를 밟고 온 것이었다. 독자와의 약속을 지키기 위해서였다. 그런데 그 시절 법수치는 어떤 곳이었던가. 나는 내 미발표 시집 『산시 백두대간』에 다음과 같이 적었다.

응복산은 해발 1,359.9m로 육산이다. 매봉산이라고도 한다. 동쪽으로는 양양, 서쪽은 홍천과 연해 있다. 연어의 어머니강 남대천(37.1km)은 이 산에서 발원한다. 산촌 마을 어성전에 이르면 서남쪽 상류로 강줄기가 가늘어지면서 계곡을 향해 마치 꽃대님 같은 오솔길 하나가 나풀대며 흘러든다. 길을 따라가노라면 끝자락에 법수치라는 마을이 있다. 돛단배처럼 생긴 분지다. 10km 남짓한 무인지경의 길이었다. 이곳에는 조그만 산골학교 '법수치분교'가 있었다. 직원은 셋(이성구 이순희 그리고 나)이었다. 4개 학년 재적 12명. 나는 그곳에서 교사로 4년 동안 아이들과 함께 뒹굴었었다(아내와 우리 아이 둘하고도 반학기를 보냈다). 1981년 3월 1일부터 1985년 2월 28일까지. 김기호 박명순 김철용 홍성희 탁장일 이현옥 홍성일 장지동(…). 때 묻지 않은 그때의 그 맑디맑은 학동들 얼굴이 떠오른다. 13가구에 주민은 67명이었다. 김중기 김종한 강영상 장재식 홍인호 탁주해 김진목 김대기 김기석(…). 오직 걸어야 했으므로 바깥 세계와는 거의 단절된 상태였지만, 마을 사람들은 어질어 꼭 노자나 장자 같았다. 분교 교문밖에 양철 오두막이 남향좌로 있었고 그곳은 내 거처이기도 했다. 12월 어느 저물 무렵 시인 이성선이, 이 오두막에 불쑥 나타나 묵어가기도 했다. 마침 묵은눈이 푸슬거리던 날이었다. '물소리시낭송회'를 주관했던 강석태 김종달 김명기도 들러 이삼일 새우잠을 자고 갔었다. 내 제자 양금련은 겨울에, 김흥록은 산초잎 돋던 봄에 찾아와 오지 중 오지인 이곳의 맛을 보고 갔었다. 밤이면 어둠이 닥쳐오는데, 후일 만났던 히말라야산 협곡의 칠흑 어둠이 그랬었다. 나는 그 어둠 속에서 유난스레 반짝이는 별들을 보고는 했고, 별들은 내 친구였다. 나는 별 아래서 호롱불을 켜고 앉아 명상시집 『바람속의 작은 집』을 탈고했다. 『반만 울리는 피리』에 수록된 시 또한 대부분 그곳에서 썼다. —'大幹山經(대간산경) 77'

지금 법수치는 변했다. 계곡은 펜션이 들어차 만원이다. 물레방아가 사라졌고 학교는 문을 닫았다. 오솔길은 2차선 탄탄대로로 바뀌었다. 내가 살았고 조금은 몽상적이던 그 양철 오두막은 헐려 빈 터만 남아 휑뎅그렁했다. 무엇보다 가구가 늘어 38세대나 됐으나 원주민은 6세대뿐이었다. 주민은 68명으로 그 시절과 엇비슷했지만 70%가 외래인이었다. 논다랑이 논둑을 뛰어오르던 북방산개구리와 상류를 찾아 종게웅덩이에 떼로 몰리던 민물고기들은 종적을 감추었다. 법수치의 옛 정취는 이제 흔적을 찾을 길 없다. 지난 20여 년 동안 실로 엄청난 변화를 겪은 곳 단 한 곳을 대라면 바로 법수치라 할 만하다.

법수치는 천지개벽을 했다.

「사는 이야기」, 『설악신문』, 2009년 11월.

그림자 없는 나무

한 그루 그림자 없는 나무
불 속에 옮겨 심었다
봄날 비 오지 않아도
붉은 꽃 활짝 폈다

— 소요 태능, 「그림자 없는 나무」

一株無影木 移就火中栽(일주무영목 이취화중재)
不可三春雨 紅花爛萬開(불가삼춘우 홍화란만개)

— 逍遙太能(소요 태능), 「賽一禪和之求(새일선화지구)」

우연히 공책을 뒤적거리다가 소요 태능 선사의 시를 발견했다. 언제 왜 이 시를 내 공책에 옮겨 적어 놓았는지 알 수 없다. 아마 '그림자 없는 나무를 불 속에 옮겨심는다'라는 구절이 마음에 들어서였던 것 같다. 그림자 없는 나무란 무얼까? 이 세상에 그림자 없는 나무가 다 있단 말인가. 그림자는 삼라만상의 태동과 함께 이 세상으로 왔을 것이다. 따라서 그림자는 물체가 존재한다는 사실을 알리는 또 다른 신호다. 물론 아주 작아 그림자를 짓지 못하는 것도 있기야 할 것이다. 그렇지만 그런 미세 존재도 우리 눈에는 보이지 않지만 일단 빛을 만나면 그림자가 생길 수 있다는 가정은 충분히 해 볼 수 있다. 그런데 그림자 없는 나무라니!

그림자 없는 나무, 내가 그게 바로 도의 나무라는 것을 안 것은 세월이 한참 흐른 후의 일이었을 것이다. 도의 나무야 불 속인들 못 옮겨 심으며 강풍 얼음 속엔들 못 옮겨 심겠는가. 언제 어디서나 활짝 핀 붉은 꽃일 바에야 구태여 부슬거리는 봄비를 맞을 필요가 없을 것이다. 사시사철 마음밭에 환히 피어 향기를 발하겠지.

공책 아래를 더 읽어 내려가자, 소요 태능(逍遙 太能)선사(1562~1649)는 조선 선기시(禪機詩)의 대가라는 말도 덧붙여 있다. 나는 궁금증이 일어 선사를 더 알아보기로 하고 이리저리 자료를 찾던 중 그의 저술『소요당집』에 시와 게송이 2백여 편이나 남아있음을 발견하고 놀라움을 금치 못했다. 그럴 뿐만 아니라 휴정의 제자로서 편양 언기(鞭羊 彦機)와 함께 선의 양대 고승으로 추앙되었으며 수백 명에 이르는 그의 문하가 있어 '逍遙派(소요파)'라 불렸던 사실도 알게 되었다. 사실 무슨무슨 '파'라는 말은 선승에게는 어울리는 말은 아니다.

하지만 당대 선가에서 그렇게 불렀으니 이 또한 묘하지 않은가.

계절이 서로 바뀌어도 달은 큰 빛 놓는다
말하지 말라, 동방의 신령한 산만 비춘다고
한줄기 시냇물은 혓바닥을 놀려 설법을 하나니

이 산하대지가 도량 아닌 곳 어디랴

—「가을밤에 우연히 읊다」

寒暑相更放大光 莫言靈岳照東方(한서상경방대광 막언영악조동방)

一條溪舌帶宣說 何處江山不道場(일조계설대선설 하처강산부도량)

—「秋夜偶吟(추야우음)」

선사의 읊조림은 이어진다. 계절이 바뀌어도 달은 그대로다. 어찌 영악만 비춘단 말인가. 가난한 이의 장독대에도 시궁창 속에도 달이 비춘다. 저절로 흘러가는 시냇물 조잘거림을 들어보라. 어쩌면 참다운 설법이 바로 거기 있을지도 모른다. 세 치 혀에 귀를 기울이기만 해서야 쓰겠는가. 백두대간도 걸어보고 히말라야로 가서 히말라야와도 마주 앉아 보라. 아니면 자그만 뒷동산에 올라 산마루에 걸터앉은 구름을 바라보고 풀향기에 코를 들이대 보아도 좋을 것이다. 분명 무슨 소리가 들려올 것이다.

무덥던 여름이 문을 닫는다. 낙산 바닷가에는 사람이 줄고 모래불은 한가하다. 파도 소리가 맑다. 새들은 유쾌한 날갯짓을 한다. 고추밭에는 빨간 고추가 매달려 애써 심고 가꾼 농부들을 기다린다.

계절은 어김없이 돌아가는데 도반이여, 올여름 한철 공부는 썩 괜찮았는가. 곧 단풍 들 텐데….

선사는 1601년부터 금강산과 오대산에 머물렀다는 기록이 있고 1649년 지리산 연곡사에서 입적했다. 나이 88세. 법랍 75년. 효종이 혜감선사(慧鑑禪師)라 시호했다.

해탈이 해탈 아닌데
어찌 열반이 고향일까
취모검날이 번쩍하니
공허한 말 칼끝을 받으리

—「임종게」

解脫非解脫 涅槃豈故鄕(해탈비해탈 열반기고향)
吹毛光爍爍 口舌犯鋒鋩(취모광삭삭 구설범봉망)

—「臨終揭(임종게)」

「시인 최명길과 함께 떠나는 선시여행9」, 『법륜신문』.

선(禪)

이즈음 선(禪)이란 말을 자주 접한다. 선은 본래 불가에서 온 말이지만 일상생활 안으로 들여와 곧잘 쓰인다. 선미(禪味) 선식(禪食) 선체조(禪體操) 선서(禪書) 선화(禪話) 선화(禪畫) 선무(禪舞) 선다(禪茶) (…) 등이 그런 말들이다. 이 말들을 살펴보면 보통보다 조금 고결한 무엇을 지향하려는 듯한 의지가 담겨있음을 알 수 있다. 음식의 경우 '선(禪)'을 '식(食)'의 접두에 붙임으로써 보통 음식보다 정갈한, 조금은 고상한 음식인 것처럼 보이게 한다. 마찬가지로 '화(畫)'에 '선(禪)'을 갖다 붙임으로써 그림에 오묘 무궁한 향기를 진동하게 한다. 그렇다면 선(禪)이란 무엇인가.

선(禪)은 무한 적요의 마음 상태를 일컫는 말이다. 깨끗하고 절제된 무위자연의 탈속한 보편성을 가리키기도 한다. 그 경계는 겉치레를 걷어내고, 있는 대로 소박한 유연성을 지니고 있어 막힌 데가 없다. 군더더기 또한 없다. 국보 83호의 금동미륵반가상의 목주름 삼도선 같은 것, 두 가닥 천의자락 같은 것이다. 추사 김정희 선생의 세한도의 정취나 송백의 까칠 거림 같은 것이기도 하다. 선은 유현하고 간결한 일종의 미학이다. 정신의 극치에 이르렀을 때 선향(禪香)이 감돈다고도 하는데 바로 그런 상태를 선이라 할 수 있다.

다시 말하면 선은 고고(孤高)에 이른 정신의 높이와 깊이에서 나오는 것이다. 선수행자들에게서 풍기는 삼엄함은 바로 이 때문에 나타나는 현상이다. 그래서 예술 활동을 하는 이들은 이런 정신세계를 소중하게 여기고 그쪽으로 기웃거리게도 한다.

시에도 선시(禪詩)가 있다. 수행을 통해 무애한 상태에 이른 이들이 문득 뱉어내듯 한 시가 선시다. 현대시에도 이런 선시형태의 시가 가끔 보인다. 이를 선기시(禪機詩) 혹은 선취시(禪趣詩)라고 한다. 현대시에 등장하는 선시는 간결하면서도 담백한 맛을 지닌다. 선수행자들이 즐겨 썼던 시는 반상합도와 포월(匍越)의식이 주된 테크닉이었다. 그런데 현대 선시는 꼭 그 틀에 맞게 시가 진행되는 것은 아니다. 나비 날갯짓 같은 나풀거림이 있는가 하면 직선적이고 치열하고 준엄한 정신의 한 단면을 보여줌으로써 초절한 마음의 일면이 드러나 있기도 하다.

선은 보리달마조사로부터 출발해 혜가 · 승찬 · 도신 · 홍인 · 혜능으로 이어져 왔다. 불교가 인도에서 중화로 건너와 중국의 유교나 노 · 장을 수용하면서, 유교나 노장사상을 아우르는 매우 독특한 형태를 갖게 되는데 이게 바로 선이다. 선은 불교에서 출발했지만 불교와는 이질적인 면이 없지 않다. 하지만 근본불교에서 석가가 천명한 중도연기 사상은 그대로 살아있다. 다만 선불교에서는 이 중도를 단박에 깨쳐 증득해야 한다는 특징이 있다.

흔히 불교를 소승불교 대승불교 티벳불교 선불교로 나누나 그 가운데 선불교는 본래 불교와는 다른 맛을 준다. 그 다른 맛이란 자아를 죽이고 무아에 이른다는 것이다. 『금강반야밀경』이 선(禪)을 중시하는 조계종단의 소의경전이 된 것은 이 무아에 이른 길이 거기 나타나 있기 때문이다. 팔만사천경전 중 이 부분만은 초기결집에서 이루어진 『금강반야밀경』32분에 비교적 명철하게 드러나 있다.

선불교의 이상적인 인간상은 유교의 군자나 노장사상의 무위진인과 도교의 신선과도 다르다. 이를 포용한 한 차원 위에 있다. 불교가 최종 도달하고자 하는 이상향은 부처세계이지만 선은 깨달음의 세계이다. 그러므로 어떤 방법으로든지 깨달음만 얻으면 되기에 때로는 부처를 뛰어넘어야 하고 불립문자를 내세워 경전까지 타파하고 인간정신의 구국에 도달하고자 한다. 칼.융(C.G.Jung) 연구의 권위자인 이부영 교수는 그의 저서 『분석심리학』에서 이런 상태, 이를테면 깨달음에 도달한 상태를 '무의식과 의식을 회통'하는 단계에 이른 것으로 봄으로써, 다소 모호한 이 깨달음이라는 실체를 심리분석적 차원에서 입증해 보였다. 참선은 구극에 도달하고자 하는 한 방편이다. 참선은 화두를 끌어 붙들고 동정일여 내외명철의 경계에 이르러 구경묘각을 얻고자 한다. 여기 '구경묘각(究竟妙覺)'이

다름 아닌 무의식과 의식을 회통한 것으로 본 것이다.

불가의 교 · 선은 가끔 충돌하는 듯한 인상을 받는다. 그것은 선을 우선 하는가, 학(경전)을 우선 하는가 하는 방법론의 선후 때문에 일어나는 현상이다. 흔히 나무꾼 거사 육조 혜능을 일자무식장이로 보지만 혜능이 일자무식이라면 『육조단경』의 혜능선사 오도송은 무엇이겠는가. 혜능은 적어도 게송을 지을 수 있는 수준의 일급 선지식이었다. 선과 교는 충돌이 아니라 호혜 함으로써 범인을 비범인의 높은 경지에 도달할 수 있게 한다. 『대방광불화엄경』이나 『묘법연화경』의 사상은 인간정신을 일깨우는 일대 서사시로 보아도 무방하다.

시집 한 권을 모두 읽어도 새지 않는 새벽, 동지가 지났다. 이 땅의 운수납자들은 화두 참구를 위한 동안거에 들었다.

아무튼 생활 속으로 선이 쑥 들어와 있으니, 급격한 현대화를 겪으면서 갈팡질팡하는 우리 정신생활을 윤기나게 다듬고 보다 향그러운 차원으로 높여가는 구심점에 선이 한 방술로 놓여도 좋을 듯 싶다.

칼럼 「삶」, 『설악신문』, 2009년 12월.

아버지의 눈물

등잔불이 깜박거렸다. 심지를 낮추어 석유 소모를 최소로 했다. 석유는 한 달에 한 번씩 반장네에서 배급받아 조달했다. 어떤 날은 관솔 송진을 접시에 내려 창호지를 말아 담가놓고 불을 댕기기도 하였다. 안방과 중간사랑에는 쪽문이 있었고 문지방을 넘어서면 중간사랑, 넘어오면 안방이었다. 등잔대는 늘 문지방 곁에 두었다. 등잔 하나가 방 둘을 동시에 밝히게 하자면 그렇게 할 수밖에 없었다. 중간사랑은 조부의 거처였다. 안방에는 식구들이 오골거리며 살았다. 석유를 아끼기 위해 일찍 잠자리에 들고는 했으나, 그날은 꽤 이슥할 때까지 불을 끄지 않았다.

밖에서 저벅거리는 발자국 소리가 나는가 싶었는데, 가형을 부르는 소리가 들렸다. 아버지였다. 아버지가 돌아온 것이었다. 1951년 11월 중순 집을 떠난 아버지가 이듬해 3월 중순 돌아왔으니 근 4개월 만이었다. 그동안 단 한 차례도 소식을 들을 수 없었다. 소식을 전할 수도 없었다. 행방이 묘연했기 때문이었다.

조모가 얼른 문고리를 벗기고 방문을 열었다. 아들의 목소리를 듣고 놀라서였다. 아버지는 깜박거리는 등잔불을 비켜서 중간사랑으로 올라갔다. 그러고는 조부 앞에서 무릎을 꿇고 흐느껴 울었다. 독자로 천신만고 끝에 살아 돌아왔다는 감격이 커서였을까? 흐느낌은 한동안 계속됐다.

열한 살 소년은 그 밤 아버지도 눈물을 흘리며 운다는 사실을 알았다.

아버지는 노역을 위해 집을 떠났었다. 계축생이라 막 마흔에 들어선 나이였다. 아버지가 차출돼 도착한 곳은 북쪽 산악지구였다. 설악산과 향로봉 이름을 그때 처음 들었다. 한국전쟁 초반을 넘어서면 전투는 국지전 양상으로 바뀐다. 산악고지 쟁탈전이 그것이었다. 고지쟁탈을 위해 육박전이 벌어졌고 산봉우리는 폭탄 세례를 받아 날아가거나 먼지가 됐다. 피아(彼我)간 밀고 밀리는 통에 국토는 초토화됐고 사상자가 속출했다.

노역꾼들은 국군을 도와 포탄을 날랐다. 주로 미군 박격포탄이나 무반동포(직사포) 포탄이었다. 포탄을 지게에 져 산봉우리에까지 옮겼다. 눈은 억세게 내려 허리까지 차올랐으나 탄화에 끄슬려 검붉었다. 사방이 지뢰밭이라 곳곳이 생명을 위협했다. 해질 무렵 오르기 시작하면 동틀 무렵 목적지에 도착할 수 있었다. 목적지는 산꼭대기 참호였다. 전망이 환히 트인 산 정상 조금 못 미치는 곳에는 토치카와 전초기지가 있었다. 적군도 능선에 토치카를 구축하고 저항했다. 전투가 벌어지면 봉우리와 봉우리 사이 협곡은 흡사 별똥별이 날아다니는 것 같았다. 낮에는 주로 국군이 진격했고 밤에는 적군의 반격이 시작됐다. 날라리를 불고 북을 두들기며 산협 이곳저곳에서 총소리와 포격 소리가 날 때에는 산이 무너져 내리는 듯했다.

아버지는 참호에서 주먹밥으로 끼니를 에웠다. 밥덩이는 밥덩이가 아니라 얼음덩어리였다. 딱딱한 뭉텡이었지만 뜯어서라도 먹기는 먹어야 했다. 명을 이어가자니 할 수 없었다. 어두워지면 앳된 부상병이나 젊은 병사들의 시체를 단가*에 실어 끌고 내려왔다. 생각해 보면 이틀 주기로 산봉우리를 오르내린 것이었다. 아버지가 포탄을 지고 날랐던 길은 짐작해 보거니와 오색으로 들어가는 쪽 관터와 각두골을 잇는 대청봉길이 아니었던가 한다.

각두골 칡덕폭포 능선길은 한때 대청봉으로 오르는 길이었다. 작전상 국군이 낸 길이고 전후 대청봉을 찾아드는 이들이 늘어나자 반듯한 등산로로 바뀌었다가, 1973년 가을 오색 등산로를 개척한 후 이 등산로는 잊혀졌다. 나도 이 등산로를 따라 대청봉에 처음 올랐었고, 청봉에서 네모난 탄통 뚜껑을 발견하고 이를 주루먹에 넣어 짊어지고 하산했던 적이 있었다. 1973년 5월 어번기 때의 일이

* 단가: 담가(擔架)의 경기도 함경도 방언. 환자나 물건을 실어 나르는 기구의 하나. 네모난 거적이나 천 따위의 양변에 막대기를 달아 앞뒤에서 맞들게 되어 있다.

었다. 지금은 관목에 덮여 흐릿한 흔적만 남아있고 장정키보다 큰 철쭉이 봄이면 꽃을 하나 가득 달고 나와 산비알을 밝힌다.

산악의 겨울은 얼마나 매차던가. 산을 좋아해 자주 설악에 드나들면서 나는 가끔 생각했었다. 눈바람과 퍼붓는 총탄 속에서 살아남으려고 발버둥 쳤던 한 인간을! 아버지를! 아버지는 그 혹독한 겨울 산릉선에서 안구를 얼려 평생 눈물을 흘리셨다. 아버지는 말했었다.

"산꼭대기의 나무들은 모두 누워있더라."

올겨울은 유난히 바람 끝이 날카롭다. 대청봉은 백색도원경이나, 하늘과 땅은 얼어붙었고 천불동계곡 폭포들은 겹겹 빙벽이다. 새들은 먹이를 찾느라 앙상한 나뭇가지에 솔방울처럼 매달려 안간힘을 쓴다. 내 손등은 메마르고 거칠어졌다. 새해 정월, 달력 첫 장을 넘기다 보면 아버지의 그 눈물방울 겹친다.

칼럼 「삶」, 『설악신문』, 2010년 2월.

무금선원(無今禪院)

선은 석가와 가섭존자 사이에서 이루어진 언어 밖의 미묘한 세계에서 출발한다. 그 미묘한 세계란 뭔가. 마음의 세계다. 마음은 우주를 타고 다니는 배다. 이 마음의 세계를 말로서는 모두 짚어낼 수 없다. 불가에서 언어 밖의 세계를 거론하는 것은 이 때문이다. 불립문자나 교외별전이 그 언어 밖의 표현 방법이다.

'이때에 세존은 자리에 앉자 꽃 한 송이를 들어 보였다. 많은 대중이 있었지만 모두 말이 없었다. 바로 그때 대중 가운데서 존자 가섭만이 그걸 보고 빙긋 미소 지었다.

爾時世尊著坐其座 廓然拈華示衆 會中 百萬人天及諸比丘 悉皆默然 時於會中 唯有尊者摩訶迦葉 卽見其示 破顔微笑(이시세존저좌기좌 곽연염화시중 회중 백만인천급제비구 실개묵연 시어회중 유유존자마하가섭 즉견기시 파안미소)'

—『대범천왕문불결의경(大梵天王問佛決疑經)』

이 밀지 후 남인도 향지국 셋째 왕자였던 달마가 중국땅으로 건너와 선을 꽃피웠다. 혜가는 그 선을 전해 받기 위해 어깨에까지 쌓인 눈 속에서 팔 한쪽을 뽑아 스승에게 바쳤다. 그만치 치열했다. 선 수행자들은 자성을 깨치기 위해 인생을 건다. 인생을 걸고 수행하지 않으면 올바른 자성을 깨쳐 볼 수 없다. 자성(自性)은 다름 아닌 자기의 본래 성품이다. 그 본래 성품은 무엇인가. 무한한 가능성이다. 무한한 가능성을 지닌 자신이 무한한 가능성을 갖춘 존재임을 스스로 깨치는 것이다. 그걸 깨닫는 게 지혜다.

하지만 인간은 존재의 이 무한한 가능태인 종자를 제대로 알지 못하고 살아간다. 오히려 조잡스럽고, 비틀리고, 추잡한 일들에 골몰하다가 낭패를 당하기 일쑤다. 이익을 위해서는 실로 낯부끄러운 일들에 자신을 빠뜨리고 허우적대기도 한다. 인생이란 거대한 바다는 숭엄하고 광활하다. 쑥대밭 시궁창이 아니다. 실상을 바로 봄으로써 자신은 그런 조잡스럽고, 낯부끄러운 존재가 아니라 실로 지고한 존재임을 알게 된다.

그렇다고 그 지고함이 현실을 훌쩍 뛰어넘은 천상의 어디, 우주 바깥의 어디에 있는 게 아니다. 깨쳐 자신을 바로 본다고 하여도 세상이 확 달라지는 것도 아니다. 세상은 세상대로 돌아간다. 물은 물대로 산은 산대로 있다. 쌓인 눈은 녹고 풀린 강물은 힘을 받아 아래로 굽이치며 흐른다. 이런 현실, 이런 무상한 현실이 곧 선이다. 생활이 곧 선이라 할 수 있다. 실상은 다름 아닌 이 현실인 것이다. 저잣거리가 그 실상이고 새끼 새들이 모여들어 물 튀기는 옹달샘과 옹달샘에 담긴 잎 틔우는 나무그림자가 그 실상이다. 그 모든 것을 비추는 자신의 마음은 우주의 본체다.

인제 백담사 뒤란으로 돌아들어 백 보쯤 올라가면 '무금선원(無今禪院)'이 있다. 바로 선 수행처인 것이다. 들어가면 적어도 90일간은 오로지 면벽하고 화두를 참구한다. 인도에서는 우기 한 철 안거에 들었다지만 우리나라에서는 여름과 겨울 일 년에 두 차례 안거에 든다. 화두를 들지 못하면 헛수고다. 좌복에 꼼짝하지 않고 앉아 오로지 화두의 의심 타파를 향해 정신을 집중한다. 마치 날뛰는 청룡을 잡아타고 여의주를 낚아채듯 해야 한다. 인생을 걸고 몇 철 집중해 화두를 들다 보면 어느 순간 마음의 심오한 경지가 탁 트인다.

무비 스님은 그의 저서 『무쇠소는 사자후를 두려워하지 않는다』에서 이 탁 트이는 순간을 다음과 같이 요약하고 있다. 일기(一機), 일경(一境), 일언(一言), 일구(一句) 등이 그것이다. 즉 할이나 꽃을 들어 보이는 순간 깨침을 얻었을 경우를 일기라 하고, 돌이 굴러가 부딪는 소리나 바람 소리 물소리를 듣는 순간 얻은 경지를 일경이라 한다. 또 사람들이 주고받는 말을 듣고 깨달음을 얻었다면 일언이라 하며, 글이나 어록을 보다가 격발하는 마음의 경지를 일구라 한다. 그런 순간은 우연히 올 수도, 오매불망 화두에 집중한 연후에 찾아들기도 한다.

해가 강아지 꼬리만큼 길어졌다. 정월 대보름이 지났다. 선방 대중들은 화두 드는 일을 끝냈다. 불가의 용어로 해제를 한 것이다. 해제를 하고 난 후에도 화두에 집중하지만 공식적인 안거가 끝난 셈이다.

생전에 밥값 내놓으라고 닦달했던 퇴옹 성철선사는 안거 중 일주일간은 반드시 용맹정진(잠을 자지 않음)을 하도록 해 참선 참구의 중요성을 일깨웠다. 실제로 선사는 42일간 용맹정진을 하기도 하고, 1939년 대구 동화사 금당선원에서 숙면일여의 경지에까지 나갔었다. 그리고 그곳에서 다음과 같은 오도송을 읊조렸다.

> 황하가 거꾸로 곤륜산 꼭대기로 흘러
> 해와 달은 빛을 잃고 대지가 꺼지는도다
> 잠깐 한 번 웃고 머리를 돌려 서니
> 청산은 변함없이 흰 구름 속에 있어라
> 黃河西流崑崙頂 日月無光大地沈(황하서류곤륜정 일월무광대지침)
> 遽然一笑回首立 靑山依舊白雲中(거연일소회수립 청산의구백운중)

칼럼 「삶」, 『설악신문』, 2010년 3월.

점봉산 흘림골

한계령을 오르다 보면 남녘으로 묘한 골짜기가 하나 나온다. 이른바 남설악 흘림골이다. 정작 흘림골은 점봉산의 수많은 계곡 중 하나지만 흔히 남설악 흘림골이라 부른다. 계곡을 등지고는 백두대간 망대암산이 천의무봉으로 동으로는 동해, 서으로는 내설악 가리봉을 굽어보고 있으나 망대암산 역시 점봉산의 한 부분이다.

흘림골은 2005년 등산로를 개척해 2006년 7월 16일 폭탄처럼 쏟아진 오색지구 집중호우로 폐허가 되었던 걸 새롭게 고쳐 이듬해 12월 15일 다시 문을 열었다. 등산로 개장 이전까지 이곳은 심메마니들의 전용길이었다. 길도 아닌 이 토끼길을 심메마니들은 오색에서 한계령을 오고 가는 첩경으로 삼았다. 그런데 이 심메마니길을 걸은 적이 있다. 1993년 10월 23일 오후였다.

길잡이는 시인 이성선이었다. 서울 쪽에서도 시인 조정권 최동호와 문예비평가 김화영 교수가 합세했다. 합세라기보다 대접 중 최고의 대접이라는 별유천지 산경을 대접하기 위해 좋은 글을 발표하던 시인과 비평가를 모셨던 것이다. 시인 이성선과 나는 오색에 먼저 가 기다렸다. 서울 손님들과의 만남의 장소를 오색으로 택했기 때문이었다. 11시가 조금 넘어 일행들이 도착했다. 시인 조정권의 승용차로 합승해 온 것이었다. 우리는 오색에서 간단한 산채밥으로 끼니를 때우고 곧장 산행을 시작했다. 오색에서 용수폭포로 이어지는 주전골은 늦가을의 마지막 붉은 기운이 물소리에 섞여 은방울 소리를 내며 찰랑거렸다.

오후 산길이라 일행들은 서둘렀다. 용수폭포를 잠깐 들여다보고 되짚어 나와 은하폭포 쪽으로 접어들었다. 나무들은 이미 뼈대만 남아 돌짜가리들이 어지러운 비탈에는 낙엽이 수북했다. 산바람은 선듯거렸다. 길은 없었다. 그저 낙엽이 쌓여 있고 길 흔적 같은 게 느껴지기는 했다. 길잡이 이성선은 그런 길을 용케도 알아냈다. 꽤 오래전에 한번 와 본 적이 있기는 하다고 했다. 그러고 보면 시인 이성선은 산을 아주 좋아했었다. 허리가 몹시 아픈 적이 있었는데, 산에 못 갈까 봐 그게 더 겁났었다 했다.

사실 이성선과는 산행을 적잖이 함께했었다. 서북주능 십이선녀탕에서 일박하면서 밤새 오돌오돌 떨며, 심심하면 대청봉에 가자해 함께 올랐고, 노고단에서 천왕봉에 이르는 3박4일 지리산 첫 종주도 이성선과 함께였다. 그는 당시로는 최고급인 도봉산제화 상표가 붙은 수제품 가죽등산화를 신고 어린애처럼 좋아하며 뛰뛰듯 산을 탔다. 등산화는 시인 장호 선생이 선물했다고 그랬다.

우리는 가파른 비탈을 지나 계속 올랐다. 마침내 첫 능선에 이르렀다. 갑자기 사방에서 병풍석이 군마처럼 달려들었다. 일행들은 탄성을 연발했다. 나도 처음 대하는 산경이라 적잖이 놀랐다.

시인 최동호는 ROTC 장교 출신이라 웬만한 산은 힘들이지 않고 탄다고 해 우선 안심이 됐다. 김화영 교수도 뒤처지지 않고 잘 걸었다. 문제는 조정권 시인이었다. 도무지 걷지 못했다. 땀을 비 오듯 쏟았다. 나는 뒤에서 서다 가다를 반복하며 길동무를 해주었다. 깊은 계곡에 이르렀고, 다시 가파른 비탈이 시작됐다. 산물은 졸졸거렸다. 손을 넣어보면 벌써 냉기가 서려 손끝이 시렸다. 심메마니들도 산객도 아무도 안 보였다. 무인지경을 글쟁이들만 다섯이 그저 묵묵히 움직일 뿐인 것이었다.

다시 능선이 나왔고 오른쪽으로는 바위 봉우리가 하늘 가득 차올랐다. 등선대인 것이었다. 등선대는 이미 눈을 하얗게 뒤집어쓰고 있었다. 첫눈이 내렸던 것이다. 우리는 눈을 밟으며 조심조심 걸었다. 발에 밟히며 내는 산눈 소리가 땅울림치며 들려왔다. 가까스로 등선대 초입에 이르렀을 때였다. 시인 조정권이 바위에 기대 주저앉으며 말했다.

"도저히 안 되겠어요. 더 오르는 것은 무리예요."

보니 안색이 안 좋았다. 후에 시인 이성선의 3주기 때 최동호 교수와 함께 고성 성대리로 왔기에 산 안부를 물었었다. 조정권 시인은 그때 그 산행이 처음이자 마지막이었고, 그 이상한 산길이 영 잊히지 않는다고 했다. 다른 일행들은 등선대(1,002m)에 올라 그해 첫 눈을 만끽하며 설악산 낙조에 파묻혔다.

흘림골은 아기자기하다. 계곡이 셋이나 흘러내리고 계곡마다 겹겹으로 일어선 거대한 병풍석 바위들은 물과 잘 어울려 청량감을 더한다. 한계령 44번 국도에서 곧바로 산에 접어드는 맛은 일품이다. 그럴 뿐만 아니라 여성의 내밀한 부분을 닮았다 해 붙여진 여심폭포가 벼랑에 숨어있어 마주 대하고 있노라면 절로 웃음이 난다. 5월이면 핑크빛 솔채꽃이나 자홍 동자나리도 더러 갑작스럽게 나타나 눈을 즐겁게 한다. 한때 바싹 말랐던 오색약수가 그 참혹한 집중호우 후 다시 샘물을 뿜어 올리기 시작한 것은 기적이다.

시인 이성선이 이 세상을 다녀간 지 올해가 10년째다. 자나 깨나 시만 생각하던 이성선, 그는 10년 전 여기 이곳에 머물렀었다. 하지만 10년 후인 지금 그는 어디로 가 있는가.

칼럼 「삶」, 『설악신문』, 2010년 5월.

명품 설악산

우리 지역에는 세계적인 명품이 있는가. 결론부터 말하자면 세계적인 명품 보물이 있다. 역사가 그리 오래되지 않은 속초나 6 · 25 전쟁의 한 중심에 섰던 인근 양양과 인제는, 전란 참화로 인해 역사적인 기록물이나 건물을 소실하고 말았지만, 오늘날에도 우리는 분명 세계적인 명품을 지니고 산다.

그 세계적인 명품이란 온갖 설한풍우가 깎아 세운 설악산이다. 설악산의 기암괴석이 자아내는 장엄미와 고색창연한 운치는 어느 유산보다 더 희귀하고 고아준수하다. 따라서 충분히 세계인의 눈을 붙들 수 있다. 그런데도 설악산은 세계적이지 못하다. 세계적이지만 세계 안에 들지 못한 안타까움이 있다. 딱 한 차례 세계적인 높이에 오를뻔한 적이 있기는 하다.

1996년도였다. 당시 환경부에서는 설악산을 세계자연유산으로 올리려고 갖은 애를 다 썼었다. 하지만 실패했었다. 왜 실패하고 말았는가는 몇 가지 원인을 들 수 있지만 그 가운데 한 가지는 일부 사람들이 벌인 설악산의 세계자연유산 반대 운동도 한 원인이었다.

심지어 설악산을 세계자연유산으로 올리려고 애를 쓰는 이들을 '매국노'로 표기한 현수막이 속초 거리에 내걸리기도 했었다. 과연 설악산의 세계자연유산 등재를 매국적 행위로 보아 마땅한가? 만약 1996년도에 설악산이 세계자연유산으로 등재돼 히말라야처럼 세계 속에 우뚝 섰다면, 하롱베이나 장가계와 같이 세계인의 발걸음을 끊임없이 재촉하게 만들었을 것이다. 단적으로 말해 설악동의 한가나, 오색의 진통은 없지 않았을까 하는 생각이 들고 양양국제공항도 폐쇄의 기로에 서서 헐떡거리고 있지 않았으리라는 판단이 선다.

'설악산을 보러 가자'와 '세계자연유산 한국의 설악산을 보러 가자'는 듣기에 따라서는 천양지차다. 당시 나는 설악산 세계자연유산의 당위성을 들어 '설악신문'에 칼럼을 쓰기도 했었다. 그것은 설악산이야말로 세계자연유산으로서의 충분한 가치를 지녔다고 생각했기 때문이었다. 그 일부를 옮겨보면 다음과 같다.

다 아시다시피 세계자연유산이란, 인류가 함께 보호하고 기려 나갈 충분한 가치가 있는 자연자원을 유엔의 유네스코에 등록시켜 이를 보존, 그 소중함을 인류 전체가 맛보려는 데 그 목적이 있다. 따라서 우리의 설악산이 세계자연유산으로 선택되어 등록을 마치면, 설악산은 미국의 그랜드캐년이나 중국의 태산과 어깨를 나란히 하는 세계적인 명산으로 발돋움하게 된다. 그로 인해 설악산을 끼고 있는 설악권 지역은 세계에 널리 알려져 국제적인 관광지로서 명성을 얻을 것이며, 주민들이 기대하는 소득원도 그만큼 넓고 다양해질 것이 분명하다. 이는 곧 설악산을 매일 대하고 사는 우리 설악권 주민의 자긍심을 드높이는 한편 우리 강원도는 말할 것도 없거니와 범국가적인 경사요 자랑이라 아니할 수 없다. 그러므로 우리는 국가적인 이 사업을 반대할 이유가 전혀 없는 것이다('유산등록 설악산 빛내는 길' 『설악신문』 1996. 3. 11).

이어 '세계자연유산등록 예상지역은 이미 문화재보호법 제20조에 의거 천연기념물 지정구역(제171호)인 163.7㎢에 국한한 지역이고, 이것은 설악산국립공원의 373㎢에 비하면 1/2에도 못 미치는 극히 일부분에 지나지 않는다. 따라서 설악권 주민 생활과는 아무런 관련이 없다.'라고 덧붙였다.

그동안 설악산은 많이 변했다. 신비롭던 계곡이 파여 나가 벌판이 된 곳도 있다. 생채기투성이다. 바위는 쇠못으로 두들겨 박았고 철주가 섰다. 인재와 자연재가 설악산을 못살게 군다. 곰골에서 반달곰이 출현했다는 소식이 들려올 법도 하지만 요원하다. 갈쭉한 깜장 산양 똥을 보면서 설악이 그래도 창연하구나 했었는데, 그마저 본 지 오래다.

그렇다면 지금 우리는 설악산을 어찌해야 할까? 어루만져주어야 한다. 다친 곳을 치유하고 더 가까이 보살펴야 한다. 설악권 청소년들로 하여금 일 년에 한 차례씩 대청봉 순례에 나서보게 하는 것 또한 설악을 아끼는 길일 것이다. 초등학교 시절 한 번쯤, 중 · 고등학교 진학 후 각각 한차례 씩 도합 세 차례만이라도 설악을 온몸으로 체험하다 보면, 그 장엄한 자연의 충격은 금강석보다 더 값진 내밀한 보물이 되리라.

세계자연유산 등재 신청을 다시 주선해 보는 것 또한 설악을 보살피는 일일 것이다. 세계자연유산으로 등재돼 이를 기념하여 산악박물관도 짓고, 계절마다 '세계자연유산 설악산 산악축제'를 연다면 설악권은 또 얼마나 생기에 넘칠까?

하지만 지금 설악은 녹음 활옷을 갈아입을 뿐 묵언이다.

『설악신문』 2010. 6.

속초에서의 첫 하룻밤

속초에서의 처음 하룻밤은 전혀 우연이었다. 뜻밖에 갑자기 찾아들었다. 첫 휴가 때였다. 나는 전방 화천 오음리 국군 제12사단 52연대 9중대에 배속돼 있었고, 6개월 만에 첫 휴가 명령이 떨어졌던 것이다. 스물세 살, 1962년이었으니까 48년 전이다.

부대에서 내주는 쓰리쿼터(군용 트럭)에 몸을 싣고 화천 읍내에서 내렸다. 화천은 낯설었다. 강릉으로 가야 했지만, 거기서 강릉 찻길은 여간 까다롭지 않았다. 춘천으로 나가 강릉행 버스를 타거나, 양구와 인제를 거쳐야 강릉으로 갈 수 있었다. 당시 춘천에서 강릉까지는 하룻길이었으므로 지루하기 짝이 없었다. 나는 고성과 속초쪽 길로 가는 게 그래도 나을 성싶어 초행이었지만 그리하기로 하고 홍천행 버스를 기다렸다. 버스가 와 올랐다. 화천에서 홍천까지는 실로 오묘한 길이었다.

버스는 뒤척거리며 게걸음 치듯 겨우 움직였다. 하지만 막 한여름으로 접어들기 시작한 산야는 초록을 머금어 싱그러웠고, 맑은 물을 담은 강은 굽이굽이 흘러 마치 옥양목을 펼쳐놓은 것 같았다. 어디로 휘돌아 들었는지 군축령을 넘었고, 창으로는 참매미 울음소리가 들려왔다. 서너 시간 후 홍천에 도착했다. 곧장 속초행 버스로 갈아탔으나, 인제와 원통을 들러 나오느라 버스길은 부지하세월이었다.

흥미로웠던 일은 소위 일방통로였던 진부령 길이었다. 진부령 동서쪽에 초소가 있어 초병들이 고래고래 소리를 지르고 한번 넘자면 한 시간 이상이나 기다려야 했다. 서쪽 초소는 십이선녀탕 계곡이 시작되는 남교리에 있었고 동쪽 초소는 진부리에 있었다. 도로는 비포장 자갈길이었다. 간성을 지나야 속초, 그러나 어쩌겠는가.

길에서 시간을 다 써버려 도착하고 보니 강릉행 버스는 이미 끊기고 말았다. 잠시 머뭇거리다가 조금이라도 더 강릉 쪽으로 가보는 게 그래도 나을듯해 걷기 시작했다. 땅거미가 스물거려 길은 저물어들었지만 군복을 입은 한창때라 거칠 것이 없었다. 터미널은 지금 우체국 건너에 있었고 주변에 더러 '하숙'이라고 쓰인 손바닥만 한 간판들이 보였지만 무조건 남쪽으로 향했다. 뿌연 백열등 불빛을 등 뒤로 하고 그저 남쪽으로 걸었다.

걷다 보니 일행도 생겼다. 6시가 넘으면 버스가 끊기던 시절이었으므로 간간이 군용트럭만이 헤드라이트를 번쩍대며 일행들을 갈라 세우고 지나갈 뿐이었다. 두어 시간쯤 지났을까. 갑자기 바다가 어선 불빛을 받아 찰랑거렸고 제법 많은 사람들 소리가 났다. 바로 대포였던 것이다. 대포는 6 · 25전쟁 때 수없이 들었었다. '대포'라는 이름이 특이했거니와 군 기지가 구축돼 있어 약삭빠른 장사치들이 폐군수품들, 특히 옷가지들을 얻어와 강릉에서 난전을 열고 팔았기 때문이었다.

나는 귀에 익은 그 '대포'라는 말을 되뇌며, 이 '대포'에서 하룻밤 보내는 것도 뜻깊을 듯해 쉴 곳을 물색해 보았으나 여인숙도 여관도 없었다. 하는 수 없이 파출소를 찾았다. 자초지종을 듣고 난 나이 지긋한 순경 아저씨가 숙직실 한켠을 비워 주었다. 벽에 붙은 간이 옷장에는 담요가 마치 군용 막사에서처럼 잘 개켜 있었고 그중 하나를 나를 보고 쓰라고 하였다. 마땅히 저녁을 먹을 길도 없어 저녁은 굶었다.

그런데 그 파출소가 보통 곳이 아니었다. 문 바로 앞에서 파도가 찰싹대고 있었던 것이었다. 나는 밤바다를 그렇게 가까이에서 본 적이 없었다. 어둠 속에서 밀려드는 밤바다는 마치 가물치처럼 퍼들거렸다

게딱지 같은 지붕들이 촘촘하게 들어차 있었고, 범선들은 해조음을 따라 간드레등불을 매달고 삐거덕거리며 포구로 머리를 들이밀었다. 아낙네들은 함지박을 들거나 이고 부두에 나가 서 있었다. 나는 슬그머니 발길을 옮겼다. 바다를 더 깊이 보기 위해서였다. 낯설었지만 낯설지 않은 대포 포구는 그렇게 해 내게 왔었다.

이슥해서야 돌아와 잠자리에 들었으나 잠이 올 턱없었다. 파도 소리가 연신 내 귀를 때렸다. 그때에는 그게 왜 그리 큰소리를 내질

렀던지 모를 일이었다. 옆에서는 교대를 하고 들어오느라 사나이의 옷 벗는 소리가 부스럭거리고, 나는 잠을 자는 둥 만 둥 하고 그날 속초에서의 첫 밤을 밝히고야 말았다.

이튿날 동이 터 창문을 열었을 때는 방안으로 햇덩이가 굴러들어오는 것 같았다. 벌떡 일어나 나도 몰래 야, 해구나, 하고 외마디소리를 쳤지만, 파출소 안이었다. 어찌 됐건 해는 수평선에 얼굴을 내미는가 싶었는데, 빛기둥이 하늘에서 바다를 거쳐 이쪽 땅까지 미쳤고, 무슨 이파리가 수만 개 떠서 펄럭대는 위로 신부처럼 해는 걸어서 오는 것이었다.

여름 새벽 바다의 그 햇덩이라니!

그 일이 있고 난 꼭 4년 후 천진에 근무처가 정해졌고, 1971년부터 나는 속초로 아주 자리를 옮겨 앉아 지금까지 몸을 의지하고 있다. 무슨 기묘한 연줄에라도 걸려들었다는 듯이.

「사는 이야기」, 『설악신문』, 2010년 7월.

속초, 2010년

동명항 방파제나 조도쯤에서 속초를 들여다보면 속초는 배산임수의 명당에 자리 잡고 있다는 생각이 든다. 산은 설악산이고 수는 동해다. 속초의 배산은 오묘하다. 주산 대청봉이 공룡능선과 화채능선으로 그 세를 몰아 뻗쳐 내려오다 그 사이로 천불동계곡을 만들고 황철봉에서 휘달려 드는 달마봉을 가로로 놓는다. 쳐다보면 달마봉은 화채능선과 공룡능선이 감싸 안아 흡사 거대한 새가 달마봉이라는 알을 품고 있는 듯하다.

능선은 다시 신선봉과 신선대능으로 이어지면서 장사마을을 일으켜 세워놓고 다른 하나, 달마봉 주능은 주봉산과 청대산을 밀어 올리면서 외옹치로 올라섰다가, 곧장 동해로 저물어든다. 곧 신선대능은 속초의 좌청룡, 달마주능은 속초의 우백호인 것이다. 그 신선대능과 달마주능 사이에 속초가 자리를 틀고 앉았다. 달리 말하면 달마주능과 신선대능이 속초를 움트게 했고 속초에 자양을 주고 기운을 북돋아 길렀다. 청룡과 백호를 타고 앉은 노학동이나, 설악동과 대포동은 이 주능과 대능이 터뜨린 꽃망울이다.

시가지는 그 자체가 인간 본성의 표출이다. 따라서 시가지를 눈여겨보면 당대 사람들의 삶을 유추할 수 있고, 시대조류를 느낄 수 있다. 시가지의 기본 구성체는 건물과 도로와 물길이다. 건물은 시가지를 형성한 사람들의 주거 공간이고 물길은 생명줄이요 도로는 소통의 공간이다. 이 세 가지 기본 요건을 갖추지 않으면 시가지는 생명을 잃는다.

이 가운데 도로는 특이한 소임을 맡고 있다. '말'과 '앎'이 이 도로를 통해 생성되기 때문이다. 도로에서 사람들은 만나고 머무르며 서로를 말하고 안다. 말은 도로가 발달시키고 촉진 시킨다고 볼 수 있다. 도로는 '道(도)'를 낳는다. 서로 서로는 도로인 이 길을 통해 각자의 '도'와 지성의 폭과 깊이를 더한다. 서로는 각자가 이룬 각자의 '도'로 속초의 '도'를 탄생시킨다. 그게 공동체 의식이고 시민의식이다.

속초의 건물들은 매우 들쭉날쭉하다. 높낮이가 다양하고 생김새가 천차만별이다. 천차만별의 사람들의 얼굴을 보는 것 같다. 이리저리 골목길을 서성거리다 보면 순간순간 다양한 구조물들 얼굴과 대좌해 놀란다. 이 구조물 하나하나에 속초에서 삶을 산 사람들의 애환과 추억이 서려 있다.

하지만 속초를 키워가는 저 달마주능과 신선대능은 이 천차만별인 다양한 인간의 구조물을 묵묵히 안아 반조하고 있다. 좀 모자라고 엉성한 건물들이라도 관용으로 포용한다. 몇 년째 짓다 말아 휑뎅그렁한 시멘트 구조물들도 한자리를 차지하고 우스꽝스레 서 있으나, 그도 속초의 일원으로 동행한다. 속초의 '도'는 속초의 음양이다. 안개 낀 날 바다 저만큼에서 속초를 바라보면 산과 인간구조물이 어울린 수묵빛 경관이 장관이고, 설악능선으로 저녁노을이라도 비쳐들 때는 속초는 그대로 황금궁전으로 돌변한다.

이때 속초에 자리 잡은 울퉁불퉁한 각각의 구조물은 각각 한 주씩의 황금궁전 기둥으로 다시 놓인다. 그 무수한 기둥들이 다투어 속초라는 지붕을 받들고 선다. 못났다고 쓸모없는 게 아니다. 잘났으면 잘난 대로 못났으면 못난 대로 하나의 소중한 쓸모로 서로는 서로에게 파동 치며 존재한다. 구조물을 세울 때는 이런 돌변의 이적을 꿈도 꾸지 않았을 수도 있으나, 속초를 에워싼 자연은 속초를 그렇게 재창조해 드러내 보이고 어둠 속으로 조용히 몸을 감춘다. 그게 속초의 2010년 외형이다.

속초의 현재는 속초의 역사다. 속초의 과거고 속초의 미래다. 그 안에 속초의 혼이 깃들어 있고 속초의 정신이 흐른다. 속초시민들은 이런 속초에서 밥 먹고 살았다. 설악의 정과 동해의 기를 받아 잉태의 기쁨을 누렸고 아기를 낳아 길렀다. 탄생과 소멸을 거듭하며 속초라는 둥지를 틀었다.

한여름을 가로질러 가는 속초는 지금 수기가 너무 강하다. 하지만 그 수기는 설악산 암괴가 내뿜는 화기를 식혀주고 서로 어울려 소용돌이로 일어나 마치 꽃이 피고 지는 것처럼 현란하다. 가끔 천둥과 벼락이 쳐 놀랄 때도 있으나, 그로 인해 천지는 한결 생기발랄하다. 속초의 배산 설악은 동해를 만나 장엄하고 속초의 임수, 동해는 설악을 품어 드넓다.

속초는 속초시민이 이룬 대 스투파이다.

『설악신문』, 2010년 8월.

열차 타고 한라산으로

속초에서 한라산까지는 멀고 먼 길인가? 그렇지 않다. 열차 타고 배 타고 가면 그리 멀지 않다. 멀지만 멀지 않다. 김포공항에서 항공편을 마련하거나, 인천에서 배 타고 갈 수도 있지만 번거롭다. 강릉에서 열차를 타고 한잠 푹 자고 나면 목포, 목포에서 배 타고 이럭저럭 하다 보면 제주도에 닿고 일박 후엔 곧장 한라산에 오를 수 있다.

지난 9월 3일이었다. 제7호 태풍 곤파스(KOMPASU)가 서해안을 강타하고 북한 청진 동쪽 약 400km 부근 해상에서 소멸되었다는 보도를 뒤로하고 나는 강릉에서 목포행 특별열차(계절마다 1회 운행)를 탔다. 저녁 10시 40분이었다. 무궁화호라 좌석은 낡고 덜컹거렸지만, 열차는 잘도 달렸다. 물잔을 놓으면 잔물결조차 일지 않을 만큼 움직임이 고요했다.

열차 여행이 쾌적해 나는 오래전 코레일멤버십카드도 갖추어 두었었다. 하지만 이번에는 동행하는 젊은 산 벗들에게 모든 걸 일임

한 채 그냥 몸만 따라가 보는 것이었다. 몸만 따라 물을 만나고 산을 만나려는 것이다.

여행은 낯선 곳으로의 장소 이동이다. 낯선 곳에서 낯선 곳의 풍치를 건드려보고 낯선 이들과 만나 낯선 삶에 잠시 젖어 보는 게 여행이 주는 감칠맛이다. 혼자여도 좋고, 뜻 맞는 이들과 함께해도 좋다. 평소 조금 뜨악했다손 치더라도 동행자로서 며칠을 함께 어울리다 보면 맺혀 있던 울화가 풀리는 것 또한 여행길에서 얻을 수 있는 상쾌함이다.

생각하는 동안 열차는 태백산을 뚫고 나가, 제천에 이르러 잠시 멈추었다. 그리고는 다시 속도를 내어 남으로, 보다 정확하게는 서남향으로 계속 속력을 내었다. 동승한 산벗들은 깊은 잠에 빠졌다. 젊은이들은 젊어 그런지 잠이 많다. 열차 바닥으로 내려왔거나, 의자 밑 빈 공간을 비집고 들어가 잠든 이들도 더러 보였다. 하기야 앉아 졸거나 꼬부리고 잠들기보다는 그게 더 나을 성싶기도 하다. 내 옆자리의 산 벗도 등받이에 고개를 삐딱이 누인 채 잠이 들어버렸다.

차창이 뿌옇게 밝아오기 시작하자 휙휙 지나가는 산야가 들어왔다. 이어 광활한 평야가 드러났다. 열차가 달릴수록 차창은 더욱 밝아졌고 주변 사물이 정교하게 제 모습을 드러내며 빛났다. 서대전과 익산이 얼핏 비쳤다. 호남평야와 나주평야가 이어졌다. 나는 처음 그냥 평야일 뿐이구나 했으나, 자세히 보니 논둑 안에는 풍성한 알곡들을 매달고 벼이삭이 가득가득 차 넘실댔다. 끝닿을 수 없는 지평선은 그런 알곡들로 꽉 채워졌다.

몇 차례 이 벌판길을 왕래했었지만 섬에 우뚝 솟구친 한라산으로 가는 길이라, 육지의 평원은 또 다른 의미로 다가왔다. 7시 30분 목포에 도착했을 때는 지난밤이 빠르게 망막에 어렸다 사라졌다. 우리는 아담한 무궁화호로 태백선과 충북선, 경부선과 호남선을 차례로 타고 넘어 국토 남녘을 종단했던 것이다.

그도 그럴 것이 목포는 속초에서 바라보면 국토의 서남향이고 속초는 목포에서 바라보면 국토의 동북향에 자리 잡고 있다. 우리는 우리 국토의 남녘 동북단에서 서남단으로 한반도를 관통한 것이었다. 하룻밤 새 낯선 도시에서의 아침을 맞은 후 여행은 이어졌다.

1만 7천 톤급 퀸메리호에 자리 잡았을 때는 9시, 나는 516호실에 배낭을 내려놓자마자 갑판 2 중문을 열고 밖으로 나왔다. 막 초가을로 접어든 남도 해상의 볕살은 백파에 부딪쳐 사금파리처럼 흩어졌고, 기암괴봉의 섬들이 늦잠에서 깨어나기라도 한 듯 고개를 길게 뽑아 올렸다. 그 사이로 배는 육중한 몸통을 밀어냈다. 우리나라 섬이 대충 3천여 개가 넘다지만 다도해해상국립공원에 모여 있는 섬만도 공원 측이 2009년 자체 조사해 밝힌 바에 의하면 399개나 되었다니 남해는 가히 섬 천국이라 할 만하다. 뱃길 두어 시간 만에 추자군도를 벗어났으나, 제주 연안 여객터미널까지는 세 시간을 더 가야 했다. 이튿날 나는 어둠 속의 한라산으로 향했다.

한라산(1,947m)은 남한 최고봉, 9년 전 아내와 영실길로 올랐던 순간이 얼핏 스쳤다. 이번에는 성판악길로 올라 관음사길로 내려오는 길을 택했다. 1천7백m를 돌아들자 녹두알 같은 우박이 떨어졌다. 산상의 바위에 부딪혀 잔 얼음 부스러기로 변해버린 우박의 잔해들은 곧장 사라졌지만 기온이 급강하했다. 바람도 강해졌다. 자켓을 꺼내 입고 장갑을 꼈으나 손이 시렸다.

한라산은 곧은 산이다, 굴곡이 없다. 그저 올라야 한다. 오르다 보면 더 오를 곳 없는, 바로 그곳에 어머니 품인 듯한 백록담이 거처한다. 담은 안개에 묻혀 묘연했다. 나는 그 무한 깊이에 마음을 얹었다. 느닷없이 백두산 천지가 어른댔다. 천지 백두의 영적 기운이 백록담에 와 소용돌이라도 일으켰던 걸까?

백록담은 한라산의 천지다.

「사는 이야기」, 『설악신문』, 2010년 9월.

중도(中道)

세상살이하다 보면 때로는 막막할 때가 있다. 방향을 잡지 못해서이다. 방향을 잡지 못하면 우왕좌왕한다. 특히 어두운 현대사의 질곡을 헤쳐가면서 삶을 살아야 했던 우리들은 그 갈팡질팡의 갈래길에서 목숨까지를 내놓아야 했고, 지금도 가끔 그런 일을 목도한다. 중도의 길은 이의 한 대처방법이다.

중도(中道)는 본래 불가에서 나온 말이다. 불가에서 나왔을 뿐 아니라 불가인 불교의 종지라 할 수 있다. 기원전 4, 5세기의 인도에서는 수행방법을 두고 갈등했었다. 석가도 그 갈등의 소용돌이 속에서 깊은 번민을 했었고, 그 갈등을 안고 산 장본인이기도 하다.

석가가 갈등에 휩싸였던 것은 고(苦)와 낙(樂)이었다. 즉 고행이냐 세속적인 향락이냐 하는 양극단이었다. 석가는 먼저 바라문 수정주의자인 스승 아라라 선인과 웃다카 선인에게서 유신론적 관점인 마음닦음법을 증득했으나, 최고선이 아님을 알아차리고 이를 버렸다. 그리고는 물질과 정신을 이원론적으로 보아 물질인 육체에 고행을 가하여야 정신을 완성할 수 있다는 적취설의 육사외도(六師外道)로부터 고행의 법을 받아들여 6년 동안 피나는 고행을 감행했다.

그러나 극한 고행에서 앙상한 뼛골만 남았을 뿐 아무런 소득이 없자 돌연 수행을 접고 마을 처녀 수자타가 받쳐 든 우유죽을 받아 먹고 정신을 차려 나이란자나강에서 목욕한 후 핍팔라나무를 등지고 앉아 정등각(깨달음)을 이루었다.

조금도 의심할 바가 없이 석가의 직설이라고 알려진 율장 가운데 초전법륜에는 "이변(二邊)을 버린 중도를 정등각이라 한다."라고 명시했고, 이 중도의 근본법을 가리켜 '중도대선언(남전대장경)'이라고 말하기도 한다.

이후 이 이변은 시냐 비냐, 선이냐 악이냐 등으로 논쟁이 가열됐고, 마침내 모든 견해의 귀착점인 유냐 무냐에서 갈등이 증폭되었으나, 석가는 위의 초전법륜의 다섯 제자들에게 최초로 설법한 12연기나, 사성제, 팔정도, 공무아(空無我), 육바라밀을 설하면서도 그 근본은 중도라고 밝혔다. 근본불교에서 천명한 불가의 이 중도사상은 불멸 후 5,6백 년이 지난 1세기 안팎에 이루어진 대승경전에서도 불교의 최고원리로 여겨졌다.

그 뿐만 아니라 선불교에서도 표현방법에 차이가 있기는 하나 '쌍차쌍조(雙遮雙照) · 청량선사' '쌍민쌍존(雙泯雙存) · 현수선사'를 중시해 '두 극단을 막고 새롭게 비춘다'는 중도의 종지를 선 입문의 근본으로 삼았다. 이로 보아 석가가 깨달아 최초로 언명한 이 중도는 불가 팔만사천법문의 본체라 할 수 있다.

그런데 이 중도 쌍조의 관점은 완전히 계합하는 건 아니지만 서양철학에도 나타나 주의를 끈다. 바로 해체주의자로 잘 알려진 자크 데리다(Jacques Derrida, 1930~2004)의 견해가 그것이다. 데리다는 모든 의미의 실상을 겹친 실상으로 본다.

무슨 말이냐 하면 '삶'은 살아있다는 의미만 아니라 '죽음'의 의미도 포용한다는 것이다. 그러니까 '삶'은 독립된 의미를 지녔지만 독립적이 아닌 것이 된다. '삶'은 삶뿐 아니라 동시에 '죽음'을 품고 있고 이렇게 사물이나 개념의 내재성을 천착해 들어가는 것이 이른바 해체의 주안점이다.

이런 관점은 서양 이성주의의 합리성을 주창하며 당대 정신의 첨단을 걸었던 플라톤이나 데카르트, 니체의 철학을 해체하고 하이데거에게도 비판의 칼날을 들이대고 있다. 사실 하이데거(Martin Heidegger, 1889~1976)는 존재의 현전에는 비존재인 '무(無)'가 따른다고 보았고, 이를 화엄적 사유를 차용해 성기(性起)와 성거(性去)로 해석하는 견해도 있어 의미망의 해체를 먼저 시도했는데도 말이다.

어쨌거나 탈현대를 시도하는 서양 철학자들이 2천 5백여 년 전 명상과 깊은 사유를 통해 우주본체의 생멸의 비밀을 밝혔던 한 젊은이를 다시 떠올리게 하는 지견을 보여 흥미롭다.

중도는 흔히 말하는 회색분자의 도가 아니다. 중도는 양극단을 타파하고 양극단을 들이비추어 다양한 새로운 세계를 보게 한다. 새로움을 눈뜨게 하는 중도는 세계를 새롭게 하고 시야를 넓혀 균형 잡힌 세계관을 갖게 한다. 중도는 관념의 틀을 깬다.

신라의 원효는 이 중도를 바탕으로 '화쟁'과 '회통'을 말했다. 경허는 '무비공(無鼻孔)'을, 성철 대덕은 '오매일여(寤寐一如)'를 실천적인 도의 정점으로 삼았었다.

그렇지만 우리는 아직도 '좌'냐 '우'냐에 편향하고 있다. '좌'냐 '우'는 '보수'냐 '진보'로 전향되기도, '신'이냐 '구'냐, '동'이냐 '서'냐, 육정(안)이냐 육진(밖)이냐 등의 이른바 변계소집성으로 몸 바꾸기를 거듭하면서 집요하게 우리의 행로를 방해한다. 양극단을 뛰어넘어서야 원융무애한 자유, 대자유가 찾아오는 줄을 모르고.

> 나지도 않고 멸하지도 않는다. 항상 하지도 않고 끊어지지도 않고
> 같지도 않고 다르지도 않다. 오지도 않고 가지도 않으며
> 不生亦不滅 不常亦不斷 不一亦不二 不來亦不去
> (불생역불멸 불상역부단 불일역불이 불래역불거)
>
> — 용수(龍樹), 「초품, 팔불중도(八不中道)」, 『中論』

『설악신문』, 2010년 10월.

영금정 파도

가끔 영금정에 나간다. 파도를 보기 위해서다. 바위에 올라 굽이치는 파도를 바라보면 그 세찬 젊은 힘이 내 낡은 육신에 생기를 돌게 한다. 파도를 밀고 오는 바닷바람 맛은 드넓은 바다의 넓이와 함께 온다. 산속 계곡풍은 녹음이 품었다가 내어놓지만, 해풍은 검푸른 바다에 안겼다 나온다. 그래서인지 푸른 고등어 등줄기처럼 싱싱하다.

영금정 해풍은 북녘에서 오는 경우가 많다. 북쪽 바다가 한없이 열려 있기 때문이다. 북쪽 바다의 때 묻지 않은 바람날이 영금정 파도를 일군다. 영금정에는 너럭바위가 곶처럼 뻗어 있어 바위가 끝나면서 수심이 갑자기 깊어진다. 이 깊은 수심에 소용돌이를 일으키며 폭발하듯 파열음을 내면서 허공으로 치솟는 몸짓이 영금정 파도다. 그러니까 북동쪽 해류가 내 안으로 통과하다가 바람과 뒤섞여 힘을 한껏 부풀리고 이게 해벽을 들이치는 모양이 곧 영금정 파도인 것이다.

바위에 몸을 기대고 있으면 이 파열음이 전신에 퍼진다. 그것은 마치 해금의 애끊는 음색에 취해 있을 때와 엇비슷하다. 할 일 없이 그저 바위벽을 찰싹찰싹 때려 볼 때도 있으나 그건 영금정 파도의 속성은 아니다. 영금정 파도는 세찰 때에야 제맛이 난다. 바다가 난폭하게 움직이면 영금정 파도가 노기를 띠며 난폭해진다. 영금정 파도의 생기는 바로 그럴 때 고조된다.

바다는 대지의 모성이다. 무엇이든 받아들인다. 그리고는 이를 품어 안아 내면에 숨긴다. 그 가없는 넓이와 깊이가 바다의 본성이다. 이런 바다를 바라보면 나는 왜 이리 솔고 보잘것없을까 하는 생각이 들기도 한다. 그러나 무엇보다도 바다의 그 그칠 줄 모르는 유동성은 바다도 살아있다는 생각이 들게 한다. 그것도 조금도 나이 먹지 않은 오직 현재의 삶만을 사는 것이다. 그러기에 바다는 항상 청춘이다.

바다의 표변하는 역동성은 바다가 청춘이기에 가능하다. 파도를 보고 있으면 유한한 인간과 무한한 자연이 겹쳐지면서, 인간이어서 조금은 우쭐대던 이 나는 다소곳해지고야 만다. 인간이란 이름으로 나라는 존재는 자연을 마구 윽박지르고 못살게 굴지는 않았던가.

날아가는 새들을 보면 떨어뜨리고 싶은 마음을 고쳐먹을 수 없었다. 겨울 모진 눈보라를 피해 보득솔밭(어린 소나무밭) 양지쪽에 앉아있던 토끼를 잡으려 휘달구기도 했었다. 살아있는 생명을 붙잡아

가두어 놓고 공놀이하듯 놀이를 하며 주의를 끌고 이걸 좋아라 하며 모여드는 군상들을 구경하면서 나는 무얼 생각했던가. 자연이 누천년을 내려오며 감추어둔 진기한 보물들을 어떡하면 샅샅이 뒤져낼까 하고, 눈이 벌게 달려드는 기술과학문명이 절대 선인 양하는 현대를 살며, 나는 올바로 자연사물을 이해하고 있었던가.

바다는 중간자이다. 땅과 하늘 사이에 바다가 놓여있다. 땅의 견고성과 하늘의 투명성 가운데 바다가 있다. 이 때문에 바다는 무형의 유형인 형질을 갖는다. 땅은 바다를 담고 있다. 땅은 바다를 담는 거대한 그릇이다. 땅에 담긴 바다는 순종의 미덕을 갖추었다. 땅을 따라 바다가 움직이고 땅이 생긴 대로 바다도 모양 짓는다. 중간자인 바다는 중도의 도의 길을 밝힌다. 얽매이지 않고 자유자재 한다. 그러다가 수증기로 비약해 한날 새털구름으로 날다 사라진다. 중도는 자재하다. 자재하는 중도는 걸림 없는 삶을 살게 한다. 가고 싶으면 가고 머물고 싶으면 머문다.

영금정에 서서 마치 지렁이처럼 기어가는 수평선을 보다가 서북녘 향로봉 쪽을 보다가 한다. 바다는 바다대로 산은 산대로 그렇게 그냥 있다. 그러나 산 쪽으로 자꾸 눈길이 간다. 산이 색을 품어내고 있기 때문이다. 단풍 붉은 물에 닿았다 나오는 설악산 바람이 제법 찬데도 말이다.

영금정 너럭바위로는 올해도 많은 사람들이 다녀갔다. 화강암이라 쉬이 부서지지는 않겠지만 여기저기 구멍이 파였고 결이 삭아 푸석거리는 곳도 더러 보인다. 세월이 파먹어 생긴 자국들이다.

하지만 영금정 바위에 귀 대고 들어보면 만고불변의 현금 소리가 심장을 두드린다. 거문고 소리인 것도 같다. 누군가는 바위 정자가 아니라, 심해 어느 은밀한 곳에서 악기를 타고 그 악기 소리를 담아 나르는 게 영금정 파도인지도 모를 일이다. 그러고 보면 영금정 파도는 평생 소리만을 품고 사는 만년 소리 동자이다.

영금정 파도는 언제나 청춘인 바다 가인(佳人)이고 영금정 파도 소리는 그가 부르는 노랫가락이다.

「사는 이야기」, 『설악신문』, 2010년 11월.

누군가가 기억해 준다는 것은

벌써 새 달력이 나왔다. 해가 바뀌려는 것이다. 훈풍을 싣고 왔던 녹음과 유별나게 따가웠던 볕살은 가버렸다. 단풍이 붉었는가 싶었으나, 곧장 설악산은 백설로 뒤덮였다. 여름이 불볕이었으니 겨울은 모질지 않을까 하는 걱정에 벌써부터 몸이 옴츠러든다.

생각해 보면 올해는 적잖이 바빴던 것 같다. 시를 쓰는 사람으로서 창작행위가 고작이어야 함에도, 밖으로 너무 나댄 것 같다. 하지만 누군가가 기억해 준다는 것은 고마운 일이다. 기억해 줄 뿐 아니라 찾아주고 만나 얼굴을 맞대어 본다는 것은 동시대를 함께 하는 자의 기쁨이 아닐 수 없다.

더욱이 말을 나누고 말을 귀담아들으면서 그 사람에 대한 새로운 세계를 발견하고 느껴본다는 것은 축복 중의 축복이다.

이런 축복의 자리가 내게 온 것은 백담사 만해마을에서부터였다. 백담사 만해마을에서는 연간 10회를 시인이나 작가를 선정해 '문학은 살아있다'를 부제로 한 문학아카데미를 연다. 거기 상주하는 회주 조오현 스님의 뜻을 받든 이상국 시인을 비롯한 운영진의 문학에 대한 열정이 그렇게 한 것이다. 나는 이 아카데미에 8월 28일 오후 초대됐다. 깊디깊은 산골짜기 외딴곳에 누가 오랴 싶었으나, 뜻밖의 많은 시인들과 시를 좋아하는 분들이 찾아와 문학 강의랍시고 하는 변변치 못한 언설에 귀를 기울여 주었다.

특히 시인 김춘만 이구재 김종헌 채재순 지영희 박대성 최명선 조인화, 수필가 이은자 노금희 등 속초 갈뫼 회원들과 시인 최숙자 송현정 최종한 김동선 등 양양문학회 회원들, 강릉의 이충희 시인, 인제의 한용운 시인을 비롯한 만해문학 아카데미 회원들, 서울의 이대의 시인과 풀밭 동인들, 이용구 박선희 심우기 등이 이끌어가는 성남의 한비 동인들, 고성의 시벗 강명은 백형태와 신계순 등 시선일가의 친구들, 시를 좋아하는 임수철 작곡가와 김양수 양양군 도의원 부부, 이상식 설악산악연맹회장과 손동하 산우, 해남 먼 돌산섬의 시벗 이선용 친구, 그 밖에 처음 대면하는 분들까지(…). 행사가 겹쳤기 때문도 있었지만, 한꺼번에 많은 귀한 분들을 대하노라 어리둥절할 지경이었다.

두 번째 찾아든 축복의 자리는 10월 15일에 열렸던 설악단풍시음악제였다. '하늘엔 별, 땅엔 꽃, 사람에겐 시(詩)'라는 아름다운 이름을 가진 이 시음악제는 계간 『시와시학』과 설악대명콘도와의 공동주최로 이루어진 특이한 시축제였다. 특이한 시축제였기에 공을 많이 들인 듯했다. 단풍잎이 시에 얹힌 예쁜 시첩부터가 그랬다. 시음악제는 설악대명 야외특설무대에서 오후 7시부터 2시간 동안 펼쳐졌다. 마침 이 시음악제에서 갓 등단한 시인 방순미와 나도 시를 낭송하기로 돼 있어 가보고 적잖이 놀랐다. 다름 아닌 시인 김후란 정희성 이동순 김추인 조연향 구이람 이제인 등 여러 시인들과 국악인들을 만났기 때문이었다. 유자효 시인의 명사회로 진행된 시낭송회는 시와 대금과 가야금과 한량무가 어우러진 그야말로 환상의 무대였다. 때마침 불어닥친 설악산 바람에도 조금도 자리를 뜨지 않는 청중들을 보면서 시와 음악의 힘을 다시 느껴보기도 했다. 시음악제는 평론가 김재홍 교수와 김태균 국악평론가가 기획하고 연출했었다.

세 번째는 '시인포럼, 시(詩)앗 〈좋은세상〉'이라는 매우 이색적인 시의 자리였다. 10월 23일 저녁 7시부터 10시까지 대관령 대굴령마을에서 이루어진 이 포럼에는 춘천의 이영춘 시인과 내가 초청됐다. 포럼은 초청된 시인들의 자작시 다섯 편씩을 강릉의 시낭송가들이 세 편씩 읽고 네 번째 시는 작가가 암송하고 끝 작품은 참석한 시인이 읽는 차례로 이어졌다. 시인은 시 탄생배경을 피력하고 동시에 질의문답을 주고받는 아기자기한 시낭독회였다. 나는 여기 참가했다가 뜻밖에 좋은 시인들을 재회하거나 처음 만났다.

시인 오세영 서정춘 이희선 이동재, 진행을 맡았던 김헌 시인과 독도시인 편부경, 일본어 번역가이자 시인인 고정애 선생과 최문석 거사 등 그밖에 전국 각지에서 찾아온 낯설지만, 구면인 듯한 분들과 교분을 나누면서 시인에게는 시를 통한 만남이 진전(進展)한 만남이 아닐까 하는 생각을 했다. '좋은세상'은 시 나눔을 통해 세상을 밝히려는 시인 모임으로 해마다 주제가 있는 시집을 발간해 세상에 퍼뜨려온 말하자면, 시로 명랑사회를 꿈꾸는 시인 단체다. 시인 조영순이 대표로 있어 여성스러운 섬세함이 돋보이기도 했다.

사실 어느 행사든 동참하기란 쉬운 일이 아니다. 더욱이나 창작행위를 하는 작가들의 경우 분신인 작품 세계에 빠져있다 보면 만남에는 소홀하기 쉽다. 행사 참여에는 특단의 결단이 필요하다. 이런 의미에서 동참했던 한분 한분을 그려본다. 기억해 주고 초청해준 분들께 진심으로 감사한다.

지난 10월 22일 소설가 윤홍렬 선생과 한기학 예총회장, 시인 권정남 그리고 필자가 함께 나누었던 자리는 속초예술의 앞날을 생각해 보게 해 뜻깊었다. 이 자리는 한국문인협회 속초지부장이기도 한 권정남 시인이 특별히 마련했었다.

시인 조성림 김명희와 노혜숙 수필가, 서울의 하연복 이무근, 당진의 김동임, 울산의 시벗 라미남과 충남 보령의 이영열, 조양의 벗 김영애 등 까페 오두막 친구들에게도 고맙다는 인사를 올려야 하겠다.

사진작가 유제원, 산벗 김영기 이현순, 독도지킴이 박순종, 지난 10월 9일 설악산소공원에서 열린 전국산악인등반대회 전야제에 내

졸시 「설악산 대청봉의 해와 달」을 암송해 준 속초의 일급 시 낭송가 조영숙, 정말 고맙다. 그 자리에 없어 인사도 못 나누었지만, 현대시를 암송한다는 것은 쉬운 일이 아니다.

암송은 시의 삼매경에 들었을 때 가능하다. 그리고 암송시로 공연한다는 것은 또 다른 문제다. 그만치 어렵다. 왜냐하면 시낭송 공연은 시 낭송가가 읊는 목청과 몸짓에 좌우되기 때문이다. 청중은 낭송가의 목청과 몸짓에 이끌리어 시의 분위기 속으로 빠져든다. 시에 담긴 시혼은 낭송가의 영혼과 청중의 영혼에 부딪혀 맥놀이쳐야 고조된다. 그러나 단순한 시도 일급 낭송가의 목청을 타면 전혀 딴판인 시 세계를 맛볼 수 있다.

이분들이야말로 동천의 샛별처럼 이 삶의 강을 묵묵히 건너가는 분들이다. 기억해 주어 고맙고 고맙다. 경인년 마지막 달을 맞아 이 모든 분들께 아낌없는 찬사를 보내며 손 모아 큰절을 올린다.

칼럼 「삶」, 『설악신문』, 2010년 12월.

한겨울 복판에서

올겨울은 한파가 유난스럽다. 두어 차례 왔다 가면 온화해지던 예년 날씨와는 아주 딴판이다. 그칠 줄 모른다. 거리는 쓸쓸하고 바다는 을씨년스럽다. 시가지에 좌판을 벌인 이들은 몇 겹씩 껴입은 입성(옷)에 비닐을 휘감기도 했다. 그물에 걸린 도루묵은 탱탱하게 얼었다.

설악산을 끼고 있는 영북은 특히 북서풍이 매몰차다. 간혹 방향을 잡지 못한 바람결이 허공에서 지상을 내리치기도 한다. 냉장고 같은 설산 설악 때문인지 바람날은 예리하다. 얼굴을 스치면 살이 파이는 것 같다. 여울과 강이 얼어붙었고 산 벽은 빙판이다. 물기만 있으면 얼음이 덮친다. 바위 고드름은 두툼해졌다. 바야흐로 한겨울의 복판에 들어섰다.

이 한겨울에 무얼 할까? 친지를 찾아볼까? 노경에 든 아내를 위한 서정시를 쓸까? 우파니샤드를 한 번 더 읽을까? 노자를 외워볼까? 햇살 한 옹큼 받아 들고 봄 오는 소리를 엿들어볼까? 일곱 살배기 손녀 둘이 신문에 끼어온 전단지를 접어 만든 색동종이비행기가 아이들이 떠나자 방구석에서 며칠째 미동을 하지 않는다. 힘이 떨어졌으므로 중노동판에 끼이기는 뭣하고 시적시적 겨울나들이나 해볼까?

밭과 논은 비었다. 알곡을 거두고 남은 밑동 글거리는 굳은 바닥에 달라붙어 시간을 안고 낡아간다. 고춧대는 마른 채 밭두렁을 지키고 있다. 기세등등하던 밭둑 억새가 힘을 잃고 유달리 삐쭉하게 자라 올라 귀찮게 굴던 쑥부쟁이는 빈 대궁이만 달강거린다. 평창동강가 마하에 사는 으름나무는 한겨울에도 토끼풀 같은 예쁜 잎사귀가 파릇 대지만 올해는 얼어 부서져 내렸다.

새들은 먹이로 애를 태운다. 음성이 날카롭다. 마당귀 감나무가 열매를 여남은 개 매달았었다. 어린나무라 첫여름이 열리고 두 해째인데 그 가운데서 까치밥으로 단감 하나를 남겨두었다. 몇 차례 서릿발이 친 다음 노랗던 단감은 붉은 기운을 더해가다가 작은 연등처럼 가지 끝을 밝혔다. 며칠이 지나자 까치가 아니라 잿빛 직박구리 한 쌍이 날아와 한 끼 식사로 먹어 치웠다.

가까이 가도 날아갈 줄 모르고 오직 발간 홍시 단감에만 집중하는 모습이 처절했다. 그런데 직박구리 한 쌍은 한쪽이 달콤한 먹이를 쪼으는 동안 다른 한쪽은 망을 보며 고개를 갸웃거렸고, 다른 한쪽이 또 그렇게 하고 해 달랑 꼭지만 남기고야 빈 가지를 차고 날아오르는 것이었다. 단감에 눈독을 들이던 날짐승들이 더 있었던 듯, 작은 솔새들이 찾아와 빈 감꼭지 주위를 한참이나 돌다 갔다. 첫눈 온 다음 날이었다.

겨울 산에 잠시 올라 본다. 눈바다다. 눈산 눈골짜기 눈나무 눈바위 온통 눈 천지다. 폭포도 얼어붙어 암벽에 걸렸다. 어떻게 폭포가 다 얼까 하는 생각이 들지만, 겨울 대승폭포를 들여다보면 얼음 한 줄기가 천공에서 지상을 향하고 있을 뿐이다. 하늘 끝에서 땅끝까지 얼어붙었다.

폭포 얼음은 청색을 띤다. 하늘빛이 숨어 들어가 그런지는 모르겠으나 연한 청색 휘장이 너울거리는 듯하다. 나는 이 얼음이 뿜어내는 엷은 코발트 색채감이 보고 싶어 겨울 폭포를 찾고는 한다. 맨손으로 만져보면 강철보다 단단하다. 물이 어떻게 이렇게까지 될 수 있으랴 싶지만, 영하 30도를 오르내리는 겨울 설악은 그 품속에 깃든 폭포를 그렇게 만들어 놓고야 만다. 그게 혹독한 폭포의 겨울이다.

겨울 산은 감출 줄 모른다. 관목들은 하나같이 앙상한 알몸이다. 있는 그대로다. 바람이라도 불어닥치면 쇠꼬챙이가 울리는 것 같다. 겨울 설악 골짜기에서는 때로 역풍이 일어나기도 한다. 산정에서 바람이 내려오는 게 아니라 산정을 향해 올려 치는 것이다. 거친 이 바람머리가 밀고 가는 소리는 수만 개의 북을 일시에 두들기는 것 같다. 겨울 산의 물상들이 흔들리며 내는 소리다.

나무 아랫도리는 눈 속에 파묻혀 있다. 적어도 다섯 달쯤을 그렇게 하고서야 눈에서 벗어날 수 있는 게 설악의 나무다. 그러고도 살아있는 것 또한 설악의 나무다. 산 양지쪽 바위 구멍 속은 황토가 빠끔히 내다보고 있지만 아삭거리는 눈가루가 안쪽 깊이까지 밀고 들어갔다.

산능선은 능선대로 겨울의 냉혹성을 그대로 연출한다. 칼바람이 깎아낸 능선은 눈이 칼날이 돼 누워있다. 건드려 보면 눈이 아니다. 설빙 칼날이다. 그리로도 발자국들이 찍혀 있다. 먹이를 찾아 산등성이를 넘나들어야 하는 작은 동물들의 흔적이다. 발자국에는 깊은 산 적요만이 찰랑인다.

산다는 것은 무언가
사니 사는 건가
겨울 설악산 암벽에 앉아 잠시 사유해 본다.
삶의 판은 결국 겨울 산속처럼 냉혹한 것인가
온기라고는 없구나

「사는 이야기」, 『설악신문』, 2011년 1월.

16년 만에 전한 사진 한 장

그날 오후는 꽃향기가 언뜻 친 듯했다. 지난달, 그러니까 2011년 1월 20일 오후의 일이었다. 16년간 품고 지내던 사진 한 장을 전했다. 시인 이성선의 사진이었다. 나는 이 사진을 두고 마음이 무거웠었다.

1995년 2월이었다. 시인 이성선과 나는 인도 여행을 했다. 『현대문학』에서 주관한 인도 문학기행에 이 시인과 내가 동참한 것이었다. 일행은 시인 황동규 김정웅 최동호 신중신 박덕규 고경희 이희선과 소설가 송하춘, 평론가 하응백 등 문인들이었다.

인도에 첫발을 디디는 순간 나는 광대한 붉은 땅덩어리와 북적거리는 사람들에 놀랐다. 더욱 놀라운 것은 소와 야생 멧돼지와 원숭이들이 사람들을 무서워하지 않고 거리를 활보하고 있다는 사실이었다. 야생 공작새도 길가 공터에서 꼬리깃을 활짝 화사하게 펴고 먹이를 쪼고 있었다. 차이(차의 일종)를 외치는 꾀죄죄한 맨발 소년 소녀들이 길을 막아서기도 했으나, 눈동자는 한량없이 맑고 깨끗했다.

놀라움은 환희로 바뀌기도 했다. 아그라(Agra)와 아잔타 동굴벽화를 보는 순간에는 전율이 일었다. 규모는 컸고 역사는 깊었다. 조각은 섬세했고 활기에 넘쳤다. 특히 아잔타 동굴 금니불(金泥佛)보살 벽화를 보는 순간에는 표현할 수 없는 황홀감에 빠졌다.

뭄바이에서 시작한 인도여행은 광활한 라자스탄 평원을 거쳐 뉴델리와 바라나시로 이어졌고 부다가야에서 하루를 머문 후 캘커타에서 막을 내렸다.

캘커타에서는 테레사 수녀를 만날 수 있는 기회도 주어졌다. 1995년 2월 17일이었다. 테레사 수녀는 당시 '죽음을 지키는 집'을 지키는 성직자로 세계인의 존경을 받고 있었다. 힘들 것 같다던 그 만남은 기적처럼 이루어졌다. 본래는 타고르(Rabindranath Tagor)를 기념한 '타고르 하우스'를 방문할까도 했었지만, 성직자로서 병든 자들과 죽어가는 마지막 숨결을 지키는 인류의 어머니와 같은, 그 성령의 빛이 우리의 발걸음을 '마더 테레사의 집'으로 이끌고 갔다.

'마더 테레사의 집'은 초라했다. 대문은 크지 않았다. 평범한 단독주택 대문만도 못했다. 주황빛 페인트칠을 한 나무 쪽문 상단부에 조그만 십자가가 돋을 문양으로 돌출돼 있을 뿐이었다. 이층이었지만 접견실은 야외였다. 마당에 벽돌로 쌓아 올린 장독대 같은 누대가 바로 접견실이었다. 접견대 사방으로는 가옥이 둘러서 있었다.

수녀는 엷은 미소를 머금고 층계를 올라와 우리 일행을 맞았다. 우리들은 한 사람씩 수녀 앞에 섰고 수녀는 고리가 달린 타원형 아연 성모상(1.7×2.5cm)과 기념카드를 건네면서 손을 잡아주었다. 손은 아주 작고 귀여웠다. 아기손 같았다. 노령에 들었으므로 허리가 굽어 펴지지 않는 듯했다. 얼굴은 지나치게 맑았다. 눈빛은 깊었고 콧마루는 오뚝했다. 어떤 이는 발에 이마를 대고 기도하기도 했다.

시인 이성선 차례가 되었다. 다소곳한 그의 모습이 어린 양 같았다. 나는 그의 진지한 모습을 카메라에 담았다. 망원렌즈가 달린 미놀타 카메라로서였다. 이성선은 내 모습을 카메라에 담아주었다.

여행을 마치고 귀국 후 우리는 사진을 서로 교환했다. 사진 가운데서 잘 나온 것은 크기를 달리해 나누기도 했다. 테레사 수녀와 찍은 이성선의 사진은 A4용지 크기로 뽑았었다. 2006년인가였다. 갑자기 인도여행 생각이 나서 사진첩을 들추었다. 사진이 임자를 찾아가지 못하고 거기에 그대로 꽂혀 있었다. 나는 어안이 벙벙했다. 분명 전한 것이었으나, 전한 게 아니었다. 까맣게 잊고 있었던 것이다.

하지만 시인 이성선은 세상을 떠난 지 그해 벌써 5년째로 접어들었었다. 전할 대상이 지상에는 없었던 것이다. 마음이 무거웠고 곤혹스러웠다. 소각해 천상으로 보낼까도 생각해 보았다. 그러나 그는 다소곳한 그대로 지금 여기 이곳에 있으므로 그렇게 할 수 없었다.

마더 테레사는 우리가 만났던 2년 후 1997년 9월 5일 저녁에 선종했다. 1910년생이니 향년 87세였었고 우리가 방문해 뵈었던 것은 85세 되던 해였다. 마케도니아가 수녀의 조국이었지만 1929년 인도로 와 평생 빈민들의 어머니로 성모처럼 살았다. 내가 야윈 손을 잡으면서 "아름다우십니다."라고 했으나, "오 노!" 하고 말문을 막았다. 그러나 그 순간 "저는 강물에 떨어진 작은 물방울이었던 걸요."라고 한 말이 가슴을 치고 지나갔다. 수녀의 일생은 한 알 물방울처럼 맑고 깨끗한 삶이었다.

세월은 또 그렇게 흘렀다. 마침 시인 이성선의 집을 방문할 기회가 생겼었다. 나는 지난 일을 이야기하면서 사진을 그의 평생 반려였던 최영숙 여사에게 전했다. 생전의 시인 이성선이 웃으면서 사진을 받아 드는 것 같았다. 최동호 교수 부부와 시인 방순미가 동석한 자리였었다.

헤아려 보니 그 기간이 16년이나 됐다.

「사는 이야기」, 『설악신문』, 2011년 2월.

언 아기 손

볕살이 두터워졌다. 그런데도 골목 안에는 녹다 만 눈 무더기가 뒹굴고 설악은 한겨울이나 다름없다. 일본 북부 니가타현에는 4m 9cm의 기록적인 폭설로 전봇대의 전선이 눈에 파묻혔다지만, 이 땅의 눈은 그런 눈은 아니었다. 그렇지만 눈은 이따금 내 소년기를 떠올리게 한다.

전쟁이 산하를 휩쓸고 지나간 다음 해였다. 1951년 1월 4일 3·8선이 다시 뚫리고 피난민들은 봇물처럼 거리로 쏟아졌다. 눈이 유달리 많이 와 어른 가슴께까지 차올랐으나 제대로 된 눈이 없었다. 검붉었다. 함포와 격전으로 웅덩이졌거나 그을렸기 때문이었다. 국토는 폐허나 다름없었다.

우리 집 식구들도 피란행렬에 동참했다. 부친과 가형이 피란을 간 것이었다. 큰 암소를 몰고서였다. 암소에게는 지르매를 걸었다. 지르매는 소가 짐을 나를 수 있는 기구다. 굽은 나무 두 개를 서로 이어 짐을 싣게끔 소 등 잘록한 부분에 고정해 놓으면, 마치 지게 둘을 소 등허리 양쪽에 걸쳐둔 듯한 모양새가 되는데, 이게 지르매다. 부친은 지르매 한쪽에 쌀 한 가마니를 싣고 다른 쪽에는 솜이불 하나와 작은 솥을 얹었다.

어머니는 며칠 밤잠을 설쳐가며 쌀을 볶아 미숫가루를 만들고 깨소금을 마련하셨다. 그리고 이것들을 광목 주루먹에 넣어 노끈으로 조였다. 부친과 가형은 이 주루먹을 멨다. 그리고 떠났다. 남녘 어딘가로 정처 없는 눈길을 헤쳐간 것이었다.

우리는 전쟁 총알 밭에 그대로 던져졌다. 식구는 많았었다. 조부모와 동생들 다섯을 합하면 부친과 가형을 빼고도 아홉이었다. 함께 가자는 부친의 말씀에 조부는 단호하게 말했다. "식솔 모두 가면 엄동설한에 얼어 죽거나 굶어 죽는다, 어서 가라. 씨앗은 살아야 하지 않겠나."라고 하면서 아들 등을 떠밀었다. 나도 함께 가고 싶었지만 그때 나이 열한 살이었다. 어디로 가겠는가. 가면 가고 있으면 있는 거지. 어린 나이었지만 묘하게도 죽을 것 같지는 않았다.

집 앞 운산으로 행하는 큰길에는 연신 피란민들로 채워졌다. 도무지 끝나질 않았다. 이고 지고 업고 연말부터 시작한 보퉁이와 주루먹 행렬은 1월 중순까지도 줄어들지 않았다.

어느 날엔가는 붉은 군대가 우리 집으로 들이닥쳤다. 붉은 군대들은 집을 접수했다. 우리는 사랑을 내어주고 안방으로 몰렸다. 조부는 이정에 걸렸다고 둘러댔다. 이정은 설사병으로 전염성이 강해 붉은 군대가 무서워한다는 소문이 돌았던 것이었다. 어머니는 건넛집으로 피했다. 붉은 군대들은 일개 소대쯤의 병력이었다. 장교인 듯한 이가 이불을 덮고 누운 조부께 밤이면 이야기를 꺼내 끝없이 해댔다. 조부는 목침을 높이 괴고 그냥 들을 뿐이었다. 동생들은 아랫목 조모 곁에서 떨어질 줄 몰랐다. 밖에서는 함포의 굉음이 연신 들려왔다. 등잔불을 켰으나 문은 검은 천으로 둘렀다.

붉은 군대들은 장독과 김칫독을 마음 놓고 썼다. 감잣국을 끓이기도 했다. 감잣국은 생소해 몰래 부엌에 들어가 솥을 열고 숟가락으로 떠내 맛을 보았다. 짠맛과 구수한 맛이 동시에 혀끝을 타고 올라왔다. 붉은 군대들은 나흘 동안 머물다가 갔다. 하얀 보자기를 덮어쓰고 갔다. 설원 위장복인 것이었다.

그들은 나에게 베개 같은 것을 하나 주었다. 빵이라고 했다. 나중 알았지만 그건 중공군들의 전투식량인 흘레브(본래는 러시아인들의 주식 흑빵)라는 것이었다. 밀기울처럼 거칠었으나 맛은 고소했다. 이상스러운 것은 그 두려움 속에서 딱 한 번 맛본 그 맛을 내 혀뿌리가 지금도 기억하고 있다는 사실이다.

하루는 지게를 지고 생두왈이라는 곳으로 갔다. 생두왈은 외지고 으슥했지만 포탄에 맞아 나무둥치가 잘렸거나 설해목이 많아 가지를 자르기가 수월해서였다. 도둑고개에 이르렀을 때였다. 보퉁이(보따리) 하나가 눈 속에서 빠끔히 고개를 내밀었다. 호기심이 생겼다. 무슨 보물이라도 든 건 아닐까, 하는 생각에 눈을 헤쳤다. 알록달록한 조각보 보퉁이었다. 한 쪽 귀를 잡아당겼다. 난데없이 아기 손이 불쑥 튀어나왔다. 와락 겁이 났고 앞이 캄캄했다. 이 일을 어찌해야 한단 말인가.

아기 손은 발갛게 얼어있었다. 언 아기손이었다. 얼어 미동도 하지 않는 아기 손이었다. 눈 위에 무릎을 꿇고 귀를 들이대 보았다. 찬 기운만 볼을 스쳤다. 나는 고민에 빠졌다. 세상은 얼어붙었고 무법천지라 어디다 알릴 데도 없었다. 나는 맨손으로 눈을 긁어 도로 덮었다. 보퉁이 위로 둥그렇게 쌓아 올렸다. 여우가 많아 여우의 해코지를 막기 위해서였다.

며칠이 지났음에도 튀어나오던 순간의 아기 손의 잔영이 온몸에 가득 차올라 사라지지 않았다. 열흘쯤 지났을 때 그 고개를 다시 찾아갔다. 조각보 보퉁이 자리에는 눈구덩이만 동그랗게 남아있었다.

전쟁은 더욱 치열해졌다. 젊은이들은 뒤로 손이 묶여 끌려다니기도 했고 죽창에 찔려 죽기도 했다. 낮이면 폭격기들이 갈까마귀 떼처럼 날아와 기총소사를 퍼부었다.

망각은 시간이 주는 선물이다. 하지만 가끔씩 젊은 엄마 젖가슴에 놓인 아기 손을 보면 60년 전 저쪽 눈 속의 아기 손이 불현듯 되살아난다. 그때 한반도는 지난 3월 11일 오후 2시 45분 일본열도 동북부를 강타한 규모 9.0의 지진파보다 몇백 배나 더 강렬한 충격을 받았고 그 충격의 여진은 지금도 계속되고 있다.

「사는 이야기」, 『설악신문』, 2011년 3월.

백공천장(百孔千瘡)

양양군 현남 해벽에 놓인 절 휴휴암은 그 역사가 불과 14년밖에 안 된다. 하지만 파도 소리와 어울린 도량이라 청량하기 이를 데 없다. 나는 지난 2월 11일(2011년), 이 휴휴암에 갔다가 뜻밖의 순간을 맞았다. 나옹 혜근선사의 시로 전해오는 '토굴가'를 들은 것이다. 휴휴암을 창건한 홍법스님을 통해서였다.

홍법스님은 '토굴가'를 암송했다. 안숙선 명창의 소리를 듣고 난 다음 즉석에서 화답한 시암송이었다. 잘 다듬어진 홍법스님의 암송 구음 소리가 마치 연꽃 벙글듯 향그롭게 방안에 퍼졌다. 그런데, 토굴가의 글귀 중 하나인 '백공천창'이라는 말이 내 귀를 때리고 지나가는 찰나 홀연히 눈앞이 환해졌다. 고향집이 떠올라서였다.

초가와 둥근 마당과 아름드리 감나무와 진달래꽃, 홍매화와 식구들 모습이 현실인 듯 그려졌다. 자라면서 나는 이 말귀를 자주 들었던 것이다. 가친은 무슨 일이 잘 못 되었을 때 이 '백공천창'이라는 말을 쓰시곤 했다. 이를테면 장마로 물에 잠긴 논다랑이를 보시고 와서는 "그 참, 백공천창이야"라고 내뱉으시던 것이었다. 나는 그때 그 말이 무슨 뜻인지 정확히 알 수 없었지만, 뭔가 안 되었을 때 쓴다는 것을 알았다.

'백공천창'은 '백호천창'으로도 들려 산악을 어슬렁대는 '백호'의 이미지와 겹치기도 했다. 그러나 한자 사자성어라 그 후 객지생활을 하면서 잊혀졌다. 아니 아주 먼 도솔천에라도 들어간 듯 까마득히 사라졌었다. 한데 홍법스님의 '토굴가' 암송 소리에 그만 그 삼천국토 바깥 저쪽에서 별안간 천둥이라도 친 듯, 내 가슴을 치고 다시 솟구쳐 올라 놀라지 않을 수 없었다. '토굴가' 중 그 구절은 다음과 같다. '천봉만학 푸른 송엽 일발우에 담아두고/ 백공천창(百孔千瘡) 기운 누비 두 어깨에 걸쳤으니'

나옹 혜근 스님의 시는 평소에도 더러 접했었고, '토굴가'도 내 눈길을 스쳤었다. 그렇다 해도 왜 하필 그 순간에 그렇듯 벼락치듯 했을까, 신기한 노릇이 아닐 수 없었다. 그러고는 가친은 그 말을 어디서 들으셨을까? 나는 왜 그 말의 뜻을 여쭈어보지 않았을까? 하는 의문이 생겨났다. 아마 그냥 보통 쓰는 말이라 구태여 묻지 않아도 될성싶은 것이었을 것이다. 그렇지만 그 낱말의 용례는 얼마나 될까 하는 생각이 뒤미처 일어 이곳저곳 전적들을 들추어 보았다.

우선 불가에서 나온 말이거니 해 『불교대사전』을 펼쳐 보았으나 없었다. 『삼국유사』나 『노자』 『사기열전』에도 그런 말이 나오지 않았다. 『조선실록』과 『한국문집』에는 꽤 높은 빈도로 나타났다. 『조선실록』에는 문종조에서 순조조까지 나와 있었다. 특히 선조 29년 병신(1596년 윤8월 10일조)에는 '지금 어려운 일이 눈앞에 가득하고 국사가 이미 기울어 백공천창이어서 천재와 물괴를 부를 수 있는 것'이라는 대목이 보여 임진왜란 중의 참담한 현실을, 이 한 언구에 집약하고 있었다.

『한국문집』에는 허목 송시열 정약용 외 여러 선비들의 문집에서 보였다. 그중 조선의 뛰어난 문장가 정약용은 폐책(弊策)을 논하면서 '기폐지여위자 백공천창(其弊之如猬刺 百孔千瘡) 〈여유당전서〉 제1 시문집 제9권'이라 하여 당시 사회현상의 폐단이 마치 고슴도치 가시가 들쑤셔 놓은 듯, 구멍 숭숭하고 종기가 천 개나 나돋은 것 같다고 날카롭게 비판했다.

'백공천창'이란 말을 더 거슬러 올라가면 한유(韓愈)가 쓴 '맹간상서께 드리는 편지글 與盟間尙書書(여맹간상서서)'을 만날 수 있다. 한유(자 퇴지, 768~824)는 당송팔대가 중 한 사람이다.

중국은 하나라에서 중화인민공화국까지를 역사기라고 보았을 때 약 5천 년 동안 무려 66개국이 부침(浮沈)한다. 진시황이 춘추전국을 끌어안아 천하 통일을 이루었지만 진나라 사직은 고작 15년간이었다.

위 · 촉 · 오 삼국 시대와 서진 동진과 오호 16국도 그렇고, 남북조 시대(420~581) 161년 사이만 해도 송 · 제 · 양 · 진 · 북위 · 동위 · 북제 · 서위 · 북주 등 9개국이 명멸해 극심한 사회불안을 초래한다. 수나라 양제가 다시 통일을 했으나 37년 만에 당나라가 새로 일어섰다. 중국이 오늘날 14억 인구를 갖게 된 것은 어떻게 보면 이런 생존 불안의 반작용에 의한 혈족 다산 욕구에 기인하지 않았을까 하는 생각이 들기도 한다.

어쨌거나 한유는 이러한 난세를 통찰하고 문장과 문체를 바로잡는 한편, 사상가로서 특히 진시황의 분서갱유로 선대의 사상서들이 불태워져 이가 빠진 듯하다며, 한 마디로 '백공천창'이라 했다(여맹간상서서). 이에 한유는 '원도(原道)'론을 들어 사상적인 통일을 꾀하려 했고, 그것은 공자와 맹자의 유학사상인 인의(仁義)가 중심이 돼야 한다고 보았다. 따라서 불가나 노장사상을 통렬히 공격했었다. 송대 이후 신유학의 정통론은 그의 도통(道統)사상에서 싹텄다 할 수 있다. 그렇지만 지금 중국은 철저히 비종교적이다. 동북공정을 내세워 영토에만 집착하고 역사를 뒤틀려 한다.

이즈음 내가 나를 들여다보면 심란하기가 가히 '백공천창'이라 할 만하다. '백공천장 누더기 탑' (졸시, 「청달개비 잎사귀에 놓인 절벽」 끝부분.)

보도에 따르면 나옹 혜근선사(懶翁 惠勤, 1320~1376)의 사리가 곧 돌아올 모양이다. 희귀한 라마탑형 사리함에 담긴 지공 · 나옹선사의 사리는 그동안 보스턴미술관에 소장돼 있었단다. 1939년 야마나카라는 일본계 미술상인으로부터 구입했다고 하며, 일제시대 도굴된 것을 밀반출해 갔던 것으로 보고 있다. 사리가 귀향하면 무엇보다 시를 잘 썼던 나옹 선사를 생각하며 손 모아 친견하고 싶다. 한마디 말이 천년 세월을 넘나들었으니.

깊은 바위에 정좌해 허명을 끊었고
돌병풍을 기대어 세상 인정 버렸네
꽃과 잎은 뜰에 가득하나 인기척 없고
가끔씩 온갖 새들 지저귐 소리 듣네
幽岩靜坐絕虛名 倚石屏風沒世精(산유정좌절허명 기석병풍몰세정)
花葉滿庭人不到 時聞衆鳥指南聲(화엽만정인부도 시이중조지남성)

— 나옹 혜근, 「산거」 중

「사는 이야기」, 『설악신문』, 2011년 4월.

손에 대한 낭만적 사유

아기 손을 보면 귀엽다. 돋아나는 햇고사리처럼 감아쥔 손은 강한 생명력을 불러일으킨다. 엄마 젖을 만져 젖내 나는 아기 손은 샘 같다. 창조의 첫걸음은 손에서 시작한다.

인간은 운명을 타고난다. 시대와 국가와 가계는 운명을 결정짓는 중요한 요인이다. 이런 외부적인 요인은 개체의 선택 밖에 있다. 우주적이라 어쩔 수 없는 권역이다. 하지만 몸의 일부인 손은 그렇지 않다. 단련 여하에 따라 천차만별로 달라진다.

검객은 손으로 검을 잡는다. 손을 올곧게 쓰면 검은 올곧게 나간다. 악당의 그릇 단련된 손에 검이 들리면 풍파를 몰고 온다. 택견 고수가 놀리는 손은 너울거리는 학 같다. 그러나 상대가 흑심을 품고 달려들면 손에 가공할 무력이 실린다. 새벽 산사 범종 소리를 듣다 보면 동자스님의 앳된 손이 떠오른다. 그 앳된 손은 종루의 진동 소리를 알아차릴 만큼 예민하다. 활을 긋는 바이올리니스트의 손은 음감을 보는 초월의 눈이 붙어있을 법하다. 니콜로 파가니니의 손이 그와 같으리라.

반가사유상의 오른손에서는 수행자의 극점을 느낄 수 있다. 볼에 살짝 갖다 붙인 듯한 그 손가락은 고행을 꿰뚫는 송곳과 같다. 금동합금을 주물대에 올려 '삼산반가사유상'을 만든 그 무명 조각가의 손에는 신기가 요동쳤을 것이다.

문필가의 손에서는 문자가 뛰논다. 명작은 영감을 받아 적는 손에 달려있다. 화가는 손끝으로 색감을 휘몰아 들인다. 손으로 구도를 잡고 세계를 창출한다. 서예가는 손에서 붓이 자유롭게 놀게 하는 순간 서도에 통한다. 추사 김정희의 손이 그런 손이다. 교사는 손으로 푸석거리는 백묵을 잡는다. 손을 잘 쓰면 백묵은 지혜를 밝히는 영롱한 촛불이 된다.

노숙자의 손은 너무 한가하다. 무얼 하든 손을 바쁘게 움직였을 때 그 자리를 박차고 일어날 수 있을 것이다. 수영을 하자면 손에서 물이 놀게 해야 한다. 무아지경에서 그게 이루어지면 폭풍을 일으키며 내닫는다. 가인 안숙선의 손은 평생 부채를 잡았다. 수궁가를 부를 때 그의 부채는 부채가 아니라 금시조의 날갯짓처럼 파닥거린다.

연인들의 잡은 손은 무형의 사랑을 움켜쥐었다고 착각한다. 그 착각에서 벗어났을 때 진정한 사랑이 깃든다. 거문고를 뜯는 명인은 손으로 술대를 쥔다. 명인다운 명인은 그 술대로 몰현금을 탈 수 있다. 그린 칼라는 손으로 태양을 붙들어 에너지를 만들어낸다. 21세기는 녹색 생명의 시대다. 그 중심축이 한반도이다.

도공은 손으로 명품을 빚는다. 도자 명품을 더욱 고귀하게 다듬어내는 건 세월의 손길이다. 오케스트라 지휘자의 손은 불협화음을 협화음으로 조율한다. 그럴 때 손은 정신의 화려한 춤이다. 그물을 깁는 어부의 손은 물너울 잎사귀 같다. 손뼉을 치면 고래의 울음소리가 난다. 은행원은 손에 펼쳐 든 수만금을 종잇장 보듯 한다. 종잇장에는 개공(皆空)이라 적혀있다. 병사는 손으로 방아쇠를 당긴다. 방아쇠를 당길 때마다 평화의 꽃망울이 광밥처럼 튀어나오기를! 농부의 손은 반이 흙이다. 그런 손이라야 싹을 틔울 수 있다.

시인은 손끝으로 언어를 조탁한다. 시인은 영혼을 우려낸 언어로 대지에 탑을 짓는 자이다. 생명을 잃은 고어도 시인의 손끝에서 다시 부활한다. 시인은 그런 언어를 모아 오묘한 한 채의 시의 집을 짓는다.

석가는 손을 들었고 손에는 꽃가지 하나가 나부끼고 있었다. 석가는 손에게 말을 시켰다. 그 손의 말을 가섭이 알아들었다. 석가는 깨달음을 얻고 난 직후 왼손은 천상을 향해, 오른손은 땅을 짚었다.

땅을 짚은 오른 손아귀에서는 백천만의 아비가 규환했다.

할머니는 코 흘리던 나를 등에 업었다. 유달리 눈물이 많았고 울보였지만 할머니 등에 업히면 금세 고요해졌다. 등에 업힌 내 궁둥이는 띠가 받쳤고 띠는 할머니의 깍지 낀 두 손이 받쳐 올렸다. 세상의 어머니는 자식을 낳아 손끝으로 기른다. 어머니 손이 하는 일은 다만 하늘이 알뿐이다.

웅변가의 손은 호소력을 극대화하고 권력을 거머쥔 정치가의 손은 헛손질이 많다. 그 달콤한 헛손질에 속아서는 안 된다. 나는 지난 연말 바깥 수도관에 보온재를 대고 테이프를 감았다. 옆에서 지켜보던 도반 최용석이 솜씨가 괜찮네요 라고 했다. 내 손은 낡았다. 손바닥은 주름으로 가득하고 손마디는 울퉁불퉁하다. 손등은 칡껍질이 돼있다. 이 손에서도 그윽한 단 한 편의 깨달음의 시가 탄생할는지.

1995년 2월 17일 인도 캘커타(Kolkata)에서 마더 테레사의 손을 잡았던 순간 핑 눈물이 돌았었다. 너무 작고 가냘픈 손이었기 때문이었다. 그 가냘픈 손으로 평생 죽어가는 이의 마지막 손을 잡아주었다. 의사는 손으로 청진기를 들고 맥박을 짚는다. 명의는 천기누설을 감지한다. 약사는 명약일수록 소중히 다룬다. 그 손길은 금싸라기보다 밝게 빛난다.

손은 한 생의 처음을 알리고 마지막을 일러준다. 손을 보면 그 사람의 인생역정을 알 수 있다. 손에는 시간과 공간의 발자국이 서려 있다. 손은 그 사람을 보는 거울이다. 우주 초월자의 손은 씨앗의 눈을 틔우고 새싹을 돋게 하고 해와 달이 운행할 길을 터준다. 가끔 그 손이 내 이마를 짚어줄 때가 있다. 그런 날은 배가 빨리 고프다.

처음 절하는 아기 모습은 별 하나가 내려앉는 것 같다. 나란히 펼친 두 손이 방바닥에 닿는 순간 천지의 진동 소리가 들린다.

아기 손은 아기가 행보할 우주다.

「사는 이야기」, 『설악신문』, 2011년 5월.

사랑방 토치카

지난 정초 일곱 살배기 손녀가 뜨개를 배워 뜨기에 달래 뜨개코를 대바늘에 만들어 몇 코 떠보았다. 강산이 몇 번이나 뒤틀리며 바뀌었지만 그 뜨개 방법은 내 손끝에 그대로 남아 있었다. 참으로 신기한 일이었다.

전쟁 발발 이듬해 우리들은 포연 속에서 살았다. 국군과 유엔군은 주로 함포사격과 비행기로 폭격을 가했다. 적군은 은폐물 뒤로 스며들었다가 밤이 되면 따발총을 쏘아댔다. 철없는 나는 사철나무와 쪽동박나무 생울타리에 매미처럼 달라붙어 전투 장면을 구경했었다. 참혹하다는 느낌보다는 재미있다는 묘한 생각이 들기도 했다. 미그기와 이상한 비행물체인 헬리콥터를 그때 처음 보았다. 군함에서 쏘아대는 포탄이 텃밭에 떨어져 파편 불덩이가 날아가는 소리를 듣고서야 저걸 맞으면 죽겠구나 하는 생각을 했었다.

하루도 조용한 날이 없었다. 심한 폭격은 가까운 어디선가에서 큰 접전이 일어날 징조라는 것도 그때 알았다.

전쟁이 쉽게 끝나질 않자 조부는 뒷사랑을 은신처로 만들었다. 꾀를 내신 것이었다. 파 놓은 굴이 있었지만 굴속은 칙칙하고 어두웠다. 전쟁이 끝난 다음 내 공부방으로 꾸며지기도 했던 뒷사랑은 곡식을 간직해 두는 곳이었다. 열 넘는 식구의 일 년 양식 곳간이 뒷사랑이었던 것이다. 아버지는 가을걷이를 끝내면 벼의 반은 독에 넣어 땅에 묻었고 반은 이동식 통통 방아에 찧어 이 뒷사랑에 쌓아 놓곤 하였다.

그리 많지는 않았지만 조부는 이 쌀섬을 벽에 붙여 두 겹으로 쌓아 올렸다. 곡식 가마니는 천정을 제외하고 사방으로 괴어 올려졌다. 입구는 조금 낮게 했다. 타고 넘어가기 위해서였다. 가운데는 자리 한 닢 반 정도의 공간이 생겼다. 조부는 우리 형제들을 덜렁 들어 올려 그리로 들여보냈다. 말하자면 그곳은 토치카인 셈이었다.

소문으로는 총알이 곡식 가마니를 뚫어낼 정도는 아니라고 했다. 나는 이 말을 듣고 총알과 곡식 가마니의 관계를 곰곰이 생각해 보았었다. '총알이 곡식벽을 뚫을까? 아니면 못 뚫을까?' 어쩌면 뚫지 못할 것도 같다는 생각이 들었다. 까닭은 곡식 가마니는 모래처럼 유동적이다. 군인들은 모래 포대를 놓아 토치카를 만든다. 모래가 흙보다 유동적이기 때문에 빠른 총알에 마찰력을 부가해 총알 속도를 줄일 수 있다고 보는 것이었다. 더욱이 곡식 가마니를 두 겹으로 에워 쌓았기에 안정성은 보강된 게 아니었겠는가.

어쨌거나 우리들은 조부가 마련해준 이 은신처엘 자주 들락거렸다.

바람을 자르는 듯한 날카로운 세버 전투기 소리가 갑자기 울릴라치면 눈 깜짝할 사이에 뒷사랑 토치카 속으로 들어가 솜이불을 겹겹이 덮고 숨도 크게 쉬지 않았다. 숨소리가 비행기에까지 들릴지도 모른다는 생각이 들어서였다.

사랑에서 뒷사랑으로 넘어가는 문은 투박한 띠살문이라 문고리를 걸어 놓으면 사랑과는 서로 별실이었다. 숨죽이고 있으면 문을 열어보았더라도 곡식 가마니 창고일 뿐인 것이었다. 우리는 그곳에서 장난치고 놀다 지치면 깊은 잠에 빠져들었다. 재미난 일은 나는 그곳에서 뜨개를 떠보았다는 사실이다. 이웃 누나가 가르쳐 준 뜨개질이었다. 나는 뜨개질로 양말을 떠 신기도 했고 장갑을 떠 끼기도 했었다. 목화를 가꾸던 시절이었으므로 목화실로 손뜨개를 떴던 것이다. 신발은 짚신이었으나 목화실로 뜬 양말을 신으면 눈 속이어도 따스했었다. 실이 한정돼 있으므로 떴다 풀었다를 되풀이하기도 했었다.

어느 날엔가는 우리 집을 사이에 두고 전투가 벌어졌었다. 소총소리와 기관총 소리가 머리맡에서 작렬했다. 젊은 병사들의 악쓰는 소리가 들렸다. 따발총 소리는 뒷 산등성이를 기관포 소리는 앞 산등성이를 때리고 지나갔다. 우리 집은 바로 그 한가운데 자리 잡고 있었던 것이다. 우리는 그때 그 뒷사랑 토치카의 혜택을 톡톡히 보았다. 이튿날 저녁 무렵 갑자기 세상이 고요해 문을 열고 뜨락에 나가 보았다. 흙벽 여기저기가 뚫렸다. 흙벽 속에는 에가 있었는데, 이 에를 총알이 치고 나가 하얀 배를 드러냈다.

하지만 우리들은 모두 성했다. 그날은 조부모와 어머니도 우리들 다섯 형제들과 함께 오골거리며 뒷사랑 곡식 토치카에 들어가 숨어 있었던 것이었다. 와중에도 다섯째는 갓난아기라 엄마 품에 안겨 쌔근쌔근 잘도 잤었다.

걸음을 논다랑이로 옮겨보았다. M1 소총이 여기저기 뒹굴었다. 죽은 병사들은 없었다. 용케 살아 피해 간 모양이었다. 국군들은 안 보였다. 국군 선발대와 적군은 일진일퇴를 거듭하다가 3월을 넘어서서야 국군의 재탈환(1951년 3월 24일 국군 정찰대 동해안 38선 돌파했다가 귀환: 한국전쟁 일지)으로 강릉이 조금 안정되었다. 그렇지만 산발적인 전투가 계속되는지 총성은 그치질 않았다. 두 귀는 항상 총소리에 모아졌다. 총성이 울리면 평소 대피 훈련을 받아 본 적이 없었지만, 곧장 몸을 숨길 곳을 찾아냈다.

평온은 전쟁의 또 다른 징조다. 동족 간의 이념투쟁이 종식되지 않는 한 언제 어디서 대형무기를 동원한 전쟁이 또 벌어질지 모를 일이다.

조부가 세상을 떠난 지도 마흔 해가 훨씬 넘어섰다. 유달리 손자들을 귀여워하셨던 조부를 생각하면 그때 그 전쟁 중의 사랑방 토치카가 떠오르고 할머니가 일구어준 까뭇까뭇한 딱지 목화실이 아른거린다.

「사는 이야기」, 『설악신문』, 2011년 6월.

산양

산에 사는 동식물은 신비롭다. 천지자연이 내린 보물이기 때문이다. 하지만 살기 위해 몸부림친다. 산양(천연기념물제217호 · 멸종위기1급)도 그중의 한 종이다.

내설악에는 길골이라는 곳이 있다. 설악산 중에서도 아주 은밀한 안쪽이라 인적이라고는 없다. 마등봉과 황철봉 중간 잘록한 노루목 능선인 저항령 북녘에 있다. 황철봉을 맥뿌리로 한 능선 하나와 저항령 능선 하나가 어우러져 빚어놓은 계곡으로 양쪽 벼랑은 바위 뼝대다. 사이에는 깊은 골짜기가 누워있다. 그리로는 쉴 새 없이 맑은 물이 흐른다. 물줄기는 백담의 지류다.

산양은 이런 곳에 산다. 말하자면 바위 억서리에서 산다. 바위 뾰족한 돌출부에 뿔을 걸어놓고 잠을 자기도 한다 하나 확실치는 않다. 어쨌든 산양이 의지하는 곳은 바위벽이다. 그런 옹벽한 천연 요새에서 사랑을 나누고 새끼를 낳아 기르며 일가를 이룬다. 그렇게 태고부터 살아왔다, 산양을 흔히 화석동물이라 일컫는 까닭이 여기에 있다.

산양을 보면 날카로우나 귀여운 두 뿔과 안나푸르나 당나귀나 제임스 카메론 감독의 〈아바타〉에 나오는 나비족의 귀같이 파뜩 선, 두 귀와 덥수룩한 꼬리, 앙증맞은 두 개의 발굽이 원시 풍모를 그대로 드러낸다. 그리고 두 눈은 한량없이 천진해 고혹스럽기까지 하다. 귀가 얼굴 길이보다 더 길다. 유달리 큰 귀가 산양의 무기라면 무기다.

우리나라에는 약 800마리의 산양이 살고 있다고 추정한다. 오대산과 삼척의 산속, 월악산, 울진 왕피천, 설악산 등이 그 서식처다. 국립공원관리공단 멸종위기종복원센터가 무인카메라를 설치해 확인한 바로는 설악산에만 53~63마리가 서식하는 것으로 관찰됐다고 한다.

길골에 간 적이 있다. 꽤 오래전 해동 무렵이었다. 백두대간보전회 생태 조사 일원으로 간 것이었다. 험준한 계곡을 타고 오르면서 나는 설악의 전혀 다른 면모를 보았다. 밖에서는 알 수 없는 은밀한 부분을 만났던 것이었다. 작은 폭포가 연이어 걸렸고 뒹구는 낙엽 밑에서는 아직 결빙 상태인 빙괴가 마치 누운 백호처럼 등줄기를 드러냈었다.

계곡 중간쯤에 이르렀을까 한데, 짐승 하나와 마주쳤다. 짐승은 차가운 바위 바닥에 누워있었다. 죽은 것이었다. 생명을 잃은 산양이었다. 나는 그때까지 산양을 대면한 적이 없었다. 다만 사진을 통해서 보았을 뿐이었다. 원체 은밀한 생활을 하고 또 재빨라 최근에야 TV 화면에 가끔 등장하지만, 그당시만 해도 산양을 정면으로 대한다는 것은 산사람에게도 드문 일이었다.

산양은 앞다리가 꺾인 채 죽어 있었다. 안타까운 일은 뱃가죽이 찢겼고 옆에는 잘게 쏠린 낙엽이 수북했었다. 생각건대 산양은 먹을거리가 없어 낙엽을 주워 쏠아 먹다, 혹독한 추위를 이겨내지 못하고 벼랑에서 떨어져 죽은 것 같았다. 그걸 보는 순간 나는 충격에 빠졌다. 그 충격은 소문으로만 듣던 산양이 우리 영북지역 생활권 안에 들어와 우리와 호흡을 주고받고 있었다는 사실 때문이었다. 이렇듯 희귀한 동물이 다른 곳 아닌 우리 곁에서 살고 있다는 사실은, 산업화로 발버둥 치고 있는 이 현재의, 시공간을 뛰어넘어 한순간에 아득한 태고의 한 시점으로 돌려놓는 것이었다.

사실 우리 조상들은 산양을 매우 귀하게 여겼었다. 소중하게 쓰여서였다. 쓰임이 소중했으므로 남획을 했다. 멸종위기로 몰린 것은 이 때문이기도 하다.

『조선실록』 정조(정조10년, 1786년 5월 19일)조에 '산양피방석(山羊皮方席)이 3닢이고'라는 대목이 나온다. 왕세자가 강론하는 서연(書筵)이 있는 날에는 신분에 따라 방석을 따로 놓았다. 그런데 그 방석으로 산양의 가죽을 썼던 것이다. 방석 자리에는 호랑이피방석, 연꽃무늬방석, 흑주욕(黑紬褥: 검정색 명주로 만든 요), 그리고 이 산양피방석을 놓았던 것이다.

이보다 조금 앞선 『국조보감』 제34권 인조(인조1년, 1623년 윤10월) 조에는 이런 글귀도 보인다. '시백에게는 산양피(山羊皮)로 만든 이불을 하사하면서 이르기를, "먼 국경지대를 가게 되었으니 이것으로 추위를 막으라." 하였다.'라는 기록이다. 인조 당시 병조 판서 김류가 의주별장 이숙명이 보낸 청탁서한을 받고 왕에게 고하자, 왕이 이숙명 등을 서쪽 변방으로 보내면서 이 산양모피 이불을 하사한 것이었다.

태고의 어느 시공간에는 산양들이 이 산하에 진을 쳤을 것이었다. 얼마나 많았으면 가죽으로 방석과 이불을 만들 수 있었겠는가. 인총들에게 가죽과 살코기를 대어주면서도 백두대간을 무대 삼아 삶에 거리낌 없었을 것이다. 태고까지가 아니더라도 60년대에는 산양과 수시로 마주쳤다는 목격담을, 그때 설악산에 드나들었던 사람들에게서 심심치 않게 들을 수 있다.

그렇지만 산양은 이제 옹벽한 바위벽을 끼고 옹색하게 산다. 곳곳 백두대간 준령들이 잘려나가 오도 가도 못한다. 이로 인해 근친퇴화현상이 일어나 언제 멸종할지 알 수 없다. 더욱 암담한 일은 밀렵꾼이 몰래 쳐놓은 올무에 걸려 목숨을 잃기도 한다는 사실이다.

설악산에는 인공구조물 천지다. 인공구조물이 하나씩 덧붙여질 때마다 산양과 같은 진귀한 동물이 살 터전은 그만큼씩 줄어든다. 이 땅은 인간만이 전유물이 아니다. 동식물도 살 권리가 있다. 그 어떤 것도 천지산하대지를 넘어설 수 없고 그 어떤 것도 영원할 수 없다. 야생동식물과도 아름다운 이 국토를 나누어 써야 한다. 지금이 바로 그때다.

설악산을 산양 동산으로 꾸밀 묘책은 없을까?

산양으로 인해 명산 설악산이 원초적인 생동감으로 넘친다면 이 또한 살맛 나는 삶 아니겠는가.

『설악신문』, 2011년 7월 11일

늦은 도시락과 나뭇잎 하나

그의 몸에 손을 얹었다.

미묘한 파동이

내 전신을 휘몰아치며 지나갔다.

화염불길이 그를 끌어댕겼다.

갔다, 잠깐 사이 그는

1.

이 글은 '이성선 전집 발간 및 10주기 기념 세미나'를 마치고 난 다음 '풀밭' 동인들과 '한비'와 '물소리시낭송' 동인들과의 별도의 자리에서 『우리시』의 이대의 주간의 청탁을 받아들여 썼다. 나는 시인 이성선의 타계 후 여기저기 이성선에 대한 추모의 글을 써왔으므로, 다시 이런 글을 되짚어 쓴다는 것은 선뜻 내키지 않는 일이라 내심 사양하려 했으나, 이 주간의 청이 워낙 완강해 이렇게 무삽한 몇 마디를 꺼내어 본다.

시인 이성선을 만난 것은 내 나이 만 스물아홉 때였다. 1969년 10월 3일 속초교육청 소회의실에서의 '설악문우회' 발기인 모임에서였다. 당시 영동지역에는 이렇다 할 문학단체나 문학 활동무대가 없었다. 영동지역뿐 아니라 강원도 전체를 보아도 문단활동은 극히 미미했다.

다만 강릉에서 1952년 『청포도』 동인(황금찬 최인희 이인수 김유진 함혜련)을 결성해 동인지 『청포도』를 두 차례(52년과 53년) 낸 적 있었고, 50년대 말과 60년대에 들어 윤명 서근배 원영동 신봉승 전세준 등 몇 분이 각각 시와 소설을 지향하며 좋은 문학을 꿈꾸기는 했었다.

강원도는 본래 김종길 선생이 가끔씩 들려주는 것과 같이 신사임당 이율곡 허난설헌 매창 허균 김시습 같은 걸출한 문사들이 일찍부터 문명을 드날려 왔고, 「봄봄」의 김유정과 「메밀꽃 필 무렵」의 가산 이효석은 우리 현대문학을 꽃피운 탁월한 소설가였음은 모두가 아는 사실이다.

그러나 한차례 전란이 휩쓸고 지나간 후, 강원도는 실로 만신창이가 돼 버린 백두대간 준령만 덩그렇게 허공에 솟구쳐 있을 뿐, 중앙문단과는 사뭇 동떨어진 채 외따로 팽개쳐져 있었다. 더구나 영북지역은 수복지구라 군용트럭과 탱크의 캐터필러 소리로 다소 으스스한 분위기마저 감돌았을 뿐, 문학은 불모지나 다름없었다. 조그만 포구였던 속초는 그저 입에 풀칠하느라 발버둥 쳤다.

그런데 문학 활동무대가 생겨난 것이었다. '설악문우회'에서 나온 『갈뫼』를 통해서였다. 일 년에 한 번씩(첫해는 2회) 발간한 『갈뫼』는 영북지역 문청들의 얼굴이었고, 횟수를 거듭하면서 강원도 타 지역 문학 지망생들의 비상한 관심의 대상이 되기도 했다. 여북하면 당시 『현대문학』 주간이었던 비평가 조연현 선생은 제비집같이 생긴 조그만 포구인 줄 알았는데, 『갈뫼』란 큰 세계가 펼쳐져 있어 깜짝 놀랐다고까지 했었겠는가.

영북지역 문학의 출발지인 '설악문우회'의 핵심 인물들이 이성선을 비롯한 강호삼 박명자 김종영 그리고 나였다. 다섯 사람들은 이성선의 스승이기도 한 윤홍렬(소설가) 선생을 모시고 정기적으로 한 달에 한두 번 만나거나, 틈만 나면 나서서 문학에 대한 열기를 불태우고는 했다. 후에 이상국 고형렬 김춘만 등이 문기를 뿜어 올리며 합세하여 '설악문우회'는 20대와 30대의 문학적 각축장이나 된 듯 팽팽한 긴장감이 감돌기도 했다. 이는 문단 진출의 면면을 보아도 알 수 있다.

이성선(시 『시문학 〈『현대문학』 자매지〉』 1호 추천 1972년), 김종영(동시 『조선일보』 신춘문예 1973년), 박명자(시 『현대문학』 1973년), 최명길(시 『현대문학』 1975년), 이상국(시 『심상』 1976년), 강호삼(소설 『현대문학』 1977년), 고형렬(시 『현대문학』 1982년) 김춘만(시 『월간문학』 1988년), 이충희(시 『현대문학』 1989년) 등.

10여 년 남짓한 햇수 동안 실로 엄청난 문학에의 힘이 결집돼 분출됐다고 할 수 있다. 문단 진출의 결과만을 가지고 보았을 때, 이는 어느 일급 대학 문예창작학과와 비교해도 조금도 뒤지지 않을 쾌거가 아닐 수 없다. 그런데 이런 문학적 쾌거는 어디서 왔을까? 물론 등단한 각 개인은 각자 스스로의 재능과 특질과 문학을 향한 끝없는 열정이 바탕이 되었을 것이다. 그렇지만 그 바탕의 한 자락에는 같은 길을 앞서가는 자의 뒷모습 또한 어른거렸음을 부인할 수 없다.

그 앞서간 자가 시인 이성선이었다. 이성선은 문학을 위해 낙향했다. 농촌진흥청 작물시험장 연구사라는 보장된 직업을 팽개치고 3일을 꼬박 날밤을 새워 결정한 것이 '고향에 돌아가 시를 쓰자'였다. 1967년의 일이었다. 이런 결정은 남들이 보기에는 딱하고 엉뚱한 행로요 결심일 것이었다. 스승이 수제자로 마음에 두고 속초까지 내려와 재고를 요청할 정도였으니 스승의 입장에서 보면, 얼마나 황당하고 무례한 일이었겠는가.

시에서 밥이 나오는가. 황금이 나오는가. 권력을 거머쥐기라도 하는가. 이성선 말마따나 학자의 길은 차곡차곡 쌓아 가면 눈에 금방 드러나 보이는 길이지만, 시의 길은 가도 가도 끝이 안 보이는 모호한 수렁의 길이지 않았던가. 이성선은 가끔 저간의 심정을 말하면서 돌아가는 스승이 정말 안 돼 보였다고 털어놓곤 하였다. 하지만 그의 길은 남이 안 가는 엉뚱한 길 황당한 길을 이미 가슴 깊이 아로새기고 있었던 것이다.

2.

내가 처음 대면했던 이성선은 좀 색다른 데가 있었다. 외양부터가 그랬다. 눈동자가 노리끼리했으나 도무지 잡기 하나 없이 맑았다. 머릿결은 연한 갈색인데 뻗쳤다. 매우 예민한 듯했고 말이 야무지고 정확했다. 단호하고 직선적이면서도 거짓이 없는 것 같았다. 얼굴은 둥글고 피부가 맑아 가끔씩 소년같이 웃었다.

그와 첫 대면을 하기 전에도 천진 거리에서 몇 차례 마주쳤었으나, 어딘지 모르게 조금 독특하게 보여 저런 사람도 있구나 하고 지나쳤다. 나는 그때 그의 모교이기도 한 천진초등학교에서 아이들을 가르치고 있었던 것이다.

후에 안 일이지만 이성선은 시를 위해 낙향은 했으나, 1968년 고성군 토성면의 농촌지도소 지도사로 취직해 있었으므로, 같은 면내라 가끔 마주치기도 했고 지나치기도 한 것이었다. 이성선은 면 소재지에서도 근 5km나 떨어진 산골 마을에서 홀어머니를 모시고 직장에 다녔던 것이다. 그의 집은 금강산 신선봉이 우측으로 쳐다보이고 설악산 대청봉이 정남향으로 빤히 건너다보이는 깊디깊은 산골 마을이었다.

내가 천진초등학교에 근무한 60년대 중 말기 때만 해도, 그의 생가이자 자라난 마을이기도 한 성대리에서 학교로 등교하는 아이들이 몇 있었다. 아이들은 비 오는 날이나 눈보라가 치면 곧잘 결석을 했었다. 개울물이 넘쳐 길이 자주 끊긴다고 했다. 그 마을로 가정 방문을 나가보아 알았지만, 어른이 빠른 걸음을 걸어도 두어 시간은 족히 되는 돌각길이었다. 그런 길에 소들이 여기저기 천하태평으로 어기적거렸다.

소년 이성선은 그런 데서 자랐고 그 거리를 통학했고 또 결석 하나 하지 않고 초등학교를 마쳤다(이 부분은 내가 이성선을 알고 난 어느 날 그가 그의 모교이기도 한 내 근무처로 나를 찾아온 길에 초등학교학적부 열람을 부탁해 함께 보면서 알게 됐다. 초등학교학적부에 기록된 그의 성적은 최상이었다.). 이런 성장 과정에서 보고 느꼈던 시골 풍정은 후일 그의 시를 이루는 중요한 골격이 돼 드러나기도 한다. 그의 초기시 중 대표작이기도 하고, 또 이성선 자신이 곧잘 암송하기도 했던「고향의 천정」이 바로 그 한 본보기다.

3.

1970년은 그가 평생 몸담았던 직장을 얻은 해다. 고성군 동광중고등학교가 그의 교사로서의 첫 부임지였다. 중등학교 교사로의 부임은 그에게 안정된 생활을 갖게 했다. 그가 아이들을 가르치는 교사로의 길보다 시에 더 모질게 매어 달렸다고 고백했지만, 그가 학생들 앞에서는 남다른 성실성을 보였다. 가끔 교과서에서 시를 발견하면 그는 학생들과 춤을 추듯 했다는 일화에서도 잘 드러난다.

이성선은 안정된 생활 속에서 시를 향해 마치, 선 수행자처럼 가멸차게 밀고 나갔다. 그의 동료 교사이기도 하고 속초지역에서 연극 붐을 일으켰던 신원하 선생에 의하면 두 눈이 붉어 출근하는 경우가 많았는데, 그때는 어김없이 밤새워 시를 끄들어 붙들고 있었다는 짐작이 갔다는 것이었다. 얼마나 시에 매달렸으면 안구가 붉어질 수 있겠는가. 그는 밤새 시가 튕겨 나오는 그의 몸, 혹은 우주 악기를 끊임없이 주시하고 연주하며 못살게 굴었을 것이다.

그를 첫 대면하고 난 후 그와 나는 급격하게 가까워졌다. 공교롭게도 근무지가 같은 지역인 것도 또한 연유이었겠지만, 우리는 서로 문학에 굶주려 있는 상태였다. 가끔씩 숙직을 같은 날 서게 됐을 때는 교환양에게 공 전화를 부탁해 두고 날밤을 새워가며 전화기에 매달리기도 했다. 신작을 서로 읽어주고 평을 하고 좋아하고 울적해 있기도 했었다. 가을이었을 것이다.

일요일 학교 일직을 서야 한다는 전갈을 받았다. 내가 점심을 싸서 갈 테니 기다리라 했다. 때마침 나에게는 사귀는 아가씨가 있었던 것이다. 아가씨에게 도시락을 부탁하면 될성싶었다. 아직 어린 스물한 살 앳된 아가씨라 잘 될는지는 모르겠으나 어쨌든 그렇게 하겠노라고 했다. 나는 망설이다 아가씨에게 조금 늦게 부탁했다. 12시가 가까워지자 조바심이 나고 안달이 났다. 이성선은 내 말만 믿고 먼 시골 성대리에서 모처럼 도시락 없이 홀가분하게 근무지로 들어가 일직을 설 것이었다. 시간은 가고 또 흘렀다. 아가씨는 오후 두 시가 넘어 알록달록한 보자기에 도시락을 싸 받쳐 들고 왔다. 우리는 속초에서 출발하는 간성 시내버스를 천진 간이주차장에서 기다렸다. 속초와 간성 중간쯤에 이성선이 근무하는 학교가 있었던 것이다. 털털대는 자갈돌 국도 위를 달리는 버스는 느려터졌다. 지금은 속초 간성 간이 30분 길이지만, 한 시간 넘게 달려도 이성선이 근무하는 학교가 보이지 않았다. 도착하니 오후 3시 반, 그러나 그때까지 이성선은 아무것도 먹지 않고 나만 기다리고 있었다. 앞에 국밥집이 하나 있었지만 오직 친구의 약속만 믿고 기다렸던 것이다. 나는 미안하다는 말도 못 하고 김밥 도시락을 내밀었고, 그는 어린애처럼 좋아하며 보자기를 풀었다.

우리는 그날 이성선이 직접 가꾼다는 온실의 다양한 화훼를 구경했다. '월하의 미인'이라는 선인장 앞에서는 고 1학년 2학기 휴학 때인가 마을 사람들을 모아놓고 신파극을 연출한 극본 제목이 바로 이 이름과 같다는 말도 해주어 그가 고1에 벌써 각본을 쓰고 연출도 했구나 하고 속으로 감탄했다. '월하의 미인'은 초저녁에 꽃이 폈다가 아침에 더 신비롭고, 향기가 진동한다.

그때 그 아가씨는 지금 나와 함께 노경에 접어든 내 아내다. 그는 내가 약혼할 때 수업을 댕겨서 하고는 사회를 맡아 주었다. 그때의 사진을 꺼내보면 웬 낯선 청년이 서 있는 듯하다. 나는 그의 함 아비였고 그가 양양 규수 최영숙과 결혼할 때 사회를 맡았었다.

4.

시인 이성선을 싣고 백담사로 가다가 되돌아섰다. 별안간 설악산이 무너진 것이었다. 미시령이 막혔다. 행렬은 진부령으로 향했다.

성대리에 들어섰다. 그의 몸이 생가 앞에서 딱 붙어 섰다. 송수권 시인과 문인수 시인이 어쩔 줄 몰라했다. 성찬경 선생의 조곡 소리가 들리는 듯했다. 고교 동기 서연호 교수 이반 교수가 절하고, 공주에서 달려왔다 간 나태주 시인 부부가 떠올랐다. 최동호 · 김선학 교수는 상막에서 새처럼 옷깃을 여몄었다. 그를 유달리 좋아했던 정진규 시인은 유고시와 조시를 보내라고 서둘렀다. 평소 이성선을 끔찍이도 아꼈던 무산 오현스님은 독경 스님을 보내 주었다.

제주도 유랑 중이었던 내가 부인께 전화를 넣었다. 왜 혼자 제주도에까지 갔느냐고 야단치며 울먹였다. 일정을 취소하고 아시아나 항공을 탔으나 천공을 나는 비행기가 도무지 가도 가도 제자리걸음만 쳤다.

시인 이성선과는 '물소리시낭송'을 150회나 열었다. 시낭송이 끝나고 나면 뒤풀이가 이어졌고, 이 자리에선 곧잘 살바토레 카르딜로가 작곡한 극적인 명곡 '카타리(무정한 마음)'를 흐느끼며 불렀다. '순애'에 얽힌 무슨 사연이라도 되살아난 듯했다. 30대 초 갯배 포구에서 통음을 하며 『까라마조프 가의 형제들』을 두고 그와 강호삼과 나와 셋이 격렬한 논쟁을 벌인 일도 있다. 그는 표도르 파블로비치 카라마조프의 셋째 아들이자 천성이 신에 가까운 '알료사'의 대변자 같았다.

그가 첫 시집 『시인의 병풍』을 냈을 때 무얼 선물할까 하다가 사각도장 하나를 새겨주었다. 비뚤비뚤한 글씨로서였다. 그런데 후일 그가 중국 여행 중에 낙관도장을 하나 마련했다며 건넸다. 20여 년이 훨씬 지난 저쪽 시간이 갑자기 눈앞에서 요동쳤다. 이성선은 내 첫 시집『화접사』를 읽고 시평을 쓰기도 했었다. 계간『시와의식』의 요청을 받고서였다. 하지만 시평은 발표되지 않았고, 원고도 일실하고 말았다. 그 일은 두고두고 미안한 생각이 들었다.

시를 쓰며 산다는 것은 무엇인가. 시인 이성선은 1985년도에 나온 시집『나의 나무가 너의 나무에게』의 '나의 시세계'에서 '나의 시는 나에게로 가는 문이다. 나의 시는 내 안의 또 다른 나를 찾아가는 고행의 발걸음이며 하늘로 가는 문이고 지옥으로 향하는 몸짓이며 동시에 지옥과 천당을 한 몸에 지니고 가는 자의 노래다.'라고 자신의 시세계를 천명했다. 또 말하기를,

시는 내게 있어서 우주 그 원초적 생명에 다가가는 길, 그래서 하나가 되는 일, 즉 나와 우주의 합일을 꿈꾸는 삶 속에서 피어난 꽃이다.(이성선「시 · 우주 · 삶이 하나로 가는 길」,『시와 시학』1994년 가을호)

그렇다면 시인 이성선은 우주와 합일을 이룬 자신의 모습을 보았다는 말인가. 석가가 마지막으로 설한 법화경에는 숨 쉬고 생각하는 그 자체, 말하고 손짓하는 그 능력 자체가 이미 삼라만상 모든 존재의 본질에 닿아있고, 현재 그 모습 그 당체가 바로 깨달음을 이룬 완결체라고 하지 않았던가. 존재는 존재로 이미 모든 걸 다 끝냈다. 꿈꾸지 않아도 합일은 이미 모두 다 이루어졌다. 더 무엇을

바란단 말인가. 이걸 이성선이 모를 리 있었으리.

이 세상에 잠시 들러 하고 싶은 일을 실컷 하다가 간 시인 이성선. 나는 최동호 교수가 애정 어리게 기획하고 발간한 『이성선 전집1 · 서정시』와 『이성선 전집2 · 산문시 기타』(여태천 최동호 엮음, 서정시학 2011)을 눈여겨보고 난 다음 이성선이야말로, 이 땅에서 가장 행복한 시인이라는 사실을 새삼 알았다.

그의 몸은 지금 없다. 하지만 산천초목이 그의 몸이다. 시가 그의 몸이요, 시의 말씀은 그의 영혼이다.

시인 이성선은 저쪽에서도 시만 쓰며 살리라.

> 나뭇잎 하나가
> 아무 기척도 없이 어깨에
> 툭 내려앉는다
> 내 몸에 우주가 손을 얹었다
> 너무 가볍다
>
> – 이성선, 「미시령 노을」

'기획연재' 시 · 시인 그리고 사람①/ 이성선 시인편, 『우리詩』, 2011년 7월호.

축사(만해대상)

만해축전을 열어온 지 15회에 이르렀다니 기쁩니다. 축하드립니다. 한여름이 끝나지 않아 세상은 불볕열풍으로 후텁지근하지만, 만해의 발자국이 스민 백담 도량을 떠올리면 쇄락청풍을 내뿜는 듯합니다. 그 쇄락청풍은 불의에 절대 타협하지 않았던 만해 한용운 선사의 올곧은 정신 줄기에서 일어나는 소슬바람이 아닌가 합니다.

만해 한용운 선사는 깨침을 통한 자기 해방과 인류 평화 구현을 위한 광명의 등불을 내걸었던 선각자입니다. 생명 · 그리움 · 평화의 유장한 시학미가 극치인 이와 같은 사상은 만해의 유일한 시집 『님의 침묵』에 잘 드러나 있습니다. 깨침에 의한 삼라만상의 깊은 내면 통찰과 인류애의 정신은 그 앞서 뛰어난 선승 경허 선사의 오도송 '삼천대천이 내 집'에서나, 신라 대덕 원효의 『십문화쟁론』 '화쟁(和諍)'사상과도 상통하고 무엇보다도 석가가 설한 묘법연화경의 인불사상에 크게 뿌리를 박고 있음은 우리가 다 아는 사실입니다.

그런데 이 미묘법은 성철 대종사의 '백일법문'에 나타난 만상 중도본산에서 그 실천적 확신을 보였고, 이 땅의 청정지역 인제를 천하의 중심으로 삼고 국내는 물론 세계인과 손잡고 만해축전을 기획하고 집전해 오신, 설악 오현스님에게 와서 활짝 꽃피우고 있음은 참으로 기이한 일이라 아니할 수 없습니다.

세상 안팎은 늘 소란스럽습니다. 기아와 병마는 사라지지 않고, 포성과 핵은 대지를 놀라게 하고 있습니다. 좌냐 우냐로 편 가르기를 자행하는가 하면 강한 자가 약한 자를 잡아먹기 일쑤고 물질 지상주의가 무애한 인간본성을 갉아먹고 있습니다. 이러한 터에 궁극적으로 어떤 삶이 참다운 삶인가를 다시 한번 되짚어 생각하지 않을 수 없게 합니다.

덧나 찢어진 인간본성을 다시 꿰매어 새살이 돋게 하고 제자리를 찾게 하는 데는 삼라만상 하나하나의 존재 그 당체를 샛별 같은 빛으로 모시는 만해의 '님'인 님 정신의 길이야말로 그 좋은 대도라고 여겨집니다. 너도 '님', 나도 '님', 못난이도 꽃다운 '님'인 세계는 곧 우주 원융의 의젓한 주처이고, 대자유를 향유하는 세상일 것입니다. 만해 한용운 선사의 위대성은 바로 이 점에 있다고 봅니다.

이번에 만해대상을 수상하는 분들은 끊임없는 자기 혁신과 창조의 아름다운 삶을 살아온 분들이라 생각합니다. 화염 속에서 갈팡질팡하는 자식들을 건져내려는 부성의 마음이 저는 이분들에게 충일해 있다고 믿습니다. 그런 의미에서 그 영광의 명호를 한 분 한 분 들어 읊조려봅니다. 아누라다 코이랄라님, 시리세나 반다 헤티아랏치님, 묘언님, 시인이신 이근배님. 만해대상을 수상하시는 이네 분들께 거듭 축하의 말씀을 올리며 대방광불화엄경 세주묘엄품 일구를 들어 그 덕을 높이 찬탄합니다.

참는 힘을 성취하신 세간의 도사시여
중생을 위해서 한량없는 겁 동안 수행하사
세간의 교만과 미혹을 길이 떠나시니
그러므로 그 몸 가장 엄정하시네

'2011 만해축전 만해대상 축사', 『만해축전』 상권.

참외 생각

여름철 과일 중 제일은 참외였다. 하지만 이즈음 참외가 많이 달라졌다. 다양하지 않다. 오로지 노랑참외밖에 없는 듯하다. 저자에 나가 보면 노랑참외 이외는 눈에 띄지 않는다. 내 어린 시절은 그렇지 않았다. 노랑참외는 여러 다른 참외보다 그리 높게 치지 않았다. 노랑참외보다는 개구리참외나 감탕참외가 상수였다. 이 참외들은 살이 파삭거려 한 입 베어 물면 입안이 얼음을 문 듯 상쾌했었다.

옛 선비들도 참외를 귀히 여겼고 좋아했다. 특히 여름철 손님 접대나 선물용으로 이 참외를 많이 썼고, 술안주로도 참외가 등장했다. "요사이 술 생각이 간절하던 차에(邇來頗憶酒이래파억주)/ 이제사 참외 안주 맛을 보누나(此日始嘗瓜차일시상과)/ 귀한 분들 모임을 모른척해서야(不枉羣公會불왕군공회)/ 은하수 기울도록 술상 그대로(留連到漢斜류련도한사) (『농암집』 제1권)". 이제사 참외 안주 맛을 본다고 했으니, 참외 나기를 얼마나 고대했으면 이렇듯 영탄했겠는가.

그래서 때로는 벼슬을 놓고 전원으로 돌아가 참외를 심고 가꾸기를 갈망했다. 하지만 참외를 가꾸는 일은 그리 쉬운 일이 아니다. 나도 연전 조그만 뙈기밭에 참외 몇 포기를 길러본 적이 있다. 안 됐다. 노랑참외였는데, 종묘사에서 포기당 5백 원씩 주고 사다 심었지만, 비닐하우스에 익숙해져서인지 야지에서의 결실은 시원치 않았다. 당도가 거의 없었다.

서거정이 쓴 동문선 제20권에는 정탁(鄭倬)이 안동에서 진주로 이임하면서 쓴 시 한 편이 실려있다. 참외 가꾸기를 염원하는 선비의 마음이 드러난 시다. "5월에 행장을 재촉해 영가로 부임하고(五月催裝赴永嘉오월최장부영가)/ 진양으로 돌아오는 길에는 어느새 국화가 만발(晉陽歸路已黃花진양귀로이황화)/ 벼슬살이 남과 북에 무슨 일을 이루었던가(宦遊南北成何事환유남북성하사)/ 전원으로 돌아가 참외 심기나 배우리(從此歸田學種瓜종차귀전학종과)."

내 조부는 참외를 잘 가꾸었다. 밭뙈기 중 하나는 늘 참외밭이었다. 조부는 잘 익은 참외씨 종을 따로 점찍어 놓고는 했다. 그리고 특별히 보살폈다. 참외가 익어 맑은 빛을 낼 때쯤이면 따다 종류별로 씨앗을 발라 체에 밭쳐 씻은 다음 말려 봉투에 넣어 처마에 매달았다. 이듬해 북을 둥글게 만들고 참외씨를 넣었다. 직파를 하는 것이었다. 참외가 올라올 때쯤 해서는 눌린 흙을 털어주고 떡잎 사이에 새잎이 올라올 때까지, 새벽이슬 밭을 헤쳐 참외 대궁이가 탈

나지 않았는지 살폈다. 귀심이라는 벌레가 곧잘 대궁이를 잘라놓고는 하던 것이었다. 순을 따주면 참외는 가지를 친다. 여기저기 참외 꽃들이 피기 시작하면 벌나비들은 참외밭으로 찾아들어 아침 참외밭은 흡사 벌통 안 같이 윙윙거렸다.

납리(納履)의 혐의(嫌疑)라는 말은 참외에 얽힌 경고다. 참외밭을 지나다가 신 끈을 매면 참외를 따간다는 의심을 받게 된다는 말이다. 『신서(新書)』에는 이런 고사도 보인다. 양나라와 초나라는 서로 접경지다. 두 나라에서는 국경에 정(亭: 초소) 같은 것을 두고 밭에 참외를 심었다. 초정(楚亭)에서 밤마다 몰래 양정(梁亭)에 넘어와서 참외 뿌리를 찍어놓았다. 양정의 참외는 날이 지날수록 말라 죽어갔다. 양정에서 그걸 알고 정장(亭長) 송취(宋就)에게 말하기를, "우리도 밤에 초정의 참외를 찍어서 보복을 합시다." 했다. 송취는 듣지 않고 시키기를, "지금 날이 가물고 있다. 너희들은 밤에 몰래 초정의 참외밭에 물을 주어라." 하였다. 초정에서 알고 감복하여 두 나라가 화목하게 지냈다 하였다.

박지원의 『연암록 선집』에는 '곶감 240첩 매첩의 값은 6냥. 참외 179개 매개의 값은 6푼 6리(6푼6리를 원화로는 약2천6백원).'라 적고 있어 참외값이 결코 만만치 않았음을 일러주고 있다. 이런 참외였기에 대마도로 갔던 조선 사신에 대마주가 참외 다섯 개를 올리며 "이 물건이 새로 나왔기에 와서 바칩니다." 하였다 하고, 참외는 조그마하고 맛이 달았다 했다(『봉사일본시문견록』 무진년(1784, 영조 24) 6월).

목은 이색의 『목은시고』 제18권에는 거리에서 참외와 과일을 차려 놓고 음악을 연주하며 행인들을 접대하고 있다는 아이의 말을 듣고, '오장이 문득 맑아져라 바람은 솔솔 하고(五內頓淸風颯颯오내돈청풍삽삽)/ 띄우고 담근 참외 과일은 벽옥처럼 청량해(瓜果浮沈碧玉涼과과부침벽옥량)/ 보기만 해도 이미 창자에 얼음이 쌓이는 듯(目視已似氷堆腸목시이사빙퇴장)/ 요란스런 관현악을 또 갈음하여 연주하니(繁絃急管又迭奏번현급관우질주)'라고 하여 벽옥처럼 청량한 참외를 노래했다.

다산 정약용은 참외를 특히 좋아해 『다산시문집』 제4권의 '새로 난 참외를 보고 감회를 적다(得新瓜書懷득신과서회)'에서 먹는 참외보다 음미하는 참외의 경지를 읊은 다음과 같은 시를 남겼다. 참외의 격이 다산에 와 높아졌다 할까.

산전에 외를 심으면 몸이 깨끗해지고　山田種瓜身可潔(산전종과신가결)
사기사발에 담가두면 마음 기뻐진다네　磁椀沈瓜心卽悅(자완침과심즉열)
소평이 그 때문에 후인을 마다했고　邵平以此辭候印(소평이차사후인)
운경도 그 때문에 사절을 그만뒀지　雲卿以此逃使節(운경이차도사절)

같은 책 「고시(古詩)」에서 '참외는 크기가 항아리만 하고(甘瓜大如甕

감과대여옹)/ 물외는 길이가 술단지만 하였다(苦瓜長如罌고과장여앵)'라 한 걸 보면 더러 엄청나게 큰 참외도 있었던 듯하다.

배꼽이 유난히 커서 배꼽참외라 불렸던 배꼽참외도 인기가 높았었다. 노랑참외는 살이 끈적거렸고, 씹는 맛도 덜했다. 그런데 반백여 년을 지나면서 개구리참외나 감탕참외는 자취를 감추고 그리 시원치 않았던 노랑참외만 남아 저잣거리에서 독불장군이나 된 듯 의기양양해 있다.

「사는 이야기」, 『설악신문』, 2011년 8월.

우리 어머니

우리 어머니는 농부의 아내였다. 농사꾼인 아버지와 자식 뒷바라지로 평생을 보내셨다. 어머니의 삶은 뒷바라지의 삶이었다. 손은 물기 마를 날 없었고, 머리에서는 또바리(똬리) 내려놓을 틈이 없었다.

어머니의 노동 현장은 부엌이었다. 대여섯 평 될까 하는 맨봉당(맨바닥의 토방) 부엌에는 문이 넷이었다. 넷 중 셋은 두 짝 판자의 찌그덕거리는 쪽문이었다. 하나는 앞마당으로, 하나는 아래마당, 다른 하나는 뒤안으로 나다니게 돼 있었다. 방안으로 난 문만 띠살 외닫이문이었다. 개구멍도 하나 있었다. 그리로 서산머리 햇살이 노랗게 비쳐 들고는 했다.

부엌에는 쌍솥 걸이 아궁이와 가마솥 아궁이가 따로 있었다. 천정에는 새까맣게 그을린 대들보가 6 · 25전쟁 때 폭격을 맞아 총알 자국을 뻐드렁니처럼 드러낸 채 걸려 있었다. 이곳이 바로 어머니의 평생 일터였다. 땔감이 나무밖에 없었으므로 어머니는 끼니때마다 매우한* 연기와 한판 씨름을 벌였다.

시부모와 독신 남편에 사대 봉제사를 해야 했으므로 그것만으로도 고된 시집살이였다. 그런데 늘 물이 문제였다. 앞마당 가에 펌프를 박고서야 물이 해결됐지만 그때까지 300m 거리는 좋이 될 논둑 아래 큰 우물에서 물동이로 물을 길어왔다. 어른이 계시는 터라 조석 끼니를 늘 새롭게 마련했고 잔손 집안일은 모두 어머니 몫이었다. 부엌에는 외양간이 구유를 경계로 해 있었고 외양간 옆은 발방앗간이었다. 한데와 마찬가지인 농가 부엌은 겨울에 등골이 오싹거렸고, 여름에는 물기에 뜬겼다.

어머니에게는 소죽을 끓이는 일이 하루의 출발이었고 저녁 소죽을 끓여 구유에 퍼놓는 것으로 하루를 끝냈다. 손을 하도 써 갈고리 같았다. 손톱은 닳아 끝이 뭉툭했고 엄지손톱 한쪽은 뜯겨나갔다. 어머니는 그 비뚤라한 손톱으로 대지라는 어머니가 길러낸 푸성귀를 따다 나물을 무쳐 인간의 어머니로서 자식을 길렀다. 어머니가 이고 다니시던 미나리 함지박 언저리는 어머니 손길에 스쳐 움푹 파였었다.

하지만 우리 어머니에게도 꽃 같은 시절이 있었다. 친정은 사과 과수원을 했었다. 어머니는 과수원집 네 남매 중 둘째 딸이셨다. 피

* 매우한: 매우다. '냅다'의 전라도 방언, 연기로 인해 눈이나 목구멍이 쓰라린.

부가 하얘 얼굴이 맑았고 귀티가 났었다. 강동 하시동에서 시내 왜지로 열아홉에 한 살 적은 남편을 만나 가마 타고 시집을 왔다. 스물여덟에 나를 낳았다. 네 살 위 백형이 계셨고 두 살 아래 아우들이 줄줄이 태어나 아들만 일곱을 길러내셨다.

키는 자그마했다. 외할머니는 가끔 빨간 게 광주리를 이고 딸네 집을 찾으셨다. 외할머니 키도 자그마했고 외할아버지는 일찍 타계해 뵈온 적이 없다. 외가에 가면 주렁주렁 매달린 풋사과를 마음 놓고 땄으나 외삼촌은 빙글빙글 웃기만 하셨다. 두 칸짜리 초가 사랑에 앉아 밥상을 받으면 외숙모는 늘 하얀 쌀밥을 놋사발에 고봉으로 담아주셨고 나는 밥에 숟가락으로 굴을 파면서 밥그릇을 비웠다. 안방에 계시던 어머니는 밥을 차례로 조금씩 떠먹어야 한다고 밥 꾸지람을 하셨다.

그러나 나는 사과 과수원이 있는 외가에 간다며, 앞 강 유다리를 건너 종일을 걸어야 하는 하시동 50리 길을 얼른 따라나서곤 했었다.

어머니의 세대는 일진광풍의 세대다. 한일병합이 있고 두 해 지난 다음 해에 태어난 어머니는 일제 암흑기에 꽃다운 젊음을 다 보냈다. 서른셋에 광복을 맞았고 서른여덟에 6 · 25전쟁, 그 아우성 속을 배겨내야 했다.

어머니는 가끔 말씀하셨다. “내 인생은 없다.” 어머니는 자신의 인생은 없다고 보았다. 그렇기도 할 것이다. 어머니의 삶은 없었다. 여성의 삶은 대체로 아내, 어머니, 그리고 하고 싶은 일을 마음 놓고 하는 등의 삶이 있다. 어머니는 맨 나중의 삶이 없었던 것이다. 맨 나중의 삶은 인간으로서 가장 값진 자아실현으로서의 삶이다. 어머니가 내 인생은 없다, 라고 하신 말씀은 바로 이 자아실현으로서의 삶이 없다는 말씀일 것이다. 그것이 나로서는 안타깝다. 이 세상의 다른 또 하나의 세계는 바로 하고 싶은 일을 마음껏 하면서 일궈낸 세계이다. 자식 낳고 아내 되는 삶이야 어차피 주어진 삶이다. 자신을 일궈내는 세계는 스스로 사회를 뚫고 들어가 개척해야 펼쳐진다.

나는 만 스물까지 어머니 곁에 있었다. 어머니는 얼굴에 싸구려 박하분조차 바르지 않았다. 비녀 꽂은 머리에 수건을 감싸 뒤로 동여맨 맨얼굴이 어머니의 모습 전부다. 그렇지만 어머니의 삶은 평생 남편을 위한, 새끼를 먹여 살리기 위해 발버둥 친 무엇보다 값진 삶이었다. 지극한 보살도의 삶이 이만할까?

어머니 이름은 자식들 이름에 묻혀 그저 어머니로 존재한다. 이런 어머니는 지금 없다. 햇보리를 홀로 발방아에 찧어 그 무서운 보릿고개를 넘어야 했던 그런 조선의 어머니는 없다. 그런 희생 만개한 어머니는 우리 세대에서 끝났다.

어머니는 옥양목 치마를 늘 입고 다니셨다. 학교에 다닌 적은 없었지만, 한글을 익혀 초등학교 일 학년까지 글자 앞에서 맹목이던 나를 풀 먹여 풀내 나던 옥양목 치마폭에 감싸안고 '가갸거겨'를 가르치셨다. 어머니는 '배우는 것만이 네가 살 길이다.'라고 끊임없이 일깨워주셨다.

어머니 손끝에서 마련됐던 뭇밥상은 얼마나 될까? 가마솥에 일꾼들의 밥을 지으며 어머니가 꿈꾸었던 것은 무엇일까? 오직 땅이었을 것이다. 텃밭 600평이 고작이었던 우리에게 광복은 고마웠다. 토지개혁으로 지주로부터 땅을 넘겨받아 매입할 수 있었기 때문이다.

아버지는 소 세 마리를 팔아 소작 토지 다랑이논 네 배미를 사들일 수 있었다. 그 이후로 지정을 바치던 일은 없어졌다. 어머니와 아버지가 젊음을 다 바쳐 농사지어보았자 10중 7할은 공출로, 3할 중 반은 지정으로 갔던 것이었다. 그 피눈물을 어찌 말로 다 말하겠는가. 어머니는 그렇게 사셨다. 땅은 어머니에게 힘을 준 대지의 모성이다.

아내가 담근 간장독 까만 간장을 들여다보면 아내 얼굴과 겹쳐 어머니의 얼굴이 아른댄다. 어머니가 베틀에 앉아 베를 날라 만든 베잠방이를 입고 나는 좋아 멍석 위를 데굴데굴 굴렀다. 어머니의 손길은 키 껑충한 대마초 졸가리를 옷으로 만들 수 있는 위대한 힘을 가지고 있다.

우리 어머니는 1912년 임자생으로 1992년 6월 8(음)일 졸(卒)하셨다. 돌아가시는 날 아침에도 기억이 또렷하셨고 저녁노을 질 때 숨을 거두었다. 그리고 침묵이었다.

「사는 이야기」, 『설악신문』, 2011년 9월.

공룡능선

마등령에 올라섰을 때는 음풍이 몰아쳤다. 아래쪽 세상과는 영 딴판이었다. 나는 벗었던 방풍 재킷을 배낭에서 꺼내 다시 걸쳤다. 바람은 사정을 두지 않았다. 막 잎사귀를 거두어들인 빈 나뭇가지를 그대로 두들겼다. 나뭇가지들은 울부짖었다. 내가 새벽 세 시에 잠에서 깨어 하늘을 보았을 때는 별들이 총총했었다. 음력 열아흐레 달은 아장아장 샛별을 앞세우고 잘도 걸어갔었다.

산은 희뿌연 잿빛 안개가 뒤덮었다. 언뜻 보면 안개활옷을 걸친 듯하다. 그렇지만 산이 마음에 안 든다고 산행을 접을 수는 없는 노릇, 강풍 눈보라가 쳐도 산꾼은 산으로 향한다.

공룡능선은 거대한 화강암 덩어리다. 이 바윗덩어리에서 삐쭉삐쭉 바위뿔들이 튀어나와 마치 공룡의 등골처럼 울퉁불퉁 뻗어 벽공을 찌를 태세로 도열한 바위 봉우리군들을 설악산 공룡능선이라 한다. 이 땅 어디를 뒤져보아도 이만한 바위군들을 찾을 수 없다. 오직 설악이 간직한 장관이다.

공룡능선 화강암 봉우리들은 다섯 군쯤으로 나눌 수 있다. 바위 봉우리들이 서로 밀집한 정도에 따라 그렇게 나눌 수 있는 것이다. 북에서 남으로 쳤을 때 나한봉 바위 봉우리들이 그 첫 번째 바위군이다. 두 번째 바위군은 천화대 바위군이다. 세 번째가 흔히 말하는 1,275봉 바위군이고 그다음이 촛대봉 바위군, 나머지 다섯 번째가 신선대 바위군이다.

금강굴 능선에 불쑥 솟구친 진대봉 바위는 나한봉 바위군에 속할 수 있겠지만, 조금 멀리 떨어져 외톨로 서 있는 듯하다. 하지만 나한봉 바위군에서 진대봉을 제외한다면 나한봉 바위군의 그 출중미가 반감된다.

한참 먼 거리나 진대봉은 마치 불가의 오백나한을 지켜주는 수문장 같아 더할 수 없이 귀중한 바위 봉우리이다. 그럴 뿐만아니라 안개 자무룩한 오늘 같은 날은 산 이정표 역할도 이 진대봉 큰 바위가 맡아서 한다.

두 번째 바위군인 천화대는 수십 개의 바위군의 집합소와 같은 바위 나라로 공룡의 날개라 수 있다. 그중 범봉은 마치 백두산 호랑이가 천계를 향해 포효하는 듯하다.

공룡능선의 이 다섯 덩어리의 바위군들은 매우 당돌하게 생겼다.

혁명아들 같다. 당돌하기는 하나 바위군들이 자아내는 조화미는 미감의 절정이다. 그 미묘한 미감은 공룡능선 첫걸음에서부터 시작된다. 바위군 속으로 몸을 밀어 넣었을 때는 모른다. 바위군을 벗어났을 때야 바위들이 자태가 드러난다.

전경과 후경이 색채를 달리해 바위 얼굴을 드러내는 것이다. 관망하는 위치에 따라 천태만상으로 나타난다. 같은 바위라도 다른 모습이다. 한 둘씩 혹은 세 넷씩 하늘을 치찌르는 바위들이 서로 어깨를 겯듯 혹은 연인처럼 눈짓하며 바라보듯 하는 것을 보면, 저게 선경이 아닐까 싶기도 하다.

깊은 골짜기, 밧줄을 거머쥐고 한량없이 내려갔다가 고개를 곧추세우고 다시 그 거리만큼 올라와 보면 이미 다른 바위벽에 몸을 기대고 있다. 팔방을 더듬어 찾아보아도 눈짓하던 바위군은 어디 갔는지 사라지고 새로운 바위 정경들이 눈앞을 점령한다. 이거지 싶으면 아니고 저거지 싶은데 그것도 아니고 전혀 새로운 세계가 허공중에 출몰하는 것이다.

그렇다 하더라도 바위군들이 그냥 그대로 멀뚝이 서 있는 것은 아니다. 천년 나무들과 어린 풀들을 보듬어 준다. 금강초롱 노랑제비꽃 솔채꽃 얼레지 큰오이풀 산마늘 같은 고산 식물을 짜가리에 품고 어미처럼 젖을 먹여 기르는 것이다. 공룡능선 바위군들의 위대성은 바로 이 점이다.

공룡능선에는 깊고 높고 급한 오르내리막이 네 군데 있다. 이 오르막 내리막을 오르내리다가 자칫 탈진 지경에 이르기도 하나, 천태만상의 바위들에게 붙들려 몸뚱어리는 취하고, 1,275봉과 촛대봉을 에돌아 마침내 마지막 산군인 신선대에 당도하게 된다. 이 신선대에서 다그쳤던 숨을 고르며 마등령 쪽으로 내다보면 그 다섯 개의 바위군 50여 좌의 바위 봉우리들이 일목요연하게 다가선다.

그리고 공룡능선의 헤아릴 수 없는 장엄미는 바로 그 50여 좌의 바위 봉우리들이 연출하는 극적인 조화와 반전의 연속임을 깨닫는다. 이쯤에 이르러서는 바위들이 다만 의젓하다. 마등령에서 무너미고개를 거쳐 희운각까지 5.1km의 바위 탑돌이는 거기서 끝난다.

잠깐 드러났던 해가 다시 잿빛 안개구름 속으로 들어갔다. 귀때기청봉과 대청봉은 구름투성이다. 멈칫했던 음풍은 강풍으로 돌변해 몰아친다. 등산모 끈을 바짝 조이고 등산화 끈을 고쳐 맨다. 무너미고개를 향해 방향을 틀며 떠올려 본다. 지금까지 나는 해를 달리해 모두 일곱 차례를 거대한 공룡을 타고 노닐었다. 2011년 10월 15일도 그렇게 공룡능선에서 저물어갔다.

해마다 걸음걸이가 느려져 비선대까지 하루를 꼬박 쏟아부어야 하지만 나는 벽암록을 독파하듯 산에 젖는다.

하늘 구름호수에 뜬 섬
혹은 낙점,
창호지에 떨군 묵 일획이다.

그리로 급히 날개를 꺾는
솔개 한 쌍

—「천화대 솔개」, 『산시 백두대간』

「사는 이야기」, 『설악신문』, 2011년 10월.

공출과 우차 쇠바퀴와

발방앗간은 내 고향집 부속건물이었다. 알곡이 날 때마다 풋바심은 이 발방앗간에서 이루어졌다. 양친 타계 후 발방앗간은 얼마간 그대로 잘 버텼었다. 그러나 2천 년대에 들어와 기둥이 어긋나고 좌측으로 기우뚱해져 고향집 오랍들*을 지키고 사는 내 셋째 아우가 철거하고 말았다.

발방앗간 한쪽 벽에는 쇠바퀴 두 개가 흙벽에 나란히 기대 있었다. 우차 바퀴였다. 바퀴는 녹이 슬었고 녹은 벽을 타고 흘러내려 방앗간 바닥 맨봉당 한구석에 소복하게 쌓여있었다. 세월의 흔적인 것이었다.

60년대만 해도 우차는 농가의 필수 운반 기구였다. 우차 체대는 쪽 곧은 가죽나무를 세로로 절개해 만들었다. 참나무를 다듬어 바큇살로 썼다. 이 바큇살과 나무바퀴를 제작하는 데는 매우 정교한

* 오랍들: '오래뜰'의 강원도 방언. 대문이나 중문 안에 있는 뜰.

공정을 필요로 했다. 왜냐하면 바큇살과 나무바퀴야말로 우차의 생명인 것이었다. 나무바퀴에 덧대어 원형 무쇠바퀴를 끼웠다. 그래야 나무바퀴가 쉬이 닳지 않는다. 방앗간 벽에 기대 있던 우차바퀴는 바로 그때 가친이 애지중지하던 그 우차 쇠바퀴인 것이었다.

나는 어렸을 때 우차를 곧잘 타고 다녔다. 순한 암소가 이 우차를 끌었다. 정확하지는 않지만 해방 전 해이고 가을인 듯싶다. 가친은 공출을 하러 간다고 했다. 장소는 읍내 면사무소였다. 나는 아버지를 졸라 우차를 따라갔다. 강릉 읍내에 가보고 싶어서였다. 공출은 가을걷이 소출물이었다. 우리 집에는 밭 두 뙈기와 천수답 다섯 마지기가 있었다. 말하자면 문전옥답인 셈이었다. 그런데 거기서 난 볏섬을 나라에 바치러 가는 것이었다. 그 나라가 어떤 나라였던가. 제국 일본이었다.

가친은 우리 식구들의 식량이기도 한 이 곡식을 얼마큼이 아니라 몽땅 우차에 싣고 가는 것이었다. 다섯 살을 갓 넘긴 어린아이가 그런 사정을 알 리가 없었다. 이 어린 것은 아버지와 읍내에 간다는 사실이 말할 수 없이 좋기만 했던 것이었다. 나는 볏섬을 가득 실어 로프로 탱탱하게 조여 맨 뒤쪽 삐쭉 나온 공간에 뒤로 보고 걸터앉았다. 가친은 달구지 앞쪽에서 소와 함께 걸었다. 산길을 벗어나자 앞고개 내리막길이 나왔고 이어 한길에 들어섰다. 자동차가 거의 없던 시절이라 여기저기 우차들이 다녔다. 길바닥에는 소똥이 널려 있었다.

반듯한 가옥들도 여간 많은 게 아니었다. 골짜기마다 한 집 두 집 띄엄띄엄한 우리 마을과는 영 딴판이었다. 사람도 많았다. 나는 호기심 가득한 눈으로 이것저것 살펴보며 환성을 질렀다. 식구들이 먹을 양식을 갖다 바쳐야 하는 아버지의 그 심정은 아랑곳하지 않고 그저 구경에만 신나 있었던 것이다. 아마 그때 아버지는 피눈물을 흘렸을 것이다.

일제는 태평양전쟁 중에 강제로 물자를 거두어들였다. 1940년 10월부터 쌀에 대한 국가 관리를 단행했다. 이에 따라 쌀은 모두 공출제가 되어버렸고 공출필행회(供出必行會)라는 걸 조직하여 농민들이 생산한 쌀을 약탈하다시피 해 쓸어갔다. 1943년부터는 잡곡까지 통제했고 같은 해 8월 조선식량관리령를 공포하여 조선식량영단을 설립한 후 강제 공출체제를 시행했다. 해방 전해인 1944년은 이 공출제가 극에 달해 있었다. 기록에 의하면 공출 품목은 주로 쌀이었지만 잡곡 · 면화 · 소가죽 · 마 등 총 40여 종에 이르렀다 한다. 심지어 놋요강까지 공출해 갔다. 마당에 유기 제기들과 유기 밥그릇을 내어놓던 어머니가 생각난다.

식구들은 감자알갱이로 목숨을 부지했다. 보릿고개가 특히 심해서 하지 무렵이면, 감자 두럭(두렁) 한쪽을 호미로 파헤쳐 아직 덜 자라 아릿한 풋감자를 캐내어 끼니를 잇기도 했고, 막 푸른기가 가

셔 까슬대는 풋보리를 바심해 솥에 쪄 양지 볕살에 말려 먹기도 했다. 풋보리 찌는 냄새는 아직 내 코끝에 머물러 있다. 풋보리 찌는 구수하나 씁씁한 내음이.

늘 배를 곯고 있던 아이들은 깜부기를 따다 먹기도 했다. 깜부기는 보리 이삭에 곰팡이가 달라붙어 까맣게 변질된 것이다. 그런데 이걸 입술이 새까매지도록 따먹고 허기를 달랬던 것이다.

언젠가는 어머니가 배급을 타오기도 했다. 배급소에서 타온 배급은 엉성한 포대자루 하나였다. 대두박 자루였다. 어머니는 대두박을 함지박에 풀어놓았다. 나는 이 이상한 물건을 한참이나 들여다보았다. 생김새가 번데기 같기도 하고 요즈음 나오는 아몬드와 엇비슷했다. 알고 보니 대두박(大豆粕)은 콩기름을 짜고 남은 찌꺼기였다. 주로 콩을 많이 재배하는 만주에서 생산되는 것으로 사람이 먹을 수 있는 게 아니었다. 일제는 우리 전답 옥토에서 나는 기름진 알곡들을 수탈해 가고 대신 이 대두박을 먹으라고 배급한 것이었다.

고향집에 가는 날이면 나는 가끔 아래 마당으로 걸음을 옮겨본다. 발방앗간 있던 자리는 공터가 됐다. 사철나무 울타리도 없어져 버렸다. 사철나무 생울타리(산울타리)는 동해 쪽 샛바람을 막아주던 일종의 방풍림이기도 했었다. 나는 이 사철나무 울타리 중간쯤에 걸쳐놓은 가름목을 밟고 서서 전투기 폭격 구경을 했었다.

쇠바퀴도 발방앗간과 운명을 같이 했다. 어디선가 엄마 찾는 송아지 울음소리가 들려올 듯하다. 암소 목방울 소리가 딸랑딸랑 울리면 송아지가 달려와 엄마의 커다란 젖통을 머리로 힘껏 들이받고는 젖을 빨던 것이었다. 소와 우차는 사라졌다. 그러나 암소 목에 걸려 딸랑거리던 목방울 소리와 삐거덕대던 우차 소리는 내 귓가를 맴돌며 아직 그대로 있다.

「사는 이야기」, 『설악신문』, 2011년 12월.

처음 비행기를 타고

살다 보면 뜻밖의 일로 즐거울 때가 있다. 나에게 있어 1973년이 그랬다. 내가 처음 비행기를 타보았기 때문이었다. 처음 비행기를 탄 게 뭐 그리 대수일까마는 비행기를 타고 서울로 가 꽤 깊숙한 곳까지 들여다보았다는 것은 특이한 일이었다. 30대 초반 내 나이 만 서른셋이었으니 돌아보면 아스라하다.

일행은 이성선 김종영 그리고 나였다. 셋은 강릉으로 나갔다. 강릉 금방골목 성남동에는 항공권 구입처가 있었다. 당시 우리나라에는 대한항공이 유일했고 영동과 서울 간 하늘길이 바로 강릉을 통해 열려 있었다. 서울로 가는 버스 노선은 느려터졌으므로 급한 일을 보자면, 속초에서 강릉으로 나가 어렵게 탑승권을 구입해 비행기로 날아가는 이들이 더러 있었다. 그런데 우리 일행은 그리 급한 건 아니었지만 비행기를 타려는 것이었다. 우리는 대한항공 탑승권을 구입했다. 우리라고 했지만 적잖은 항공료를 모두 김종영이 물었다.

김종영은 1973년 벽두를 장식한 조선일보 신춘문예 동시 부문 당선자였다. 그가 쓴 동시 「아침」이 아직 총각 문청이었던 그의 문학행로에 빛을 밝혀준 것이었다. 김종영은 신춘문예 당선 주인공으로 나머지 둘은 축하객으로 따라갔다. 김종영은 신춘문예 당선 상금을 미리 댕겨 함께 좋은 문학을 꿈꾸던 선배 둘을 동행자로 데리고 가는 것이었다. 그가 동행하자고 권해왔을 때 마침 겨울방학 중이고 또 그의 곡진한 배려가 고맙기도 해 우리는 아주 기분 좋게 축하객으로 나섰다. 신춘문예 시상 식장은 특이한 분위기가 연출되리라는 기대감에 설레기도 했었다.

사실 당시만 해도 문학은 일부 꿈꾸는 자들의 몫이었고, 신춘문예는 아득한 저쪽 별세계의 축제처럼 여겨졌다. 더욱이 영동권은 문학 풍토가 극히 여렸었다. 강릉 쪽에서 1950년대 초 『청포도』라는 동인지가 잠시 문학의 불을 댕겨 붙이긴 했었으나 곧 사그라졌고, 1969년 속초 '설악문우회'가 결성되었을 뿐이었다. 김종영은 동인으로 만났었다. 김종영은 동시와 곁들여 시도 썼었다.

강릉비행장에서 이륙한 항공기는 안목바다 상공을 두어 번 선회해 고도를 높인 다음 남진했다가, 묵호 쪽에서 방향을 틀어 기수를 서쪽으로 돌렸다. 내려다보면 아득한 아래쪽 백두대간 준령은 백설이 뒤덮었고 비행체가 갑자기 요동을 쳐 은근히 겁나기도 했다.

1969년 강릉에서 서울로 향하던 KAL기를 대관령 상공에서 괴한이 납치했다. KAL기는 납북돼 북한 원산 선덕 비행장에 강제 착륙 당했다. KAL F-27 여객기가 1971년 1월23일 같은 항공로에서 또 납치됐다. 미수에 그쳤지만 사건이 연거푸 터져 충격을 주었다.

마침 'KAL F-27기'에는 박명자 시인 부군이 탑승했었다. 박명자 시인 부군에 의하면 여객기를 공중 납치한 괴한은 수류탄을 거머쥐고 북으로 가자고 외쳤고, 보안요원이 덮쳐 기내 격투가 벌어졌다는 것이었다. 조종사는 터지는 수류탄을 안고 순직했고, 수류탄 파편에 유리창이 박살 났다. 허당이 된 텅 빈 창을 통해 고압으로 밀고 들어오는 기류를 못 견뎌하며 승객들은 아우성을 쳤다. 이 바람에 박명자 시인 부군은 고막이 터진 상처를 입고 말았다. 비행기는 고성군 명파해안인가에 불시착했으나, 안전한 하늘길이 생지옥의 하늘길이었던 것이었다. 박명자 시인도 좋은 문학을 향해 가던 동인 중 한 사람이었다.

상념도 잠시, 비행기는 산과 산을 넘어 자꾸 서쪽으로 날아갔다. 구름은 저만치 아래쪽에서 마치 풀솜을 풀어놓은 듯 몽글거렸다. 간간이 보이는 산골짜기 외딴집과 파란 강물 줄기가 도로와 어울려 미묘했다. 김포공항에 도착하고 보니 딱 50분이 걸렸다. 빠르다고 하는 말은 들었지만, 강릉 서울 간 550리 길이 그렇게 잠깐 사이에 끝날 줄은 몰랐다.

서울 무역센터 부근으로 들어온 우리들은 마땅히 정한 곳도 없어, 그냥 마음에 드는 행선지를 써 붙인 버스가 오면 승차하기로 하고 기다렸다. 안내판에 '모래네'라는 예쁜 한글 이름이 적힌 버스가 왔다. 우리들은 서로 눈짓을 건네며 버스에 올랐다. 모래네가 어딘지 버스는 미로 같은 도로를 이리저리 돌고 돌아 한 언덕배기에 정차했고 거기가 바로 종착지였다. 우리는 여관을 찾아 쉴 곳을 정하고 이 골목 저 골목을 둘러보았으나 구멍가게에서는 알전구가 빠끔히 내다볼 뿐이었다. '모래네'는 서울에서도 매우 외딴 곳이었다.

신춘문예 시상식장에는 많은 사람들이 와 있었다. 당선자들은 앞줄에 나가 앉았다. 김종영 시인도 앞줄에 앉아 축하객 쪽을 향했다. 당선의 기쁨을 안으로 숨긴 듯 조금은 긴장된 것 같았다. 객석 오른쪽으로는 심사위원들이 앉아있었다. 식은 조용했으나 환희로 가득 차 있는 듯했다. 그런데 축하객으로 갔던 우리들은 꽃 한 송이도 준비를 하지 못했었다. 생각해 보면 지금도 그건 김종영 시인에게 미안한 일이다.

우리는 그저 "꽃을 좀 준비할걸"하는 말을 건넸을 뿐이었다.

신춘문예 시상식장은 화려한 무대는 아니었다. 꿈의 무대였다. 축가도 지루한 축사도 없었다. 단출했다. 모든 게 명백했고 일목요연했다. 당선패가 전달되고 심사위원 대표 한분이 '한국문학을 이끌어가기 바란다'는 말을 끝으로 시상식은 끝났다.

그런데 동시 부문 심사위원이었던 어효선 선생이 다가왔다. 시조부문 심사위원이었던 김상옥 선생도 가까이 왔다. 어효선 선생은 초면이었지만 김상옥 선생은 구면이었다. 우리는 두 분 선생을 쫄레쫄레 따라갔다. 두 분 선생은 찻집으로 행했다. 우리는 그곳에서 쌍화차를 마셨다. 차는 어효선 선생이 좋은 동시를 써 고맙다며 갓 등단한 김종영 시인에게 베풀었던 것이었다.

어효선 선생은 마치 50년대 초등학생처럼 책보자기를 끼고 다녔다. 안에 무슨 물건이 들어있는지는 모르겠지만, 책보자기를 늘 지니고 다녀 선생의 상징처럼 돼 있었다. 선생은 일터인 출판사로 간다며 먼저 일어섰고 김상옥 선생이 우리를 이끌고 또 앞장을 섰다. 선생의 자택으로 가자는 것이었다.

김상옥 선생은 중등학교에서 국어를 가르치기도 했었으나, 자격증 관계로 교단을 그만두었던 형편이었다. 선생의 시조가 중학교 국어교과서에 실려 있었는데도 다만 자격증 문제로 현직에서 나왔으니, 세상에 대한 가증스러움도 있을 것이었다. 선생은 '내 작품이 국어교과서에 실렸는데 그만 가르치라니….' 하면서 울분을 토했다는 후문을 풍문으로 듣기도 했었다.

우리는 택시를 탔다. 택시는 가다 서기를 반복하며 어딘가를 휘돌아 합정동인가에 내려놓았다. 그곳도 외진 곳이었으나 여기저기 건물을 신축하느라 어수선했다. 선생 자택이 거기 있었다. 우리는 집 안으로 들어갔다. 방안에는 골동품들이 꽉 차 있어 발 디딜 틈이 없었다. 선생은 바로 골동품들을 우리에게 보여 주고 싶었던 모양이었다.

우리는 선생께서 설명을 곁들이며 한 점 한 점 내려놓는 도자기와 조그만 분갑들과 갖가지 도장들을 보았다. 일본 도자기 수집가가 황홀해하며 3일을 곁에서 떠나지 않았다는 백자철화용문달항아리 앞에서는 탄성을 지르기도 했다. 선생은 젊은 문학도들 앞에서 도자예술에 대한 해박한 지식을 풀어놓으며 만족스러워했다. 선생의 시조를 보면 언어 탁마가 예사롭지 않은데 바로 도공이 도자기를 구울 때의 공력과 흡사하지 않을까 하는 생각이 들기도 했다. 실제로 선생은 도자기를 시조로 형상화하기도 했다. "찬 서리 눈보라에 절개 외려 푸르르고,/ 바람이 절로 이는 소나무 굽은 가지./ 이제 막 백학白鶴 한 쌍이 앉아 깃을 접는다"(김상옥, 「백자부」 첫수).

생각해 보면 그 서울길은 꿈결처럼 가슴에 남아있다. 하지만 초정 김상옥 선생과 아동문학가 어효선 선생 두 분은 타계했고, 시인 이성선도 이 지상을 떠난 지 오래다. '아침'의 시인 김종영은 처가가 있는 강릉으로 주거를 옮겨갔다. 그의 삐거덕거리던 다락방 나무계단 집이 있던 중앙동 시장이나 신혼살림을 차렸던 뒷길 둔덕 집 근처를 지나다 보면, 그의 청아한 마음 자락이 들여다보이는 동시 「아침」이 떠오르곤 한다.

엄마가/ 돌담 우물가에서/ 쪽박으로/ 어둠을 뜹니다.// 쪽박 속에 어둠이/ 찰랑 소리 내며/ 동이 속에 쌓일 때마다/ 활짝 열리는/ 동이 속의 아침// 동이 가득 차오르는/ 은빛 하늘// 엄마가 이고 가는 동이 속으로/ 해님이 빼끔 얼굴 담그고/ 하늘가 칫솔질하는 새떼들/ 소리소리 쌓이고/ 햇살이 포시시 내려/ 세수하고 날아가는/ 동이 속// 엄마의 머리 위에서/ 드르륵 열리는/ 아침 하늘// 엄마가/ 아침을 이고 갑니다./ 눈을 비비고 일어선/ 파란 하늘도/ 이고 갑니다(김종영, 「아침」 전문, 1973년 조선일보 신춘문예 당선 동시.).

「사는 이야기」, 『설악신문』, 2012년 2월.

기쁨의 싹

세상이 향그러움으로 가득 차 있다. 어디서 오는지는 알 수 없지만 날카로운 한파 끝을 타고 훈풍이 밀려들고 훈풍은 메마른 가지를 흔들어 깨워 싹을 틔운다. 향그러움은 그 새싹이 내는 봄향기다.

사범학교를 졸업하던 해 가을이었다. 나는 3학년 담임을 맡았던 윤명 선생님 댁을 찾아갔다. 『자유문학』으로 막 등단했던 선생은 내가 문학을 하겠다고 하자 뒤늦게 무엇하러 그 고생을 사서 하려느냐며 책꽂이에서 『문학개론』이라는 책 한 권을 꺼내주시고 한번 읽어보라 했다.

나는 생전 처음 보는 그 개론서를 단 이틀 만에 읽고 난 다음 집 앞 감나무에 주렁주렁하던 고작 좋은 감 한 가지를 꺾어 책을 들고 다시 선생 댁으로 갔다. 선생님은 그걸 벌써 읽었느냐며 놀라워했다. 그러면서 갖고 간 책을 책꽂이에 끼워놓고 이번에는 『문예사조사』라는 책을 내어 주시는 것이었다.

그런데 정작 내 눈에는 그 『문예사조사』 바로 옆에 꽂힌 '주홍글씨'라는 빨간 글씨가 세로로 씌어 너무 선명한 한 권의 단행본이 들어왔다. 하지만 막 새로 구입한 듯 산뜻한 그걸 좀 보고 싶다는 말은 차마 꺼낼 수 없었다. 그리고 그날 선생님 서재의 그 정경은 한 폭의 신비로운 그림이 되어 내 마음에 아로새겨졌다.

『주홍글씨(The Scarlet Letter)』는 너새니얼 호손(Nathaniel Hawthorne, 1804~1864)의 대표작이다. 이야기는 여주인공 헤스터 프린이 가슴에 주홍색으로 쓴 'A'자를 달고 처벌대 위에 서야 하는 징벌로부터 시작된다. 'A'자는 Adultery(간통)의 머리글자였다. 그녀는 이제 석 달쯤 돼 보이는 갓난이를 가슴에 안고 오후 1시까지 군중을 향해 서 있어야 했다.

헤스터 프린을 둘러싸고 아서 딤즈데일, 로저 칠링워스, 펄 그리고 아서 딤즈데일 목사의 비밀을 모두 알고 있어, 마녀와 흡사한 하빈스 부인 등이 주도면밀하게 움직이면서, 뉴 잉글랜드 당시 보스턴의 청교도적인 사회 분위기를 매우 리얼하게 그려낸다.

아서 딤즈데일 목사는 젊고 패기에 넘치는 학자 타입의 존경받는 목사였다. 하지만 헤스터와 정을 나눈 사이로 평생 그 고통에서 헤어나지 못하고 있다. 그러나 그의 설교는 날이 갈수록 더욱 호소력을 갖추어 마침내 그가 사는 보스턴에서 최고의 성직자로 찬사를 받는다.

로저 칠링워스는 학자이자 의사로 딤즈데일 목사의 고통을 치료해 주기 위해 그의 주변을 맴돌며 무서운 복수의 흉계를 꾸민다. 사실 칠링워스는 헤스터의 전남편으로 헤스터를 2년간이나 타국에 보내놓고 소식을 끊은 상태였다. 그렇지만 헤스터의 전 남편임을 숨기고 유능한 목사 딤즈데일의 영혼을 헤집으며 신보다 더 속속들이 그의 내면을 노려본다.

헤스터는 가슴에 주홍 'A'자를 달고 바느질을 하면서 자신의 죄값을 치른다. 본래 천성이 착한 헤스터는 시간이 흐를수록 이웃의 칭송이 높아간다. 솜씨가 좋아 그렇기도 했지만 그녀가 정성스레 놓은 수는 명품이 돼 팔렸다. 더욱이 병약한 사람을 위해서는 온몸을 돌보지 않을 정도로 적극성을 띠어 'Adultery'라는 단어가 오히려 'Angel'로 바뀔 지경이었다. 실제로 그녀가 목줄처럼 매달고 다닌 치욕의 그 'A'자가 불타듯 빛을 내며 발광하기도 한다.

7년이 흘렀다. 숲속이었고 볕살은 눈부셨다. 헤스터와 딤즈데일이 은밀히 만났다. 딤즈데일의 고통을 헤스터가 알고 있었으므로 그 고통에서 벗어날 길을 모색해 보려는 것이었다. 그녀는 의사 칠링워스가 다름 아닌 자신의 전 남편임을 고백하고 둘이 사랑스런 딸 펄을 데리고 어디 먼 곳으로 떠나자는 제안을 한다.

처음에는 반신반의하던 딤즈데일 목사는 어둡던 지난 7년간의 고통에서 벗어나는 해방감을 맛보며 기쁨의 싹이 돋아나는 듯했다. 그러나 교활한 전남편 칠링워스는 이걸 눈치채고 탈출하려던 배에 동승하기로 해 그의 기쁨의 싹도 잘리고 만다.

고통의 극에 달한 딤즈데일 목사는 새로운 총독이 부임하는 날 일생일대 최고의 명설교를 끝내고 처벌대로 스스로 나아가 자신과 헤스터의 관계를 만천하에 고백하며 쓰러진다. 헤스터와 일곱 살배기 딸 펄은 아버지를 끌어안는다. 딤즈데일 목사는 비로소 평화의 온화한 미소를 머금는다. 군중들 몇은 그의 가슴에 붉게 새겨진 A 자를 발견했다 한다. 고통의 순간이 겉으로 튀어나와 가슴을 물들였던 것이다.

딤즈데일 목사와 헤스터와의 사랑의 결실인 펄은 요정처럼 깜찍하고 발랄하게 성장한다. 펄은 뉴잉글랜드의 희망의 싹이었던 것이다.

얼마 전 도올 김용옥 선생이 자사의 『중용』을 강의하면서 이 『주홍글씨』를 매우 실감 나게 말해 기뻤다. 그 후 나는 며칠간 춘천 아들 집에 가 머물렀는데, 이제 막 11살이 된 내 장손녀 책꽂이에서 이 『주홍글씨』를 발견하고 갑자기 60년대 초 사범학교 3학년 담임 선생님의 서재에 담겨 있던 그 『주홍글씨』가 불현듯 떠올랐다. 내 손녀는,

"할아버지, 아서 딤즈데일 목사는 결국 그 처벌대에서 죽었어요. 기쁨의 싹도 못 보고요."

「사는 이야기」, 『설악신문』, 2012년 3월.

매화꽃 보러

4월은 꽃천지다. 들과 산, 길바닥 보도블록 틈새에도 작은 풀포기가 꽃대궁이를 내밀었다. 잎보다 먼저 꽃을 피우는 나무가 있는가 하면 새 잎사귀 뒤에 귀여운 꽃망울을 감추듯 품고 나오는 나무도 있다. 실로 생명은 오묘 찬란하다.

사실 나는 삼월 춘설이 내릴 때부터 심심하면 뜰에 나가 꽃이 오는 소리를 듣곤 했다. 푸나무들이 들려주는 미세한 떨림 같은 꽃피는 소리를 속기로 꽉 막힌 내 귀로 어찌 들을 수 있을까 마는, 늙은 귀를 오므리고 온몸을 기울여 보면, 막 물올라 파릿한 기운이 도는 나뭇가지에서는 정말 바스락거리며 꽃 피는 소리가 들릴 듯한 것이다. 그런데 꽃이 왔다. 이 가지 저 가지 가지가 휠 듯 꽃이 온 것이다.

5년 전 1년생 홍매 한 그루를 집 꽃밭 한 귀퉁이에 심었었다. 빨대만 한 굵기라 저게 언제 꽃을 보여줄까 했지만, 재작년에는 3송이, 작년에는 20여 송이 올해에는 놀랍게도 167송이나 꽃을 들고나왔다. 가지도 제법 굵어 웬만한 풍설에는 꺾일 염려가 없을 정도만큼 자랐다. 가까이 가면 싸한 그 매화꽃 특유의 상긋한 꽃향기가 확 풍겨 정신을 쇄락(灑落)하게 한다.

나는 이 홍매를 올해 9살 난 내 외손 형지의 조그만 손을 잡고 심었었다. 고 어린 작은 손이 흙 한 삽, 내가 한 삽 이렇게 해 그 홍매는 '형지 나무'로 명명했었다. 형지는 가끔씩 외가가 있는 속초로 오면 내 나무 잘 있느냐며 가보곤 한다. 홍매는 성장이 빨라 그 애 키만큼 자라올랐다.

매화꽃은 남도의 것이 으뜸이라 교직을 그만둔 다음 해인 2001년 3월 29일, 이 매화꽃 구경을 떠났던 적이 있었다. 나는 강릉에서 부산행 열차를 탔다.

마침 그해 퇴옹 성철 스님의 8주기에 맞추어 산청 탄생지에 겁외사를 개창해 다음날 기념법회를 연다기에 거기도 들를 겸 해서였다. 열차가 낙동강 줄기를 따라 의성 우보 영천 율동을 지나고 경주 울산을 거쳐 부산 해운대역에 도착하니, 초생달 조금 지난 달이 맑게 비쳤다.

나는 왁자한 남도의 사투리 속을 거닐다가 자갈치 시장을 찾아 복지리 한 그릇으로 요기를 하고 다시 진주행 열차로 갈아탔다. 열차는 조으는 듯 어둠 속의 창원 마산 반성을 거쳐 밤 12시 조금 지나 진주에 도착했다. 이튿날은 함박눈이 쏟아졌다.

겁외사는 인산인해였다. 생가터에 새로 조성한 생가에 들렀다. 기운 가사 한 벌과 깜장 고무신 한 켤레, 기운 양말 한 켤레가 방문객을 맞았다. 나는 그만 다소곳해져 옷깃을 여몄다.

그때 나는 남해 금산 보리암에도 들렀다가 암자가 너무 좋아 매화꽃 보러 가는 걸 깜박 잊고 4일이나 머물렀었다. 남해 금산에는 점박이 얼레지가 꽃 잎사귀를 뒤로 바짝 젖히고 자태를 한껏 뽐냈고 양달에는 진달래 망울이 탱탱하게 불어 있었다.

생각해 보니 매화꽃을 보자면 하동을 거쳐 섬진강 들녘으로 가는 게 좋을 것 같아 서둘러 쌍계사행 버스에 올랐다. 직행버스를 탔지만 남도의 직행버스는 작은 마을 구석구석을 빼놓지 않고 들르는 이를테면 장거리 시내버스 정도의 수준이었다. 굼벵이처럼 느려 처음에는 짜증스러웠지만 마을마다 내달은 이색 풍정은 꽃나그네를 마냥 들뜨게 했다.

남도 4월은 매화와 함께 산수유 천지다. 마을마다 늙은 산수유나무가 노랑꽃을 가득가득 싣고 나온다. 가지가 찢어질 듯했다. 그렇지만 매화마을은 가끔씩 물 건너로 언뜻 스치고 지나가나 감감했다. 알고 보니 대개 개량종 매화라 4월 초순이면 이미 꽃이 져버린단다. 서운했지만 할 수 없었다.

쌍계사에 닿았을 때는 정오가 조금 넘었었다. 경내를 돌아보고 돌아서려다 '불일폭포'라 적은 조그만 팻말이 보여 별생각 없이 폭포 길로 접어들었다. 뜻밖의 일이었다. 그도 그럴 것이 나는 잠깐 남도에나 다녀오려던 참이었다. 그래서 신발은 구두에, 배낭에는 공책 하나만 달랑 집어넣은 채였다. 폭포는 가도 가도 끝이 없었다. 발에 물집이 생겼다. 곤혹스러웠다. 매화꽃을 찾아 나섰던 길이 매화꽃은 못 보고 몸만 괴롭힌 셈이 되었다.

폭포는 삼신산 아래 깊은 골짜기를 타고 청아한 목청을 돋워 냈다. 하지만 기진한 몸이라 발길을 곧장 돌리고 말았다. 귀로길 소로에서 '국사암'이라 가리키는 화살표를 만나 무작정 그리로 발길을 옮겼다. 해는 곧 떨어지고 말았다.

국사암에는 스님 한 분이 있었다. 스님은 객실 하나를 내어 주었다. 그리고는 장작불을 지폈다. 나는 며칠 동안 들떴던 몸뚱어리를 구들장에 그냥 집어 던졌다.

자정을 지났을까. 한데 갑자기 콧맑이 환해져 벌떡 일어났다. 매화 향기였다. 매화 향기가 객실 찢긴 띠살문 창호를 통해 방 안 가득 퍼졌던 것이다. 향기를 따라 나가 보았다. 여울가 묵은 매화나무 울퉁불퉁한 등걸 여기저기서 매화 망울이 막 터져 나오고 있었다. 이게 꽃나그네를 이리로 이끌었구나 하는 생각이 드는 순간 삼천국토가 갑자기 환해졌다.

우주는 하나의 커다란 꽃바구니
둥그러져 아무 소리 안 들리네.

나 지난밤 그 꽃바구니 속에 들어앉아

꽃물탕에 목욕하다 뼈를 다쳤네.

— 최명길, 「꽃바구니」 전문

「사는 이야기」, 『설악신문』, 2012년 4월.

내 왼쪽 오금팽이의 상처 자국

나는 한때 나무꾼이었다. 나무를 아주 잘해 드렸다. 가친은 나를 위해 조그만 지게를 메워주셨다. 싸리로 엮은 바소가리도 만들어 주셨다. 조그만 지게에 조그만 바소가리를 얹어 지게 작대기를 받쳐 밭이랑에 세워 놓으면, 그 모습이 꼭 합죽선을 펼쳐 세워 놓은 것 같았다.

이 지게를 지고 소꼴을 베거나, 뒷동산으로 올라가 소나무 낙엽인 소갈비를 긁어 오거나 했다. 또한 가을이면 무성한 감나무 숲에서 떨어져 내린 실로 엄청난 감나무 잎사귀를 모아 부엌으로 나르기도 했었다.

낙엽은 불길이 좋다. 특히 소갈비는 불빛이 맑다. 아궁이에 넣고 보면 톡톡 터지는 듯한 맑은 소리를 내며 타오르기도, 그 맑은 불길은 파르스름한 빛을 내기도 한다. 어머니는 소갈비를 조금씩 피려 불을 땠고, 그 불길로 지은 밥은 우리 식솔의 끼니였다.

전쟁이 터졌던 1950년대에는 땔감 난이 극심했었다. 제국 일본

이 산을 발가벗겨 간 탓도 있었지만, 퍼부어댔던 포화는 산야를 가만두지 않았다. 곳곳이 포탄 자국이었고, 잿가루가 국토를 덮었다. 이런 난국에서도 먹고살아야 했다.

젊은이들은 땔감을 찾아 나섰다. 나도 땔감을 찾아 떠났다. 땔감은 먼 산 큰 산에라야 있었다. 나는 삼사십 리나 떨어진 모전이나 대관령 산자락에서 삭정이를 주워 지게에 지고 왔다. 어머니가 싸주시는 주먹밥과 고추장을 지게 눈에 매달고 마을 형들과 누나들을 따라가자면 종종걸음을 쳐야 했었다. 큰 산에는 그래도 마른나무가 많아 땔감을 쉽게 구할 수 있었다. 하지만 지게에 지고 올 일은 까마득했다.

큰 산에서는 땔감을 쉽게 구할 수 있다고 했으나, 그것도 계곡에서 3백여m나 비탈을 기어 올라가야 했다. 여기저기 쓰러져 뒹구는 나뭇가지를 모으고 이걸 다시 가지런하게 놓고 칡으로 동여매어 단을 묶자면 조련치 않았다. 그렇지만 빈 아궁이를 생각하면 그 일은 아무것도 아니었다.

그런데 늘 그 비탈이 문제였다. 나무지게를 지고 내려올 재간이 없는 것이었다. 하는 수 없이 나뭇단을 비탈로 내려굴린다. 비탈로 내려온 나뭇단은 잔가지들이 바위에 부딪혀 뜯겨나가고 앙상한 뼈대만 남아 나무 뭉치가 돼 버린다. 이 때문에 한 단이면 충분할 나뭇단은 한 단 더 마련하게 마련이고 그만치 시간과 공력이 더 드는 것이었다. 나뭇단을 지게에 올려놓고 지게꼬리로 단단히 붙들어 매면 제법 홀가분한 기분이 들기도 한다.

하지만 난제는 정작 그다음부터다. 지고 가자면 말할 수 없는 고초를 겪어야 한다. 처음에는 대단치 않았던 나무 무게가 시간이 지날수록 무거워져 나중에는 돌덩이를 얹어 놓은 것 같다. 영을 넘을 때에는 어깨뼈가 으스러질 듯하다. 다리는 바들바들 떨리고 몸은 휘청댄다. 그래도 할 수 없다. 한 걸음 한 걸음 걷다 보면 땀은 뒤범벅이고 어느 사이 집 앞 마을까지 오게 되는 것이었다.

오후가 되면 이 마을 저 마을에는 땔감을 이고 지고 오는 행렬이 길게 이어지고 그건 몇 년간이나 계속됐다. 해를 거듭하면서 나도 나무꾼 이력이 제법 붙었다. 산등성이를 넘는 것도 조금 쉬워졌고, 어깨에는 아기 주먹만 한 굳은살이 박여 있기도 했다. 나무꾼다운 나무꾼이 돼가는 것이었다.

나는 마을 산에 오르기도 했었다. 소나무 밑동을 캐기 위해서였다. 소나무 뿌리는 매우 단단하게 산에 박힌다. 이걸 캐자면 둘레를 괭이로 파헤치고 삽으로 흙을 퍼 올리고, 뿌리 사이의 흙을 손으로 긁어 집어내야 한다. 그리고 먼저 잔뿌리를 도끼로 잘라 내고 기둥뿌리가 앙상하게 드러나게 흙을 파낸 다음 도끼를 다시 들어 가로로 쳐 내려간다.

아침 녘에 나가면 해가 뉘엿거릴 때쯤 돼야 겨우 한 그루터기를 캐낼까 말까 할 정도이고 어떨 때는 이삼일 간을 뿌리 하나에 매달리기도 한다. 그러나 캐 온 소나무그루터기를 모탕에 뉘어 패 잘게 쪼개 놓으면 꽤 여러 날 불을 지필 수 있어 공을 들일만한 것이었다.

한번은 인적이라고는 없는 생두왈로 나무하러 갔었다. 하늘은 맑았고 잔설이 나무 아래, 마치 목화솜을 깔아놓은 듯했었다. 나는 지게를 벗어놓고 나무를 둘러보았다. 삭정이는 보이지 않았다. 삭정이를 따 내려야 나뭇단을 묶어서 지고 올 텐데 낭패였다. 나는 나무를 살폈다. 그리고 이파리가 겨우 남아 거의 삭정이가 다 된 나뭇가지를 발견하고는 나무를 타고 올라갔다.

높이가 까마득했으나 낫을 뒤꽁무니에 차고 한없이 기어올랐다. 그리고 생나뭇가지를 찍어 내렸다. 이 나무 저 나무를 그렇게 해 꽤 많은 나뭇가지가 모였다. 그런데 생나뭇가지라 이파리가 걸리적거렸다. 삭정이라야 불이 괄다. 생나뭇가지는 불을 붙일 때 애를 먹인다. 이파리가 붙어 있으면 연기만 자욱하다.

나는 이파리를 낫으로 쳐냈다. 쳐낸 나뭇가지는 곧장 삭정이 비슷한 게 돼갔다. 그런데 그만 잘못해 날카로운 낫 끝이 내 왼쪽 오금팽이를 내리찍고 말았다. 상처가 깊어 피도 잘 나오지 않았다. 지금도 상처 흉터가 남아있어 볼 때마다 아스라한 내 나무꾼 소년 시절이 떠오르곤 한다.

후의 일이지만 『육조단경』을 읽다가 혜능 선사가 나무꾼이었다는 사실을 알고는 가끔씩 오금팽이의 그 상처 자국을 쓰다듬어보기도 한다.

「사는 이야기」, 『설악신문』, 2012년 6월.

모과의 위대한 모성

우리 집 안마당 귀에는 모과나무가 한 그루 있다. 이 모과수는 가끔씩 울퉁불퉁한 막돌같이 못생긴 모과 몇 덩이를 들고 나온다. 처음에는 걀쭉 푸릇하나 늦여름에 접어들면서는 울퉁불퉁한 못생긴 제 모습을 갖추어가고 초가을에는 날계란 노른자위 같은 노란 빛을 내뿜기 시작해 허공을 환히 밝힌다. 달밤에 보면 꼭 등불을 내건듯하다.

서릿발이 몇 차례 치고 나면 나는 곧잘 이 모과를 따다가 쟁반에 올려놓고는 한다. 향기 때문이다. 향기는 방 안 가득 차오른다. 짙은 모과 향기가 내 누추한 몸을 상쾌하게 만들어 놓기도 한다.

놀라운 건 향기가 진해질수록 모과 볼 귀퉁이는 검게 물들어가고 마침내 전신을 까맣게 태우듯 해 놓고야 향기도 멈춘다는 것이다. 더욱 놀라운 사실은 이 모과를 버리기도 무엇해 떨어진 모과낙엽 위에 아무렇게나 던져 놓으면 이듬해 봄, 마치 투구 모양을 한 시꺼먼 모과 덩이가 볼록 솟아나 있고, 아래를 가만히 열고 보면 모과 새끼들이 오골오골 매달려 있다는 것이다.

짙은 향기를 띠며 까맣게 변해 간 것은 썩은 게 아니었다. 까맣게 자신을 무화시키면서 새로운 생명을 잉태한 위대한 모과의 모성이었다. 그건 어떤 존재자가 그렇게 한 것이 아니다. 다만 스스로 그러했던 것, 그게 끊임없이 나고 또 나고 하는 '생생지위역(生生之謂易)'(『주역』)의 현현인 것이었다. 아무것도 덧붙일 것도 없고 아무런 모자람도 없고 다만 스스로 그러했을 뿐인, 단출하고도 적나라한 제 알몸 세계 그대로였다.

나는 2002년 6월 17일부터 7월 26일까지 꼬박 39박 40일간을 산에서 지낸 적이 있다. 백두대간 종주를 하면서였다. 우리나라 백두대간 줄기는 동서 사방으로 흩어져 흘러가는 물길을 비켜 가면서 남북으로 장장 1,240km(실제 거리〈남한 구간〉)로 이어져 있다. 백두대간은 백두산에서 지리산까지의 능선으로, 말하자면 한반도의 등줄기이다.

이 등줄기를 밟아가며 내가 깨달았던 것은 우리 국토는 산 하나라는 사실이었다. 한반도는 모산 하나가 마치 커다란 나무로 솟구쳐 오른 듯 수많은 지맥을 거느리고 뻗어 나와 얽히고설켜 형성됐다. 그런데 이 모산이 깎여 흔들리고 있었다. 모산이 흔들리면 한반도가 흔들린다. 한반도가 흔들리면 삼천 국토가 흔들린다.

까닭은 사람 때문이다. 사람이 파먹어 그렇게 된 것이다. 심지어 추풍령 금산 같은 경우는 산이 반쪼가리가 돼버렸다. 자병산은 산의 오장육부, 등골까지 파 먹혀 앙상하게 드러났고, 용트림치는 낙동정맥의 맥뿌리이기도 한 태백 매봉산은 산 껍질을 발가벗겨 밟으면 돌짜가리들이 아귀 소리를 내질렀다.

큰 의미로 보면 한반도에서 살아가는 사람들은 누구나 이 백두대간에 젖줄을 대어 둥지를 틀고 있다. 그런데도 산 하나를 지켜내지 못한다. 그냥 두는 것을 용납하지 못한다. 무엇이든 변형시키고 일그러트리고 파괴하고 정복을 해야 직성이 풀리는 족속이 호모사피엔스라는 족속이기는 하다. 그리고 그런 근성이 오늘날과 같은 물질적인 풍요와 동서양을 하룻길로 끌어당기고 코앞에서 세계를 들여다보는 모바일 세상을 창출해 말할 수 없는 편리함을 주고 있지만, 핵이라는 가공할 물질을 가운데 두고 전전긍긍하는 꼴불견으로 전락해 안쓰러움을 맛보게도 한다.

나는 50여 년 동안을 설악에 묻혀 살면서 몇 가지 느낀 바가 있다. 그중 하나는 풀과 나무들, 벌레와 들짐승과 날새들은 최소한의 먹이와 최소한의 삶의 터전이면 족하다는 사실이다. 그쪽 세계도 생존경쟁은 있다. 그렇지만 삶의 터전을 마구잡이로 갉아먹어 파괴하지는 않는다. 그저 삶을 지켜내기 위한 최소한의 것을 얻어 저희들끼리 원융무애하게 살아간다.

삼라만상의 어머니로서의 국토대자연은 어느 누구도 탐하지 않는다. 늘 스스로 그러하다. 그만큼만 변화하며 그만큼만 존재한다. 존재할 뿐 존재자로서 권력을 휘두르거나 행동하지 않는다. 이게 이른바 곡신으로서의 그의 속성이다.

해와 달이 늘 그 자리에서 그러하고 별과 물이 늘 그 자리에서 그러하다. 바닷가 조약돌이 늘 그만큼씩 그러하고 찰랑대는 파도결을 따라 들숨날숨을 쉬는 따개비들이 늘 그러하고 빈 소라껍질을 집을 삼고 살아가는 소라게들도 늘 그러하다. 다만 그러할 뿐이다. 살랑거리는 봄바람은 언 땅 깊은 곳을 송곳인 듯 뚫고 들어가 자갈돌처럼 딱딱한 호두껍질에 흠을 내어 호두 싹을 움트게 하고 깜깜한 가지를 흔들어 꽃망울을 틔우고 잎새를 피운다. 참으로 오묘한 모성의 발현이라 아니할 수 없다.

서정시는 인간은 물론 오직 그러할 뿐인 삼라만상의 생명 고리로서의 애틋한 우주공동체적 시적 인식에서 출발한다.

하늬바람에 놀라 깨 날아가는 멧노랑나비의 날갯짓이 서정시라 할까?

모과의 모성으로 나도 그런 서정시나 몇 편 싹틔웠으면 좋겠다.

올해도 우리 집 모과수는 분홍빛 모과꽃을 드문드문 피웠다. 또 울퉁불퉁한 그 못생긴 열매를 들고 나오려나 보다.

계간 『시와소금』, 2012년 여름호.

신수의 깨달음과 혜능의 깨달음

신수(神秀)는 중국 선종의 5조 홍인대사의 수제자다. 그는 홍인대사의 많은 제자들 가운데서도 명석하고 신망이 두터워 법손의 후보로 꼽혔었다. 중국 선종은 달마를 초조로 해 혜가 · 승찬 · 도신 · 홍인 · 혜능 등 6대를 내려오면서 그 특수한 법맥을 잇는다.

특수한 법맥이라 했지만 중국 선종은 전통 불법과는 약간 다른 이단성을 보인다. 그건 불교가 중국으로 들어와 중국 토착 신앙이었던 도교의 세계관과 뒤섞이면서 독특한 방향으로 나아갔기 때문이다. 그 독특함이란 직관적 깨달음을 중시한다는 점이다. 선종은 깨달음을 통한 자기 인식에 도달한다. 이를테면 참마음만 바로 보면 자기가 곧 부처가 된다는 매력을 이 선종의 불법이 품고 있다.

하지만 정작 석가가 정각을 얻고 난 다음 최초로 설한 『대방광불화엄경』이나, 말년에 설한 『묘법연화경』에서는 깨달음보다도 육바라밀을 통한 지혜와 자비 구족의 중요성을 설파했다. 더욱이 불교 사상의 종합적인 텍스트라 할 만한 『유마힐소설경』의 유마와 문수의 대화를 들어보면 중생의 아픔이 곧 나의 아픔이라고까지 말했다. 자비의 극치인 셈이다.

그리고 앞의 『묘법연화경』「상불경보살품」에서는 눈앞의 대상은 그 자체로 완전하고 현존 자체가 곧 부처라고까지 말한다. 깨달음을 얻었건 말았건 마음에 흑심을 품었건 말았건 인간 그 자체가 온전한 불성을 갖춘 부처라는 것이다. 심지어 앙굴마라 같은 날강도라 할지라도 인간의 오묘한 능력을 갖추었기에 부처로 대한다는 것이다. 이게 바로 불교 8만 4천 법문의 핵이다.

그러므로 불교는 사람이 곧 부처라는 종교이다. 인간은 죄인이 아니라 그 자체가 바로 부처다. 그런데도 이러한 불교가 중국에 들어오면서 보다 엄격한 면벽 수행의 길로 들어서서 깨달음을 얻고 이 깨달음을 얻었다는 인가를 받아야 깨달은 자로 추앙을 받게 돼 갔다.

이런 풍토 속에서 신수도 엄격한 수행의 과정을 거치던 참이었다. 재미난 것은 신수의 깨달음의 경지가 그가 쓴 한 편의 시에 고스란히 담겨 있다는 사실이다.

몸은 곧 깨달음의 나무요
마음은 좌대거울과 같도다
때때로 부지런히 털어내
먼지 때 끼지 않도록 하라

身是菩提樹 心如明鏡臺(신시보리수 심여명경대)
時時勤拂拭 莫使染塵埃(시시근불식 막사염진애)

교훈적인 내용이기는 하나 이 한 편의 시는 신수가 이미 깨달음을 얻은 높은 경지의 인물임을 내세우는데 조금도 손색이 없을 만했다. 시를 방앗간 벽에 내어 걸었을 때 이를 본 수행자들은 신수의 높은 덕을 찬양해 마지않았고, 신수가 법손임은 의심의 여지가 없었다.

한데, 느닷없이 떠꺼머리 나무꾼 하나가 찾아들었다. 바로 혜능(慧能)이었다. 그는 일자무식이었고 나무를 해다 파는 가난한 나무꾼에 지나지 않았다. 그래서 홍인의 도량을 찾아왔을 때 방앗간에서 매일 방아를 찧는 일꾼으로 부렸었다. 혼자 발방아를 찧어야 했으므로 그는 등에 납작한 돌을 새끼로 동여매 매달고 체중을 늘려 방아 가다리를 밟아 방아를 찧었다.

그도 신수의 덕망을 잘 알고 있었다. 마침 시를 지었다기에 도반에게 물어 그 내용을 알았다. 그러고는 무슨 보리수요, 무슨 명경대냐며 화답시 한 편을 읊조렸고 도반은 이를 받아 적었다.

깨달음에는 본래 나무가 없고
명경은 좌대 있는 것 또한 아니네
본래 한 물건도 없거니
하물며 어느 곳엔들 티끌 일겠나

菩提本無樹 明鏡亦非臺(보리본무수 명경역비대)
本來無一物 何處惹塵埃(본래무일물 하처야진애)

시는 곧 스승 홍인에게 전해졌고, 홍인조사는 시를 보는 순간 감탄했다. 중국 선종의 법을 이 한 편의 시가 꿰뚫고 있어서였다. 마음이 곧 부처라는 인식이 시에 드리워져 있었다. 한 물건이 본래 없으니 어찌 먼지 끼어 털어낼 필요가 있느냐는 강한 메시지를 이 시가 담고 있었던 것이다.

한밤중에 홍인조사는 혜능을 조용히 불렀다. 그리고 발우와 가사 한 벌을 주며, 다름 아닌 네가 법을 깨친 내 법손이라며 이 길로 남쪽으로 끝없이 가라 했다. 그도 그럴 것이 대중의 신망이 두터웠던 신수가 법을 이은 것이 아니라, 엉뚱한 무식장이 나무꾼이 하룻밤 사이에 불조사가 돼 버렸으니 사달이 나도 큰 사달이 붙었던 것이다. 하는 수 없이 스승의 언명에 따라 혜능은 일종의 도피행각을 벌렸다. 소식을 전해 듣고 그를 따르는 도반들도 생겨 구도열풍이 불었고 그는 남종선의 개조가 되어 많은 제자들을 배출했다.

이 시 두 편을 두고 항간에는 그 우열을 따지는 경향도 더러 있다. 하지만 그건 어긋난 견해다. 불법을 보는 관점이 다를 뿐이다. 신수의 깨달음은 한 단계 한 단계 올라가 구경각에 이르는 『대방광불화엄경』「십지품」의 정신이 어른거리고, 혜능의 깨달음은 인간 그 자체가 곧 부처라는『묘법연화경』과 맥을 함께 하고 있다.

남종선의 혜능과 북종선의 신수는 다름 아닌 불법의 한 몸이다.

「사는 이야기」,『설악신문』, 2012년 7월.

소나무 청산

나는 가끔 소나무 숲을 지날 때면 "소나무야."라고 불러본다. 소나무가 좋아서다. 그냥 좋아서 그런다. 좋아서 친구처럼 부른다. 그 늠름함이 좋고, 대장부의 팔뚝 같은 그 울퉁불퉁한 가지가 좋고, 언제 보아도 청청한 그 기개가 좋다.

대지를 향해 뻗어나간 뿌리의 쏠림과 수많은 가지 지붕을 떠받치는 실한 외대궁이의 힘꼴을 느끼노라면 내 쪼그라든 몸에서도 힘이 솟는다. 거북 등짝처럼 틀어박힌 껍질 무늿결은 태고의 정적감을 불러일으킨다. 폭풍에 맞서 부르짖는 소나무 소리는 태평양이 뒤집히며 소용돌이를 치는 것 같다. 싸한 소나무의 향기는 나를 고요에 빠뜨린다.

광복 몇 년 전일 것이다. 내 나이 네댓 살이나 되었을까?

마을 산들이 수난을 맞았다. 제국 일본이 소나무를 수탈해 간 것이다. 아름드리 소나무를 마을 사람들을 동원해 베게 했다. 수많은 소나무들이 쓰러졌다. 그들은 그런 행위를 '소목을 한다'라고 했었다. 우리가 해마다 지켜주던 모솔집 가산(家山)의 소나무도 베어졌다. 장대한 소나무 둥치들이 산등성이에 처참하게 나가 뒹굴었다.

모솔집 가산은 우리 집을 외워 싸고 우리 집은 그 산에 둘러싸여 아늑했다. 산에는 백여 년 넘은 소나무들이 꽉 들어찼었다. 우리는 그 산을 지켜주고 가을이면 소갈비(낙엽)를 긁어 땔감으로 했다. 버섯도 소나무들이 길러내어 이를테면 국수버섯, 송이, 꾀꼬리버섯, 달걀버섯은 모두 소나무 그늘에서 소나무 향기를 맡고 자란다. 나는 어렸을 때 조그만 대바구니를 들고 이런 버섯들을 곧잘 따고는 했었다.

제국 일본은 베어낸 소나무를 잘랐다. 우듬지는 소나무를 벤 이들에게 나누어 가져가게 하고 거대한 둥치는 토막을 내 하산시켰다. 장정들이 4목도를 해 트럭이 드나드는 신작로까지 운반했다. "흥야 흥야 어이영차 어영차 흥야 흥야"라는 목도꾼의 목도소리는 아직도 내 귓가에 맴돈다. 우듬지를 잘라 패 산 여기저기 가려 놓은 장작가리는 계곡을 채웠고 무차별 베어버린 소나무 푸른 청산은 단 며칠 사이에 헐벗어 붉으직직한 붉은 알배가 드러난 진흙 민둥산이 돼 버렸다.

민둥산에서는 아무 소리도 들려오지 않았다. 그 많던 산새들은 자취를 감추었고, 올빼미 소리도, 부엉이 소리도 감감해져 버렸다. 밤이면 갓난아이를 물고 간다는 개갈가지의 괴괴한 소리가 들려와 우리는 할머니 품속으로 파고들거나 할아버지 이불 속에 가 묻혔다.

휑뎅그렁했던 산에 다시 소나무가 들어서기 시작한 건 1967년 산림청을 독립행정기관으로 만들어 대대적으로 추진한 산림녹화사업 영향도 컸었지만, 군데군데 두었던 씨 소나무가 자손을 퍼뜨린 자연현상 때문이기도 했다. 나는 열서너 살 무렵 포남동 소나무 묘포장에 인부로 나가 며칠을 꼬박 어린 소나무밭에서 잡초를 솎아내기도 했었다. 지루하고 힘든 일이었지만, 나중 그 소나무들이 푸른 국토를 일구는 초석이 되기도 했다는 사실을 알고는 혼자 흐뭇해했었다.

모솔집 가산의 소나무에서는 베어지기 전의 그 위용과 풍모를 볼 수는 없다. 아직 청년 소나무여서이다. 그러나 소나무에서만 풍기는 운치가 조금씩 살아나고 있다.

소나무는 오래될수록 멋을 낸다. 가지 몇은 벼락에 맞아떨어져 나가도 기품이 있다. 허공을 채우며 한 채의 불탑처럼 서 있는 소나무는 고풍스럽다. 가지 두서너 개만 달고 산 능선 바위 짜가리에 뿌리를 집어넣고 당당하게 버텨선 설악산 소나무를 보면 경외감마저 든다. 무한한 세월이 오고 갔음을 나는 그 소나무를 통해 안다. 양양 조산 소나무 숲을 거닐어 보면 기분이 상쾌해지고 달마봉 소나무에 기대서면 대청봉 물소리가 등줄기를 타고 흘러내리는 것 같다.

영월 단종 묘역 앞의 묵은 소나무는 단종의 가슴 아픈 사연을 후세에 전하기라도 하려는 듯 가지를 모두 묘역으로 드리워 유명하다. 경주 남산의 소나무는 오래되지는 않았으나 남산의 그 많은 부처를 지키려는 듯 아랫도리가 사천왕상 허벅지같이 실하다. 백두산 미인송은 쭉쭉 곧아 정말 미인들의 미끈한 몸매를 보는 것 같다.

그래서인지 평생 소나무만 찾아다니는 사진작가도 있고, 소나무 그림만 그리는 화가도 있다. 또한 시집 한 권을 이 소나무 예찬으로만 채운 시인도 있다. 단원 김홍도의 〈송하맹호도〉는 호랑이 꼬리가 소나무 기괴한 가지를 치뜨릴 듯하다. 소나무와 맹호가 어우러져 뿜어내는 기세는 가히 폭발적이다. 추사 김정희의 세한도에 고인 고적감의 절정미는 이 소나무 때문이다. 오원 장승업이 48세 때 그렸다는 산수화 연작 중 한 폭인 〈송풍유수〉는 폭포가 소나무 아래를 휘돌아 폭포 소리와 소나무 소리가 동시에 울려 계곡에서 누가 거문고를 뜯는 듯하다.

우리나라 산은 소나무를 잘 길러낸다. 어린 소나무일 때에는 잘 모르지만, 키 2,3m만 자라오르면 금방 4,5m로 커간다. 땔감 걱정을 하지 않아도 되는 시절이라 소갈비를 긁을 일도 없어져 산엘 가보면 묵은 갈비가 쌓여 발목을 덮는다.

가친이 관을 한다고 남겨 두었던 앞 재의 그 붉은 소나무는 이파리가 더욱 무성해졌다. 이 소나무는 6 · 25 전쟁 당시 기관포 타켓이 되기도 했었다. 나는 사범학교 시절 여름방학 때 과제물로 이 소나무를 정밀 묘사해 'A'를 받기도 했었다.

분재의 도구로 전락한 소나무를 보면 안쓰럽지만 청산의 기골 찬 소나무들은 산의 정신을 내뿜는다.

「사는 이야기」, 『설악신문』, 2012년 8월.

방생

방생은 애초 불가에서 유래했다. 산야지소에 물고기와 새를 놓아주는(『유수장자품』『금광명경』) 일종의 자비행이 방생이다. 하지만 '방생'은 '포획'을 전제로 한다. 방생의 요인은 포획이다. 포획이 없으면 방생도 없다. 그렇다면 이 포획은 누가 하겠는가. 그야 두말할 나위 없이 인간에 의해 저질러진다.

인간은 그 좀 별난 두뇌와 재주로 자연 사물을 지배해 왔다. 그래서는 안 되는 데도 갈수록 지배력은 팽배해 우주를 점령하고 삼라만상을 발아래 두려 한다. 인간이 머무는 곳은 그 어떤 곳이든 자연 사물에게는 이득이 안 된다. 자연 사물뿐 아니다. 요즈음에는 가상공간이라는 별 희한한 공간을 만들어 기상천외한 일들을 벌이고 있다. 이 미증유의 가상공간에서는 세상을 손바닥 위에 올려놓고 희희낙락한다. 인간이 창조한 요물들이 어느 지경까지 갈지는 아무도 알 수 없다.

사실 넓게 보면 인간도 자연물이다. 그런데도 인간과 자연 사물은 구별된다. 인간은 창조력이 있기 때문이다. 자연 사물은 스스로 그러그러한 경로를 거쳐 실존한다. 인간은 스스로 그러그러한 경로를 거치지 않는다. 조작하고 파괴하고 축조한다. 그게 인간의 두드러진 특징이다. '포획'은 이 과정에서 발생한다.

밀림의 왕인 용맹스러운 사자도 인간의 손을 거치면 한갓 노리개다. 심지어는 동심의 어린것들까지 새끼병아리를 죽는지 사는지 보려고 공중에서 떨어뜨린다. 이것이 잠재한 인간의 포악성이다. 어찌 이뿐이겠는가. 새, 원숭이, 다람쥐, 풍뎅이, 개미, 멧돼지, 곰 (…) 실로 엄청난 생명들이 인간의 손을 거치면 노리개로 전락했다 생을 마친다.

물론 인간의 손을 거쳐야만 살아갈 수 있는 생명체들도 있다. 애완용이라는 명칭을 가진 동물들이 그들이다. 그들은 인간이 먹여주고 재워주고 집을 주고 돌보아 주어야 살아갈 수 있다. 또 풀인 곡식들도 마찬가지다. 인간에게 길들여진 곡식은 인간이 보살피고 가꾸어 주어야 무럭무럭 자라나 꽃을 피우고 열매를 맺는다. 비록 자기 자손을 빼닮은 후손을 싹틔워 퍼뜨릴 수는 없지만 어쨌든 꽃을 피운다. 곡식은 인간이 먹고 살기 위해 철저히 길들여왔거나, 조작해 만들어놓은 인간의 종속물이다.

그렇지만 야생에서 숨 쉬고 살아야 제대로 살 수 있는 야생동물의 경우는 다르다. 그들은 야생으로 야생의 숲과 나무와 초원을 동산 삼아 자유자재로 먹고 마시며 자식을 낳고 길러 후대를 이어간다. 그러함에도 그렇지 않다는 데 문제가 있다.

보도에 따르면 동물학대 논란이 벌어졌던 과천 서울대공원 돌고래 쇼가 생태설명회로 전환될 예정이며, 불법 포획돼 때려 길들이고 쇼를 벌이며 노리개로 삼던 제돌이는 방사하기로 결정했다 한다. 또한 멸종한 한국산 토종 여우가 자연 번식의 성공으로 '비로'와 '연화'라는 아름다운 이름을 달고 소백산에서 보금자리를 틀게 됐다는 말도 들려온다.

꼬리가 유달리 길고 복스럽던 여우 모습은 전쟁 전만 하더라도 오랍들*에서 쉽게 목격됐었다. '캥'하고 힐끔 돌아보며 산 고개를 넘어가던 여우의 오싹 앙증스러운 모습은 재미있기도 두렵기도 했었다.

기특한 돌고래 쇼의 경우 어린이 정서에 도움을 줄 수도 있을 것이다. 하지만 어린이 정서 함양이 불법 포획된 돌고래 쇼를 통해서만 이루어지는 건 아니다. 그건 오히려 동물 학대의 요령을 어려서부터 가르치는 결과를 낳을 뿐이다. 돌고래의 입장에서 보면 쇼를 한다는 게 얼마나 고통스러울 것인가.

나는 1995년 인도 여행 중 곰 공연을 하는 한 시골 바자르를 지난 적이 있다. 발목은 쇠사슬로 얽혔고, 코를 쇠로 뚫어 고삐를 달아 놓고 일종의 쇼를 벌이던 것이었다. 등치가 어른 키의 두 배만 하였지만 이 곰은 사람이 든 회초리의 방향에 따라 온갖 굴욕을 감내하며 우스꽝스러운 몸짓을 보여주곤 하였고, 그때마다 동전 몇

* 오랍들: 오래뜰. 강원 방언, 대문이나 중문 안에 있는 뜰.

닢이 주인 앞 깡통에 던져졌었다. 길거리로 자유롭게 어슬렁거리는 소와는 아주 대조적인 인도의 한 단면이었다.

어쨌든 야생동물은 야생으로 돌아가야 한다. 그게 『회남자』의 이른바 사지 오장과 아홉 구멍 366절의 뼈마디를 갖추고 영장이라고 우쭐대며 우월감에 도취한 인간이 자연에게 베풀 수 있는 최소한의 예의다.

얼마 전 서울 한강 둔치에서 이상한 걸 목격했다. '방생'이라는 간판을 단 배 한 척이었다. 생각건데 '방생'을 미끼로 영업을 하는 배 같았다. 밀고 들어가 보지는 않았지만 물고기나 자라 거북 같은 미물들을 붙들어 두고 인간의 호사를 노리는 상술임이 분명했다. 자연으로 돌아가게 길을 터주면 그만일 걸 고걸 미끼로 돈벌이를 한다고 생각하니, 모멸스러웠다.

1970년대 초 나는 잉꼬 두 마리를 길렀었다. 아이들이 어렸을 때이고, 그때는 새들을 참 많이 길러 호기심으로 처마에 매달아 기른 것이었다. 일 년쯤 지났을까? 새장이 조용해 보니 새 한 마리가 안 보였다. 꽁지깃이 노랗고 가운데 긴 꼬리는 푸른 잉꼬로 상치의 것이었지만 서운했다. 아이들도 서운해했다. 하지만 며칠이 지난 다음 나는 가족들과 상의해 남은 새마저 날려 보내기로 했다.

아이들이 새장을 가슴에 받쳐 들고 창을 열자 새는 하늘 높이 날아올랐다. 날갯짓 소리가 멀어졌고 새는 보이지 않았다.

「사는 이야기」, 『설악신문』, 2012년 9월.

설악산은 우리와 함께 가는 길손이다

설악산의 주인은 없다. 속초 땅에 있다고 속초 것이 아니다. 양양 땅에 있다고 양양 것이 아니고, 인제 땅에 속해 있다고 인제 것도 아니다. 마찬가지로 강원도에 있다고 강원도 것이 아니다. 대한민국 설악산이라 해도 대한민국 국민 것만은 아니다. 설악산은 세계인의 것이다.

그만큼 존귀한 산이다. 산 전체가 금강보석으로 이루어진 산이 설악산이다. 죽은 산이 아니라 살아 숨 쉬는 생명체가 설악산이다. 겨울이면 죽은 듯 침묵에 들었다가 훈풍이 불면 그 침묵에서 깨어나 용맹스러운 사자처럼 기지개를 켠다. 동장군에 붙들려 있던 천불동 계곡 물이 발버둥 치며 일어나 앉고 대청봉 철쭉이 종달새 부리 같은 잎눈을 틔우며 깨어난다. 백담계곡이 버들치처럼 파들대고 한계령 굽이도는 길섶에는 혹한을 이겨내고 파릇파릇 어린 풀들이 이마를 내민다.

산양이 바위절벽을 치고 돌아가고 고라니 노루가 뛰논다. 멧돼지는 줄무늬 어린 새끼를 데리고 능선을 넘어서고, 날다람쥐가 가파른 가지를 타고 이 가지에서 저 가지로 날아다닌다. 천화대의 수많은 바위들은 가늘고 여린 우산이끼를 보듬느라 기를 쓴다. 천하제일폭 토왕성폭포가 바위 연잎사귀에 숨어 있고 대승폭포가 비단을 두른 듯 절벽을 감싸고돈다.

설악산에는 구름이 살고 안개가 살고 산바람이 살고 밤이면 수많은 별들이 지상의 꽃처럼 피어 설악산을 우주 화원으로 만든다. 북방산개구리가 살고 살모사가 살고 까투리가 산다. 담비와 솜다리, 서어나무가 살고 물박달이 살고 눈잣나무와 얼레지 · 복주머니 · 먼지버섯 · 요강망태 · 금강초롱 · 어리박각시와 진귀한 산삼도 설악산이 길러낸다.

설악산은 실로 수많은 생명체의 보금자리다. 이런 생명체에게 드릴로 구멍을 뚫고 쇠막대기를 들이박는 일은 이제 없어야 할 것이다. 그것은 생명체인 설악산의 숨통을 조이는 일이다.

나는 지난해 10월 15일 공룡능선에 갔다가 깜짝 놀랐다. 키보다 큰 배낭을 짊어진 젊은 이방인들을 만났기 때문이다. 이방인들이 공룡능선에까지 온다는 건 놀라움이었다. 나는 물었다. 어디서 왔느냐고. 한 사람은 캐나다, 두 사람은 영국, 그리고 나머지는 아일랜드. 알피니스트냐니까 그건 아니라 했다. 산이 좋아 명산을 찾아 이렇게 왔노라 했다. 나는 다시 한번 놀랐다. 설악산이 명산인 줄 눈 밝은 세계인들도 알고 있다는 사실이 신기하기만 해서였다.

잠시 공룡능선 1,275봉을 등지고 앉아 몇 마디 말을 나누었을 뿐이었지만 설악산은 한국인의 한국산이 아니라 세계인의 산이라는 것을 알았다.

공룡능선뿐 아니다. 설악산 깊은 계곡이나 소공원을 거닐다 보면 낯선 말소리가 수시로 들려온다. 중국 일본 · 베트남 등 동남아인들은 설악산을 보려고 천리를 달려와 뿔처럼 솟구친 설악산과 마주하며 감탄한다.

이런 설악산인데도 그저 시설물이나 설치해 이익이나 보려는 인총들은 설악산을 논할 자격이 없다. 희운각 아래 전망대는 무슨 이유로 설치했는지 모르겠다. 그건 쓰레기다. 목제 계단도 최소화할 필요가 있다.

그러그러하게 흘러가는 자연의 가는 길을 인공 설치물로 가로막는다는 것은 천하의 이치를 되돌리는 일이다. 재화가 탐이 나면 산이 아니라 다른 방법을 찾아야 할 것이다. 왜 하필 만 생명의 보금자리인 설악산에만 눈독을 들이는지 알 수 없는 노릇이다.

시인 한용운은 일본제국 총칼 앞에서 삼천 국토가 신음할 때, 저 신령스러운 설악 영봉을 바라보며 불멸의 명시집『님의 침묵』을 민족의 제전에 바쳤다. 이런 설악산을 함부로 대해도 된다고 생각하는가. 눈이 있으면 바로 보고 뛰노는 가슴이 있으면 귀 기울여 들어보라.

펑펑 땀 흘리며 설악산 가슴에 안겨도 보고 깊은 밤 산과 독대도 해 보아야 진정한 설악산을 깨우칠 것이다. 그런 사람은 산 발걸음조차 조심스러워할 것이다. 설악산은 마음만 먹으면 누구나 오를 수 있는 산이다. 천하절경 치고 그런 곳이 몇 곳이나 되는가.

설악산을 아낀다면 세계인에게 돌려주어야 한다. 그 길은 바로 설악산을 유네스코 자연 유산으로 등재할 방법을 찾자는 의미이기도 하다. 설악산은 세계인이 보존해야 할 자연 유산으로서의 충분한 가치를 지녔다고 본다. 설악산이 인류가 보존해야 할 자연 유산으로 선정된다면 산의 격이 드높아질 것이다. 그러기 위해서는 우선 설악산을 설악산답게 가꿀 필요가 있다. 할퀴고 긁히고 구멍 난 부분은 메우고 그동안 마구 짓밟았던 능선은 어루만져주고 헐벗은 산자락의 상처는 스스로 아물게 도와주어야 한다.

그러나 무엇보다 설악산이 내 것이어서 내 마음대로 하겠다는 소유욕에서 벗어나야 한다. 우리는 잠시 왔다 간다. 설악산도 잠시 우리 곁에 온 길손이다. 길손으로 왔다면 서로서로 보살펴 주고 아껴주어야 한다. 천년만년 머물 것 같지만 그렇게 보이는 건 인간의 탐욕이 불러일으키는 허깨비 장난이다.

정도의 차이가 있겠지만 그도 생주이멸 하고 우리도 생주이멸 한다. 자연사물이나 인간이나 자재 공존의 길이 곧 삶의 길이다.

설악산이 홍엽의 절정에 이르렀다. 기운찼던 물소리는 몸을 사리고 생명체들은 양지로 스며든다. 숲은 푸름을 거두고 조락을 준비한다.

제발 설악산을 숙원이니 개발이니 하는 명목으로 나무 흔들듯 흔들지 말라. 『주역』「계사(繫辭)」 5장의 생생지위역(生生之謂易)은 만물에 통용되는 말이다. 그 길을 인간이 막아서는 안 될 것이다.

「사는 이야기」, 『설악신문』, 2012년 10월.

돈명헌(頓明軒)

우리 집은 2층 양옥이다. 1979년 여름 공사를 시작해 이듬해 봄 마무리 지었다. 아무 준비도 없이 시작한 집 공사라 부지하세월이었던 것이다. 내가 속초에 집을 갖게 된 것은 뜻밖이었다.

내가 태어난 곳이 강릉이고 만 스무 살까지 나는 강릉에서 자랐다. 나는 강릉 엄마에게서 태어나 강릉 엄마의 품속에서 강릉 엄마의 젖꼭지를 물고 컸다. 강릉의 바람과 강릉이 길러낸 곡식과 강릉의 물과 강릉의 별과 구름을 보며 어린 시절을 보냈다.

우리 집은 입암동 응달마을에서 붙박이로 5대를 살아온 전형적인 농가였었다. 우리 조상들은 대대로 농사를 지으며 자식을 낳아 대를 이어왔고 내 피붙이들도 강릉에 터를 잡고 살아가고 있다. 그러므로 나도 언젠가는 강릉으로 가 강릉에 터를 잡고 살기를 바랐었다.

하지만 그게 안 됐다. 문학과 설악산 때문이었다. 속초의 문학하는 친구들의 맑은 눈빛이 좋고 눈을 뜨면 바로 설악산이 다락처럼 구름 위에 둥실 떠올라 그게 기이해 속초에 눌러앉았다.

내가 아내와 첫 살림을 차린 곳은 조양동 새마을이었다. 1971년 3월 새 학기가 시작될 무렵이었다. '새마을'은 청호동에 해일이 차올라 풍비박산한 어민들을 위해 급히 조성된 마을이었다.

나는 마침 근무처가 그리로 정해져 그곳에 단칸방 하나를 얻어 월세(월 500원)로 든 것이었다. 단칸방 신세라 알루미늄 궤짝 하나가 우리 부부의 전 재산이었다. 알루미늄 궤짝이었지만 갓 스물이었던 아내는 그걸 애지중지했다.

그런데 아기들이 생기기 시작했다. 단칸방이 비좁다는 사실을 그때에야 알았다. 빈대도 바글거렸다. 자고 나면 아기의 팔뚝과 허벅지를 빈대가 물어 발갛게 부풀어 올랐다. 마을 공중변소는 아침이면 줄을 길게 섰고, 오물이 가득 차올라도 치울 줄 몰랐다.

공중 수도가 하나 있었다. 물줄기는 실오라기 같았다. 그러나 그것마저 끊기는 일이 다반사였다. 아내는 빨랫감을 이고 대포를 지나 설악천으로 나가 빨아 헹구어 오기도 했었다. 그래서 다시 다른 단칸방으로 옮겼다. 그렇지만 사정은 조금도 달라진 게 없었다. 도통 삶이 말이 아니었다.

우리는 새마을에서 일 년 남짓 살다가 아기들을 데리고 부월리로 옮겼다. 마당에 펌프가 있는 집 단칸방이었다. 아내는 물만 보아도 기쁨이 절로 솟는다고 했다. 우리는 그곳에서 일 년을 살았다.

이듬해 봄이 되자 근무처가 바뀌었다. 우리는 교동 주택지로 이사를 했다. 방 두 칸짜리였다. 방 두 칸은 너무 넓어 보였다. 아기들도 문지방을 넘나들며 생기에 찼다. 그런데 주인이 갑자기 집을 팔아야 한다기에 덜컥 그 집을 사고 말았다. 방 네 칸 부엌 두 칸 기와집이었다. 일금 일백육십만 원이 그 집 집값이었다.

난데없이 집 하나를 사고 집주인이 되고 등기라는 걸 처음 받아 들고 아내는 난생처음 이런 기분은 처음이라며 잠을 설쳤다. 그 집에서 오 년을 살고 큰아기는 초등학교 1년생이 되었고, 작은 아기는 피아노 학원에 다닐 만큼 자랐다.

이웃에 조그만 집터가 하나 있었다. 일차 유류 파동이 일어났고 상여금이라는 게 처음 생기던 해였다. 상여금을 어디다 쓸까 하다가 아내가 집터를 장만하자 해 그렇게 했었다. 몇 년 공터로 남겨두었다가 집을 지어 보기로 했다. 그런데 2층집이 된 것이었다.

2층에서는 설악산이 아주 잘 보여 짓는 김에 설악산을 방안에 들여앉히는 것도 좋지 않을까 해서 무리하게 층을 올린 것이었다. 처음에는 그저 조그만 마가리*라도 내 손으로 지었으면 하였다가 엉뚱하게도 그렇게 돼 버린 것이었다.

* 마가리: 오막살이의 방언.

이제 집 나이도 서른 살을 넘겼다. 아이들은 장가를 갔고 시집을 갔다. 장가 간 큰아이가 2층에서 새살림을 차렸었지만, 근무지가 달라져 7년을 살다가 춘천으로 갔다. 나는 2층으로 오르내리다가 2층이 비어 쓸쓸하겠다 싶어 아주 내 거처를 2층으로 정하고 말았다. 아내는 아래층 주인이고 나는 위층 나그네 삶을 살아가기로 한 것이다.

2층에서 혼자 뒹굴다 보니 불현듯 '頓明(돈명)'이라는 낱말 하나가 떠올랐다. '돈명'이라는 말은 이 세상에 존재하지 않는다. 조어다. 한자로 풀이해 보면 '頓'은 '찰나' '明'은 '밝음' 이므로 순간적인 밝음이라는 뜻이 될 것이다.

성철 스님이 평생 강조했던 '돈오(頓悟)'라는 말이 있기는 하다. 이 말은 '점수(漸修)'라는 말과 늘 상대돼 선가에서는 '돈오돈수'냐, '돈오점수'냐를 두고 끊임없는 논쟁거리가 되고 있다.

마침 집에 택호가 없어 무얼 할까 했는데, 불현듯 '頓明(돈명)'이라는 말이 떠올라 반가운 나머지 이 2층에 그 이름을 붙여 주기로 했다. '頓明軒(돈명헌)'. 이 말을 굳이 풀이해 본다면 '찰나적인 밝음이 깃드는 풍류의 집'쯤이 될 것이다. 나는 이즈음 이 '頓明軒'에 들어 새롭게 설악산도 바라보고, 시를 쓰기도 하고 새벽마다 고요를 깨뜨리는 새소리를 듣기도 한다.

그러나 무엇보다 내 시가 갑자기 천지를 환히 밝게 비치는 빛처럼 강한 섬광으로 가득한 모습으로 태어나기를 기원한다. 이 초겨울 내 졸시 「광채」의 세계라 할까 하는 것으로.

마음에 문득 부챗살로 피는 광채

이 황망한 순간을 어쩌리오.

무릎을 꿇까

피리를 불까

산등으로 올라가 통곡이라도 할까

「사는 이야기」, 『설악신문』, 2012년 11월.

꿈속을 헤맨 것 같아 올해도

임진년 마지막 달력 한 장이 빈 벽에 매달려 간들거린다. 오. 헨리의 단편『마지막 잎새』의 담쟁이 잎사귀 같다.『마지막 잎새』에서는 사경을 헤매던 소녀를 이 잎사귀가 살려냈지만, 달력 잎새에서는 하루가 꽃망울 하나씩을 터뜨리며 우주 속으로 사라진다.

돌아보니 올해에도 많은 일들이 지나갔다. 꿈결 같다. 현실 밖의 꿈속을 헤맨 것 같다. 하기야 삶이란 꿈속의 허깨비놀음 아니던가.

하지만 그 허깨비놀음은 실상이요 현실이었다. 우선 생각나는 것은 8월 11일부터 5일간 벌어졌던 '2012 만해축전'이다. 인제 만해마을에서 주관한 이 만해축전은 16회를 거듭하며 올해에도 많은 선남선녀들이 다녀갔다. 나는 뜻하지 않게 이 제전에 바치는 축시 '너도 님 나도 님 님도 님'을 써서 이 땅에 잠시 머물다 간 만해의 얼을 기렸다.

축전 시인학교에서 특강을 했고, 올해 처음으로 시작한 '전국백일장' 심사위원으로 참가해 전국에서 몰려든 문사들의 청순한 시작품들을 한 편씩 읽어 맛보기도 했다. 돌아오면서 설악 조오현 조실

스님의 만해사랑이 참으로 극진하다는 생각이 들었다. 조오현 스님이 아니었던들 인제 그 첩첩산중에서 이런 축전은 상상도 못 했을 것이다.

11월 10일은 아주 특별난 날이었다. 공주문화원에서 '팔도 사투리로 쓴 시 이야기'가 오후 4시부터 6시 30분까지 장장 두 시간 반 동안 펼쳐졌기 때문이었다. 이 기이한 시낭독회에 나는 강원도 대표로 참가해 강릉 사투리로 쓴 시 「농사꾼 아버지」와 「강릉 노파 생각」 등 두 편을 낭송했다.

각 도의 대표 시인들을 들어보면 나기철 시인(제주), 고재종 시인(전라), 정일근 시인(경상), 구재기 시인(충청) 등이었고, 문학사상 주간 권영민 교수는 '방언의 시학'이라는 주제로 특강을 해 200여 청중의 시선을 사로잡았다.

이 일은 공주문화원 원장으로 있는 나태주 시인이 월간 『문학사상』과 연계해 기획하였다. 나는 행사를 지켜보며 공주문화원이야말로 문화원다운 문화원의 일을 하고 있구나 하는 생각을 해 보았다.

이어 11월 16일도 매우 뜻깊은 날이었다. 오랫동안 물소리시낭송회원으로 활동하던 이선국 작가가 계간 『문학청춘』으로 등단하고 그 시상식이 열렸기 때문이었다. 이선국 작가는 수필 「아버지와 북녘의 아들 딸」과 「수궁 팔초어와 돛단배」 등 두 편으로 당당히 그 비좁은 문단의 문을 두드렸다.

종로 연지동 함춘회관에는 150여 명의 문인들이 모였다. 나도 방순미 시인과 축하객으로 초대받아 참가했고, 방순미 시인은 양양 특산 기정떡 한 시루를 품에 안고 와 참가 문인들의 찬사를 듬뿍 받았다.

나는 이선국 작가가 그의 수필에서 전개한 것처럼 분단의 아픔을 수필로 승화해, 우리 분단문학의 우뚝한 한 봉우리가 되기를 기원했다.

그다음 날 17일에는 조양초등학교 1회 졸업 40주년 기념식이 클래식300 15층 홀에서 있었다. 나는 졸업생들의 6학년 담임으로 초대돼 갔다. 눈빛 초롱하던 어린이들은 50을 넘어선 머리 희끗희끗한 장년으로 변해 안겨드는 가슴팍에 많은 세월이 흘러갔음을 절감했다.

모두 83명이 졸업했지만 더러 먼저 떠난 이들도 있어 안타까웠다. 우리는 그때 청호초등학교 운동장 한 귀퉁이를 배움터로 삼아 한 학기를 보냈었다. 학교 인가가 났지만 건물이 미완인 때문이었다. 헤어지면서 나는 한 분 한 분, 그이들의 얼굴을 확인하면서 앞으로의 40년은 지혜 가득한 삶을 누리기를 바랐다.

2월 하순이었다. 나는 내 몸뚱어리가 거적때기처럼 버려지는 걸 경험했다. 나는 그게 내가 아니라고 거듭 부정했지만 결국 나였다. 내가 부딪친 일이었고, 나 아니면 누구도 나를 대신해 줄 수 없는 일이었다. 생사를 넘나드는 절박한 순간이 닥쳤던 것이었다.

가족들은 긴장했다. 나는 가족들에게 미안한 마음이 들었다. 그러나 그 순간은 실바람처럼 나를 건드리고 지나갔다.

올해 나는 그리 많은 시를 발표하지는 않았다. 「덕숭산 버선꽃」을 비롯한 15편의 신작을 발표했을 뿐이다.

7월 25일에는 내 새로운 시집 『하늘 불탱』이 출간됐다. 3월 훈풍이 돌기 시작할 때 새 시집을 준비하기 시작했으나 한철을 지나 삼복염천을 뚫고 7월에 나온 것이었다. 나는 시집 200여 권을 문우들에게 우편으로 발송했다. 그동안 책 빚을 많이 지고 있었던 것이었다.

김종길 선생을 비롯한 고은 시인과 성찬경 민영 윤재근 신세훈 서정춘 나태주 이상국 정일남 박호영 안경원 이승하 송준영 김추인 김상미 등 많은 문인들이 격려를 주었다.

특히 임수철 작곡가와 최재도 작가를 비롯한 채재순 최명선 박대성 송현정 방순미 노금희 등 시인들은 과분한 축하 자리를 마련해 주기도 해 괜히 송구한 마음이 들었다. 강원일보 강원도민일보 설악신문 등의 문예란에서도 따뜻한 시선으로 시집 내용을 소개해 주었다.

『하늘 불탱』은 최동호 시인의 도움으로 『서정시학』에서 나왔다.

이 시집 『하늘 불탱』으로 나는 계간 『열린시학』에서 주관하는 '한국예술상'을 받았다. 참으로 뜻밖이었다. 이지엽 교수로부터 소식을 전해 듣고 맹구파별(盲龜破鱉)의 심정으로 며칠을 보냈었다.

12월 1일 오후 5시 30분 종로 '김마리아기념관'에서 열린 시상식에는 축하객으로 가득 찼다. 식단은 축하란 향기로 가득했었다. 아내는 발그레한 얼굴에 눈물을 글썽거렸다.

수상을 기념해『열린시학』2012년 겨울호는 자전적 시론과 신작 · 대표시 · 시인론 · 연보 · 화보 등을 실어 수상자를 집중 조명해 주었다.

어쨌거나 2012년은 이렇게 간다. 새로운 정권이 들어서는데 새해에는 가난한 문인에게도 뭔가 좀 달라지는 삶이 이루어질 것인가.

임진년 달력 잎사귀에서는 툭 하고 다시 하루가 떨어진다.

「사는 이야기」,『설악신문』, 2012년 12월.

'마음'이라는 물건

우리 조상들은 '마음'이라는 말을 매우 중시했던 듯하다. "마음이 고와야지" "마음을 고쳐먹는다면…." "한길 마음속은 몰라" 등 외형적인 모습보다 드러나지 않는 마음을 두고 그 사람을 헤아려 보기도 한다.

그러나 알고 보면 '마음'은 실체가 없다. 실체가 비록 없는듯하지만 반드시 없는 것도 아니다. 있는 것 같기도 하고, 없는 것 같기도 하다. 어쩌면 있을법하기도 하다. 이게 '마음'의 미묘한 실존적 양태이다.

이러한 미묘한 존재이기 때문에 실증적이고 분명한 것을 좋아하는 서양에서는 '마음'이라는 말을 그리 중요시하지 않았다. 다만 몸뚱어리와 대비되는 이원론적인 인간관에서만 파악했다. 그것도 중세 이후에는 심리 기능의 뜻만 나타났다. 칼 융(C.G.Jung)은 마음의 어떤 한 상태인 '영(Seele)'이나 '혼(Geist)'을 무의식의 자율적 콤플렉스의 표현이라고 밖에 보지 않았다.

하지만 동양에서는 마음이 인간 존재의 본체로서 곧바로 우주와 연결된다. 곧 하늘 · 땅 · 사람을 삼위일체로 파악하고 그 가운데서 사람의 마음이 가장 중심이다, 라고 말한다(『회남자』). 또한 형체는 변할 수 있으나 마음은 변하지 않으며 결코 죽지 않는다, 라고 천명하기도 한다(『장자』「대종사」 편).

그런가 하면 맹자는 '인(仁)은 사람의 마음이다(「인간세」 편).'라고 주창하고, 『주역』에서는 마음 중 '곧고 바른 마음'을 인간의 정신적 가치 기준의 척도로 삼고 있다. 이처럼 동양에서는 마음을 매우 중요시하였다.

여기서 우리는 우리 민족 철학의 새벽을 연 원효 선사를 상기해 볼 필요가 있다. 신라 원효(617~686)는 한국 지성사의 독보적인 존재다. 그의 독서량은 엄청났고 사유 또한 드맑았다. 그가 지은 저술만도 최근 김상현 교수가 '신라사경 프로젝트 국제워크숍'에서 밝힌 16종을 포함해 102권에 달해 한 개인이 평생 밤낮 필사를 한다고 해도 다 못할 정도로 방대하다.

그런데 원효의 사상을 요약하면 '일심(一心)' 즉 '한마음'이다. 그는 천지만물의 이치를 일심의 막대기로 꿰어 회통하고 '화쟁론'을 펼쳤다. 그가 소성거사로 자처하면서 무애행을 행한 것도 실은 걸림없는 마음, 자유자재한 마음의 표출이었던 것이다. 행위 자체가 실로 거리낌 없었다.

원효는 매우 특이한 관점으로 사물을 대했다. 쉽게 말하면 '이다' '아니다'나, '있다' '없다'와 같은 양극단을 떠난 포월적 논리를 전개했다. 그렇다면 '이다' '아니다'나 '있다' '없다'를 떠난 중간이냐 하면 그것도 아니고 그 중간마저도 떠난 곳에 본질적인 존재가 빛을 발한다고 보았고, 그게 그러하지 않음보다 더 큰 그러함(不然之大然불연지대연)이라 했다. 그리고 이것은 곧 일심으로 돌아간다(歸一心源귀일심원),고 귀띔한다.(『금강삼매경론』 첫 부분)

이러한 원효의 논리 전개는 매우 독창적이다. 토대가 그리 단단하지 못한 우리 지성사에 이와 같은 독특한 지견은 여명과 같은 빛이라 할만하다. 보조 지눌의 『수심결』이나, 조선 휴정의 『선가귀감』에도 이와 유사한 언술들이 나타나는 것으로 보아서 어쩌면 원효의 이 한마음을 기둥뿌리로 한 '불연의대연' 사상은 우리 민족 고유의 마음의 일단이 아닐까 한다.

그러함에도 우리는 그동안 너무 흑백논리에 파묻혀 살아왔다. 극명한 것에 치우쳐 상대방의 명줄을 조이고 끊어야 직성이 풀렸다. 잦은 전쟁을 겪으면서 그런 성격이 은연중에 생겨났는지 모를 일이지만 오늘날의 삶은 '옳으냐' '그르냐'에 달려있는 게 아니다. 포용과 통섭에 더 무게가 주어진다.

나 아닌 타자를 인정하고 배려함으로써 나 아닌 타자 또한 반짝이는 별빛과 같은 존재라는 사실을 깨달아야 한다. 인간 세상은 더 말할 필요가 없다. 타자 속에는 인간만 속한 것은 아니다.

인간 이외의 자연 사물이나 허천을 맴돌다 찰나에 생멸하는 구름 한 뭉치까지도 생명의 극점에 도달해 있다는 사실을 알아차려야 할 것이다. 그게 우주의 일원으로서 '나' 혹은 '너'와 '그'가 지금 여기 이곳에 와 함께 놓여 어울려 동행하는 참다운 이유일 것이다.

그렇다 해도 주변을 돌아보면 편치 않다. 이웃이 그렇고, 열강들은 한반도를 중심에 두고 호시탐탐 노려보고 있다. 뜯어먹으려고 눈알을 부라리고 있는 형국이다.

이를테면 일본은 멀쩡한 독도를 자국령이라 우기고 식민지 통치하의 그 핍박과 눈물을 인정하려 들지 않는 망언을 일삼는다. 중국은 동북공정에 혈안이 돼 엄연한 한민족의 독립국이었던 고구려를 중국에 속한 하나의 현으로 치부해 버리는가 하면 항공모함을 건조하고 중화의 힘을 팽창시키려 한다. 북한은 핵실험을 감행하고 인공위성을 쏘아 올린다는 명목으로 대륙간탄도미사일을 개발해 세계를 위협한다.

우리는 이런 주변국들의 참으로 위험한 도발의 한 중심에 놓여 있다. 그런데도 지난 대선을 치르면서 막말과 헐뜯기로 민심은 갈라졌다. 어떤 이는 공황 상태에 빠져들었다 하고, 어떤 이는 프로방스로 떠나 밥집이나 하겠다, 했다. 극단의 한 단면이다. 그런 가운데서도 문화 한류 싸이의 말춤은 세계인의 마음을 사로잡았다. 그렇다면 생존을 거머쥔 정치 한류는 이 땅은 물론 동북아인의 마음만이라도 사로잡을 수 있을 것인가.

고려 이후 천여 년 만에 최초로 등장한 여성 대통령이 소용돌이치며 들이닥치는 한반도의 이 물길을 어떤 방향으로 돌려놓을 것인가.

모성의 발로로 한반도는 물론 동북아의 민심을 어루만지고 회통시켜 화쟁으로 나아가 삶의 격을 한 단계 높여놓기를 바라지만,

향후 5년이다. 5년은 길지 않다. 만법은 마음이 지어내고(『대방광불화엄경』), '마음'이라는 물건은 도깨비처럼 춤춘다.

『설악신문』, 2013년 1월.

어머니의 밥상

어머니의 밥상은 없었다. 조석 끼니때면 안방은 식솔들의 식당이었지만 어머니 밥상은 차려지지 않았다. 어머니의 밥상은 조그만 함지박이었다. 함지박 한 귀퉁이에서 끼니를 때웠다.

우리 집은 여섯 칸 겹초가였다. 앞줄로는 사랑과 중방 그리고 안방이 있었고 뒷줄에는 두어 평쯤 될까 하는 조그만 방들이 셋이 있었다. 사랑방은 조부의 거처였고, 안방은 가친과 어머니가 조모님을 모시고 기거했다. 어린 동생들은 조모 품을 떠날 줄 몰랐다. 나는 가형과 조부 곁에서 지내거나 뒷사랑을 공부방으로 썼다. 중방은 거실 구실을 했다. 뒷방 하나는 살림살이들이, 다른 하나는 뒤주와 곡식 가마니들을 쟁여 두었다.

안방과 부엌 사이에는 여닫이 쪽문이 달려있었다. 쪽문을 열면 계단 세 개째 아래가 맨흙 부엌 바닥이었다. 부엌 밖은 외양간, 그 밖은 발방앗간이었다. 부엌과 외양간은 커다란 참나무 구유를 놓아 경계를 지었다. 외양간에는 소가 살았다. 소는 식솔과 마찬가지였다. 식구들이 극진히 보살폈고, 나는 자주 소꼴을 베러 다녔다.

부뚜막에는 밥솥 국솥과 가마솥이 나란히 걸려 있었다. 밥솥 아궁이에 땔감을 넣고 불을 지피면 뒷사랑 쪽으로 불기운이 들어갔고 가마솥 불길은 안방 방고래로 향했다. 천장에는 아름드리 대들보가 매달려 있었다. 대들보가 그을려 먹빛이었으나, 6·25전쟁 때 폭격을 맞은 자국이 뻐드렁니처럼 하얗게 드러났다. 사방이 흙벽이라 들어서면 흙내음이 진동했다.

어머니의 일터가 바로 이 부엌이었다. 부엌에서 밥과 조리를 하고 여물을 끓였다. 물동이에 물을 길어 물독을 채우는 일도 중요한 어머니의 일과였다. 우물은 밭둑을 걸어 2백여 미터나 가야 했다. 부엌살림은 어머니 아니고는 불가능한 것으로 여겨졌다. 삼을 삼고, 뽕잎사귀가 나풀대는 5월이면 봄누에를 치는 일 또한 어머니 차지였다.

어머니는 시골 농가 독자에게로 시집와 자손을 불리고 식구를 먹여 살리느라 눈코 뜰 사이 없었다. 가친은 평생 땅을 떠나지 않았다. 밭뙈기와 다랑이 논배미를 갈아엎어 씨를 넣고 수확해 식구들의 양식을 대었다. 2천 평 남짓한 농토는 식솔들의 양식을 대기에도 벅찼다.

그렇지만 알곡을 내다 팔아 가용을 써야 했으므로 일 년 중 두어 달은 배를 곯았다. 이 때문에 소작을 하기도 했으나, 7 · 3제라 뼈 빠지게 일해 보았자 남는 건 짚북데기뿐이었다.

흉년이 아니어도 풋바심을 안 할 수 없었다. 노릇한 기운이 감돌기 무섭게 보리를 거듬*이해 쪄서** 발방아에 찧었고, 하지가 되기 전에 감자밭을 뒤져 아직 아릿한 감자를 캐냈다. 나는 보리깜부기를 따서 입술이 새까매지도록 밥 대신 주린 배를 채웠다. 열 살이 훨씬 지나서야 깜부기는 곰팡이가 달라붙어 썩은 보리 이삭인 줄 알았다.

어머니는 미나리를 뜯어 장에 내다 팔아 용돈에 보태기도, 봉제사용 제수품을 마련하기도 했다. 때로는 김을 사 오셨는데, 고르매 맛 같이 고소한 어머니의 그 김 맛은 지금과는 아주 딴판으로 그런 맛을 다시 찾을 수 없다.

쌀이 아주 귀하던 시절이라 밥은 잡곡밥이었다. 밀 · 보리 · 조 · 콩 · 감자가 우리 식구들의 주식 자료였다. 밀기울과 보리등겨는 어머니의 손끝에서 반대기 떡으로 변해 좋은 간식거리가 됐다. 그렇다 해도 끼니마다 쌀 한 줌씩은 꼭 밥솥 한쪽에 놓았다. 조부의 밥상에 올리기 위해서였다.

밥은 함지박에 담아 안방으로 옮겼다. 밥 차림이 안방에서 이루어졌기 때문이다. 어머니는 밥사발에 밥을 소복이 담아내었다. 밥

* 거듬: 팔 따위로 한몫에 거두어들일 만한 분량을 세는 단위.
** 쪄: 찌다. 나무나 풀 따위를 베어내다.

을 피려* 다 뜨고 난 다음 함지박에 남은 몇 숟가락의 밥은 어머니 몫이었다. 어머니의 밥은 밥그릇에 담지 않았다. 함지박이 어머니의 밥그릇이었고 밥상이었다.

어머니의 손은 물기 마를 날 없었고, 엄지손톱이 닳아 달팽이 뚜껑처럼 손가락 끝에 비뚤라하게 얹혀 있었다. 무거운 짐 보따리를 하도 머리에 이고 다녀 목은 낮게 가라앉았다.

내가 성혼한 후 하루는 어머니가 다니러 오신 적이 있었다. 마침 봉급날이라 절을 올리고 봉급 봉투를 드렸다. 그런데 어머니는 봉투를 도로 며느리 손에 들려줬다. 신앙은 갖지 않았다. 하지만 초하루와 보름 새벽이면 어김없이 장독대에 정화수를 떠 놓고 손을 모았다. 천신도 잊지 않았다.

가끔 혼자 말처럼 "나는 없는 거라"라고 하였으나, 손을 모아 비는 삶을 어머니가 이 세상으로 와 존재하는 의미로 여기는 듯했다. 어머니는 평소 옷고름 팔랑대는 흰 무명 한복 차림이었고, 가르마를 타 뒤로 쪽을 지어 남색 옥비녀를 꽂았다.

팔순 되던 해 파마를 처음 했지만, 그건 어머니 모습이 아니었다.

나의 어머니는 조선의 마지막 촌부였다.

「초대칼럼」, 월간 『關友』 2013년 2월호.

* 피려: 피리다. 강원도 방언, 나누다.

명창 안숙선과 2월 폭설

밀양고개에서 꼬박 6시간을 갇혔었다. 가히 눈폭탄이라 할만했다. 화살처럼 쏟아지는 밤눈은 천지를 분간할 수 없었다. 눈밭에서 차는 꼼짝할 수 없었다. 오후 3시(2011년 2월 11일)까지만 해도 한길은 괜찮았었다.

실은 오후 3시 조금 지나서 방순미 시인의 역마에 얹혀 7번 국도 밀양고개를 넘어 휴휴암으로 갔었다. 그곳에서 안숙선 명창이 나를 찾는다는 전갈을 받았기로 오후 4시쯤에 만날 약속을 한 것이었다.

안숙선 명창은 반갑게 맞아 주었다. 오빠 내외와 함께였고 일행 몇 분이 더 보였다. 저녁 시간이어서 홍법스님이 우리를 안내했다. 나는 안 명창의 우산을 받아 함께 쓰고 휴휴암 좌측 언덕 소나무 숲길을 지나 한 음식점 문을 밀쳤다. 맛깔스러운 복어찜이 나왔다. 우리는 음식을 가운데 두고 참으로 오랜만에 마주 앉았다.

안 명창은 자그만 체구에 재담이 넘친다. 타고난 소리꾼에 재담을 더했다고나 할까. 남도 사투리가 가끔씩 튀어나오는 그녀의 말은 좌중을 이야기의 골짜기로 휘몰아갔다.

80년대 초였다. 강릉 강문의 현대 호텔로 모윤숙, 전숙희, 안비취 등 예술인들이 모였었다. 안 명창도 함께 갔다. 예술가들을 특히 좋아했던 현대 정주영 회장이 초청한 자리였다. 만찬 시간이 되었으나, 모윤숙 시인이 보였다. 전숙희 작가가 모윤숙 시인 방으로 갔다. 모윤숙 시인은 큰 창으로 파도치는 동해를 굽어보며 하염없이 눈물을 쏟아내고 있었다. 무슨 일이냐니 이광수가 생각나서, 라고 했더란다.

나는 아, 모윤숙 시인의 수필을 읽은 적 있어요. 금강산 유점사 인가에 이광수 선생이 머문다는 소식을 듣고 모윤숙 시인이 찾아갔었다지요. 두 남녀는 초롱거리는 산별을 보았다지요. 그런데, 이광수 선생은 『렌의 애가』를 쓴 모윤숙 시인의 손목 하나 잡아주지 않았다지요. 어쩌면 그 이야기와 이 이야기가 서로 통하는 점이 있군요, 라고 맞장구를 쳤다. 좌중은 우리의 이야기에 귀를 바짝 모았다. 안명창은 출연 전 가객들의 조마조마한 마음 풍경도 풀어냈다.

이를테면 배뱅이굿의 이은관 명창은 '배뱅이, 배뱅이 배뱅이'를 연창하고, 성악가들은 '푸르르르르 푸르르르 푸르르르'를 연거푸 소리 내어 긴장된 순간을 넘긴다는 것이다. 안 명창의 경우는 애가 타

견딜 수 없을 지경이 되고 도무지 내가 왜 이런 일을 하는가 하고 되묻고는 한다는 것이었다. 득음의 경지를 얻기 위해 피나는 노력을 하는 것이 명창들의 길인 줄은 알았었지만, 아홉 살에 주광덕 명인 문하에서 소리를 시작한 안 명창의 경우 좀 특별나지 않을까 했으나 그게 아니었다.

명창의 고뇌에 찬 솔직한 말을 듣고 보니 안 명창의 삶이야말로 불철주야 소리에 묻혀 소리를 향해 가는 수행자적인 삶임을 다시 느낄 수 있었다. 그녀의 스승 김소희, 박귀희, 박봉술 명창이 서로 다투어 빼앗아 갈 만했다.

안 명창은 때로는 이야기를 멈추고 소리에 몰입했다. 밥상머리였지만 안 명창은 대충 넘어가는 법이 없었다. 정성을 다했다. 안 명창이 홍보가 한 대목을 불렀을 때는 어쩌면 그 작은 체구에서 그토록 강한 폭발력이 일까 하는 의구심이 절로 들었다.

홍법스님은 만해의 시 「알 수 없어요」와 나옹화상의 「토굴가」를 낭송해 화답했다. 두 편 모두 짧지 않은 시이지만 줄줄 암송해 괴하고도 놀라웠다. 나는 답례로 시 두 편을 낭송했다. 한 편은 '대청봉 초생달'이었고, 다른 한 편은 「꽃과 나비의 노래」였다. 그러고 보니 좌석은 시와 노래가 어우러진 작은 시음악회가 벌어진 셈이었다.

안숙선 명창과 나는 1995년 처음 만났었다. 안 명창의 판소리가 좋아 「가인 안숙선」이란 시를 써 『세계일보』에 발표했었고, 이걸 본 안 명창 부군이 안 명창에게 알렸던 것이었다. 안 명창은 이 일을 마음에 두었다가 지용회 회장을 맡고 있던 소년한국일보 김수남 사장에게 만남을 주선토록 해 첫 대면을 한 것이었다.

만남은 그해 8월 25일 인사동 한 한식점에서 이루어졌었다. 일행은 안 명창과 안 명창의 제자 3명 그리고 김수남 회장, 다른 시인 한 분과 나를 더한 모두 일곱이었다. 7시에 만나 주안을 겸한 정갈한 저녁을 먹고 난 후 미묘한 소리의 소용돌이 속으로 이끌려 들어갔었다.

그 미묘한 시간이란 다름 아닌 다음과 같은 열락의 시간이었다. 우선 시패를 증정했다. 시패는 내가 자필로 쓴 시 「가인 안숙선」을 김수남 회장이 옥돌에 새겨 담은 것이었다. 나는 옥돌에 새겨진 시를 낭독한 후 패를 전했다.

그런데 그다음부터는 명창 안숙선의 시간이었다. 고맙다며 벽에 걸려 있던 가야금을 내려 무릎에 얹고 가야금 병창을 시작하는 것이었다. 나는 그때 안 명창이 소리뿐 아니라 일급 가야금 연주자라는 사실을 알았다. 사철가와 단가로 이어진 병창은 10시가 되어도 끝날 줄 몰랐다. 소리는 산을 넘고 들을 건너 삼천리금수강산을 휘돌아 춘향골 춘향가 쑥대머리로 이어졌다.

단아한 몸에는 오직 한 가지, 소리가 가득 담겨 넘칠 뿐 다른 잡기가 없었다. 안 명창의 소리가 고아하다면 바로 이런 몸악기에서 넘쳐나는 소리이기 때문일 것이다. 나는 소리에 빠져들었고, 그 인

품에 찬사를 보냈다. 소리는 11시가 되어서야 끝났다. 시 한 편으로 나는 이 산하가 가꾸어 놓은 소리꾼 안숙선 명창의 소리를 무려 3시간 동안 독락했던 것이었다.

밖으로 나오자 눈이 무릎까지 차올랐다. 이대로는 못 갈 것이라며 휴휴암에서 기숙하라는 간곡한 말을 뒤로하고 우리는 헤어졌다. 내가 다음날 춘천으로 가야 했기 때문이었다. 내 막내 손녀 승서의 유치원 재롱잔치에 초대를 받고 참가하기로 약속을 해서였다.

눈발은 금방금방 높이를 더하며 차창을 거세게 때렸다. 마치 안숙선 명창의 수궁가 가락이 폭포처럼 쏟아지는 눈을 들이치는 것 같았다.

「사는 이야기」, 『설악신문』, 2013년 3월.

한국산악박물관

박물관이 희귀한 설악권의 속초에 산악박물관은 반갑다. 조금의 물의가 없지 않았지만 준공을 위한 첫 삽을 뜬 지도 꽤 오래된 것 같다.

속초 '한국산악박물관'은 부지 36,365㎡에 지상 3층, 지하 1층, 연면적 3,789㎡ 규모로 150억 원의 국비를 투입, 2014년 상반기에 완공된다고 한다. 3층 상설전시장에는 한국 출신 세계적인 산악인의 전시공간으로 채워질 모양이나 내용물은 아직 알 수 없다.

나는 2005년 3월 11일 네팔 국제산악박물관을 돌아본 적이 있다. 안나푸르나 만년설을 어루만져보고 돌아온 다음 날이어서 지독한 고소증 증세가 덜 가신 상태였으나, 시가지를 구경할 겸 해서 찾아 나선 곳이 이 산악박물관이었다.

네팔 국제산악박물관은 네팔 제2도시 포카라에 자리 잡고 있다. 포카라는 아름다운 도시다. 해발 827m, 카트만두 계곡으로부터 서쪽으로 200km쯤 떨어진, 흔히 "모험의 시작점"으로 잘 알려진 곳이다.

인구 9만 5천여 명의 이 도시는 페와 호수(Phewa Lake)와 주변 산이 잘 어울려져 있다. 호수에는 거대한 민물 뱀장어가 살고 주변 사람들은 더러 양귀비를 꽃밭에 기르기도 한다. 시가지는 고요하고 수많은 새들의 재졸거림에 잠을 깬다.

건물 옥상에서는 바로 등 뒤로 펼쳐진 웅장하고 신비로운 히말라야 연봉을 만날 수 있다. 새벽이면 만년설산 정상으로 붉은 아침 햇살이 들이비추어 황홀한 별천지를 만들어내고, 이를 바라보고 있노라면 나그네를 몽상적이고도 기이한 분위기에 빠져들게 한다. 페와 호수에는 안나푸르나와 다울라기리, 마체푸츠레와 같은 고산준령들이 용궁나라 구름처럼 비쳐들기도 해 매력을 더한다.

포카라는 히말라야 등반의 출발지로 유명하다. 히말라야산맥은 5,800m 이상 봉우리들과 8,848m의 에베레스트를 가슴에 안고 휘달리며 네팔, 인도, 티베트에 걸쳐 있다. 포카라는 이 히말라야의 종착점이기도 하고, 사계절 따스한 아열대지역으로 자연을 만끽할 수 있는 낭만적인 공간이기도 하다.

이곳에 국제산악박물관이 있다. 내가 이 박물관을 찾았을 때는 알이 영근 풋보리가 들판에서 너울지고 코뚜레 없는 얼룩빼기 소들이 시가지 여기저기를 자유롭게 나다니고 있었다.

박물관은 변두리 광야에 자리 잡고 있었다. 마당에는 히말라야의 상징물이 세워져 있었고 박물관은 2층이었지만 조금 허술해 보였다. 아래층은 전시공간, 2층은 회랑이어서 어디서든 아래층을 내려다볼 수 있었다. 2층이기는 하지만 속은 열려 있어 전체 건물이 자연의 일부처럼 느껴졌다. 2층 회랑도 전시 갤러리였다.

전시장은 '산악인 공간' '세계산 공간' '산악활동 공간' '초빙 인사 공간' '민속자료 공간' 등으로 크게 구분됐다. '산악인 공간'에는 네팔 산악인들과 세계 산악인들의 면면들이 사진과 함께 전시돼 있었다. 세계산 공간에는 산의 기원, 지질, 산 연구자들의 개척기 물품들이, 산악활동 공간에는 등반의 역사와 고도 8,000m 이상을 등반하면서 사용했던 개인 장비들(1950년 이후), 산과 산의 생태 현황 등을 일목요연하게 전시하고 있었다.

그중 내 흥미를 끈 것은 최초로 에베레스트를 오른 에드먼드 힐러리의 낡은 가죽 등산화와 찌그러진 석유 호야등과 히말라야 눈밭으로 끝없이 이어진 설인 예티(yeh-teh)가 성큼성큼 찍어놓은 큼지막한 발자국이었다. 그리고 히말라야 8,000m 이상 고봉 14좌의 장장 2,500km로 이어진 장대한 준령을 한 눈으로 바라볼 수 있게 한 사진들이었다.

특이한 점은 네팔 국제산악박물관은 산을 좋아하는 세계인들의 모금으로 이루어졌다는 사실이었다. 이것은 세계 최초의 일이다. 1996년 건립을 시작했고, 내가 방문했을 때만 하여도 건물 안쪽을 손보는 기계음 소리가 요란했다. 하지만 세계의 산들과 산악인들의 면목을 살펴볼 소중한 자료와 사료들이 전시돼 있어 많은 생각을 하게 했다.

이 밖에도 눈에 띄었던 것은 고산족들의 소박한 생활용품이었다. 히말라야의 생성과정, 자연과 역사 및 문화에 대한 정보를 기록한 자료관도 볼만했다. 그 뿐만 아니라 산악인들은 물론 여행객들, 학생들과 일반인을 위한 교육 연구센터의 역할도 이 산악박물관이 맡고 있었다.

짧은 시간이었지만 크고 높은 산에 깊이 묻혔다 나올 때처럼 무슨 거대한 힘 같은 게 나를 사로잡았다.

우리나라는 국토의 거의 7할이 산이다. 백두대간에 서서 사방을 바라보면 우리 국토는 산 하나라는 깨달음이 온다. 그러므로 한반도인은 산에 깃들어 산의 품에 안겨 산다고 해도 과언이 아니다.

산으로 향하는 길은 잔디 융단 길이 아니다. 바위투성이의 험준한 산길이다. 살을 에는 강풍, 폭설, 폭우, 천둥벼락, 무엇보다도 겁나는 것은 어디서 들이닥칠지 모르는 눈사태다. 고산 행은 죽음을 향하는 길이다. 그렇다 해도 정상에는 아무것도 없다. 텅 빈 태초의 허공이 있을 뿐이다.

그러나 산의 사계는 인생을 풍요롭게 하고 허공을 향해 뻗어 올라간 산정은 삶의 정점을 맛보게 한다.

한국산악박물관이 겉만 번드레한 속 빈 강정의 산악박물관이서는 안 될 것이다. 또한 유명 산악인들만의 전시공간이 되어서도 안 되지 싶다. 지역에서도 산악운동을 일으킨 소중한 사람들이 있음을 알아야 한다. 한국산악박물관이 지역의 이 숨은 산악인들을 찾아내는 데에도 한몫을 해주기 바란다. 그리하여 사시사철 산악의 거친 숨소리와 산의 정신이 뛰노는 명소가 되었으면 한다.

영혼을 요동치게 하나, 본체는 늘 고요하고 변하지 않으면서도 위대하고 무한한 그런 것, 때로는 번갯불과 같은 영감을 스치게 하는 곳, 생성과 소멸을 거듭하면서도 은종처럼 맑은 물소리를 울리는 곳 그곳이 바로 산이다.

「사는 이야기」, 『설악신문』, 2013년 4월.

4부

시론

시가 도다

1.

나는 여섯 칸 제법 큰 초가에서 태어났다. 앞 울타리가 없었고, 마당은 넓었다. 마당에는 어른 두 아람 정도 될까 하는 큰 감나무가 있었다. 감나무의 변모는 선명했다. 봄빛이 잎사귀를 꼬여 낼 때부터 가을 낙엽이 지고 겨울이 와 보슬거리는 눈송이들이 앙상한 가지를 올라타고 앉을 때까지, 색깔로 대비되는 감나무의 사계는 성주괴멸하는 삼라만상의 일생과 같았다.

감나무는 휴식할 공간을 주기도 했다. 한여름 감나무가 펼쳐놓는 무성한 그늘 아래 멍석을 깔고 누우면 잎사귀 바람이 몸을 식혀주었다. 성과가 되지 못하고 추락하는 풋감들과 시큼한 냄새를 풍기며 썩어가는 감을 쓸어내는 일은 귀찮았으나, 홍등처럼 매달린 홍시는 천상계에서 내려온 무슨 보물 같기도 했었다.

나는 자연스레 이 감나무를 보며 자랐고 자연에 익숙해졌다. 천둥이 칠 때면 용트림하며 감아 올라간 감나무의 거대한 둥치를 따라 번갯불이 번쩍거리며 내려오기도 했었다. 감나무 끝으로는 하늘

무궁이 펼쳐졌고 그걸 보며 알 수 없는 상념에 잠겼다. 시골 망아지 같은 악동에게 꿈을 심어주고 감수성을 살찌우게 한 데에는 이 감나무의 공이 컸다.

조부는 고전소설 읽기를 좋아하셨다. 목침을 베고 누워『홍루몽』이나『옥루몽』『장화홍련전』같은 고전소설을 읽으면 나는 조부의 책 든 팔목을 베고 낭랑한 책 읽는 소리를 자장가 삼아 잠들었고, 마을 농부들의 구성진 농요소리에 잠을 깨었다. 또 추야장(秋夜長) 긴긴밤 깜박대는 등잔불을 켜고 앉아 삼을 삼는 젊은 어머니 곁에서 대마초 졸가리 벗기는 일을 거들거나, 오대산 방한암 선사의 기담을 전해 듣고 놀라워하기도 했다.

이 초가 외진 뒷사랑 한켠이 내 거처였다. 감나무는 지금 베어지고 없다. 초가는 60년대 초 와가로 개축했다.

2.

사범학교 교과과정은 특이했다.『교육심리학』『교육사』등의 이색적인 교과가 들어가고, 하고 싶었던『영어』는 주간 두 시간 밖에 차례가 안 왔다.『음악』『미술』교육을 강화했고『국어』를 중시했다.

대개 그랬던 것과 마찬가지로 나도「산정무한」「백설부」「면학의 서」나 안톤 슈낙의『우리를 슬프게 하는 것들』과 같은 명문들은 암송했고,「관동별곡」이나「유산가」「정과정」「청노루」등도 중얼거리며 다녔다.「정과정」이나「가시리」는 아직도 잊혀지질 않는다. 정서의「정과정」은 지금 되짚어 암송해 보아도 현대시 못지않은 감흥이 온다.

「서동요」「처용가」「헌화가」 등 신라 향가도 내 가슴에서 큰 반향을 불러일으켰다. 내 시에 토속적인 리듬이 살아 움직인다면 10대 말의 저 명문 명시의 영향이 컸으리라고 본다.

사범교육은 입시 교육에서 벗어나 있어 자유스러웠다. 마음만 먹는다면 하고 싶은 걸 실컷 할 수 있는 분위기였다. 교육으로 치면 좀 엉뚱하게 나간 교육이 사범교육이었다. 피바디(Peabody)나 듀이(Dewey)의 이른바 새교육 사조가 밀어닥칠 때여서 엉성한 채로 학교는 흘러갔고 학생들은 거기 휩쓸려 들었다.

이 무렵 나는 자철광으로 조그만 수신 장치를 만들어 안테나를 공중 높이 올려 매고 모깃소리만 하게 들려오는 깽깽이 소리를 듣기도 했었다. 밤낮 들려오던 그 깽깽이 소리가 알고 보니 모차르트, 비발디, 차이코프스키, 드비시 등의 곡들이었다.

직접적이지는 않지만 내 시가 이런 풍토에서 탁태(托胎)되지 않았나 싶다. 강릉사범학교는 15회를 끝으로 문을 닫았으나 매기마다 문필가 한둘씩은 배출할 만큼 문기가 승했다. 그렇다 해도 도무지 나는 내가 왜 시를 쓰게 되었는지는 잘 모르겠다.

3.

이름이 아름다운 〈꽃게〉와 〈금강문학동인회〉 〈설악문우회〉 등은 내가 동참해 시 힘을 기르거나 넓혔던 문학 모임이었다. 나는 이들 동인회에 동참해 글 쓰는 이들과 교류하면서 외로움을 나누고 그 문학적 기지와 촉기에도 귀 기울였다. 또한 내 자신의 현재를 가늠해 보고 의기를 다잡아 보기도 했었다.

지역 동인회는 장르와 관계없이 지역을 중심으로 결성되는 특성을 보인다. 지역 문단의 중심역할을 하는 것 또한 지역 동인회다. 문학은 개인적인 성향이 강하고 골방에 처박혀 하염없이 자신의 내면으로 들어가, 하고 싶은 말이 강하게 일어날 때 촉발되는 특성이 있다. 그렇지만 동도의 길을 가는 이들과의 교류는 문학적 안목을 트는 데 도움을 준다. 새로운 만남은 늘 가슴을 설레게 한다. 동인회는 새로운 만남이 이루어지는 곳이다.

〈물소리시낭송회〉는 동인 성격은 안 띠었다. 자유분방했었다. 누구나 동참할 수 있었다. 〈물소리시낭송회〉의 '회'는 낭송이 이루어지는 그날 그때 그 모임에 동참하는 모두의 것이었지 어떤 회원의 것이 아니었다. 그것은 시에 끼어들기 쉬운 특정 의식을 불식하고자 하는 의도도 깔려 있었다. 이념이나 목적성을 배제했을 때 시가 자유로워진다.

시는 자유를 먹고 사는 언어의 하마다.

시에 이념이 들어가면 그 순간 시는 멸한다.

나는 동인들을 통해 한 인간의 가장 정갈한 순간에 일어날 수 있는 깊은 내면의 소리를 엿듣기도 했었다. 그건 동인회에서 얻은 값진 선물이었다.

4.

나에게는 시집이 모두 여섯 권 있다. 등단하고 36년 동안 시집 6

권은 소략하다. 시집도 좋은 연을 만나야 탄생한다. 그 가운데는 명상시집이 한 권 있다. 『바람 속의 작은 집』 109편의 연작 시집이 바로 이 명상시집이다.

인적이라고는 드문 법수치라는 곳에서 80년대 초 4년을 지낸 적이 있다. 걸어서 10km를 가야 하는 백두대간 매봉산 오지 마을이 이 법수치라는 곳이었고 거기에 분교가 있었다. 학생 13명에 5개 학년 복식의 단급(單級) 분교 담임 겸 분교장 주임으로 간 것이었다.

전기가 없었고 밤이면 어둠이 들이닥쳤다. 나는 저녁마다 호야 등피를 맑게 닦아 갈아 끼우며 호롱불로 어둠을 밀어낸 손바닥만 한 책상머리에 앉아 이 시들을 썼다. 산문과 운문을 고루 섞은 운문 형식의 산문형 시가 이 109편의 외형적인 특징이고, 삶을 사유하며 얻은 작은 깨달음들을 담은 게 시의 내용적인 특징이다.

나는 이 명상 시들을 쓰면서 무엇보다 내가 문학에 얼마나 치열할 수 있는지를 시험했다. 산과 산 사이에 놓인 작은 범선 같은 산마을에는 초저녁에 호롱불마저 꺼뜨려 하늘에는 천하의 별들이 모두 모여든 것 같았다. 나는 별들에게 말을 걸어보기도, 풀이나 벌레들에게도 말을 걸어보았다. 마치 심산 암굴에 숨어 사는 선객처럼 천지자연 사물들과 독대하는 법을 익혀갔던 것이다. 마을 앞으로 급히 흘러가는 산개울 소리는 깊은 밤이면 온 마을을 뒤흔들어 산의 내외(內外)가 청아한 물소리로 가득 차올랐었다. 가족과는 멀리 떨어져 독신주의자의 나날을 보내며 내 가슴에서 들려오는 내면세계의 소리에 귀를 기울였다. 나는 그때 인간에게 주어진 숭고한 가치가 뭘까에 대한 깊은 고뇌를 했었고 내가 시인으로 어떻게 살아야 하는지도 어렴풋하게 깨쳐갔다.

나는 이 명상시집 자서 첫머리에 '풀잎의 이슬을 보다가 무수한 성좌의 움직임을 만난 후 나는 이들 시를 쓰기 시작했다(이슬과 시)'라고 적었다. 또 단 2행의 이런 시도 썼다.

> 새는 멀리 날기 위하여 목욕을 한다.
> 깊은 물 속에서 하늘의 길을 꿈꾼다.
>
> —「서시 〈1〉 · 새」 전문, p21

가변적이기는 하겠지만 시를 깨달음의 시와 그렇지 않은 시로 대별할 수도 있을 것이다. 나는 후자이기보다 전자에 기울어져 있다. 나는 예술가로서의 시인이 아니다. 구도자로서의 시인에 가깝다. 내가 걸어왔고 걸어갈 시의 길은 구도의 행각이지 낭만적 행보가 아니다. 나는 시적 예기에 충실하기보다 내 몸이 처한 그때 그 순간의 시공을 노래할 뿐이다. 그게 내 시의 한 측면이다.

이즈음 나는 시 속에 산다. 시가 내 삶의 의미이고 시가 내 분신이고 시가 목표고 시가 내 정신의 핵이고 시가 나이고 내가 시다. 시가 내 발자국이고 시는 내 진솔한 내면세계를 담는 그릇이다. 시를 쓰기 위해 나는 생명을 건 모험을 하기도 했었다.

5.

달마를 초조로 한 선불교는 육조 혜능에 와 활짝 꽃을 피우고 져버린다. 『육조단경』을 비롯한 『벽암록』과 『전등록』 『임제록』 『방거사어록』 등 숱한 선사들의 어록은 관점을 달리하면 화려한 동문서답의 말놀이라 할 수 있다. 중요한 사실은 이 다소 모호한 동문서답의 말놀이를 듣고 있노라면 폐부를 찌르는 날카로운 기운이 솟구친다는 것이다.

때로는 극단적인 말 한마디인 '할(喝)!'이 전 생애를 뒤흔들어 찢어 놓기도 한다. '할(喝)!' 이후의 말은 언어 멸실의 침묵이다. 선은 거기서 끝난다. 말놀이 뒤의 말인 '할(喝)!'과 침묵은 불교철학 내지는 인간이 궁극적으로 궁구해온 최후의 산정이었다.

시는 그 침묵에서 출발한다. 말을 버린 말이 시다. 시에서는 말을 새롭게 시작해야 한다. 이게 시가 인류에게 공헌해야 할 길이다. 시가 언어에서 나왔고, 장강처럼 흘러넘치는 언어를 모셔와 다듬고 짜올려 한 틀의 시의 집을 지었을 때 시는 생명을 얻는다. 언어가 모여 숨이 뛰노는 생명체가 되는 것이다. 선이 침묵하는 것으로 끝을 마쳤다면 시는 선에서 진일보한 벼랑 끝말에서 시작한다. '시가 도다'라고 하는 점은 바로 이 점이다. 시는 예가 아니라 도다.

도는 깨달음이다. 깨달음은 인간 당체의 자각이다. 인간을 인간으로 바로 보는 것이 도다. 인간은 탄생하는 순간 이미 완전무결하다. 수많은 능력을 내재한 가능태로서의 완전무결체가 인간이다. 인간을 있는 그대로 바로 노래하는 것이 서정시다. 모국어는 서정

시의 생명수다. 명궁 거타지가 꽃을 품에 품고 배를 타고 황해를 건너가 꺼내어 놓는 순간 꽃은 여인이 됐다(『삼국유사』 기이편). 문학은 말의 이런 과정을 거친다. 시도 마찬가지다.

온갖 발버둥으로 가득한 인간 개체를 완전무결한 인간당체로 본다는 것이 내 시적 견성이다. 당체는 우주와 하나다. 그런 인간당체의 본성을 노래하는 것이 내 시의 지향점이기도 하다.

6.

나는 산을 좋아한다. 지금까지 내가 올랐던 이 땅의 산이 9백 산은 될 것이다. 나는 그냥 산이 좋아 산에 가는 것은 아니다. 산이 거기 있어 가는 것도 아니다. 산에 들면 시가 떠올라 산에 간다. 산에서는 죽었던 야성이 꿈틀거리고 뒤틀리고 꼬였던 마음이 펴들어져 자유로워진다.

험준한 산이면 험준한 대로 어여쁜 산이면 어여쁜 대로 산에 안겨보면 마음이 모아지고 시가 피어오른다. 나는 저잣거리 한 귀퉁이에 쪼그리고 앉은 어물 장수 노파의 주름투성이의 얼굴에서도 시를 발견하지만 산에서 더 많은 시를 얻는다. 울퉁불퉁한 산바위나 이름 모를 한 떨기 야생화, 깎여나간 천년절벽, 밤별, 벌레나 야수, 태곳적 정적, 새, 암벽을 때리며 쏟아지는 폭포와 능선을 쓸고 지나가는 바람결은 시를 데리고 오는 내 전령사들이다. 나는 그들의 속살거림에 몸을 기울이며 내면을 살핀다.

내 시의 경전은 산에 있다.

산악인도 아닌 허술한 내가 히말라야 안나푸르나나, 아프리카 킬리만자로에 올랐던 것에는 산 욕심이 생겨서가 아니었다. 시 욕심 때문이었다. 시에 킬리만자로 만년설과 히말라야 만년 설빙이 죽치고 앉기를 소망하면서 그 산들을 만났다. 만년설이나 만년 설빙은 때 묻지 않은 성소에 놓인 기적의 산물이다. 이 성소의 흰빛 맑음이 내 시에 깃들이기를 바랐던 것이다.

해발 5천m를 오르내리며 고소증에 정신이 풀려 땅을 헛짚고 죽을 고비를 거치면서도 내 손에는 백지 한 장과 펜이 들려 있었다. 나는 지고의 몸짓으로 날아드는 시를 붙들어두기 위해 혼신을 다하며 피를 말렸었다.

그렇지만 산 정상에는 실은 아무것도 없다. '무'이다. 이상한 일은 이 무의 산정에 시의 피릿대를 꽂는 순간 내 육신은 시의 피릿소리로 요동친다는 것이다. 그래서 때로는 칠흑 밤을 몰고도 산에 든다.

「나의 삶 나의 시」, 월간『우리시』, 2011년 11월호.

소슬한 정신의 노래

뜻밖의 소식

새벽에 설악산을 쳐다보았다. 별들이 유난히 반짝댔다. 이즈음 시골에도 외등 불빛에 가로막혀 별들이 맑지 못하다. 하지만 그날 새벽은 달랐다. 헤아려보니 음력 초이틀이었다. 바로 초하룻날 오후에 '한국예술상' 수상 소식을 이지엽 교수님으로부터 전해 들었다.

생각이 묘하게 움직였다. 상복은 나와 3만 8천 리나 멀리 떨어져 있는 줄 알았으나 문학상이라니 어리둥절했다. 자초지종을 전해 듣고야 조금은 안정되었지만, 전혀 뜻밖의 일이라 한동안 지나온 내 삶을 가만히 더듬어 가다가 다시 별을 쳐다보았다.

음력 초이틀이면 달이 없다. 수많은 세월 동안 광활한 허공을 제 집으로 삼고 혼자 독불장군처럼 지낸 달이 집을 비우는 것이다. 대신 달빛에 먹혔던 잔별들이 영롱히 허공 여기저기서 자신의 존재를 흔들어 깨우고 있었다.

설악산 능선 위로 쏟아질 듯 위태롭게 매달린 별들은 흡사 산이 금강보석을 입안 가득 머금었다가 한꺼번에 내뱉은 듯했다. 별은 한겨울 칠흑 어둠 속에서야 타듯 더욱 맑다.

설악의 몸이 내 몸

하지만 곧장 동해 쪽에서 큰불이라도 이는 듯 붉은 기운으로 꽉 차오르고는 곧 박명이 밀렸다. 별들은 하나둘 어디론지 가버리고 하늘은 엷은 푸름으로 넘실거린다. 때맞추어 어둠에 묻혔던 설악이 드러났다.

설악은 이미 겨울에 접어들었다. 나무들은 앙상하다. 풍만한 숲에 가려져 보이지 않았던 능선은 알몸이다. 바위들도 나상 그대로고 나무 밑 어린 풀들은 그새 건초가 돼 간들거린다. 계곡물은 까치렇고 물소리는 메말라 있다. 촉촉하던 비탈은 물기를 거두어들였다.

노루목에 올라서 보면 마른 잎사귀들이 빈 통소 소리를 내며 뒹군다. 설악은 무성했던 초록의 윤기들을 하나도 남김없이 지워버리려고 작정을 한 모양이다. 영하 2, 30도를 오르내리는 혹독한 겨울을 나자면 그렇게밖에 할 수 없는 노릇일 테다.

내 몸도 겨울 설악을 닮아있다. 아니, 겨울 설악이 내 몸이다. 손을 들이대 보면 울퉁불퉁한 뼈다귀뿐이다. 야들거리던 육질은 흔적없이 사라졌다. 뼈에 가죽만 드리워 놓은 꼴이다. 젊음은 빠져나갔고. 칠정은 말랐다. 애증으로 가득 찼던 가슴은 텅텅 비었고 열정은 타버려 잿가루처럼 풀풀 날린다.

백두대간 종주를 할 때였다. 도솔봉과 소백산 사이 죽령에서 까닭 없이 두어 시간이나 눈물을 쏟은 적 있다. 그러나 지금은 강제로 눈부리를 오물려도 단 한 방울의 눈물도 나올 줄 모른다.

이런 몸에서 무슨 촉촉한 서정시가 나오겠는가. 평소 가까이 두고 지내던 조선 선비 남효온의 말이 잠깐 스쳤다 지나간다.

> 천지의 정기를 받은 자가 사람이다. 사람의 몸을 주재하는 것은 마음이며, 사람의 마음이 밖으로 발로된 것이 말이다. 사람 말의 가장 순수하고 맑은 것이 시다. 마음이 바른 자는 시가 바르고, 마음이 사특한 자는 시도 사특하다.
>
> 得天地正氣者人 一人身之主宰者心 一人心之宣泄於外者言 一人言之最精且淸者詩 心正者 詩正 心邪詩邪(득천지정기자인 일인신지주재자심 일인심지선지어외자언 일인언지최정차청자시 심정자 시정 심사시사)
>
> —『추강집(秋江集)』

드맑은 정신의 깊이

그렇다 해도 이상한 일이다. 정신은 아직 구부러지지 않았기 때문이다. 구부러지지 않았을 뿐 아니라 오히려 소슬하다. 절벽 같은 깊이가 정신을 감싸 안고 있다. 정신의 꽃을 시라 한다면 이 깊이에서 자라난 꽃대궁이에 몇 송이의 소슬한 시의 꽃을 피울 수도 있을 성싶다.

깡마른 육체 속의 소슬한 정신의 깊이. 그 깊이는 깡마른 미궁이다. 그 미궁의 탯줄을 물고 태어난 것이 이번 시집『하늘 불탱』에 담긴 시편들이기도 하다.

훈풍이 돌면 설악은 다시 꿈틀거릴 것이다. 조락의 순간들은 생성의 순간으로 바뀌고 물소리에는 살이 오를 것이다. 대자연의 순환은 무위의 손놀림에서 온다. 그러면서도 허술하지 않다. 단 한 치의 오차도 용납하지 않는다. 그게 화엄 법계의 진면목이다.

인간은 무위로는 살아갈 수 없다. 오직 유위의 삶만이 생명을 지탱할 수 있다. 나는 무위의 자연을 유위의 시의 그릇 속에 담아두려고 고뇌한다. 그게 내 시의 한 향방이다. 다시 별이 뜨고 나는 법계의 미묘한 울림들에 몸을 기울인다. 절해고도와 같은 그 몸에 시가 고여 움트기를 기다려보는 것이다.

한국예술상(수상자 특집) 수상소감,『열린시학』, 2012년 겨울호.

사유의 몸짓

날이 저물어 승려 둘이 하룻밤 묵을 자리를 찾아 계곡으로 접어들었다. 그런데, 여울 상류에서 벌레 먹은 배추 한 잎사귀가 떠내려오고 있었다. 승려는 저런 곳 가보아야 별 볼 일 없는 곳이야 하면서 뒤돌아섰다. 잠깐 있다 보니 낯선 승려 하나가 헐레벌떡 달려왔다. 손에는 갈퀴를 감아쥔 채였다. 벌레 먹은 배추를 건지러 온 것이었다. 승려 둘은 도로 그 절간을 향해 발걸음을 재촉했다.

이 선화에서 우리가 주목하는 것은 하찮은 배추 한 잎사귀다. 배추 한 잎사귀를 두고 사유가 멈추었다 일어났다 한다. 여기서 배추 한 잎사귀는 생태학적 경고성의 뜻만 있는 게 아니다. 이는 화두로서의 벌레 먹은 배추 한 잎사귀다. 순간적으로 일어났다 스러졌던 사유는 배추 한 잎사귀로 저쪽 골짜기 한 곳에서 벌어지고 있는 온갖 상황을 일목요연하게 파악한다. 불교적 사유는 이처럼 직관적이다.

시는 사유의 몸짓이다. 사유가 깊은 시를 만나면 읽는 이의 사유도 깊어진다. 나는 젊은 날 한때 실존주의에 빠졌었다. 사르트르의 이른바 "실존은 본질에 앞선다"라는 말이 무슨 금과옥조처럼 여겨지던 시절이었다. 실존을 우선했으므로 시가 언어의 도로 구실밖에 할 수 없었다. 시가 언어에만 귀착된다면 매우 드라이해진다.

실존 의식은 한때 "무의미의 시"로 부각돼 시가 극단으로 내몰린 적이 있었다. 무의미는 일차적으로 사유를 거부한다. 사유의 그물코가 시에 촘촘히 들어가 박히기를 거부함으로써 언어만 나뒹군다.

하지만 불교적 사유를 만남으로써 내 사유는 유연해졌다. 그동안의 경직된 의식이 풀어지면서 사유가 자유분방해졌다. 본질이 실존에 앞설 수도 있다는 사실을 나는 그때 실감했다. 여기서 본질은 시적 사유이다.

시는 "언어 : 실존"의 문제가 아니었다. "사유 : 본질"의 문제였다. 시는 시인의 사유에 언어의 옷을 입고 태어난다. 그러므로 시인의 사유는 깊고 융숭하다. 절벽처럼 소슬한 기운을 뿜어내는 시를 만나면 아득하던 정신에 안개가 걷히고 맑아진다. 시는 소슬한 절벽의 깊이에서 소용돌이치면서 솟구는 연꽃 망울이다.

그런데도 이상한 시들이 득세를 해 놀란다. 사유가 없거나 천박한 경우가 그 경우이다. 이를테면 부성을 물어뜯는 시, 아픔 타령의 시가 여기 해당된다. 한이나 읊고 앉은 시도 마찬가지다. 시적 사유가 어느 한쪽으로 기울어져 있다면 이 또한 올바른 시적 사유라 할 수 없다. 지금은 가난 투정이나 하고 있을 때가 아니다. 이런 시들은 사유가 자가당착에 걸려들었다고 할 수밖에 없다.

문학은 인간의 본질을 건드려야 한다. 시도 마찬가지다. 사유가 분방하면 인간의 본질에 근접해 들어갈 수 있다. 인간의 본질에 근접한 시는 읽는 이의 눈을 밝게 한다. 사유는 인간의 본체에서 발현하는 향기다.

그러므로 본체가 무루해야 한다. 그래야 시가 매인데 없이 자유롭다. 자유분방한 사유는 자유분방한 시를 잉태한다. 무루한 본체는 거기서 나온 사유를 노리개 삼아 가지고 논다. 사유를 움직이는 건 인간의 본체다. 사유는 인간 본체가 짓는 무형의 탑이다. 시는 사유를 받아먹고 사는 요물이다. 시는 사유의 등불이다.

"선"은 인간이 계발한 최고의 무기다. 이 무기로 인간의 본성을 치고 들어간다. 이 무기를 잘 쓰면 사유가 환히 밝아온다. 그러나 내 본체는 까닭 없이 바람에 휩쓸린다. 내 사유가 산정의 구름떼처럼 난동을 부리는 까닭이 여기에 있다. 본체가 불안하면 사유 또한 불안하다. 나는 내 몸뚱어리를 극한 상황에 내몬 적이 있었다. 산에서 허우적대던 그 순간 돌연 한 편의 시가 튀어나왔다. 사유가 매우 불안한 상태에서 시가 튀어나온 것이다. 그렇다면 그 불안한 시를 한번 보자.

이 봉우리에 앉아 무심히 나를 본다.
손톱 밑은 산때가 끼어 새까맣고
발바닥은 군살이 박혀 쇠가죽이다.
엄지발가락 둘은 감각이 없고
턱수염은 자라 손아귀에 가득 찬다.
육질이 모두 빠져나간 몸뚱어리는
뼈만 툭툭 불거져 나와 있다.
하루에 쏟아부은 땀이 얼마였던가
앙상한 가슴뼈는 삭다리처럼 튀었고
뱃가죽은 등에 달라붙어 나올 줄 모른다.
등산모를 벗고 머리를 만져본다.
손바닥에 해골만이 잡히는구나
숨결은 살아있어 천지를 호흡하지만
나는 해골덩어리다, 해골 성좌.

—「금강산 신선봉 해골 성좌」
『인제문예』, 2013년 10월.

시의 돌팍길은 미묘하고도 멀어

전쟁과 내 유년

유년기의 나는 어수선했다. 부친의 가업은 농사였다. 해방 전까지는 몇 마지기 소작농으로 근근이 연명해 나갔다. 우리 집안은 오대째 강릉 입암동에 붙박여 살며 지주와의 7대3이라는 형편없는 소작곡으로 사철을 넘겼다. 그것도 공출로 일제에게 반이 넘게 빼앗겼다. 나는 공출곡을 실은 가친의 우차와 지정을 지게에 져 나르는 조부를 보았다.

하지 무렵이면 모친은 아린 감자톨을 캐내 상에 올렸다. 가친은 상농사꾼으로 광복 후 토지개혁이 이루어지자 소 세 마리를 팔아 논밭을 마련했다. 소작이 자작으로 바뀐 것이었다. 내 나이 만 일곱 살 되던 해였다.

어려서부터 나는 농사일을 거들었다. 농가의 또래들은 거의 모두 그랬지만, 내가 하는 일은 주로 소를 먹이는 일이었다. 가족들은 소에 지극 정성이었다. 산과 들에 풀빛이 감돌기 시작하면 소를 몰고

쏘다녔다. 또 논둑 밭둑을 찾아다니며 꼴을 베어 한 바소가리씩 짊어져다 소 구유에 부려 놓았다. 소는 밤새 이걸 모두 먹어치웠다.

더러 투덜거리기는 했으나, 소먹이는 일은 사범학교 졸업 때까지 계속됐다. 중학교 3학년 때인가에는 소를 풀어놓고 남의 묫등 상석에 앉아 전도사가 준 『신약성서』를 멋모르고 모두 읽어버리기도 했다.

그런 중에 전쟁이 터졌다. 6 · 25 전쟁은 내가 초등학교 4학년 때 일어났다. 총성이 가까워지자 마을 장정들은 죽창을 만들어 강릉농업학교로 집결했다. 가친도 동참했다. 조부모와 모친은 가솔을 이끌고 피란길에 올랐다. 밤새 비는 왜 그리 퍼붓는지 유다리를 건너 겨우 찾아간 곳은 섬들 조그만 양철집 마루였다.

뜬눈으로 밤을 지새우고 보니 세상이 바뀌었다. 강릉 남방 정동진 일원으로 상륙한 북한군이 시가를 점령한 후 사이렌을 울리는 것이었다. 전쟁 발발 하루만인 1950년 6월 26일의 일이었다. 주둔했던 국군 8사단은 대관령을 넘어 내륙으로 퇴각했다. 우리는 집으로 돌아오고 말았다.

바뀐 세상은 전혀 딴판이었다. 소와 닭의 마릿수를 헤아리고, 붉은 완장을 팔뚝에 두른 이들이 벼 낱알 숫자를 조사해가는 기괴한 판국으로 변한 것이었다. 하루도 편한 날이 없었다. 함포사격 포 소리와 하늘을 찢는 전투기 소리는 정신을 아찔하게 했다.

수류탄 놀이를 하다가 아랫마을 목수네 아들 형제가 잘못되었다는 소식을 전해 들었지만, 주검은 도처에 깔려 있었다. 9 · 28 수복도 잠시, 1·4후퇴로 마을은 초토화가 됐다. 가옥이 불탔다. 우리 집도 무스탕 편대가 쏘아대는 소이탄을 맞았다. 밤나무 둥치에 쌓아 놓은 푸새더미가 화염에 휩싸였고 포화의 밥이 된 초가는 구들장이 파여 나가고 대들보가 총탄 자국으로 빼드렁니처럼 튀었다. 조모가 총알을 맞아 고관절을 쓰지 못했고, 아우 둘은 팔뚝을 파편이 뚫었다. 별안간 당한 일이라 집안은 삽시간에 아비규환이었다. 이웃들이 다니러 왔었지만 다른 가족들은 별일 없었다. 가친이 씨는 살려야 한다며 만형과 암소를 데리고 먼 남쪽으로 피란을 떠난 후였다. 남은 식솔들은 전쟁밭에 그대로 던져졌다.

어떤 날은 집을 가운데 두고 피아간 접전이 벌어져 우리는 도장방에 들어가 이불을 뒤집어쓰고 총탄을 피했다. 날이 밝아 나가보면 도처에 실탄과 소총이었다. 나는 M1소총 하나를 주워 들깨 대궁이 사이에 숨겼다. 나도 총 하나는 지녀야 하겠다는 생각이 들어서였다.

와중에도 이 참혹한 광란의 현장을 동글라한 검은 총탄고리나 금빛 윤이 나는 탄피를 주어 주렁주렁 매달고 구경하러 다녔으니, 나는 참으로 어처구니없는 악동이었다.

1951년 초봄 강릉이 수복되자 수색대가 먼저 들어왔다. 수색대는 무지막지했다. 헬멧을 쓴 국군수색대 병사 하나가 방문을 열고 집안으로 들어섰다. 군화를 신은 채로였다. 병사는 조부에게 다짜고짜로 쌀을 달라 했다. 조부가 우리 먹을 것밖에 없다고 하자 쌀독을 뒤졌다. 독 안에는 쌀 한 말 정도가 있었다. 병사는 이걸 내어놓으라 했다. 조부는 아이들이 먹을 양식이라며 안된다 했다. 병사는 카빈총을 만지작거리다가 갑자기 방아쇠를 당겼다. 방안은 화약 냄새가 확 풍겼다.

총알은 쌀을 되는 말 언저리를 관통했다. 내가 조부의 바짓가랑이를 붙들고 어서 저 쌀 모두 드리세요, 했으나, 우리가 먹을 게 그것밖에 없으니 할 수 없다 했다.

병사는 조부를 앞세워 뒤안 장독대에 내다 세웠다. 나는 또다시 조부를 졸라댔다. 순간 총소리가 두 방 연거푸 울렸다. 조부는 꼼짝하지 않았다. 병사는 방안으로 들어가 푸대에 쌀을 쓸어 담아 메고 표표히 사라졌다. 조부는 총소리로 오른쪽 귀 고막이 터져 평생 고통스러워했다. 전쟁은 나를 공황상태에 빠뜨렸고, 나는 이미 죽은 목숨이었다.

부친과 가형이 피란길에서 돌아왔다. 학교가 다시 문을 열었지만 남은 게 없었다. 우리는 맨 마룻바닥에 앉아 책보를 펼쳐놓았다. 아직 군부대가 일부 건물을 접수하던 중이라 운동장 한구석 벚나무 아래서 야외 수업을 받기도 했다.

5학년 1학기 국어 '꽃밭'이라는 단원을 공부할 때였다. 담임이었던 김병무 선생님은 무슨 생각이었는지 글을 한번 써보자고 했다. 나는 '태극기'를 썼다. 일주일쯤 후 조그만 종이 한 장씩을 내어 주었다. 4면짜리 프린트판 학급 신문이었다. 그런데 신문 제1면 한복판에 내 동시 '태극기'가 동그랗게 떠 있었다. 신기한 일이 아닐 수 없었다.

총소리는 북쪽 어딘가로 멀리 가버리고, 곧 전쟁이 끝난다는 소식이 들려왔다. 내가 중학교에 입학하던 해였고, 내 유년은 그렇게 회오리바람처럼 지나갔다.

등단 무렵

나에게는 특별한 시의 스승이 없다. 왜 내가 시를 쓰게 되었는지도 잘 모르겠다. 족보를 보면 저술가도 없었던 듯하다. 다만 법학도인 내 가형이 퇴임 후 느닷없이 시인으로 등단한 걸 보면 문재가 잠복돼 있기는 한 모양이다. 특이하게 손녀들은 글쓰기를 곧잘 한다.

조부는 책 읽기를 매우 즐겼다. 『옥루몽』『홍루몽』『장화홍련전』은 단골메뉴였다. 낭랑한 목소리로 이런 고전소설을 읽을 때면, 마을 어른들이 사랑방 가득 모여들었다. 엄마 젖이 떨어지자 나는 조부와 생활했다. 조부가 누워 책을 펼쳐 들면 꺾인 팔꿈치를 베개 삼아 누웠고 책 읽는 소리에 잠들곤 하였다.

나는 '시인'이라는 말을 병설중학 1학년 입학 며칠 후 처음 들었다. 늦눈이 푸지게 온 날이었다. 홑교복을 입은 나는 추워 지시랑물(낙숫물) 떨어지는 학교 건물 판자벽에 등을 대고 햇볕을 쬐던 중이었다. 운동장에서는 새하얀 카라를 단 사범학교 여학생들이 누군가의 어깨에 눈을 얹고 깔깔거리며 사진을 찍고 있었다. 내가 참 행복하겠구나, 하고 바라보는데 곁의 누군가가 저분이 시인 선생님이야, 했다. 내가 '시인'이라는 말을 처음 듣는 순간이었다. 그 누군가는 시인 최인희 선생이었고, 서울로 전근 발령이 났다는 것이었다. 그 후 내게는 그때 그 정경과 함께 '시인'이라는 말이 귓가를 늘 떠나지 않았다.

시험이나 쳐보자며 마을친구 넷이 사범학교 입학시험을 쳤다. 그러나 나만 덜컥 붙어버렸다. 가친은 앞뜰 논배미 세 마지기를 팔아 뒤치다꺼리를 해주었다. 사범학교 교육과정은 특이했다. 기대했던 '영어'가 주간 2시간이고 '교육사' '교육심리' 같은 낯선 교과가 들어 있었다. '국어'는 주 6시간, '국어말본'이 2시간 잡혀 있었다. 나는 '국어'에 매료됐다.

사범 1학년 때 장학금을 받아 『국어사전』이라는 걸 처음 샀다. 교과에 나오는 명문 명문장에는 모르는 낱말이 왜 그리 많은지 책장은 금방 새빨개졌다. 나는 명문들을 암송했다. '산정무한' '백설부' '면학의 서'나, 안톤 슈나크의 '우리를 슬프게 하는 것들'과 '관동별곡' '유산가' '정과정' '헌화가'를 흥얼거리고 다녔고, '정과정'과 '가시리'는 아직도 흥얼거린다.

내가 교보로 군복무를 마치고 1963년 3월 1일 경북 영덕군 창수초등학교에 발령을 받았을 때였다. 수업이 끝나면 별로 할 일이 없었다. 마침 『세계전후문학전집』이 신구문화사에서 발간됐고, 나는 그걸 구입해 읽으며 객지의 외로움을 달랬다. 특히 33인 시전집에 빠졌다. 시를 읽으면 웬일인지 흥이 났다. 나는 글맛에 취했다. 고은, 구상, 김관식, 김남조, 김수영, 김종삼, 김춘수, 박재삼, 박희진, 성찬경, 이원섭, 조병화,황금찬 등의 이름들을 그때 처음 익혔다. 사범을 졸업하면서 늘 곁에 두었던 프리드리히 니체의 『짜라투스트라는 이렇게 말했다』도 곱씹으며 읽었다. 내면에서 벼락 치는 소리가 들리는듯했다.

하지만 언제부터인가는 나도 뭔가를 끼적대고 있었다. 그 뭔가는 시 같은 것이었다. 몇 차례 『현대문학』에 투고를 했다. 감감했다. 직장은 다시 강원도 고성 천진초등학교로 바뀌었다. 나는 그동안 쓴 시 비슷한 것을 일일이 붓으로 써 당돌하게도 단독 시화전을 열었다. 1966년 1월 11일 강릉 '청탑다방'에서였다. 그림은 장일섭 화백이 또 일일이 그렸다. 나는 시화 액자를 리어카를 빌려 싣고 끙끙대며 시가지를 가로질러 명주동 '청탑'으로 갔다. 선배 김병덕 이석희 등은 찬조 시화를 걸었다.

김유진 시인은 첫날에, 사범 3학년 담임이었던 시인 윤명 선생은 끝 날에 와 격려를 해주었다. 소설을 쓰던 전세준은 늘 자리를 뜨지 않았다. 전시는 5일간이었으나, 액자를 내리며 허망한 생각이 들었다. 올해 강릉단오장에 갔다가 그 골목에서 우연히 '청탑다방'이라는 간판을 만났다. '청탑다방'이 아직 거기 있었던 것이다. 놀라웠다.

당돌한 그 시화전 후 나는 조금씩 문학적인 철이 들기 시작했다. 시를 함부로 대해서는 안 된다는 것이었다. 『세계문학전집』(동화출판공사) 전질 34권을 샀다. 세계문학의 산을 넘지 않고는 단 한 발자국도 나갈 수 없다는 사실을 깨달았기 때문이었다. 나는 읽고 또 읽었다. 18권짜리 『현대한국문학전집』(신구문화사)도 구해 읽었다. 설악문우회 발기인으로 동참해『갈뫼』창간을 돕기도 했다. 그러느라 10년이 흘렀다.

그동안 내 시적 변모가 궁금했다.『현대문학』에 또 투고를 했다. 주변에서는 다른 문예지를 권해 왔으나, 내 눈에는 거기밖에 안 보였다. 또 감감했다. 1969년 천진 해변 거북바위에 엎드려 쓴「해역에 서서」와「예감의 시」외 몇 편의 시를 또 투고했다. 추천위원이었던 이원섭 선생으로부터 편지가 왔다.『현대문학』1975년 5월호와 12월호에는 별처럼 빛을 발하던 시인들 맨 뒷자락에 내 이름 석 자가 간신히 올라 있었다.

별다른 시 수업을 받지 못했던 나에게 이 모든 정황들은 곧 내 시의 큰 스승이었다.

물소리시낭송회

'물소리시낭송회'는 시의 대중화를 목적으로 탄생했다. 현대 시는 주로 눈맛으로 시에 맛 들인다. 낭송시는 낭송을 통해 청각을 움직인다. 그러므로 시인과 독자가 시를 두고 동시에 한 공간에서 만나 삼위일체적 교호작용을 일으키며 시를 감상한다.

'물소리'가 처음 발걸음을 떼어놓은 것은 1981년 9월 30일 저녁 7시였다. 이성선 · 이상국 · 고형렬 · 최명길 등 네 시인들이 의기투합했다. 낭송회는 성공적이었다. 차를 팔던 '다락'에서였다. 5백 원의 입장료를 받았음에도 2백여 독자들이 객석을 꽉 메웠다. 예상

밖의 호응에 우리는 고무됐다. 군벌 독재로 뒤틀렸던 당시로는 다만 몇 사람의 집회도 곤란한 형편이었다. 그렇지만 시를 낭송한다고 하니 집회를 허용했다. 물론 낯선 사람들 한둘은 뒷자리를 지키고 있었다.

낭송 시인은 현실을 은유해 내뱉거나 맑은 자기 세계를 드러내는 시를 낭송했다. 명민한 독자들은 이런 시의 오묘함을 놓치지 않고 감득하고 즐거워했다. 낭송은 1년에 10회를 기준으로 열렸으나, 4, 5회 건너뛴 적도 있다.

고형렬 시인은 4회를 마치고, 이상국 시인은 6회를 끝으로 떠났고, 때로는 해찰하는 이가 내달아 안타까웠지만, 낭송회는 1999년 6월 19일(한화리조트 별관 에머랄드홀)까지 장장 19년 동안 149회를 이어갔다. '물소리시낭송회'가 장수할 수 있었던 것은 독자들 덕분이었다. 낭송회를 찾아 청주에서 온 독자도 있었다. 장소를 제공한 김종달 민속연구가와 강석태, 강문, 최문석, 이선국, 김명기, 김승기, 김지숙, 이화춘, 황보해룡, 이용구, 최명선, 방순미, 최길남, 최숙자, 노금희 등 젊은 지성들의 헌신적인 노고의 힘도 컸다.

박종헌, 김영준, 장승진 시인도 합류해 활동했었고, 67회부터 뜻을 같이한 작곡가 임수철이 주관한 국악감상 특설무대는 낭송회를 활기차게 했다.

꾸준히 지원을 해주었던 '한국문화예술진흥원'의 힘도 적지 않았다.

'물소리시낭송회'는 초대시인의 시낭송과 문학 강연을 비롯해 독자 시낭송, 국악감상과 상임시인의 시낭송 등의 순서로 한 시간 반 가량 진행됐다. 정준교가 이끄는 '리코더앙상블'과 서흥순과 함께하는 '회룡어린이사물놀이패'가 등장해 분위기를 돋우기도 했다. 낭송시첩과 물소리 사화집(4집)을 발간한 일은 '물소리'에서 이루어진 적잖은 소득이었다.

초청한 문인만도 60명이 넘다. 시인으로 구상, 김규동, 황금찬, 박희진, 성찬경, 조영서, 민영, 이근배, 정진규, 이승훈, 강우식, 이명수, 최동호, 박화, 박명자, 엄창섭, 김정란, 이언빈, 김춘만, 이충희, 남진원, 서지월, 고경희, 장석남, 심재상, 송준영, 이홍섭, 김창균, 채재순 등과 소설가 전상국, 희곡작가 이반, 평론가 윤재근, 박동규 (…) 등이 그분들이었다.

한번은 중광스님을 낭송시인으로 초청했는데 홀은 발 디딜 틈이 없었다. 강릉대학의 박호영, 안경원 두 교수는 단골 초대 손님이었다. 강릉의 '바다시낭송회'나 서울의'공간시낭독회' '시사랑문화인협의회'와 이대의, 이선용, 이무근, 진일 등이 이끌었던 '풀밭' 동인과의 인연은 각별했다.

10회, 100회 때는 '시의 대축제'로 기념했고, '물소리'가 오직 시낭송의 이유만으로 가끔 외지로 초청받아 나가기도 했다. 들어보면 강릉의 '다랑', 양양의 '그리그리', 주문진 '정', 간성 '문' 등이다. 산상 시낭송회를 열었고, 청소년 문학 모임인 '바람소리'를 탄생시키기도 하였다.

'물소리'를 모체로 등단의 꿈을 이룬 이도 나타났다. 시로 김명기, 김승기, 최명선, 송현정, 최숙자, 방순미와 이선국 작가는 '물소리'에서 문학의 힘을 북돋웠다 할 수 있다.

그 시절 서울의 '공간시낭독회'와 속초의 '물소리시낭송회'는 시낭송의 쌍벽을 이룬다고 할 만치 성가가 높았다. 이성선과 나는 이따금 호주머니를 털어 넣기도 하고, 밤새워 포스터를 그려 이튿날이면 게시할 상가의 허락을 받느라 굽실거렸지만, 그게 그리 즐거울 수가 없었다.

무정처라 풍찬노숙의 심정이었으나, 생각해 보면 '물소리'는 한바탕 쓸고 지나간 문학의 폭우소리인듯하다.

『화접사』 혹은 『하늘 불탱』

시인의 시집은 곧 자식이다. 공을 들이고 운때가 맞아야 시집이 태어난다. 내게는 모두 일곱 권의 자식 같은 시집이 있다. 등단한 지가 올해 꼭 38년이 되었으니까 38년 동안 시집 일곱은 소략하다. 하지만 단 한 권의 시집도 과분하지 않나 싶다.

첫 시집은 『화접사』(1978)다. 63편의 시가 4부로 나뉘어 실렸고, 나를 문단으로 이끌어준 이원섭 선생의 서문과 후기가 붙어 있다. 소박한 일상적인 시가 주류를 이룬다. 이원섭 선생은 '그의 시는 순박하면서도 깊이를 지닌다. 그가 꽃을 노래하건, 바다를 노래하건, 그의 시는 그 소재의 배후에 깔린 신비까지도 들추어 보이며'라고 내 초기 시의 한 단면을 술회한다. 나는 후기에서 '내 뼈로 집을 짓고, 그 한 가운데 웅크려 앉아 눈빛만 닦으리라'라고 첫 시집을 낸 소회를 밝혔다.

『풀피리 하나만으로』(1984)는 두 번째 시집이었다. 2년 만에 극심한 산고를 치룬 후에 이 시집이 나왔다. 4부로 나눈 73편의 시가 실려 있다. 성찬경 시인이 『구도와 절대 요인』이란 제목으로 시집을 심층 분석했다. 성찬경 시인은 '이러한 단화(單化)현상을 선명하게, 영롱하게 볼 수 있으면 그럴수록 그것은 시인으로서의 최명길이 그만큼 많은 정력과 성력과 피와 땀을 그의 시에 바쳐온 결과'라고 해 '구도'와 '단화'에 주의를 환기시킨다. 후기에서 나는 '첫 시집 『화접사』 이후 5년 만에 이 『풀피리 하나만으로』를 묶어내며 오로지 시만으로 몸을 불사른 시인을 그려본다.'라고 심경을 토로하고 있어 시인의 자세에 주목한다.

다음 시집이 『반만 울리는 피리』(1991)고, 네 번째 시집은 『은자, 물을 건너다』(1995)이다. 앞의 시집은 시 72편과 시 탄생의 비밀을 담은 산문 「매봉산 산노인」이 포함돼 있다. 또 시인의 말인 「시의 집」과 「타오르는 촛불과 같은 영혼의 시」라는 박이도 시인의 시집 해설문이 실렸다. 박이도 시인은 '명상의 시, 침묵과 고독을 바탕으로 어둠 속에 타오르는 촛불과 영혼을 기르는 시인이 최명길'이라고 시와 시인을 논했다. 나는 「시의 집」에서 '산과 물은 내 시의 집이다. 그러니까 산 · 수가 절묘하게 조화를 이룬 곳은 곧 내 시의 정점을 이루는 곳이 될 것'이라고 천명했다.

시집 『은자, 물을 건너다』는 못난이 시집이다. 94편의 제법 많은 시를 이 시집에 모아 묶었다. 시집이 엉성하다. 시집도 마음에 드는 시집과 안 드는 시집이 있다. 이 시집은 마음에 안 든다. 시인의 말인 「누덕 등불」도 원고 1매가 탈락돼 덜된 채 머리에 얹혀있다. 다만 제4장 지리산 시편 13편은 지리산을 처음 종주하고 쓴 시라서 지금 펼쳐보아도 감회가 깊다. 평론가 이경호는 「산바라기의 세 가지 풍경」이라는 시집 해설에서 시 '소와 나'를 들어 '시인은 자연의 어떠한 속성을 만끽하기보다는, 오히려 자신의 어떠한 상태를 만끽하는 입장'이라고 말한다. 나는 서시 격인 '꽃과 별'에서 다음과 같이 노래했다.

하늘에는 지상의 꽃처럼 별이 있고
지상에는 천상의 별처럼 꽃이 있다

그런데, 이 단 2행의 짧은 시가 유안진의 소설 『다시 우는 새』(1992)의 작중 연인 사이의 대화 속에 인용돼 새롭게 읽혔다.

그다음 시집이 『시학』에서 '한국의 서정시'로 출간한 『콧구멍 없는 소』(2006)이다. 이 시집에는 87편의 시가 4부로 나뉘어 있고, 「시인의 말」과 박호영 시인의 「시인과의 만남」이 앞뒤로 놓여있다. 박호영 시인은 「시인과의 만남」을 위해 속초 내 우거지를 찾아주었고, 나는 박 시인을 설악산 달마봉으로 안내하며 담론을 나누었다. 박 시인은 환담 중, 시 「자그만 몸짓으로」 「청아한 빛」 등의 시에 눈길을 깊이 주었다며 '시를 통해 추구하는 삶의 자세 또한 무심, 무욕의 경지인 것 같다'고 술회했다. 나는 「시인의 말」에서 '시산에 들어 암묵하기를 11년, 맑은 그림자 조금 스쳤을까'라고 해 시를 언어의 맑은 그림자로 보았다.

나에게는 조금 특별난 시집이 하나 있다. 『바람 속의 작은 집』(1987) 109편의 명상시집이 바로 그 시집이다. 이 명상 시집은 양양 법수치에서 썼다. 당시 법수치는 산중 절해고도로 나는 그곳 분교장 교사였었다. 전교생 13명, 주민 67명과 산개울 물소리가 이 법수치의 전부였다. 전기가 없었으므로 저녁이면 수많은 별들이 다투어 반들거렸다. 산밑 남향 좌로 놓인 두 칸 오두막집이 내 거처였는데, 나는 거기서 날마다 호야 등피를 닦아 갈아 끼우고 책상 위로 비쳐드는 손바닥만 한 불빛을 받아 천계서인 양 이 시들을 썼었다. 시집에는 평론가 김선학의 발문 「홀로 지켜보는 자의 부끄러움과 떨림」과 '자서' 「이슬과 시」가 붙어 있다. 김선학은 '정신적인 영역의 그 끝에서 새롭게 전개되는 한 찬란한 형이상학의 세계'를 건져 올리려 한다고 시 세계를 파악한다. 나는 이슬 한 알갱이에서 '천둥과 번개를 동반하고 지축을 찢던 굉음을 들을 수 있고,'라고 적었다.

『하늘 불탱』(2012)은 내 일곱 번째 시집이다. 78편의 시가 4부로 나뉘었고 짧고 맑은 시가 주류를 이룬다. 최동호 시인은 '최명길의 시는 명상적 서정시의 한 극을 지향한다. 그는 생명의 숨결을 머금은 삶의 향기를 진솔한 언어로 담아낸다는 점에서 우리 시단의 유니크한 존재이다'라고 피력하고 있다. '시인의 산문' 「헛 날갯짓」에서 나는 '시는 향기다. 향기가 없는 시는 언어의 껍데기다.'라고 해 시가 향기라는 견해를 밝혔다. 이 『하늘 불탱』으로 아주 뜻밖에 제5회 '한국예술상'을 받았다.

시집에는 시인의 정신세계가 펼쳐져 있다. 내 시집에는 오래된 흙담같이 조촐한 내 삶이 녹아 있다.

불교와 나

나는 똑똑한 불제자도 못되면서 평생 절간 주위를 맴돈 것 같다. 숙명통이 불통이지만 내 과거 생 어느 한때는 도량 모퉁이 연못의 연꽃이나 가꾸는 일꾼이었던 듯도 하다. 몇 차례 묘한 연을 만나기는 했었다.

만 스무 되던 해였다. 나는 무작정 머리를 깎아버렸다. 그리고는 월대산 대승사를 찾아갔다. 대승사는 그리 오래된 절은 아니었다. 암자 같은 절이었다. 스님이 딱 한 분 주석하고 있었다. 스님이 자기는 수운이라 소개하며 물었다. 어디서 왔느냐고 했다. 나는 음지 마을에서 왔다고 했다. 스님은 들은 척 만척하며 스님의 일을 할 뿐이었다.

나는 법당 이곳저곳을 살폈다. 먼지도 닦아냈다. 때가 되면 집으로 왔다가 곧장 또 절로 달려갔다. 보름여 간을 그렇게 했다. 스님이 하루는 나를 불러 앉히더니 불경 한 권과 묵주 하나를 주었다. 나는 불경보다 묵주가 신비스러워 집으로 돌아와서는 사포로 문지른 후 먹을 갈아 새까맣게 칠하고, 그 위에 옷칠을 더해 반질반질하게 윤을 내었다.

궁금해 불경도 조심스레 펼쳐보았다. 『묘법연화경』이었다. 순 한자였지만 그리 어렵지는 않았다. 가만가만 읽어보았다. 리듬을 품고 있는 듯했다. 나는 다시 대승사로 찾아갔다. 아침저녁으로 찾아갔다. 목탁을 쳐보았다. 스님은 괜찮게 친다고 했다. 목탁에 맞추어 경을 독송하기도 했다. 아침저녁으로 독송했다. 해가 바뀌었다. 마을에서는 아무개가 중이 됐다고 난리법석이었다.

발령이 나자 나는 망설였다. 하지만 먹을 것을 찾아 스님께 하직 인사를 올리고 임지로 떠났다. 그러나 『묘법연화경』의 일구인 '심심미묘법 난견난가료(甚深微妙法 難見難可了)'라는 말은 도무지 나를 잡아 쥐고 놓질 않았다. 무엇이 '심심미묘법(甚深微妙法)'인가? 무엇 때문에 '난견난가료(難見難可了)'인가? 참 기가 막힐 지경이었다. 의심덩어리가 나를 뒤덮었다. 석가가 열반 전 최후로 아껴 두었던 말이, 이 『묘법연화경』에 담겨 있었다는 것을 안 것은, 그 썩 훗날 거듭 수십 차례 독송한 후 '상불견보살품'을 대했을 때였다.

2011년 6월 6일, 52년 만에 이계열, 방순미 시인과 내 생가를 돌아본 후, 우정 월대산에 들렀다. 절은 흔적이 없었다. 빗소리만 자욱했다.

이런 일도 있었다. 강릉포교당에서 '법회'를 연다기에 갔다. '법회'가 뭔지도 모르고 갔다. 사범학교 1학년 때였다. 대중들이 포교당 안을 꽉 채웠다. 비집을 틈이 없었다. 얼떨결에 방문 하나를 열고 미끄러져 들어갔다. 방에는 스님 세 분이 좌정하고 있었다. 나는 엎드려 넙죽 절을 올렸다. 알고 보니 그 중 가운데 분이 법회 법사로 온 탄허스님이었다. 스님은 둔재와 천재에 대한 이야기를 하고 있었다. 안중이 수려하고 목소리가 둥글고 우렁찼다. 그분이 화엄 최고의 강백이라는 사실은 나중에야 알았다.

오대산에는 방한암 선사가 주석하고 있었다. 축지를 자유자재로 한다 했다. 전쟁 중이었다. 문득 풍문이 날아들었다. 선사가 법상좌탈(法床坐脫)했다는 것이었다. 초등학교 상급생이었던 나는 그 뜻을 어른들로부터 들어 알고 죽음에 대한 묘한 감정이 일었다.

70년대 말 이상한 소문이 돌았다. 시승이 설악에 낙지한다는 것이었다. 시조시인 조오현 스님이었다. 나는 시승을 찾아 나섰다. 이성선 시인과 함께였다. 스님은 신흥사 조그만 선방에서 우리를 맞았다. 소년같이 청순하고 앳됐다. 어느 날에는 낙산사 '고향실'을 찾아갔고, 언젠가는 스님이 천수천안관세음을 모신 보타전으로 우리를 안내했다. 개금 전이라 알몸인 천수관음은 혈맥이 뛰노는 듯 강렬했다. 스님은 백두산 나무로 조성했다며 좋아했다. 기실 백두대간 설악산은 관음선풍(觀音禪風)이 몰아치는 곳이다. 그래서 나는 설악을 떠나지 못하나 보다.

불연 이기영 선생을 가까이했던 것은 큰 행운이었다. 우연히 나는 그분의 저서 『원효사상』을 읽고 마명이 쓴 『대승기신론』의 저 아득한 불의 행로를 더듬었다. 해동사문원효소 『대승기신론소기회본』을 들고는 눈을 뗄 수 없었다. '귀일심원(歸一心源)'과 『대방광불화엄경』의 종지인 '통만법명일심(統萬法明一心)'이 다름 아닌, 한 몸이라는 사실이 문득 뇌리를 스치고 지나갔을 순간에는 온몸에 전율이 일었다. 그 순간 나는 육근의 깜깜한 철벽이 한꺼번에 무너지는 소리를 들었다.

나는 선생을 따라다녔다. 선생은 '한국불교연구원'을 개원하고 있었다. 지리산 칠불사와 황악산 직지사, 경주 불국사는 선생의 여름 한철 머무르는 곳이었다. 나는 선생을 따라 산천을 유랑하며 내 몸이 곧 불신이라는 사실을 깨우쳐갔다. 『대반열반경』『승만경』『유마힐소설경』 앞에서는 숨을 죽였다. 『임제록』『섭대승론』『방거사어록』『육조단경』『경덕전등록』(…). 그분은 실로 거침없었다. 심지어 『우파니샤드』『한산자』에 이르기까지 나는 삼엄 돌올한 이 산정들을 오르내리느라 목이 탔고 마음이 부르텄다. 하지만 희열이 넘쳤다. 그분은 내게 '해운'이라는 법명을 내려 주었다. 『금강삼매경』의 이런 글귀도 곁들였다. "일체제법유시일심 일체중생시일본각(一切諸法唯是一心 一切衆生是一本覺)".

내 시에 선(禪)의 발톱자국이 약간 비쳐있다면, 내 생애를 관통해 흐르는 불가와의 이런 교감 때문이 아니었을까 한다.

그러나 어쩌랴. 문득 보니, 이 몸은 '광명당(光明幢)'이 아니었다. 평생 우둔한 쭐라빤타까(Culla Panthaka)가 돼 마룻바닥이나 훔치며 기어 다니고 있었다. 그보다는 허리 꼬불아지고 사지가 오므라들어 겨우 밥이나 얻어 파먹는 밥벌레에 지나지 않았다.

소슬한 언어의 탑

시에서 나는 얻은 게 아무것도 없다. 무얼 기대하지도 않았다. 조금 알록한 시가 튀어나오기를 바랐지만 그도 미미했다. 그렇다 해도 내 삶에서 시가 차지하는 비중은 컸다. 가장 오래 깊이 몰두했던 것도 시다. 제일 좋아한 것도 시고, 고작 값지게 여긴 것 또한 시다. 나는 현존재가 최선의 극미묘한 현상세계를 분출한다는 인식으로 살아왔다.

시는 사유가 자성에 부딪혀 일어나는 예리한 빛에서 촉발한다. 나는 이 극미묘한 현존재들에 감각의 촉수를 들이대고 사유를 했다. 내가 많은 불면의 밤을 보냈던 것은 사유를 위해서였다. 사유가 깊어야 시의 빛깔이 깊다. 절벽 같은 소슬한 정신의 깊이에서 태어난 시는 유현하다. 내가 험준한 산에 들기를 게을리하지 않고, 특히 절벽 난간에 서 있기를 좋아하는 까닭은 사유와 시의 이런 관계를 알아챈 때문이었다.

사유는 생각의 차원을 넘어선다. 생각이 의도적이라면 사유는 무위의 경계에 있다. 무위의 삶은 사유를 자유롭게 한다. 가시라기처럼 생긴 사유에 걸려든 시는 시가 비틀려 있다. 겨울 새벽 밤 별빛과 같이 청량한 사유는 시에 청량감이 감돌게 한다. 사유가 맑으면 거기 매달려 올라오는 언어도 맑다. 시가 어쩔 수 없이 언어의 옷을 입어야 한다면 깊은 사유를 밟고 울리는 정제된 언어는 필수적이다.

시적 사유와 언어를 두고 보았을 때 나는 사유에서보다 언어에 절망하기도 했다. 뒹구는 언어를 붙들어 와 안착시키고 살아 꿈틀거리는 한 생명체를 창조한다는 것은 그리 쉬운 일이 아니다. 어쩌면 기적에 가깝다. 시인의 시 한 편은 차라리 기적이다.

그러나 나를 타고 내리는 시는 왜 그리 미련퉁이 꼴불견인지 모르겠다. 하지만 시는 계속 내 영혼과 뼈를 타고 가랑잎처럼 굴러 나온다.

사유도 무거운 사유와 가벼운 사유가 있다. 핵심을 찌르는 사유와 변죽만 울리는 사유도 있다. 편협한 사유와 걸림 없는 사유도, 기골 찬 사유와 육질의 사유도, 날카로운 사유와 무딘 사유…. 시는 이런 갖가지 사유가 낳은 영롱한 이슬방울이다. 맑고 진솔한 사유를 고갱이로 한 시는 시가 향그럽다. 나는 내 몸뚱어리를 어떤 극한 상황으로 몰아 내던져보기도 했다. 그때 내 사유는 생명에 집중돼 있었고, 『산시 백두대간』은 그 무렵부터 쓰기 시작했다.

시는 마음에 비쳐드는 보다 분명한 이미지에 귀착된다. 이즈음 나는 그것을 우물 살창을 적시며 스며드는 달빛의 미묘한 얼룩이랄까 하는 것으로 파악한다. 마음은 만상이 여울지어 나타나는 곳이다. 사유는 마음의 샘물이 일으키는 풀파도다. 마음은 사유의 본체다.

그러나 내 사유는 이제 마른 우물처럼 말라간다. 시는 사유의 물을 마시고 자란다. 사유가 메말라가서인지 시에 물기가 없다. 거칠다.

나는 한때 시적 공간을 무슨 성역인 걸로 알았다. 그렇지만 시적 공간은 성역이 아니라 생활 속에 있다. 삶에 부딪혔다가 문득 날카롭게 허공을 차고 지나가는 미묘한 감정이 시의 촉을 움 틔운다. 더러 욕망의 출구로 시를 논하는 자들이 있기는 하나, 그런 언설은 거북살스럽다. 시는 욕망을 넘어선 자리에 놓인다. 그래서 아무 얻은 것도 얻을 것도 없지만 나는 시를 애지중지한다.

시는 사유를 건드려 지은 소슬한 언어의 탑이다. 그런데도 내 사유는 아직 인간과 우주의 본질을 꿰뚫어내지는 못한 것 같다. 변죽만 울린 모양새다. 그나마 거기까지만이라도 이르게 해준 내 동행자 우주 법계 삼라만상에게 감사한다.

번갯불의 일생은
일획 섬광이다.

찰나를 긋다 사라지는
그의 집은 허공,

문도 벽도 없다.
다만 광막할 뿐이다.

—「번갯불」, 『하늘 불탱』

이건 좀 다른 이야기이지만 나는 시를 쓰면서 참 많이 외로워했다. 시를 쓴다고 누가 알아주지도 않았다. 투정을 부릴 만한 곳도 없었다. 늘 조촐한 발걸음으로 걸었다. 기댈 곳도 없었다. 혼자였다. 언젠가 나는 담쟁이를 부러워한 적도 있었다. 담쟁이는 담벼락이나 바위를 의지처로 삼고 덩굴손을 내밀며 화려하게 잎사귀를 펼쳐 든다. 그런데 나는 아니었다. 내 시의 덩굴손은 늘 헛손질이었다. 참담하고 고독했다. 하지만 인간은 홀로인 것….

시의 돌팍길은 실로 미묘하고도 멀다.

「나의 삶 나의 문학」, 월간『유심』, 2013년 12월호.

시는 사유의 향기

솔개 동자

솔개가 떴다. 속초 하늘에 솔개가 뜬다는 것은 희귀한 일이었다. 나는 이 솔개의 선회를 유심히 바라보았다. 높이 떴지만 구름의 흰 빛깔은 솔개의 옅은 갈색을 또렷하게 드러나게 했다. 솔개는 나를 중심으로 선회했다. 어떨 때는 아주 가까이 다가와 그 특유의 끼르륵 하는 울음소리를 냈다. 동료에게 여기 먹을 게 있다고 알리는 것 같기도 했다.

나는 솔개의 선회를 한 시간 넘게 지켜보다가 거실로 들어왔다. 잠시 솔개의 잔상을 음미하려는 중에 느닷없이 〈만해 '님' 시인상〉 통보를 받았다. 어리둥절했다. 이름이 참으로 고아한 〈만해 '님' 시인상〉 소식이 백설이 뒤덮인 백두대간 준령을 넘어오리라는 것은 상상 밖의 일이었다. 더구나 나는 시골 언저리에서 그저 언어의 조각돌이나 쪼으는 졸박한 석수장이일 뿐, 아직 변변한 시의 탑을 짓지 못했다. 그런데도 불멸의 민족시인 만해의 이름으로 상이 주어진다니 모골이 송연할 일이었다. 그러나 시상 통보는 왔고 그것은 현실이었다.

그러고 보니 나를 중심으로 날갯짓하던 솔개가 다름 아닌, 이 상 소식을 전해주러 온 듯도 했다. 도솔천 내원궁에 주석하는 만해 선사의 심부름으로 솔개 동자가 온 게 틀림없지 싶었다. 그럴 법도 하다. 만해 선사는 일체 만상이 '님' 아닌 게 없다고 천명했으니 솔개도 '님'일 것이었다. 생각이 여기에 미치자 가슴이 두근거렸다. 만해 선사를 친견한 적은 없으나 내 몸에서 곧바로 선사의 숨결이 느껴졌다.

설악과 만해

실은 내가 사는 설악권은 만해 선사의 자취가 오롯이 남아 있는 곳이다. 출가를 망설였던 대포항과 수행 도량이었던 신흥사, 백담사와 오세암 그리고 건봉사는 선사의 상주처였다. 선사는 이 벽암오지에 머물면서 주권을 찬탈해 간 일제만행에 울분을 토했고, 꺼져버린 민족혼을 일깨우려 했다.

민족의 성전에 바친 깨달음의 시집 『님의 침묵』은 바로 이곳에서 울분을 안으로 삼켜 터뜨린 언어의 꽃봉오리다. 일찍이 이를 간파한 김재홍 교수는 1990년대 중반 백담사에 「만해시인학교」를 개설해 시심에 불타는 젊은이들을 모아 시에 불을 댕겼고, 조오현 큰스님은 「만해 축전」을 열어 사멸한 만해가 아니라 살아 숨을 토하는 만해를 세상에 알렸다. 해마다 8월이면 경향 각지에서 죽었으나 살아있는 만해를 만나보려 인산인해를 이룬다. 어떤 이는 가족과 함께 어떤 이는 모임의 일원으로 찾아든다. 만해마을은 만해로 인해 이제 모르는 이가 없을 정도다.

나는 산을 좋아해 설악을 옆구리에 끼고 살다시피 한다. 그럴 때마다 만해 선사의 눈길이 느껴지고 선사의 발자국 소리가 들려온다. 폭포 곁에서 온종일 어정거릴 때가 종종 있지만, 가끔씩은 폭포 맑은 물소리에서 선사의 육성을 듣기도 한다. 내가 걷는 길은 만해 선사가 걸었던 길이고 내가 곧잘 기대서서 쉬는 바위 억서리에서는 선사의 등줄기가 느껴진다. 나는 선사가 말년을 보냈던 북악산 성북동 북향집에 들어 하루를 보낸 적도 있다.

어쨌거나 내가 지척인 고향 강릉을 두고도 짐짓 속초에 우거해 사는 것은 만해의 얼이 비치는 이 설악이 좋아서이기도 하다. 나는 더러 만해를 떠올리며 시를 쓴다. 시가 꽉 막혔을 때는 내 펜날에 만해의 손끝이 어른대기도 한다. 그래 그런지 2012년 만해축전에서는 선사를 기리는 '축시'를 쓰기도 했다. 마침 〈만해 '님' 시인상〉 수상 자리라 시를 옮겨본다.

삼라의 목덜미를 한 손아귀로 낚아채
만상의 콧구멍을 무시로 들락거리던 사내,

너도 님 나도 님 님도 님이라

인류에게 던지고 간 이 말 한 마디
떨어진 자국마다 꽃망울로 장엄되다.
진흙 삼천국토가 울금향으로 차오르다.

자, 들어라 뭇 창생들이여 귀로
귀 없는 자 온몸으로 그리고 드높여라
팔만 사천 녹음 운해가 지저귄다.

솔공이불에 그을려 천지가 침묵할 때
설악 영봉에서 터져 나온 저 불멸의 진언들
깜깜한 철벽산 저절로 꺾여 허물어지고
풀도 님 돌도 님 달도 님이라

겨울 벽을 뚫고 스민 별빛이 더 시리듯
탁류 휘몰아쳐도 그 울림 청아하다.

—「너도 님 나도 님 님도 님」, 『만해축전』 '상권', 2012

사유의 향기

시는 사유의 몸짓이다. 몸짓에 감도는 사유의 향기다. 시는 언어를 매개로 하여 태어난다. 사유의 송곳이 자성을 그어 튕겨 나오는 섬광을 언어로 잡아채 한 채의 시의 집을 짓는다. 시가 생명을 지니는 것은 바로 이런 과정을 거쳐 탄생하는 까닭이다. 자성은 인간의 내면에 안주해 있다. 자성은 불변이다. 불변의 이 자성은 온 바도 없고, 간 바도 없다. 그러나 존재한다. 찰랑거리며 있다. 자성을 느꼈을 때 자신이 참 생명임을 알아챘다.

그러나 내 사유의 촉수는 아직 이 자성에 제대로 이르지 못한 것 같다. 그게 내 시의 한계다. 사유는 무디고 언어는 울퉁불퉁하다. 너무 단도직입적이다. 내가 갈구하는 시적 성역은 오리무중이다. 줄곧 찾아 헤맸지만 역부족이다. 내 안에 존재한다는 걸 뻔히 알지만 들어서면 물결만 남실거린다. 텅 비어있다. 조금만 더 조금만 더 하나 자성을 때릴 수 없다. 자성을 때려야 섬광이 일 텐데 그게 안 된다. 섬광이 일어야 노래하고 춤출 것이지만 그러지를 못하고 있다.

자성은 만상과 통해 있다. 만상과 하나를 이룬다. 그러므로 내 개체의 자성은 우주 법계의 본질과 하나다. 내 자성을 알아차리면 바로 그 자리가 우주 법계가 현현하는 본성의 자리임을 깨닫게 된다. 그 자리는 생명이 노니는 지점이자 세계다.

오늘날 시가 중요시되는 것은 시인은 시의 망원경을 통해 그 자성을 들여다볼 수 있기 때문이다. 온갖 탁류가 넘쳐나는 오탁악세를 그래도 쓰러지지 않게 하는 것은 그런 시를 쓰는 시인이 있기 때문이다. 어찌할 수 없다 해도 시인은 끊임없이 자성을 건드려 퍼지는 향기를 흩뿌릴 수 있어야 한다.

앞에서 나는 아직 제대로 된 시의 탑 하나를 짓지 못했다 했다. 이제 이 어여쁜 이름을 지닌 〈만해 '님' 시인상〉을 과분하게도 받고야 말았으니, 마음을 사리고 앉아야 하겠다. 그리하여 '황금의 꽃' 같은 언어의 잎사귀로 아주 쬐그만 시의 오두막 한 채쯤 지어 보아야 하겠다. 그게 하늘이 내게 귀엣말로 속삭이는 마지막 당부가 아닐까 한다.

'만해 님 시인상'(만해학술원) 수상소감, 만해『님』, 2014년 4월 17일.

최명길 시인의 연보

1940년 5월 8일 강원도 강릉시 입암동 339번지에서 부친 강릉인 최찬경 모친 삼척인 김화자 사이 칠 형제 중 둘째로 출생. 성장기에 조부 돈식의 품속에서 홍루몽 옥루몽 등 고전소설 읽는 소리를 자장가 삼아 잠들곤 했다.

1946년 강릉 성덕국민학교 입학.

1950년 6·25 한국전쟁 발발. 갑자기 바뀐 세상 탓으로 마을 어른들은 좌와 우로 갈리어 갈피를 못 잡고 갈팡질팡하며 곳집, 땅굴 등에 숨어 지내다. 9월 28일 수복이 되자 일부는 북으로 갔고, 일부는 부역으로 몰려 혹독한 고초를 당하다. 나는 겁 없이 전쟁을 구경하러 다니거나 총탄 화약 놀이를 하며 보내다.

1951년 1·4 후퇴. 가친은 가형과 암소 한 마리를 데리고 먼 남쪽으로 피난을 가다. 유엔전투기가 집을 폭격했으나 살아남다. 조모는 총탄이 고관절을 뚫었다. 내 바로 밑 아우는 파편을 일곱 군데나 맞았고 파편 쪼가리 하나는 아직도 팔뚝에 남아있다. 내가 뛰놀던 마을 산천은 포화에 새까맣게 그을려 초토가 됐다. 나는 너무 많은 총포 소리와 통곡 소리를 들어야 했고, 너무 일찍 주검의 현장들을 보아버렸다. 나는 그때 이미 죽은 목숨이었다.

1952년 5학년 학급신문 《꽃밭》에 동시 「태극기」가 실림.

1953년 성덕국민학교 졸업. 최초로 영화 〈엘레나〉를 봄. 강릉사범병설중학교 입학. 시인 최인희 선생을 멀리서 보다 ('시인'이라는 이름을 처음 들음). 황금찬 선생 보결 수업(「서동설화」 『삼국유사』)을 경청. 이듬해 중 2학년 때 마가렛 미첼의 『바람과 함께 사라지다』를 친구로부터 빌려 보다. 3학년 시인 원영동 선생이 국어를 가르침. 「북청물장수와」 「파초」를 외며 소꼴을 베러 다니다. 휴전선이 그어지면서 툭하면 강릉 비행장으로 나가 철조망을 사이에 두고 중립국 감시단 물러가라며 종일 궐기하다. 때로는 마을 인부로 동원돼 포남동 묘포장에서 잡초를 뽑는 일을 하기도, 강동 운산 등지의 움푹 파여 나간 국도를 찾아 군 트럭이 부려놓은 자갈을 망치로 깨 다져 넣다.

1955년 7월 28일(음) 조모 타계.

1956년 강릉사범병설중학교 졸업. 강릉사범학교 입학. 1학년 때 장학금을 받아 『국어사전』을 처음 사다. 국어 교과서에 나오는 명문 명문장에는 어려운 낱말이 왜 그리 많은지 책장은 금방 새빨개졌다. 이후 나는 명문장을 암송했다. 「산정무한」 「백설부」 「면학의 서」 안톤슈낙의 「우리를 슬프게 하는 것들」과 「관동별곡」 「유산가」 「정과정」 「헌화가」를 흥얼거리고 다녔고 「정과정」과 「가시리」는 아직 흥얼거린다. 농가의 초동이었으므로 소를 몰고 다니면서도 이 명문들을 암송했다. 라디오가 없던 시절이라 광석 수신기를 조작해 모깃소리 같은 깽깽이 소리를 듣곤 하였는데, 알고 보니 바흐 베토벤 멘델스존 모차르트 드뷔시 등의 명곡들이었다. 강릉 포교당에서 당시 오대산 상원사에 주처하던 탄허 스님을 대면하고 삼배를 올리다.

1958년 시인 윤명 선생 담임. 문학(시)에 대해 최초로 눈뜨기 시작. 월간 『현대문학』을 처음 대하다.

1959년 강릉사범학교 졸업.

1960년 무작정 머리 깎고 강릉 월대산 대승사를 찾아가다. 얼마 후 주지 최수운 선사로부터 묵주와 『묘법연화경』을 받다.

1961년 3월 31일 초등학교 교사로 초임 발령.

1961년 10월 15일~1962년 12월 27일 군복무(교보 군번0041485). 중대 사역병으로 나갔다가 우연히 리태극 시비를 발견하다. 시비를 처음 보는 순간이었다. 나는 폭설에 뒤덮인 시비의 설빙을 쓸어내고 한참 동안 어루만졌다. 시비는 화천 파라호를 굽어보고 있었다. 소대에 꽂혀 있던 중편 『불꽃』(선우휘)을 강한 인상으로 읽다.

1963년 3월 31일 초등학교 교사로 복직. 수업이 끝나면 별로 할 일이 없어 『세계전후문학전집』을 구입해 읽었고 특히 33인 『한국전후문제시집』을 펼쳤을 때는 흥이 절로 났다. 고은 구상 김남조 김수영 김종삼 박희진 성찬경 이원섭 등의 시인 이름을 처음 익혔다. 2000년 8월 31일 초등학교 교장으로 퇴임.

1964년 영덕군 〈꽃게〉 동인으로 시인 이장희 아동문학가 김녹촌과 활동. 『현대문학』에 시 몇 편을 투고했으나 감감무소식.

1966년 1월 11일 최명길 시화전(시화 '나는 박제된 새' 외 25점 〈그림 장일섭〉. 강릉 청탑다실)을 열다. 이후 허망한 느낌이 들어 『세계문학전집』 『현대한국문학전집』『당시』 등을 숙독하며 시의 싹이 움트기를 기다리다.

1966년 4월~1970년 3월 고성 〈금강문학동인회〉 동인으로 시인 황기원 최형섭 소설가 전세준과 활동. 동인지 『금강』 창간호를 비롯한 5권 발간. 시집 『청동시대』(박희진)를 심취해 읽다.

1968년 11월 24일 조부의 갑작스러운 타계. 임종을 지켜보며 생의 무상함을 깊이 느낌. 이 무렵부터 등산을 시작하다.

1969년~1981년 설악문우회 발기인으로 참가. 동인지 『갈뫼』 창간을 도움. 시인 이성선 박명자 이상국 고형렬 이충희 김춘만 소설가 윤홍렬 강호삼과 활동.

1970년 11월 19일 김복자와 약혼 후 1972년 10월 31일 전통혼례. 관음선풍이 몰아치는 설악과 문기가 꿈틀거리는 속초가 좋아 고향 강릉 못 가고 설악 자락에 둥지를 틀다.

1971년 2월 2일(음) 아들 선범 출생.

1972년 6월 7일(양) 딸 수연 출생.

1975년 『현대문학』지에 시 「해역에 서서」 「은유의 숲」 「음악」 「자연서경」 등의 신작시를 발표하며 등단(이원섭 선생 추천).

1978년 첫 시집 『화접사』(월간문학) 출간. 12월 2일 설악문우회 동인들이 『화접사』 출판기념회(대한예식장)를 열다. 아동문학가 이원수 시인 이원섭 평론가 김영기 시인 임일진 선생 등이 축하해 주었다. 그 무렵 신흥사 조그만 선방에서 무산 조오현 큰스님을 뵈다. 이듬해 10. 26 사건으로 삶의 허무감을 깊이 느끼다.

1981년 9월 30일 이성선 이상국 고형렬 시인과 〈물소리시낭송회〉를 시작. 나는 암울한 시기를 시로 버텼다. 1999년 6월 19일까지 18년 동안 149회 개최.(2013년 12월 6일 시낭송 재개). 한국방송통신대학 입학.

1984년 시집 『풀피리 하나만으로』(스크린교재사) 출간.

1986년 2월 28일 한국방송통신대학 졸업(초등교육 전공). 3월 경희대학교 교육대학원 입학(서정범 박이도 고경식 최동호 교수로부터 사사). 월하 김달진 노옹 뵈다. 『현대문학』 10월호 시 특집 「반달」 외 6편 발표.

1987년 명상시집 『바람속의 작은 집』을 최동호 교수의 도움으로 나남에서 출간하다.

1989년 7월 14일~7월 24일 문교부해외연수단으로 태국 말레이시아 싱가포르 일본 등 시찰. 8월 30일 경희대학교 교육대학원 졸업〈교육학 석사, 논문: 「永郎 詩에 나타난 〈마음〉 硏究」: 원효의 『대승기신론소』를 중심으로 영랑 시의 「마음」을 심층 분석.

1991년 시집 『반만 울리는 피리』(동학사) 출간. 8월 4일 한국불교연구원 입학 후 원장 불연 이기영 선생으로부터 '해운'이라는 법명을 받다. 1997년 금장법사 인증.

1992년 6월 8일(음) 모친 타계.

1995년 2월 8일~2월 18일 인도 엘로라 · 아잔타 석굴, 바라나시와 석가 성도지 부다가야 여행. 시인 황동규 최동호 김정웅 박덕규 고경희 소설가 송하춘 등과 동행. 2월 17일 캘카타 테레사의 집에서 테레사 수녀를 뵈다. 여리고 작은 손이 투박한 내 손 안에 들어왔으나, 작은 손은 세계를 감싸 안는 듯 컸다. 1월 26(음) 부친 타계. 시집 『은자, 물을 건너다』(동학사) 출간. 시 「화접사-꽃과 나비의 노래」 KBS 신작가곡으로 발표. (곡 박정선, 노래 신영조). 8월 25일 인간문화재 명창 안숙선과 첫 만남.

1997년 7월~1998년 6월 시인 이성선과 〈목요문예〉 문학강원개설. 1997년 『시와시학』 가을호 '70년대 시인들' 특집시 「산낚시」「방뇨」 등 발표.

1998년 8월 28일 문학동인〈풀밭〉 '최명길 · 이성선 시인의 삶과 문학' 세미나. 이선용 조명진 정선 등이 최명길의 삶과 문학을 분석하다. 11월 15일 아들 선범(회사원) 권미영과 혼인.

1999년 4월 25일 딸 수연 김상철(의사)과 혼인. 7월 8일 강원도문화상(문학부문) 수상. 「풀피리 하나만으로」 예술가곡으로 발표(곡 임수철 노래 이용찬).

2000년 8월 31일 홍조근정훈장 받음.

2002년 6월 17일~7월 26일(39박 40일간) 산악인 김영기 최종대 방순미와 백두대간(지리산 천왕봉에서 금강산 마산봉까지 〈도상거리 684km, 실제 거리 약 1,240km〉) 종주산행. 백두대간 봉우리마다 시 한 편씩 총 141편을 쓰다. 후에 서시 2편과 「백두대간 백두산」「한라산 백록담」을 추가해 총 145편을 초고. 여기에 산경 88을 더해 11년여 동안 다듬어 『산시 백두대간』으로 탈고(2013년). 그중 일부인 「지리산 천왕봉」 외 15편을『현대시학』 같은 해 11월호 특집으로 발표하다.

2003년 11월 22일~12월 2일 아프리카 킬리만자로산 등반 및 탄자니아 응고롱고로 국립공원 답사.

2004년 4월 8일~2006년 4월 6일 방순미의 요청으로 시창작실 〈詩禪一家 시선일가〉 운영. 격월간『정신과표현』 2004년 7,8월호~2008년 5,6월호「산촌명상수필」 연재.「쪽판 외다리」에서「쑝화강 은어 도루묵」까지 23편.

2005년 3월 2일~3월 17일 히말라야 안나푸르나 등반.「히말라야 뿔무소」 외 12편『현대시학』 11월호 '특별기획' 신작소시집으로 발표.

2006년 3월~12월 신흥사불교대학에서『대방광불화엄경』「입법계품」 강의. 김재홍 교수의 도움으로『콧구멍 없는 소』(시학) 출간. 8월 15일~8월 20일 러시아 자루노비항과 훈춘을 거처 백두산 북문 도착 후 백두산 서파를 종주하다.

2007년 1월 1일 새해맞이 축제(속초시 주관) 초청시인으로 참가 시「정해년 첫 새벽에」를 낭송하다.『님』지 산악수필「국토의 숨결을 찾아서」 연재.

2010년 8월 28일 만해마을에서 기획한 〈우리시대 대표작가와의 만남〉 만해문학아카데미 초청 문학 강연. 10월 23일 〈詩앗 포럼(좋은 세상)〉 '이달의 시인'으로 이영춘 시인과 참가.

2011년 월간『우리시』 11월호(최명길 시인 집중조명) 신작시「맑은 금」 외 4편. 자선시「동해와 물 한 방울」 외 9편. 나의 삶, 나의 시「시가 도다」 시인론「큰산, 깊은 골에 핀 꽃 같은」(방순미 시인) 시론「물까마귀의 노래」(이홍섭 시인). 자술연보, 화보 등 발표.

2012년『하늘 불탱』(서정시학) 발간. 8월「만해축전」 축시「너도 님 나도 님 님도 님」 발표.

11월 10일 공주문화원(원장 나태주 시인)이 주관한 권영민 문학 콘서트, 〈방언의 시학〉 '사투리와 함께 읽는 팔도 시 이야기'에 구재기 고재종 나기철 정일근 등 시인과 참가.

12월 1일 시집『하늘 불탱』으로『열린시학』(이지엽)이 주관한 한국예술상을 받다.『열린시학』 겨울호 한국예술상 〈수상자 특집〉 수상 소감「소슬한 정신의 노래」 신작시「정강이 뼈 피리」 외 1편, 자선대표

시 「잎 사귀 오도송」 외 9편, 작품론 「'詩禪一味(시선일미)' '禪那(선나)'로서의 시에 새겨진 고통의 편린들—최명길 시의 방법론」(이찬), 자술연보, 화보 등 발표.

2013년 월간 『유심』 12월호 나의 삶 나의 문학 「시의 돌팍길은 미묘하고도 멀어」 발표.

2014년 4월 17일 만해학술원(김재홍)이 주관한 만해 · 님 시인상을 수상. 만해학술원 측은 최명길이 한평생 추구한 '견고의 시학, 은둔의 시학은 만해 시학의 근본정신과 접맥돼 있다고' 평가했다. 『님』지 4월호 '제5회 만해 · 님 시인상 특집'에 신작 육필시 「나무 아래 시인」 수상소감 「시는 사유의 향기」 작품론 「일획 섬광의 소슬한 시」(이대의 시인) 등을 발표.

2014년 5월 4일 영면. 백두대간으로 돌아가다.

10월 18일 유고시집 『산시 백두대간』 출판기념회, 제자 방순미 시인 출판기념회, 151회 물소리시낭송을 함께 하였다.(속초 〈다락〉, 주최: 물소리시낭회). 시인 최동호 박호영 호병탁 김영탁, 소설가 김하인, 작곡가 임수철 등 50여 명의 중앙 · 지역문인 예술가 독자들이 함께 하였다.

10월 31일 첫 번째 유고시집 『산시 백두대간』 발간(황금알) (2014년 강원문화예술활성화지원사업).

계간 『문학청춘』 겨울22호 '최명길 시인 추모 특집', 최명길의 시세계 「자연을 향한 외로운 존재의 思惟」(박호영)

2015년 5월 9일 최명길 시인 1주기 추모행사. 152회 물소리 시낭송(설악문화센터 2층 카페 〈소리〉, 주관: 물소리시낭송회) 시인 박호영 김춘만 호병탁 이영춘 김영탁, 극작가 최재도 속초문화원장 박무웅 작곡가 임수철 〈소리가 있는 집〉 대표 김성태 외 독자와 함께하였다.

11월 17일 유고시집 『산시 백두대간』 2015 세종도서 문학나눔 도서 선정(한국출판문화산업진흥원).

2016년 4월 20일 두 번째 유고시집 『잎사귀 오도송』 발간(서정시학) (2016년 강원문화예술활성화지원사업). 해설 「자연에 대한 연기론적 인식」(박호영).

2016년 5월 7일 후산 최명길 시인 시비 제막식(속초 영랑호 습지 생태공원,

주최: 최명길시비건립추진위원회). 두 번째 유고시집 『잎사귀 오도송』 출판기념회(영랑호리조트 지하 1층 오션홀, 주최: 후산최명길 시인 선양회).

2017년 5월 17일 세 번째 유고시집 『히말라야 뿔무소』 발간(황금알). 해설 「몸과 마음의 고향을 찾다」(이홍섭), 2017 세종도서 문학나눔 도서 선정(한국출판문화산업진흥원).

5월 20일 최명길 시인 3주기 문학제(설악문화센터 북카페, 주최: 물소리시낭송), 55회 물소리시낭송. 시인 허영자 이건청 이영춘 김영탁 이홍섭 박호영, 작곡가 임수철 그 외 여러 독자들과 함께하였다.

2018년 4. 30 네 번째 유고시집 『나무 아래 시인』 발간(서정시학) (2018년 강원문화예술활성화지원사업). 해설 「시의 경전을 향해 가는 시인의 길」(김진희).

5월 12일 최명길 시인 4주기 행사, 네 번째 유고시집 『나무 아래 시인』 출판기념회, 제157회 물소리시낭회(속초 문우당서림, 주최: 후산최명길 시인 선양회). 시인 최동호 이영춘 극작가 최재도 외 여러 독자와 함께하였다.

2019년 4월 27일 다섯 번째 유고시집 『아내』 발간(황금알) (2019년 강원문화예술활성화지원사업). 해설 「놀라운 눈, '현빈의 진리'와 '똥덩어리'를 조화롭게 함께 보는」(호병탁).

10월 18일 서울 〈문학의 집〉(이사장 김후란 시인)에서 주최하는 '그립습니다' 금요문학마당에서 최명길 시인을 기리며 문학세계를 재조명함. 이영춘 시인의 사회로 진행되었고 박호영 시인이 최명길의 시세계에 대해 강의를, 시인 이건청 최동호 최명길의 아들 최선범이 회고담을, 속초 '물소리 시낭송' 회원들이 시낭독을 하였다.

11월 30일 최명길 시인 5주기 문학제 및 다섯 번째 유고시집 『아내』 출판기념회, 161회 물소리시낭송(주관: 물소리시낭송). 시인 허영자 이건청 이영춘 이홍섭 이대의 김영탁, 소설가 전상국 외 여러 독자들과 함께하였다.

2020년 11월 20일 시선집 『물고기와 보름달』 발간(서정시학). 해설 「근원과 궁극에 귀 기울인 자유와 고독의 시인」(유성호).

후기

후산 최명길 시인을 읽다

자연의 숨결과 인간의 깊이를 탐색하는 끝없는 길을 담은 이 산문집은, 후산 최명길 시인의 삶과 사유를 집약적으로 보여주는 문학적 업적입니다. 강릉의 푸른 하늘 아래에서 태어나 속초의 자연과 함께 호흡하며 성장한 시인은, 자연의 아름다움 속에서 인간 존재의 의미와 삶의 가치를 탐구했습니다. 그의 작품은 산과 강, 나무와 꽃을 넘어, 인간 내면의 깊이와 우주의 광대함을 이어주는 다리와 같습니다.

이 산문집을 읽고 교정하면서, 후산 시인과 함께 산문의 숲을 거닐었습니다. 삼계육도의 고뇌를 짊어진, 외롭고 쓸쓸한 시인의 길을 걸어가는 시인의 깨달음 앞에, 흙탕물에서 저절로 피는 연꽃을 보면서 탄성을 자아냈습니다.

한마디로 말하자면, 후산 시인과 함께 한 시간과 공간들은 온몸을 밀어 올리는 나무와 숲의 밀도로 충만했습니다. 백두대간을 종주하고, 킬리만자로와 안나푸르나를 탐험하는 등, 그의 발걸음은 항상 자연 속으로 향했습니다. 이 과정들은 단순한 여행이 아니라, 인간 존재와 자연의 본질에 대한 근원적인 탐색이었습니다. 그의 문장은 자연의 숭고함과 인간 정신의 깊이가 서로 어우러져, 독자에게 삶의 본질적인 가치와 진리를 성찰하게 합니다. 성찰과 교감 속에서 발견한 과정들은 진실과 깨달음을 담고 있습니다.

후산 시인의 문학은 시와 산문을 원융적으로 회통하고 있습니다. 그리고 그 문장들은 시간과 공간을 초월하여 우리에게 말을 건넵니다. 강릉과 속초의 산과 바다에서 얻은 영감, 세계 곳곳의 자연과 마주한 경험은 그의 문학적 상상력을 자극했고, 이는 깊은 사유와 풍부한 감성이 담긴 글로 탄생했습니다. 이 책의 페이지를 넘기며 독자들은 시인의 발자취를 따라 자연의 아름다움을 새롭게 발견하고, 인간 내면의 깊은 공감과 이해를 경험할 것입니다.

후산 시인의 산문집은 자연을 통해 인간 정신의 성장을 모색하는 시인의 길을 보여줍니다. 이 길이 만든 새롭고 아름다운 지도를 통하여, 우리는 풍요로운 여행을 떠날 수 있을 듯합니다. 삶의 여러 단계에서 겪은 시련과 기쁨, 사랑과 이별, 그리고 자연 속에서의 깊은 사색은 그의 글에 생명력을 불어넣으면서, 교감의 중요성을 일깨우는 스펙트럼을 보여줍니다. 이 산문집은 독자들에게 삶과 자연, 그리고 존재에 대한 깊은 사유의 기회를 제공함으로써, 인간과 자연의 조화로운 공존의 가능성을 대긍정으로 견인하면서, 우리 모두에게 깊은 영감을 줍니다.

후산 시인이 사랑한 문학의 나무와 숲을 따라가며, 우리 내면의 목소리에 귀 기울이고, 우리가 속한 세계와의 조화로운 관계를 모색하는 귀중한 경험을 하게 될 것이라고 믿습니다. 그의 문장들이 우리 모두에게 삶을 더 깊이 사랑하게 하고, 우리를 둘러싼 세계와 더 깊은 관계를 맺으라는 사랑의 예감을 기대합니다. 자연과의 교감을 통해 인간 정신의 성장을 추구한 시인의 영성적 여정이, 강호제현들의 삶에 깊은 의미와 가치를 발견하는 빛이 되기를 희망합니다.

2024년 여름

황금알출판사

주필/ 김영탁 두손모음